Frédéric Lenoir & Violette Cabesos
Das Testament der Sünderin

PIPER

Zu diesem Buch

Johanna ist eine ehrgeizige junge Archäologin, die sich auf das Mittelalter spezialisiert hat und in der Basilika von Vézelay die Heiligenfigur der Maria Magdalena und ihre Reliquien untersucht. Wie es im Evangelium heißt, war die Sünderin im Besitz der Papyrusrolle, auf der Jesus seine letzten Worte festhielt. Bis heute gilt dieses Testament als verschollen. Privat werden Johannas Recherchen von der rätselhaften Krankheit ihrer kleinen Tochter Romane überschattet. Das schwerkranke Mädchen wird von Alpträumen heimgesucht, in der ihr Livia erscheint – eine junge Frau, die 79 n. Chr. ums Leben kam und die letzten Worte Jesu niederschrieb. Romane soll diese finden – wenn ihr das nicht gelingt, muss sie sterben. Johanna macht sich auf den Weg nach Pompeji, um das besagte Schriftstück zu suchen und das Leben ihrer Tochter zu retten. Ein alter Freund und Kollege, der Neuseeländer Tom, leitet dort ein internationales Team, das Ausgrabungen durchführt. Doch eine mysteriöse Mordserie durchkreuzt das Vorhaben, und schnell stellt sich heraus, dass auch diese mit der gesuchten Papyrusrolle in Verbindung steht …

Frédéric Lenoir, geboren 1962 auf Madagaskar, ist Philosoph, Religionskritiker und einer der renommiertesten Soziologen Frankreichs. Er ist Herausgeber des Magazins »Le Monde des religions«. Seine Romane und Sachbücher landen regelmäßig auf den Bestsellerlisten.
Violette Cabesos, geboren 1969, ist Juristin, Romanautorin und Mittelalter-Spezialistin. Der erste Roman des Autorenduos »Der Fluch des Mont-Saint-Michel« stand über ein Jahr lang auf der französischen Bestsellerliste. »Das Testament der Sünderin« ist ihr zweites gemeinsames Projekt.

Frédéric Lenoir & Violette Cabesos

DAS TESTAMENT DER SÜNDERIN

Thriller

Aus dem Französischen von
Karola Bartsch

Piper München Zürich

Mehr über unsere Autoren und Bücher:
www.piper.de

Von Frédéric Lenoir liegen bei Piper vor:
Sokrates, Jesus, Buddha
Das Geheimnis des Weinbergs

Zusammen mit Violette Cabesos:
Der Fluch des Mont-Saint-Michel
Das Testament der Sünderin

Zusammen mit Marie-France Etchegoin:
Der Code zu Dan Browns »Das verlorene Symbol«

MIX
Papier aus verantwortungsvollen Quellen
FSC® C014496

Deutsche Erstausgabe
September 2012

Titel der französischen Originalausgabe:
»La parole perdue«

Umschlaggestaltung und -motiv: Hauptmann und
Kompanie Werbeagentur, Zürich
Satz: Kösel, Krugzell
Gesetzt aus der Minion
Papier: Pamo Super von Arctic Paper Mochenwangen GmbH, Deutschland
Druck und Bindung: GGP Media GmbH, Pößneck
Printed in Germany ISBN 978-3-492-27439-5

PROLOG

Dann gingen alle nach Hause.

Jesus aber ging zum Ölberg.

Am frühen Morgen begab er sich wieder in den Tempel. Alles Volk kam zu ihm. Er setzte sich und lehrte es. Da brachten die Schriftgelehrten und die Pharisäer eine Frau, die beim Ehebruch ertappt worden war. Sie stellten sie in die Mitte und sagten zu ihm: »Meister, diese Frau wurde beim Ehebruch auf frischer Tat ertappt. Mose hat uns im Gesetz vorgeschrieben, solche Frauen zu steinigen. Nun, was sagst du?« Mit dieser Frage wollten sie ihn auf die Probe stellen, um einen Grund zu haben, ihn zu verklagen. Jesus aber bückte sich und schrieb mit dem Finger auf die Erde. Als sie hartnäckig weiterfragten, richtete er sich auf und sagte zu ihnen: »Wer unter euch ohne Sünde ist, der werfe den ersten Stein auf sie.« Und er bückte sich wieder und schrieb auf die Erde. Als sie seine Antwort gehört hatten, ging einer nach dem anderen fort, zuerst die Ältesten. Jesus blieb allein zurück mit der Frau, die noch in der Mitte stand. Er richtete sich auf und sagte zu ihr: »Frau, wo sind sie geblieben? Hat dich keiner verurteilt?« Sie antwortete: »Keiner, Herr.« Da sagte Jesus zu ihr: »Auch ich verurteile dich nicht. Geh und sündige von jetzt an nicht mehr!«

Evangelium nach Johannes, Kapitel 8, Vers 1–11

1

Die Nacht war von jenem Blauviolett, mit dem sich Hortensienbüsche in englischen Gärten schmücken. Hier und da dehnten sich die Schatten der wenigen Bäume. Im Norden erhob sich hinter Palmen und Schirmpinien eine schwarze Gebirgsmasse, stumm und träge wie die zu ihren Füßen ruhende Siedlung.

Die warme, mit Jod und mediterranen Düften erfüllte Luft schien förmlich zu stehen. Für die Nacht war keinerlei Abkühlung zu erwarten.

Keine Spur von Leben in den gepflasterten Straßen, kein nächtliches Lärmen, kein Schnarchen und kein Seufzen liebkosender Lippen. Nichts als die Leere einer verlassenen Stadt. Eine Geisterstadt, nur ohne Sand, mitten in Italien.

Die Einwohner waren schon so lange fort, dass ihre Häuser keine Dächer mehr hatten. An einer Kreuzung in dem Ruinenfeld betrachtete ein steinerner Kopf von einem Brunnen herab das Nichts: Unter seinem geflügelten Helm sah Götterbote Merkur, Schutzgott der verstorbenen Seelen und der Reisenden, nach dem Rechten.

Möglicherweise irrten aus der Katastrophe geborene Gespenster durch die Gassen, aber das einzige sichtbare Zeichen menschlicher Präsenz trat auf den Fresken und in den Tempeln zutage, wo die aus Bronze und Mosaiksteinen geformten Abbilder verblasster Götter thronten. Die einst verehrten Statuen hatten den starren Blick und die immer gleiche Haltung mumifizierter Leichen.

In den Häusern wirkten Stützpfeiler und Restaurierungsarbeiten gegen den Verfall. Natur und Mensch hatten die Stadt als Freilichtbühne inszeniert: Die helle Scheibe des Mondes beschien die Kanneluren der korinthischen Säulen auf dem Forum. Teile des Isis-Tempels waren schützend mit Plexiglas überdacht, ein großes Plakat bildete die alten Malereien nach. Die Straßennamen standen auf modernen weißen Schildern, und jedes wiederhergestellte Haus hatte einen anekdotischen Namen erhalten. Der Ort bildete ein ausgeklügeltes Netz aus Bereichen, Häuserblöcken und Nummern; kein Domizil oder Laden, kein sonstiges Gebäude und kein Graffito, das der Neugier der Archäologen entging und nicht von Millionen faszinierter Touristen begutachtet wurde, die das Pflaster abliefen, seit die Stadt vor über zweihundertsechzig Jahren entdeckt worden war.

Auf der Grenze zwischen den Bereichen V und VI schlichen zwei Silhouetten durch die Straße.

»Sind hier keine Wachen?«, flüsterte ein Mann auf Italienisch mit deutschem Akzent.

»Wir sind in Neapel und nicht Zürich!«, entgegnete die Frau schmunzelnd. »Wir bezahlen doch niemanden dafür, dass er auf Ruinen aufpasst! Und wenn sich nachts so ein Armleuchter aus der Verwaltung hierher verirrt, habe ich alles dabei, damit er uns in Ruhe lässt«, fügte sie hinzu und klopfte auf ihre Handtasche.

»Es ist stockfinster ... Was ist das denn?« Der Mann richtete die Taschenlampe auf endlose ebene Flächen, aus denen Stangen und Grünpflanzen emporragten.

»Die Felder da hat mein Bruder gepachtet«, erklärte die Italienerin. »Von ihm habe ich auch die Schlüssel. Hier wagt sich kein Tourist her, aber es ist ja auch längst noch nicht alles ausgegraben! Sie haben hektarweise Flächen für ›künftige Generationen‹, wie es so schön heißt ... Und bis die kommen, bauen wir auf der Erde darüber natürlich etwas an. Ich schwöre bei meinen Urahnen, fruchtbarer als diese ist keine! Man könnte einen Stein pflanzen, und heraus käme ein Feigenbaum! Manchmal muss ich daran denken, dass das alles auf Skeletten wächst und die Wurzeln sich das Ihre aus Menschenknochen holen, aber, na ja ... die hier können wenigstens weiterschlafen. Mögen sie in Frieden ruhen. Kommen Sie, es ist nicht mehr weit.«

Dr. Ziegemacher, ein namhafter Züricher Kardiologe, folgte Gina auf den Fersen, vorbei an den Feldern und den steinernen Überresten. Für die Italienerin hatte der Ort im Laufe der Zeit an Schrecken verloren; sie bemühte sich, ihn nur als Arbeitsstätte zu betrachten. Natürlich war das kein Vergleich mit den Hotelzimmern, in denen sie normalerweise tätig wurde, es war eben nicht so komfortabel, dafür aber ausgefallener und vor allem besser bezahlt. Auf die Idee war sie vor zwei Jahren gekommen, um der Konkurrenz aus Osteuropa etwas entgegenzusetzen. Wenn die rundliche, bald sechsunddreißigjährige Gina gegen diese jugendlich-blonden Lianen antreten wollte, musste sie ihren Kunden – Touristen, die in der Nähe Urlaub machten – etwas Neues bieten. Und das Neue waren eben diese mindestens zweitausend Jahre alten Ruinen. Wer dachte beim Anblick der unzweideutigen Fresken und steinernen Bänke im berühmten Lupanar, dem Freudenhaus, nicht daran, sich dort einmal körperlich zu betätigen? Gina hatte derlei Körperübungen im Angebot, vor Ort und zu nächtlicher Stunde, gegen entsprechendes Entgelt. Derzeit wartete sie als Einzige mit dieser Leistung auf, denn die anderen Mädchen hatten Bedenken, nachts durch Pompeji zu laufen. Anfangs glaubte Gina, ein unsichtbarer Wachtposten würde ihr nachspionieren und alles beobachten, was sie tat. Immer wieder musste sie sich selbst davon überzeugen, dass es keine Gespenster gab, aber sie dachte an all die Männer, Frauen und vor allem Kinder, die in den Kellern erstickt oder bei lebendigem Leib auf der Straße verbrannt waren, genau dort, wo sie entlanglief. Zwar lag der Ausbruch des Vesuvs fast zweitausend Jahre zurück, aber dieses Leid musste einfach Spuren hinterlassen haben, die in der Atmosphäre und im Gemäuer der geschundenen Stadt immer noch wahrzunehmen waren. Weswegen kamen sonst Jahr für Jahr zwei Millionen Touristen angereist – doch nur, um den morbiden Überresten dieses abrupt unterbrochenen Lebens nachzuspüren. Würden sie auch dann aus aller Herren Länder hier aufkreuzen, wenn Pompeji, wie so viele Dörfer Süditaliens, der Landflucht zum Opfer gefallen wäre, statt an einem Sommermorgen schlagartig von der Landkarte zu verschwinden?

Gina hatte sich allmählich an den bizarren Ort gewöhnt. Einige Kunden bekamen es in den kleinen Gassen mit der Angst zu tun, aber dieser Adrenalinstoß war Ginas Diensten eher zuträglich.

»Sind Sie hier noch nie jemandem begegnet?«, erkundigte sich der Schweizer, der ängstlich durch seine Brillengläser lugte.

Er hatte sich, wie alle anderen auch, an der Hotelbar beschwatzen lassen. Als Gina ihn sich vornahm und auch ein bisschen nachhalf, hatte er traurig gewirkt. Nachdem sie ihm ihre besonderen Dienste angetragen hatte, wich die anfangs leicht abschätzige Kühle ihr gegenüber der Neugier und schließlich der Erregung. Nachts in Pompeji! Das hatte er natürlich noch nie erlebt. Verbotenerweise in Pompeji, die Stadt ganz für sich allein! Pompeji mit einer Dirne, im alten Lupanar! Rein äußerlich gefiel ihm die Frau nicht sonderlich, aber er war aufgestanden und mitgekommen.

»Doch, einmal habe ich einen verrückten Typen getroffen, der schwarze Messen abhält, und einmal einen Dieb, der es auf versteinerte Skelette abgesehen hat«, antwortete Gina nicht ohne Hintergedanken.

»Aha«, murmelte der Arzt, blass und schwitzend.

Eine Mischung aus Angst und Fiebrigkeit packte ihn, jetzt, da es nicht um seine Frau, seine beiden Exfrauen und seine vier Kinder ging, obwohl er sonst die Ruhe selbst war.

»Passen Sie auf die Matratze auf! Nicht fallen lassen!«

Sie hatte eine einfache Unterlage nähen lassen, genau in der Größe der im Grunde sehr kurzen, schmalen Steinliegen. Dr. Ziegemacher hatte sich galant angeboten, die Ausrüstung zu tragen. Inzwischen fühlte er sich weniger angeregt als zunehmend unwohl in der toten Stadt. Der groß gewachsene, schlanke und trotz seines Alters – um die sechzig – muskulöse Mann rückte die Matratze unter seinem Arm zurecht. Im Licht des

Mondes und in der schwerfälligen, steinernen Stille hatte er das Gefühl, ein Grab zu schänden.

Ohne auch nur einer Menschenseele begegnet zu sein, bogen sie schließlich in eine Gasse und blieben vor dem alten Lupanar stehen, dem einzigen von vierunddreißig oder mehr Freudenhäusern Pompejis, das den Touristen offenstand. Das tagsüber am meisten besichtigte Gebäude, das ständig von Massen Neugieriger belagert wurde, die die erotischen Fresken inspizierten, war verschlossen und leer. Gina stieg die Treppe hinauf, holte den Schlüsselbund hervor und sperrte die Tür auf.

»Wissen Sie, warum man es Lupanar nennt?«, fragte sie. »Ein Kunde hat es mir neulich erklärt: Es kommt vom lateinischen Wort für ›Wolf‹ und vom Wolfsgeheul, das die Mädchen im Dunkeln immer angestimmt haben, um die Männer anzulocken …«

»Ja, ›lupus‹ ist mir ein Begriff«, entgegnete er leicht gereizt.

Dr. Ziegemacher blickte auf die fünf abgeteilten Räume, in denen je eine steinerne, am Kopfende gewölbte Liege von etwa ein Meter siebzig Länge stand. Gina bedeutete ihm, sich eine auszusuchen. Er griff nach der Lampe und durchschritt den Gang, dessen aufreizende Bemalung hinter schützenden Glasverkleidungen lag.

Zwei Räume links, drei rechts. Zögerlich ließ der Arzt die Matratze zu Boden gleiten, wischte sich über die Stirn und richtete den Lichtstrahl der Taschenlampe in jeden der kleinen Verschläge, als wollte er Gespenster vertreiben. Plötzlich, an der Schwelle zur letzten Zelle rechts, zuckte er zusammen. Grün im Gesicht, wich er unwillkürlich zurück.

»Was haben Sie denn?«, fragte Gina. »Sie sehen aus, als hätten Sie den Geist eines Bordellbesuchers von früher vor der Nase!«

Da der Schweizer nicht antwortete und wie angewurzelt am Eingang zu der Kammer stand, trat sie näher und schrie auf.

Das Licht fiel auf ein Paar dicke Lederschuhe, dann auf zwei Beine, einen Rumpf, zwei Arme und einen Kopf, die auf der Liege ruhten – ein lebloser menschlicher Körper.

»Was macht der denn da?«, fragte Gina, froh über ihren breitschultrigen Kunden. »Wie ist er hier hereingekommen? Ob das ein Penner ist, der seinen Rausch ausschläft?«

Nach wie vor schweigend, richtete der Arzt den Lichtstrahl auf die klobigen Schuhe, die abgewetzte Jeans und das kurzärmlige, weiße Baumwollhemd des Mannes.

»Wohl eher ein Archäologe, der hier ein Nickerchen macht. Dem ist die Hitze zu Kopf gestiegen, oder er hat beim Feiern zu tief ins Glas geschaut!«, berichtigte Gina sich.

Das Licht der Lampe fiel auf den Kopf. Wieder stieß Gina einen Schrei aus. Der Schädel war eingedrückt und schwarz vor Blut.

»Der ist ja ... Glauben Sie, dass er ...«, stammelte Gina, vor Angst zitternd.

Ohne erkennbare Gefühlsregung, sondern eher mit wiedergewonnener Selbstbeherrschung und professionellem Ernst, kniete der Arzt vor der Liege nieder, fühlte routiniert den Puls, hörte das Herz ab und untersuchte die Kopfverletzungen.

»Ja«, antwortete er schließlich, »er ist tot. Und es ist noch keine Stunde her.«

Nach dieser nüchternen Feststellung setzte der Kardiologe seine Leicheninspektion fort wie ein Gerichtsmediziner, der sich auf sein Handwerk versteht.

»Wie schrecklich«, warf Gina ein, »noch keine Stunde, das heißt, der Mörder ist ganz in der Nähe? Vielleicht hält er sich hier versteckt und beobachtet uns, und wir sind als Nächste dran! Hier ist ein Verrückter unterwegs! Wir müssen sofort hier weg!«

Langsam richtete Ziegemacher sich auf und suchte die Umgebung mit der Lampe ab. Gina griff panisch nach seinem Arm. Im Lupanar war niemand, das hatte er bei der Ankunft festgestellt, niemand außer ihnen beiden und dem leblosen Körper eines Unbekannten. Nichtsdestoweniger verspürte der Arzt eine dumpfe Angst, und er musste sich zusammenreißen, um Ruhe zu bewahren. Schließlich war er kein Gerichtsmediziner, sondern Kardiologe, und hatte so etwas noch nie erlebt.

»Beruhigen Sie sich, hier ist niemand«, behauptete er in einem Tonfall, der selbstsicher wirken sollte. »Sogar die abartigsten Täter fliehen nach der Tat und verhalten sich mucksmäuschenstill …«

»Woher wollen Sie das wissen?«, erwiderte Gina, und die Umstände verliehen ihrer Stimme einen aggressiven Unterton. »Sie haben doch gesagt, Sie wären Arzt und nicht Polizist! Wie machen wir das überhaupt mit den Carabinieri? Wer gibt ihnen Bescheid? Madonna, was für ein Schlamassel! Und das passiert mir, wo ich mich immer aus allem raushalte …«

Sie begann zu schluchzen wie ein Kind. Peinlich berührt untersuchte der Arzt erneut den Toten und dessen Lager im Schein der Lampe.

Plötzlich entdeckte er eine Inschrift. Über dem blutigen Gesicht stand mit weißer Kreide geschrieben: »Giovanni, 8, 1 – 11«.

»Sehen Sie sich das mal an«, forderte er Gina leise auf.

»Was ist das?«, fragte sie zwischen zwei Schluchzern. »Wer soll das sein? Ist das sein Name – Giovanni? Oder der von … von seinem Mörder, den er noch hingeschrieben hat, bevor er starb?«

Der Arzt runzelte die Stirn.

»Ich denke da an etwas ganz anderes. Sie haben nicht zufällig eine Bibel dabei?«

Gina sah ihn sprachlos an. In zwanzig Berufsjahren war es das erste Mal, dass ihr ein Kunde diese Frage stellte.

2

Bist du sicher, dass du nicht frierst, Romane? Sonst gehe ich noch mal nach Hause und hole deinen Mantel.«

»Mama, es ist doch nicht Winter, ich brauche keinen dicken Mantel.«

»Es liegt kein Raureif, da hast du recht, aber die Luft ist schon frostig.«

»Was ist Raureif eigentlich, Mama?«

»So heißt Nebel, der so dick und kalt ist, dass er gefriert, wenn er zu Boden sinkt.«

»Was du alles weißt, Mama. Ich kann mir das nie so merken wie du.«

Die Mutter lächelte.

»Und ob du das kannst! Und sogar noch viel mehr! Aber weißt du, was dafür ganz wichtig wäre?«

»Ja, im Unterricht nicht mit Chloé quatschen. Und der Lehrerin gut zuhören. Und tun, was sie sagt.«

Mutter und Tochter liefen Hand in Hand durch die Dorfgassen. Ähnlich sahen sie sich nur wegen ihrer dunkelbraunen, fast schwarzen Haare, die die Mutter als kurzen Pagenschnitt trug und die Tochter in langen, geflochtenen Zöpfen, die über den Ohren zu Schnecken hochgesteckt waren. Romane hatte den dunklen, fast olivfarbenen Teint der Menschen vom Mittelmeer, Johanna dagegen war sehr hellhäutig und hatte Sommersprossen. Die dunkel-smaragdgrünen Augen des Mädchens mit ihren goldenen Einsprengseln waren gerahmt von einer kleinen, roten Nickelbrille, während die Augen der Mutter nordisch blau und grau gerändert waren und die Wölbung ihrer Iris darauf hindeutete, dass sie ihre Brillengläser gegen Kontaktlinsen eingetauscht hatte.

Die Mutter war von schlanker, hochgewachsener Gestalt; sie zog das Bein leicht nach. Diese kaum merkliche Beeinträchtigung rührte von dem Vorfall her, der Johanna monatelang an ein Krankenhausbett gefesselt hatte. Das war vor sechs Jahren gewesen, als sie mit Romane schwanger war, wovon sie damals noch nichts ahnte.

»Mama, holst du mich heute Abend ab?«

»Habe ich dich schon jemals vergessen, mein Schatz?«

»Nein.«

Johanna hockte sich vor ihre Tochter und umarmte sie.

»Romane«, flüsterte sie ihr ins Ohr, »ich habe dich lieb, am allerliebsten.«

»Mehr als Oma und Opa? Mehr als Hildebert? Auch mehr als Isabelle? Und Luca?«

»Mehr als alle anderen, mehr als mich selbst. Bis nachher. Sei schön brav und mach gut mit …«

Johanna küsste Romane zärtlich und strich ihr über die Wange und die Haare. Dann richtete sie sich wieder auf und blickte ihrer Tochter nach, die mit einer Mischung aus Stolz und Furcht den Schulhof betrat. Romane erinnerte sie an das Kind, das sie selbst gewesen war. Sie wollte nicht, dass ihre Tochter dieselben Ängste durchleben müsste, zumal sie ohne Vater aufwuchs. Johanna hatte damit kein Problem, sie hatte sich auf Anhieb zugetraut, die Rolle beider Elternteile auszufüllen. Aber der fehlende Vater könnte Romanes Entwicklung möglicherweise beeinträchtigen. Die Mutter umhegte sie daher doppelt, ohne sie so zu verwöhnen, dass sie unhöflich oder aufsässig würde.

Tatsächlich empfand sie ihre Tochter als einen Teil ihrer selbst, das Beste, was ihr je widerfahren war. Dieses nicht herbeigesehnte, unerwartete Kind bestimmte ihr Dasein und gab ihrem Leben, das sie vor sechs Jahren beinahe verloren hätte, Sinn. Während ihrer Schwangerschaft hatte sie das Bett hüten müssen, und sie war gezwungen gewesen, per Kaiserschnitt zu entbinden, wegen der Nägel, die seit damals in ihrer Hüfte steckten.

Am kommenden 31. Dezember würde Romane sechs Jahre

alt. Auf dem Weg durch die Rue des Écoles hinauf zum ehemaligen Ursulinenkloster bestaunte Johanna den Herbstnebel, der sich ins Tal ergoss: Fahler Dunst legte sich über die Kammwege und den Glockenton der Église d'Asquins, auf den das Läuten von Saint-Père auf der anderen Seite des Hügels antwortete. Deren höchste Spitze, die gleich einer hellen Fiale über dem Dunst schwebte, erreichte sie nun. Sie war froh, hier eine Anstellung gefunden zu haben. Wegen ihres späten Geburtsdatums im Jahr wäre Romane in Paris mit Sicherheit auf der Warteliste gelandet und hätte wahrscheinlich ein weiteres Jahr in den Kindergarten gehen müssen. Hier verlor sie wenigstens keine Zeit, die Klassen waren nicht überfüllt, und in einem Dorf mit knapp fünfhundert Einwohnern bliebe sie auch verschont von der Gewalt, wie sie in den Großstädten gang und gäbe war. Meine Tochter ist in Sicherheit, sagte sich Johanna, als sie den Vorplatz der Kirche erreichte. Sie wirkt rundherum zufrieden, auch wenn sie ihre alten Freundinnen so gut wie gar nicht mehr sieht. Sie redet auch nicht mehr von Paris, seit sie sich mit der kleinen Chloé angefreundet hat. Und sie hat jetzt Platz und gute Luft und einen Garten ganz für sich allein! Ja, sie ist glücklich … Es war richtig, die Stelle anzunehmen. Und es ist ja auch nur für ein Jahr …

Sie blieb stehen, betrachtete das lautstark begleitete Ballett der Krähen und Schwalben und ließ die Augen dann zur Basilika wandern.

Am gotischen Zentrum der Fassade, die aus dem romanischen Gebäude hervorstach, blieb ihr Blick hängen. Der Spitzbogen des Monuments mit seinem riesigen Fenster zeigte Figuren von Heiligen, Engeln, von der Jungfrau, der heiligen Maria Magdalena und Jesus. Die asymmetrischen romanischen Elemente beidseits dieses Prunkstücks aus dem 13. Jahrhundert waren beschädigt. Links war durch Blitzschlag der Nordturm abhanden gekommen, dem Eugène Viollet-le-Duc im 19. Jahrhundert ein Pyramidendach aufgesetzt hatte. Rechts reichte der Südwestturm Saint-Michel bis in achtunddreißig Meter Höhe, abwechselnd über Rundbogenfenster und Blendarkaden bis zur Abschlussbalustrade, die der Architekt dem oberen Ende des Glockenturms vorgesetzt hatte, anstelle der achteckigen hölzernen Turmspitze, die beim großen Brand im Jahr 1819 zerstört worden war.

Johanna betrachtete den großen äußeren Tympanon mit einer Mischung aus Trauer, Bewunderung und Resignation. Die romanischen Skulpturen waren zur Zeit der Religionskriege zunächst von den Hugenotten und im 18. Jahrhundert dann von den Revolutionären bearbeitet worden. Statt sie wiederherzustellen, hatte sich der Architekt Viollet-le-Duc bei seinem ersten Bauprojekt dafür entschieden, in Nachahmung des mittelalterlichen Stils neue Giebelfenster zu erschaffen. Das Ergebnis war ein Sims mit Episoden aus dem Leben von Maria Magdalena und einer Szene des Jüngsten Gerichts. Zur Linken fielen die Verdammten in den Höllenschlund, zur Rechten bewegten sich die Guten in Richtung Paradies. Und in der Mitte erstrahlte leuchtend weiß ein Christus, der sich deutlich vom grünlich schimmernden, alten Kalkstein der restlichen Fassade abhob.

Wieder einmal seufzte Johanna schwer beim Anblick der zusammengestückelten Vorderfront und ließ sich doch vom Reiz der burgundischen Kirche einfangen.

Lag es an der bewegten Geschichte der einstigen Benediktinerabtei? Oder an ihrer Lage auf einer Anhöhe, die von elektromagnetischen Strömen durchzogen und von Blitz und Sturm heimgesucht wurde und nicht zuletzt auch von den großen menschlichen Leidenschaften? Denn nicht von ungefähr wurde die Anhöhe von den Römern »Skorpionshügel« genannt. Vielleicht war es auch nur die Magie der Steine, die sich bei ihr wieder bemerkbar machte, ein Zauber, der die Seele der jungen Frau geprägt hatte und der vor sechs Jahren erloschen war.

Nach einer Woche war sie aus dem Koma erwacht, nachdem ihre Eltern sie in das Hôpital d'Avranches in Cochin hatten verlegen lassen, wo sie operiert werden sollte. Bis heute konnte sie nicht genau sagen, was sie am meisten überrascht hatte: Dass sie am Leben war oder dass sie ein Kind in sich trug. Von dem

Moment an rückten die alten Steine jedenfalls in den Hintergrund. Sie wollte um das Baby kämpfen. Ab der ersten Sekunde wusste sie einen Vornamen, und auf Anhieb war ihr klar, dass dieses Wesen unter ihrem Herzen alles für sie war, so wie es umgekehrt auch bereits der Fall war.

Johanna lauschte, wie jeden Tag, dem heiteren Läuten von La Madeleine, das als Antwort auf die Glocken im Tal ertönte, und nickte einer Figur aus Kalk und Flechten zu, die seitlich in die Tour Saint-Michel eingelassen war.

»Ehre dem Beschützer der Seelen!«, hörte sie eine Stimme hinter sich.

Lächelnd wandte sie sich um und sah eine abgeschabte Kapuzenkutte vor sich, die in der Mitte von einer Kordel zusammengehalten wurde und unter der grobe, barfüßig getragene Sandalen hervorguckten. Ledrige, tonbeschmierte Hände und ein kahler und bartloser, faltiger Kopf mit Adlernase, hoher Stirn, eingefallenen Wangen und ungeheuer sanften und unergründlichen grauen Augen, die trotz des fortgeschrittenen Alters des Franziskanermönchs sehr lebendig waren. Der alte Mann stand gebeugt unter der Last eines großen Jutesacks.

»Guten Tag, Pater. Was tragen Sie denn da? Das ist zu schwer für Sie, geben Sie her!«

»Kommt nicht infrage, mein Kind, Sie werden mich noch um die einzige körperliche Betätigung bringen, die mir bleibt! Das ist Ofenholz, das wiegt nicht viel. Begleiten Sie mich auf einen Kaffee zum Pfarrhaus.«

Johanna blieb nichts anderes übrig, als ihm zu gehorchen.

Sie war dem Mönch wenige Tage nach ihrem Umzug nach Vézelay begegnet, als sie die Krypta der Basilika besichtigte. In der Dunkelheit der Kapelle hatte die Mediävistin die Kutte des knienden Mönchs mit dem Habit der Benediktiner verwechselt und einen Augenblick lang an ein Irrbild der Geschichte geglaubt. Sie hatte sich mit dem Geistlichen angefreundet, der zwar kein Mitglied im Orden des heiligen Benedikt war, aber nichtsdestoweniger aufgeschlossen und sehr gebildet. In Gedenken an den ersten Bettelbruder, der auf Weisung von Franz von Assisi im Jahr 1217 eine Franziskanermission in Vézelay gegründet hatte, hatte er sich »Bruder Pazifikus« genannt. Neben der unorthodoxen Poesie seines Namens, der tröstlich auf Johanna wirkte, erinnerte er sie vom Charakter her an einen anderen alten Mönch, den sie früher einmal kennengelernt hatte, Pater Placido, der schon vor über fünf Jahren verstorben war. An Bruder Pazifikus schätzte sie seine Herzensgüte, seine Umgänglichkeit und sein enormes Wissen.

Er betrat vor ihr einen verstaubten, spärlich möblierten Raum, dessen Wände von Büchern bedeckt waren. Er ließ seine Last auf den Boden gleiten und stellte die Zinkkanne auf den Ofen, der auch als Herd diente. Mit seinen fünfundachtzig Jahren lebte der dem Rang nach untergeordnete Mönch in einem Zustand der Mittellosigkeit, die dem absoluten Armutsgebot der Mitglieder seines Ordens entsprach, Johanna jedoch Kummer bereitete. Bei jedem Besuch versuchte sie, ihm etwas Gutes zu tun, brachte Gebrauchsgegenstände und Lebensmittel mit, die ihm den Alltag erleichtern sollten, aber der alte Mann befragte die Mittelalterspezialistin lieber nach ihrer Arbeit und ihren Untersuchungen oder unterhielt sie mit Geschichten über die Vergangenheit von Vézelay. Die Beziehungen der Bewohner von La Cordelle, der kleinen Klostergemeinschaft, die sich im 13. Jahrhundert am Fuß der Anhöhe außerhalb des Schutzwalls gegründet hatte, zu den Benediktinern der Abteikirche Sainte-Madeleine waren nämlich turbulent und mitunter auch erbarmungslos gewesen, da sich das asketische Leben der Franziskaner schlecht mit der Opulenz und dem Machtbewusstsein der schwarzen Mönche vertrug. Bruder Pazifikus und Johanna waren stolz darauf, dass sie sich diese mittelalterlichen Episoden ins Gedächtnis rufen konnten, und sie hatten viel zu lachen.

»Alles in Ordnung in La Cordelle?«, fragte sie.

»Sie halten sich wacker«, gab er zur Antwort und holte Tassen und Zuckerdose hervor. »Gerade sind zwei Junge um die fünfzig eingetroffen, das ist gut so.«

Bruder Pazifikus war 1950 im Alter von fünfundzwanzig Jahren nach La Cordelle gekommen. Vierzig Jahre lang hatten die Franziskaner zwölf Pfarrgemeinden im Vallée de la Cure und vor allem die große Kirche betreut. Der alte Mönch liebte es, von dieser Zeit zu erzählen, seinen besten Jahren, und von seinen Mitbrüdern, große Geister allesamt, auf charmante Weise exzentrisch und verliebt in ihr Gemäuer, das sie wie eine Heilige oder aber Geliebte umhegten.

Er vermisste seinen Freund von damals, einen schwarzen Beo, dem er nicht nur beigebracht hatte zu sprechen, sondern der immerhin das Vaterunser auf Latein hersagen konnte. 1993 war der Vogel plötzlich gestorben, als die Franziskaner die Basilika an einen jüngeren Orden übergeben hatten. Die noch lebenden Mitbrüder waren wieder losgezogen oder nach La Cordelle zurückgekehrt. Bruder Pazifikus hatte den schlauen Starenvogel am Fuß des Heiligtums unter einem großen Baum beerdigt. Außerstande, Marie-Madeleine und die Anhöhe zu verlassen, hatte er es geschafft, ein Bleiberecht zu erwirken, und durfte einen Raum in dem riesigen Pfarrhaus neben der Kirche bewohnen, in dem auch die neuen Herren der Basilika wohnten. Täglich machte er sich auf nach La Cordelle, kehrte jedoch zum Gebet stets in die Krypta zurück und kauerte sich neben die Madeleine.

»Wie geht es meiner lieben kleinen Romane?«, erkundigte er sich.

Sie plauderten über Alltägliches, das Dorf, Johannas Arbeit. Als die junge Frau aufstand, um zu gehen, sah sie auf einem Hocker ein großes Buch liegen. Bei näherem Hinsehen stellte sie fest, dass es in griechischer Sprache verfasst war.

»Ich wusste ja gar nicht, dass Sie auch Griechisch können!«, rief Johanna.

»Das sind Plotins ›Enneaden‹. Ein wunderbares Werk ... ›Die Seele ist und wird, was sie schaut‹«, zitierte er. »Holz tragen ist gut für den Körper, aber die lateinische, griechische und hebräische Lektüre hält den Geist wach!«

Wenige Minuten später betrat Johanna die Basilika von Vézelay. Im Narthex, der Vorkirche, die so schön war, dass sie allein schon Tausende Touristen und Pilger anzog, warf sie nur einen flüchtigen Blick auf den großen inneren Tympanon, der im Gegensatz zum äußeren original aus dem Mittelalter stammte und rein romanischen Stils war. Dann ging sie vorbei am kleinen Postkartenstand die Treppe hinauf, um eine Holztür aufzusperren, und erreichte die in das Kirchenschiff hineinragende Tribüne, die für Besucher nicht zugänglich war.

Sie beugte sich vor und blickte in das romanische Mittelschiff mit dem gotischen Chor am anderen Ende, ein Meisterwerk, was Raum, Licht und Harmonie angeht, geschickt in Szene gesetzt von den Bauhandwerkern des Mittelalters und den Restauratoren des 19. Jahrhunderts. Sie legte ihre Hand auf das Kapitell einer Säule, die die Tribüne zierte. Zärtlich strich sie der steinernen Figur über den Kopf. Der Mann trug eine Robe mit Faltenwurf und einen Umhang. In der Hand hielt er eine Lanze, die er einem Fabelwesen in den Rachen stieß, während er es gleichzeitig mit dem Fuß auf den Boden drückte. Still richtete Johanna ein paar Worte an den Drachenbezwinger, einen christlichen Engel des Krieges und der Toten, Seelenwäger und -begleiter ins Jenseits. Die junge Frau war nicht gläubig. Aber niemals hätte sie es versäumt, an diesem 29. September, dem Namenstag des heiligen Michael, zu beten. Für Johanna war Michael keine religiöse oder mythische Darstellung. Der von seinem Wesen und seiner Funktion her entrückte Erzengel war ein reines Geistwesen, für sie aber war er aus Fleisch und Blut, mehr noch als Christus selbst das eigentliche Symbol der Fleischwerdung. Im Gegensatz zu ihm war er keine historische Figur. In Johannas Herzen existierte er tatsächlich, denn er war Teil ihrer persönlichen Geschichte. Er bewohnte einen Zauberberg am anderen Ende des Landes, in der Normandie, einst Mont Tombe, »Grabberg«, genannt. Auf diesem »Mont Saint-Michel in den Gefahren des Meeres« hatte Johanna gelebt, gearbeitet, geliebt und sich durchgekämpft – und vor sechs Jahren dort beinahe ihr Leben verloren. Aber der Herr des Ortes hatte stets über sie gewacht, sie begleitet und errettet. Johanna hätte nie jemandem anvertraut, dass sie den heiligen Michael insgeheim als engsten und zuverlässigsten Freund betrachtete.

Sie beschloss, auf demselben Weg wieder hinauszugehen. Zwar wäre sie auch über das Querschiff und den Kapitelsaal an ihren Arbeitsplatz gelangt, aber sie wollte den Gottesdienst nicht stören, der gleich beginnen würde. Man kann zu einem Erzengel sprechen und nicht an Gott oder den Teufel glauben, aber trotzdem die Rituale achten, dachte sie bei sich, als sie die Menschen beobachtete, die im lichten Morgengrauen das Kirchenschiff betraten.

Als sie sich im August auf der Anhöhe im Departement Yonne niederließ, hatte sie staunend festgestellt, dass es künftig in der Basilika, wie schon auf dem Mont Saint-Michel, die viel jüngeren Klostergemeinschaften Jerusalem mit ihren reinweißen Roben und ihren byzantinischen Psalmen waren, die das religiöse Leben aufrechterhalten würden. Dies war nicht die einzige Parallele zum Berg in der Normandie, und augenblicklich war ihr durch den Kopf geschossen, der heilige Michael höchstpersönlich habe sie nach Vézelay berufen, ein Gedanke, bei dem sie lächeln musste. Also wirklich, Jo, nicht schon wieder wie vor sechs Jahren, du weißt doch, wohin dich das geführt hat. Wir wollen nicht vergessen, dass der Geist dieses Bergs kein Engel ist, sondern eine Frau, eine Sünderin und Heilige, und ihr Name ist auch nicht Michaela, sondern Maria Magdalena.

3

Durch die geschlossenen Fensterläden dringt der Fluch eines Maultiertreibers, dessen Karren im Schlamm der kleinen Gasse stecken geblieben ist. Die Schimpftiraden gegen das Tier gellen durch die tiefe Dunkelheit in der Siedlung, die der schwache Mondschein nicht zu erhellen vermag. Das Gewirr der namenlosen, ungepflasterten Straßen ohne Gehweg und Beleuchtung kommt nur Plünderern und Meuchelmördern entgegen. Keine anständige Seele traut sich zu dieser Stunde heraus, mit Ausnahme der Lasttiere und ihrer Herren, die Nahrungsmittel aus dem ganzen Reich in das Herz der Weltstadt schaffen und denen es das römische Gesetz verbietet, am helllichten Tag unterwegs zu sein. Der Esel stößt einen Schmerzensschrei aus, und der Karren bewegt sich weiter.

In der Stille drinnen herrscht große Anspannung. Alle horchen furchtsam auf ein anderes Geräusch und warten gebannt. Aber der martialische Schritt und das eiserne Scheppern der Kohorte bleibt aus. Sie atmen auf, jeder nimmt wieder seinen Platz ein. Öllampen verbreiten ein gelblich-rauchiges Halbdunkel in dem lang gestreckten Raum. Die Dreierliegen, auf denen die Gäste es sich eigentlich zum Essen bequem machen, sind an die Wände gerückt, weit weg vom viereckigen Tisch, auf dem ein kleiner, siebenarmiger Kerzenständer steht. Im zitternden Lichthof der brennenden Menora treten die Gesichter von knapp einem Dutzend kniender Männer hervor. Der Stoff ihrer Tuniken und Mäntel, ihre glatt rasierten oder bärtigen Wangen und ihre Hautfarbe deuten auf verschiedenerlei Herkunft und Stand, Sklaven, Freigelassene, freie Fremde, Plebejer und Bürger, doch keiner trägt die Toga aus weißer Wolle, das Insigne für Magistrate und das offizielle Gewand der herrschenden Klasse.

Hinter den Männern finden sich etwa ebenso viele Frauen, die ihr Haar mit einem Baumwoll- oder Leinentuch bedeckt haben. An den Trennwänden des Trikliniums hocken mehrere Kinder auf Schemeln und wohnen der heimlichen Zusammenkunft bei.

Neben dem jüdischen Leuchter sitzt ein einzelner alter Mann, nimmt ein Stück Brot und bricht es entzwei.

»Denn am Abend, an dem er ausgeliefert wurde, nahm er das Brot, sagte Dank, brach es und sprach: ›Nehmet und esset alle davon: Das ist mein Leib, der für euch hingegeben wird.‹«

Der Alte nimmt ein Stück Brot, isst davon und reicht die eine Hälfte nach rechts, die andere nach links weiter, sodass jeder ein Stückchen bekommt. Dann schenkt er roten Wein in einen großen steinernen Kelch und sagt:

»Ebenso nahm er nach dem Mahl den Kelch und sprach: ›Das ist der Kelch des neuen Bundes, mein Blut, das für euch und für alle vergossen wird. Tut dies zu meinem Gedächtnis.‹«

Kaum hat er seinen Satz vollendet, als ein leises Klopfen an der Tür ertönt. Kelch, Brot und Leuchter werden sofort verstaut, die Versammlung erstarrt vor Angst. Alle halten die Luft an. Erneut wird geklopft, dieses Mal lauter. Jetzt läuft Magia, die Sklavin des Hauses, herbei und breitet Lebensmittel auf dem Tisch aus, während alle wieder ihren standesgemäßen Platz einnehmen. Die freien Männer und Frauen ruhen, auf den linken Arm gestützt, wie zum Abendessen, die Diener nehmen Haltung an. Mit einem Blick vergewissert sich der Älteste, ob alles am rechten Platz ist, und gibt dem Hausherrn ein Zeichen, er möge die Tür öffnen. Statt einer Kohorte der Prätorianergarde, den Soldaten des Kaisers, erblickt Sextus Livius Aelius einen einzelnen Mann in staubiger Reisekluft, ein dunkler, bärtiger Typ mit langen, zu einem Zopf zusammengebundenen Haaren.

»Ist dies das Haus von Sextus Livius Aelius, dem Weinhändler?«, fragt der Unbekannte leise.

Misstrauisch nickt der Händler.

»Bruder«, hebt der Mann an, »der Reeder Simeon Galva Thalvus schickt mich.«

Bei diesen Worten lächelt Sextus Livius Aelius, öffnet die Tür und zieht den Unbekannten herein.

»Meine Brüder und Schwestern«, sagt er zu seinen Gästen, »ihr habt nichts zu befürchten, es ist ein Bruder, der uns besucht. Und du sei willkommen, wir sind hier zum Abendmahl versammelt ...«

Neugierig erheben sich die Anwesenden und beäugen den verschmutzten, völlig erschöpften Mann mit dem düster-fiebrigen Blick.

»Ich heiße Raphael«, sagt er und streift seinen langen Mantel ab, »und habe einen sehr weiten Weg hinter mir. Ich komme von der provenzalischen Küste Galliens.«

Sextus Livius legt ihm die Hand auf die Schulter und führt ihn zu dem Alten.

»Das ist Antonius, unser Ältester. Petrus persönlich hat ihn bestimmt.«

Raphael verbeugt sich, küsst dem Ältesten die Hand und bittet ihn um seinen Segen. Antonius legt beide Hände auf das Haupt des Fremden und spricht murmelnd die Worte:

»Im Namen unseres Herrn Jesus Christus.«

Dann gibt der Hausherr dem Reisenden zu essen und zu trinken.

»Ich muss Apostel Petrus sprechen«, sagt Raphael. »Ich habe eine Botschaft von größter Wichtigkeit für ihn. Simeon Galva Thalvus hoffte, hier zu sein.«

Ein Raunen geht durch die Menge.

»Leider«, entgegnet darauf Sextus Livius, »wurde Petrus heute früh zur zweiten Stunde verhaftet.«

»Verhaftet? Von wem? Warum?«

»Er wurde auf persönlichen Befehl Neros geholt«, berichtet ein Mann. »Ich habe mit eigenen Augen die Prätorianergarde gesehen, wie sie Petrus weggebracht hat.«

»Bruder, du kommst aus dem Randgebiet des Reiches«, mischt der Älteste sich ein, »und scheinst überhaupt nicht zu wissen, was in Rom los ist!«

»Ich ... ich bin nur ein einfacher Bote«, sagt Raphael entschuldigend, »und es ist das erste Mal, dass ich Augustus' Stadt betrete ...«

»Hast du denn nichts von dem Feuer gehört, das unsere Stadt diesen Sommer zerstört hat?«, fragt eine Frau. »Hast du rings um dich nicht die Ruinen dieses großen Unglücks gesehen?«

»Das Feuer ist in der Nähe des Circus Maximus ausgebrochen«, berichtet ein beleibter Händler. »Sechs Tage und sieben Nächte lang hat es, angefacht vom Wind, unsere Stadt in Schutt und Asche gelegt. Es hat Tausende Bewohner getötet, unsere Häuser, Geschäfte und Vorräte vernichtet ...«

»Was von den Flammen verschont blieb, haben die Plünderer geholt«, fügt eine Frau hinzu. »Manche behaupten, sie hätten auf höchsten Befehl gehandelt, einige wurden sogar gesehen, wie sie weitere Brände gelegt und eigens dafür gesorgt haben, dass das Feuer sich ausbreitet.«

»Währenddessen«, so Domitilla Calba, die Hausherrin, »hat Kaiser Nero auf dem Gipfel des Quirinals Leier gespielt und dazu im neunten Jahr seiner Regentschaft den Untergang Trojas besungen und zugeschaut, wie das Verhängnis seinen Lauf nahm. Kaum war der Brand gelöscht, hat er dafür gesorgt, dass die Stadt nach seinen Plänen wiederaufgebaut wird. Sein neuer Palast, die Domus Aurea, das ›Goldene Haus‹, ist schon im Bau und reicht über den Palatin hinaus bis zum Caelius. Der Herrscher lässt eine riesige Statue nach seinem Abbild errichten, und es heißt sogar, er wolle das neue Rom nach sich selbst benennen: Neropolis!«

Raphael betrachtet eingehend diejenigen, die ihm berichten, und runzelt die Brauen.

»Meine Brüder und Schwestern, ihr wollt sagen, der Brand sei absichtlich gelegt worden und der Kaiser selbst habe verfügt, das Feuer zu entzünden und anzufachen, um seinen architektonischen Ehrgeiz zu befriedigen?«

»Das stimmt nicht!«, ruft ein Sklave. »Nero hat unbehauste Bewohner in seine Bauten auf dem Marsfeld aufgenommen, ihnen kostenlos zu essen gegeben und den Weizenpreis gesenkt!«

»Bruder«, mischt sich ein Wasserträger ein, »sieh doch, wie wir als einfache Leute in die obersten Stockwerke von Häusern verbannt werden, die wie auf Stelzen emporragen und schlecht gebaut und ohne fließendes Wasser sind. Im Raum sammelt sich der Unrat an, und wir kochen notdürftig auf Feuerpfannen. Es vergeht keine Nacht, in der nicht in irgendeinem unserer Dachzimmer durch Missgeschick ein Feuer ausbricht.«

»Diese Stadt ist ein Ort der Ausschweifungen und Wollust«, erklärt ein Freigelassener mit gerötetem Gesicht, »ein neues Babylon, Gott selbst hat sie bestraft!«

»Ruhig, Kinder«, unterbricht der Älteste mit leiser Stimme. »Was immer dieses Unglück herbeigerufen haben mag, es fällt auf unsere Gemeinschaft zurück. Der Verdacht, den du, Raphael, gegen den Kaiser gerichtet hast, wurde nach dem Brand von allen Bewohnern Roms in Umlauf gebracht. Um die Wut der Römer zu besänftigen und sich gegen die Anwürfe einiger Aristokraten und Senatsmitglieder zur Wehr zu setzen, hat Nero beschlossen, die Anhänger Jesu seien die Schuldigen. Wir sind daran gewöhnt, unseren Glauben zu verheimlichen, aber jetzt leben wir in Angst.«

»Was ist mit Petrus geschehen?«, erkundigt sich Raphael besorgt.

»Das wissen wir leider nicht«, antwortet Antonius. »Er wurde eingesperrt und wahrscheinlich verhört. Unsere Gebete begleiten ihn … Wir beten Tag und Nacht für ihn und unsere anderen Brüder, die in die schauderhafte Zelle des Tullianum geworfen wurden …«

»Aber keiner von euch wird zugeben können, das Feuer in Rom gelegt zu haben, weil das nichts als Lüge und Verleumdung ist!«, protestiert der Bote.

»Mein Junge«, sagt Antonius und legt seine alte, fleckige Hand auf Raphaels Arm, »du unterschätzt die Überredungskünste der kaiserlichen Peiniger. Nach allem, was ich von einem Bruder gehört habe, der Sklave im Palast des Herrschers ist, begnügt sich die Obrigkeit allerdings damit, ihre Gefangenen zu fragen, ob sie Christen sind. Verneinen sie, werden sie auf der Stelle freigelassen. Andernfalls landen sie im Gefängnis. Sie werden nie gezwungen, zuzugeben, dass sie die Stadt angezündet haben … und bis jetzt wurde auch keiner von ihnen hingerichtet. Daher glaube ich, dass Nero wohl nicht die Absicht hat, uns auszuschalten, sondern vielmehr mit dem Finger auf uns zeigen und uns als Sündenböcke benutzen will, um sich selbst freizusprechen und die Bewohner der Stadt ruhigzustellen … Ich habe durchaus Hoffnung, dass unser Herrscher, wenn die Wogen erst geglättet sind, dafür Sorge trägt, dass unser Apostel Petrus und all unsere zu Unrecht gefangen genommenen Brüder und Schwestern wieder freikommen. Möglicherweise werden wir dann der Stadt verwiesen, so wie Kaiser Claudius einst einen Teil der Juden fortgejagt hat …«

»Möget Ihr recht behalten, lieber Antonius«, sagt Sextus Livius Aelius. »Bis dahin verkriechen wir uns wie unreine Tiere aus Furcht vor dem Kaiser und den römischen Gesetzen, denen wir uns seit jeher unterworfen haben, ohne sie je in Frage zu stellen, so wie Petrus und Paulus es von uns verlangt haben. Wir zittern vor den Römern, zu denen wir doch gehören, wir Bürger, die wir jetzt als Freiwild gerade gut genug sind …«

»Sextus Livius Aelius, meine Brüder und Schwestern«, entgegnet Antonius, »ich kann nur an die Worte unseres lieben Petrus erinnern, um eure Seelen zu beruhigen, an die Sätze, die der Gefährte des Retters uns gerade erst hinterlassen hat, bevor er ins Gefängnis kam und – ich bin mir sicher – bald auch wieder freigelassen wird: ›Lasset euch die Hitze, so euch begegnet, nicht befremden, die euch widerfährt, dass ihr versucht werdet, als widerführe euch etwas Seltsames, sondern freuet euch, dass ihr mit Christo leidet.‹«

»Amen«, schließt die Versammlung murmelnd.

4

Während in der Basilika die Psalmen der Jerusalem-Gemeinschaft ertönten, begab sich Johanna entlang der Südseite der Kirche zu einem Erdwall, der das Kloster säumte. In der zuvor grasbewachsenen Mitte waren rechteckige, nummerierte Flächen ausgehoben und zum Schutz vor Witterung provisorisch mit Wellblech überdacht. In einer Bauhütte in der Ecke wurden Werkzeug und Arbeitskleidung deponiert. Davor stand ein behelfsmäßig errichteter Zaun mit dem Schild »Betreten verboten«.

Als Johanna auf den weißen Container zusteuerte, öffnete sich die Tür, und eine blonde, etwa zwanzigjährige Frau mit Zigarette im Mundwinkel trat auf die Schwelle.

»Unglaublich, dass es auf der Erde immer noch Menschen gibt, die rauchen!«, stellte Johanna mit gekünstelter Empörung fest.

»Ein paar freiheitsliebende, leichtsinnige und lebensmüde Sturköpfe gibt es noch!«, entgegnete Audrey mit breitem Grinsen. »Morgen hör ich auf.«

Seit die Arbeiten vor zwei Wochen begonnen hatten, stand der Refrain. Allmorgendlich erteilte die Grabungsleiterin ihrer Praktikantin eine Rüge, und diese verschob den Tabakentzug immer wieder auf den nächsten Tag. Johanna wollte die junge Frau nicht so sehr ermahnen als vielmehr einen guten Kontakt zu ihr bekommen. Während Audrey Rauchkringel in die Luft blies, betrat Johanna die nach Kaffee duftende Bauhütte, in der schon die beiden Männer warteten, die auch zum Team gehörten.

»Guten Morgen! Setzen wir uns eben zusammen und bringen uns auf den neuesten Stand? Hier oder im Kapitelsaal?«

»Hier!«, riefen Werner und Christophe im Chor. »Im Kapitelsaal holt man sich sofort eine Erkältung oder eine Lungenentzündung, so feucht ist es da«, fügte Christophe hinzu. »Hier haben wir es wenigstens warm …«

Johanna schenkte sich Kaffee ein und wartete, bis Audrey zurückgekommen war. Wie an jedem Montag verständigten sie sich kurz über das Grabungsraster und die Aufgabenverteilung für die Woche.

Johanna hockte auf ihrem Bodenabschnitt und zog den Reißverschluss ihrer Fleecejacke zu. Nach der besessenen Leidenschaft für die Grabungen, die sie sechs Jahre zuvor fast das Leben gekostet hätte, nach dem Nichts des monatelangen Krankenhausaufenthalts und ihrer Antriebsschwäche, die im Pariser Labor des nationalen französischen Forschungszentrums CNRS einsetzte, durchströmte sie nun eine enorme Zärtlichkeit. Sie betrachtete Steine nicht länger als Schätze, die es zu heben und deren Geheimnisse es aufzudecken galt, sondern als alte Freunde, Komplizen seit jeher. Johanna war reifer geworden. Sie musste jetzt nicht mehr wählen zwischen der Liebe zur romanischen Kunst und ihrer Beziehung zu lebendigen Menschen: Dank ihrer Tochter, und vielleicht auch wegen des Unfalls, hatte sie die Erfahrung gemacht, dass beides zusammenpasste. Im letzten Monat war sie vierzig Jahre alt geworden. Vermutlich hatte auch das Alter mit dieser Veränderung zu tun.

Zwar hatte sie wieder Freude an dem Gemäuer heiliger Stätten, was sie aber fürchtete, waren Gräber und Skelette. Mittelalterliche Gebeine waren für sie nicht mehr Spuren eines Lebens, das Zeugnis einer Vergangenheit, die man wieder aufleben ließ, sondern der materialisierte Tod. Dass der schon so lange zurücklag, änderte nichts an der emotionalen Belastung. Allein lassen konnte Johanna ihre Kollegen bei der Inspektion des alten Mönchsfriedhofs nebenan jedoch nicht. Wer weiß, mutmaßte sie insgeheim, vielleicht verbirgt sich hinter diesen menschlichen Überresten ja doch irgendein Schatz …

Um Viertel nach vier holte sie ihre Tochter von der Schule ab. Es war für sie der schönste Moment des Tages. Eine gewisse Aufregung konnte sie nicht verbergen, wenn sie auf Romane wartete, eine Mischung aus Sorge und Ungeduld, die sich erst legte, wenn sie unter den vielen Kindern ihre Tochter erblickte.

Rennend und schreiend wie alle anderen, kam Romane mit Chloé auf ihre Mutter zu. Johanna beugte sich zu ihnen hinunter, gab beiden einen Kuss und nahm jede, nachdem sie ihnen die Schultaschen abgenommen hatte, an die Hand.

»Na, Mädchen, wie war's heute?«

»Mademoiselle Jaffret ist gemein!«, rief Chloé, ein entzückender kleiner Teufel mit rotem Pferdeschwanz und haselnussbraunen Augen, so lebendig und listig wie die eines Eichhörnchens.

»Wieso das?«

»Sie hat Romane und mich in die Ecke geschickt!«

»Soso ... und was habt ihr angestellt, dass sie euch bestraft hat?«

»Nichts!«, empörte sich das rothaarige Mädchen. »Gar nichts!«

Johanna wandte sich diskret Romane zu. Ihre Tochter errötete, hielt sich die Hand vor den Mund und warf Chloé hinter dem Rücken ihrer Mutter einen Blick zu, bevor sie losprustete. Ihre Freundin ahmte sie nach, und bald konnten sich beide vor Lachen nicht halten.

»Arme Mademoiselle Jaffret. Mit euch Biestern wachsen ihr bis zum Ende des Schuljahrs noch graue Haare!«

In einer kleinen Nebenstraße der Rue Saint-Étienne betraten die drei eine Konditorei mit gelb-rosafarbenem Interieur, in der es aufdringlich nach geschmolzener Butter roch. Johanna übergab Chloé ihrer Mutter, die hinter der Theke thronte. Im Gegenzug reichte die Bäckerin Romane ein riesiges Schokoladencroissant. Manchmal gab sie der Archäologin für ihr Team auch übrig gebliebenes Gebäck vom Vortag mit.

Die beiden Mädchen zelebrierten einen herzzerreißenden

Abschied, dann gingen Johanna und Romane wieder Richtung Hauptstraße und weiter den Berg hinauf.

»Hallo, großes Mädchen! Kriege ich einen Schokokuss?«

Romane warf sich Christophe in die Arme. Mit Beginn der Arbeiten hatte sie ihn zu ihrem Liebling im Team erkoren. Sobald sie ihn sah, umschwirrte sie ihn derart, dass es Johanna die Sprache verschlug. Wie immer blieb sie bei ihm. Er hatte ihr einen Campingstuhl in passender Größe besorgt, setzte sie hinein und schlug eine Decke um sie. Dann machte er sich wieder an die Arbeit und plauderte dabei munter weiter mit Romane, die immer wieder mal von ihrem Stuhl aufsprang, ihm ihre kleine Hand auf die breite Schulter legte und ihn über seine Arbeit ausfragte. Johanna beobachtete die beiden aus einiger Entfernung. Trotz aller Bemühungen würde sie den fehlenden Vater nicht ersetzen können, dachte sie sich immer wieder, und bei aller Lebensfreude würde Romane vermutlich doch leiden. Dann fühlte Johanna sich schuldig, dass sie ihrer Tochter keinen Vater bieten konnte.

Um sechs Uhr abends räumte jeder seine Utensilien zurück in den Baucontainer.

Romane und Johanna gingen an der Kirche entlang, vorbei an der Tour Saint-Michel, um dann links in die Rue du Chevalier-Guérin einzubiegen, ein bezauberndes mittelalterliches Gässchen, durch das sie in die Rue de l'Hôpital gelangten. Johanna wäre lieber in einer Straße mit anderem Namen gelandet, aber das Haus hatte es ihr angetan.

»Guten Abend, ihr zwei Hübschen!«, empfing sie eine helle Frauenstimme.

Die Archäologin begrüßte die Hausbesitzerin, die auf ihrer kleinen Terrasse unterhalb der mit Cretonne-Gardinen geschmückten Fenster gerade Geranien pikierte. Romane riss sich los, um die alte Dame stürmisch zu umarmen.

Madame Bornel besaß ein dreiteiliges Haus. Den mittleren Teil vermietete sie sehr günstig an ein Hilfswerk für Künstler; derzeit wohnten dort ein alter Dichter, ein Holzbildhauer und ein junger Aquarellkünstler. Louise Bornel wollte auf diese Weise die künstlerische Tradition in Vézelay fortsetzen und gleichzeitig im christlichen Sinn Gutes tun. Den rechten Teil vermietete sie an Johanna, zu einem normalen Preis, der, verglichen mit den Mieten in der französischen Hauptstadt, jedoch kaum ins Gewicht fiel. Den linken Teil mit den Kuppelfenstern bewohnte sie seit dem Tod ihres Mannes vor zwanzig Jahren auf Leibrentenbasis. Dabei hatte sie als Eigenbrötlerin, die sich gerne auch einmal einen genehmigte, eine Auszahlung in Form von Schnaps ausgehandelt. Die Käufer mussten ihr Jahr für Jahr hundert Flaschen des besten Marc de Bourgogne liefern, wobei sie selbst die Marke bestimmte. Nach nunmehr zwei Jahrzehnten waren die Käufer nervlich am Ende, während sich Madame Bornel mit ihren neunzig Jahren bester Gesundheit erfreute.

»Wie wär's mit einem kleinen Gläschen, mein Kind?«

»Nein, danke, Louise, das ist mir noch zu früh.«

Johanna war das hochprozentige und zugleich süße Gebräu aus Marc und Ratafia zuwider, das einem augenblicklich in den Kopf stieg. Madame Bornel aber liebte es über alles. Die alte Frau wirkte nie betrunken; aus ihrem grauen Dutt ragte kein einziges Haar hervor, und stets blickte sie einen offen und aufrichtig aus ihren blauen Augen an.

Das Zuhause war nicht riesig, aber verglichen mit der Zweizimmerwohnung in der Rue Henri-Barbusse der reinste Palast: eine große Wohnküche, die ins Wohnzimmer überging, im ersten Stock das Bad und drei kleine Mansardenzimmer. Die Möbel waren rustikal und nicht eben knapp bemessen; alles verströmte die solide Atmosphäre eines alten Landhauses.

»Hildebert, wo bist du? Hildebert!« Romane ließ ihre Jacke an der Garderobe und lief zum Spülbecken in der Küche, um sich die Hände zu waschen.

»Der ist bestimmt auf Beutezug, keine Sorge, zum Fressen ist er sicher bald zurück …«

Hildebert war ein alter Straßenkater, in den sich die damals Vierjährige hoffnungslos vernarrt hatte, als ihre Großeltern mit ihr zum Tierschutzverein von Seine-et-Marne gefahren waren, wo sie sich einen kleinen Hund aussuchen sollte. Mit seinem schwarzen Fell, dem klaren und klugen Blick eines Patriarchen und seiner Leibesfülle hatte er Johanna an einen Benediktinerabt aus dem 11. Jahrhundert namens Hildebert erinnert. Der an sich hochmütige, eigenwillige und gar nicht verschmuste Kater machte bei Romane eine Ausnahme und schlief sogar jeden Abend lang ausgestreckt neben ihr.

Seit sie auf dem Land lebten, hatte Hildebert sich jedoch verändert. Er, der normalerweise regungslos in olympischer Pose auf einem Sessel oder auf der Heizung ruhte, hatte die Natur für sich entdeckt und gab sich uneingeschränkt seinem neuen Leben hin. Allmorgendlich verschwand er, um am späten Nachmittag, teils mit Laub oder Dreck im Fell, zurückzukehren, ein bisschen Trockenfutter zu verspeisen und sich bis zum Morgengrauen wieder aus dem Staub zu machen, mit unbekanntem Ziel. Am meisten litt Romane unter Hildeberts Verhalten, denn sie hatte ihren Lieblingsgefährten verloren – und das nächtliche Kuscheltier.

Wieder einmal bekümmert über seine Abwesenheit, ging Romane hinauf in ihr Zimmer. Sie stellte die Schultasche auf dem alten Holzpult ab, das ihre Großeltern ihr geschenkt hatten, Johannas Kinderschreibtisch, und setzte sich auf die mit Kissen gepolsterte Bank, während ihre Mutter in einem geflochtenen Gartenstuhl Platz nahm. Es folgten die Hausaufgaben und das Baderitual.

Diesen Moment liebte Romane noch mehr, seit sie hier lebten, denn aus Gründen der Sparsamkeit und um möglichst schnell das klamme Gefühl nach dem stundenlangen Graben in der Erde loszuwerden, stieg Johanna gemeinsam mit ihrer Tochter in die Badewanne. Nach dem Ernst des Lernens, bei dem immer wieder auch Mythen und Legenden eine Rolle spielten, war das Badeintermezzo die Zeit, in der Romane sich ihr mit allen Problemen, Freuden und Sorgen anvertraute. An jenem Abend wollte sie ihre Mutter etwas fragen.

»Mama, meine Freundin Agathe feiert am Samstag Geburtstag, darf ich mit Chloé hingehen?«

»Wo wohnt Agathe denn?« Johanna wusch die langen Haare ihrer Tochter.

»Am Wald von La Madeleine, auf dem Land, ihre Eltern machen Wein.«

»Ich nehme mal an, ich soll euch hinfahren, Chloé und dich, und wieder abholen.«

»Na ja, Chloés Mama sagt, dass sie den Laden samstags nicht zusperren kann.«

»Einverstanden. Dann denk mal darüber nach, was du deiner Freundin Schönes schenken möchtest.«

»Ich weiß es schon: ein Fledermausauge! Agathe kann es in die Tasche stecken und wird unsichtbar, weil es magische Kräfte hat. Dann können die Jungs in der Schule sie nicht mehr ärgern.«

»Ich glaube, deine Freundin wird sich anders verteidigen müssen, Romane. Denk doch mal an die arme Fledermaus. Im Mittelalter hat man geglaubt, dass ihre Augen den Menschen unsichtbar machen, aber du weißt ja, dass man sie töten muss, damit diese Kräfte auf einen übergehen ...«

»Dann nicht! Fledermäuse sind so niedlich, ich will nicht, dass einer was geschieht. Dann suche ich etwas anderes aus. Ein Einhorn.«

Johanna lächelte, während sie weiter Romanes Haare wusch.

»Genau, du malst ihr ein schönes Bild mit einem Einhorn.«

»Kein Bild, Mama, ich bringe ihr ein echtes Einhorn mit, und zwar ein lebendiges! Ich weiß, dass Einhörner scheu sind und nur in Freiheit im Wald leben können, aber du hast gesagt, es gibt eine Ausnahme, von einem Mädchen nämlich könnte es gezähmt werden. Deswegen gehe ich mit Hildebert in den Wald und hole ein schönes, lebendes Einhorn für Agathe!«

In Momenten wie diesen bereute Johanna, nicht Lebensmittelhändlerin geworden zu sein.

Nach dem Bad bereitete Johanna das Abendessen für ihre Tochter zu. Um Viertel vor neun stellte Romane betrübt fest, dass Hildebert noch immer nicht zurück war, und kletterte in ihr Bett. Johanna las ihr ein paar Seiten aus Reineke Fuchs vor, und die Kleine lachte über den Streich, den das Schlitzohr Isegrim spielt, bevor sie in ihre Träume versank.

Vorsichtig öffnete die Archäologin die Tür zum dritten und kleinsten Zimmer, das Büro und Gästezimmer zugleich war. Ohne Licht zu machen, steuerte sie auf einen großen, dunklen Kasten zu. Im schwachen Licht des aufgehenden Mondes kniete sie sich hin, bewegte einige Male einen großen Knopf hin und her, und die Box sprang auf.

Sie holte etwas in der Größe eines Babys aus dem Safe und legte es behutsam auf den Tisch vor dem Fenster. Augenblicklich schreckte sie hoch. Zwei leuchtende Augen durchbohrten sie förmlich.

Sie knipste die Nachttischlampe an. Auf dem Tisch lag Hildebert und betrachtete sie eingehend wie ein Abt seine Mönche bei der Kapitelversammlung.

»Wann und wie bist du denn hier hereingekommen? Wie auch immer, Romane hat dich heute Nachmittag jedenfalls gesucht … Ohne dich tut sie sich schwer beim Einschlafen. Ich weiß, du entdeckst jetzt auf deine alten Tage endlich die Freuden des Landlebens, aber wenn es friert, werden wir ja sehen, ob dir der Ofen nicht doch lieber ist! Du bist ein undankbarer Kerl. Wenn ich daran denke, dass ich dich nach einem der heiligsten Äbte des Abendlandes benannt habe, keinem Geringeren als dem Baumeister der romanischen Klosteranlage vom Mont Saint-Michel …«

Der Kater ließ ein mürrisches Miauen hören und ergriff die Flucht. Johanna blickte ihm lächelnd nach und richtete dann die Lampe auf den Gegenstand, den sie aus dem stählernen Kasten hervorgeholt hatte. Er maß etwa einen halben Meter und war aus dunkler Eiche, mit der Patina mehrerer Jahrhunderte und stellenweise rußgeschwärzt. Johanna hielt ihn vor sich hin. Der

Astragal, die Perlschnur des alten Kirchenkapitells, war kaum noch sichtbar, abgeflacht durch das Gesicht, das der unbekannte Künstler in das Holz geschnitzt hatte: Aus einem mittelalterlichen Bildnis jungfräulicher Reinheit strahlten zwei mandelförmige Augen, ohne Pupillen wie auf einem Gemälde Modiglianis, und doch eigenartig traurig funkelnd. Lippen und Hals waren schmal und die Schultern entblößt, während die Motive des karolingischen Kapitells als Waldrobe dienten: Blätter, Zweige und eigentümliche Vögel mit verdrehten Köpfen und gespreizten Krallen, die an Eulen oder Greifvögel erinnerten. Am auffälligsten an der Statue war allerdings ihr Haar: Flammenartig stand es vom Kopf ab und ergoss sich in wallenden Locken über die Schultern. Die »Sancta Maria Magdalena« rührte einen an mit ihrem klaren und dabei leicht gequälten Gesichtsausdruck, einem Leuchten, in das sich doch ein geheimes, grenzenloses Unglück mischte. Kunstkenner sahen in ihr Maria Magdalena, geprägt von der Tragödie der Kreuzigung Jesu, das Abbild der gemarterten Heiligen, die noch nicht weiß, dass ihr Herr wiederaufersteht. Über diesen einen Punkt herrschte Einigkeit.

Johanna widersprach dieser Deutung von der »Magdalenen-Pietà« nicht, und doch meinte sie, in dem Gesicht noch etwas anderes zu sehen. Sie wusste nicht, warum, aber sie hatte den Eindruck, die Dargestellte zu kennen. Anfangs hatte sie geglaubt, ihr – subjektives – Déjà-vu-Empfinden rühre vom objektiv universellen Charakter des mittelalterlichen Werkes her. Doch sie spürte, dass die Holzfigur sie regelrecht packte, als wollte sie irgendeine verlorene Erinnerung in ihrem Innersten wachrufen. Sie hielt es nicht aus, ihr fern zu sein, und hatte die Erlaubnis erhalten, die Statue, die die Grabungen im Kloster ins Rollen gebracht hatte, mit zu sich zu nehmen, um sie näher zu untersuchen.

Den alten Tresor hatte sie bei Madame Bornel entdeckt – Louises Ehemann war Juwelier gewesen –, und so hatte sie sich nicht nur für dieses Haus entschieden, sondern gleich auch beschlossen, die Statue dort aufzubewahren. Jeden Abend musterte Johanna sie eingehend, in der Hoffnung, das zu ergründen, was sie in ihr auslöste. Maria Magdalena aber beschränkte sich darauf, diese nicht gerade alltägliche Empfindung anzufachen, die Johanna irgendwann auch beunruhigte.

Wieder einmal legte sie die Figur in den Tresor zurück, ohne herausgefunden zu haben, wem sie ähnelte. Sie sah noch einmal nach ihrer Tochter und ging hinunter in die Küche. Die Uhr zeigte halb zehn. Luca war wohl mit Freunden beim Essen. Danach würde er zu sich in die Rue Séguier im 6. Arrondissement gehen und seine Sachen zusammensuchen. Er war so sehr daran gewöhnt, unterwegs zu sein, dass sein Koffer innerhalb von fünf Minuten gepackt war. Abgesehen vom Konzertfrack war alles andere sowieso zweitrangig, und was wirklich zählte, war das Cello.

Missmutig bei der Vorstellung, dass sie ihren Freund zwei Wochen lang nicht sehen würde, ging Johanna zum Kühlschrank und holte eine Flasche weißen Vézelay hervor. Sie hatte dieses uralte Elixier mit den mineralischen Aromen für sich entdeckt; ihr gefiel die Vorstellung, die Steine der Abtei in gelöster Form zu sich zu nehmen. Sie schenkte sich ein Glas ein und lächelte bei dem Gedanken daran, dass Wein im Dorf ein gängigeres Getränk war als Wasser, was so weit ging, dass die Bewohner einst statt aus den Brunnen aus Weinfässern schöpften, um Brände zu löschen. Der Gedanke vertrieb ihre Melancholie. Sie würde jetzt nicht warten, bis Luca zu Hause wäre, um ihn anzurufen.

Als sie nach ihrem Handy griff, hörte sie es klingeln. Der Anrufer hatte einen ausländischen Akzent, aber es war nicht Lucas italienischer Singsang.

»Wie bitte? Ich kann Sie kaum hören, ich verstehe rein gar nichts … Wer sind Sie?«

Mit einem Mal entspannten sich ihre Züge.

»Tom? Du bist es?«

Der Akzent war so markant, dass sie ihn auf Anhieb hätte erkennen müssen. Tom war Neuseeländer und passionierter

Archäologe. Johanna hatte ihn drei Jahre zuvor bei der Hochzeit von Florence kennengelernt, ihrer ehemaligen Kollegin bei der Grabung am Mont Saint-Michel. Sie hatte sich sofort mit diesem attraktiven Mann angefreundet, der aussah wie ein Surfer und in seiner Generation zu den hochrangigsten Spezialisten für die römische Antike gehörte. An diesem Abend wirkte er merkwürdig panisch.

»Hör mal, Tom, sprich langsam, ich verstehe dich nicht … Jetzt noch einmal ganz in Ruhe!«

»Jo, es ist furchtbar, unvorstellbar! Letzte Nacht wurde mitten in Pompeji einer meiner Archäologen ermordet. Ja, hier, Johanna! Ermordet!«

5

Nach den beruhigenden Worten des Ältesten verabschieden sich alle von Sextus Livius Aelius und seiner Frau Domitilla Calba. Nur der Bote Raphael bleibt bei dem Weinhändler, um dort zu nächtigen.

»Gott sei es gedankt«, sagte der Hausherr zu seinem Gast, »dass meine Familie und ich ein würdiges Leben führen, aber so reich, dass ich dir ein Bad bieten könnte, bin ich nicht. Trotz deiner langen Reise wirst du dich mit ein paar Waschungen in Magias Küche begnügen müssen ... Morgen begleite ich dich zu den Thermen.«

»Lieber Bruder«, antwortet Raphael, »nie zuvor habe ich ein römisches Anwesen betreten, und dein Haus birgt für mich armen Missionar und halben Vagabunden aus der Provence unvorstellbare Schätze an Bequemlichkeit und Schönheit ...«

Sextus Livius Aelius lächelt, bevor er zur Antwort ansetzt.

»Das hier sind die wahren Schätze dieses Hauses. Meine Gemahlin Domitilla Calba kennst du bereits, jetzt lass mich dir meinen ältesten Sohn Sextus Livius, meinen jüngeren Sohn Gaius Livius und meine Tochter Livia vorstellen.«

Die drei Kinder im Alter von fünfzehn, zwölf und neun Jahren treten vor, um den Fremden zu begrüßen. Der Älteste und die Jüngste mit ihrem goldschimmernden Teint haben die schwarzen, welligen Haare ihrer kretischen Mutter. Domitilla hat gerade ihr Gebetstuch abgelegt, und ebenholzfarbene Strähnen, passend zu ihren Augen, lösen sich aus dem großen Haarknoten. Gaius Livius ähnelt seinem Vater, einem kleinen Mann mit kurz geschorenem braunen Haar, tiefgründigem Blick und zunehmender Leibesfülle. Was Raphael jedoch wie die meisten anderen Menschen frappiert, die Livia zum ersten Mal sehen, sind die dunkelvioletten, ganz und gar ungewöhnlichen Augen des Mädchens.

»Mein Kind, deine Pupillen haben die Farbe des Flieders, der im Frühling in den Hügeln der Provence wächst!«

»Das stimmt nicht!«, ruft die kleine Livia. »Mama sagt, meine Augen hätten die Farbe des Weines, den ihre Familie in Delos macht …«

»Neben den Allobrogen Galliens jenseits der Alpen verstehen sich nur noch die Griechen darauf, guten Rotwein zu keltern. Hier in Italien haben wir nur für Weißwein ein Händchen. Aber immerhin habe ich ein Mädchen gezeugt, in dessen Augen sich nicht nur die Liebe ihrer Eltern füreinander spiegelt, sondern auch noch unsere gemeinsame Vorliebe für Wein. Darauf bin ich sehr stolz!«

»Da hast du recht«, erwidert Raphael lächelnd.

»Magia!«, ruft der Vinarius. »Bring uns eine Karaffe mit Caecubum, eine mit Falernum und eine dritte mit Albanum, damit unser Bruder wieder zu Kräften kommt und keine bösen Träume hat.«

»Haben deine Geschäfte unter dem Feuer gelitten, Sextus Livius?«, erkundigt sich der Bote.

»Mein Lager ist ausgebrannt. Das ist ein herber Verlust, aber nicht mein Ruin. Mein Laden gleich hier nebenan im Erdgeschoss war nicht betroffen, unser Haus auch nicht, und vor allem sind meine Lieben unversehrt.«

Die Sklavin bringt Feigen, Rosinen, die Kelche, Wein und Wasser zum Verdünnen, und während Domitilla die drei Kinder in ihr Schlafgemach begleitet, machen es sich die beiden Männer auf einem Divan bequem. Magia wäscht ihrem Herrn und Raphael mit Duftwasser die Hände und trocknet sie ab. Dann kosten die beiden den weißen Nektar. Der nahe Rom angebaute Albanum mundet Raphael sehr.

»Schon Plinius der Ältere wusste«, so der Vinarius, »dass es zwei Säfte gibt, die dem menschlichen Körper angenehm sind: äußerlich das Öl und innerlich der Wein. Dem Wein verdanke ich gewissermaßen auch meine Begegnung mit Jesus … Ja, dem Wein und meiner zweiten Leidenschaft: den Büchern und der Dichtung.«

»Erzähle, Bruder«, bittet Raphael.

»Na ja, für meine Weinhandlung habe ich viel mit jüdischen Händlern zu tun, die umherziehen oder Bürger Roms sind, und vor allem mit Reedern. Daher arbeite ich auch schon jahrzehntelang mit Simeon Galva Thalvus zusammen. Vor über zehn Jahren habe ich dann den Schritt gewagt und mich für die Bücher interessiert, die das Leben derer bestimmen, die ich damals noch die ›exzentrischen Judäer‹ nannte. Simeon Galva lieh mir eine Bibel, die in Alexandrien ins Griechische übersetzt worden war.«

»Die Septuaginta«, bemerkt Raphael. »Ich bin Jude, ich kenne sie.«

»Dieses Buch war für mich eine wahre Erleuchtung, mein Bruder, eine innere Umwälzung. Ein Sinn, ein Lebensweg, den unsere Götter und zahllosen Helden den Menschen in ihren gewagten Abenteuern nie vermitteln konnten. Genauso wenig, wie die griechischen und römischen Dichter je an die unerbittliche Schlichtheit des Dekalogs herangereicht haben.«

»Die Zehn Gebote, die Gott auf dem Berg Sinai an Moses weitergegeben hat, sind nicht so einfach zu durchdringen und einzuhalten, mein Bruder«, wendet Raphael ein. »Selbst für einen Juden, für den sie immerhin der eigentliche Kern des Gesetzes sind.«

»Wahrscheinlich. Aber sie haben mich ergriffen. Es war, als wäre der göttliche Blitz auf meinen heidnischen Dickschädel niedergegangen … Und Simeon hat gelacht! Trotzdem habe ich irgendwann nicht mehr nur geschäftliche Beziehungen zu ihm und seinen Mitgläubigen unterhalten, wir haben uns angefreundet, auch über weitere Bücher. Aus mir ist dann ein ›Gottesfürchtiger‹ geworden, wie es die Römer nennen, ein Unbeschnittener, der bestimmte religiöse Vorstellungen der Juden teilt, der aber nicht konvertiert. Vor sechs Jahren hat mir Simeon Galva Thalvus die Abschrift eines Textes in die Hand gedrückt, der noch erstaunlicher ist als die Septuaginta. Es war ein Brief, der an das römische Volk gerichtet war, geschrieben von einem im Ausland lebenden Juden und Bürger Roms, der sich selbst Paulus nannte, ›Diener Christi Jesu, berufener Apostel, ausgesondert zu predigen das Evangelium Gottes‹.«

»Der Brief an die Römer …«

»Richtig. Dieser Brief hat mich sehr aufgewühlt, aber in anderer Weise. Siehst du, im Dekalog wendet sich Gott nur an Moses und sein Volk. Ich mochte mit diesen Regeln übereinstimmen, aber als Unbeschnittener blieb ich von den göttlichen Anweisungen ausgeschlossen. Paulus aber sagt, dass alle der Sünde und dem möglichen Heil unterliegen, die Juden natürlich, aber auch Griechen, Römer und Barbaren.«

»Ich kann mir vorstellen, wie sehr dich das als Heiden in Erstaunen versetzt hat.« Raphael lächelt. »Darin liegt Paulus' Kraft: Er hat es gewagt, zu sagen, dass das Gesetz Gottes und das Wort Jesu nicht dem auserwählten Volk vorbehalten sind, dass Gott nicht nur der Gott der Juden, sondern der Gott aller Nationen ist …«

»›Aber die Sünde hätte ich nicht erkannt als nur durch Gesetz‹«, zitiert Sextus Livius. »Dieser eine Satz hat mich tagelang um den Schlaf gebracht. Dann habe ich mir viele Fragen zum Propheten Jesus gestellt, von dem Paulus sagt, er sei auferstanden von den Toten. Aus dem Hades zurückzukehren! Das war unvorstellbar für mich wie für alle Römer, für die feststeht, dass außer Helden und Geistern niemand wieder aus der Unterwelt herauskommt …«

»Nur durch den Glauben, die Erkenntnis des Lichts, kommt der Glaube an das ewige Leben, das Leben des Geistes … ›Wenn nun der Geist dessen, der Jesus von den Toten auferweckt hat, in euch wohnt, so wird er, der Christus von den Toten auferweckt hat, auch eure sterblichen Leiber lebendig machen durch seinen Geist, der in euch wohnt‹. So heißt es beim Apostel weiter …«

»Ich habe diesen Teil immer wieder gelesen«, gesteht der Händler, indem er die Becher erneut mit Wein und Wasser füllt,

»ihn wie den ganzen Brief, tausendmal. Dann habe ich irgendwann darauf gewartet, dass Paulus kommt, der am Ende seines Sendbriefs schrieb, er käme auf dem Weg nach Spanien auch bald nach Rom ... Ich wollte mit diesem Mann reden, von dem ich durch Simeon als Leihgabe Abschriften seiner Briefe an andere Völker erhielt. Der Verfasser begeisterte mich genauso wie seine Worte. Simeon erzählte mir von Brüderlichkeit, Nächstenliebe, Vergebung, den Wundern, die Christus und später Petrus und die Apostel vollbracht haben, indem sie Kranke heilen, Tote wieder zum Leben erwecken ... Es war mir nicht klar, aber er unterrichtete mich und bereitete mich allmählich auf die Taufe vor ... Auf Paulus wartete ich weiter. Die Jahre vergingen, aber seine Mission hielt ihn immer fern von Rom. Und dann eines Tages, vor vier Jahren, hörte ich von Simeon, Paulus würde endlich kommen. Aber er kam als Gefangener in die Hauptstadt des Kaiserreichs, um vom Kaiser persönlich gerichtet zu werden ...«

»Aus welchem Grund?«, fragt Raphael.

»Das ist eine lange Geschichte, die er mir danach noch oft erzählt hat ... Paulus war in Jerusalem verhaftet worden, auf dem Vorplatz des Tempels, wo Juden versuchten, ihn hinzurichten, weil sie ihn beschuldigten, er habe die heilige Stätte entweiht, indem er dort einem Heiden Zutritt verschafft habe. Die römische Wache verhaftete ihn. Um der Auspeitschung durch den Centurio zu entgehen, berief sich Paulus auf sein römisches Bürgerrecht, und der Tribun gestattete ihm, seinen jüdischen Brüdern Rede und Antwort zu stehen. Diese aber beschuldigten ihn, das Gesetz verraten zu haben, und wollten ihn lynchen. Als der Tribun von einer Verschwörung hörte, die einige von ihnen gegen Paulus angezettelt hatten, schickte er ihn gut bewacht nach Caesarea Maritima, wo er vor dem Gericht des Prokurators erscheinen sollte. Paulus appellierte an Cäsar und forderte, von Nero selbst in Rom gerichtet zu werden. Zwei Jahre später gab Statthalter Festus seinem Gesuch statt, und Paulus schiffte sich nach ›Urbs Roma‹ ein. Es erhob sich jedoch ein Sturm auf dem

Meer, und sie erlitten Schiffbruch nahe der Insel Malta. Paulus, die übrigen Gefangenen und die römische Wache blieben mehrere Monate dort, bevor sie ihre Reise fortsetzen konnten. Auf der Insel hat Paulus viele Kranke behandelt und geheilt … Als er hierherkam, wurde ihm ein Aufenthaltsort zugewiesen, wo er von einem Soldaten bewacht wurde.«

»Hast du ihn oft besucht?«, erkundigt sich Raphael.

»Jeden Tag in den zwei Jahren seines Aufenthalts unter uns. Seine Tür stand allen offen. Von Sonnenaufgang bis Sonnenuntergang empfing er Juden, Heiden, Männer und Frauen jeder Herkunft und verschiedener Glaubenszugehörigkeit. Allen erzählte er von Jesus und dem Königreich Gottes. Ich habe mit eigenen Augen gesehen, wie er augenblicklich die Wunden eines todgeweihten Kindes geheilt hat … Er hat dem sterbenden Kleinen ein Tuch aufgelegt, das er zuvor berührt hatte, und die bösen Geister und der ewige Schlaf sind aus dem kleinen Körper gewichen. Einige gingen verwandelt, andere blieben ungläubig. Aber in Rom wurde keinerlei Gewalt gegen ihn verübt.«

»Und sein Prozess vor dem Kaiser?«

»Nero befand ihn für unschuldig und stellte das Verfahren ein. Bevor er Rom vor nun schon einem Jahr verließ, hat er meine Frau, meine Kinder, meine Sklavin und mich in einer Quelle getauft, einem Zufluss des Tiber. Dieser Mann ist ein Heiliger, und er hat mein Leben völlig verändert. Ich weiß nicht, wo er heute ist, vielleicht in Spanien oder in den Gemeinden in Griechenland, Makedonien oder Mysien, die ihm so teuer sind …«

Andächtige Stille kehrt ein. Zwei Krüge sind geleert, der dritte ist halb voll. Sextus Livius schenkt seinem Gast nach.

»Wie lautet nun die Botschaft, die du Petrus überbringen sollst?«

»Verzeih, Bruder, aber ich habe versprochen, sie nur dem ersten Apostel zu eröffnen. Ich habe es Maria von Bethanien geschworen, von der die Botschaft stammt.«

»Maria von Bethanien?«, wiederholt der Weinhändler entgeistert, als er diesen Namen hört. »Maria von Bethanien, die Schwester von Lazarus? Die Frau, die Jesus die Füße gesalbt hat?«

»Sie selbst. Sie wollte die Botschaft nicht aufschreiben, ich habe sie auswendig gelernt. Sie taugt dazu, all unsere Gemeinden von Grund auf zu erschüttern ...«

»Wir müssen unbedingt zu Paulus gelangen ... Morgen suche ich das Gefängnis auf. Man wird mich nicht zu ihm lassen, aber ich werde versuchen, etwas herauszufinden. Du bleibst hier, das ist sicherer.«

»Was hältst du von diesen Verhaftungen, Sextus Livius? Wenn Nero Paulus für unschuldig befunden und freigelassen hat, kann ich kaum glauben, dass er uns heute bestrafen will!«

»Vergiss nicht, was Nero seinen Angehörigen angetan hat. Seinen Bruder Britannicus hat er vergiftet, seine eigene Mutter Agrippina mit Dolchstößen durchbohrt, Oktavia, seine Frau, hat er verstoßen, man hat ihr die Pulsadern aufgeschnitten, bevor sie von seinen Schergen in heißem Dampf erstickt wurde. Er führte ein wollüstiges, ausschweifendes Leben, und seine ehemalige Geliebte und jetzige Gemahlin Poppea ist eine teuflische Kreatur mit unheilvollem Einfluss ... Als Bürger respektiere ich Nero und gehorche ihm ... aber was ist von einem Mörder zu halten, der seine eigene Familie gemeuchelt hat? Glaubst du, ein solcher Mann hat irgendwelche Skrupel, sich die einflusslosen Mitglieder einer unrechtmäßigen Sekte vom Hals zu schaffen, die von der ganzen Stadt verabscheut und beschuldigt wird, die Hauptstadt des Imperiums mit Vorsatz niedergebrannt zu haben?«

»Du glaubst also, dass wir um das Leben von Petrus und um unsere gefangenen Brüder und Schwestern fürchten müssen?«

»Ich weiß nicht, welche Intrige Poppea Nero noch einflüstert und welche politische Strategie der Kaiser verfolgt«, antwortet Sextus Livius Aelius mit einem Seufzen. »Ich zittere um meine Familie. Morgen gehe ich zum Gefängnis und werde dich in die Thermen begleiten. Aber sobald es dunkel wird, bringe ich die Meinen weit weg von Rom. Simeon Galva hat mir ein Schiff besorgt. Wir werden in Delos bei den Eltern von Domitilla Zuflucht suchen und warten, bis wieder Ruhe einkehrt. Du kannst hierbleiben, wenn du willst, mein Haus ist auch das Deine, lieber Bruder … Sofern du dich uns auf dem Weg nach Kreta nicht anschließen willst.«

»Danke, Bruder, danke vielmals, aber ich kann Rom nicht verlassen, bevor ich nicht mit Petrus gesprochen habe. Ich muss irgendeinen Weg finden, um in seine Nähe zu kommen, und wenn ich dazu selbst in Ketten gelegt werden müsste …«

Rote Flammen erheben sich wie riesige Teufelszungen. Die Wände des Raums tanzen unter den düster-beißenden Rauchsäulen. Die Decke birst und fällt als bunter Ascheregen herunter, der gleich einem Schwarm aufgeschreckter Vögel im Raum umherwirbelt. Die Flächen färben sich schwarz, schmelzen und brechen zusammen. Die Hitze bildet einen durchsichtigen Schleier, der die Lager von Sextus und Gaius zum Flimmern bringt. Das Feuer verwandelt sich in einen glühenden Strom, der wie eine Schlange über den gepflasterten Boden gleitet und an Livias Bettfüßen leckt. Das Mädchen beginnt zu husten. Schwitzend ringt sie nach Luft. Als die Feuersbrunst emporsteigt, schreit das Kind auf und schreckt hoch.

Ihr älterer Bruder wälzt sich murmelnd herum, Gaius schnarcht. In der Dunkelheit des Zimmers schnüffelt das Mädchen nach Rauch, ohne etwas Verdächtiges zu riechen. Sie reibt sich Augen und Wangen, um ihren Albtraum zu vergessen. Seit dem Brand in der Stadt vor zweieinhalb Monaten hat sie diesen Traum, aus dem sie ängstlich und erschöpft erwacht, oft geträumt. Danach kann sie nicht mehr einschlafen, weil die furchterregenden Bilder weiter vor ihren Augen tanzen. Sie steht leise auf, um ihre Brüder nicht aufzuwecken, und flüchtet sich jedes Mal zu Magia ins Bett. Die Sklavin, die zur Familie gehört, nimmt sie dann in die Arme, sodass die Kleine endlich wieder Schlaf findet.

Livia schiebt vorsichtig Decke und Bettüberwurf aus Damast

zurück und tritt auf den Toral, die bis auf den Boden reichende Bettdecke. Ohne Sandalen und mit ihren offenen, langen schwarzen Haaren verlässt sie in Lendenschurz und Tunika, die sie Tag und Nacht trägt, das Zimmer und läuft schnell in die Küche hinüber, wo Magia in einem durch einen Wandbehang abgetrennten Alkoven schläft.

Langsam zieht Livia den Vorhang beiseite und schreit erneut auf. Auf dem Lager der Sklavin liegt der bärtige Mann, der von weit her gekommen ist, um Petrus zu sehen. Wo schläft Magia? Wahrscheinlich im Schlafzimmer ihrer Eltern. Livia seufzt und weiß nicht, wo sie Trost finden soll. Dann verlässt sie lächelnd das Haus durch die Hintertür, die sie einen Spalt weit geöffnet lässt, und steht im großen, rechteckigen Hof des vierstöckigen Gebäudes.

Im Erdgeschoss quer zu ihrer Wohnung ist der Laden ihres Vaters untergebracht, gegenüber vom Geschäft des Calpurnius Grattius Flaccus, der Teppiche und wertvolle Stoffe aus den römischen Provinzen Asiens verkauft. Am anderen Ende des Hofes liegt die Wohnung des Teppichhändlers, und davor schlummert Livias Lieblingsspielkamerad: der Hund von Calpurnius Grattius Flaccus, ein riesiger, beigefarbener Mischling.

Das mittlerweile hellwache Tier hat das Mädchen bereits erkannt, zerrt schwanzwedelnd an der Kette, als es spürt, dass sie sich ihm nähert. Im Mondlicht legt Livia ihre Arme um den Hund, der ihr über das Gesicht leckt. Japsend schnappt er einen Lederball.

»Nein«, flüstert sie, »wenn wir jetzt spielen, wachen vielleicht alle auf. Ich binde dich los, aber du bleibst ganz ruhig. So, ja, brav, leg dich neben mich …«

Der Hund gehorcht. Barfuß legt sich das vor Kälte zitternde Mädchen neben den großen, warmen Körper und flüstert ihm ihren Albtraum ins Ohr.

Plötzlich erhebt sich das Tier knurrend. Am anderen Ende des Hofes ist ein dumpfes Geräusch zu hören, das aus dem Haus zu kommen scheint. Livia setzt sich auf. Sie ist noch orientierungslos, als der Hund schon mit einem Satz auf das Haus des Kindes zustürmt. Sie hört sein wütendes Bellen, Schreie, klirrendes Eisen, einen spitzen Klagelaut und erkennt dann eine helle Gestalt, die sich über den Boden schleppt. Livia rennt quer über den Patio und entdeckt den blutüberströmten Kadaver des Hundes. Im Türspalt sieht sie Beine und erkennt die prätorianische Uniform.

Völlig verängstigt weicht sie in den Hof zurück und versteckt sich hinter einer Reihe in den Boden eingelassener Amphoren, in denen der Wein ihres Vaters heranreift. Kniend, die Hände auf den Mund gepresst, die Augen weit aufgerissen und schweißgebadet vor Angst, hört sie die Schritte der Soldaten, sie erkennt die Stimme ihres Vaters und glaubt ihre Mutter und Magia weinen zu hören. Dann wieder Schreie, das Schluchzen ihrer Brüder, Befehle, Schwertgeräusche, schließlich gar nichts mehr.

Es herrscht Stille, so lärmend wie eine Naturkatastrophe. Livia wagt nicht, sich zu rühren. Ihre schönen Augen starren gebannt auf die sterblichen Überreste des Hundes. Die Nachbarn scheinen nichts bemerkt zu haben, niemand zeigt sich, nicht einmal Calpurnius Grattius Flaccus. Zitternd beschließt sie, aufzustehen, und betritt das Haus.

Mit zögernden, unsicheren Schritten begibt sie sich hinüber in ihr Schlafzimmer. Die Bettdecken ihrer Brüder liegen am Boden, aber das Zimmer ist leer. Auf Zehenspitzen geht sie ins Cubiculum ihrer Eltern und sieht neben einem behelfsmäßigen Heulager einen Körper lang ausgestreckt am Boden liegen. Näher herantretend, erkennt sie Magia. Die Sklavin rührt sich nicht mehr, ihre Hände umfassen die durchschnittene Kehle, aus der ein bräunlicher Strom rinnt. Wie versteinert bringt Livia es nicht fertig, sie zu berühren. Die Kleiderkisten ihrer Eltern stehen weit offen, ihr Inhalt liegt überall verstreut, das Nachtgeschirr ist umgestoßen. Matratze und Kopfkissenrolle ihrer Eltern sind aufgeschlitzt, die Wollfüllung verteilt sich über den Toral des kunstvoll gearbeiteten Ehebetts. Keine Spur, weder von ihrem Vater noch von ihrer Mutter. Entsetzt steht Livia vor dem erkaltenden Leichnam Magias, die sie doch hätte wärmen sollen.

Ein Stöhnen lässt sie hochfahren. Sie verlässt das Cubiculum und geht langsam ins Esszimmer. Niemand. Wo sind ihre Eltern und ihre Brüder? Haben die Wachen sie mitgenommen, und wohin? Wieder vernimmt sie einen klagenden Laut ganz in der Nähe. Sie verlässt das Triklinium und wagt sich in das Geschäftszimmer vor. Dort liegt der Bote Raphael. Sein Leib ist rot vor Blut, aber er lebt und krümmt sich vor Schmerz.

»Li… Livia, du bist es?«, sagt er stöhnend, als er das Mädchen sieht. »Du bist wohlauf, dem Herrgott sei Dank. Wasser, bitte gib mir Wasser!«

Die Kleine packt einen Krug, gibt dem Verletzten mit großer Mühe zu trinken und wischt ihm mit einem feuchten Tuch über das Gesicht.

»Du musst …«, setzt der Gallier zwischen zwei Hustenanfällen an, »du musst fort von hier, Mädchen … du musst dich verstecken.«

»Aber das geht doch nicht!«, ruft sie. »Wo sind meine Eltern? Was haben sie mit ihnen gemacht? Sind sie verletzt?«

»Nein, ich glaube nicht … sie werden mittlerweile im Gefängnis sein …«

»Und … meine Brüder?«

»Ich weiß es nicht, Livia. Sie haben alle vier mitgenommen, das ist alles, was ich gesehen habe. Ich wollte dazwischengehen, da hat eine der Wachen mir den Bauch durchbohrt … Ich glaube, dass ich bald bei unserem Heiland sein werde …«

»Nein, nein! Du kannst mich nicht allein lassen!«, schluchzt Livia. »Magia ist tot! Du musst mir helfen, meine Eltern wiederzufinden!«

Die Kleine schreit vor Schmerz und Verzweiflung. Mit seinen blutverschmierten Fingern greift Raphael nach ihrer Hand.

»Beruhige dich«, murmelt er. »Man darf uns nicht hören, bitte … sonst kommen sie womöglich zurück …«

Bei diesen Worten hört das Mädchen entsetzt zu weinen auf.

»Hör mir gut zu, Livia …«

Raphael fällt das Sprechen zunehmend schwer.

»Hör zu«, wiederholt er. »Du musst dich verstecken, aber auf keinen Fall bei den Anhängern Jesu. Deine Eltern haben doch noch Freunde, die keine Christen sind? Oder vielleicht Familie?«

»Vater hat mit seinem Bruder gebrochen, als der ihm von einem Kalb zu essen geben wollte, das im Venus-Tempel geopfert worden war … sein anderer Bruder, der Militärchef war, ist beim Aufstand der Bretonen umgekommen … die Familie meiner Mutter ist in Kreta … unsere besten Freunde in Rom sind Juden oder Christen …«

»Nein … du musst Zuflucht bei Heiden suchen, Livia … und vor allem darfst du nicht sagen, dass du zum ›Weg‹ gehörst … hast du verstanden?«

»Ja … nein … ich will zu meiner Mutter …«

Sie beginnt erneut zu weinen.

»Livia, ich flehe dich an, du musst zu römischen Bürgern fliehen, die über jeden Zweifel erhaben sind … ich kann dir nicht helfen. Hör zu, hör mir noch einmal gut zu … weißt du noch, weswegen ich nach Rom gekommen bin?«

»Um Petrus, den ersten Apostel, zu sehen.«

»Richtig, um ihm eine Botschaft zu überbringen. Leider bin ich zu spät gekommen … aber vielleicht gelingt es dir ja, zu Petrus vorzudringen.«

»Ihn haben sie auch verhaftet!«, entgegnet Livia schluchzend.

»Ich weiß, Kleine … aber vielleicht macht Gott es möglich, dass er fliehen kann, so wie ein Engel ihn einst aus den Kerkern von König Herodes befreit hat. Bitte hol etwas zu schreiben … schnell, beeil dich … keine Wachstafel … Papyrus …«

Tränenüberströmt hält Livia inne, aber Raphaels flehentlicher Blick treibt sie ins Büro ihres Vaters. Sie greift nach Schilfrohr und Tinte, findet in der Panik aber kein leeres Blatt. Die Tafeln sind vollgeschrieben mit den Rechnungen von Sextus Livius Aelius. In den Truhen liegen die von ihrem Vater verehrten

Schätze: Volumina, Papyrusrollen, in lateinischer und griechischer Sprache oder aus Ägypten mit eigentümlichen Zeichnungen. Die Tränen vernebeln dem Mädchen die Sicht, sie weiß nicht mehr, was sie tut, allein, weit weg von der schützenden Umarmung ihrer Angehörigen.

Lange steht sie verloren vor den geschnitzten Holzkisten. Dann öffnet sie eine Truhe und greift nach dem erstbesten Werk. Sie entfaltet die Papyrusrolle, reißt ein Stück ab und wirft den Rest auf den Boden.

Als sie zu Raphael zurückkommt, ziehen sich lange schwarze Spuren über seine gelbliche Gesichtshaut. Röchelnd sagt er, dass er friere, und sie legt Magias Decke über ihn. Er zittert und kann nicht mehr sprechen. Aber er bedeutet Livia, ihm zu helfen, sich aufzurichten, und lehnt sich an die Wand. Wortlos, mit abgehacktem Atem, greift er nach Blatt und Schilfrohr und beginnt, Zeichen aufzumalen, die Livia nicht versteht.

Das neunjährige Mädchen besucht seit zwei Jahren die öffentliche Elementarschule, sie kann Lateinisch lesen und schreiben und hat dank ihrer Mutter schon gute Grundkenntnisse in Griechisch. In den merkwürdigen Wörtern, die Raphael aufschreibt, erkennt sie diese Sprachen nicht wieder. Weder Lateinisch noch Griechisch … sollen das ägyptische Hieroglyphen sein? Oder ist das Gallisch? So ein Alphabet hat sie noch nie gesehen …

»Das ist Aramäisch«, bringt der Provenzale mit äußerster Anstrengung hervor. »Die Sprache unseres Herrn Jesu. Dies sind seine geheimen Worte, seine versteckte Botschaft. Nimm, und zeige diese Botschaft niemand anderem als Petrus. Versprichst du das? Petrus … oder dem Apostel Paulus. Niemand anderem … Petrus … oder Paulus … nur sie können diese Enthüllung verstehen … und Maria von Bethanien antworten. Jetzt geh, lass mich … Rette dich, Livia, rette dich … Jesus … Retter Jesus!«

Livia steht wie angewurzelt da und kann sich nicht von dem sterbenden Mann lösen, den sie gestern noch nicht kannte und der jetzt der letzte Mensch ist, der die ihr vertraute Welt noch erlebt hat, die gerade zusammengebrochen ist. Sie denkt an Magia, die regungslos nebenan liegt, an das verlassene Haus, an den Hund, daran, dass, wenn Raphael auch nicht mehr atmet, sie zum ersten Mal in ihrem Leben vollkommen allein sein wird. Allein, in Gefahr, ohne zu wissen, wohin sie gehen und wie sie es anstellen soll, wieder bei ihrer Familie zu sein.

Über die dunklen Augen des Galliers legt sich der gleiche durchsichtige Schleier wie in ihrem Albtraum. Er öffnet die Lippen, um zu sprechen und vermutlich noch einmal Jesus anzurufen. Doch kein Laut dringt aus seiner Kehle. Er bewegt sich nicht mehr, Augen und Mund stehen weit offen.

Livia blickt auf das Blatt, das sich von selbst wieder einrollt. Christus' geheime Worte versteht sie nicht. Jetzt ist sie die Botin, Botin eines Mysteriums, dessen Sinn Raphael ihr nicht enthüllt hat. Wie soll sie Petrus im Gefängnis erreichen? Wo ist Paulus, der Apostel, der sie getauft hat? Er ist nicht mehr in der Stadt und vermutlich weit weg! Sie ist ein verlorenes, von allen verlassenes Mädchen und wird diese Mission niemals erfüllen können! Die Tränen, die kurz versiegt waren, steigen ihr wieder in die Augen. Die Botschaft brennt ihr in den Händen. Raphael hat eine Blutspur darauf hinterlassen. Sie wird versuchen, das Papier zu überreichen. Aber vor allem muss sie ihre Familie wiederfinden.

Sie dreht das Blatt um.

Sofort erkennt Livia das Gedicht, aus dem sie das Stück herausgerissen hat, ohne näher hinzusehen, eines der Lieblingswerke ihres Vaters: die »Aeneis« von Vergil. Ihr ist, als hörte sie seine vertraute Stimme beim Rezitieren der Verse.

6

Johanna spürte ein Frösteln den Rücken hochkriechen. Es war nicht das erste Mal seit Beginn der Arbeiten auf ihrem Grabungsabschnitt. Es war keine wirkliche Angst, eher eine vage Befürchtung, die sich auch nur vor dem Hintergrund ihres letzten Projekts am Mont Saint-Michel erklärte. Sie mochte sich gut zureden, dass sie nichts zu befürchten hatte, außer, der Sache nicht gewachsen zu sein – das eigenmächtige Gedächtnis des Körpers war stärker und erinnerte sich bis in die Zellen ihrer Haut hinein der Gefahr.

Toms Anruf hatte diesen bislang unbestimmten Eindruck verstärkt. Gleich einer mathematischen Evidenz waren durch die Kombination der Worte »Archäologe« und »ermordet« grässliche Bilder in ihr hochgekommen: Mehrmals am Tag und jede Nacht hatte Johanna albtraumartige Visionen, die in ihren grellen Farben ein Entsetzen heraufbeschworen, das auch durch ihre Trauer nicht geringer geworden war.

Sie hatte mit Bruder Pazifikus über die Tragödie in Pompeji gesprochen; vergeblich hatte er sie mit den Worten zu beruhigen versucht, er werde für die Seelen der beiden Unglücklichen, des Opfers und seines Peinigers, beten.

Auf ihre Fragen hin hatte Tom eher ausweichend geantwortet. Niemand wisse irgendetwas. Niemand, außer dem Mörder. Man habe keine Ahnung, was seine Identität, und erst recht, was die Motive für seine Tat angehe. Angesichts der Verzweiflung des Freundes und angetrieben von einer ebenso starken wie morbiden Neugier, hatte Johanna ihm angeboten, sich ein paar Tage Ruhe in Vézelay zu gönnen. Er war einverstanden gewesen. Weil die polizeilichen Untersuchungen und die Verpflichtungen gegenüber dem Toten ihn vor Ort festhielten, glaubte er, erst in einigen Tagen dort wegzukommen. Vorgestern hatte er sich erneut gemeldet und für den heutigen Abend angekündigt, Donnerstag, den 9. Oktober. Johanna hatte ihm vorgeschlagen, bis Sonntag zu bleiben, da sie sich sicher war, Luca erst in der kommenden Woche wiederzusehen. Sie wollte mit dem Archäologen allein sein. Obwohl sie an Luca hing, befahl ihr ein seltsamer Instinkt, ihn von Tom und dem Drama von Pompeji fernzuhalten. Es war, als würde sie ihm einen Teil ihrer selbst verheimlichen, den dunkelsten, der mit einer Vergangenheit zusammenhing, deren Schmerz ihr Körper mit jedem Schritt offenbarte.

Sie legte ihr Werkzeug nieder, verließ, stärker hinkend als sonst, das abgetragene Stück Boden und flüchtete sich in den Container. Sie schaltete den Wasserkocher ein. Als sie einen Teebeutel auspackte, sah sie vor sich an der Wand eine nackte, fürchterlich magere und eingefallene Gestalt, die mitten in Schaumstoffresten regungslos in einer alten, gusseisernen Badewanne lag. Grelle argentinische Akkordeonklänge ertönten. Johanna schloss die Augen, aber ein starrer, konsternierter Blick tauchte aus dem Dunkel auf. Zu einer Tangomelodie starrte der Tod sie unverwandt an.

Johanna stürzte hinaus. Nach Luft ringend, nahm sie Werner erst gar nicht wahr.

»Alles in Ordnung? Es scheint dir nicht so gut zu gehen«, stellte er fest und berührte Johanna leicht am Arm.

»Ach, du bist es … Keine Sorge, es ist nichts, eine kleine Migräne …«

»Was hältst du von einer Pause? Ich rufe die anderen und mache uns einen Kaffee?«

»Gute Idee, danke«, antwortete sie und rang sich zu einem Lächeln durch.

Johanna wartete auf ihre Kollegen und betrat gemeinsam mit ihnen wieder ihren Unterschlupf. Christophe ließ sich seufzend auf einen Sitz fallen. Und sie nahm die Gelegenheit wahr, um sich von ihren Gedanken an die Leiche ablenken zu lassen.

»Was ist denn das für ein Seufzer, Christophe?«, fragte Johanna mit spitzem Unterton. »Lässt du schon die Arme sinken?«

»Ich gebe nicht auf, ich stelle mir bloß Fragen«, antwortete er entschlossen. »Ich denke nach, suche weiter und gehe den Dingen auf den Grund, und ich behaupte nach wie vor, dass wir hier nichts finden werden.«

Johanna hatte erreicht, was sie sich erhofft hatte. Die Antwort ließ die ständige Debatte der Archäologen ebenso wieder aufleben wie den Gegenstand ihrer Untersuchungen: die zeitliche Einordnung des Kults um Maria Magdalena in Vézelay.

Der Überlieferung zufolge kursierten im 11. Jahrhundert Gerüchte darüber, dass in der Krypta Reliquien der Heiligen vorhanden seien, was einen Zustrom an Pilgern, etliche Wunderheilungen und den unversehens einsetzenden Wohlstand der Abtei zur Folge hatte. Der damalige Abt, ein gewisser Geoffroi, hatte die Idee gehabt, in der Bourgogne den Kult der mit Jesus befreundeten Sünderin zu fördern. Aus einer päpstlichen Bulle aus dem Jahr 1050 ging hervor, dass dem Kloster insbesondere die Verehrung der heiligen Maria Magdalena zukomme, und eine weitere, auf 1058 datierte Bulle beurkundete das Vorhandensein heiliger Gebeine in Vézelay. Wesen und Herkunft dieser Reliquien gaben Anlass zu einer Kontroverse, die Historiker und einige Kirchenvertreter entzweite; bis vor Kurzem gab es jedoch keinerlei Anhaltspunkte dafür, dass die Verehrung der Heiligen vor dem 11. Jahrhundert in Vézelay stattgefunden haben könnte.

Vor fünf Jahren aber hatte sich ein junger Historiker, der an einer Doktorarbeit über Viollet-le-Duc in Vézelay schrieb, in das Depot des Bauhüttenmuseums verirrt. Dort lagerte das architektonische Material, das der Baumeister zwischen 1840 und 1859 hatte ausgraben lassen und das vom damaligen Arbeitstrupp sorgfältig inventarisiert und beschriftet worden war. Das winzige Museum bot keinen Raum, um es auszustellen. Mehrere Koffer trugen den Vermerk »Untergrund Kloster«. Unter den noch vorhandenen alten Bestandteilen, die durch Viollet-le-Duc beim Wiederaufbau des Klosters zutage gefördert worden waren, hatte der Historiker mitten zwischen belanglosen Überresten eine merkwürdige Statue entdeckt: Es war die in ein typisch karolingisches Kapitell geschnitzte und damit präromanische Büste einer Frau mit langem, vollem Haar, entblößten Schultern und ebenso klaren wie angstgequälten Gesichtszügen. Unterhalb der alten Kapitelldeckplatte hatte der Künstler eine Inschrift graviert, die halb verblasst, aber dennoch leserlich war: »Sancta Maria Magdalena«.

Die Skulptur einer Heiligen im Untergrund einer ihr gewidmeten Kirche war an sich nichts Ungewöhnliches. Die Statue war allerdings vor dem Auftreten des Magdalenenkults in Vézelay entstanden. Der charakteristischen Machart des Kapitells und dem Stil der Abbildung selbst nach zu urteilen, stammte das Objekt aus dem 9. Jahrhundert und ging dem offiziellen Auftauchen Maria Magdalenas in Bourgogne damit zweihundert Jahre voraus. Experten hatten auf dem Holz Kalzinierungsspuren festgestellt; sie rührten möglicherweise vom ersten Brand der Abtei her, durch den im ersten Drittel des 10. Jahrhunderts ein Teil der Kirche zerstört worden war.

Wie üblich, war es in der Folge zu einem ebenso leidenschaftlichen wie ernst zu nehmenden Disput unter Fachleuten gekommen: Für manche war diese Skulptur eine Fälschung, die im 13. Jahrhundert in Nachahmung des karolingischen Stils aus vierhundert Jahre altem Eichenholz gefertigt worden war, um den Eindruck zu erwecken, die Heilige sei in Vézelay bereits angebetet worden, als dies in Verdun, Bayeux, Reims, Le Mans und Besançon, den ersten Maria Magdalena gewidmeten französischen Heiligtümern, die zu Beginn des 11. Jahrhunderts auftauchten, noch nicht der Fall war.

Dieser Annahme zufolge handelte es sich um eine Irreführung durch die Benediktinermönche, die die Angewohnheit hatten, sich die Wirklichkeit nach Gutdünken zurechtzulegen, und die hier eine Wallfahrt wieder aufleben lassen wollten. Denn das

Magdalenenheiligtum in Saint-Maximin-la-Sainte-Baume in der Provence konkurrierte mit dieser, da man dort von sich behauptete, im Besitz der einzigen authentischen Reliquien der Heiligen zu sein. Andere hielten die rätselhafte Skulptur für echt und sahen Vézelay an erster Stelle der abendländischen Magdalenenkultstätten. Stellte sich nur noch die Frage, warum die unschätzbar wertvollen Gebeine den Gläubigen erst zweihundert Jahre später präsentiert worden sein sollten.

»Ich habe ja weder eure Erfahrung noch euer Wissen«, warf Audrey ein, »aber es will mir nicht in den Sinn, warum diese sagenhafte Statue nicht aus dem 9. Jahrhundert stammen sollte, aber eben von woanders her, wo man die Heilige damals bereits verehrte, also nicht aus dem Abend-, sondern aus dem Morgenland. Vielleicht hat sie ja ein Pilger oder ein Kreuzfahrer mitgebracht und sie im 11. Jahrhundert Abt Geoffroi geschenkt, und der hat sich dann den Kult ausgedacht, um die Kundschaft anzulocken!«

»Das ist eine dritte Hypothese«, räumte Johanna lächelnd ein, »vielleicht ein Pilger auf dem Weg zurück aus dem Heiligen Land, aber kein Kreuzfahrer, denn der Erste Kreuzzug fand im Jahr 1096 statt, und ›offiziell angekommen‹ ist Maria Magdalena in Vézelay irgendwann zwischen 1037 und 1040. Wie auch immer, das Einzige, was wir mit Bestimmtheit sagen können, ist, dass das Objekt hier ausgegraben wurde und dass es einen Grund dafür gegeben haben muss, weil im Mittelalter nichts dem Zufall überlassen wurde. Alles hatte eine spirituelle Logik, einen symbolischen Sinn, einen Zusammenhang mit Gott. Diesen Sinn müssen wir herausfinden und quer durch die Erdschichten in der Zeit zurückgehen, bis hin zum romanischen Kloster und weiter bis zur ersten Kirche aus dem 9. Jahrhundert. Dann werden wir ja sehen, was die Steine über die Männer und Frauen und ihren Glauben zu berichten haben …«

»Du weißt doch, dass von der karolingischen Kirche nichts mehr übrig ist außer einem winzigen Teil der Krypta!«, warf Christophe ein.

»Irgendwelche Spuren finden wir in jedem Fall ... und vielleicht ja auch mehr«, erwiderte die Grabungsleiterin. »Ja, vielleicht noch mehr ... Statuen oder auch Schriften, warum nicht?«

»Du träumst, Johanna«, entgegnete Christophe. »Ich glaube, dass das, was zu finden war – eben die berühmte Statue, die mehr Fragen aufwirft, als sie beantwortet –, Viollet-le-Duc bereits gefunden hat.«

»Wenn ihr gestattet«, meldete sich Werner zu Wort, »ich, der ich weder Träumer noch Pessimist bin, neige eher zu Knochen. Historisch gesehen steht es zwar fest, dass die Reliquien, die zu Recht oder zu Unrecht Maria Magdalena zugeschrieben werden, 1569 von den Protestanten vernichtet wurden. Aber man hat nie herausbekommen, was mit den heiligen Gebeinen geschehen ist, die im 9. Jahrhundert durch Gerhard von Roussillon an die Stiftung des Klosters gebunden waren und von denen durch mehrere Schriften belegt ist, dass sie sich schon damals in Vézelay befanden: Wo sind die Reliquien der Heiligen Eusebius, Pontius, Andeol und Ostius? Vielleicht darunter? Man vergisst die ursprünglich vorhandenen Gebeine, und dabei wäre es doch phantastisch, sie wiederzufinden. Damit wäre bewiesen, dass Maria Magdalena nach ihnen kam!«

»Das glaube ich nicht«, entgegnete Johanna, »man muss Kult und Gebeine auseinanderhalten ...«

»Aber die glühendste Verehrung entsteht aus dem physischen Vorhandensein der Gebeine!« Werner blieb hartnäckig. »Deswegen waren Reliquien im Mittelalter auch ein florierendes Geschäft und wurden so oft gestohlen!«

Johanna dachte einen Moment lang nach.

»Ja, natürlich«, räumte sie schließlich ein. »Du hast recht ... aber ... du musst zugeben, dass der Magdalenenkult in Westeuropa ausschließlich im Mittelalter stattfand. Unseres Wissens wurde Maria Magdalena in der Antike nicht verehrt. Die Figur tauchte zuerst in Liturgiebüchern auf, bevor sie faktisch an Orten mit eigens ihr gewidmeten Heiligtümern entstand, wo behauptet wurde, man würde Leichenteile von ihr besitzen.«

»Einverstanden«, stimmte Werner zu. »Das bestreite ich ja nicht.«

»Ja, und wenn nun diese Körperreste aus Gedanken und Gebeten und aus dem Glauben heraus entstanden sind?«

Trotz der leidenschaftlichen Diskussion behielt Johanna die Ruhe, ohne ihre Hypothese aufzugeben. Audrey mit ihren zwanzig Jahren befand, dass es sich mit Kult und Knochen genauso verhalte wie mit Henne und Ei und sie niemals herausfinden würden, was zuerst da war. Die Archäologen schlossen sich diesem handfesten Argument an, womit die Diskussion vorerst wieder beendet war.

Da es schon Mittag war und es zu regnen anfing, beschlossen sie, erst nach dem Essen weiterzugraben. Werner, der Erfahrenste von ihnen, hatte durchgesetzt, dass die Archäologie, außer im Fall einer besonderen Entdeckung, draußen bliebe, solange sie im Restaurant beisammensaßen.

Beim ersten Mal vor einem Monat hatte diese Regelung furchtbare Ängste bei Johanna ausgelöst. Dennoch hatte sie sich damit einverstanden erklärt. Worüber würden sie reden, wenn nicht über Berufliches? Über ihr Privatleben? Das kam für die Archäologin nicht infrage. Alle kannten und schätzten Romane, aber sie hatte keine Lust, über den nicht vorhandenen Vater der Kleinen ausgefragt zu werden, darüber, ob es einen Mann in ihrem Leben gäbe oder nicht oder, schlimmer noch, über ihren Unfall. Zu ihrer großen Überraschung waren ihre Kollegen so diskret und behutsam gewesen, wie sie es von vorangegangenen Camps nicht gewohnt war.

Ab der zweiten Woche hatte Johanna allerdings bemerkt, dass man den von ihr gefürchteten Themen gefährlich nahe kam. Als Erster hatte Werner von seiner Frau und seinen Kindern erzählt, die in Wien geblieben waren, Christophe sprach von seiner Freundin, die Notärztin war und nicht aus Paris wegkam, und von Audrey erfuhren sie, wie belastend für sie ihr Singledasein war. Während sich Johanna über ihr eigenes Leben ausschwieg, schrieb sie diese Intimität der Tatsache zu, dass ihre drei Kollegen von montags bis donnerstags eine kleine Gemeinschaft bildeten; zwar lebten sie nicht zusammen, doch sie wohnten während dieser vier Tage in der Woche immerhin alle in ein und demselben Haus.

In der nunmehr vierten Woche des Camps war es Johanna etwas mulmig zumute, als sie die kleine Herberge in der Rue Sainte-Étienne betrat.

Im hinteren Teil des Raumes saß ein Mann allein am Tisch und aß, das Gesicht unter der Krempe eines großen schwarzen Huts verborgen. An der Kopfbedeckung erkannte Johanna einen ihrer Nachbarn, den Bildhauer, der mit den beiden anderen Künstlern das Reihenhaus bewohnte. Er war Stammgast und kam jeden Tag zum Essen hierher. Aber noch nie hatte er sich gezeigt oder auch nur ein Wort mit den Archäologen gewechselt.

»Johanna, was darf's sein? Bœuf bourguignon oder Würstchen mit Innereien?«, fragte Christophe.

»Weder noch, ich nehme bloß einen Salat.«

»Salat? Wollen Sie krank werden?«, empörte sich der Wirt. »Wer draußen arbeitet, muss auch was essen, und zwar warm!«

»Einen gemischten Salat, bitte!« Johanna blieb dabei. »Und dann Frischkäse, danke sehr.«

Mit ihren vierzig Jahren blieb sie zwar nicht immer standfest, aber heute hatte sie nicht nachgegeben. Während ihrer Schwangerschaft und in der Zeit, da sie zur Bewegungslosigkeit verdammt war, hatte sie zugelegt und das zusätzliche Gewicht auch nie wieder verloren. Im Gegenteil, im Laufe der Jahre neigte ihr Körper eher noch dazu, alles anzulagern, was ihm zugeführt wurde, als bereitete er sich auf eine Hungersnot vor. Wenn sie daran dachte, dass sie vor ihrem Unfall alles hatte essen können, ohne auch nur ein Gramm zuzunehmen, musste sie einsehen, dass sie älter wurde. Damit war auch für ihre Freundin Isabelle, die früher immer neidisch auf ihre schlanke Linie gewesen war, die Ehre endlich wiederhergestellt.

»Ich habe keine Lust, heute Abend oder morgen früh nach Lyon zurückzufahren«, sagte Audrey zu Christophe. »Ich bin es leid, mit zwanzig Jahren noch bei meinen Eltern zu wohnen. Sie sind total nett, sie geben mir Geld und lassen mich tun und lassen, was ich will, aber …«

»Merkwürdig«, fiel Werner ihr grinsend ins Wort, »ich dachte, die Jugend heutzutage bleibt so lange wie möglich im Schoß der Familie. In Österreich ist das jedenfalls so …«

»Na, da kannst du mal sehen«, erwiderte Audrey, »es gibt eben Ausnahmen. Junge Frauen, die den Kokon abstreifen und ihre eigenen Erfahrungen machen wollen …«

»Du schlägst dich jedenfalls ganz tapfer, und dein Praktikum hier ist schon mal ein Anfang!«, sagte Werner und leerte sein Glas Rotwein in einem Zug.

Audrey, die in Lyon studierte, hatte ihren Abschluss in Kunstgeschichte und Archäologie um ein Jahr verschoben, um sich bei Grabungen mit der Praxis vertraut zu machen. In der Universitätsbibliothek hatte sie ein Plakat gesehen, auf dem Freiwillige für verschiedene Camps gesucht wurden. Begeistert hatte sie sich für Italien und Griechenland beworben, da die Antike ihr Lieblingszeitalter war. Aber für sie waren nur Vézelay und das Mittelalter herausgekommen. Lediglich zweihundertsiebzig Kilometer und tausend Jahre von ihr weg. Enttäuscht hatte sie einen weiteren Versuch für das Ägypten der Pharaonen gestartet, aber die Plätze waren seit ewigen Zeiten vergeben. Dann eben eine alte Abtei und die finstere Feudalzeit. Sie hatte sich geschlagen gegeben: Genug Einblick in die Archäologie verschafft es mir allemal, damit ich weiß, ob ich mich wirklich darauf einlassen soll. Und es macht sich gut im Lebenslauf, egal, was ich später damit anfange. Auch wenn es zu nahe an Lyon ist, immerhin bin ich vier Tage die Woche weg. Und wer weiß, vielleicht zieht das Mittelalter ja gut aussehende, alleinstehende junge Männer an?

Die Enttäuschung stand ihr von Anfang an ins Gesicht geschrieben. Mit ihren zwanzig Jahren hatte sie sich zusammen mit drei alten Spinnern hier vergraben, nicht weit genug weg von ihren Eltern, dafür weit weg von ihren Freunden, in einem Klima, das eher für Schnecken als für Olivenöl gut war, nur um herauszufinden, ob eine Statue echt oder gefälscht war und seit wann auf diesem Hügel eine Heilige verehrt wurde, die ihr völlig egal war, so wie alles, was mit der katholischen Kirche zusammenhing!

So hatte sie anfangs gedacht.

Als sie dann mitbekam, was die drei älteren Herrschaften – Christophe war siebenunddreißig, Johanna vierzig und Werner achtundvierzig Jahre alt – untereinander redeten, war ihr sehr schnell klar geworden, dass das Mittelalter nicht viel mit dem eher von Unwissenheit geprägten Klischee zu tun hatte und die Archäologie eine echte Wissenschaft war, die theoretisches Wissen, empirische Methoden und Intuition voraussetzte. Und außerdem eine gute körperliche Konstitution sowie einen Funken Verrücktheit namens Leidenschaft, der auch half, die materiell dürftig ausgestattete Forschung und die undankbare Seite des Metiers zu ertragen. Nach und nach hatte Audrey begriffen, dass diese Menschen die existenziell wichtige Beziehung zwischen Vergangenheit und Gegenwart knüpften, eine Art Nabelschnur zwischen den Generationen. Sie hatte gemerkt, dass die Suche nach den Spuren einer Festung oder die Datierung eines Heiligenkults ein Leben nicht nur ausfüllen, sondern sie persönlich sogar sehr glücklich machen konnte. Zwei Wochen nach ihrer Ankunft in Vézelay hatte sie Feuer gefangen. Und fand ihre Kollegen auch nicht mehr so alt.

Johanna verfolgte die Unterhaltung mit halbem Ohr, als plötzlich im Salat vor ihr ein Gesicht auftauchte – oder eher das Antlitz eines Menschen, der kein Gesicht mehr hatte: Es war überzogen von einem dunklen Brei, einem Magma aus Knochen, Blut und zerhauenem Fleisch, eine grässliche Maske, Nase, Augen und Mund zerquetscht. Johanna sprang auf und rannte zur Toilette. Ihr wurde übel, wie damals auch. Sie spritzte sich eiskaltes Wasser ins Gesicht. Schwindel ergriff sie wie vor sechs Jahren, als sie vor sich eine große, graue, in eine Decke gehüllte Silhouette auf einer Bahre liegen gesehen hatte. Sie erinnerte sich an die elendige Leiche, die die Träger fallen lassen hatten. Sie rief sich die verdrehten Gliedmaßen und das entstellte Gesicht dieses Mannes wieder ins Bewusstsein, den sie damals tagtäglich gesehen hatte und nicht wiedererkannte. Und erneut Blut, zermalmtes Fleisch, das aussah wie zerdrücktes Obst ... Sie klammerte sich ans Waschbecken und zwang sich, an Luca zu denken, um sich in die Wirklichkeit zurückzuholen.

Luca ... Wo war er gerade? In Oslo oder Stockholm, sie wusste es nicht mehr. Sonntag jedenfalls ging die nordische Tournee der Philharmoniker zu Ende. Montagabend wäre Luca zurück in Paris, und Dienstag oder Mittwoch wieder bei ihr in Vézelay. Leider müsste er am Freitag aus familiären Gründen nach Rom. Ihr Wiedersehen würde kurz ausfallen.

Auf die Angst folgte ein Gefühl von Traurigkeit und Frustration. Je älter sie wurde, desto schwerer konnte sie ertragen, dass es in den Verbindungen zu ihren Mitmenschen immer wieder zu Unterbrechungen kam und sie auch zu Luca keine durchgehende Beziehung hatte. Dennoch hatte sie nicht vor, dauerhaft mit ihm zusammenzuleben: Dann würde sie von ihm verlangen, für Romane eine Art Vater zu sein, was Johanna nicht wollte. Tatsächlich erfüllte er diese Rolle manchmal, aber eben halbamtlich und nur zeitweise. Als Mutter ging es ihr gut damit, aber als Frau konnte sie nur schwer damit umgehen, dass er so unregelmäßig da war. Ihre Liebe zu ihm war geprägt von Zärtlichkeit und Gelassenheit, ohne zehrende Leidenschaft. Sie vertraute ihm und befürchtete bei ihm auch keine eventuellen Eskapaden während seiner Abwesenheit. Aber wenn Romane abends im Bett lag und nur die Stille ihr Gesellschaft leistete, dachte Johanna darüber nach, dass sie eine Gabe dafür hatte, sich Männer auszusuchen, die praktisch immer weg waren. Wahrscheinlich aus Angst vor Verpflichtungen. Dabei hatte sie genug von den Phantomen, die durch ihr Leben geisterten.

»Eben nicht, Ochsenschwanz-Hochepot wird mit Schweinsfüßen und Schweinsohren zubereitet. Meine Mutter stammt aus den Ardennen, ich weiß Bescheid!«

Zurück bei Tisch, sah sich Johanna Christophe genauer an. Er hatte schönes und dichtes hellbraunes Haar, aber mit seiner Prinz-Eisenherz-Frisur wirkte sein Gesicht noch fleischiger und seine ganze Gestalt noch korpulenter. Er war klein und machte einen körperlich ausgesprochen kräftigen Eindruck. Seiner Holzfällererscheinung stand das zart graugrüne Funkeln seiner Augen entgegen, die eine wache Intelligenz, Gutmütigkeit und einen Sinn für Humor erkennen ließen, der ebenso ausgeprägt war wie sein Bizeps.

»Tja, ich weiß nicht, wie das auf Französisch oder Italienisch heißt«, entgegnete Werner. »Ich weiß nur noch, dass es in einem kleinen Lokal in der Nähe vom Kolosseum war, da wurde der Ochsenschwanz mit Sellerie und einer grandiosen Tomatensoße zubereitet. Ein phantastisches Ragout …«

Rein äußerlich war der Österreicher das Gegenteil von Christophe: sehr groß und so schlank, dass er ansatzweise mager wirkte, ergrautes, fast weißes Haar und tiefschwarze Augen. Sein Französisch war perfekt, mit leicht deutschem Einschlag, allerdings ohne die Grobschlächtigkeit, an der die Franzosen Anstoß nahmen. Er rollte das R und überzog die Silben mit einer lieblichen Note, was vom Schlagobers herrühren mochte, wie man ihn in Wiener Kaffeehäusern servierte. Zu Werner fiel einem gleich das Wort »Eleganz« ein, und bei näherem Hinsehen bemerkte Johanna, dass die junge Audrey für seinen Charme anscheinend nicht unempfänglich war.

»›Coda alla vaccinara‹«, warf die Grabungsleiterin ein. »Das sind Ochsenschwanzstücke, in Öl angebraten, dazu Weißwein, Sellerieherzen, Muskat, gehackte Tomaten, und das Ganze stundenlang geschmort. Es ist ein typisch römisches Gericht.«

Werner stieß einen anerkennenden Pfiff aus.

»Ich wusste ja gar nicht, dass du dich fürs Essen interessierst, noch dazu für die italienische Küche! Dein trostloser Salat deutet nicht darauf hin.«

Johanna lächelte.

»Na ja … Luca, mein Freund, ist Römer. Und ein leidenschaftlicher Koch. Wenn er da ist, esse ich keinen Salat.«

Jetzt hatte sie angebissen. Aber wenn schon, davon ginge die Welt nicht unter. Dann hielten ihre Kollegen sie jedenfalls nicht für eine von diesen unverheirateten Müttern, die sich ausschließlich mit ihrem Nachwuchs beschäftigten.

»Großartig!«, erwiderte der Österreicher. »Er ist Koch?«

»Nein, er ist Cellist beim Philharmonie-Orchester von Radio France und spielt in einem Streichquartett.«

»Wow!«, entfuhr es Christophe. »Dann muss er unbedingt mal hier in der Basilika spielen!«

Tatsächlich war dies eine Traumvorstellung von Luca. Als Johanna ihm eröffnet hatte, dass sie in Vézelay arbeiten würde, hatte er nichts von romanischer Kunst oder Benediktinern, von Jakobsweg oder Unesco Weltkulturerbe gesagt, wie es wohl einem Archäologen als Erstes eingefallen wäre. Er hatte weder an Maria Magdalena noch an den heiligen Ludwig gedacht, einen glühenden Verfechter der Abtei, und erst recht nicht an Bernard von Clairvaux, der hier beim Zweiten Kreuzzug im Jahr 1146 gepredigt hatte, oder an die unaufhörlichen Machtkämpfe zwischen Abtei, den Bürgern des Dorfes, den Bischöfen von Autun und den Grafen von Nevers, auf die später die Protestanten und die Revolutionäre folgten. Er war kein Historiker. Im Zusammenhang mit Vézelay dachte Luca nur an einen: Mstislaw Rostropowitsch, der, nachdem er zehn Jahre nach dem idealen Ort für die Aufnahme der sechs Bach-Solosuiten für Violoncello gesucht hatte, hier im Winter 1990/1991 endlich fündig geworden war. In die Fußstapfen des Meisters zu treten, war verlockend. Aber Luca hatte die Noten nur vor sich hin gesummt, als er versonnen auf den Platz in der Kirche blickte, an dem der Cellist sechs Wochen lang jede Nacht die Suiten eingespielt hatte.

»Jetzt weiß ich auch, warum deine Tochter Romane heißt«, murmelte Audrey.

»Das hat nichts miteinander zu tun, Luca ist nicht ihr Vater«, erwiderte Johanna mit einer Vehemenz, wie sie sie bei sich schon lange nicht mehr wahrgenommen hatte.

Sofort bat sie die junge Frau um Entschuldigung für ihre

Barschheit und bereute, über Luca gesprochen zu haben. Zumindest war auf ihre Reaktion hin die Neugier der Kollegen vorerst versiegt, aber in Sachen gewaltloser Kommunikation sollte sie noch Fortschritte machen. Vorerst hielt sie sich an einer Mousse au Chocolat mit Mandelgebäck schadlos. Audrey, die weder nachtragend war noch Gewichtsprobleme hatte, tat es ihr gleich. Dann machte sich das kleine Team wieder auf den Rückweg ins Camp.

Je weiter der Nachmittag fortschritt, desto nervöser wurde Johanna. Tom müsste mittlerweile in Paris angekommen sein; er wollte am Flughafen ein Auto mieten und auf direktem Weg nach Vézelay fahren. Sie blickte erneut auf die Uhr: Wenn das Flugzeug keine Verspätung hatte, dürfte er jetzt schon unterwegs sein …

7

Trotz Raphaels Rat, nicht bei den Anhängern Jesu Zuflucht zu suchen, begibt sich Livia im Morgengrauen zu Simeon Galva Thalvus, dem besten Freund ihres Vaters. Da sie keinen sicheren Ort weiß, an den sie gehen könnte, zählt das Bedürfnis nach einem vertrauten Gesicht und menschlicher Wärme mehr als die Gefahr. Bei Sonnenaufgang öffnen die Händler ihre Läden, die Römer gehen ihren Beschäftigungen nach, und die Straßen sind erfüllt von dem üblichen Lärm: Fußgänger, Maultiere, von Sklaven getragene Sänften, Handkarren, Tragesitze, Reiter – umtriebiges Leben, wie es dem Mädchen vertraut ist. Livia hat das Gefühl, als würde dieses energiegeladene Durcheinander ihre Panik und die nächtlichen Toten von ihr fernhalten. Die ausklappbaren Auslagen ziehen sich die ganze Straße entlang. Ein Tonsor rasiert seine Kunden im Freien vor seiner Ladentür und legt ihnen eine in Öl und Essig getränkte Schicht Spinnweben auf, um Blutungen zu stillen. An der Straßenecke zieht ein Schlangenbeschwörer Schaulustige an. Unter einem Leinenvordach üben Lehrer mit ihren Schülern im Sprechgesang ihre Lektionen ein. Livia bleibt stehen und muss daran denken, dass auch sie um diese Zeit gemeinsam mit ihren Schulkameraden unter Aufsicht des Erziehers das Zählen mit den Fingern üben müsste. Auf unbestimmte Weise spürt sie, dass sie die Schule nie wieder besuchen wird. In Gedanken versunken, kann sie gerade noch zur Seite springen, als eine Kohorte zu Pferd im Galopp vorbeiprescht, ohne sich um das Fußvolk zu kümmern. Das Mädchen presst sich an eine Mauer und setzt dann den Weg zu den Lagerhäusern der Stadt fort. Das Hämmern der Kupferschmiede gibt ihr die Zeit vor, bis sie Simeons freundliches Gesicht wiedersehen wird. Das flehende Gemurmel der Bettler beschleunigt ihren Schritt, und sie versucht, die rauchige Stimme der Wirte zu überhören, die den Passanten warme Brote und dampfende Würste anpreisen und sie daran erinnern, dass sie hungrig und durstig ist.

Als sie das Tiberufer am Fuß des Aventin erreicht, verliert sich Livia in der geschäftigen Menge der Hafenarbeiter und Lastenträger, die in den Hallen Waren aus dem ganzen Imperium abladen und lagern. Wein und Gemüse aus Italien, Weizen aus Ägypten und Afrika, Öl aus Spanien, griechischen Wein, Wollwaren, Holz und Wildbret aus Gallien, Datteln von den Oasen, Marmor aus der Toskana und aus Griechenland, Porphyr aus Arabien, Kupfer, Blei und Silber von der iberischen Halbinsel, Elfenbein aus Mauretanien, Gold aus Dalmatien, Bernstein aus dem Baltikum, Papyrusrollen aus dem Niltal, Glaswaren aus Syrien, Stoffe aus dem Orient, Weihrauch aus Arabien, Gewürze, Korallen und Edelsteine aus Indien, Seide aus dem Fernen Orient. Unmittelbar neben den Lagern verkaufen Ladenbesitzer Fisch, Leder, Pökelfleisch, Obst, Gemüse und Duftessenzen. Die Gerüche vermengen sich in der Luft und steigen Livia zu Kopf. Benommen bahnt sie sich einen Weg durch die Menge und erreicht, ohne zu wissen, wie, das Haus des Reeders, das an dessen eigene Lagerhallen grenzt.

Sie klopft an. Keine Antwort. Erneutes Klopfen.

»Kein Sinn, Bettelmädchen«, ertönt eine Stimme hinter ihr.

Das Mädchen dreht sich um und sieht einen massigen Schwarzen vor sich, der wie sie barfuß geht. Vermutlich ein Äthiopier, der einen riesigen Korb voller weißer und blauer Baumwollstoffe auf dem Kopf trägt.

»Fort, gestern Abend, im Dunkeln«, erklärt der ebenholzfarbene Hüne.

»Fort?«, fragt Livia.

»Na ja, fort … zwischen die Wachen vom Kaiser.«

»Simeon Galva wurde verhaftet?«

»Ja, mein Herr und seine Familie. Ich nix wissen, warum. Nix wissen, wo sie sind.«

Bei diesen Worten verschleiert sich der Blick der Kleinen. Der Riese macht einen Schritt auf sie zu, aber sie flüchtet in panischer Angst.

Wieder verliert sie sich im Gewühl der Hafenarbeiter und Händler, und vom salzig-brackigen Geruch, den sie verströmen, schnürt sich ihr die Brust zu. Simeon Galva verhaftet … Was soll sie nur tun? Wohin soll sie gehen? Niemand gibt auf sie acht, und als sie mit dem Fetzen Papier, den sie unwillkürlich an sich drückt, zurück im Zentrum der Stadt ist, läuft sie auf ihren schmerzenden Füßen in Richtung Argiletum. Den Weg ist sie oft mit ihrem Vater gegangen, und je näher sie ihrem Ziel kommt, desto mehr Hoffnung liegt in ihren malvenfarbenen Augen.

»Numerius Popidius Sabinus kann nicht verhaftet worden sein«, sagt Livia zu sich. »Er ist ein Bürger Roms, er ist bekannt, geachtet und einflussreich, er ist kein Jude wie Simeon Galva, und vor allem ist er sehr vorsichtig. Vielleicht ist er sogar zu vorsichtig. Antonius der Ältere wirft ihm oft vor, dass er das Wort Jesu für sich behalten will und sich dagegen sträubt, den heiligen Geist unter den Heiden zu verbreiten … Numerius Popidius geht es sicher gut, er wird mich beschützen …«

Livia kommt zur Taberna des Librarius, des Buchhändlers, im Erdgeschoss eines dreistöckigen Hauses. Es ist der Lieblingsladen ihres Vaters: Bücher, abgeschrieben von Sklaven, die Numerius Popidius Sabinus eigens ausgebildet hat und die seinen Ruf nicht nur in »Urbs Roma«, sondern in allen Provinzen des Kaiserreichs begründet haben, in die der Buchhändler und Verleger seine Werke schickt. Wie oft hat Sextus Livius Aelius seiner Tochter erzählt, dass der Centurio, der sich im Grenzgebiet Galliens oder Asiens in einer Garnison aufhält, innerlich in der Heimat ist, wenn er Verse von Horaz, Statius, Ovid und Vergil vor sich hin sprechen kann … In seiner Leidenschaft für Bücher hat Sextus Livius Livia nicht erklärt, dass solche Abschriften sehr teuer sind, dass die Autoren von den Verlegern nie entsprechend entlohnt werden und dass es dem kleinen Soldaten fern der Bibliotheken und der öffentlichen Lesungen in der Stadt Rom wohl kaum vergönnt ist, griechisch-lateinische Dichtkunst aufzusagen. Das alles spielt keine Rolle für Livia. Sie denkt an die Seite aus der »Aeneis«, die sie an ihr Herz drückt, an ihren Vater und den mit ihm befreundeten Buchhändler, und steht lächelnd schließlich vor dessen Laden.

Gleich darauf schwindet ihr Lächeln, und sie beißt sich auf die Lippen. Die in die Straße ragenden Bücherauslagen sind nicht ausgeklappt, die Taberna von Numerius Popidius scheint geschlossen zu sein. Wie angewurzelt steht Livia da. Das ist nicht möglich, denkt sie, er ist krank oder er hat sich mithilfe seiner mächtigen Beziehungen weit weg von hier in Sicherheit gebracht! In ihrer vergeblichen Hoffnung denkt Livia nicht daran, dass der Buchhändler am Abend zuvor – der eine Ewigkeit her ist – bei einem geheimen Treffen in ihrem Elternhaus wohlauf war und eher zu den Schwarzsehern gehörte, denn er war der Überzeugung, der Kaiser werde die Christen in »Urbs Roma« nicht länger tolerieren.

Hilflos blickt das Mädchen nach rechts und links und sieht einen der Nachbarn des Buchhändlers, den Geldwechsler, der, über ein Fußgestell gebeugt, auf einem schmutzigen Tischchen seine Provision an Münzen mit dem Bildnis Neros zum Klingen bringt. Livia holt tief Luft und geht auf den beleibten Mann zu.

»Entschuldige, Bürger«, murmelt sie kaum hörbar, »ich suche Numerius Popidius Sabinus.«

»Was willst du denn vom Buchhändler?«

»Ich … ein Buch, ich möchte es abholen.«

Der Mann lässt die Münzen aus der Hand gleiten und sieht das Mädchen von oben bis unten prüfend an. Augenblicklich wird es Livia bewusst, dass sie in ihrem Aufzug eher einem Sklavenmädchen oder Straßenkind als einer Tochter aus gutem Haus ähnelt: Ihre langen schwarzen Haare hängen ihr ungekämmt über die Schultern, sie trägt noch immer die Tunika und den Schurz der vergangenen Nacht, die ganz verschwitzt sind, und ihre Füße und Beine sind voller Dreckspritzer.

»Es geht nur um einen Gedichtband, den mein Herr bestellt

hat und den ich abholen soll ... «, berichtigt sie sich und blickt zu Boden.

»Tja, dein Herr wird seinen Gedichtband heute wohl nicht bekommen«, antwortet der Geldwechsler. »Und morgen auch nicht, glaube ich.«

»Warum? Ich ... mein Herr ist sehr streng, wisst Ihr, und wenn ich ihm sein Buch nicht bringe, bekomme ich Schläge ... «

»Nicht, wenn du ihm sagst, dass sich hinter einer vermeintlich ehrbaren Erscheinung die schlimmste Infamie verbarg«, entgegnet der Mann wutentbrannt, »ein abartiger Menschenfresser, der ein eselsköpfiges Monster anbetet und sich nicht damit zufrieden gibt, unter dem Mäntelchen des rechtschaffenen Bürgers seinem abscheulichen Aberglauben nachzugehen, sondern der zusammen mit seinen Schergen auch noch die Stadt anzündet!«

Ungläubig und zögerlich schweigt Livia. Daraufhin steht der Geldwechsler auf.

»Begreifst du, was ich sage?«, donnert der Mann. »Du entkommst den Stockhieben, wenn du deinem Herrn berichtest, dass Numerius Popidius Sabinus ein Kannibale war, ein Verrückter, ein Brandstifter, der zu dieser Sekte fanatischer Mörder namens ›Nazarener‹ gehörte und das bekommen hat, was er verdient.«

»Was ist denn geschehen?«, fragt Livia unweigerlich.

»Man hat ihn letzte Nacht mitgenommen, und zwar gut bewacht! Und ich hoffe, dass er und seinesgleichen jetzt für ihre Verbrechen büßen werden ...«

»Was wird man mit ihm machen? Woher wusste man, dass er zum ›Weg‹ gehört?«

Livia bereut sofort, was sie gesagt hat. Misstrauisch macht der Geldwechsler einen Schritt auf das Mädchen zu.

»Woher? Weil die Mitglieder dieser Sekte genauso irre wie feige sind und man nur einen von ihnen erwischen muss, damit er alle Übrigen verrät ... Der Buchhändler ist verpfiffen worden, von einem seiner sogenannten Brüder, pah! Wie nennst du dieses aufrührerische Gesindel? Den ›Weg‹? Woher kommt der

Name? Und was kümmert dich das Schicksal dieses Vaterlandsverräters? Du wirst doch wohl nicht auch dieser verbrecherischen Bande angehören?«

Livia errötet und weicht einen Schritt zurück.

»Nein!«, schreit sie. »Nein, ich bin keine Christin!«

Sie macht kehrt und läuft in Windeseile davon. Eine Ewigkeit lang, wie ihr scheint, rennt sie verwirrt und panisch weiter, ohne sich umzusehen, bevor sie am Ende einer vom großen Brand rußgeschwärzten Gasse, in die kein Sonnenlicht dringt, zusammenbricht. Ich habe gewagt zu sagen, dass ich keine Christin bin. Ich habe gelogen. Schluchzend, den Kopf auf den angezogenen Knien, beschuldigt sie sich selbst. Ich habe meinen Glauben verleugnet, ich habe Christus verleugnet, den Apostel Paulus, meinen Vater, meine Mutter, meine Brüder, alle, die zu mir gehören! Ich bin Gott untreu geworden!

Lange hindern die Tränen sie daran, einen klaren Gedanken zu fassen. Dann fällt ihr ein, dass Petrus selbst Jesus verleugnet hat, dreimal, als dieser von der Kohorte, dem Tribun und der Tempelwache der Juden verhaftet und anschließend beim Hohepriester von Jerusalem verurteilt wurde. Sie hat diese Geschichte sogar aus dem Mund von Petrus vernommen und weiß noch, dass sie sie damals nicht verstanden hat. Auf ihre Frage, ob er zu den Jüngern Jesu gehöre, hatte Petrus einer Dienerin, den Wachen und schließlich einem der Diener des Hohepriesters Kaiphas mit Nein geantwortet. Der Herr wurde gefesselt und festgesetzt, Petrus aber war frei. Jetzt begreift Livia die Worte des ersten Apostels, des ständigen Begleiters des Herrn. Jetzt versteht sie, dass Judas Jesus ausgeliefert hat und dass sich heute anscheinend die Christen gegenseitig verraten. Wir, die Anhänger des ›Weges‹, versuchen, besser zu werden, denkt sie, aber im Grunde sind wir nur Sünder, arme, schwache und feige Menschen. Ihre Tränen versiegen. Sie versucht nachzudenken. Wie kann sie sich dem Licht, das sie empfangen hat, als würdig erweisen? Muss sie sich den Behörden ausliefern, um ihre Lieben wiederzufinden und sich von dem Fehler reinzuwaschen, den sie gerade begangen hat? Letztere Lösung ist ihr am liebsten. Dann wäre die Flucht vorbei, die Suche nach einem Schutz, den es nicht gibt, die höllische Angst, gefasst zu werden. Sie steht auf und beschließt, sich der erstbesten Wache, die ihr über den Weg läuft, zu stellen.

Plötzlich verspürt sie eine drückende Last auf der Brust: Der Brief, den Raphael auf Aramäisch geschrieben hat, die versteckte Botschaft Jesu, die sie Petrus oder Paulus überbringen wollte. Livia lehnt sich an eine halb eingefallene Mauer, die noch nach Rauch riecht. Sie schließt die Augen. Wenn sie sich der Prätorianergarde stellt, gelangt sie vielleicht zu Petrus ins Gefängnis. Sicher ist das allerdings nicht, denn der von König Ancus Marcius errichtete Carcer ist riesengroß und reicht bis an die Hänge des Kapitols. Sie kann schon nicht davon ausgehen, dass sie mit ihren Eltern zusammengesperrt würde, umso weniger mit dem Apostel Petrus! Und einem Mann, der zwischen Gefängnismauern festsitzt, würde die Botschaft auch nichts nützen. Sie stöhnt auf. Die Tatsache, dass Petrus, ihre Familie, Simeon Galva, Numerius Popidius und alle verhafteten Christen sich jetzt im Tullianum befinden, ist auch nur eine Annahme. Vielleicht hat Nero ja beschlossen, sie außerhalb des Stadtgebietes einzukerkern oder sie an einen Ort weit weg von Rom zu verbannen, wie er es mit manchen seiner Angehörigen getan hat, die in Ungnade gefallen waren … Dann würden die Christen gerade auf einem Schiff im Mittelmeer treiben …

Livia öffnet die Augen wieder. Sie wird sich nicht stellen. Sie weiß nicht, dass dieses ureigene Gefühl, das gerade hochkommt, dieser unbedingte Impuls, der Gefahr zu entrinnen, ihr Überlebensinstinkt ist. Sie erinnert sich daran, was der Bote ihr im Moment seines Todes geraten hat: Keine Christen aufsuchen, nicht einmal Juden, fliehen, sich bei Heiden verstecken, die über jeden Verdacht erhaben sind. Bis jetzt hat sie das Gegenteil getan, ohne Erfolg. Jetzt weiß sie, dass Raphael recht hatte.

Livia ordnet ihre Kleidung, vergewissert sich, dass ihr der zusammengerollte Papyrus nicht aus der Tunika fallen kann, und setzt ihren Weg wachsam fort, dicht an den Hauswänden entlang; sobald eine Kohorte auftaucht, versteckt sie sich. Jetzt spürt sie wieder ihre Entschlossenheit, nachdem sie verzweifelt herumgeirrt ist. Sie geht langsam weiter und blickt nun nicht mehr wie ein gehetztes Tier in die Menge, sondern wie jemand, der nicht anders kann. Hunger und Durst quälen sie, sie zittert vor Müdigkeit.

An den Kreuzungen versammeln sich die Römer vor den neuesten Aushängen, die sie nicht liest, um nicht in einen Menschenauflauf zu geraten, der für sie gefährlich sein könnte.

Schließlich gelangt sie zu einer Insula, einem vierstöckigen Wohnblock, dessen Außenputz vom Feuer verbrannt ist. Das Erdgeschoss beherbergt einen Spiegelmacher, einen Lupinen- und einen Blumenhändler. Livia erkennt den Ort, an dem sie seit über einem Jahr nicht mehr war, auf Anhieb wieder. Die Sträuße aus Rosen und Veilchen verströmen einen süßen Duft. Die Farben der gekonnt geflochtenen Totenkränze aus Jasmin, Lilien, Rosen und Vergissmeinnicht stechen im Sonnenlicht hervor. Sie geht um den Laden herum und steigt eine steinerne Treppe empor, die an der Ecke beider Läden von der Straße weg hinaufführt. Stocksteif vor Furcht, klopft sie im ersten Stock an eine Tür.

Vorsichtig öffnet eine noch junge Frau, die zwar sauber, aber schlecht gekleidet und unvorteilhaft geschminkt ist. Stumm betrachtet sie das Mädchen mit gerunzelter Stirn. Gerade hebt sie an, um den ungebetenen Gast wieder fortzuschicken, als sie ihre Augen überrascht weit aufreißt.

»Livia Aelia, bist du es?«

»Ja, ich bin es, Tante.«

»Wie groß du geworden bist! Was machst du hier? Wie siehst du denn aus! Komm, komm herein!«

Livia betritt die Wohnung.

»Was ist passiert?«, fragt die Tante, die das Mädchen halb angewidert, halb mitleidig ansieht.

»Ein großes Unglück. Ist mein Onkel schon da?«

»Noch nicht. Er wird gleich kommen.«

»Ich muss zuerst ihn sprechen, entschuldige, Tante … ich habe nämlich … ich fürchte, er setzt mich vor die Tür und …«

»Dass ein Familienmitglied, das Hilfe benötigt, von hier fortgeschickt wird, wirst du nicht erleben. Dein Vater war derjenige, der weggegangen ist, sein Bruder hat ihn nicht verjagt. Seither haben wir keine Nachricht von Sextus Livius, weder was ihn noch was euch betrifft …«

»Ja, Tante.«

»Bei Venus, du siehst ja aus wie eine Bettlerin! Jupiters Blitz soll auf dieses Haus niedergehen, wenn dein Onkel dich in diesem Zustand sieht! Komm mit …«

Livia lässt sich von Tullia Flacca zu essen und zu trinken geben, ein feuchtes Tuch, um sich zu säubern, einen Schurz aus neuem Leinen, der um die Taille geknotet wird, eine lange Tunika, Sandalen und Hornkämme, um die Haare zu entwirren und hochzustecken. Tullia Flacca stellt ihr Fragen, aber unter dem Vorwand, sie sei zu müde, als dass sie das Geschehene zweimal schildern könne, weicht die Kleine aus. Endlich, kurz nach Mittag, zur sechsten Stunde, als Läden und Büros schließen – die Römer arbeiten von Sonnenaufgang bis zur Mittagsruhe und widmen den Nachmittag ihren Freizeitbeschäftigungen –, trifft der jüngere Bruder ihres Vaters mit vielen Paketen auf dem Arm ein.

Er ist ein kleiner Beamter, wie es im Stadtgebiet Roms Tausende gibt, treu dem Kaiser und dem Volk ergeben. Ersteren bekommt er nie zu Gesicht, außer von Ferne im Zirkus oder im Amphitheater, und Letzteres möchte er nach Möglichkeit erst gar nicht sehen. Er bezieht eine Leibrente und erfüllt seine Pflicht, ohne sich weitere Fragen zu stellen, ein winziges Rad in dem tentakelartigen Getriebe, das die Welt regiert. Tiberius Livius Aelius ist ein vorbildlicher Bürger, dem allerdings jeder Geschäftssinn fehlt und der immer ein wenig neidisch auf den Wohlstand seines Handel treibenden Bruders war, zumal seit dessen Heirat mit der Kreterin Domitilla. Seit dem Tod des dritten Bruders, der bei ihren Streitereien immer schlichtete, sich aber für das Militär entschieden hatte und beim Aufstand der Bretonen umkam, hat die Animosität zwischen Tiberius und Sextus zugenommen. Natürlich hat Sextus seinem jüngeren Bruder stets verheimlicht, dass er sich dem Wort Jesu angeschlossen hat. Doch bei den September-Iden vor etwas über einem Jahr weigerte sich Sextus anlässlich eines von Tiberius ausgerichteten Banketts, von einem über dem Feuer gebratenen Kalb zu essen, das zuvor im Venustempel geopfert worden war, und verbot es auch seiner Gemahlin und seinen Kindern, getreu den Geboten von Petrus und Paulus. Aus Vorsicht schwieg er sich darüber aus, weshalb er das Herzstück des Mahls, das mit großem inszenatorischen Aufwand und vielen an die Götter gerichteten Gebeten aufgeboten wurde, verschmähte. Tiberius fasste die stumme Ablehnung als Geringschätzung auf, und die Sache eskalierte. Sextus beschloss daher, lieber mit seinem Blutsbruder zu brechen und das Mahl nur noch mit seinen Glaubensbrüdern zu teilen.

»Livia?«, fragt Tiberius erstaunt, als er das Mädchen sieht. »Ist meinem Bruder etwas zugestoßen?«

»Mein Vater, meine Mutter und meine beiden Brüder sind letzte Nacht von der Prätorianergarde verhaftet worden«, antwortet sie mit zittriger Stimme.

Augenblicklich umfasst Tullia mit beiden Händen ihren Kopf und beschwört die Götter, während Onkel Tiberius den Schock verarbeitet. Äußerlich ähnelt er seinem Bruder, abgesehen von der Körperfülle, denn er sucht jeden Nachmittag die Palästra und den Turnraum in den Thermen auf, während der ältere Bruder das Bad vorzieht. Sextus Livius hat sich die Ansicht der Christen zu eigen gemacht, wonach Sport die Wollust anfacht, weil er das Zurschaustellen des Körpers und den Körperkult fördert.

»Wie bist du ihnen entkommen?«, fragt Tiberius.

Zum ersten Mal berichtet Livia weinend von den Geschehnissen der vergangenen Nacht, ohne jedoch Raphael zu erwähnen.

Tullia nimmt sie in die Arme und versucht, sie zu trösten, was eine unendliche Erleichterung für das Kind ist. Tiberius lässt dagegen keine Gefühlsregung erkennen.

»Was hast du in der Zwischenzeit gemacht?«

»Ich … ich habe versucht, bei Freunden unterzukommen, aber alle sind verhaftet worden …«

»Hat man dich gesehen? Hat dich jemand erkannt?«, hakt er nach.

»Nein, ich … ich glaube nicht … ich habe niemandem gesagt, wer ich bin.«

Tiberius stößt einen tiefen Seufzer aus, und Livia weiß nicht, ob aus Enttäuschung, vor Erleichterung oder Schmerz.

»Ich wusste es«, raunt er. »Ich habe es geahnt. Er hat sich immer für etwas Besseres gehalten, für den Stärkeren, den Gebildeteren, den Schlaueren. Um dann bei dieser Sekte Schwachsinniger zu landen, die meinen, sie wären Propheten und Visionäre!«

»Onkel«, fleht das Mädchen ihn an, »du arbeitest im Palast des Kaisers, du wirst sie doch befreien? Sag, dass du sie retten wirst!«

Tiberius sinkt auf eines der Lager des Trikliniums und stößt einen weiteren Seufzer aus, der nach Ohnmacht und Verzweiflung klingt.

«Wo ist Lepida?« Dröhnend verlangt er nach der Sklavin des Hauses. »Sie soll sofort Wein bringen!«

»Ich habe sie in die Thermen geschickt, als Livia kam«, antwortet Tullia. »Ich bringe ihn dir …«

Tullia geht hinaus. Tiberius richtet die Augen auf seine Nichte.

»Leider nein«, sagt er. »Wenn ich könnte, Livia … aber ich bin nur ein Schreiber unter Tausenden im Palast des Kaisers. Neros Sklaven haben mehr Macht als ich …«

»Er ist dein Bruder!«, begehrt Livia auf. »Der Einzige, den du noch hast.«

»Das musst du mir nicht sagen, Mädchen, ich weiß es nur allzu gut.«

»Euer Streit ist jetzt nicht mehr wichtig«, fügt Livia hinzu.

»Streit? Du irrst dich, Nichte. Das hier ist kein Familienstreit … denn dein Vater hat seiner Familie abgeschworen, Livia. Indem er dieser gemeinschaftsschädigenden Sekte beigetreten ist, hat er nicht nur die Götter Roms verleugnet, sondern Rom, das Kaiserreich und den Kaiser selbst. Er hat unsere Geschichte verleugnet und unsere gemeinsamen Bräuche, seine ganze Vergangenheit, seine Eltern und Vorfahren. Und seine Dichter, sogar seine geliebten griechischen und lateinischen Dichter, auch sie hat er auf dem Altar eines erleuchteten Helfers geopfert.«

»Das stimmt nicht«, entgegnet Livia mit Nachdruck. »Wir sind römische Bürger wie ihr!«

»Dem Anschein nach, ja«, antwortet Tiberius ruhig. »Aber ihr tragt eine Maske wie im Theater … und unter eurer Maske habt ihr nur Hass und Verachtung für unsere Institutionen. Ihr verabscheut unser altes Pantheon, indem ihr vorgebt, nur einen einzigen Gott anzubeten, den ihr vor euch hertragt, als wäre er unseren zwölf Göttern überlegen. Aber in eurer Überheblichkeit haltet ihr euch selbst für Götter! Ihr beschuldigt uns, euch gegenüber unduldsam zu sein, und seid selbst unerbittliche Fanatiker! Verstehst du, Livia, die Wahrheit ist, dass ihr und wir uns nicht vertragen …«

Livia weiß nicht, was sie sagen soll. Sie würde ihrem Onkel gern antworten, aber etwas hindert sie, bestimmte Worte, die Tiberius gesagt hat und die, wie sie mit ihren neun Jahren vage spürt, so klingen, als hätte er recht. In dem Moment kommt Tullia wieder, mit einem Tablett voll Wein, Früchten und Brot für das »prandium«, das Mittagsmahl.

»Trotzdem«, schließt Tiberius sanft, »gehe ich, wenn ich ein paar Bissen zu mir genommen habe, noch einmal in den Kaiserpalast. Ich kann meinen Bruder nicht einfach im Stich lassen, so wie er mich im Stich gelassen hat … Ich muss mich um sein Schicksal kümmern. Du bleibst hier«, sagt er, an seine Nichte gerichtet. »Und du, Tullia, bleibst bei ihr. Und lass vor allem niemanden herein.«

Gegen fünfzehn Uhr, zur neunten Stunde, kehrt Tiberius mit düsterer Miene zurück. Er weicht dem Blick Livias aus, die ihn wie eine Fliege umschwirrt. Tullia heftet ihre kastanienbraunen Augen auf ihren Mann.

»Wir sollten uns keine Hoffnungen machen«, bringt er schließlich hervor. »Wir können nichts tun.«

»Onkel, wo sind sie?«

»Das weiß ich nicht … sie waren im Gefängnis, bis … bis zur Mittagsruhe, dann hat man sie aus den Kerkern geholt …«

»Sind sie verbannt worden?«, fragt die Tante. »Hat man sie zum Hafen gebracht?«

»Ich weiß es nicht. Ich habe versucht, einen Freigelassenen zu bestechen, aber er hat nur das Geld eingesteckt und wollte nichts sagen. Livia, du bleibst bei uns. Hab keine Angst, Tullia und ich werden dich beschützen, als wärst du unser eigenes Kind, das Kind, das uns versagt blieb. Niemand wird dir etwas antun. Tullia, wo ist Lepida?«

»Ich … ich habe gesagt, du seist krank und ansteckend … und ich würde mich allein um dich kümmern. Sie hat lauthals protestiert, aber ich habe sie aufs Land zu meiner Freundin Aquilia Severa geschickt.«

»Du hast gut daran getan. In ein paar Tagen, wenn alles vorbei ist, lassen wir sie wieder herkommen. Und geben Livia als entfernte Cousine aus Kreta aus …«

Livia erbleicht. Ihr Onkel weiß mehr, als er zugeben will, dessen ist sie sicher. Etwas geht hinter ihrem Rücken vor, und sie weiß nicht, was.

»Onkel«, sagt sie mit tonloser Stimme, »ich danke dir und meiner Tante für eure Gastfreundschaft und Großzügigkeit …«

»Wir gehorchen nur unserem Herzen und den römischen Gepflogenheiten, die die Blutsbande stets achten«, antwortet er nicht ohne leisen Spott. »Dieses Haus ist künftig auch dein Haus.«

Reuevoll senkt Livia den Kopf. Sie malt sich ihr künftiges Leben bei ihrem Onkel und ihrer Tante aus. Sie haben sie aufgenommen und gerettet, diese Heiden, denen sich ihr Vater entgegengestellt hatte. Ihr Vater … Mit einem Mal packt sie eine unbändige Wut.

»Wo ist mein Vater?«, schreit sie. »Wo ist meine Mutter? Wo sind meine Brüder? Du weißt es, Onkel, ich bin sicher, dass du es weißt, du kennst ihr Schicksal und lügst mich an! Sag mir die Wahrheit, ich bin kein Kind mehr, nein, seit der letzten Nacht bin ich kein kleines Mädchen mehr! Die Leute verschwinden nicht einfach so in Rom, in der Hauptstadt der Welt, das ist nicht wahr! Wo sind sie? Wird man sie verurteilen, Sextus Livius, Domitilla Calba, meine beiden Brüder Sextus und Gaius, Simeon Galva Thalvus, Numerius Popidius Sabinus und alle anderen Anhänger Jesu, die meine einzige, meine wahre Familie sind?«

Dieser Zorn macht Tiberius zunächst stumm. Dann blickt er Livia eiskalt und grausam an.

»Weißt du, womit ich heute Vormittag beschäftigt war, meine Nichte?«, fragt er boshaft. »Von Sonnenaufgang bis zur sechsten Stunde habe ich Aushänge geschrieben, in denen das Volk Roms zu Zirkusspielen geladen wird, noch heute Abend, in die Gärten Neros. Dieses Geschenk des Kaisers an das Volk hat freilich etwas Unerwartetes und Außergewöhnliches. Einen Moment lang habe ich mich gefragt, mit welch unerhörtem Vergnügen der Herrscher uns erfreuen will, und dann habe ich nur noch geschrieben und mir gesagt, dass meine Neugier heute Abend gestillt würde. Das war aber schon vorhin der Fall, als ich mich nach dem Schicksal der Sektenmitglieder erkundigt habe, die in den letzten Tagen verhaftet wurden …«

Livia scheint alles Blut aus den Adern zu weichen. Die Tante erstarrt.

»Du willst sagen …«, stammelt das Mädchen. »Aber sie … sie werden doch nicht ohne einen Prozess …«

»Ich beantworte nur deine Frage, meine Nichte, weil du laut brüllend nach der ›Wahrheit‹ verlangst. Statt in vollkommener Sicherheit in diesem Haus zu bleiben, in dem du nach einem Jahr des Schweigens und der verbrecherischen Verirrungen aufgenommen wurdest, spuckst du uns, wie schon dein Vater, lieber ins Gesicht und hältst dieser Horde von Fanatikern die Treue …«

Livia öffnet den Mund, bringt aber keinen Ton heraus. Sie sieht flüchtig zu ihrer Tante hinüber, die die Hände ringt. Dann dreht sie sich um und stürmt davon, während sie sich in einem Anfall plötzlicher Übelkeit fast übergeben muss.

Sie rennt zur Tür, stürzt die Treppe hinunter und läuft durch die Gassen, bis die Beine sie nicht mehr tragen. Erschöpft flüchtet sie sich in die Ecke eines dunklen Innenhofes, in dem es nach verwesendem Fleisch riecht und an Haken die abgezogenen Häute der im Erdgeschoss untergebrachten Gerberei trocknen.

Jenseits des Tiber, im äußersten Nordwesten von »Urbs Roma«, erstreckt sich zwischen dem Fluss und den Hängen des Mons Vaticanus ein Tal, das Kaiser Nero sein Eigen nennt. Diese von einer Tante väterlicherseits geerbten Privatgärten sind ebenso prächtig wie weitläufig. Am Ende des Parks erhebt sich ein mit einem Obelisken geschmückter Zirkus. Auf Neros Einladung hin versammeln sich die Römer hier zu gelegentlichen Wagenrennen, athletischen Darbietungen, Theatervorführungen und Box- oder Gladiatorenkämpfen. Als Liebhaber der Künste und in der Überzeugung, ein begnadeter Lyriker zu sein, gibt Nero hier mitunter selbst Verse zum Besten, tritt als Schauspieler oder Sänger auf und begleitet sich dazu auf der Leier. Das Volk ist nicht davon angetan, seinen Kaiser als Gaukler oder Hanswurst zu erleben, und sein beschämender Hang zur Selbstdarstellung hat, gemeinsam mit den Morden und Gerüchten über seine Mitverantwortung für den großen Brand, bei den Bürgern ein erhebliches Maß an Feindseligkeit gegenüber ihrem Herrscher heraufbeschworen. Dennoch hat sich an diesem Oktobersonntag im neunten Jahr von Neros Regentschaft beinahe die ganze Stadt auf den Stufen der Arena eingefunden. Gewiss ist es nicht ratsam, auch eine an alle ergehende Einladung des Kaisers auszuschlagen. Heute aber treiben weniger Angst oder Zwang die

Römer in Neros Zirkus als vielmehr Neugier, ihre Leidenschaft für die Spiele und die Vorahnung, dass ihnen ein ungewohntes Spektakel geboten wird.

Im Vorjahr hatte sich der Kaiser für den Circus Flaminius auf dem Marsfeld ein ergötzliches Spiel ausgedacht, das noch jedem Römer in Erinnerung ist: den Kampf Mann gegen Krokodil. Eine Abwechslung zu den Löwen, Wildschweinen und Bären! Es war purer Nervenkitzel, als die Bestarii, eigens für Raubtierturniere trainierte Gladiatoren, am Boden den Kampf mit dem Reptil aufnahmen und ihre Hände über dessen Haut glitten und ihre Klinge nicht durch dessen harten Panzer drang. Man konnte es nur bezwingen, indem man es ungeachtet seines Gewichts auf den Rücken warf und ihm den Bauch durchbohrte, bevor man von dem schlagenden Schwanz getroffen würde oder zwischen die gefürchteten Zähne geriete. Etliche Tierkämpfer sind dabei zu Tode gekommen. Doch konnten die Römer dem Einfallsreichtum ihres Kaisers damals durchaus etwas abgewinnen.

Als sie heute von den Stufen aus in die Mitte des Amphitheaters hinunterblicken, glauben sie, im Sand der Arena zunächst exotische Tiere zu sehen. Es sind keine Krokodile, sondern eigenartige Fellwesen mit merkwürdig verzogenem Antlitz und langem Schwanz, die, auf dem Hinterteil sitzend oder auf allen vieren stehend, von Prätorianern mit der Schwertspitze in Schach gehalten werden. Die Bürger spekulieren auf ein Venatio, eine Tierhatz. Bei längerer Betrachtung der Kreaturen merken sie allerdings, dass es sich um Menschen handelt. Diese in Felle gehüllten Wilden mit ihren geschminkten Gesichtern und dem aggressiven Gebaren müssen irgendeinem afrikanischen oder gallischen oder asiatischen Volksstamm im Hinterland des Imperiums angehören. Jeder fragt sich, mit welchen Wassern diese Barbaren gewaschen sind, als der junge, aufgedunsen wirkende Kaiser mit geöltem und onduliertem, roten Wuschelkopf hoch oben auf einem Wagen erscheint, den zwei weiße Pferde ziehen.

»Volk Roms!«, brüllt er in den Jubel hinein. »Ich habe euch heute alle hierher eingeladen, damit ihr mit ansehen könnt, wie die Brandstifter, die unsere anbetungswürdige Stadt beinahe vernichtet hätten, ihrer gerechten Strafe zugeführt werden! Ergötzt euch an den Sanktionen, die Rom für seine Feinde bereithält, seht, welcher Urteilsspruch durch uns, das römische Volk, für brandstiftende Sektierer ergeht, die sich der gesetzeswidrigen Magie schuldig machen! Römer! Bürger! Ich habe die Qualen um einige Späße erweitert, damit ihr besser unterhalten werdet … Hier nun der erste Teil unserer Vergeltung!«

Mit einer Handbewegung schickt Nero die Soldaten aus dem Amphitheater hinaus. Auf ein weiteres Zeichen von ihm werden die Tore geöffnet, durch die riesige Wachhunde hereinkommen; sie sind darauf abgerichtet, den Verurteilten den Tod zu bringen. Unter dem Applaus der Römer nimmt das Schauspiel seinen Lauf.

Die ausgehungerten Tiere, die an Menschenfleisch gewöhnt sind, machen sich über die verkleideten Christen her. Diese scharen sich zusammen und setzen sich mit bloßen Händen zur Wehr. Die Felle, mit denen man sie ausstaffiert hat, scheinen die Wachhunde zusätzlich zu reizen. Die ersten zerfetzten Körper liegen im Sand. Blindwütig stürzen sich die Bestien auf die Leichen und reißen ihnen die Haut herunter. Je mehr Menschen zu Boden gehen, desto mehr werden in die Arena geworfen, auch sie geschminkt und als Tiere verkleidet, wie Nero es sich zur zusätzlichen Belustigung ausgedacht hat.

Auf den Stufen werden die Räuchergefäße hervorgeholt, aus denen Weihrauchschwaden hervorquellen. Sklaven besprengen ihre Herren und Herrinnen mit angenehmen Düften, damit sie nicht vom Geruch des Blutes belästigt werden. Die Römer, denen die Christen noch verhasster sind als ihr Kaiser, können sich zunächst noch für das Spektakel begeistern. Schon bald aber zeigt sich in manchen Augen ein Anflug von Mitleid.

»Diese Leute sind Verbrecher«, flüstert die Frau eines Ölhändlers ihrem Ehemann zu, »und sie verdienen den Tod. Aber wozu sie noch schminken und auf diese Weise verkleiden?«

»Es ist wirklich unwürdig«, erwidert der Ölhändler leise.

»Warum gibt man die zu Tode Gequälten der Lächerlichkeit preis? Das verdirbt den Tierkampf, abgesehen davon, dass man nicht mehr unterscheiden kann, wer Mensch und wer Tier ist! Aber schweigen wir lieber und applaudieren.«

Ein in der Nähe stehendes Mädchen wirft ihnen einen Blick zu, bevor es sich wieder dem Schauspiel zuwendet. Livia zwingt sich, nicht vor Schmerz zu weinen oder zu schreien, um sich nicht zu verraten. Vergeblich versucht sie, unter den Verurteilten jemanden zu erkennen, aber auf die Entfernung und wegen der schwarzen Schminke und der Fellüberwürfe kann sie in dem abscheulichen Gemetzel unten niemanden unterscheiden. Es ist das erste Mal, dass sie einer solchen Szene beiwohnt, denn die Christen entsagen dem Besuch von Zirkus, Amphitheatern, Arenen, Theatern und anderen Orten der erniedrigenden, menschenunwürdigen Spektakel. Zum zweiten Mal seit der vergangenen Nacht wird sie unmittelbar Zeugin des Todes und beruhigt sich damit, dass die durch Schwertstoß getöteten Magia und Raphael wenigstens nicht den fürchterlichen Leiden dieser Unglücklichen ausgesetzt waren, die im Sand der Arena einen vergeblichen Kampf kämpfen. Obwohl das Blut Ekel und Übelkeit bei ihr auslöst, und trotz der knurrenden Bestien, des Gestanks von gemartertem Fleisch und der Schreie der Gefolterten, gefolgt vom Geschrei der Zuschauer, bewahrt etwas tief in ihrer Seele sie davor, ganz zu verzweifeln. Tatsächlich ist sie sich sicher, dass ihre Eltern und Brüder nicht im Zirkus sind. Nicht nur, dass ihr frei geborener Vaters harmlos und darüber hinaus Bürger Roms ist, sondern er gehört zudem der Klasse der Honestiores an, der Oberschicht, deren Mitglieder ein Vermögen von mindestens fünftausend Sesterzen besitzen und die nur in Ausnahmefällen zum Tode verurteilt werden. Schlimmstenfalls kommt es so, wie es ihre Tante Tullia wenige Stunden zuvor gesagt hat, und Hab und Gut ihres Vaters, ihrer Mutter und ihrer Brüder werden beschlagnahmt und sie selbst lebenslang verbannt. Wer seinen Vater oder seine Mutter ermordet hat und Feinde Roms können auch im Gefängnis noch stranguliert oder enthauptet werden, aber nichts rechtfertigt eine solche Strafe für Sextus Livius Aelius und die Seinen. Nur Sklaven, Nichtbürger und Angehörige der Klasse der Humiliores, des Plebs der kleinen, besitzlosen Leute, können zur Zwangsarbeit in Minen verurteilt werden oder zum Tod durch Tierhatzen, Feuer oder Kreuzigung.

Livia erträgt das grausame Spektakel nicht länger, und auch nicht das Grauen, das sie allmählich bei dem Gedanken beschleicht, der Kaiser könne ohne Rücksicht auf die gesellschaftlichen Klassen beschlossen haben, sämtliche Christen auszulöschen. Damit ihre Befürchtungen sie nicht überwältigen, schließt sie die Augen und träumt sich bewusst Bilder herbei: Ein auslaufendes Schiff mit weißen Segeln, das die Stadt und das feindliche Land hinter sich lässt. An Bord blickt Sextus Livius auf das Meer, und Domitilla hält ihre Söhne fest im Arm. Neben ihr stehen Numerius Popidius Sabinus und Simeon Galva Thalvus und beruhigen sie, indem sie ihr versichern, Livia ein Zeichen zu geben, sobald sie Freundesland erreichen, damit sie zu ihnen stoße. Alle sind in Sicherheit. Und bald wird sie alle wiedersehen … ja, sehr bald …

Etwas versetzt ihr einen Stich, und Livia wird wieder wach. Im Dunkeln schaudert sie. Die Zeilen aus der »Aeneis« schmerzen sie in der Brust. Sie blickt in den Zirkus hinunter. Über den rot gefärbten Boden verstreut türmen sich Berge aus zerrissenen Leichen.

Die Hunde verspeisen letzte Reste, wohl von einem Kind. Livia beugt sich vor und übergibt sich neben dem Ölhändler und seiner Frau. Diese wirft einen mitfühlenden Blick auf die Kleine.

»Es ist vorbei«, raunt sie Livia zu. »Ich habe noch nie ein so enttäuschendes Spektakel gesehen!«

Livia wagt es nicht, zu antworten. Auf den Stufen herrscht Stille. Man hat die Wachhunde hinausgetrieben, und oben auf seinem Wagen erscheint der Kaiser.

»Volk Roms! Bürger!«, hebt er feierlich an. »Ich hoffe, ihr habt die Unterhaltung genossen … Ich lade euch jetzt in meine Gärten ein, in denen weitere Überraschungen auf euch warten …«

Nero hat gesprochen wie die Dame des Hauses, die ihre Gäste zu Tisch bittet. Die Zuschauer, die zu dieser Stunde der »cena« ausgehungert sind, verlassen die Arena und steuern den riesigen Park an. Die Abenddämmerung wirft ihre Schatten, die hellen Tuniken und weißen Togen zeichnen sich weniger deutlich ab. Am Eingang zu den Gärten steht für alle ein Festmahl bereit: Auf die Leichenberge folgen riesige Berge aus Oliven, hart gekochten Eiern, Obst, Brot und Gebäck in allen Farben; anstelle von wilden Bestien gibt es gebratenen Ochsen, ganze Schweine, Pyramiden aus Austern, Genitalien vom Mutterschwein, Ziegen, gegrillte Vögel, Siebenschläfer, Langusten, Fisch in Soße, gefüllte Poularden, Hasen, gekochtes Kalbfleisch, Würstchen und Blutwurst, und anstelle von Blut Honigwein und mehrere Tausend Amphoren mit Falernum, den die Sklaven in die mit klarem Wasser gefüllten Brunnen leeren.

Honestiores wie Humiliores schöpfen den Trank nach Belieben in ihre Kelche. Leierspieler begleiten das Gelage, und die Römer stellen erfreut fest, dass der Kaiser nicht unter den Musikern ist. Inzwischen herrscht völlige Dunkelheit, sodass die Gäste nicht mehr erkennen, was für ein Stück Fleisch sie gerade in der Hand halten. Weit und breit gibt es keine Fackeln. Das Publikum murrt, die Sklaven rühren sich nicht, und die Musiker stellen ihr Spiel ein. Plötzlich sieht man in der Ferne ein senkrecht emporflackerndes Licht, dann zwei, fünf … schließlich mehrere Dutzend. Menschliche Schreie übertönen die Unterhaltung der Bürger. Diese dringen weiter in die Gärten vor, aus denen das Geschrei und die Lichter kommen. Verstört stellen sie fest, dass menschliche Gestalten den Park bevölkern: Zu mehreren Tausend sind sie an die Bäume genagelt, an Galgen oder Kreuze des »arbor infelix«, des »Unglücksbaums«. Manche von ihnen sind mit einer pechgetränkten Tunika umwickelt, und zu ihren Füßen türmt sich Geäst, das von den Wachen angezündet wird. Mit kläglichen Jammerlauten gehen die zum Feuertod Verurteilten in Flammen auf, der Geruch von geröstetem Fleisch breitet sich aus. Die übrigen Gekreuzigten weinen und stöhnen, ihre Gliedmaßen bluten. Ein Mann wiederholt ständig Petrus' Worte: »Wer im Namen Christi beschimpft wird, ist deshalb glücklich zu preisen, weil der Geist der Herrlichkeit, das heißt, der Geist Gottes auf ihm ruht.« Die Wachen befehlen ihm, zu schweigen, aber der Mann betet und brüllt die Apostelworte wie eine Durchhalteparole.

Erschüttert sucht Livia das Weite. Bittere Tränen rinnen über ihr Gesicht. Wo ist ihre Familie? Dort drüben, auf dem Mittelmeer? Sie läuft vor in den Märtyrerwald, begleitet von Bewohnern Roms, die den Verdauungsspaziergang im Licht der Scheiterhaufen genießen. Einen Moment lang fürchtet sie, womöglich ihrem Onkel und ihrer Tante zu begegnen, was sie aber, gebannt von einer Menschenmenge im Park, im nächsten Moment wieder vergessen hat. Sie läuft dorthin, schlängelt sich durch das Getümmel und sieht direkt vor sich ein Schauspiel, das ihre Nachbarn offenkundig amüsiert: Ein weißbärtiger Mann hängt kopfüber am Kreuz. Seine Augen sind geschlossen, er trägt keine Spuren des Leidens, seine Lippen bewegen sich lautlos. Livia erkennt ihn sofort. Sie stöhnt auf und schlägt sich die Hände auf den Mund.

»Bei Herkules, er ist also der Anführer, der Führer dieser Schurkenbande?«, fragt rechts von ihr eine Frau, die so stark geschminkt ist, dass man meinen könnte, sie habe die Tierhatz in der Arena überlebt. »Aber warum bloß hängt er kopfüber? Ein Einfall unseres göttlichen Kaisers?«

»Keineswegs«, erwidert ein Dekurio, »er selbst hat anscheinend vom Kaiser verlangt, auf diese Weise angeschlagen zu werden … Aus Ehrerbietung gegenüber seinem Herrn, einem gewissen Jesus, hat er gesagt, der unter Tiberius gekreuzigt wurde …«

»Was für eine merkwürdige Art, seinem Herrn zu huldigen!«, mischt sich ein Senator mit makellos weißer Toga ein. »Ich an seiner Stelle hätte mich zur Rettung meiner Ehre umgebracht, statt darum zu bitten, in dieser grotesken Pose abzutreten! Diese Nazarener scheinen wirklich Barbaren zu sein, verloren für jede Zivilisation …«

Wie zur Bekräftigung dieser Äußerung des Senators geht ein Prätorianer auf Apostel Petrus zu und windet ein Stück Stoff um dessen Körper, das er anschließend mit etwas Schwarzem, Zähflüssigen bestreicht. Livia hält es für klüger, sich von der Gruppe zu entfernen. Petrus, denkt sie bei sich, Petrus gehört zu den Verurteilten. Sie legt die Hand auf die unter ihrer Tunika versteckte Botschaft. In der Nacht irrt sie umher zwischen Scheiterhaufen und Kreuzen, einem unwirklichen Wald aus tausend Menschen, die lichterloh brennen oder einem quälend langsamen Tod entgegensehen. Sie nimmt nicht wahr, wie die Wachen, nachdem sie die Scheiterhaufen angezündet haben, die Gekreuzigten mit Pech beschmieren.

Das Mädchen fühlt sich beobachtet. Sie hebt die Augen und kann bei dem Anblick nur mit Mühe einen Schrei unterdrücken. Es ist, an einen Baum gebunden, im Schein der Feuerzungen eines brennenden Verurteilten zwei Meter weiter weg und mit Händen und Füßen an den Stamm genagelt, dessen Rinde bereits rot gefärbt ist, Simeon Galva Thalvus, der jüdische Reeder, den Paulus bekehrt hat, der beste Freund ihres Vaters, der von ihm in den Glauben eingeweiht wurde. Tränenlos starrt er Livia an und beobachtet das Mädchen mit leerem, resigniertem Blick. Sie öffnet den Mund, doch er bedeutet ihr mit einer unmerklichen Bewegung des Kopfes, zu schweigen. Dann stößt er brüllend einen Satz von Paulus hervor:

»Segnet, die euch verfolgen, segnet und fluchet nicht.«

Fassungslos fragt Livia nach ihren Eltern und Brüdern, danach, warum Simeon nicht bei ihnen auf dem großen Schiff sei, das aus der Stadt ausgelaufen ist. Sie glaubt, sie würde schreien und Kaiser, Wachen und Bürger beschimpfen, doch dann merkt sie, dass sie keinen Laut hervorbringt. Simeon aber brüllt weiter: »Segnet, die euch verfolgen«. Er blickt hinauf zu den Sternen und schenkt ihr keine Beachtung mehr. Langsam geht das Mädchen weiter. Zitternd mustert sie die Märtyrer, jeden Mann, jede Frau, jedes Kind. Kurz darauf erblickt sie Numerius Popidius Sabinus, der an einen Galgen genagelt wurde. Der Librarius ist ohnmächtig vor Schmerz, sein Kopf ist auf die Brust gesackt.

Das ist unbegreiflich, dieser Mann ist ein Bürger Roms, denkt Livia empört. Niedergeschmettert blickt sie auf den bewusstlosen Buchhändler, dessen blasses, starres Gesicht darauf hindeutet, dass er sich bereits in das Königreich Jesu hinübergerettet hat. Das Leiden, das ihm ins Gesicht geschrieben steht, erschüttert sie zutiefst. Im Zustand des Schocks steht das Mädchen regungslos da.

Mit einem Mal vernimmt sie hinter sich Gelächter und laute Stimmen. Sie wendet sich um und sieht einen Wagenlenker oder vielmehr jemanden, der sich als Wagenlenker verkleidet hatte und belustigt seine ärmliche Kleidung zu Boden wirft: Trotz seiner Tarnung bleibt Kaiser Nero auf seinem Weg durch den Park nicht unerkannt.

»Nun, Bürger«, schreit er, »gefällt euch mein kleines Abendprogramm? Meint ihr nicht, dass es etwas dunkel ist in diesem Park? Ich habe ein nächtliches Schauspiel für euch vorbereitet, das Abhilfe schaffen kann ...«

Er hebt die Hand, und im selben Moment entzünden seine Wachen die zuvor mit Pech angestrichenen Gekreuzigten. Bald haben sich alle Christen in lebende Fackeln verwandelt. In der dunklen Nacht erleuchten die Flammen der bei lebendigem Leib verbrannten Märtyrer die Gärten des Kaisers.

Einen Moment lang wird die noch nie gesehene Folter bestaunt – kein Herrscher hatte sich zur Illumination je menschlicher Körper bedient –, und das Volk weicht aus Schrecken über das Ausmaß der Feuer mehrere Schritte zurück. Dann, berauscht von Wein und Gemetzel, spenden die Römer Beifall. Über eine gigantische, befremdende Promenade flanieren sie durch den Park.

Wie in ihrem Albtraum in der Nacht zuvor, sieht Livia rote Flammen, riesigen Teufelszungen gleich, emporflackern. Die dunklen, beißenden Rauchsäulen bringen die Bäume dahinter zum Tanzen. Hier ist kein Vogel, nur die tausendfache Klage der

Gemarterten zu hören. Die Existenz des Mädchens stürzt in sich zusammen wie ein Kartenhaus. Wo ist bloß ihre Familie? Sextus, Domitilla, Sextus junior, Gaius … Sie sucht weiter, aber durch die flimmernde Hitze hindurch sieht sie nicht mehr, wie die Körper der Christen zusammenschmelzen und zu Asche werden. Das Schiff … sie sind auf dem Schiff, das ausgelaufen ist. Das Mädchen muss husten. Sie schwitzt und bekommt kaum Luft. Noch einmal geht sie an Numerius Popidius und Simeon Galva vorbei, die sie nicht mehr erkennt. Beide sind nur noch brennende Fackeln. Überall nagt das prasselnde Feuer an Fleisch und Knochen.

Als das Geschrei irgendwann verstummt, weil das Feuer alles vernichtet hat, versucht Livia, zu schreien oder etwas zu sagen, aber aus ihr dringt kein Laut.

8

Romane staunte mit offenem Mund. Vor ihr stand ein Riese wie aus einem der Märchenbücher, aus denen ihre Mutter ihr vorlas. Fragte sich nur, ob es sich um einen freundlichen Vielfraß oder aber um ein Ungeheuer handelte, das Frauen und Kinder verschlang.

»Guten Tag, Mademoiselle«, sagte der Koloss mit einem merkwürdigen Akzent. »Ich nehme an, Ihr seid Romane.«

»Hm … ja«, antwortete die Kleine, nervös die Hände knetend. »Und du, bist du Gargantua oder der Menschenfresser vom kleinen Däumling?«

»Gucken wir mal«, entgegnete der Titan in ernstem Tonfall. »Ich trage keine Siebenmeilenstiefel. Du hast also nichts zu befürchten, ich verspeise lediglich fünfzig Straußeneier, drei Dinosaurierschinken, zehn Fässer Schnaps und fünfzehn Camemberts …«

»Ich fürchte, mein Camembertvorrat gibt das nicht her«, meldete Johanna sich zu Wort, »wir sind hier in der Bourgogne und nicht in der Normandie. Mit dem Schnaps kommen wir eher hin, die Hausbesitzerin hat noch Reserven. Komm rein, Tom! Willkommen!«

Etwas unbeholfen hielt er ihr einen Strauß Tulpen hin.

»Tut mir leid, ich hatte italienische Dolce und auch einen schönen Vesuvio, den berühmten Lacryma Christi, du weißt schon, aber ich bin so durcheinander, dass ich alles bei mir in Neapel liegen ließ. Ich habe es erst im Flieger bemerkt.«

»Macht doch nichts, nächstes Mal! Wein haben wir hier genug«, sagte Johanna. »Guck dir das mal an …«

Sie zog ihren Freund zum hinteren Fenster in dem nach Süden gelegenen Wohnzimmer, von dem aus man ringsum auf die

Weinberge und das Morvan-Tal sah. Der beruhigende Anblick entlockte Tom ein Lächeln.

»Jetzt leg deine Jacke ab und setz dich hin«, befahl die Hausherrin. »Du probierst erst mal den Weißwein aus Vézelay, während ich mit meiner Tochter in der Badewanne plantsche. Es wird nicht lange dauern. Dann trinken wir einen Aperitif, und Romane isst zu Abend. Und wenn sie ins Bett geht, können wir in Ruhe etwas essen und reden …«

»Ich bin nicht müde!«, protestierte die Kleine. »Ich will nicht schlafen, ich will bei Gargantua bleiben!«

»Findest du mich wirklich so dick?«

Romane blickte auf den gutmütigen Hünen, den sie für etwas älter als ihre Mutter hielt. Er war riesig, aber nicht dick. Er war auch nicht dünn, eher kräftig, was aber an seinen Muskeln lag. Seine blonden Haare waren ganz kurz geschnitten, und die hellblauen Augen stachen gegen die braun gebrannte Haut ab und wirkten beinahe weiß. Dadurch hatte sein Aussehen etwas Befremdliches, als hätte er keine Iris, sondern zwei schwarze Pupillen in opalisierenden Augen. Die gemessen an der Körpergröße wohlproportionierten Hände erinnerten an das große Küchenbrett ihrer Mutter. Und die Schuhe waren in Romanes Augen dazu angetan, von Madame Bornel mit Blumen bepflanzt zu werden.

»Weißt du, Romane, in meinem Land sind fast alle so groß.«

»Wo ist denn dein Land?«

»Neuseeland, das sind Inseln, von denen die eine im Norden ›rauchende Insel‹ heißt, weil es dort viele Vulkane gibt, und die andere im Süden ›Jadeinsel‹, weil sie große grüne Tropenwälder, Berge und Weiden hat … Es ist sehr weit weg, am anderen Ende der Welt.«

»Aha, das klingt schön«, sagte sie fasziniert. »Warum bist du von den Inseln weggegangen?«

»Tja, weil ich denselben Beruf habe wie deine Mama, und mein Fachgebiet gibt es in Neuseeland nicht.«

»Wie? In deinem Land gibt es keine alten Friedhöfe und keine lateinischen Kirchen? Habt ihr keine Toten mit Knochen?«

Johanna kehrte mit einer Flasche Wein zurück und hielt es für nötig, die Unterhaltung zu unterbrechen.

»Romane, Zeit fürs Bad. Sei so gut und geh jetzt ohne Murren mit mir rauf, und danach kannst du Tom noch mal sehen.«

Romane warf ihrer Mutter einen betrübten Blick zu, folgte ihr aber die Treppe hinauf. Unterwegs drehte sie sich um und sah sich den Riesen noch einmal genau an.

»Weißt du, Mama«, flüsterte sie, »er ist nett, aber er ist auch komisch …«

»Schön, dich wiederzusehen, Johanna!« Tom hob das Glas. »Ich hätte ja gern … nun ja … ich bin sehr glücklich, hier bei dir – bei euch zu sein«, berichtigte er sich und sah Romane zu, die widerwillig ihre Hörnchennudeln verspeiste. »Danke für deine Einladung.«

»Zum Wohl, Tom! Ich freue mich auch. Wann haben wir uns das letzte Mal gesehen? Das ist doch eine Ewigkeit her, oder?«

»Beim Geburtstag von Florence, letzten Februar … vor acht Monaten. Ich war gerade zum Grabungsleiter ernannt worden, und du hast dich in deinem Labor fürchterlich gelangweilt. Hier habt ihr's ja gut getroffen! Das Haus ist großartig. Du musst mir unbedingt die Basilika und deine Grabungen zeigen.«

»Ja, klar.«

»Und natürlich ist es schön, dass ich endlich diese charmante junge Dame kennenlernen darf«, sagte er, zu Romane gewandt. »Ich habe schon sehr viel von dir gehört …«

»Aha«, entgegnete sie, die Gabel in die Luft gereckt. »Hast du keine Tochter?«

»Romane«, schaltete Johanna sich ein, »ich habe dir doch schon mal erklärt, dass man Erwachsene nicht danach fragt, ob sie Kinder haben oder einen Mann oder eine Frau. Das ist unhöflich.«

»Lass, Jo, das macht doch nichts! Es ist schon so, ich bin fünfundvierzig Jahre alt, aber ich habe weder eine Tochter noch einen Sohn. Und auch keine Frau oder Freundin. Ich lebe ganz für meine Arbeit. Ich liebe meinen Beruf.«

»Den, den du auf deinen Inseln nicht machen kannst?«

»Genau. Ich habe übrigens ein Geschenk für dich.« Er holte sein Portemonnaie aus der Hosentasche seiner Jeans. »Ich habe es bei meiner ersten Grabung dort gefunden, das ist schon lange her. Es waren so viele, dass ich eine behalten durfte. Das ist mein Glücksbringer ... ich schenke ihn dir!«

Er hielt dem Kind eine Münze hin. Romane stand auf, nahm sie entgegen, bedankte sich und sah sie sich an. Sie war ganz verbeult und nicht mehr ganz rund.

»Das ist ein Silberling«, fügte Tom hinzu. »Sehr alt ... Juni des Jahres 79 nach Christus. Zur Zeit des Ausbruchs war diese Münze gerade frisch geprägt.«

Romane untersuchte den Gegenstand. In seiner Mitte zeichnete sich das Relief eines Gesichts im Profil ab, ein wohlgenährter, stiernackiger Mann mit spitzer Nase und vorstehendem Kinn. Rund um die Büste stand eine Inschrift.

»Der ist aber dick«, bemerkte sie, »so dick und fett wie ein echter Menschenfresser! Wer ist das?«

»Imperator Titus Caesar Vespasianus Augustus Pontifex Maximus«, antwortete Tom. »Kaiser Titus Cäsar Vespasian Augustus, der Oberpriester«, übersetzte er. »Oder einfach: Kaiser Titus ...«

Das kleine Mädchen lachte laut.

»Das geht nicht, Titus ist doch ein Hundename!«

»Aber ich schwöre dir, dass er ein großer Kaiser war, der von seinem Volk sehr geliebt wurde und den Sueton als ›Liebe und Wonne der ganzen Menschheit‹ bezeichnet hat. Dabei hat er nur zwei Jahre lang regiert. Davor hatte er von sich reden gemacht, weil er den ersten Aufstand der Juden niedergeschlagen und Jerusalem und den von Herodes gebauten Tempel zerstört hatte. In Judäa verliebte er sich unsterblich in Berenike, die Königin der Juden, und ...«

»Wie ist er gestorben?«, unterbrach das Mädchen ihn.

»Offiziell an der Pest, aber heute geht man eher von einem akuten Malariaanfall aus, nachdem man sich lange gefragt hat, ob sein Bruder Domitian nicht ein wenig nachgeholfen hat, um auf den Thron steigen zu können …«

»Du meinst, dass sein Bruder ihn umgebracht hat?«

»Romane, möchtest du, dass Tom dir heute Abend in deinem Zimmer eine Geschichte vorliest?« Johanna hielt es für richtig, an dieser Stelle einzugreifen.

»Ja, ja, ja!«

»Dann setz dich wieder hin und iss auf. Ein Stück Käse bekommst du auch noch.«

»Kann ich Titus mit ins Bett nehmen, Mama?«

Johanna wusste zwar nicht, wie ein römischer Kaiser aus Silber einen mittelalterlichen Katzenabt ersetzen könnte, aber sie erlaubte es.

»So lange du die Münze nicht in den Mund nimmst … Welche Geschichte soll Tom dir denn vorlesen?«

»König Blaubart!«

»Sie ist sofort eingeschlafen«, flüsterte Tom, als er aus Romanes Zimmer trat. »Ich wusste gar nicht mehr, was für eine blutrünstige Geschichte das ist!«

»Wie alle Mythen. Komm mit, ich will dir etwas zeigen.«

Johanna zog Tom in das kleine Gästezimmer.

»Du bist so groß, dass ich dir für das Wochenende mein Bett überlasse, dann hast du's bequemer«, sagte sie und kniete sich vor die Truhe. »Ich schlafe hier.«

»Johanna, du bringst mich in Verlegenheit!«

»Psst!«, unterbrach sie ihn und stellte den Code ein.

Der Tresor öffnete sich, und sie holte die Statue hervor.

»Sieh dir das mal an und sag mir, was du davon hältst«, sagte sie und hielt dem Archäologen die Statue hin.

Tom nahm sie, sah sie sich genau an, drehte sie um und fuhr mit seinen großen Fingern unendlich zärtlich über das Holz.

»Sie ist wunderschön«, murmelte er. »Sehr bewegend … der

Künstler hat Maria Magdalena geliebt … er hat sie … beinahe sinnlich geliebt. Das ist mehr als religiöse Verehrung, das ist bedingungslose, leidenschaftliche Anbetung … die Vergötterung einer Ikone, aber auch die Liebe eines Mannes für eine Frau …«

»Genau.« Johanna nickte lächelnd.

»Das ist überhaupt nicht mein Gebiet, aber ich tippe auf die Karolingerzeit. Hab ich recht?«

»Das ist eben die Frage. Die Sache ist komplex …«

»Aha. Maria Magdalena ist jedenfalls eine spannende Figur. Was meinst du, welche von den dreien die Skulptur darstellt?«

»Wenn du mich fragst, alle drei«, sagte die Mediävistin, »weil die katholische Kirche schon zur Zeit Gregors des Großen drei Personen zu einer verschmolzen hat. Sie erinnert an Maria von Magdala, die Frau, der Jesus sieben Dämonen austrieb und als Erste den wiederauferstandenen Christus sah, an Maria von Bethanien, die Schwester von Lazarus und Martha, die Jesus mit kostbarer Narde salbte und sich den Unmut der Jünger zuzog, und auch an die bei Lukas erwähnte anonyme Sünderin, möglicherweise eine Prostituierte; auch sie gießt aus einem Gefäß wohlriechendes Öl über Jesus' Füße und trocknet sie mit ihren Haaren … Daher das üppige Haar, das man Maria Magdalena immer zuschreibt, und die vielen Darstellungen von Magdalena als Myrrhenträgerin mit einem Duftgefäß. Manchmal erinnert mich die Skulptur auch an eine vierte Person«, fügte sie nachdenklich hinzu.

»An wen?«

»Ich weiß nicht genau«, antwortete sie errötend. »Das ist schwer greifbar … eher ein persönliches Bild wie die Erinnerung an jemanden, den ich gut gekannt und dann wieder vergessen habe. Es ist verrückt, ich schäme mich, darüber zu reden!«

»Warum?«, protestierte Tom. »Das ist insofern nicht verrückt, als Maria Magdalena ein Archetyp ist. Sie ist die ehemalige Dirne, die zur Heiligen wird, göttliche Geliebte, die Nachfahrin Evas, das genaue Gegenteil der Jungfrau Maria, der Gottesmutter, die keine Fleischeslust kannte. Maria Magdalena ist durch und durch ›menschlich‹, bis hin zu ihren Extremen: sinnliche Ausschweifung auf der einen Seite, und Gnade, Treue und Verzicht auf der anderen. Sie verkörpert das, was wir sind, arme Sünder auf der Suche nach dem Absoluten und nach Perfektion, und sie tut das, wonach wir streben: den Frevel überwinden, die irdische Liebe in ein diesseitiges Ideal verwandeln, das rein und doch lustvoll ist … die Ekstase von Körper und Seele, die endlose, unverdorbene Leidenschaft!«

Johanna blickte in Toms Augen, die im Schein der kleinen Lampe wie Lichtfeuer funkelten.

»Ich bin auf all das nicht mehr aus«, sagte sie sanft. »Diese Inbrunst führt nur zu beschaulichem Einsiedlertum oder setzt alles in Flammen. Ich will nicht in einer Höhle leben, und ich habe schon oft genug lichterloh gebrannt und mich dabei *verbrannt* …«

»Vielleicht ist es die alte Johanna, an die dich dieses Bildnis erinnert, die Johanna aus der Zeit vor dem Unfall. Damals kannte ich dich noch nicht, aber wenn ich genauer hinsehe, gibt es da eine Ähnlichkeit zu den Fotos, die ich bei Florence und Matthieu gesehen habe. Du hattest lange Haare und …«

»Mach keine Scherze, Tom. Komm mit runter. Ich sterbe vor Hunger.«

»Entschuldige, wenn ich dich verletzt habe.«

»Nein, hast du nicht.«

Johanna schenkte Tom den letzten Rest Weißwein ein und öffnete eine zweite Flasche. Jetzt, da Romane tief und fest schlief, konnte sie ihre Neugier bezüglich der Ereignisse in Pompeji nicht länger verbergen.

»Tom, ich …«

»Das ist doch merkwürdig«, unterbrach der Neuseeländer sie, der den Alkohol allmählich spürte. »Du willst vor deiner Vergangenheit fliehen, gut und schön. Aber deine Vergangenheit holt dich ein! Flo hat mir erzählt, dass die Abtei von Vézelay eng mit Cluny und sogar mit dem Mont Saint-Michel verbunden war.«

Johanna stellte das Glas ab, aus dem sie gerade trinken wollte, und atmete tief durch.

»Zum Mont Saint-Michel bestand im 12. Jahrhundert bloß eine Gebetsverbindung. Cluny war … politischer. Die Abtei hat so lange keine Ruhe gegeben, bis sie Vézelay ihrer Vorherrschaft unterworfen hatte … Im Jahr 1096 war es so weit: Vézelay war ein Brückenkopf von Cluny, und zwar bis 1162. Die vier Äbte von Vézelay, die die romanische Abtei erbauen ließen, waren ehemalige Mönche aus Cluny. Eines ihrer Werke, der große Tympanon der Vorkirche, ist eine einzige Pracht, du wirst sehen.«

Bei diesen Worten sah sie eine in ein schwarzes Wollgewand gehüllte Gestalt vor sich, an die sie immer denken musste, wenn sie die romanischen Elemente in Vézelay untersuchte. Dieser Mann hatte am Mont Saint-Michel und in Cluny gelebt, war aber vermutlich nie hier gewesen. Sie hatte jedenfalls immer das Gefühl, als wäre im Schatten der Krypta auch sein Schatten, als würden in den Proportionen der Kirche seine Pläne sichtbar und als ruhte sein grauäugiger Blick auf ihr, wenn sie im Langhaus das Kapitell mit der Darstellung von Jakobs Kampf mit dem Engel unter die Lupe nahm. Die wohlwollende, innere Erscheinung hatte vielleicht dazu beigetragen, dass ihre Liebe zu den Steinen neu entfacht war. Dieser mittelalterliche Benediktinermönch war ihr seit ihrer Kindheit ein ständiger Begleiter. Ihm zu Ehren hatte sie ihre Tochter »Romane« getauft.

»Jedenfalls freut es mich, dass du in deinem Beruf wieder glücklich bist«, stellte Tom fest.

Die Arbeit, die Steine, die Toten … das war jetzt die Gelegenheit. Während sie unter dem Topf die Gasflamme anzündete, schickte sich Johanna erneut an, Tom zu befragen, als er ihr wieder zuvorkam.

»Was hast du uns denn Gutes gekocht?«

»In Küchenangelegenheiten hat sich nichts geändert, ich bin immer noch eine lausige Köchin. Also habe ich eine von Lucas Kreationen aufgetaut, Kaninchen mit Speck, Knoblauch und Rosmarin …«

»Hm … Wie geht es ihm denn?«

»Ganz gut. Er ist auf Tournee in Skandinavien. Hoffentlich ist er nicht auch tiefgefroren.«

»Ich habe ihn nur ein Mal gesehen, aber da hat er mir gefallen. Diese Beziehung tut dir jedenfalls gut.«

»Das stimmt«, gestand Johanna, während sie mit einem Holzlöffel im Ragout rührte. »Luca hat mich ehrlich überrascht … Ich dachte, ich würde mein Leben lang keinen Mann mehr wollen und keine Liebesbeziehung mehr ertragen … aber das Leben hat anders entschieden.«

»Wie seid ihr euch begegnet?«

Johanna blickte starr auf ein kleines Bild mit einer Sommerlandschaft vor sich.

»Es war beim Fest der Musik, das ist mittlerweile … ein Jahr und vier Monate her. In Fontainebleau. Ich war dort zusammen mit meinen Eltern und meiner Tochter. Er hat im Schlosshof gespielt, die Solosuiten für Violoncello von Benjamin Britten. Wir haben uns angesehen. Am nächsten Tag bin ich ihm in der Buchhandlung um die Ecke begegnet. Er hat mich angesprochen. Der italienische Charme hat sein Übriges getan. Tja … nicht sehr originell …«

»Und mit seinen Kindern gibt es keine Probleme?«

»Nein, sie sind reizend! Ich sehe sie auch nicht oft, sie sind bei seiner Exfrau in Rom. Luca hat sie nur am Wochenende und in den Schulferien bei sich, wenn die Arbeit es ihm erlaubt. Dann mietet er ein Haus auf dem Land, und wir fahren alle fünf dorthin. Ich mag sie gern. Sie sind zehn und acht Jahre alt, da sind sie ja noch brav. Und Romane liebt sie! Paolo und Silvia sprechen nicht Französisch, aber sie verstehen es. Sie spielen gern zusammen … Alles wäre perfekt, wenn das Cello Luca nicht so in Beschlag nehmen würde. Das war übrigens auch der Grund, weswegen seine Frau die Scheidung wollte. Er war nie zu Hause …«

Tom sah seine Freundin an: Sie hatte recht, wenn sie sagte, sie habe sich verändert. Die Frau vor ihm war eine andere als die aus dem Fotoalbum von Florence, das aus der Zeit am Mont Saint-Michel stammte: Auf den Bildern war Johanna abgemagert und hatte trotz der langen Haare etwas Männliches an sich; die ungeschminkten Augen strahlten eine ebenso anziehende wie beängstigende Kraft und Entschlossenheit aus. Die Johanna von heute bemühte sich, kleine Rundungen durch ein langes, weites Kleid zu kaschieren, das in der Taille von einem Gürtel zusammengehalten wurde, verbarg ihre neue weibliche Seite allerdings nicht. Die zu einem strengen Pagenkopf geschnittenen Haare, die vermutlich getönt waren, um graue Haare zu verdecken, fielen ihr zu beiden Seiten in einer Locke über die Wangen, die mit Sommersprossen bedeckt waren. Ihre dezent geschminkten, blauen Augen hatten nicht mehr das beunruhigende Leuchten. Aber Tom erkannte einen Anflug von Melancholie darin, als sähe sie irgendetwas oder jemandem entgegen, weniger ungeduldig als vielmehr mit einer gewissen Ängstlichkeit.

»Sag mal …« Sie startete einen weiteren Versuch.

»Und François stellt dir nicht mehr nach?«, unterbrach er sie.

Man hätte meinen können, der Pompeji-Spezialist sei gekommen, um sie über ihr Privatleben auszufragen!

»Nein, obwohl er mich sicher für seinen ›Absturz‹ nach den Ereignissen am Mont Saint-Michel verantwortlich macht. Das Letzte, was ich mitbekommen habe, ist, dass er sich bis zur Rente in den Süden hat versetzen lassen, als Direktor irgendeines merkwürdigen Museums. Er hat es nicht ertragen, dass er das Ministerium für Kultur verlassen musste und einfach so nach Guadeloupe geschickt wurde. Und er war immer davon überzeugt, dass es meine Schuld war, dass seine Frau ihn verlassen hat. Als ich in meinem Krankenhausbett aus dem Koma erwacht bin und im zweiten Monat schwanger war, habe ich weiß Gott an etwas anderes gedacht als an seine Eheprobleme! Na ja, jetzt ist es vorbei … er lässt mich in Ruhe.«

»Hat er nicht geglaubt, er wäre der Vater des Kindes?«

Johanna legte ruhig den Löffel zur Seite und drehte die Gasflamme aus. Ein stechender Schmerz fuhr ihr zwischen die Rippen.

»Doch. Deshalb hat er mich ja so lange bedrängt. Er war überzeugt, Romane sei von ihm. Ich konnte ihm noch so oft sagen, dass das nicht der Fall war, er wollte sie offiziell als seine Tochter anerkennen und großziehen, auch ohne mich …«

»Kennt Romane die Wahrheit?«

»Zum Teil. Als sie auf die Welt kam, hielt ich es für besser, den Vater als unbekannt anzugeben, um sie zu schützen. Heute frage ich mich, ob das nicht ein Fehler war. Ich habe ihr von Simon erzählt und ihr erklärt, dass wir uns irrsinnig geliebt haben und er vor ihrer Geburt ums Leben gekommen ist.«

»Hast du ihr nicht gesagt, wie er gestorben ist?«

»Nein. Sie ist noch zu klein. Das ist zu furchtbar. Später vielleicht …«

Langsam ging Tom auf seine Freundin zu, hob den schweren, gusseisernen Bratentopf hoch und trug ihn zum Tisch. Johanna, den Tränen nah, nahm ihm gegenüber Platz.

»Deshalb wollte ich dich ja auch sehen, weil du so unmittelbar mit dem gewaltsamen Tod … mit dem Mord konfrontiert warst«, sagte Tom zu guter Letzt. »Niemand außer dir versteht, was ich seit … seit diesen Geschehnissen durchgemacht habe.«

Wortlos hob Johanna den Blick zu dem Archäologen. Endlich würde er erzählen.

»Wie du dir denken kannst, hat man mich als Grabungsleiter geholt, um den Toten zu identifizieren, ich war schließlich der ›Vorgesetzte‹ des Opfers. Es war wie im Albtraum, überall Carabinieri, Scheinwerfer, Blaulicht, die zu Tode erschrockenen Archäologen von den übrigen Teams, die Leiche mit dem eingeschlagenen Schädel auf der steinernen Liege … Ich habe ein paar Minuten gebraucht, bis ich begriffen habe, dass es James war … ein sehr talentierter Amerikaner. Er ist erst vor drei Monaten zu uns gestoßen. Was wollte er mitten in der Nacht im Lupanar? Ich hätte mich fast übergeben, ich … Und dann diese beiden, die dicke Prostituierte und ihr Freier, die James gefunden hatten … Sie zitterte, schluchzte und schrie, eine echte Hysterikerin, er aber reagierte eiskalt und distanziert. Und die Polizei, die mir zahllose Fragen gestellt hat, die ich nicht kapiert habe … Die Worte ergaben überhaupt keinen Sinn für mich …«

»Ich verstehe.«

»Das Allerschlimmste aber kam noch, als dieser kühle Typ, der Freier, irgendwas von einer Inschrift gefaselt hat.«

»Was für eine Inschrift?«, fragte Johanna, in deren glänzenden Augen keine Spur von Trauer mehr lag.

»Über James zugerichtetem Schädel stand mit Kreide an der Wand geschrieben: ›Giovanni, 8, 1–11.‹«

»Johannes, Kapitel acht, Vers eins bis elf«, übersetzte Johanna nachdenklich. »Natürlich! Warte kurz. Ich bin gleich zurück.«

Sie sprang auf und suchte im oberen Stockwerk nach etwas. Als sie zurückkam, starrte Tom angewidert auf eine schwarze Gestalt auf dem Tisch. Seelenruhig thronte Kater Hildebert auf der gestreiften Decke. Mit schlagendem Schwanz untersuchte er das, was er Tom gerade mitgebracht hatte: Auf dem Teller des Archäologen lag noch schwach zuckend ein sterbender Spatz.

»Hildebert! Tom, ich schwöre dir, dass er so was noch nie gemacht hat. Dieser Kater benimmt sich wirklich merkwürdig!«

Johanna griff nach dem Teller und beförderte den kleinen Vogel nach draußen. Sie schickte den Kater wieder hinaus in die Nacht und kehrte mit einem dicken Buch zu ihrem Freund zurück. Dann füllte sie Toms Weinglas, setzte sich und las.

»Tut mir leid, Tom. Also. Evangelium nach Johannes, Kapitel acht, Vers eins bis elf. Das ist die berühmte Stelle mit der Ehebrecherin … Jesus sitzt im Tempel, die Pharisäer bringen eine Frau, die auf frischer Tat beim Ehebruch erwischt wurde, und wollen, dass er, wie es das jüdische Gesetz vorschreibt, die Schuldige zur Steinigung verurteilt. Statt zu antworten, bückt Jesus sich und schreibt mit dem Finger etwas auf die Erde. Die Männer drängen weiter, und Jesus sagt den berühmten Satz ›Wer unter euch ohne Sünde ist, der werfe den ersten Stein auf sie‹

und schreibt wieder etwas auf die Erde. Die Pharisäer gehen, er bleibt mit der Frau allein und vergibt ihr.«

Tom hatte sein Glas in einem Zug geleert, die Farbe kehrte in sein Gesicht zurück.

»Genau«, sagte er. »Das ist die Bibelstelle, die der Mörder an die Wand geschrieben hat. Unser einziger Hinweis … Man weiß, dass James mit einem stumpfen Gegenstand – vermutlich einem Stein – erschlagen wurde, und zwar mit großer Wucht. Man geht also davon aus, dass der Mörder ein Mann ist. Die Tatwaffe wurde aber nicht gefunden. Diese Inschrift ist die einzige Spur … was meinst du, was sie bedeutet?«

Johanna schenkte ihrem Freund erneut nach und goss sich den letzten Rest der Flasche ein. Sie hatten bereits zwei Flaschen Vézelay geleert, ohne etwas zu essen. Während das Kaninchen im Topf wieder kalt wurde, gerieten die beiden Archäologen nun in einen Rederausch, der dazu angetan war, alle Ängste zu vergessen.

»Eigenartig«, murmelte Johanna, »der Mörder schreibt mit der Hand ausgerechnet die Stelle im Evangelium an die Wand, wo Jesus mit dem Finger etwas auf die Erde schreibt … Das ist es, ich hab's!«, rief sie mit geröteten Wangen. »Es ist symbolisch gemeint, eine Metapher! Du weißt ja, dass diese Stelle bei Johannes in sämtlichen Evangelien die einzige ist, in der Jesus erwähnt wird, wie er etwas schreibt. Und du weißt natürlich auch, dass die Botschaft Christi von seinen Aposteln mündlich überliefert und dann von den Evangelisten aufgeschrieben wurde, aber dass wir nichts haben, was direkt aus der Hand von Jesus stammt. Und Johannes, der einzige Apostel, der ein Evangelium unterzeichnet hat, hat nicht berichtet, was der Herr an jenem Tag hingeschrieben hat, sodass wir also diese einzigen Worte, die Jesus je geschrieben hat, nicht kennen. Jetzt stell dir mal vor, Tom … stell dir vor, deine Grabungen würden mit diesen verloren gegangenen Sätzen zusammenhängen … und dort, wo ihr grabt, würde die Botschaft Jesu verborgen liegen, oder der Schlüssel, um an die Botschaft zu gelangen … stell dir mal vor, was für eine Sensation das wäre! Das würde die ganze Christenheit umkrempeln – was sage ich, die ganze Welt! Irgendjemand hat deinen Archäologen umgebracht, um die Grabungen zu stoppen und zu verhindern, dass ihr diese Worte entdeckt. Die Botschaft auf den Steinen ist ein Schlüssel und gleichzeitig eine Warnung ...«

Tom schüttelte lächelnd den Kopf.

»Johanna, du redest wirres Zeug! Das ist absurd, komplett absurd! Tut mir leid, aber du projizierst auf mich das, was du am Mont Saint-Michel erlebt hast! Das ist zwar verständlich, aber die Situation hier ist komplett anders. Überleg doch mal: Was hat Jesus mit Pompeji zu tun? Vom Boden auf dem Tempelvorplatz in Jerusalem zu den Wänden eines Lupanars in einer Stadt, die den antiken römischen und orientalischen Göttern und Göttinnen gehuldigt hat?«

»Sicher, auf den ersten Blick, aber die Geografie ist kein Argument ...«

»Also, hör mal, Jo! Es geht doch nicht um Geografie! Nein. Ich neige zu einer ganz handfesten Erklärung, wenn ich so sagen darf ...«

»Dann mal los.« Johanna seufzte.

»Das ist doch ganz einfach: Mit dem Hinweis auf die Bibelstelle wollte der Mörder auf den Ehebruch hinweisen. Das Motiv für die Tat ist Ehebruch, und der Auslöser ist Eifersucht.«

»Warum sich dann aufs Evangelium berufen?«, fragte Johanna leicht verächtlich. »Ehebruch ist ein gängiges Motiv!«

»Eben darum! Weil der Mörder meiner Meinung nach sehr von sich selbst überzeugt ist ... und diese übermäßige Selbstverliebtheit ist der Grund und die Folge seines Tuns. Er erträgt es nicht, hintergangen worden zu sein. Er hält sich für so überlegen, dass er mit einer ›banalen‹ Untreue nicht fertig wird. Er ist Richter und oberster Henker. Er lockt James ins Lupanar, dem Symbol für Ausschweifung und Sittenverfall, und erschlägt ihn mit einem Stein, denn steinigen kann er ihn nicht. Und er bringt diesen Hinweis an, durch den er den Verrat seines Opfers anprangert, die Untreue, die er im Gegensatz zu Jesus nicht verzeiht.«

Argwöhnisch untersuchte Johanna eine rote Spur auf der Baumwolltischdecke.

»War James verheiratet?«, erkundigte sie sich. »War er der Liebhaber einer verheirateten Frau?«

»Ich habe ehrlich gesagt keine Ahnung! Ich habe ihn nicht gut gekannt. Wir hatten nur beruflich miteinander zu tun. Die Polizei nimmt jetzt jedenfalls sein Privatleben unter die Lupe, in Italien und vor allem auch in den Vereinigten Staaten. Die amerikanische Polizei ist ziemlich nervös. Anscheinend stammt er aus einer sehr noblen Familie aus San Francisco …«

In dem kleinen Arbeitszimmer wälzte sich Johanna auf dem behelfsmäßigen Bett. Sie konnte nicht schlafen. Das Kaninchen, das sie irgendwann noch gierig verschlungen hatten, lag ihr schwer im Magen. Sie hatte zu viel getrunken, die dunklen Wände standen nicht senkrecht. Die Angst der vergangenen Tage holte sie wieder ein und hatte sich durch Toms Schilderung eher verstärkt. Die Maschinerie in ihrem Kopf lief auf vollen Touren und schickte ihr immer noch mehr Bilder, die genauso blutig waren wie die vorherigen und sich in einem barbarischen, furchterregenden Kaleidoskop über die der früheren Morde legten. Die unbestimmte Gefahr, die sie verspürte, verwandelte sich in eine übernatürliche Bedrohung, einen gespenstigen Schatten, der die Wand entlangschlich …

»Hildebert, du bist es!«, flüsterte sie. »Du gemeiner Kater … du kommst gerade recht. Ich weiß, dass du das nicht magst, aber bitte leg dich zu mir ins Bett.«

Der alte Hauskater setzte sich auf sein Hinterteil, leckte eine Pfote und blickte seine Herrin einen Moment lang regungslos und durchdringend an, als würde er bis in ihre Seele schauen. Dann sprang er mit phantomartiger Geschwindigkeit aufs Bett. Johanna streichelte ihn, und er schnurrte erfreut. Sie lächelte. Die gelben Augen des Raubtiers leuchteten.

»Teufelskreatur«, sagte sie, »beschütze mich vor den Dämonen der Nacht!«

Das Schnurren wurde lauter. Sie schloss die Augen. Sie sah schwarzen Himmel, ein hohes Meer, eine Insel im Sturm mit einer steinernen Kirche auf dem Gipfel des Bergs, aus der lateinische Gesänge drangen.

»Roman«, murmelte sie, »Bruder Roman, beschütze mich vor meinen alten Dämonen …«

9

Fratres, sobrii estote, et vigilate: quia adversarius vester diabolus, tanquam leo rugien, circuit, quaerens quem devorent: cui resistite fortes in fide. Tu autem Domine misere nobis.‹« Brüder, seid nüchtern und wachsam! Euer Widersacher, der Teufel, geht wie ein brüllender Löwe umher und sucht, wen er verschlingen kann! Leistet ihm Widerstand in der Kraft des Glaubens. Du aber, Herr, erbarme Dich unser. (1. Brief des Petrus, 5, 8–9)

»›Deo gratias…‹«

Die Mönche standen in zwei Reihen, aus denen sich der göttliche Lobgesang erhob und die Furcht vor dem Teufel aufstieg. Die Nacht, die unmittelbar bevorstand, gehörte Satan. In der Kirche war sie schon auf dem Vormarsch und färbte die uneinheitlichen Wollgewänder gleichmäßig schwarz. Schleichend machte sich die Abenddämmerung bemerkbar, feucht und eiskalt, und intensivierte das Kerzenlicht und den eifrigen Rectotono-Gesang, der präzise und direkt war wie eine Klinge, ohne Modulation der Stimme.

»›A sagitta volante in die, a negotio perambulante in tenebris: ab incursu et daemonio meridiano.‹« Noch vor dem Pfeil, der am Tag dahinfliegt, nicht vor der Pest, die im Finstern schleicht, vor der Seuche, die wütet am Mittag. (Psalm 91)

Die Nacht war das Reich von Zweideutigkeit und Verstellung, das Hoheitsgebiet des Bösen wie auch von Gott, was mitunter nicht voneinander zu unterscheiden war. Nachts forderten Engel Kathedralen bei Prälaten ein, die sich morgens für verrückt hielten. Und nachts verkleidete sich der Teufel als Heiliger, um die Schlafenden zu missbrauchen und ihre Seele zu stehlen: So verwandelten sich die Schlaftrunkenen bei Mondwechsel in Wölfe.

»›Super aspidem et basiliscum ambulabis et conculcabis leonem et draconem.‹« Du schreitest über Löwen und Nattern, trittst auf Löwen und Drachen. (Psalm 91)

In den meisten Fällen zeigte sich der Verführer in seiner ganzen Hässlichkeit: ein aus der Schlange geborenes, tierisches Ungetüm oder eine menschliche Erscheinung mit abstoßendem Antlitz. Ein Mönch der Abtei berichtete, dass in seiner Zeit in Saint-Bénigne-de-Dijon in den Jahren zwischen 1025 und 1030 ein kleiner Mann mit dünnem Hals, hagerem Gesicht und faltiger Stirn, mit zugedrückten Nasenlöchern, spitzem Kinn und Ziegenbart, der einen gewölbten Rücken hatte und in Lumpen gekleidet war, sich so stark an seine Matratze geklammert und ihn so heftig durchgeschüttelt habe, dass der arme Bruder wochenlang nicht mehr zu schlafen gewagt habe. Er wähnte sich noch glücklich, Satan selbst begegnet zu sein und es nicht mit einer seiner Kreaturen zu tun gehabt zu haben, den »Succubi«, herrlichen Dämoninnen, die sich nächtens mit Männern vereinen.

»›Procul recedant somnia, et noctium phantasmata: hostemque nostrum comprime, ne polluantur corpora.‹« Fern mögen weichen die Traumgebilde trügerischer Vorstellungen der Nacht, auch halte in Schranken unseren Feind, damit die Leiber nicht befleckt werden. (Hymne »Te lucis«)

Mit dem ersten Hahnenschrei erstarb das, was als eigenartige Prozession durch die Finsternis jagte: Geister, kürzlich Verschiedene, Tote ohne Grabstätte und die Seelen der Bösen. Die im Dunkeln transluzide, von einem Riesen angeführte Armee der Verstorbenen, auch wilde Teufelsschar genannt, versetzte die Lebenden in Angst und Schrecken und quälte sie mit Albträumen und Erscheinungen von Gespenstern, die sich verflüchtigten, oder Totgeglaubten aus Fleisch und Blut.

»›Kyrie Eleison …‹« Herr, erbarme Dich.

Noch problematischer waren die zwischen beiden Welten umherirrenden Seelen, die den Lebenden ihre Aufwartung machten, um sich von ihnen Hilfe zu erbitten. Kein gewöhnlicher Sterblicher konnte ihnen beistehen.

»›Kyrie Eleison …‹«

Dagegen waren die Mitglieder der wilden Teufelsschar, allen voran die Not leidenden Toten, die eigentliche Sache dieses Klosters, das tatsächlich ein Gebetshaus für die Verstorbenen war, mit Mönchen als deren Fürsprecher. Hier hatte der Psalmengesang die Handarbeit abgelöst, die dem heiligen Benedikt so lieb und teuer und nunmehr Leibeigenen und Laienbrüdern vorbehalten war; hier war die Liturgie nicht Mittel, sondern Zweck. Der Benediktiner dieser Abtei war ein Betmönch. Täglich las er die gesamte Totenmesse; täglich las er das Psalmenbuch, während die übrigen Klöster dafür eine Woche benötigten. Er sagte die Psalmen auf, während er sich rasierte und seinen Küchendienst verrichtete, immer mit gleichbleibender Stimme auf ein und derselben Note. Zu den Psalmen kamen die Lesungen aus der Bibel, aus der Regel des heiligen Benedikt, der Kirchenväter und der Lehrmeister des Mönchstums, Gesänge, Meditationen, die immer wiederkehrenden Gebete, das Ganze verteilt über acht Gottesdienste, die Tag und Nacht einteilten, sowie die öffentlichen Gottesdienste und privaten Andachten. Für einen verstorbenen Mitbruder wurden in einem Zeitraum von dreißig Tagen neunhundert Messen gefeiert; dieser spirituelle Dienst wurde jedem religiösen und weltlichen Toten zuteil, dessen Familie gegen materielle Zuwendungen für die Instandhaltung des Klosters und die regelmäßige Unterstützung der Armen darum nachsuchte. So wurden durch das Gedenken an die Toten jährlich etwa achtzehntausend Bedürftige gespeist. Diese Art von Gottesdienst hatte sich über die Grenzen der Abtei und ihres Wirkungsgebiets hinaus durchgesetzt, denn sieben Jahre zuvor, im Jahr der Fleischwerdung des Herrn 1030, hatte Abt Odilo am Tag nach Allerheiligen einen Tag zum Gedenken an alle Toten eingeführt.

»›Rerum creator, regnans per omne saeculum. Amen.‹« Schöpfer der Dinge, herrschend in alle Ewigkeit. Amen.

Mit dem Ende der Komplet war es dunkel geworden. Einer nach dem anderen knieten die Mönche des Chores vor dem

Altar nieder, wurden mit gesegnetem Wasser besprengt und schickten sich an, die Kirche Saint-Pierre-le-Vieil zu verlassen, um einige Stunden zu ruhen, bis zur Vigil gegen Mitternacht, wo sie zum Gebet in finsterster Nacht wieder aufstehen würden. Mit Tagesende galt das nächtliche Schweigegebot, und die Mönche zogen stumm an dem an der Tür stehenden Klosterabt vorbei, bevor sie ins Freie traten, um den Schlafsaal aufzusuchen.

Der Himmel in der Fastenzeit war schwarz und voller strahlender Sterne, die jede Laterne überflüssig machten. Die Mönche liefen am Kloster entlang und atmeten trotz der jetzt, Mitte März, noch herrschenden Kälte die Luft in vollen Zügen ein. Am lichten Horizont zeichneten sich kein Berg und kein Sturm und erst recht kein Meer ab. Die unbewegte, bewaldete Landschaft der Mâconnais-Ebene verbreitete nichts als Ruhe.

Der Großprior trat vor einen der Mönche und gab ihm durch Zeichen zu verstehen, dass der Abt ihn zu sich bitten ließ. Überrascht nickte der Mönch und eilte zu einem kleinen, steinernen Gebäude neben der Hauskapelle Sainte-Marie und dem Kapitelsaal. Er wusste nicht, dass der Abt von einer seiner häufigen Reisen zurückgekehrt war. Der Mönch klopfte an. Eine sonore, tiefe Stimme hieß ihn eintreten. Er gehorchte und fand sich in einem ebenerdigen Raum mittlerer Größe wieder, spärlich möbliert mit einem schweren Eichentisch, auf dem Kerzen brannten, mit drei Stühlen und einer einfachen Liege gleich der, auf der sich der Mönch eigentlich zur Ruhe begeben hätte. Der einzige Unterschied zur Unterbringung der gewöhnlichen Mönche bestand in einem eindrucksvollen Kamin, vor dessen lodernden Flammen sich die Umrisse eines Mannes abzeichneten, der schreibend hinter dem Schreibtisch saß: Er war klein, hager, sehr alt und wirkte dennoch ausgesprochen robust. Odilo von Mercœur, fünfter Abt von Cluny, von seinen Söhnen »Erzengel der Mönche« genannt, hob die strahlend blauen Augen von dem Pergament, das er gerade mit Anmerkungen versah.

»Da seid Ihr ja, mein Sohn. Setzt Euch.«

Wortlos gehorchte der Mönch. In Gegenwart seines Abtes

durfte er sich nicht hinsetzen und auch nicht das Wort an ihn richten, ohne von ihm dazu aufgefordert zu werden, erst recht nicht nach der Komplet. Wie immer, wenn der Bruder den heiligen Mann erlebte, empfand er Hochachtung und Furcht und so viel überschwängliche Liebe, dass er sich Odilo am liebsten zu Füßen geworfen hätte. Der alte Mann, der in einer Zeit, da die Lebenserwartung kaum fünfundzwanzig Jahre betrug, mittlerweile sechsundsiebzig Jahre alt war und sich selbst als »unwürdigsten aller Armen in Cluny« bezeichnete, hatte etliche Wunder vollbracht. Im benachbarten Dekanat Bésornay hatte er das blinde Kind eines Leibeigenen geheilt, indem er ihm das Kreuzzeichen auf die Augen gezeichnet hatte; im Kloster von Nantua hatte er mit Litaneien und gesegnetem Wasser einen jungen Soldaten von seinem Wahn erlöst. Das alles war jedoch nichts im Vergleich zu dem, was er in Cluny selbst und weit über das Königreich Burgund hinaus vollbracht hatte.

»Lieber Sohn, endlich bin ich aus der Abtei Farfa im fernen Italien zurück, und erst jetzt wird mir bewusst, dass ich mich schon lange nicht mehr nach Euch erkundigt habe, das letzte Mal lange vor meinem Aufbruch … Erzählt, wie geht es Euch?«

Bruder Jean de Marbourg senkte den Blick und betrachtete seine langen, sehr schmalen Hände. Auf der blassen Haut waren schwarze Tintenflecken zu sehen.

»Sehr gut, mein Vater, sehr gut«, antwortete er. »Heute Morgen habe ich die Zeit zwischen Laudes und der ersten Stunde genutzt, als meine Mitbrüder noch schliefen, und die Maße unserer Kirche Saint-Pierre-le-Vieil ins Reine geschrieben und …«

»Lieber Sohn«, unterbrach ihn der Abt, »ich habe Euch diese Arbeit anvertraut, weil Ihr mir angesichts Eures ehemaligen Amtes als Baumeister am besten dafür geeignet schient. Keineswegs wollte ich eine Leidenschaft in Euch entfachen.«

»Meine ehemalige Leidenschaft für die Steine ist erloschen, mein Vater«, sagte der Mönch mit tonloser Stimme. »Und so war es bereits, als Ihr mich vor nunmehr vierzehn Jahren in Eurer unermesslichen Güte und Barmherzigkeit in diese Gemeinschaft aufgenommen habt. Jede andere Liebe als die zu Gott ist aus meiner fehlgeleiteten Seele gewichen, und es vergeht kein Tag, an dem ich unserem Herrn nicht dafür danke, dass die tödliche Hingabe, die in meinem Herzen und Denken brannte, dank Eurer Fürbitte erloschen ist …«

In Erwartung seines Urteils hob Bruder Jean de Marbourg die Augen zum Abt; beide wussten, dass der ehemalige Baumeister weder Steine noch die Architektur meinte, als er von einer düsteren Leidenschaft sprach.

Odilo beobachtete das eingefallene, faltige Gesicht des Mannes, der Mitte vierzig sein mochte, mit seiner hohen Stirn, der Adlernase und den dünnen, blutleeren Lippen. Die Tonsur war grau, heller als seine an Granit erinnernden Augen. Odilo betrachtete ihren eigentümlichen Glanz, um herauszufinden, was genau es damit auf sich hatte: Lag darin ein verdächtiger Eifer, früheres Leid, oder bestätigte sich darin ein Leben, das nun mit großer Ernsthaftigkeit dem Gebet und der Reue gewidmet war?

Welch schwerer Verfehlungen hatte sich dieser Mann in seiner Benediktinerkutte vor vierzehn Jahren schuldig gemacht! Odilo dachte daran, dass er noch wenige Monate zuvor einen Mönch aus Cluny verstieß, weil er ein Stück Fleisch gegessen hatte. Dieser Mönch aber hatte viel Schlimmeres getan, und er hatte ihn sprichwörtlich mit offenen Armen in seiner Abtei aufgenommen. Die Beichte, die Odilo diesem Bruder im Jahr 1023 abgenommen hatte, war nicht die eines schlechten Mönches, sondern vielmehr die eines Menschen, der zerrissen war zwischen Himmel und Erde und dem der innere Kompass abhanden gekommen war. Bruder Jean de Marbourg verdiente, wenn nicht Milde, so doch wenigstens die Gelegenheit, die innere Ruhe wiederzuerlangen, damit er, wie jeder gute Mönch, die Verbindung zwischen Himmel und Erde verkörpern könnte, eine Brücke zwischen Lebenden und Toten. Odilo hatte ihm nicht vergeben, aber er wollte ihm die Möglichkeit geben, dass Gott ihm verzieh.

»Also gut«, sagte der Abt. »Und welcher Ansicht ist nun der ehemalige Baumeister mit Blick auf unsere Bauten?«

Odilo betrachtete die große, hagere Gestalt. Durch Alter und fortgesetztes Beten war er leicht gebeugt und wirkte älter, als er tatsächlich war. Jean de Marbourg war offenkundig nicht mit sich im Reinen, sondern immer noch inneren Qualen ausgesetzt, die auch nach vierzehn Jahren des Gebets nicht ausgestanden waren. In dem Moment wurde dem Bruder unwillkürlich klar, dass der Abt ihn durchschaut hatte.

»Mein Vater«, sagte er in einem Tonfall, der ruhig und selbstsicher wirken sollte, »man muss kein Baumeister sein, um zu sehen, dass unsere Klostergebäude für die wachsende Gemeinschaft zu klein geworden sind. Wenn Ihr gestattet, dass ich es mit den Worten meines Mitbruders Jotsald sage: ›Es ist so wohltuend, unter Odilos väterlichem Joch zu leben, dass die christlichen Seelen scharenweise in Cluny um den Frieden nachsuchen, den ihnen das Jahrhundert versagt‹. Und das stimmt, denn vor vierzehn Jahren waren wir achtzig, und heute sind wir doppelt so viele ... Es wäre also angebracht, den Kapitelsaal zu vergrößern, den Schlafsaal und ...«

»Es stimmt, dass dieses Jahrhundert grausam ist und keine Seele verschont, auch die christliche nicht«, unterbrach Odilo. »Frieden ist das höchste Gut und die einzige Zuflucht, denn durch ihn wird uns die göttliche Liebe zuteil. Leider neigen die Menschen eher dazu, sich gegenseitig zu Grunde zu richten, als den Frieden zu suchen. Der Teufel hat sie in der Gewalt. Wir armen Mönche müssen Vorbild sein und ihnen den Weg weisen. Aber vergesst nie, mein Sohn: Niemand erlangt inneren Frieden, wenn er ihn nicht herbeisehnt.«

Bruder Jean de Marbourg sah seinen Abt an: Die Augen des Alten glänzten wissend und schelmisch. Der Mönch begriff, dass diese Moralpredigt ihm galt. In seiner endlosen Güte machte Odilo ihm keinerlei Vorwürfe. Dabei wusste Bruder Jean, dass er keine Nachsicht verdient hatte.

»Ja, mein Vater«, antwortete er mit gesenktem Kopf.

Wie so oft befand er sich für unwürdig, hier in Cluny, der namhaftesten Abtei des ganzen Abendlandes, er, der so schuldig war, so unfähig, sich dieser Engelsgemeinschaft unter Leitung eines Heiligen als gleichwertiges Mitglied anzuschließen.

»Übrigens hätte ich da noch eine Aufgabe für Euch«, fuhr Odilo fort, »die auch nichts mit Steinen zu tun hat. Es ist heikel und überaus wichtig … Und es ist eine Friedensmission.«

Erstaunt blickte Jean de Marbourg wieder auf.

»Kennt Ihr dieses Pergament?«, fragte der Abt und zeigte mit dem Finger auf das Dokument vor ihm, eine große, ausgebreitete Rolle.

»Das ist ein Rotulifer, mein Vater.«

»Gewiss, er verkündet den Tod Ermans, hochehrwürdigster Abt von Vézelay.«

Bruder Jean war erstaunt. Weder hatte er Abt Erman je gesehen, noch war er jemals in Vézelay gewesen. Er wusste, dass es eine bescheidene Benediktinerabtei war, auf einem Hügel im entlegensten Teil des Königreichs von Burgund in der Diözese Autun gelegen. Zu welchem Zweck hatte ihn der Abt zu sich gerufen?

»Fällt Euch an diesem Rotulifer nichts auf, mein Sohn?«

Das mit unterschiedlichen Schriften beschriebene Pergament entrollte sich quer über den Tisch über Odilos Knie bis auf den Boden. Es diente zur Benachrichtigung über den Tod eines Ordensmitglieds, wurde durch einen Mönch von Kloster zu Kloster desselben Ordens gebracht, und jedes Haus trug seine Beileidsbekundungen ein. Dies ergab die sogenannte »Totenrolle«, die über zwanzig Fuß lang werden konnte.

»Es ist lang … Es dürfte zwischen zehn und fünfzehn Fuß messen …«

»Das stimmt. Exakt fünfzehn Fuß.«

Der Mönch blickte weiter auf die Rolle, die mit verschiedensten Beileidsbekundungen und Lobreden auf den Verstorbenen beschrieben war. Augenblicklich begriff er.

»Dieses Pergament hat ganz Burgund und das Königreich

Frankreich durchlaufen, bis es an Euch gerichtet wurde! Es ist zunächst in den kleinsten Klosterkirchen gewesen, bevor es in der großen Abtei von Cluny gelandet ist!«

Odilo lächelte hinter seinem Tisch.

»Unser Haus ist sogar das letzte auf der Liste, mein Sohn, ich bin also der letzte lebende Mensch, der den lieben Erman betrauert; ich werde viel Phantasie brauchen, um mir weitere Lobreden auszudenken …«

»Ein Sakrileg«, murmelte Bruder Jean.

»Nein, ein strategisches Manöver …«

Den Abt schien die Beleidigung zu amüsieren.

»Die Botschaft ist eindeutig: Ermans Nachfolger will die Irrtümer seines Vorgängers fortsetzen und seine Abtei vor unserer Reform und unserem Schutz verschließen. Erinnert er sich an Bruder Eudes, der heute dem Kloster von Sauxillanges vorsteht?«

Sauxillanges, das den Spitznamen »eine von Clunys fünf Töchtern« trug und in der Auvergne, der Heimat Odilos, lag, war Bruder Jean natürlich ein Begriff. Aber Bruder Eudes kannte er ebenso wenig wie Abt Erman.

»Vor mittlerweile zehn Jahren«, fuhr der Abt fort, »habe ich in meinem Entsetzen darüber, in welcher Weise Erman Vézelay leitete – oder vielmehr nicht leitete –, Bruder Eudes und einige Mönche beauftragt, dafür zu sorgen, dass der Orden sich wieder dieser Abtei anschließe. Ich hatte die Unterstützung von Landry, dem Grafen von Nevers, der selbst erbost war über die Unbekümmertheit, die dort in seinen Ländereien herrschte. Kaum hatten Eudes und seine Brüder das Kloster übernommen und Disziplin und Gehorsam wiederhergestellt, befand der Bischof von Autun in Missachtung von Roms Autorität und der monastischen Regel, Vézelay falle unter seine Obhut, und er drohte meinen Mönchen mit der Exkommunikation, falls sie sich nicht aus ›seiner‹ Abtei zurückzögen.«

Der ewige Machtkampf zwischen Säkular- und Regularklerus, Bischöfen und Abtvätern, Pfarrern und Mönchen wurde also schon seit dem 11. Jahrhundert in Vézelay ausgetragen.

»Eudes ging zu Recht davon aus, dass ein Bischof ihm keine Vorschriften zu machen habe. Und auch der Graf von Nevers sah rot und wollte den Bischof mit seiner Armee angreifen. Der Streit spitzte sich zu. Glücklicherweise mischte sich dann unser lieber Wilhelm von Volpiano ein.«

Diesem Mann war Bruder Jean fünfzehn Jahre zuvor begegnet, als er noch Baumeister war. Odilo rief frühere Zeiten wach, Jeans Jugend und vor allem Menschen im Zusammenhang mit einer Vergangenheit, die der Mönch vor seinem Rückzug nach Cluny gezielt ausgelöscht hatte, um dort mit Erlaubnis des Abts seinen Namen zu ändern, damit man ihn nicht mehr erkannte. Zunehmend beunruhigt, fragte er sich erneut, womit Odilo ihn beauftragen wollte. Er spürte vage, dass diese Aufgabe mit der Geschichte von früher zu tun hatte, die er nicht nur nicht vergessen konnte, sondern die seine Seele Tag und Nacht quälte.

»Wilhelm war auf unserer Seite, aber diplomatisch genug, um alle versöhnlich zu stimmen«, fuhr Odilo fort. »Eudes und seine Brüder mussten Vézelay allerdings verlassen, und Erman kehrte mit seiner verkommenen Horde in die Abtei zurück. Ich glaubte, es sei wieder Friede eingekehrt zwischen unseren beiden Häusern, vor allem nach Ermans Tod, aber diese Totenrolle beweist, dass dem nicht so ist.«

Bruder Jean wartete schweigend, dass Odilo ihm endlich eröffnete, was er von ihm wollte.

»Heute Morgen habe ich Bruder Dalmatius, den Überbringer der Rolle, nach Vézelay zurückgeschickt«, sagte dieser nach einer Weile. »Wenn Ihr also morgen nach der Prim mit der Totenrolle für Erman aufbrecht, habt Ihr nur einen Tag Verspätung auf Dalmatius.«

Der Mönch wurde kreidebleich.

»Vater! Das … das kann ich nicht! Ich kann Cluny nicht verlassen, ich darf die Klostermauern nicht verlassen, das wisst Ihr doch!«

»Beruhigt Euch, mein Sohn. Habt keine Furcht, das hohe Alter hat den Geist noch nicht im Griff. Ich weiß genau, was ich tue, wenn ich Euch dorthin schicke. Es gilt, Ermans Ableben zu nutzen, damit unsere beiden Häuser sich aussöhnen. Ich gebe zu, dass ich noch vor einiger Zeit nicht Euch ausgesucht hätte, um diese Friedensbotschaft zu überbringen. Ihr wart sogar der letzte Bruder, den ich damit betraut hätte … Aber eine entscheidende Auskunft hat mich umdenken lassen.«

»Welche Auskunft, Vater?«

»Der Name des neuen Abts von Vézelay.«

Bruder Jean schloss die Augen, während er auf die Antwort wartete.

»Er heißt Geoffroi«, verkündete Odilo sanft, »Geoffroi von Kerlouan.«

Der Mönch hob die Lider. Diesen Namen hatte er seit vierzehn Jahren nicht gehört, seit er die Welt der Lebenden verlassen hatte, um sich in Cluny zu verschanzen, bei den murmelnden Schatten der für die Toten betenden Brüder. Plötzlich sah er einen schwarzen Himmel über hoher See vor sich, eine Insel im Sturm mit einer kleinen Kirche aus Granitstein auf dem Gipfel des Berges, aus der Gesänge drangen. Auf den Grabplatten des Chors glänzte Ginster. Die Kapelle Saint-Martin verschwand in dichtem Nebel, und er sah das Gesicht Geoffrois als junger Bretone, der in die Normandie gekommen war, um die Kunst des Kopierens von Manuskripten zu erlernen: Der Mann mit dem blonden Haar und den hellbraunen Augen war klein und stämmig, wirkte aber nicht schwerfällig, sondern im Gegenteil sehr lebendig, und Jean de Marbourg hatte viel mit ihm verkehrt, ohne dass sie enge Freunde gewesen wären. Das war auch naheliegend, denn Bruder Jean kümmerte sich damals nicht um das Skriptorium, weil er gemeinsam mit seinem Meister Pierre de Nevers die große Abteikirche auf dem Mont Saint-Michel errichtete.

»Im Gegensatz zu Erman hat Geoffroi den Ruf, ein aufrechter, bescheidener, gottesfürchtiger Mann mit Anstand und besonderen Tugenden zu sein. Habt Ihr ihn damals als solchen kennengelernt?«

»Soweit ich mich erinnere, war er gehorsam, eigensinnig und energisch.«

»Hm ... Inzwischen hat er auch Ehrgeiz entwickelt. Er möchte Vézelay zu einer bedeutenden Abtei machen«, murmelte Odilo.

»Vater, Geoffroi ist intelligent. Er könnte mich wiedererkennen, trotz meines geänderten Namens ...«

»Begreift Ihr denn nicht, dass ich genau das will? Ich schicke Euch dorthin, weil er in Euch einen Freund sieht. Glaubt Ihr denn nicht, dass es einfacher ist, mit einem alten Bekannten gemeinsame Sache zu machen als mit einem Fremden? Es wird ihn rühren, Euch wiederzusehen, er wird Euch vertrauen und seine ungerechten Vorurteile gegenüber unserem Haus vergessen. Er wird sich seiner Gemeinheiten schämen – wie zum Beispiel dieser Totenrolle – und endlich die Güte haben, die Hand zu ergreifen, die wir ihm schon seit Langem entgegenstrecken. Geht, mein Bruder, ruht Euch aus. Morgen nach der Prim holt Ihr Euch die Rolle und meinen Segen.«

Am nächsten Morgen kurz nach Sonnenaufgang bestieg Jean de Marbourg ein Pferd und ließ zum ersten Mal seit vierzehn Jahren die Mauern von Cluny hinter sich. Ohne den Schutz Odilos und seiner Abtei fühlte er sich verletzlich. Schlimmer noch, trotz des trockenen, ruhigen Wetters war ihm, als ginge ein himmlisches Phänomen auf ihn nieder: Feuerregen, ungeheuerliche Blitze, Hagelkörner, groß wie Kohlköpfe, alles, was Gott oder der Teufel als böses Omen schicken mochten.

Über seinem Oberkleid und der Kutte mit dem für Cluny typischen Schnitt trug er den weiten, gefütterten Reisemantel und die vorgeschriebenen Kniebundhosen. Trotz der wärmenden Kleidung und des dampfenden Pferdes fror es ihn. Nachts hatte er kein Auge zugetan. Vézelay war über fünfzig Meilen von Cluny entfernt, er hatte ausgerechnet, dass er ungefähr fünf Tage brauchen würde, bis er am Ziel wäre. Im Schritttempo bewegte er sich voran, hin und hergerissen zwischen zwei widersprüchlichen Gefühlen; er wollte schneller ankommen und einen sicheren Unterschlupf haben, fern der Gefahren, die in der Natur und unter den Weltlichen auf ihn lauerten, und gleichzeitig möglichst langsam vorwärtskommen, um die Begegnung mit diesem Mann hinauszuzögern. Die Vorstellung, Geoffroi wiederzusehen, bereitete ihm panische Angst: Er fürchtete die Lebenden weit mehr als die Toten.

In Cluny hatte er gelernt, mit Geistern zu leben, auch wenn die Gespenster ihn allmählich ganz vereinnahmten und ihm keine Ruhe mehr ließen. Aber niemand hatte ihm beigebracht, wie er einem Menschen gegenübertreten sollte, der ihn für tot hielt.

10

Verstört und unfähig, auch nur ein Wort zu sagen, ist Livia der Menge gefolgt, die spät in der Nacht Neros Gärten verlassen hat. Die menschlichen Fackeln sind von selbst erloschen, die schwarzen Knochen Tausender verkohlter Leichen liegen frei. Fremd der Welt und sich selbst gegenüber, ist das Mädchen losgezogen durch das finstere Rom, ohne Angst, ohne Absicht, ohne Ziel.

Im Morgengrauen, als die Bewohner Roms, noch durcheinander von Falerner und dem vom Kaiser gebotenen Spektakel, aufwachen und ihren Beschäftigungen nachgehen, schleicht sich Livia in den Hinterhof eines Süßwarenhändlers und versteckt sich zwischen den Obstsäcken, nachdem sie im Vorbeigehen noch eine Handvoll Datteln und Mandeln eingesteckt hat. Der Geruch, ein köstlicher Duft nach heißem Honig, der ihr aus dem Laden entgegenweht, in dem der Meister Bergamotte und Zitrusfrüchte kandiert, kann den grässlichen Beigeschmack nach Blut und verbranntem menschlichem Fleisch nicht vertreiben. Zusammengekauert liegt Livia mit weit geöffneten Augen, leerem Kopf und leerer Seele zwischen den großen Jutesäcken. Endlich überfällt sie der Schlaf, als stürzte sie in einen dunklen, kalten, schroffen Abgrund, ins Nichts.

»Wach auf, sag ich!«

Heftig rüttelt eine Männerhand an ihr. Livia schlägt die Augen auf und hört den Süßwarenhändler fragen, wer sie sei und was sie dort mache, aber sie kann nicht antworten. Mühsam richtet sie sich auf, steif wie ein alter Mensch, befreit sich aus dem Griff des Händlers und flieht auf die Straße.

Tage- und nächtelang irrt sie durch die Stadt, die einmal ihre Stadt war, eine stumme, gleichgültige Vagabundin, ein kleines, fast unsichtbares Gespenst, das den Menschen und dem pulsierenden Leben nichts mehr abgewinnen kann. Nachts sucht sie Unterschlupf in den Nischen einer Insula oder in den Ruinen der vom Brand zerstörten Wohnhäuser, die sich die Baumeister Neros vorerst nicht unter den Nagel gerissen haben. Jeden Morgen geht sie zum Hafen und blickt auf die auslaufenden Schiffe, auf der Suche nach möglichen Passagieren. Tief enttäuscht lässt sie dann einen geräucherten Fisch mitgehen, der einem Lastenträger aus dem Korb gefallen ist, oder stiehlt eine Orange aus der Auslage eines Händlers. Einmal wird sie von einem Bäcker geschnappt, dem sie einen Laib Brot entwendet hat, und bekommt zehn Stockhiebe, bevor sie wieder wegrennen kann. Man sieht die blutige Spur auf ihrem Rücken, aber die Schläge haben ihr keinen Schrei entrissen, nicht einmal ein Stöhnen. Seit dem Wortwechsel mit ihrem Onkel Tiberius ist kein Laut aus ihrer Kehle gedrungen.

Livia ist es egal, dass sie verstummt ist. Ihr Schicksal geht sie nichts mehr an. Sie ignoriert den Schmutz, die verlausten Haare, den fliehenden oder mitleidigen Blick der Passanten. Sie verspürt kaum noch Hunger oder Durst. Hätte sie nicht immer wieder, wenn sie um eine Ecke biegt oder nachts Albträume hat, das Bild vom Apostel Petrus vor sich, wie er kopfüber am Kreuz hing, bevor er verbrannt wurde, hätte sie sogar die Botschaft vergessen, die sie am Herzen trägt: Sie denkt nur noch daran, ihre Eltern und Brüder wiederzufinden. Am Morgen nach der Tötung der Christen ist sie noch einmal zu den Gärten Neros gegangen, um nach Spuren ihrer Lieben zu suchen. Aber die Wachen haben sie nicht hineingelassen. Drinnen wurden die grausigen Überreste weggeschafft, Asche, Knochen und die Leichen derer, denen die wilden Tiere die Gurgel durchgebissen hatten.

Eines Morgens hört sie einen Reeder sagen, ein griechisches Schiff mit Wein aus Delos werde bald einlaufen. Delos, Kreta, die Familie meiner Mutter, der beste Rotwein der Welt, schießt es ihr durch den Kopf. Vielleicht hat sich mein Vater ja dorthin geflüchtet und ist nun auf dem Schiff, um mich zu holen, oder meine Eltern und meine Brüder sind dem Gefängnis entkommen oder wurden vom Kaiser freigelassen und sind ganz in der Nähe in Rom untergetaucht und werden seit Tagen von Freunden in einer dieser Hallen versteckt und kommen dann heraus und gehen an Bord dieses Schiffes, das Mamas Familie geheuert hat!

Zum ersten Mal seit dem Gemetzel scheint Livia ins Leben zurückzukehren, sie läuft auf dem Quai hin und her und sucht mit den Augen mal den Tiber, mal die »horrea«, die Lager, ab. Als das Segelschiff einläuft, spürt sie, wie Tränen ihr den Schmutz von der Wange waschen und damit auch den Schmutz vom tagelangen Herumirren. Auf Anhieb erkennt sie das Etikett der versiegelten Amphoren, die von den Hafenarbeitern gelöscht werden. Bis zum Abend wartet sie wie ein unbedeutendes Staubkorn in der Menge der Arbeiter, die sie anrempeln, ohne dass sie davon Notiz nimmt. Sie wartet, und wartet vergeblich. Daraufhin redet sie sich ein, dass sich ihre Familie aus Vorsicht womöglich erst in der Dunkelheit zeigt. Sobald die Dämmerung einsetzt, versteckt sie sich hinter einer Ladung Holz, hinter der sie hervorspähen kann, ohne gesehen zu werden. Seit dem Abend davor hat sie nichts gegessen, doch ihr Magen ist ruhig, während ihr Herz heftig schlägt. Sie ist erschöpft, schließt aber kein einziges Mal die Augen.

Bei Sonnenaufgang muss sie sich eingestehen, dass sie nicht den Schatten eines einzigen geliebten Menschen gesehen hat. Verloren und niedergeschlagen irrt sie im Hafen umher, als schlagartig ein Gedanke ihre Verzweiflung vertreibt. Natürlich, denkt sie, und ihre Augen glänzen, warum habe ich nicht eher daran gedacht?

Obwohl sie seit zwei Tagen nichts gegessen hat, rennt sie durch das Gewirr der Straßen Roms entlang der Insulae, deren Umrisse sich mit der untergehenden Sonne grau färben.

Außer Atem erreicht sie schließlich ein Gebäude wie aus einer fernen Vergangenheit, einer glücklichen, unbeschwerten und bunten Zeit voller Zärtlichkeit und dem milden Duft einer Kindheit, die abrupt durch Blut und Feuer beendet wurde, als ihr die Familie entrissen und die Sprache genommen wurde.

Der Laden von Sextus Livius Aelius ist geschlossen und dunkel, wirkt aber unbeschädigt. Vorsichtig läuft Livia daran entlang und begibt sich zu der Wohnung neben dem Vinarius. Ihr Elternhaus würde ein Gesandter als Erstes aufsuchen, es ist der Versammlungsort, an dem ein griechischer Bote einen Brief für Livia verstecken würde! In dieser Überzeugung erreicht das Mädchen unauffällig den Hinterhof des Gebäudes, wirft ängstlich einen Blick auf die Amphoren, hinter denen sie sich in der fraglichen Nacht versteckt hat, und auf die Stelle, an der die Hundeleiche lag. Durch die geschlossene Tür hört sie wieder den metallenen Lärm der Soldaten, ihre Befehle, die Schreie der Sklavin Magia, die Proteste ihres Vater, die Klagen Raphaels, die flehentlichen Stimmen ihrer Mutter und ihrer Brüder.

Livia steht wie angewurzelt an der Schwelle ihres Hauses. Sie träumt nicht, und es sind auch nicht Erinnerungen, die sie überwältigen, sie ist stumm, aber nicht taub und hört eindeutig Geräusche im Innern des Hauses. Ob es der Gesandte aus Delos ist, der mit jemandem spricht? Aber mit wem? Ist ihr Vater etwa wieder da?

Ganz langsam hebt Livia den Fensterladen vor der Küche an, um jedes Knarzen zu vermeiden, und wirft einen Blick ins Innere. Augenblicklich erkennt sie die athletische Silhouette ihres Onkels Tiberius im Schein der Öllampen und das schlecht geschminkte Gesicht ihrer Tante Tullia in Begleitung zweier Unbekannter: einer Frau, die nach einer Sklavin aussieht und ihre Dienerin Lepida sein muss, und eines kleinen, untersetzten Mannes, den Livia noch nie gesehen hat.

»Herrin«, sagt Lepida, »diese Bleibe ist um einiges größer als unsere Wohnung. Allein werde ich sie nicht in Ordnung halten können …«

»Wir werden noch eine Sklavin beschäftigen, die dir zur Hand geht«, erwidert die Tante. »Nicht wahr, Tiberius Livius? Und was hältst du, da wir hier fließendes Wasser haben, von meinem Vorhaben, im ehemaligen Kinderzimmer eine Badewanne einzurichten?«

»Einverstanden, was die Sklavin angeht, Tullia Flacca«, sagt Tiberius. »Aber das mit dem Badezimmer werden wir noch sehen. Das ist ein Privileg für die Reichen, das von den Geschäften dieses Bürgers abhängen wird ...«

»Bevor ich mich endgültig festlege, was die Anmietung der Verkaufsbude angeht«, schaltet sich der Mann ein, »muss ich noch die Vorräte Eures verstorbenen Bruders inspizieren. Er hatte einen ausgezeichneten Ruf, aber ich möchte mich lieber selbst von der Qualität des Weins überzeugen, der da im Hof heranreift. Und die Frage der Sklaven, die im Laden bedient haben, wäre auch noch zu klären. Sie müssen in den Verträgen aufgeführt sein. Wann, glaubt Ihr, ist das Erbe von Sextus Livius Aelius geregelt?«

Plaudernd bewegen sich Tiberius und der künftige Mieter des Ladens in Richtung Hoftür. Livia zögert: Es drängt sie, sich vor den Onkel und die Tante hinzustellen, um ihnen zu zeigen, dass es sie noch gibt, und zu erfahren, was aus ihren Eltern geworden ist, aber genauso möchte sie sich verstecken, wenn sie an die Auseinandersetzung mit Tiberius denkt. Schließlich überwiegt die Angst, ihr Onkel könnte sie Nero ausliefern, sodass Livia wieder dahin flieht, von wo sie gekommen ist.

An jenem Abend sucht sich Livia als Versteck eine der Feuerruinen am Stadtrand. Eng schmiegt sie sich an den noch stehenden Teil einer Mauer, zitternd vor Kälte und Hunger und mit dem Gedanken, einzuschlafen und nicht mehr aufzuwachen. Es wäre das Beste, zu verhungern und zu verdursten. Was für ein Leben soll das sein, wenn sie die Hoffnung aufgeben muss, dass ihre Familie noch am Leben ist? Das eines Straßenkinds, einer Vagabundin, ohne Zuhause und mutterseelenallein, arm und abstoßend, ein namenloses Gespenst, eine Illegale ohne Bürgerrecht, vogelfrei aufgrund ihrer Religion, dazu verurteilt, sich wie ein unseliges Tier zu verstecken und stehlend durchzubringen?

Nein, Livia will so nicht weiterleben. Schluss machen. Paulus sagt, der Tod sei kein Ende, sondern ein Anfang. Die Ihren im Reich des Herrn wiedersehen, sofern sie dort sind. Sie ist ein Nichts, nichts mehr wert, ohne Familie ist sie noch weniger als der niedrigste Sklave. Schlafen. Und aufwachen in den Armen des lebendigen Christus.

Im Morgengrauen lebt Livia noch. Sie zittert vor Fieber, und ihr Bauch fühlt sich an, als würde wild darauf eingeschlagen, aber sie atmet noch. Sie steht auf und lehnt sich an die Wand, um nicht umzufallen.

Essen. Einen Granatapfel aussaugen, eine Feige essen, ein Stück hartes Brot, ein Ei, irgendwas, Hauptsache, essen. Dieses Gebot des Körpers ist stärker als ihr Wunsch, zu vergehen. Sie macht ein paar Schritte, sieht ein Schwein am Spieß vor sich und gleich darauf wieder das Bild von Neros Festmahl in den Gärten. Sie sieht die Berge geopferter Tiere und der von den Hunden zerfetzten Leichen, das Inferno der Christen, die nurmehr rauchendes Fleisch sind. Ekel überlagert den Hunger. Langsam geht sie weiter, denkt an den Süßwarenhändler und seine kandierten Früchte. Ihr Magen stöhnt, ihre Kehle brennt wie Feuer.

Auf der Straße, auf der schon viele Römer geschäftig unterwegs sind, sieht sie den Laden eines Konditors. Unwiderstehlich angezogen, starrt sie mit offenem Mund auf die Dinkelkuchen, die ein Gehilfe mit Honigwein beträufelt, die Stapelkuchen aus Gebäck und Früchten, die den Ladeneingang zieren: Essbare Skulpturen, die aussehen wie Tempelsäulen, empfangen den Besucher. Bleich blickt das Mädchen um sich, läuft auf eine Hochzeitstorte zu, reißt ein Stück heraus, von dem der Honig tropft, und macht kehrt, um wegzulaufen. Aber sie ist geschwächt vom tagelangen Hungern und nicht schnell genug. Eine Hand packt sie an der Schulter. Sie blickt auf und sieht sich einem Zyklopen gegenüber.

»Na, du verdammte Diebin, willst du wohl reden!«

Stumm und gleichgültig beobachtet Livia den einäugigen

Koloss. Er hat sie in das Hinterzimmer einer Caupona geschoben, einer Herberge, die sich abends verbotenerweise in eine Spielhölle verwandelt; Glücksspiele sind in Rom außerhalb des großen Festes der Saturnalen untersagt. An diesem Morgen Ende Oktober ist der kleine Raum leer, die Würfel- und Knöchelchenspieler gehen vor Einbruch der Dunkelheit kein Risiko ein. Livia sitzt am Boden auf gestampfter Erde und bedauert, dass der Riese dem Konditor das Gebäckstück zurückgegeben hat. Ihr tut der Bauch weh, und sie versucht, den Kuchen zu vergessen; sie atmet tief durch und blickt auf das mit abgestorbener Haut garnierte Loch an der Stelle, an der normalerweise das rechte Auge des Titans hätte sein müssen.

»Dich fasziniert mein Auge also auch!«, röhrt er. »Ich habe es verloren wegen dieser verdammten Bretonen, sie haben es mir mit einem Dolch ausgestochen! Verdammte Burschen, diese Bretonen. Weißt du, Mädchen, ich hab nichts gegen dich ... du klaust hier was und da was. Das geht mich alles nichts an, so lange du nicht mich bestiehlst. Ich gehöre nicht zur römischen Garde, ich bin nur ein armer Soldat auf Urlaub, der seinen Sold schon versoffen hat. Du sollst mir bloß helfen, wieder auf die Beine zu kommen. He, ich kenne euch Räubermeister, ihr lebt sehr gut vom Betteln und Stehlen, ihr habt immer ein kleines Sümmchen irgendwo, für harte Zeiten! Ich verlange kein Gold von dir, aber ein paar Silberlinge oder Messingsesterzen. Dein Kleingeld aus Kupfer tut es auch, wenn du genügend davon hast. Los, sag schon, wo deine Kriegskasse ist, dann lasse ich dich laufen. Beim Gott Mars, du redest, und wir gehen als Freunde auseinander!«

Livia lächelt nur. Sie verspürt nicht die geringste Angst, im Gegenteil. Der Soldat in Zivil erinnert sie an den Zyklopen Polyphem, der einige von Ulysses' Gefährten verspeiste. Ulysses konnte ihn jedoch schwächen, als er ihm einen glühenden Pfahl ins Auge stieß, bevor er mit seinen Gefährten aus der Höhle floh, indem sie sich im Bauchfell der Schafe versteckten. Auf sie wirkt dieses Monster harmloser als Polyphem, und sie sagt sich, dass er sie schon nicht verschlingen werde. Verschlingen … sie würde alles essen, um ihren Hunger zu stillen …

»Bist du stumm, oder machst du dich über mich lustig?«, fragt der Soldat.

Mit einem Satz springt er zu ihr hinüber und reißt ihr den Mund auf.

»Die Zunge haben sie dir nicht abgeschnitten«, stellt er fest. »Du kannst also sprechen. Los, ich höre. Ich warne dich, ich verprügele dich, bis du redest!«

Um seinen Worten Nachdruck zu verleihen, nimmt der Römer den Gürtel seiner Tunika ab und lässt ihn wie eine Peitsche wenige Zentimeter neben Livia schnalzen. Erschrocken gestikuliert das Mädchen, um zu zeigen, dass sie kein Geld, aber großen Hunger hat. Der Riese lacht, ohne zu begreifen, und schwenkt den Gürtel erneut. Livia hält sich schützend die Arme über den Kopf und versucht, aufzustehen und zu fliehen. Doch ihr wird schwindlig, und bewusstlos fällt sie dem Koloss vor die Füße.

Als sie wieder zu sich kommt, sieht sie den einäugigen Soldaten, wie er ein gekochtes Huhn verspeist. Auf einem kleinen Tisch thronen hart gekochte Eier, Obst, Brot und mit Wasser vermengter Wein.

»Da, iss!«, befiehlt er und hält ihr ein Stück Fleisch hin.

Livia lässt sich nicht zweimal bitten und verschlingt, was sie kann. Als sie satt ist, streckt sie ihrem Tischgenossen zum Dank die Hände hin.

»Jahaa!«, ruft er. »Mit dir habe ich ein schlechtes Geschäft gemacht. Du solltest mir deinen Zaster geben, und jetzt bin ich derjenige, der dir das Essen beschafft! Weißt du, ich habe dich näher angeschaut, als du bewusstlos warst …«

Livia wird bleich und tastet sofort nach dem Papyrus. Der Soldat missversteht ihre Geste.

»Keine Sorge, nicht, was du denkst, du bist ja nicht mal eine Frau! Aber als ich deine Hände und deine Haut gesehen habe, habe ich kapiert, dass ich mich bei dir getäuscht habe. Du bist keine echte Vagabundin, stimmt's?«

Livia schüttelt den Kopf und erstarrt.

»Du kommst nicht zufällig aus gutem, ehrbarem Haus? Dann könnte mir nämlich ein Lösegeld viel mehr einbringen als deine Diebesbeute! Ich würde deinen Vater ausfindig machen und dich gegen eine entsprechende Belohnung abliefern!«

Das gesunde Auge des Mannes glänzt; sein Gesicht ist gerötet vom Wein, und Livia hat plötzlich große Angst. Wie soll sie seinen Pranken entkommen? Wenn er ihren Namen herausfindet, wird er sie mit Sicherheit bei ihrem Onkel und ihrer Tante verraten. Oder schlimmer noch, bei den Behörden, dann wird sie festgenommen! Sie muss den Riesen um jeden Preis davon überzeugen, dass sie keine Familie mehr hat und er mit ihr kein Geschäft macht. Heftig gestikulierend versucht Livia, sich in dem Hinterzimmer verständlich zu machen.

»Na, na, immer mit der Ruhe. Jetzt mal von Anfang an. Wo ist deine Familie?«

Livia beginnt zu weinen und macht ihm klar, dass ihre Nächsten tot sind. Der Koloss glaubt ihr nicht, verschwindet kurz und kehrt mit einer Wachstafel und einem Stift zurück. Das Mädchen schreibt: »Familie in Kreta. Krank. Epidemie. Alle tot.«

Eine Stunde lang versucht das Mädchen, den Riesen davon zu überzeugen, dass niemand für sie bezahlen wird. Zum ersten Mal redet sie vom Reich der Toten als dem Ort, an dem ihre Familie nun ist, aber da sie lügt, was ihre Herkunft und den Grund für ihr Sterben angeht, fällt es ihr nicht weiter auf. Dem abgebrannten Soldaten liegt viel an der Idee mit dem Lösegeld, aber schließlich ist er Livias Sturheit leid und gibt auf.

»Gut, ich glaube dir. Komm mit, wir gehen.«

Er packt sie fest am Arm, und ihr bleibt nichts anderes übrig, als ihm zu folgen.

Nackt steht Livia auf einem Podest. Um den Hals trägt sie ein Schild, auf dem der Preis für sie steht. Viel ist es nicht. Eine Stumme, zumal eine schwächliche, ist günstig zu haben. Seit mehreren Tagen versucht Calpurnius Tadius Paullus vergeblich, sie zu verkaufen. Der einäugige Soldat hatte ihren Körper für zu kindlich befunden, als dass er sie einem Zuhälter hätte verkaufen können, und sie für wenig Geld dem Sklavenhändler abgetreten. Livia friert, aber Calpurnius Tadius ernährt sie gut. Er ermuntert sie sogar, dicker zu werden, weil er sich davon einen besseren Preis verspricht. Aber während das übrige menschliche Vieh hart umkämpft ist, hat trotz der Anpreisungen niemand einen Blick für das Mädchen mit den schmalen Händen, das für die schwere Arbeit in einem römischen Haushalt zu zerbrechlich wirkt.

Eines Morgens hat Livia, bevor sie die Bühne ihres jüngsten Niedergangs besteigt, klammheimlich Raphaels Botschaft im Kohlenbecken des Sklavenhändlers verbrannt. In der Nacht davor hat sie sie auswendig gelernt und sich jedes Zeichen, jedes aramäische Ideogramm des Satzes eingeprägt. Da sich für sie alles um das Schicksal ihrer Familie drehte, hatte sie die Rolle beinahe vergessen. Aber weil der Riese herumgeschnüffelt hat, während sie bewusstlos war, weil sie sich täglich ausziehen und ihre zerlumpten Kleider unbeaufsichtigt lassen muss, während sie auf dem Podest steht, hatte sie Angst, sie könnte ihre wertvolle Botschaft verlieren oder man könnte sie ihr stehlen. Mit einem Mal ist ihr bewusst geworden, dass dieses geheime, von Maria von Bethanien weitergegebene Wort Jesu jetzt die einzige Verbindung zu ihrer Familie, zu ihrer Vergangenheit, zu dem Glauben ist, den Paulus und ihre Eltern ihr mitgegeben haben und für den so viele Anhänger des »Weges« gestorben sind. An diesem Abend hat sie begriffen, dass ihre Familie tot ist und das Schiff, das mit ihren Eltern und Brüdern auf dem Mittelmeer fährt, nur Einbildung war. Sie muss diese Botschaft um jeden Preis übergeben, aus Treue gegenüber ihrem Glauben, aber vor allem gegenüber ihren Nächsten. Der sicherste Ort dafür ist ihr eigenes Gedächtnis. Also hat sie sie in sich vergraben, langsam und hartnäckig wie derjenige, der in der weichen, schützenden Erde ein Grab aushebt.

Auf dem Podest stehend, betet Livia. Heimlich preist sie den Herrn; sie bittet ihn um ewigen Frieden für ihre Lieben, die immer bei ihr sind, und sie bittet darum, Apostel Paulus nach Rom kommen zu lassen, damit ihm das Wort übergeben werde. Manchmal, wenn sie mit ihrer Kraft und Hoffnung am Ende ist, fleht sie Christus an, es ihr wieder ins Gedächtnis zu rufen und dieses Leben, in dem alles nur noch Schmerz ist, zu beenden.

Eines Nachmittags, als Livia ins Gebet vertieft ist, weit weg von der Welt um sie herum, nähert sich ihr ein Mann. Aufmerksam betrachtet er ihre Augen und Hände, betastet sie und lässt sie den Mund öffnen; er untersucht Zähne, Kopfhaut, Gelenke und Fingernägel. Livia, wieder ganz bei sich, zittert, als man sie wie ein Arbeitstier begutachtet. Nachdem der Mann sie von Kopf bis Fuß untersucht hat, wendet er sich zu Calpurnius Tadius Paullus um, der erfreut feststellt, dass sich endlich jemand für seine Stumme interessiert. Es wird verhandelt.

Livia trägt wieder ihre alten Lumpen und folgt dem Mann durch die Straßen Roms. Er ist genauso schweigsam wie sie. Schräg von unten sieht sie ihn sich an. Er ist um die dreißig, und die gepflegte Kleidung kann nicht verbergen, dass sein stämmiger Körper seit der Kindheit an schwere Arbeit gewöhnt ist. Mit seiner überheblichen Art könnte er ein ehemaliger Sklave sein, den seine Herrschaft freigelassen hat. Das wochenlange Herumirren hat Livias Sinne geschärft, und sie schätzt ihn ein als einen Mann vom Land, der als Sklave harte Feldarbeit verrichtet hat und sich nach seiner Befreiung in »Urbs Roma« eine weniger mühsame Arbeit gesucht hat.

Mit verzerrtem Gesicht realisiert das Mädchen, dass sie künftig einem Herrn wird dienen müssen. Von diesem Tag an wird sie weder über ihren Körper noch über ihr Tun bestimmen können, nur noch über ihre Seele: Dass Sklaven eine solche besitzen, hat die römische Republik hundert Jahre zuvor zugebilligt. Sie gehört jemandem, den sie noch nicht kennt, der alles von ihr verlangen und sie aus Wut oder einer Laune heraus totschlagen kann. Plötzlich sehnt Livia sich nach ihrem Vagabundendasein. Einen Moment lang nimmt sie es ihrem Vater übel, dass er die Bücher der Judäer gelesen hat, Simeon Galva Thalvus zugehört und sich mit Apostel Paulus getroffen hat. Ohne den jüdischen Reeder wäre das alles nicht passiert! Ohne die Leidenschaft ihres Vaters für die Schriften wäre ihre Familie den Göttern Roms und der Staatsreligion treu geblieben; zur Stunde wären sie glücklich beisammen!

Gleich darauf bereut Livia, was sie gerade gedacht hat. Zum zweiten Mal innerhalb weniger Wochen hat sie ihren Glauben verleugnet. Mit gesenktem Blick läuft sie neben dem Freigelassenen her. Ihr Glaube ist das, was ihre künftigen Herren ihr nie werden nehmen können. Er ist das Einzige, was ihr bleibt. Ihr Vater hat entschieden, dass sie von Apostel Paulus getauft würde. Dieses Erbe aber muss sie sich nun ganz zu eigen machen; es ist ihr einziger Freiraum. Ihr Glaube an Jesus ist ihr letzter Rückzugsort, ihre heimliche Freude, ihre innere Revolte gegen die Ketten der Unfreiheit.

Livia und der Freigelassene haben das Haus erreicht, das der Mann jedoch allein betritt. Ein Portier überwacht Livia aus den Augenwinkeln. Kurz darauf treten zwei Frauen aus dem Haus und ziehen das Mädchen mit sich in die öffentlichen Thermen, um sie zu säubern und neu einzukleiden. Die beiden Sklavinnen behandeln sie, wie unter Gleichgesinnten üblich, und doch mit Misstrauen. Livias Schweigen ist ihnen nicht geheuer, und sie halten sich mit ihrem normalen Geplauder zurück. Das Mädchen würde sie am liebsten mit Fragen löchern über das Haus, die Herrschaft, die Anzahl der Sklaven und vor allem darüber, was man künftig von ihr erwartet. Aber die Worte bleiben gefangen in ihrem Kopf. Sie wird kräftig abgeschrubbt, abgetrocknet und in ein »subligaculum« gesteckt, einen Leinenschurz, über den die Frauen eine lange Tunika aus ägyptischer Baumwolle ziehen, die sie in der Taille zusammenbinden. Wie ein gequältes Tier stöhnt sie auf, als ihr die Haare entwirrt und mit Kämmen und Holznadeln auf dem Kopf festgesteckt werden. Zuletzt wird sie noch mit Mantel, Fäustlingen und Winterschuhen ausstaffiert.

In dieser Aufmachung tritt Livia mit den beiden Sklavinnen den Rückweg an. Zwischen ihren Wächterinnen betrachtet Livia das herrschaftliche Stadthaus, in dem sie künftig leben wird: Offensichtlich sind die Besitzer sehr viel wohlhabender, als ihr Vater es war; sie gehören sicherlich den höchsten Kreisen der Gesellschaft an. Der Marmorpalast, der von einem eigenen Garten umgeben ist, aber in einem volksnahen Viertel steht, so wie in dieser Zeit üblich, da Arm und Reich nebeneinander wohnen, reicht über eineinhalb Stockwerke und bildet eine Linie mit den angrenzenden Bauten. Der Hausmeister begleitet sie hinein. Sogleich ist der Freigelassene zur Stelle, der Livia Calpurnius Tadius Paullus abgekauft hat. Er schickt die beiden Frauen weg und macht mit dem Mädchen einen kurzen Gang durch die Räumlichkeiten. Das hohe Erdgeschoss ist ausschließlich für die Herrschaften und deren gesellschaftliche Empfänge: Auf Salons und Ruhezimmer folgen die Speisesäle. Wie alle römischen Häuser ist auch dieses spärlich möbliert, aber die wenigen Möbel sind mit Blattgold überzogen, die Teppiche dicht gewebt, die Bettstoffe aus Seide. Ein mit Bäumen bestandener Innenhof, über den sich mehrere Brunnen verteilen, sorgt für Erfrischung an Sommertagen. Nur die stattlichen Küchen und die Latrinen kommen ohne jeden Prunk aus. Im ersten Stockwerk, das abgeschrägt ist, sind die Sklaven untergebracht – etwa dreißig nach Auskunft des Mannes –, und der Dachboden, der über eine Leiter zugänglich ist, dient als Warenlager. Als er das Mädchen in einen großen Raum im Erdgeschoss führt, stellt sich ihr der Freigelassene als Parthenius vor; er habe die Ehre, seinem Herrn Larcius Clodius Antyllus, einem hochangesehenen Senatsmitglied, und dessen Gemahlin Faustina Pulchra seit zehn Jahren zu dienen. Als Parthenius an eine schwere, kunstvoll geschnitzte Tür klopft, spürt Livia, wie sich ihr die Kehle zuschnürt.

Eine wohlgenährte Frau, die, auf den Ellenbogen gestützt, an Früchten knabbert, wendet sich mit üppig geschminktem Gesicht dem Mädchen zu. Ihr rotes Haar ist der Mode entsprechend zu einem hohen Knoten aufgesteckt, Arme, Brust und Fesseln sind mit Schmuck bedeckt. Livia schätzt ihr Alter auf etwa fünfzig Jahre, wobei sie ihr Gesicht unter einer dicken Schicht Bleiweiß zur Kaschierung von Falten nicht richtig erkennen kann. Die Luft ist erfüllt von einem schweren, vielschichtigen Parfüm, wie es das Mädchen nie zuvor gerochen hat.

Neben der Größe des Raumes, dem dazugehörigen Badezimmer, das man hinter einem Wandbehang erahnt, und der Koketterie der Dame, wie sie Livia von ihrer Mutter nicht gewöhnt ist, macht die Farbe der Gewänder, die Faustina Pulchra trägt, Eindruck auf das Mädchen: ein schönes Weinrot, das bei jeder Bewegung malvenfarben schillert.

»Komm näher«, befiehlt die Herrin mit einer sanften Stimme, die dennoch den Raum erfüllt.

Livia gehorcht. Faustina richtet sich auf und blickt dem Kind in die Augen.

»Seht Ihr, Patrona«, sagt der Freigelassene, »sie sind violett, Eure Lieblingsfarbe …«

»Tatsächlich«, überzeugt sich Faustina, »passend zu meiner Tunika … Lass deine Hände sehen.«

Livia streckt ihr die Hände hin. Ohne sie zu berühren, untersucht Faustina jeden einzelnen Finger.

»Feingliedrig, empfindsam und vermutlich geschickt!«, ruft Parthenius aus.

»Gewiss«, stimmt die Herrin zu. »Aber sie muss das Metier erlernen, und zwar schnell! Ich ertrage Crispinas Ungeschicklichkeit keinen Tag länger. Heute Morgen hat mir das dumme Ding fast die Haut vom Schädel gerissen! Sag, diese hier kann wirklich nicht sprechen? Und man weiß ihren Namen nicht? Sie ist aber doch nicht zurückgeblieben?«

»Sie hört alles, Patrona, und sie versteht, was man ihr sagt, wie Ihr selbst feststellen konntet. Sie scheint gesund zu sein, nur ist sie eben stumm. Laut dem Sklavenhändler, der sie von dem Mann hat, der sie ihm gebracht hat, kann sie lesen und schreiben und stammt aus einer ehrbaren Familie, die eine Epidemie dahingerafft hat. Aber der Sklavenhändler hatte ihren Namen vergessen …«

»Arme Kleine«, antwortet Faustina. »So jung und schon Waise und nicht sprechen können. Aber es hat auch sein Gutes, sie wird mich jedenfalls nicht mit Kommentaren über das Leben der anderen Sklaven oder über ihre Herkunft strapazieren. Und ich muss nicht befürchten, dass sie das, was sie mit anhört, weiterträgt. Endlich eine Sklavin, die diskret sein wird! Parthenius, ich beglückwünsche dich. Sie gefällt mir, und sie war auch nicht teuer.«

»Danke, Patrona.«

»Nun zu dir«, fährt sie, an Livia gewandt, fort. »Da du deinen Namen nicht sagen kannst und sich auch niemand an ihn erinnert, werden wir dich Serva nennen, Sklavin. Serva, ich habe eine ernst zu nehmende und sehr wichtige Aufgabe für dich. Wenn du sie zufriedenstellend erfüllst, wirst du eine bedeutende Stellung in diesem Haus einnehmen, und ich werde mich dir gegenüber erkenntlich zeigen. Sonst wirst du im Haushalt eingeteilt und undankbare Arbeiten verrichten. Oder aber ich verkaufe dich wieder.«

Livia ist entsetzt. Was erwartet diese Frau von ihr? Zwar hat sie Magia zu den Händlern begleitet und ihr beim Kuchenbacken geholfen, aber sie hatte keinerlei häusliche Pflichten zu erledigen und handwerklich nichts gelernt.

»Sieh«, fährt Faustina fort, »die liebe Alypia, die mir lange gedient hat, die beste Ornatrix im ganzen Kaiserreich, ist verstorben, und bis heute konnte niemand sie ersetzen. Wenn du, Serva, mit deinen violetten Augen es geschickt und schlau anstellst, kannst du ihre Stelle einnehmen.«

Das Mädchen erbleicht. Ornatrix! Zuständig für das Ankleiden und den Putz! Sie hat keine Ahnung von diesem heiklen und komplizierten Geschäft, das im kleinen Bürgertum, dem sie entstammt, nicht vorkommt. Was die Körperpflege angeht, geben sich die Christen zudem mit einem minimalen Aufwand zufrieden und blicken verächtlich auf die reichen, gewöhnlichen Heiden, die einen Großteil des Tages darauf verwenden, sich herauszuputzen und zu parfümieren. Livia kommt zu dem Schluss, dass sie den Erwartungen ihrer Herrin niemals gerecht werden kann. Wahrscheinlich wird man sie schlagen, und sie landet wieder auf dem Podest des Sklavenhändlers. Sie schließt die Augen, alle Farbe weicht aus ihrem Gesicht.

»Serva, was hast du?«, fragt Faustina. »Du bist bleich wie eine Marmorstatue! Dieses Mädchen ist zu schwach, es muss gekräftigt werden. Parthenius, bring Serva in die Küche und gib ihr zu essen. Und lass sie vor allem Honigwein trinken, so viel, wie sie hinunterbringt!«

11

Na, was hältst du von unserem lokalen Liebestrank?«, fragte Johanna.

»Sehr viel!«, antwortete Isabelle. »Der Wein von diesem Hügel ist sehr angenehm ... schöne, blassgelbe Farbe, blumige Honignoten, Weißdornaroma, mineralische Nase. Vom Bourgogne Vézelay habe ich noch nie gehört – zu Unrecht.«

»Dabei gab es ihn schon zur Zeit der Römer«, erklärte Johanna. »Es heißt, der kaiserliche Verwalter Ende des 1. Jahrhunderts sei aus Kampanien gekommen, das berühmt für seinen Weinbau ist. Er soll dafür gesorgt haben, dass die Reben hier gepflanzt wurden. Wir werden zusammen ein paar Winzer abklappern.«

»Gern! Los, Jo, wir bestellen noch ein Glas.«

Isabelle gab dem Kellner in dem kleinen Café in der Rue Saint-Pierre ein Zeichen.

»Ich will ja keine Spielverderberin sein, aber es ist erst halb elf am Vormittag!«, protestierte die Archäologin.

»Ja, schon, aber mein Tag hat um fünf begonnen. Ich bin aus dem Bett gesprungen, um Ambre zu beruhigen, die wegen ihrer Zähne gebrüllt hat; die beiden Großen sollten nicht auch noch wach werden. Dann habe ich mich fertig gemacht und bin die zweihundertzwanzig Kilometer hierhergefahren. Und es ist kalt, da wird einem wenigstens wieder warm.«

»Du hast recht, Isa. Ich bin dabei.«

Auch wenn sie oft miteinander telefonierten, hatten sich die beiden Frauen, die sich seit Schulzeiten kannten, nicht mehr gesehen, seit Johanna in Vézelay lebte. Da sie sich in dem Dorf wohlfühlte, kam sie nur noch selten nach Paris. Und Isabelle hatte auch ein ausgefülltes Leben: Sie war Journalistin bei einem

Frauenmagazin, wo sie vor drei Jahren Chefredakteurin geworden war. Zu ihrem Beruf kamen ein Mann, zwei Kinder im Alter von acht und zehn Jahren, Jules und Tara, und eine zweijährige Nachzüglerin namens Ambre. An diesem Samstag im November war sie zum ersten Mal in Vézelay. Weil ihre Freundin eine große Feinschmeckerin war, hatte Johanna beschlossen, bei der Ortsbegehung das Augenmerk zunächst auf die heimische Weinproduktion zu legen.

»Herrlich, ich fühle mich wie im Urlaub …«, murmelte Isabelle, als ihnen die zweite Runde serviert wurde. »Auf Vézelay und auf unsere lange Freundschaft, Jo«, prostete sie ihr zu. »Wir sind schon so lange nicht mehr zusammen weggefahren! Weißt du noch, unsere Reise nach Italien? La Puglia, der Stiefelabsatz? Pulposalat und Orecchiette, Gambas und Meeresfrüchte, gebratenes Lamm, vierzehnprozentiger Rotwein und Sahneeis?«

Johanna lächelte.

»Ja, ich erinnere mich auch noch an das Dorf Alberobello, den Hafen von Trani, die mittelalterliche Stadt Ostuni, und erst recht an ein gewisses Monte Sant'Angelo …«

»O nein, Gnade, ich will nie mehr was vom Erzengel Michael hören oder von mittelalterlichen schwarzen Mönchen und den geköpften Gespenstern aus deinen Albträumen!«

»Ich muss dich enttäuschen, Isa, aber die Basilika hat nun mal leider einen Michaelsturm, wie du nachher sehen wirst. Was die Benediktiner angeht, kann ich dich beruhigen: Seit der Säkularisierung der Abtei sind sie fort, sie wurden durch ein Domherrenkolleg und einen Abt ersetzt, den der König 1537 ausgesucht hat. Es gibt noch ein paar Franziskaner, einen vor allem, den ich besonders schätze. Er ist zwar hochbetagt, aber bei vollem Verstand. Und meine Albträume sind inzwischen ganz harmlos, vielen Dank. Obwohl … das gilt für mich, aber nicht für meine Tochter. Ganz ehrlich, Isa, ich wollte es dir vorher nicht sagen, aber ich mache mir große Sorgen um Romane.«

Isabelle stellte ihr Glas ab.

»Romane? Was meinst du damit? Träumt sie komische Sachen?«

Johanna schwieg einen Moment lang und starrte ins Leere. Sie sah abgespannt aus, unter ihren hellen Augen lagen auffällig dunkle Schatten, und sie wirkte ebenso müde wie angestrengt. Isabelle hatte es bemerkt, wollte aber abwarten, bis ihre Freundin ihr selbst sagte, was los war.

»Es fing vor einem Monat an«, berichtete Johanna, »während mein Freund Tom da war. Ich habe dir am Telefon von ihm erzählt.«

»Tom, der australische Archäologe, der in Luxor Ausgrabungen leitet? Der, dessen Kollege umgebracht wurde?«

»Ja, aber er ist Neuseeländer und gräbt in Pompeji, er ist Antikenforscher, kein Ägyptologe.«

»Aha.«

»Eines Morgens stand Romane jedenfalls ganz bleich auf, wollte nicht frühstücken und klagte über Übelkeit. Der Allgemeinarzt im Dorf vermutete eine Magenverstimmung. Sie sollte sich ausruhen, bis es wieder vorüber wäre. Wir haben uns um sie gekümmert, Tom und ich, und dann ist er wieder nach Neapel gefahren.«

»Ja, und dann?«

»Dann hat Romane sich nicht nur übergeben, sondern hatte auch Fieber, fast vierzig Grad. Da bin ich mit ihr in die Kinderklinik nach Auxerre gefahren, fünfzig Kilometer von hier.«

»Na klar, und dann?«

»Ich hatte Angst, dass es eine Hirnhautentzündung sein könnte, obwohl Romane nicht über Kopfschmerzen geklagt hat. In Auxerre haben sie erst an eine Blinddarmreizung gedacht.«

»Und wie war die Diagnose?«

»Akute Magen-Darm-Verstimmung. Sie haben ihr etwas verschrieben, und wir sind noch am selben Abend wieder nach Hause gefahren.«

»Hat das Mittel nicht gewirkt?«

»Doch, gegen die Übelkeit schon. Romane musste sich nicht

mehr übergeben, aber sie fing an zu husten. Nur nachts. Tagsüber ist sie zwar müde, aber sonst ist alles normal. Aber die Nächte sind furchtbar: Sie hat entsetzliche Hustenanfälle, Fieber, sie schläft sehr unruhig, bekommt schlecht Luft, wälzt sich ständig hin und her und hat die schlimmsten Albträume …«

»Johanna, die Albträume kommen vom Fieber!«

»Vielleicht. Jedenfalls verschwindet das Fieber am Morgen so plötzlich, wie es gekommen ist. Wenn Romane wach wird, ist sie körperlich völlig fertig und weiß nicht, warum. Sie kann sich an nichts erinnern, weder an ihre Träume noch an den Husten.«

»Das ist tatsächlich merkwürdig. Wird sie nachts nicht wach?«

»Kein einziges Mal, und ich traue mich nicht, sie aufzuwecken. Sie schläft tief und fest, trotz Fieber und Hustenattacken. Es ist so, als läge ihr Geist in einer Art Koma mit schrecklichen Träumen, während ihr Körper keine Luft kriegt.«

Isabelle war bestürzt.

»Das ist beängstigend, Johanna! Ich verstehe, warum du so besorgt bist! Bist du mit ihr noch mal im Krankenhaus gewesen?«

»Nein, ich war bei Doktor Servais. Kannst du dich an ihn erinnern? Das ist der Kinderarzt, bei dem sie in Paris war.«

»Natürlich, er hat im fünften Arrondissement den besten Ruf.«

»Dass ich nicht lache! Er ist inkompetent! Er hat ihr bloß Antibiotika verschrieben!«

So wütend hatte Isabelle ihre Freundin seit Jahren nicht erlebt. Als Mutter verstand sie ihre Sorge, wobei sie es ihr übel nahm, dass sie ihr nicht schon früher Bescheid gesagt hatte.

»Wahrscheinlich hat Romane sie auch gebraucht, Jo. Wie lautete seine Diagnose?«

»Infektion im Hals-Nasen-Ohren-Bereich oder Lungenentzündung. Zuerst hat er auf Asthma getippt. Er hat Romane abgehört, rauf und runter, sie sollte husten und in ein Gerät pusten, bis er zu dem Schluss kam, dass das vermutlich nicht die Ursache war. Dann konnte ich ihm noch so oft sagen, dass meine Tochter nicht den geringsten Pickel oder sonstige Hautausschläge hat, wovon er sich auch selbst überzeugt hat, jedenfalls war er nicht davon abzubringen, dass es sich um Scharlach handelt. In Wirklichkeit hat er keine Ahnung, was ihr fehlt, und wie immer in solchen Fällen hat er Paracetamol verschrieben, Antibiotika und reihenweise Untersuchungen und Laborkontrollen durchgeführt.«

»Johanna, ich bin keine Ärztin, aber immerhin Mutter von drei Zwergen; ich weiß also, was Kinderkrankheiten sind. Aber was du erzählst, ist mir ein Rätsel … Fieber ist ein Zeichen für eine Infektion, was auch immer die Ursache ist. Bis man weiß, was es ist, verschreibt der Arzt Antibiotika, damit es nicht schlimmer wird. Das mag zwar ein Reflex sein, aber doch kein schlechter, meinst du nicht?«

Johannas Wut legte sich. Müde und mit tonloser Stimme erwiderte sie:

»Ich weiß nicht, Isa. Ich bin erschöpft. Nachts sehe ich hilflos zu, wie meine Tochter im Schlaf Erstickungsanfälle hat. Ich weiß wirklich nicht, was ihr noch helfen könnte. Diese Medikamente haben jedenfalls nichts bewirkt.«

»Diese Untersuchungen hat man natürlich alle gemacht?«

»Ja, auf mein Drängen hat Servais uns einen Termin im Hôpital Necker verschafft, beim Oberarzt der Kinderabteilung. Der Chef war nicht verfügbar, und alle, die sich dort Arzt schimpfen, haben nur noch mehr Untersuchungen angeordnet. Die Arme … ihr blieb nichts erspart … Blut- und Urinprobe, Röntgenaufnahme des Oberkörpers, Lumbal- und Pleurapunktion, CT vom Gehirn, Magnetresonanztomografie, Hautallergietests … Du kannst dir nicht vorstellen, wie geduldig und tapfer sie war. Es tat mir so leid für sie, aber sie fand das alles ganz amüsant, es war wie ein Spiel.«

»In der Necker-Klinik wissen sie, was sie tun. Sie waren wunderbar, als Jules seine Bronchitis hatte. Wann bekommst du die Ergebnisse?«

»Übermorgen, Montag. Um sechzehn Uhr haben wir einen

Termin beim Oberarzt. Wir fahren schon morgens los, damit wir pünktlich sind.«

»Jo, möchtest du, dass ich euch begleite? Vielleicht fährt Luca ja mit?«

»Nein, danke, Isa, weder Luca noch du. Ich möchte allein mit Romane hingehen.«

»Gut. Dann passt es ja, dass ich dieses Wochenende da bin … Hör mal, deine alte Freundin macht dir einen Vorschlag: Bis Montag machst du dich nicht mehr verrückt wegen deiner Tochter, und ich werde alles tun, um dich abzulenken. Und als Erstes trinken wir jetzt noch was.«

»Nein, Isa, ich bin schon ganz beschwipst. Ich bin immer so müde, dass ich nichts mehr vertrage …«

»Na und, dann bist du eben mal richtig betrunken und vergisst deine Sorgen. Los, noch ein Glas, einen Teller Morvan-Wurst, und dann möchte ich eine Führung durch diese Basilika. Ich warne dich, ich will, dass du mir jeden Stein erklärst, und dann will ich das ganze Programm: Maria Magdalena, deine Grabung, die mittelalterliche Symbolik, die Politik der Benediktiner und was diese vermaledeiten schwarzen Mönche so alles angestellt haben, samt aller faulen Tricks, versteht sich!«

Nie würde Johanna vergessen, was Isa für ein Gesicht gemacht hatte, als sie ihr in ihrem Krankenhausbett verkündete, sie sei schwanger. Nie würde sie vergessen, wie die Freundin ihr versichert hatte, ihr bei der Abtreibung beizustehen. Isabelle konnte es nicht fassen, dass sie das Kind behalten wollte. Johanna empfand ihr gegenüber jedoch keinerlei Groll. Ihr Körper und ihr Herz waren damals schwer lädiert, und ihr Verstand war völlig umnebelt. Sie hatte sich für das Leben entschieden, aber ihre Seele war noch zwischen beiden Welten unterwegs.

Wie sollte sie Isabelle böse sein, dem Inbegriff von Realitätssinn und praktischer Veranlagung? Bodenständig, das hatte Johanna früher mit einer Spur Herablassung gedacht. Dabei hatte die alte Schulfreundin ihr in der Zeit der Schwangerschaft und auch danach Halt gegeben und sie nicht nur materiell unterstützt. Die kleine, füllige Blondine, die immer wie aus dem Ei gepellt war und mit der man eher über Mode, den Kilopreis für Serrano-Schinken oder den jüngsten Zahn ihrer Tochter reden konnte als über romanische Kunst und die Datierung mittelalterlicher Skelette, war eine herzliche Person, einfach, zuverlässig und beständig. Eigenschaften, die Johanna von Haus aus nicht besaß. Ihr war bewusst geworden, dass sie sich bisher mehr mit Toten als mit Lebenden beschäftigt hatte, mit Steinen statt mit Menschen, und dass sie an ihrem eigenen Leben vorbeigelebt hatte.

»Das ist ja großartig!« Vor dem riesigen Portal der Vorkirche geriet Isabelle in Verzückung. »Das stammt doch original aus dem Mittelalter, oder? Wer hat es gemacht, und wann?«

»Wer, weiß man nicht so genau. Jedenfalls war es nicht Michel Pascal, der Bildhauer von Viollet-le-Duc im 19. Jahrhundert! Wahrscheinlich ist es zwischen 1125 und 1130 entstanden.«

»Das in der Mitte ist natürlich Jesus als Herrlichkeit Gottes, wenn ich mich recht an meinen Religionsunterricht erinnere, mit einem steinernen Glorienschein«, sagte Isabelle.

»Der Glorienschein heißt auch Mandorla«, erläuterte Johanna, »das leitet sich tatsächlich vom Wort ›Mandel‹ her. Sie ist ein Symbol der Göttlichkeit.«

»Aha. Die Herrschaften rechts und links von Jesus mit dem Buch in der Hand sind Apostel, nehme ich an. Und wer sind die kleineren Figuren rings um die Szene in der Mitte? Einige sehen sehr merkwürdig aus, wie Monster!«

»Das ist das weltliche Leben, Isa, die übrige Welt, die die Apostel mit dem Wort Christi bekehren sollen. Sieh dir einmal diesen Völkerzug an, das ist sehr interessant, weil er darüber Aufschluss gibt, wie sich die Menschen im 12. Jahrhundert die alte Welt zur Zeit Christi vorgestellt haben. Unten links ist die bekannte Welt, also Römer und Skythen; hier sind die Völker Europas; unten rechts, das ist die unbekannte, mysteriöse Welt:

die Macrobii, Riesen, die, so glaubte man, in Indien lebten. Der Kleinste, der mithilfe einer Leiter sein Pferd besteigt, ist ein Pygmäe aus Afrika, und die da drüben mit den riesigen Ohren sind Romanes Lieblingsfiguren, die Panotii, die sich nachts zum Schlafen in ihre Ohren einwickeln wie in eine Decke.«

»Dieser Bildhauer hatte Phantasie. Und wer sind die da oben?«

»Juden und Kappadokier, ganz dicht nebeneinander, Araber – dargestellt durch einen Arzt und einen Kranken – ein Volk mit Hundeköpfen, das im Ganges-Tal lebte. Die mit der platten Nase sind Äthiopier, dann kommen Phryger, Barbaren, Byzantiner und schließlich Armenier. Rings herum sieht man die Tierkreiszeichen und die Darstellung jahreszeitlicher Arbeiten.«

»Und die große Figur über dem Pfeiler, die beschädigt ist, wer ist das?«

»Johannes, er steht vor der Tür, weil er derjenige ist, der Jesus getauft hat. Über ihn haben die Büßer und Katechumenen, die Taufanwärter, Zugang zur Kirche der Gläubigen.«

»Jetzt weiß ich, was du meinst, wenn du sagst, dass im Mittelalter alles Symbolkraft hatte. Aber sag mal, Johanna, da steckt doch auch viel Bekehrungseifer drin!«

»Ich würde es bei ›Eifer‹ belassen, wenn du erlaubst. Aber du liegst nicht ganz falsch. Komm, lass uns reingehen.«

Isabelle war beeindruckt von dem großen romanischen Mittelschiff, vor allem von den zweifarbigen Rundbögen an der Decke und der reichhaltigen Bauplastik.

»Ja, die im Wechsel geschichteten, weißen und braunen Steine machen es sehr behaglich und sind einfach wunderschön«, pflichtete Johanna ihr bei. »Es sind Kalksteine aus den Nachbarorten. Der braune Farbton rührt von der natürlichen Färbung durch Eisenoxyd; das sind die ursprünglichen Steine. Leider hat Viollet-le-Duc bei der Restaurierung diesen braun-grauen Farbton in den hiesigen Steinbrüchen nicht mehr gefunden. Diese Keilsteine sind also angemalt. Aber es ist ausgesprochen gut gemacht. Viollet-le-Duc war erst sechsundzwanzig Jahre alt, als er hierherkam, und er hat sich in den Ort verliebt wie in eine Frau. Seiner richtigen Frau hat er oft geschrieben, die Steine der Abtei seien Gefährtinnen, Geliebte ...«

»Erstaunlich, wie friedlich der Ort ist, und dieses sanfte Licht ...«

»Das gehört zur großen Kunst der Romanik, meine Liebe. Im 12. Jahrhundert war dieses Kirchenschiff eines der größten des ganzen christlichen Abendlands. Zweiundsechzig Meter! Nur Cluny war noch größer. Das Licht war ein eigenständiges Material, genauso wie die Steine. Du musst unbedingt zur Sommersonnenwende kommen und dir den ›Weg des Lichts‹ ansehen.«

»Was ist das?«

»Um punkt zwölf Uhr mittags fällt die Sonne genau in der Mittelachse auf den Boden des Längsschiffs, urplötzlich sieht man geometrisch perfekte Lichtflecken, wie durch ein Wunder. Sie weisen in den Chorraum, der die Verbindung dieser Kirche mit dem Kosmos symbolisiert, also die Verbindung der Menschen mit Gott.«

»Und wer hat die romanische Kirche erbaut?«

»Das weiß man leider nicht. Sämtliche Archive der Abtei wurden vor etlichen Jahrhunderten bei Plünderungen oder durch Brand zerstört. Es ist nichts erhalten, auch von den Klostergebäuden und dem Schloss nicht, die während der Revolution als nationales Gut verkauft und Stein um Stein abgetragen wurden, so wie in Cluny auch. Von der großen Abtei ist nur noch diese Kirche übrig geblieben.«

»Schade. Und weiß man, welcher Abt das alles errichten ließ?«

»Das waren mehrere. Es gab fünf Auftraggeber, und vier davon waren Mönche aus Cluny, denn ein Großteil der Arbeiten wurde durchgeführt, als Vézelay der Abtei von Cluny unterstand. Abt Artaud, der erste Kluniazenser in Vézelay, hat den Bau beschlossen und Ende des 11. Jahrhunderts den romanischen Chorraum und das Querschiff errichten lassen. Der Arme, das ist ihn teuer zu stehen gekommen.«

»Was meinst du damit?«

»Um die Arbeiten zu finanzieren, hat er so hohe Steuern erhoben, dass es unter den Dorfbewohnern zum Aufruhr kam und sie ihn 1106 enthauptet haben. Einer Legende nach wurden die Mönche bei lebendigem Leib in der Erde eingegraben, sodass nur noch ihre Köpfe hervorguckten, und mit dem Schädel von Abt Artaud wurde Boule gespielt.«

»Das ist ja unglaublich!«

»Ja, das Massaker an einem Kirchenmann auf geweihtem Boden hat für viel Aufruhr gesorgt, in der Bourgogne und darüber hinaus. Die Bewohner von Vézelay waren unvorstellbar wütend – und litten vor allem unter der Abgabenlast. Man darf nicht vergessen, dass sie Leibeigene der Abtei waren. Zusätzlich zur normalen Steuer unterlagen sie der sogenannten Toten Hand, wonach der Besitz derer, die kinderlos starben, an die Abtei überging. Und damit nicht genug: Jeder noch so kleine Streit wurde vom Abt geschlichtet. Er richtete über Leben und Tod und schreckte nicht davor zurück, die Leute an den Galgen zu bringen, von denen er immerhin zwölf besaß.«

»Donnerwetter!«

»Bis zur Revolution durften sich die Witwen in Vézelay ohne die Erlaubnis des Abtes nicht wieder verheiraten. Das erklärt zwar nicht den revolutionären Eifer, aber unter diesen Umständen versteht man schon eher, warum die Bewohner von Vézelay, Cluny und vieler anderer Dörfer, die Vasallen einer Abtei waren, sich unbedingt aus dieser Abhängigkeit befreien wollten und alles zerstört haben. Bei dem Mord an Abt Artaud waren die Bewohner jedoch zusätzlich von Wilhelm II., dem Grafen von Nevers, aufgewiegelt worden, der das Kloster um seine Reichtümer beneidete und den mächtigen Rivalen nicht ertrug. Nach Artauds Tod wurde Renaud de Semur gewählt. Am 21. Juli 1120, am Vorabend des Magdalenenfestes, fing der hölzerne Dachstuhl des karolingischen Kirchenschiffs Feuer, als die Kirche voller Pilger war. Das Gebälk und das Dach stürzten ein, es gab über tausend Tote. Daraufhin ließ Renaud de Semur ein neues

Längsschiff in romanischem Stil errichten, mit einem Zugang aus reich verzierten Tympanons, darunter auch die herrliche Majestas Domini, die Herrlichkeit Gottes. In diesem Kirchenschiff befinden wir uns heute. Unter Abt Alberich wurde es um 1140 fertiggestellt. Die romanische Vorkirche mit den beiden Türmen, darunter der Michaelsturm, ist das Werk des letzten kluniazensischen Abts von Vézelay: Pontius von Montboissier, der wiederum der Bruder von Peter dem Ehrwürdigen ist, dem Abt von Cluny. Unter seiner Ägide haben die Bürge von Vézelay, die durch die Grafen von Nevers zur Revolte ermuntert wurden, die Macht der Abtei ständig infrage gestellt und sich sogar als eine vom Kloster unabhängige ›Gemeinde‹ organisiert.«

»Wurde der Abt auch umgebracht?«

»Es hätte wahrscheinlich nicht viel gefehlt. 1155 haben die Vezelianer die Abtei besetzt, geplündert und mehrere Mönche getötet, aber Abt Pontius konnte entkommen und fand Unterschlupf bei Ludwig VII., dem König von Frankreich, der dann intervenierte.«

»Kehrte danach wieder Frieden ein?«, fragte Isabelle.

»Nur vorübergehend. Zehn Jahre später hat Wilhelm IV., der Graf von Nevers, der mit der Wahl des neuen Abtes Wilhelm von Mello nicht einverstanden war, die Blockade des Hügels organisiert. Er hat sich mit seinen bewaffneten Männern gewaltsam Zutritt verschafft und die Mönche gezwungen, die Abtei zu übergeben. Die Mönche zogen sich wieder zurück und fanden Zuflucht bei König Ludwig VII., der den Grafen von Nevers bezwang und sich persönlich nach Vézelay begab, um dafür zu sorgen, dass die Mönche zurückkehren konnten. Graf Wilhelm IV. nahm am Kreuzzug teil und starb wenig später in Saint-Jean-d'Acre.«

»Johanna, ich stelle fest, dass die bewegte Geschichte dieses Hügels der vom Mont Saint-Michel in nichts nachsteht. Versprich mir, dass du brav bleibst und die Gespenster hier einfach in Ruhe lässt.«

»Ich verspreche es dir, Isabelle«, erwiderte die Archäologin lächelnd. »Bis jetzt ist mir auch noch keines begegnet.«

Johanna blickte auf eine bestimmte Stelle in der Kirche, links von ihnen hinter einer Säule. Dann sah sie ängstlich durch das Kirchenschiff.

»Jo? Was ist los?«, fragte Isabelle. »War da doch eines? Vermutlich ein benediktinischer Mönch! Mit oder ohne Kopf?«

Johanna schwieg.

»Schon gut«, antwortete sie schließlich. »Es ist nichts.«

Trotz ihrer Behauptung sah sie sich weiterhin beunruhigt um, auf der Suche nach einem mysteriösen Schatten.

12

Zur Stunde der Terz stieg Jean de Marbourg vom Pferd, streifte die Handschuhe ab, kniete nieder und bekreuzigte sich. Dann saß er wieder auf und setzte seinen Weg nach Vézelay fort, während er den Text des Stundengebets vor sich hin sprach und im Gebet mit seinen Brüdern vereint war. So hielt er es zu jeder göttlichen Stunde und ritt murmelnd weiter. Er aß nichts, da Fastenzeit war, und gönnte sich lediglich ein paar Meilen im Trab, niemals jedoch im Galopp, denn diese Schrittart war, außer bei Lebensgefahr, verboten.

Er hatte allerdings durchaus das Gefühl, sein Leben sei in Gefahr. Ihm war, als läge der Wald auf der Lauer und wilde Tiere würden ihn beäugen. Er stellte sich vor, Feen und Phantasiegestalten würden ihn beobachten und über ihn richten.

Unmittelbar vor der Komplet kam er in Tournus an und bat im benediktinischen Kloster Saint-Philibert um Einlass. Dort, bei seinen schwarzen Brüdern, konnte er geistig und körperlich ausspannen. Er aß seine einzige Tagesmahlzeit, nahm am Gottesdienst teil und fiel vor Erschöpfung auf das Lager, das man ihm bereitet hatte. Er war es nicht mehr gewohnt, zu reiten, und sein Körper schmerzte, als wäre er gegeißelt worden.

Am nächsten Morgen war dieses Gefühl nicht verflogen, im Gegenteil. Muskelkater und Krämpfe zwangen ihn, so gebeugt zu gehen wie ein buckliger Alter. Als er wieder im Sattel saß, schwor er sich, vernünftiger zu sein und das Pensum von zehn Meilen am Tag einzuhalten. So kam es, dass er die Nacht in einer einsamen Kapelle am Rand eines Waldes verbrachte, allein mit seinem Pferd, aber im Schutz eines großen Kruzifixes in dem kleinen Chorraum.

Am dritten Tag erreichte er Autun und fand Unterkunft in der benediktinischen Abtei Saint-Martin. Zuvor hatte er unbedingt die Kathedrale Saint-Nazaire aufsuchen wollen, um in Stille vor den Reliquien des heiligen Lazarus zu verharren, die im 9. Jahrhundert aus Marseille überführt worden waren, um zu verhindern, dass sie den Wikingerbarbaren in die Hände fielen.

Am vierten Tag durchquerte Jean den dichten Wald des Morvan und machte an einer Lichtung halt. Er hatte keine Wahl und musste die Nacht im Freien verbringen. So legte er sich unter eine Eiche und wickelte sich den Mantel eng um den Körper. Er zitterte wegen des nächtlichen Geschreis der Tiere, und der Magen krampfte sich ihm zusammen, denn er fürchtete übernatürliche Geschöpfe und Wegelagerer.

Am fünften Tag endlich, als er am Fluss Cure entlangritt, vorbei an grünen Anhöhen, fetten Wiesen und Weinbergen, hatte er freie Sicht auf den Hügel von Vézelay. Er trat aus einem Meer nebelverhangener Bäume hervor, die sich im Wind wiegten wie Wellen bei Seegang. Auf dem Gipfel weinbestandener Hänge erhob sich oberhalb einer steinernen Ummauerung die Abtei inmitten eines Dorfes. Der helle Felsen, der aus dem Nebel hervorstach, strahlte eine majestätische Schönheit aus, und die feuchte, dichte, fruchtbare Erde vermittelte den Eindruck von großem Reichtum. Näher kommend meldete sich unwillkürlich der Baumeister in Jean zu Wort, als er feststellte, dass das überaus schlichte sakrale Gebäude in karolingischem Stil in erbärmlichem Zustand war. Gott hatte zwar entschieden, diese Abtei zu verschonen, aber die Menschen, die dort lebten, dankten es ihm kaum, ging es Jean durch den Kopf. Diese alte, heruntergekommene Kirche war wahrlich ein mickriger Schrein, um Gott Ehre zu erweisen.

Später sah er, dass die Klostergebäude, wie die Kirche auch, Spuren eines Brands aufwiesen und auch nicht in einem besseren Zustand waren als das Heiligtum. Lediglich um die Zelle des Abts in einiger Entfernung vom Schlafsaal der Mönche schien man sich eingehend gekümmert zu haben: Sie war zwar aus Holz, aber solide gebaut und groß angelegt, und sie zeigte keinerlei Brandspuren. Vermutlich ein Vermächtnis von Abt Erman.

Der Prior kündigte dem neuen Abt Bruder Jean an. Als er die Hütte betrat, spürte der Mönch, wie ihm der Schweiß den Rücken entlangkroch und Dornen ihm die Kehle zuschnürten.

Augenblicklich erkannte er Geoffroi von Kerlouan wieder. Der hatte an Gewicht zugelegt, sein Haar war weiß geworden, sein Gesicht rötlich und faltig. Doch obwohl der Abt von Vézelay nicht von seinem Arbeitstisch aufblickte, als Jean de Marbourg eintrat, konnte sich dieser ein Lächeln nicht verkneifen, als er in ihm den ehemaligen Kopisten vom Mont Saint-Michel vor sich sah, der in seiner Funktion höchste Fertigkeit entwickelt hatte.

Sofort hörte er wieder auf zu lächeln, damit Geoffroi es nicht als Herablassung deutete. Regungslos und geduldig stand er mit dem Rotulifer in der Hand neben dem erloschenen Kamin vor dem Abt, der ihn absichtlich warten ließ.

»Nehmt Platz, ich bitte Euch«, sagte Geoffroi schließlich, ohne ihn eines Blickes zu würdigen, mit einer Stimme, die unverändert war.

Schweigend nahm Jean einen Hocker, setzte sich und legte die Totenrolle behutsam auf die Knie.

»Bruder Dalmatius ist gerade erst eingetroffen, ich hatte also so schnell noch nicht mit Euch gerechnet«, fuhr Geoffroi fort und sah Jean intensiv an.

»Mein ehrwürdiger Vater Abt war der Ansicht, die Beileidsbekundungen für Abt Erman sollten ihrem Empfänger unverzüglich zugehen«, erwiderte der Mönch aus Cluny.

»Und dass ein bescheidener Bruder aus Vézelay nicht in der Lage sei, das Pergament zu überbringen, sobald es mit dem heiligen Eintrag Odilos versehen war?«

»Ganz und gar nicht. Es ist eher so, dass … Euer Mönch auf dem Hinweg solche Schwierigkeiten hatte, den Weg nach Cluny zu finden, dass mein ehrwürdiger Abt es aus Gründen der Vorsicht für geboten hielt, dass ich den Rückweg übernehme.«

Geoffroi sah sein Gegenüber feindselig an.

»Welche Aufgabe habt Ihr in Cluny, Bruder Jean de Marbourg?«, fragte er.

»Keine außer denen, welche laut Ordensregel für das Klosterleben vorgesehen sind. Ich bin ein einfacher Mönch und habe es nie zu bestimmten Ehren in der Rangfolge meiner Abtei gebracht.«

»Odilo schickt mir also einen Handlanger?«

»Seht darin keine Geringschätzung. Wenn ein bescheidener Bruder aus Vézelay würdig ist, die Rolle in die eine Richtung zu befördern, so sollte ein einfacher Bruder aus Cluny in der Lage sein, sie wieder zurückzubefördern«, entgegnete Jean nicht ohne Ironie.

Geoffroi schwieg einen Moment lang, starrte auf die schmalen, weißen Hände von Bruder Jean und fixierte schließlich dessen Gesicht, das ihm irgendwie bekannt vorkam. Aber nein, das war unmöglich …

»Hat Odilo Euch noch mit etwas anderem betraut als der Übermittlung seiner geheuchelten Lobesbekundungen für Erman?«

»Er hat mich auch beauftragt, Euch zu Eurer Wahl zu beglückwünschen. Er hegt große Wertschätzung für Euch, sehr viel mehr, das ist wahr, als für Euren Vorgänger.«

Diese schmeichelhaften, aber durchaus begründeten Worte schienen Geoffrois Groll zu besänftigen.

»Erman, dessen Prior ich einige Jahre lang war, war ein guter Mensch, aber ein schlechter Abt«, stimmte er zu. »Insoweit muss ich, bei seinem Grab, Odilo beipflichten, der seit über vierzig Jahren die Geschicke seiner Abtei meisterlich leitet. Möge der Herr mir nur einen Funken seines Genies und seiner Langlebigkeit gewähren! Doch weder sein Talent noch sein Hang zum Herrschen ermächtigen ihn, auf welche Weise auch immer Einfluss auf die Angelegenheiten einer anderen Abtei zu nehmen.«

»Ich vermute, Ihr spielt auf das an, was sich vor zehn Jahren hier zugetragen hat?«

»Ich denke an das, was sich seit Bestehen dieses Hauses hier zuträgt! Seht, unser Gründer, Graf Girart de Roussillon, hat dieses Kloster so gut ausgestattet, und sein Vermächtnis ist so umfangreich, dass der Besitz von Vézelay Begehrlichkeiten weckt … und zuvorderst bei der großen Abtei von Cluny.«

In dem Moment hätte Jean Geoffroi gern eröffnet, wer er war, und ihn feierlich umarmt, damit die Auseinandersetzung ein Ende hätte. Gleichzeitig fand er Gefallen an dem kleinen Wortgefecht.

»Das Eingreifen Clunys hier in Vézelay«, hielt er dagegen, »hatte nie einen anderen Zweck als die Wiederherstellung von Ordnung und Disziplin und die strikte Einhaltung der Regel in einer heruntergekommenen Abtei, die sich in ihrem Sittenverfall selbst besudelt und die gesamte klösterliche Gemeinschaft mit Gift durchsetzt.«

»In diesem letzten Punkt kann ich Euch nur zustimmen«, gestand der Abt zu. »Und seit meiner Wahl bemühe ich mich um die Wiederherstellung der Ordnung in diesem Haus. Ich halte es allerdings für naiv, wenn Ihr glaubt, die Einmischung Eurer Abtei in die Scherereien anderer Klöster diene lediglich dem Zweck, dass die Ordensregel überall eingehalten werde und Bräuche und Liturgie sich in Clunys Sinne weiterentwickeln. Habt Ihr auch nur die geringste Ahnung davon, Bruder Jean, wie viele Klöster von Cluny abhängig sind und in welcher Weise sie verwaltet werden?«

»Ich bin ein einfacher Mönch, wie ich bereits sagte. Ein Mönch, der Tag und Nacht für die Verstorbenen betet. Ich kümmere mich nicht um die Angelegenheiten der Lebenden.«

Bruder Jean hatte hierbei einen so aufrichtigen Ton angeschlagen, dass Geoffroi die Stirn runzelte und darüber rätselte, was wohl die tatsächliche Absicht dieses Mönches sei. Wieder blickte er auf die Hände Jean de Marbourgs und dann erneut in sein Gesicht.

»Wenn Ihr der seid, der Ihr vorgebt zu sein, warum hat Odilo Euch dann hierhergeschickt? Glaubt er, mich durch das beispielhafte Bild eines kleinen Priesters umzustimmen? Nein, Ihr werdet mir nicht ausreden können, dass Ihr mich über die tatsächliche Absicht Eurer Abtei im Unklaren lasst, und die besteht darin, Vézelay Cluny zu unterwerfen, meine Abtei wie die fünfundsechzig übrigen auch. Ihr wollt Euch der Reichtümer Vézelays bemächtigen, die alle in das Imperium eingehen sollen, dessen Lehnsherr Odilo ist und dessen ›Häuser‹ seine Vasallen sind, die keinerlei Freiheit bei der Wahl ihrer Abtei haben, die Gehorsam schwören müssen und dem Lehenzins und der ungeteilten Herrschaft Clunys unterliegen.«

»Odilo hat mich geschickt, um Frieden zu schließen.«

»Clunys Frieden heißt Hegemonie.«

Jean de Marbourg schwieg. Eine große Mattigkeit überfiel ihn. Geoffrois Angriffe auf den Mann, der ihm das Leben gerettet hatte, kränkten ihn. Was wäre aus ihm geworden, wenn Odilo ihm seine Hilfe verweigert hätte? Er zögerte noch, sich zu erkennen zu geben, aber das Duell mit Geoffroi war ihm unerträglich. Er brannte darauf, wieder seinen alten Freund vor sich zu haben.

»Die böse Absicht, die Ihr mir unterstellt, ist reine Verleumdung«, sagte er. «Aber Ihr irrt nicht mit der Vermutung, dass ich Euch etwas verheimliche. Ich kann Euch allerdings versichern, dass es dabei nicht um Politik geht.«

Er erhob sich und legte den Rotulifer für Erman behutsam auf den Schreibtisch.

»Ich bin ein bescheidener Mönch aus Cluny«, fuhr er fort, »der vor vierzehn Jahren mit der Welt der Lebenden gebrochen hat, im Jahr der Fleischwerdung des Herrn 1023 ...«

Er blieb vor Geoffroi stehen und sah ihn zum ersten Mal direkt an. Ihm war, als würde sein Körper beben, Tränen stiegen ihm in die Augen, und er glaubte, jeden Moment zusammenzusacken. Geoffroi dagegen rührte sich nicht. Mit gerunzelten Augenbrauen sah er Jean an, so wie man ein Pferd auf dem Markt taxiert, ohne es anzufassen.

»Ich muss gestehen, dass ich ein Unbehagen verspüre, seit Ihr diese Zelle betreten habt. Ihr erinnert mich vage an jemanden, ohne dass ich wüsste, an wen genau. Eure Züge, Eure Erscheinung, Eure Hände vor allem sind mir nicht fremd. Diese langen, feingliedrigen Hände, Hände eines Künstlers – ich habe sie schon einmal gesehen, da bin ich mir sicher. Euer Name dagegen sagt mir nichts. Bevor mein Prior ihn vorhin genannt hat, habe ich ihn nie gehört.«

Bruder Jean gab sich zu erkennen.

»Mein Vater war ein bayerischer Lehnsherr namens Siegfried von Marburg. Johann von Marburg ist mein Taufname, den ich vor vierzehn Jahren annahm, mit Zustimmung Odilos, als ich in Cluny aufgenommen wurde. Aber als ich im Alter von neunzehn Jahren mein Gelübde im Benediktinerorden zu Köln ablegte, habe ich im Kloster einen anderen Namen angenommen, den Ihr kennt. Dieser Name musste ausgelöscht werden, so wie ich mich selbst ausgelöscht habe.«

Geoffroi riss die Augen auf, als hätte er eine Schreckensvision. Plötzlich sprang er auf und wich bis an die Wand seiner Hütte zurück.

»Nein«, murmelte er entsetzt. »Ich bitte Euch, lasst mich ... Ihr seid ein Geist! Ein Gespenst, das mich heimsucht! Aber warum? Warum nach so vielen Jahren? Ich bin nicht verantwortlich für das, was geschehen ist!«

Bruder Jean schlug einen ruhigen Ton an.

»Geoffroi, hab keine Angst. Ich habe die Welt der Lebenden verlassen, aber ich bin nicht tot. Ich bin kein Gespenst. Überzeuge dich selbst.«

So langsam, wie er nur konnte, ging er auf Geoffroi zu. Schüchtern berührte der Abt den dunklen Mantelärmel, legte den Finger auf Jeans Hand und vergewisserte sich, dass der Mönch sehr wohl aus Fleisch und Blut bestand.

»Das ist unmöglich!«, murmelte er. »Ich war dabei, als du gestorben bist!«

»Geoffroi, du hast meinen Leichnam nicht gesehen. Man hat Euch von meinem Dahinscheiden berichtet, aber niemand hat meine sterblichen Überreste gesehen. Ich werde es dir erklären, ich werde dir alles erklären, mein Freund ...«

Geoffroi sah ihn zärtlich und leicht vorwurfsvoll zugleich an.

»Du hast uns schön hinters Licht geführt, Heuchler, Lügner, Treuloser! Ich will alles erfahren, auch die kleinste Kleinigkeit, und zwar sofort! Warte …«

Der Abt ging zur Tür, riss sie auf und rief:

»Béraud! Béraud! Wein! Bring mir Wein, Wein von hier, damit ich meinen Freund davon kosten lasse. Sofort!«

Er schloss die Tür wieder.

»Du wirst den Vézelay probieren, ein weißer Nektar, an den Odilo niemals herankommen wird! Ach, wenn ich das geahnt hätte … Roman, mein Bruder … Bruder Roman!«

13

»Sempronia Orbiana! Dich hätte ich hier in den Agrippa-Thermen nicht erwartet!«

»Ich dich auch nicht, Faustina Pulchra! Was für eine Freude, dich zu sehen! Um ehrlich zu sein, fürchte ich, die Götter könnten es auf die von Nero errichteten Thermen abgesehen haben. Meinem Mann wäre es lieber, wenn ich zu Hause bliebe, aber ich lasse doch nicht mein Vergnügen ausfallen, nur weil der Senat Nero zum Feind des Volkes erklärt und zum Tode verurteilt hat und Galba zum neuen Kaiser erwählt wurde!«

»Eine weise Entscheidung, Sempronia Orbiana. Komm, gehen wir ins Sudatorium, um die grässliche Atmosphäre dieser Stadt auszuschwitzen!«

Die meisten Sachen haben die beiden Frauen bereits im Apodyterium abgelegt, dem Umkleideraum, in dem einer ihrer Sklaven ihre Kleidung und ihren Schmuck bewacht. Nun ziehen sie, die beide wohlgenährt sind, noch ihren Schurz aus, den sie einer anderen Haussklavin reichen, und betreten nackt das Dampfbad, wo sie gemeinsam schwitzen, derweil sie sich über die neuesten Geschehnisse austauschen.

Am Vorabend ist der dreißigjährige Nero nach vierzehnjähriger Herrschaft endlich seines Amtes enthoben und durch den zweiundsiebzigjährigen Galba ersetzt worden, Statthalter der Provinz Hispania Tarraconensis und rebellischer General, der in der Armee außerordentliches Ansehen genießt. Der von Generälen durchgeführte Aufstand ist von Senatoren in einer verzweifelten Lage geschürt worden. Sie wurden von Nero überwacht und verfolgt, der sie eines Teils ihrer Macht beraubt hatte. Der Plebs selbst, seinem Imperator einst treu ergeben, ist der Morde und Intrigen, der zusätzlichen Abgaben und der würdelosen Extravaganzen seines Souveräns überdrüssig, der mit seinen architektonischen und künstlerischen Eitelkeiten, den verschwenderischen Ausgaben und seinem perversen Wahn auf den Ruin Roms und seines Reiches zusteuerte. Einige Monate zuvor ist Nero von einer über eineinhalbjährigen Reise nach Griechenland und Ägypten zurückgekehrt, wo er sich als Mime, Sänger und Wagenlenker zur Schau gestellt und ununterbrochen den Bauch vollgeschlagen hat. Bei den pharaonischen Arbeiten an der Landenge von Korinth hat er öffentliche Gelder und den Schweiß der Legionäre verschwendet und mit skandalösem Tun von sich reden gemacht, etwa damit, dass er Doryphorus, einen Mann, und Sporus, einen Eunuchen, geheiratet hatte, der seiner Frau Poppea wie aus dem Gesicht geschnitten war.

Währenddessen war in Rom, das er Helius, einem gewöhnlichen Freigelassenen überlassen hatte, der Wiederaufbau nach dem großen Brand noch immer nicht abgeschlossen, das verlassene Volk litt Mangel, und unter Geldverleihern und Senatoren bereitete man den Sturz des Kaisers vor. Drei Monate zuvor hat der Aufstand im gallischen Lyon begonnen, dessen Statthalter Gaius Julius Vindex aufbegehrt und Nero einen beleidigenden Brief geschickt hat, in dem er nicht nur seine Fähigkeit zu regieren in Zweifel zog, sondern – als größtmögliche Beleidigung – auch sein künstlerisches Talent. Wenig später hat Galba, der Statthalter Spaniens, opponiert, gefolgt von Othon, dem einstigen Vertrauten Neros und ersten Mann Poppeas, dessen sich der Kaiser auf Eingebung seiner Geliebten Poppea hin entledigte, indem er ihn zum Statthalter von Lusitanien ernannte. Da er seinen Legionen nicht mehr vertraute, hat Nero eine Armee aus Sklaven aufgestellt, denen er die Freiheit versprach, wenn sie ihn gegen seine Feinde verteidigen. Er hat alle institutionelle Macht auf sich vereint. Diese absolute Tyrannei hat ihn der Unterstützung der wenigen Senatoren beraubt, die ihm noch treu ergeben waren. Galba, der General Spaniens, hat dem Volk Roms und dem Senat, dessen Unterstützung er gewonnen hat, Treue geschworen. Die spanischen und lusitanischen Legionen sind im

Marsch auf »Urbs Roma« begriffen. Neros Umgebung macht ihn glauben, die Armee des gesamten Kaiserreichs lehne sich gegen ihn auf. In allen Kasten ist der Widerstand gewachsen, selbst in der Prätorianergarde, und auch das ausgehungerte Volk hat mit Aufstand gedroht. Nero ist verloren. Einen Moment lang hat er daran gedacht, sich nach Ägypten abzusetzen, seiner Heimat im Herzen. Doch vor einigen Tagen hat er die Casa dorata verlassen und sich, ausstaffiert mit einer seiner Verkleidungen, in der römischen Vorstadt bei Phaon versteckt, einem seiner freigelassenen Sklaven. Obwohl er offiziell vom Senat ausgeschlossen wurde, der ihn für vogelfrei erklärt hat, hält seither jeder Römer den Atem an: So lange Nero nicht verschieden und sein Körper nicht verbrannt ist, wirkt sein Gift weiter im Blut jedes einzelnen Angehörigen des Imperiums.

»Ich begreife nicht, warum er sich nicht längst umgebracht hat«, murmelt Sempronia Orbania, während sie sich die Schminke abtupft. »Fast könnte man meinen, ihm sei die Schande lieber, nackt durch die Öffentlichkeit geführt zu werden, den Kopf im Gabelkreuz, und sich zu Tode geißeln zu lassen.«

»Ich glaube eher, seine Feigheit und seine mentalen Absonderlichkeiten rauben ihm jedes Ehrgefühl und jedes Gespür für das öffentliche Wohl«, entgegnet Faustina Pulchra. »Er hat es immer vorgezogen, andere in den Tod zu befördern! Töten, um zu regieren! Wenn ich an all jene denke, die er in den Selbstmord getrieben hat, umbringen ließ oder verbannt hat …«

»Der Schrecken ist vorbei, Faustina Pulchra. Du kannst stolz sein auf unsere Armee, auf deinen Mann, den Senator, und auf unser Volk. Heute ist Nero derjenige, der sich fürchten muss. Denke an all jene, die im Hades auf ihn warten, im unterirdischen Reich! Ahne nur, wie sie sich rächen werden!«

Faustina lächelt.

»Rhadamanthys, Aiakos und Minos, die Richter der Schattenwelt, werden ihn zweifellos zu ewigen Qualen verurteilen«, flüstert sie. »Und ich stelle mir ihr Urteil gern vor …«

In den Schwaden des Hammam denkt Sempronia Orbiana zurück.

»Seit vier Jahren«, sagt sie in feierlichem Ton, »habe ich in Albträumen immer wieder das grauenhafte Gesicht dieser Menschen vor mir, die als wilde Tiere verkleidet von den Hunden zerfetzt wurden und deren angezündete Körper in den Gärten zu Fackeln wurden.«

»Die Brandstifter? Die Mitglieder der verbrecherischen Sekte?«, fragte Faustina.

»Ja ... ich weiß, dass ihr Glauben gefährlich und dumm war, aber ich frage mich, ob sie wirklich diejenigen waren, die die Stadt in Brand gesetzt haben.«

»Sie wurden jedenfalls alle ausgelöscht, und wenn noch welche überlebt haben, so wette ich, dass sie die Hauptstadt des Reiches verlassen haben und nach Judäa gezogen sind. Vermutlich haben sie die Judäer dort zum Aufstand gegen Rom angestachelt. Das sagt jedenfalls mein Gatte Larcius Clodius Antyllus. Und dass Vespasian, der Heerführer der Truppen im Osten, die Ordnung in dieser Provinz wiederherstellen und alle Nationalisten vernichten wird.«

Sempronia gähnt. Dass die Juden der Zelotenpartei sich erhoben und die Festung Massada in Jerusalem eingenommen haben, interessiert sie offenkundig weitaus weniger als die Seelenqualen, die Nero im Hades bevorstehen.

»Weißt du, dass die Götter Zeichen für Neros Niederlage und die Auslöschung seiner Dynastie gesendet haben, drei Todesomen?«, fragt sie ihre Freundin.

»Nein! Erzähle!«

»Vor einiger Zeit ist beim Landhaus der Cäsaren am Tiber, neun Meilen vor der Stadt, ein Lorbeerwald vertrocknet, binnen einer Nacht, ohne ersichtlichen Grund ...«

»Bei Persephone!«

»Tags darauf«, fährt Sempronia Orbiana fort, »sind im selben Anwesen alle weißen Opferhühner auf einen Schlag verendet. Und heute haben sich die Tore des Augustus-Mausoleums von selbst geöffnet, als sollte ein weiterer Toter aufgenommen werden!«

Faustina stockt der Atem.

»Ich kriege keine Luft mehr«, sagt sie. »Raus aus diesem Backofen.«

Normalerweise vertiefen sich die für die Garderobe und den Schmuck zuständigen Frauen, gleich ihren Herrinnen, ins Gespräch, während sie auf sie warten, und geben den neuesten Tratsch in der Stadt zum Besten. Die Ornatrix von Faustina Pulchra aber wartet seit vier Jahren stets allein, abseits der anderen. Anfangs wurde sie von ihren Mitgehilfinnen drangsaliert, die ihr nicht glaubten, dass sie stumm war. Dann verloren die mit den Waschungen betrauten Dienerinnen das Interesse an dem schweigsamen Mädchen, das reizlos für sie war, weil es nichts über das intime Leben seiner Herrin und deren Haus berichten konnte. Diese Ächtung ist Livia durchaus recht, und oft dankt sie dem Herrn dafür, dass er ihr die Sprache genommen und so eine schützende Mauer zwischen ihr und der Welt errichtet hat.

Als sie Faustina Pulchra kommen sieht, beugt sich die dreizehnjährige Sklavin über zwei mit Lederriemen beschlagene Koffertruhen, die sie fast immer bei sich hat. Die eine enthält ihre Arbeitsutensilien, polierte Silberspiegel, Patera, Holzkämme, Haarnadeln aus Elfenbein, Strigilis, Pinzetten zum Enthaaren, Bimsstein, Schwämme, Zahnstocher, Ohrenreiniger, Muscheln und verschiedene Gefäße zum Anrühren, während sie in der anderen ihre kostbaren Präparate aufbewahrt: Schminke, Färbemittel, Salben, Pomaden, Lotionen, Perücken, Einreibemittel, Kataplasmen – Breiumschläge – und Duftöle.

Sie kniet sich hin und besprenkelt Faustinas schwitzende Haut aus der Patera, einer großen, flachen Silberschale. Dann nimmt sie die Strigilis aus vergoldetem Silber, in deren Griff eine Szene mit Venus im Bad graviert ist, und beginnt vorsichtig, Faustina über den Rücken zu schaben. Wer keinen Sklaven hat, bezahlt einen Angestellten der Thermen für diese Tätigkeit. Weniger

Wohlhabende reiben sich gegenseitig ab oder scheuern sich den Rücken an den Marmorwänden. Livia spült Faustinas Körper mit warmem Wasser aus dem Labrum ab, bevor sie einer Pyxis aus Zinn eine Paste aus Ziegenfett und Seifenkraut entnimmt, die schon Kelten und Germanen benutzten und die sie mithilfe eines Schwamms auf der Haut ihrer Herrin einschäumt. Schließlich übergießt sie Faustinas kräftigen Körper erneut mit Wasser.

Während die Frauen ein paar Bewegungen in der Natatio, dem Schwimmbecken, machen, bevor sie das Tepidarium, den Wärmeraum, und anschließend das Frigidarium, den Abkühlraum, aufsuchen, begibt sich Livia in einen kleinen Nebenraum, dessen Boden mit Mosaiken verziert und der ansonsten mit Marmor ausgekleidet ist; in seiner Mitte thront eine Massagebank. Sie öffnet die Truhe mit den Schätzen aus massivem Silber, die Kosmetikschatulle mit den Salben und der Schminke, und stellt diverse Pyxiden, Salb- und Schminkgefäße, auf einen Holzhocker neben einen Stapel dünner Tücher. Wie immer wartet sie dann stehend, die Hände auf dem Rücken verschränkt und die Augen halb geschlossen, auf das Eintreffen der Herrin. Das Mädchen ist gewachsen, sie ist kräftiger geworden und hat weibliche Rundungen bekommen. Mit der Zeit ist ihr erster Schrecken gewichen, und sie hat sich an ihr neues Leben gewöhnt. Obwohl ihr Herr und ihre Herrin und die übrigen Hausdiener sie immer noch mit »Serva« anreden, hat sie weder ihren richtigen Namen noch ihre Vergangenheit vergessen. Doch ganz allmählich verblassen die Gesichter ihrer toten Eltern und Brüder. Die Heiden wirken dem Vergessen entgegen, indem sie Hausaltare mit Totenmasken und gemalten Porträts, mit Büsten und metallenen oder marmornen Medaillons dekorieren, die an die familiäre Abstammung erinnern und die Vorfahren ehren. Livia hat dagegen nur das Gebet.

Insgeheim spricht ihre Seele, die ebenso mitteilsam ist wie ihr Mund stumm, mit ihrer Mutter, ihrem Vater, mit Gott und Jesus. Wie eine Zauberformel ruft sie sich mehrmals am Tag die aramäischen Zeichen der Botschaft vor Augen, die Maria von

Bethanien Raphael anvertraut und die sie auswendig gelernt hat, um sie Paulus zu übermitteln. Leider hat sie nie mehr etwas über den Apostel der Heiden gehört, und in ihrem neuen Leben war ihr eine Begegnung mit einem Mitglied des »Weges« nicht möglich. Manchmal fragt sie sich, ob Nero sie alle umgebracht hat und sie die einzige Überlebende nicht nur ihrer Blutsfamilie, sondern auch der Christen Roms ist. Oft denkt sie, dass die Jünger Christi sich so gründlich verbergen, dass man sie gar nicht mehr erkennen kann, oder dass sie alle »Urbs Roma« verlassen haben. Vielleicht werden sie nun, da Nero keinen Schaden mehr anrichten kann, in die Hauptstadt des Kaiserreichs zurückkehren.

»Das ist unerhört«, empört sich Faustina. »Warum bleibt die Prätorianergarde in den Kasernen verschanzt, statt das Haus Phaons zu belagern? Wenn ich könnte, würde ich ihm selbst eine Klinge ins Herz stoßen, diesem blutrünstigen Feigling. Wo sind die Armeen Galbas und Othons? Wann kommen sie endlich nach Rom und zwingen diese Sklavenbanden und Söldner nieder, die von Nero gedungen sind, die Straßen unsicher machen und nichts anderes tun, als zu plündern und zu meucheln wie ihr niederträchtiger Gebieter auch? Sollen Schrecken und Anarchie nie ein Ende haben? Dieses Warten wird unerträglich ... Serva, hast du irgendetwas gehört, das mir entgangen wäre?«

Die Sklavin schüttelt den Kopf. Faustina seufzt, während Livia herbeieilt, um sie mit weichen Wollhandtüchern abzutrocknen. Sie reibt ihre Herrin von Kopf bis Fuß ab, bevor diese sich auf die Massagebank sinken lässt. Livia hat ihre Wachstafel und den Stift immer bei sich. Manchmal schreibt sie eine Nachricht für Faustina auf, etwas, das sie auf der Straße aufschnappt, wo ihr nichts entgeht, irgendein Geräusch, ein Murmeln, das ihr scharfes Gehör im Haus, auf dem Markt oder in den Thermen aufgefangen hat. Ihrerseits erzählt Faustina ihrer Ornatrix praktisch alles, sodass es für Livia keine Geheimnisse mehr gibt, was die großen römischen Familien angeht. Seit vier Jahren beglückwünscht sich Faustina zu diesem Fang. Schweigsam wie ein Grab behält die Serva alles Vertrauliche und Bewegende diskret, loyal und redlich für sich und hat außerdem ein Händchen dafür, die Haut zu pflegen und zu parfümieren und ihre Herrin nach der neuesten Mode zu schminken, zu frisieren und zu schmücken. Gewiss verfügt sie noch nicht über die Kunstfertigkeit Alypias, ihrer Vorgängerin, aber Faustina zweifelt nicht daran, dass die junge Frau mit zunehmender Erfahrung zu einer der Besten ihres Fachs heranreifen wird. Allerdings muss sie sich sputen, denn Faustina ist bereits fünfundfünfzig Jahre alt.

Livia nimmt ein Stück feines, gazeähnliches Gewebe, tränkt es mit Lotion und schminkt Faustinas Gesicht behutsam ab. Dann legt sie eine Maske nach einer Rezeptur des Dichters Ovid auf, die erschlaffte Haut straffen soll, bestehend aus Kalisalpeter, Olibanum, Myrrhe, Traganth, Rose, Fenchel, Honig und Gerstenschleim. Der Kampf gegen Falten ist in Rom eine Obsession. Die ganze Bevölkerung hat eine Vorliebe für Schönheitsmittel und luxuriöse Düfte, ausgenommen ein paar Philosophen, die Anhänger der alten Republik, Juden und Christen. Manchmal erinnert sich Livia an die Worte von Petrus, die ihr Vater immer zitierte, wenn sie auf der Straße den eitlen Geschöpfen begegneten, deren Düfte ihnen weit vorauseilten und auch noch in der Luft hingen, wenn sie längst wieder außer Sichtweite waren: »Euer Schmuck soll nicht äußerlich sein wie Haarflechten, goldene Ketten oder prächtige Kleider, sondern der verborgene Mensch des Herzens unverrückt mit sanftem und stillem Geiste.« Aber Petrus und Paulus haben die Sklaven auch angehalten, ihren Herren zu gehorchen, so, als würden sie Christus gehorchen. Livia hat also ihre schlichte Kleidung beibehalten, auf gewürztes und geopfertes Fleisch verzichtet, das Mittwochs- und Freitagsfasten eingehalten, sich nicht geschminkt oder parfümiert und ansonsten, so gut sie konnte, den Wünschen Faustinas gefügt und sich größte Mühe gegeben, die Kunst des schönen Scheins zu erlernen, da Gott es nun einmal so entschieden hatte.

Während das Kataplasma auf dem Gesicht ihrer Herrin einzieht und diese sich entspannt, lässt sie das kostbare ägyptische

Mendesion, bestehend aus Behenöl, Myrrhe, dem sehr begehrten Zimt und Duftharz, auf ihre Hand tropfen. Dann beginnt sie, Faustinas Körper zu massieren. Ihre einst so dünnen Arme sind jetzt muskulös, und da sie gut behandelt und gut ernährt wird, ist aus ihr eine wohlgestaltete junge Frau geworden. Die meisten Mädchen ihres Alters sind bereits verheiratet; Männer sind mit vierzehn Jahren volljährig. Aber Livia ist immer noch ein Kind.

Herrin und Sklavin haben sich sehr aneinander gewöhnt und pflegen eine Art inneres Einvernehmen. Livia erkennt schon an der Schlafstellung ihrer Herrin morgens im Bett, wie sie beim Aufwachen gelaunt sein wird, und umgekehrt muss Faustina nur einen Moment lang die Hände ihrer Sklavin auf der Haut spüren, um zu ahnen, dass irgendetwas Serva quält, was sie ihr auf der Wachstafel nicht anvertraut. Im Unterschied zu Livia, die ihre Herrin genau kennt, weiß Faustina allerdings nichts über den heimlichen Glauben ihrer Ornatrix.

Mit Tüchern, die zuvor in Rosenwasser getränkt wurden, nimmt Livia Faustina die Maske ab, hilft ihr, sich umzudrehen, und massiert ihr ausgiebig Hals, Schultern, Rücken, Beine und Füße. Wenn sie die wertvollen Öle mit ihren ausgefallenen Bestandteilen verwendet, vor allem reinstes, teuerstes Nardenöl, denkt Livia immer an Maria von Bethanien, die Jesus einbalsamiert hat. Dann werden ihre Gesten besonders sanft, und sie stellt sich vor, das zu tun, was damals die Heilige tat, deren rätselhafte Botschaft in ihr nachhallt. Sie vergisst Zwang, Erniedrigung und die Scham über ihren Beruf, den ihre Eltern für ehrlos gehalten hätten, weil Luxus in ihren Augen Verdorbenheit war und sie Düfte und Aromen ausschließlich für den Gottesdienst verwendeten.

Faustina dreht sich wieder auf den Rücken, und Livia bepinselt ihr Gesicht mit einer fetten Paste. Bis zur Tötung Poppeas durch Nero war »Poppeas Pomade« sehr gefragt, doch seit dem Tod der Muse des Tyranns bevorzugen die Römerinnen Zubereitungen, wie sie Hippokrates, Theophrast, Schüler des Aristoteles, Plinius, Celsus oder Dioskorides von Anazarba empfehlen.

Einmal im Monat streicht Livia ihrer Herrin also Stierleber oder Kälberdung auf das Gesicht. Heute wendet sie lediglich eine Kohlcreme an, die für einen gleichmäßigen, frischen Teint sorgen soll, um Faustina dann zu schminken. Als Dame von Welt könnte sich Faustina unmöglich ungeschminkt in der Öffentlichkeit zeigen. Cerussa, Bleiweiß aus Bleikarbonat, hat bleibende Flecken in Livias Finger geätzt, und vielen, die es verwenden, hat es das Gesicht für immer entstellt. Zwar wissen alle, dass es giftig ist, aber niemand denkt daran, darauf zu verzichten, und so verteilt es die Sklavin großzügig über das Antlitz ihrer Herrin. Die kompakte Mixtur deckt Falten, Flecken, Pickel und jeden Gesichtsausdruck unverzüglich ab und verwandelt Faustina in eine geglättete, bleiche Statue, einer Leiche nicht unähnlich. Livia gibt ein paar rosafarbene Pigmente und Spuren von wildem Krapp in eine hohle Muschel und vermengt sie mit einem kleinen Silberspatel. Dann trägt sie die Farbe auf wie ein Maler und arbeitet sie in Wange, Stirn und Kinn ihres Modells ein, in dessen Gesicht nun Leben einkehrt. Mit ruhiger Hand malt sie Brauen auf und schwärzt die Augenlider mit Bleiglanz. Zusätzlich trägt sie grünen Glaukonit auf, passend zu den dunkelroten Haaren, die alle zwei Wochen mit einer Paste aus Safran und Henna gefärbt werden. Zuletzt malt sie die Lippen mit Alkanna aus, einem warmen, leuchtenden Purpurrot, durch das sich Faustina endgültig in ein komplexes, raffiniertes Gemälde verwandelt, das die Sklavin so lange retuschieren muss, bis ihre Herrin sich zur Ruhe begibt und sie alles abwischt, um am nächsten Morgen wieder von vorn zu beginnen.

Wenn sie mit dem Schminken fertig ist, macht sich Livia an die Frisur. Vorsichtig löst sie die zu einem großen Knoten festgesteckte Mähne, kämmt sie und knetet Irisöl hinein. Wenn ihr bestimmte Düfte in die Nase steigen, während sie Faustinas Haar glättet oder ihre Haut mit Zimt- oder Nardenöl einreibt, empfindet Livia das als Genuss, ganz anders als ihre Freude am Gehorsam gegenüber Christus oder ihre – erzwungene – Hingabe an die Matrone. Zwar hat sie schon den Körper einer Frau, aber Livia ist noch zu unreif, um die wahre Natur ihrer betörten Sinne zu erkennen. Sie fühlt sich noch nicht schuldig wegen der Wonnen, die dieser Zauber der reichen, heidnischen Essenzen entfacht. Ihr ist nicht bewusst, dass sie diese Arbeit, die ihre Hände so sanft macht wie orientalische Seide, ihre Seele mit lieblichen, verführerischen Düften erfüllt und in ihr Empfindungen weckt, die Apostel Paulus als lüstern bezeichnet hätte, zutiefst liebt. Seit vier Jahren ist sie jetzt von der Gemeinschaft der Christen getrennt, und sie verharrt in einem aufrichtigen Kinderglauben, einem heimlichen, stummen, in die Vergangenheit gerichteten Gebet, abgeschnitten von der Welt und ohne Rituale. Ihr Glauben hat sich nicht weiterentwickelt so wie ihr Körper, er bleibt eingeschlossen in ihrer Brust und kennt weder Sünde noch Entfaltung, wie ein Busch in fremder Erde, der ohne Sonne und Wasser auskommen muss.

»Man erwartet ja nicht, dass er auf so übermenschliche Art weise und klug sei wie Seneca«, sagt Faustina und setzt sich aufrecht auf der Liege hin. »Als Nero den Philosophen zum Selbstmord verurteilt hat, hat er sich, ohne zu zögern, die Pulsadern aufgeschnitten, und als das Blut nur spärlich floss, auch noch Waden und Schenkel aufgetrennt, während er sich ruhig und gefasst von seiner Gattin und seinen Freunden verabschiedete. Von einer solchen Stärke ist bei Nero wirklich nichts zu spüren!«

Livia nimmt eine von den halblangen vorderen Strähnen und dreht sie gewissenhaft ein.

»Wenn er schon nicht Manns genug ist, sich die Adern aufzuschneiden«, fährt Faustina fort, »kann er ja das tödliche Gebräu schlucken, das er seinem Bruder vorgesetzt hat!«

Rings um das Gesicht ihrer Herrin zupft Livia Locken zurecht und dreht die Haare beidseitig vom Kopf auf große Wickler. Dann löst sie ein paar Strähnen heraus, die sie onduliert und in den Nacken fallen lässt, und flicht die langen Haare straff zu dünnen Zöpfen. Diese bindet sie im Nacken mithilfe von ein paar Zöpfen zusammen. Livia betrachtet die Frisur und befindet die Kringellocken für zu dünn, zumal ihre Herrin mit ihrem Gemahl heute zu einem großen Abendessen bei Nymphidius Sabinus geladen ist, dem Gardepräfekten, Chef der Prätorianer, dem Mann der Stunde. Faustina muss perfekt aussehen. Also nimmt Livia ein paar künstliche Haarlocken aus der Truhe, die sie zuvor in der Haarfarbe ihrer Herrin eingefärbt hat, und befestigt sie mit Nadeln aus Knochen und Elfenbein in Form eines Diadems vorn auf dem Kopf. Sie hält der Herrin einen Silberspiegel vor das Gesicht und wartet auf deren Urteil.

»Es gefällt mir, Serva«, sagt Faustina. »Höre, auf dem Rückweg besuchen wir den Tempel. Ich muss Göttin Isis anrufen, damit sie Neros Leben ein Ende bereitet. Auf dass sie ihm den Mut gebe, endlich Schluss zu machen, und den Marsch der Truppen Galbas und Othons beschleunige, um uns Frieden zu bringen. Gehen wir, Kleines.«

Geschmückt mit einer langen, weißen Tunika und einer Stola, einem kurzärmligen, fliederfarbenen Kleid sowie einer Palla, einem langen Schal derselben Farbe, Arme, Hals und Fesseln mit großem Goldschmuck behängt, sitzt Faustina in einem Tragesitz, den ihr Freigelassener Parthenius und ein Sklave des Hauses tragen. Neben ihr läuft eine weitere Sklavin, die ihr einen Sonnenschirm über den Kopf hält, gefolgt von Livia, die das ganze Zubehör mit sich schleppt, und zwei weiteren Sklavinnen sowie vier baumstarken Sklaven, die den Zug verteidigen sollen, falls es in den Straßen, die wegen Neros Banden noch unsicherer sind als sonst, zu Übergriffen kommt. Sie begibt sich in den von Caligula errichteten Isis-Tempel, der sich, wie die Agrippa-Thermen, auf dem Marsfeld befindet. Trotz der milden Frühlingsluft herrscht in der Stadt nach mehreren Monaten des Ausnahmezustands und des baren Schreckens, verursacht durch den gestürzten Kaiser, eine Atmosphäre wie in einer Kloake. Angst, Wut und Hungersnot, die in der Stadt grassieren, sind in den Gesichtern der Passanten ablesbar. Wie die meisten Römer denkt auch Faustina, dass nur das Blut Neros und seiner Anhänger die Stadt befrieden kann. Also schickt sie sich an, das Blut eines Tieres zu opfern, um das der Schuldigen zu fordern.

Das Iseum neben dem Tempel der Minerva bildet ein Rechteck, dessen Eingang Obelisken aus rosafarbenem Syene-Granit mit Hieroglypheninschriften zieren, Statuen der Göttin selbst und von Osiris, Serapis, Anubis und Horus, die jeden Tag im Rahmen einer von den Priestern und Priesterinnen der Isis geleiteten Zeremonie angekleidet und geschmückt werden. Die Matrone steigt vom Tragesitz herab, legt einen großen Schleier aus weißem Leinen an, der Haupt und Kleider bedeckt, und lässt ihre Eskorte stehen, um sich in den Tempel zu begeben. Livia stellt die beiden Koffer ab und wartet auf dem Vorplatz. Nur Priester, Eingeweihte und Fromme dürfen das Heiligtum betreten. Ägyptische und orientalische Kulte sind in Rom stark verbreitet, seit sie im römischen Pantheon vertreten sind. Faustinas Gatte Larcius Clodius Antyllus ist Anhänger des Mithraskults, einer Mysterienreligion, deren ausschließlich männliche Vertreter nach einer kosmogonischen Auffassung sieben Weihestufen durchlaufen.

Faustina wurde gemäß der isiakischen Initiation durch einen Traum zur Göttin »gerufen«. Ihre Vorbereitung, zu der mehrere Freundinnen sie ermuntert haben, bestand in Fasteneinheiten und verschiedenen Unterweisungen, von denen der Isis-Mythos die wichtigste ist. Wie alle Frommen und Eingeweihten hält sich Faustina bedeckt, was den Kult selbst angeht, doch sie erläutert Livia, dass der Isis-Tempel eine Hydria mit heiligem Nilwasser besitzt, dass Osiris ein Unsterblichkeitsversprechen und Isis das Symbol für die Liebe ist, eine hilfreiche, mächtige Göttin, die Wunder vollbringt und jedem Anhänger ein Leben im Jenseits verleiht, ein ewiges Dasein.

Natürlich kann Livia nicht widersprechen; die Erinnerung an die Verfolgungen hält sie davon ab. Dabei würde sie ihrer Herrin am liebsten entgegenschreien, dass nicht astrologische Spinnereien oder blutige Opfergaben oder der menschlichen Phantasie entsprungene, groteske Götterbilder das Heil nach dem Tod bringen, sondern ein einziger Erlöser, der Sohn Gottes, der vor ein paar Dutzend Jahren tatsächlich auf die Erde herabgestiegen ist, um die Menschen durch die Auferstehung jedes Einzelnen zu erlösen. Sie würde ihr gern von Petrus berichten, dem Gefährten Jesu, von Paulus und der frohen Botschaft Gottes, die Faustinas Ängste besänftigen und alle Erwartungen bezüglich des Jenseits erfüllen würde. Tatsächlich aber ist sie weit davon entfernt, irgendjemanden zu evangelisieren, und versucht mit tausenderlei Schlichen, sich nicht fehlleiten zu lassen: Bei den Mahlzeiten lässt sie das Opferfleisch unter ihrer Tunika verschwinden, um es später an die Hunde zu verfüttern, und sie geht nie mit ihresgleichen in den Vesta- oder Jupiter-Tempel, unter dem Vorwand, lieber allein den Merkur-Tempel aufzusuchen, damit der Gott der Eloquenz sie befreie. Nur nachts, wenn alle Frauen schlafen, faltet sie die Hände zum Gebet.

Faustina verlässt den Isis-Tempel und nimmt wortlos wieder in ihrem Tragesessel Platz. Als sie den großen, weißen Schleier abnimmt, sieht Livia winzige Blutflecken darauf, und ihr fällt auf, dass ein schwerer Goldreif vom Handgelenk ihrer Herrin verschwunden ist.

»Serva«, sagt die Matrone statt einer Antwort, »stell deine Koffer bei mir ab, ich kümmere mich darum. Du sollst den Salbenhändler Haparonius aufsuchen. Ich möchte heute Abend das Parfüm benutzen, das ich bei ihm bestellt habe. Es müsste fertig sein. Geh und hole es und kehre sofort zurück, damit du mich für das Festmahl beim Gardepräfekten vorbereiten kannst. Parthenius, begleite und beschütze sie. Los!«

Die Sklaven heben den Tragesitz hoch, der Sonnenschirm öffnet sich, und der Zug verlässt das Marsfeld. Livia und Parthenius bleiben allein zurück. Seite an Seite gehen sie zur Taberna von Haparonius, einem Freigelassenen, der durch den Handel mit Parfüm, Salben und Medikamenten reich geworden ist. In Gegenwart des kräftigen Hausvorstehers fühlt sich die Ornatrix sicher. Die Läden der Parfümeure gelten als Treffpunkt für Kurtisanen, junge Menschen, die ein ausschweifendes Leben führen, und wenig tugendhaftes Volk. Auch wenn Livia bereits in Begleitung ihrer Herrin bei Haparonius war und nichts Verdächtiges bemerkt hat, hätte sie doch gezittert bei der Vorstellung, allein dorthin zu gehen.

Parthenius betritt den Laden als Erster. Die junge Frau folgt ihm und vergisst alle Vorbehalte, so überwältigt sind ihre Sinne: In der nachmittäglichen Junisonne glitzern unzählige Flacons aus Alabaster, Silber, Gold und Milchglas, in allen Formen und Farben, die aus Syrien und Phönizien stammen. Überall im Laden stehen Pyxiden, Schatullen, kleine mandelförmige Amphoren aus Keramik nebeneinander aufgereiht und verströmen ein ganzes Spektrum an Düften, von denen die Luft geschwängert ist. Livia erkennt die floralen Duftwässer für Männer, das aus Wildrosen hergestellte Rhodinon, Majoran, Lavendel- und Melissenöl, Lilie. Frauen bevorzugen Kopfnoten wie Styrax und Benzoe. Prostituierte und Arme besprenkeln sich mit Essenzen aus Binsen, Ginster oder duftendem Schilf, bei denen Faustina und Frauen ihres Ranges, für die gerade die Seltenheit des Parfüms Ausdruck von Reichtum ist, die Augen verdrehen. Eine Dame der feinen Gesellschaft würde sich nicht herablassen, ein Wasser zu verwenden, dessen Ingredienzen aus Italien stammen: Es gibt eine deutliche Trennung zwischen orientalischem Luxusparfüm und Nachahmungen, Fälschungen oder Billigparfüm aus lokalen Zutaten. Zwar kommt es für Livia nicht infrage, sich zu parfümieren, aber ihre Hände und Arme duften nach den teuren Essenzen, mit denen sie ihre Herrin mehrmals am Tag einreibt.

Verzückt wandelt sie durch die Offizin. Immer wieder bleibt sie stehen, vor Salben- und Cremetöpfen, Pflanzenessenzölen, Gewürzen und den rund sechzig Gewürzkräutern, die in einem Nebenraum, neben den Holzpressen trocknen und, eingelegt in Behenöl, ein Öl aus wilden Oliven oder Bittermandel, zur Herstellung der kostbaren Wohlgerüche dienen.

Parthenius scheint dagegen die Geduld zu verlieren; er ignoriert die Sklaven, die im Laden bedienen, und wendet sich direkt an Haparonius, einen kleinen, dunkelhaarigen Mann mit sorgsam gepflegtem Gesicht. Der Händler neigt unterwürfig den Kopf und wendet sich an die Ornatrix einer seiner besten Kundinnen.

»Wie geht es Euch? Ich wollte Euch bei Eurem Gang durch meinen bescheidenen Laden nicht stören … Habt Ihr gesehen, was es Neues gibt? Der Hausvorsteher von Domina Faustina Pulchra scheint es heute eilig zu haben. Die Bestellung steht bereit. Ich gehe vor, bitte.«

Die junge Frau mit den dunkelvioletten Augen folgt dem Parfümeur. Parthenius wartet im Laden und riecht an einer Phiole mit Kardamomessenz. Haparonius führt Livia in eine Art Büro, wo auf orientalischen Teppichen rings um einen mit Papyrus und Wachstafeln überhäuften Tisch Truhen aus Edelholz stehen.

»Mal sehen … wo habe ich es hingestellt?«, sagt er. »Ist Eure Herrin eigentlich zufrieden mit dem ägyptischen Mendesion?«

Livia nickt, während der Unguentarius den Deckel verschiedener Truhen anhebt und dabei weiter monologisiert.

»Da drin, müsst Ihr wissen, sind meine Rezepturen vor Licht und Feuchtigkeit geschützt. Sie sollte auch mein Kyphi ausprobieren. Zu den ägyptischen Grundbestandteilen gebe ich Zimt aus Arabien und aus Ceylon, Ingwer aus Malabar, Narde, Safran und eine Zutat aus den ligurischen Alpen, wilden Bergfenchel … eine Köstlichkeit! Als Trunk verabreicht, heilt mein Kyphi außerdem Lungen-, Leber- und Magenkranke … Ich gebe Euch ein paar Drachmen mit, die Ihr Domina Faustina Pulchra in meinem Namen überreicht.«

Livia lächelt über den Händler, der ihr den Rücken zuwendet und sich noch immer über seine Schatztruhen beugt.

»Ah!«, ruft er, indem er eine runde Phiole aus ziseliertem Silber hochhält. »Das höchste Glück für Geist und Sinne, der Gipfel des Genusses, der Duft des Königs der Parther, das königliche Parfüm!«

Äußerst vorsichtig trägt Haparonius das Elixier hinter den

Schreibtisch und macht sich daran, es in rötlich-violette Seide, der Lieblingsfarbe seiner Kundin, einzuwickeln.

»Und was darf ich Euch für ein Geschenk machen? Trotz Eurer schönen Augen geht Ihr gänzlich ohne Schminke und Parfüm.«

Livia gibt ihm zu verstehen, dass sie die köstlichen Düfte gerne rieche, sie aber nicht benutze.

»Ein solcher Mangel an Koketterie ist ungewöhnlich, wie Ihr zugeben müsst«, bemerkt der Parfümeur.

Lächelnd macht die junge Frau eine Geste, wonach sie nicht anders kann.

»Eurer Herrin nach, die vor einigen Tagen mit Freundinnen hier war, könnt Ihr auch Wagenrennen und der Pantomime und den Kämpfen in der Arena nichts abgewinnen … Eine Sklavin aus Eurem Haus, deren Namen ich vergessen habe, hat ihr berichtet, sie habe Euch dabei beobachtet, wie Ihr eine Portion Rindfleisch habt verschwinden lassen, die Euch aufgetragen wurde, und sie im Garten vergraben habt … Dabei sei es ein gutes Stück Fleisch gewesen, von einem Tier, das im Jupiter-Tempel geopfert wurde, den Ihr anscheinend nie betretet. Parthenius ist Euch gefolgt und hat gesehen, wie Ihr um das Gebäude herumgegangen seid. Und dann seid Ihr auch noch stumm, ohne erkennbaren Grund … Faustina Pulchra macht sich Gedanken um Euch. Sie fragt sich, ob Ihr nicht eine geheime, verbotene Religion ausübt … ob Ihr vielleicht eine von diesen Frauen seid, die sich des Nachts in Hexen mit Eulenkopf verwandeln und Menschen fressen, eine Strix …«

Vor lauter Verblüffung wird Livia bleich. Sie geht auf den Tisch zu, um den Flacon an sich zu nehmen und den Raum so schnell wie möglich zu verlassen. Als sie die Hand nach dem rotvioletten Päckchen ausstreckt, packt der Unguentarius sie am Arm.

»Habt keine Angst«, sagt er in völlig verändertem Ton. »Wartet einen Moment, geht nicht. Ich tue Euch nichts.«

Er lässt sie los, nimmt einen Stift und eine Wachstafel und zeichnet etwas auf, was er dann Livia zeigt.

Beim Anblick des Zeichens hat die junge Frau das Gefühl, ein Feuerball würde in ihr hochsteigen. Seit vier Jahren sind ihre Tränen versiegt, aber plötzlich sind sie wieder da. Mit zwei Strichen hat der Händler eine ausgelöschte Existenz wiedererweckt. Es ist das Zeichen, das Livias Vater am Vorabend der Tragödie aufgemalt und seinen Kindern gezeigt hat. Wie in Trance nimmt sie den Stift und ritzt ihrerseits einen Fisch in das weiche Wachs. Haparonius lächelt und ergreift Livias Hand.

»Komm mit mir, Schwester«, murmelt er.

Der Parfümeur schiebt eine Truhe beiseite, schlägt einen dicken Teppich zurück und öffnet eine versteckte Klappe im Boden. Mit einer Öllampe in der Hand besteigt er eine Treppe, gefolgt von Livia.

Der Fisch, denkt das Mädchen, das Symbol der Zugehörigkeit. Nach dem griechischen Wort »Ichthys« für Fisch, das sich gleichzeitig aus den Anfangsbuchstaben der Wörter »Iesous CHristos Theo HYos Soter« zusammensetzt, was so viel heißt wie »Jesus Christus Gottes Sohn Erlöser«. Dieser Mann ist ein Anhänger des »Weges«, ich bin nicht mehr allein!

Am Ende der Treppe taucht ein Kellergewölbe mit einem Boden aus gestampfter Erde auf. An der Wand steht, unter Kerzen und Weihrauch, ein kleiner Altar, wie man ihn auch in römischen Häusern findet. Gott, Jesus und die Heiligen sind wie bei den Juden und anders als bei den Heiden nicht bildlich dargestellt. Nur eine Holztruhe ziert den Altar, ähnlich denen auf dem Schreibtisch des Unguentarius. Dieser zündet Weihrauch und Kerzen an und ruft auf Livias fragenden Blick hin:

»Keine Sorge, Schwester. Ich bete mein Parfüm nicht an. Wie heißt es in Psalm hunderteinundvierzig von Jesus' Vorgänger David: ›Herr, mein Gebet müsse vor dir taugen wie ein Rauchopfer. Neige mein Herz nicht auf etwas Böses, ein gottloses Wesen zu führen mit den Übeltätern.‹ Diese Truhe enthält die heiligen Überreste von Märtyrern, die ihrem Peiniger nach dem großen Massaker vor vier Jahren entwendet wurden. Bald werden sie auferstehen, beim Jüngsten Gericht. Aber heute beschützen und helfen sie uns, sie flößen uns ihre Kraft und ihren Frieden ein. Und vollbringen Wunder – wie wir sehen, da du hier bist!«

Langsam legt Livia ihre Hand auf die Truhe und schließt die Augen. Vielleicht ruhen hier ihr Vater, ihre Mutter, ihre Brüder.

»Liebe Schwester … loben wir den Herrn!«

Die beiden Christen knien vor dem Altar nieder. Livia bedeckt den Kopf mit ihrer Palla. Haparonius umfasst ihre Hände, als sie diese zitternd faltet.

»Lass uns Jesus' Gebet für die Apostel sprechen«, sagt er.

Er schließt die Augen, Livia tut es ihm gleich.

»›Pater noster, qui es in caelis, sanctificetur nomen tuum …‹«

Livia spürt die warmen Hände des Bruders, und die Worte »Unser Vater« fahren ihr durch den ganzen Körper. Dieses Gebet hat Paulus ihr beigebracht, und sie haben es oft mit Petrus zusammen gesprochen.

»›Adveniat regnum tuum.‹«

Nicht alle Anhänger des »Weges« sind also tot. Sie ist nicht allein. Sie ist keine Waise mehr.

»›Fiat voluntas tua … sicut in caelo et in terra.‹«

Eine Familie … sie hat wieder eine Familie.

»›Panem nostrum quotidianum, da nobis hodie …‹«

Das Feuer in ihrer Seele ist nicht mehr ein Feuer der Selbstopferung oder der Wut, es ist ein Freudenfeuer.

»›Et dimitte nobis debita nostra.‹«

Nie hat sie so tiefes Glück empfunden. Sie hat die Liebe wiedergefunden, und ihre Identität. Freude durchströmt sie wie in göttlicher Verzückung.

»›Sicut et nos dimittimus … debitoribus nostris …‹«

Die Worte des Gebets gehen ihr in Fleisch und Blut über. Denen verzeihen, die uns Leid zugefügt haben, den Tod der geliebten Menschen verzeihen, Schluss machen mit dem Schuldgefühl des Überlebens, der Wut gegenüber den Peinigern, den Gewissensbissen …

»›Et ne nos inducas in tentationem …‹«

Keine Versuchung durch das Böse … verzeihen, verzeihen …

»›Sed libera nos a malo.‹«

»›Libera me!‹«

Die letzten Worte hat Livia gesprochen.

Fassungslos blickt Haparonius sie an und lächelt. Die junge Frau drückt die Hände des Bruders.

»›Libera me‹«, wiederholt sie.

Dann bricht sie in Tränen aus.

14

Im Kirchenschiff von Vézelay konnte Johanna ihre Unruhe nur mit Mühe überspielen und zwang sich, mit den historischen Erläuterungen für Isabelle fortzufahren. Dieser Schatten hinter dem Pfeiler ... Am besten vergaß sie ihn wieder. Sie ging schnell weiter und zog ihre Freundin mit. Stirnrunzelnd folgte Isabelle der Archäologin in den Chorraum der Kirche. Die aus karolingischer Zeit stammende Krypta war eher klein, dunkel und mit Kreuzrippengewölben überspannt, die auf Säulen ohne Kapitellskulptur ruhten. Sie war direkt in den Kalkfelsen geschlagen, dessen ungleichmäßigen Boden die Frommen über die Jahrhunderte so stark abgelaufen hatten, dass er glänzte. In dem Untergeschoss war es warm. Isabelle betrachtete die Holzbänke, den zeitgenössischen Altar aus Bausteinen, die moderne Verkleidung aus Zement, auf der die Brüder und Schwestern der Klostergemeinschaften Jerusalem niederknieten. Sie wandte sich um und erblickte zwischen zwei Kerzenreihen hinter einem schwarzen, schmiedeeisernen Portal das Heiligste: einen reich verzierten Reliquienschrein aus Glas und vergoldeter Bronze, der das enthielt, was Paul Claudel die »heiligen Überreste« nannte, die berühmten Reliquien von Maria Magdalena – oder zumindest das, was davon übrig war, nämlich ein einzelner, schwarzer Knochen, der Teil einer Rippe. Von dem heiligen Fragment abgesehen, waren die beiden Frauen allein in dem unterirdischen Gebetsraum.

»Sag mal, Jo«, flüsterte Isabelle, »würdest du mir bitte erklären, was du da oben gesehen hast? Du fürchtest dich doch, lüg mich nicht an, ich kenne dich.«

»Nein, ich fürchte mich nicht wirklich. Ich bin durcheinander. Es ist schwer zu erklären, ich fühle mich ... beobachtet, das ist es. Noch gar nicht so lange. Es hat angefangen, als … ja, genau, ich habe bis jetzt gar keinen Zusammenhang gesehen: Es fing zur gleichen Zeit an wie Romanes Krankheit. Irgendjemand spioniert mir nach, so viel steht fest. Ich spüre es, ich weiß es einfach. Es ist ein Mann, da bin ich mir sicher … ich habe nur seine Umrisse gesehen, aber es ist der Schatten eines Mannes. Manchmal verkriecht er sich in einer Ecke, beim Camp; gehe ich hin, ist niemand da. Dann verfolgt er mich in den Dorfgassen. Neulich abends, als ich in Romanes Zimmer die Fensterläden geschlossen habe, glaubte ich, ihn unten im Weinfeld gesehen zu haben, wie er sich versteckte, um zu den Fenstern hineinzuschauen. Jetzt gerade spüre ich, dass er im Kirchenschiff ist, hinter einer Säule. Ich weiß nicht, wer er ist und was er von mir will, aber irgendwann erwische ich ihn!«

Entgeistert sah Isabelle ihre Freundin an. Dann brach sie in Gelächter aus, das wie ein schneidender Wechselgesang in der Krypta widerhallte.

»Jo, du bist unglaublich! Was deine Phantasie angeht, stehst du den mittelalterlichen Bildhauern wirklich in nichts nach!«

»Danke«, entgegnete die Archäologin ironisch, »ich wusste, dass ich mich dir anvertrauen könnte, ohne mir sarkastische Kommentare anhören zu müssen …«

»Komm mal wieder auf den Boden der Tatsachen und verwende deine wunderbare Intelligenz auf etwas anderes als auf Mysterien und Spione!«

»Du hältst mich also für paranoid?«

»Überhaupt nicht. Eher für verträumt, sodass du das Wesentliche übersiehst.«

»Verstehe ich nicht.«

Isabelle holte tief Luft.

»Komm, setzen wir uns auf eine Bank. Hör zu, nur weil ich Luxor und Pompeji und Antike und Ägyptologie verwechsle, heißt das noch lange nicht, dass ich vergessen habe, was du mir am Telefon über Tom erzählt hast oder vielmehr darüber, was mit einem seiner Archäologen passiert ist.«

»Wo ist der Zusammenhang?«

»Genau da liegt das Problem, Jo, du stellst die Verbindung nicht her! Denk doch mal nach: Ein Freund von dir kommt hier an und erzählt dir bis ins Detail, dass in der Stadt, in der er gerade gräbt, ein Archäologe ermordet wurde; gleichzeitig fängst du ganz zufällig an, überall in deinem Camp einen Schatten zu sehen, der dir auf den Fersen ist. Du hast gesagt, dass Tom sich dir deshalb anvertraut hat, weil du vor sechs Jahren in deinem Camp das Gleiche erlebt hast, als zwei deiner Kollegen umgebracht wurden und du beinahe selbst gestorben wärst. Und dann kommt es dir nicht in den Sinn, dass Tom in dir einen tief sitzenden Schrecken wachgerufen hat, der mit diesen scheußlichen Erinnerungen zu tun hat. Diesen angeblichen Spion gibt es nicht, Johanna, er ist nur die Erinnerung an das, was am Mont Saint-Michel geschehen ist. Er ist ein Hirngespinst, ein inneres Bild von den traumatischen Erlebnissen dort.

Niemand spioniert dir nach, niemand will dir etwas Böses, hier ist kein Mörder unterwegs. Und Tom mag aus gutem Grund schockiert sein, aber ich nehme es ihm übel, dass er herkommt und dir mit Geschichten zusetzt, mit denen du nichts zu tun hast.«

Johanna senkte den Kopf und rieb sich die Stirn. Die eingedrehten Locken fielen ihr ins Gesicht.

»Vielleicht hast du recht, Isa. Trotzdem könnte ich schwören, dass hier jemand ist, und zwar ein Mensch aus Fleisch und Blut und nicht etwa die eingebildete Inkarnation meiner alten Ängste. Obwohl … ich bin so erschöpft, dass ich es selbst nicht mehr weiß.«

»Na ja, dazu kommt noch die Sorge um Romane. Apropos, Rabenmutter, du wirst sie doch wohl nicht in der Schule vergessen?«

Johanna warf einen Blick auf ihre Armbanduhr.

»In einer Viertelstunde ist Schulschluss! Ich muss dir noch das Camp zeigen, das geht ganz schnell. Es gibt nicht viel zu sehen, und meine Kollegen sind übers Wochenende nach Hause gefahren.«

Außer nummerierten Schneisen, die an leere Gräber erinnerten, konnte Isabelle an der Grabungsstelle nichts Interessantes entdecken, aber sie war fasziniert von Maria Magdalena und dem Rätsel um ihre Verehrung und die Entdeckung ihrer Knochen auf dem Hügel. Sie wollte unbedingt die berühmte Skulptur sehen, und die Archäologin versprach, sie ihr zu zeigen. Ob auf diesem Felsvorsprung zur Zeit der Kelten auch druidische Zeremonien stattgefunden hätten, wollte Isabelle noch wissen.

»Wahrscheinlich ja«, antwortete Johanna, »auch wenn wir dafür keinen Beleg haben. Dagegen hat man nicht weit von hier, an einem Ort, der ›salzige Brunnen‹ genannt wird, die Überreste eines Heiligtums entdeckt, das Taranis gewidmet war, dem keltischen Gott des Blitzes und des Wassers, und eine Nekropole mit Bestattungsurnen. An diesem Ort gab es unterirdische Quellen mit magischen Kräften, die die Kelten bereits zu nutzen wussten. In der gallisch-römischen Zeit war das hier ein berühmtes Thermalbad. Über das mineralische Heilwasser weiß man heute, dass es radioaktiv ist und bei Verbrennungen tatsächlich therapeutisch wirkt.«

»Das ist ja ein Ding! Und warum hieß die Anhöhe hier ›Skorpionshügel‹?«

»Titus-Livius, der berühmte Historiker aus der Antike, hat sie in seiner Geschichte Roms so genannt, wegen der Beschaffenheit des Ortes. Manche sagen, unter dem Hügel fließe sein Gift in Form von tellurischen Strömen. Wenn man sich die Geschichte von Vézelay ansieht, kommt man jedenfalls nicht an der Tatsache vorbei, dass ihre Protagonisten mitunter anscheinend ein hochtoxisches Gift erwischt haben.«

Als sie die kleine Straße hinunterliefen, die zur Grundschule führte, begegneten sie Bruder Pazifikus, der im Gehen den Rosenkranz betete. Ohne zu unterbrechen, schenkte der alte Mönch der Archäologin ein breites Lächeln und nickte Isabelle leicht zu.

»Das ist der Franziskaner, von dem ich dir erzählt habe«, flüsterte Johanna.

»Der Glaube hält anscheinend jung. Er sieht gut aus für sein Alter, und er hat etwas sehr Gutmütiges!«

»Ja. Ich weiß nicht, ob das die Liebe zu Maria Magdalena ist oder der Verzicht auf Besitz oder die Beschäftigung mit der Philosophie …«

»Und wie geht's Luca?«, fragte Isabelle unvermittelt.

Johannas Miene verfinsterte sich, und plötzlich begann sie zu hinken.

»Gut, glaube ich. Wir haben uns seit zehn Tagen nicht gesehen. Er sollte heute Nacht zurückkommen, nach seinem Konzert in der Salle Pleyel, aber sein Sohn Paolo hat sich das Bein gebrochen, deshalb ist er unterwegs nach Rom. Mit ein bisschen Glück sehe ich ihn vielleicht kurz Ende nächster Woche, wenn sein Cello und seine Familie es zulassen. Bis dahin machen wir die Telefonkonzerne reich …«

»Du klingst verbittert, Johanna! Was ist denn aus der superunabhängigen Frau geworden, die nie eine ›normale‹ Beziehung zu einem Mann ausgehalten hat?«

»Tja, man ändert sich eben, wenn man älter wird, liebe Isa! Im Moment hätte ich gern eine normale Beziehung mit einem normalen Mann, der da ist und mir zur Seite steht. Die ständigen Ortswechsel hängen mir allmählich zum Hals heraus. Es ist anstrengend.«

»Luca ist wenigstens geschieden und damit frei, was schon ein großer Fortschritt ist …«

»Im Vergleich zu François, den du nicht mochtest, weil er verheiratet war«, ergänzte Johanna.

»Dass ich François nicht mochte, lag nicht daran!«

»Wenn du meinst … aber so einfach ist das nicht. Luca ist nicht frei. Er ist verliebt in ein ein Meter achtundsechzig großes Wesen mit üppigen Formen, aus rarem Holz geschnitzt, mit Schalllöchern, vier Saiten, einem Stachel und wunderschönen Wirbeln aus Ebenholz. Ich schwöre dir, es gibt Momente, da kann ich seine Exfrau gut verstehen. Er hat erzählt, dass sie sein Cello einmal beinahe in den Kamin geworfen hätte …«

»Sag, dass du nicht auf ein Musikinstrument eifersüchtig bist, Jo!«

»Nein … ich habe was Besseres zu tun«, sagte sie, den Blick auf das Schultor gerichtet, als der Gong ertönte.

Isabelle reckte sich, aber sie konnte ihr Patenkind nicht entdecken. Als Johanna dann auf zwei Mädchen zusteuerte und Isabelle genauer hinsah, hielt sie sich vor Schreck die Hand vor den Mund. Sie hatte Romane zuletzt vor fast drei Monaten gesehen, was aber sicher kein Grund gewesen wäre, sie nicht wiederzuerkennen. Was sie erkannte, waren der rote Schal und die rote Mütze, die sie ihr selbst geschenkt hatte, passend zur Brille. Der Anblick dieses Gesichts, zumal im Kontrast zu den beiden anderen, war so traurig, dass Isabelle die Tränen nur mit Mühe zurückhalten konnte. Der matte Teint der Kleinen wirkte fast gelblich, ihr smaragdgrüner Blick war so stumpf, dass man meinen konnte, man habe einen vom Leben zermürbten alten Menschen vor sich. Isabelle fiel auf, dass der schwere Wollmantel um Romanes Taille schlotterte; sie war dünner geworden. Die einzige fröhliche Note in diesem traurigen Bild waren die zwei braunen Zöpfe, die links und rechts unter der Mütze hervorguckten. Bei der Frische ihrer rothaarigen Freundin wirkten sie aber fast unecht und ließen Romane noch schmächtiger aussehen.

»Guten Tag, mein Schatz«, sagte Isabelle und versuchte, sich die Bestürzung nicht anmerken zu lassen. »Ich bin so glücklich, dich wiederzusehen, es ist schon so lange her! Komm, lass dich umarmen …«

Als sie ihre Patentante sah, begann das ausdruckslose Gesicht Romanes zu strahlen. Sie fiel ihr um den Hals und küsste sie.

»Ich nehme an, das ist die junge Dame, von der du mir am Telefon berichtet hast, also Mademoiselle Chloé?«, fragte Isabelle und wandte sich dem rothaarigen Mädchen zu.

»Ja, Madame!«, rief Romanes Freundin. »Und wer bist du?«

Wie immer begleitete die kleine Gruppe Chloé bis zur Bäckerei. Ihre Mutter hatte für die Erwachsenen eine Apfeltarte beiseitegestellt, und für Romane ein kleines Marzipanschwein. Diese war überglücklich, dass sie jetzt zwei Tage mit Isabelle verbringen konnte. Da Johanna keine Geschwister hatte, war sie wie eine Tante für sie. Zum ersten Mal seit drei Wochen war auf dem Nachhauseweg etwas geboten. Nun übernahm Romane die Führung, pries Madame Bornels Zitronenwasser, den Garten, für den Luca aus einem Lkw-Reifen eine Wippe gebaut hatte, ihr neues Zimmer, das viel größer war als das in Paris, und den Trödelmarkt, auf dem ihre Mutter ihr eine echte alte Lampe gekauft hatte.

Um zwölf Uhr bogen sie über das Gässchen Chevalier-Guérin in die Rue de l'Hôpital ein und staunten, als sie Hildebert auf der Schwelle ihres Häuschens stehen sahen; er schien sie zu erwarten. Der dicke, schwarze Kater saß ruhig da und miaute, als er seine Herrinnen entdeckte. Romane lief zu ihm hin. Widerstandslos ließ er sich von dem Mädchen in die Arme schließen.

»Das ist ungewöhnlich«, stellte Johanna fest, »normalerweise beehrt unsere Majestät Hildebert uns erst nach Einbruch der Dunkelheit, frisst ein paar Kroketten und macht sich wieder aus dem Staub …«

»Er ist bestimmt hungrig«, folgerte Isabelle. »Und jetzt im Winter sehnt er sich nach seiner Heizung!«

»Ich versuche jedenfalls nicht mehr, dieses Tier zu verstehen. Seit wir hier sind, ist er so eigenartig.«

»Es heißt, Katzen seien Seelenbegleiter«, flüsterte Isabelle, damit Romane es nicht hörte, »und dass ihr Geist mit den unsichtbaren Seelen im Jenseits verbunden ist. Wenn sie mit den Toten kommunizieren können, haben sie jedenfalls zwangsläufig auch ein Gespür für die Probleme der Lebenden. Ich glaube, Hildebert weiß, dass es der Kleinen nicht gut geht.«

»Vielleicht. Aber dann würde er wie früher bei ihr im Bett schlafen, statt sich nachts draußen herumzutreiben. Er würde uns nicht im Stich lassen.«

»Johanna, ich bin heute Abend da und werde bei ihr bleiben. Du kannst schlafen.«

»Ich weiß, Isa. Ich danke dir. Aber ich glaube, ich will mich gar nicht ausruhen, solange es ihr nicht besser geht.«

Sie betraten das Haus, wo es nach verbranntem Holz roch. Johanna entfachte das Feuer im großen gusseisernen Ofen, während sich Romane, von gelben Katzenaugen beobachtet, den Mantel auszog.

»Gib ihn mir«, sagte Isabelle, »ich hänge ihn an der Garderobe auf.«

»Warte, der Kaiser ist noch in der Tasche!«

»Wer?«

»Der da!« Das Mädchen zeigte den antiken Silberling. »Das ist Titus, der König von Rom!«

»Tut mir leid, wenn ich dir das sagen muss, aber ich finde, dein König könnte eine Diät vertragen. Hast du ihn von Luca?«

»Nein, von Gargantua. Er kann nicht auf seiner Insel arbeiten, die weit weg ist und raucht. Es gibt dort nämlich keine Toten und kein Latein.«

»Wie bitte?«

»Das ist Tom«, erklärte Johanna lächelnd. »Das ist ein schönes Geschenk, die Münze stammt aus dem Jahr 79 nach Christus und kommt aus Pompeji.«

»Oh, bestimmt ist sie sehr wertvoll«, antwortete Isabelle. »Das ist ein kostbares Geschenk, Romane …«

»Ja, das ist ein Glücksbringer. Ich finde ihn toll und habe ihn die ganze Zeit bei mir, sogar wenn ich schlafe.«

»Das machst du richtig«, sagte Isabelle mit einem betrübten Blick zu Johanna. »Nachts kann man einen Glücksbringer gut gebrauchen …«

Am Montagnachmittag kamen Johanna und Romane eine Stunde vor dem Termin im Hôpital Necker an, und das Mädchen spielte mit den anderen Kindern im Wartebereich. Mutter und Tochter waren gleichermaßen erschöpft. In der Nacht von Samstag auf Sonntag hatte Isabelle hilflos miterlebt, wovon ihre Freundin ihr zuvor berichtet hatte: Von Mitternacht bis halb fünf Uhr morgens hatte Romane gehustet, gestöhnt, geschrien, den Kopf hin und her gedreht, ohne aufzuwachen, trotz des Fiebers, das auf über neununddreißig Grad angestiegen war. Sie schwitzte, und bei jeder Hustenattacke hob es ihren kleinen Körper ruckartig in die Höhe.

Fassungslos und deprimiert beobachteten die beiden Frauen das Phänomen wie Feen, denen ihre Gabe abhanden gekommen war. Sie legten Romane ein feuchtes Tuch auf die Stirn, hielten ihre Hand und versuchten vergeblich, sie anzusprechen und die Wand einzureißen, die das Mädchen vom Rest der Welt zu isolieren schien.

Dann, kurz nach halb fünf, wurde Romanes Atem endlich ruhiger, das Stöhnen und Klagen verstummte, der Husten verschwand und das Fieber ging allmählich zurück. Isabelle ließ sich in Johannas Bett fallen, und Johanna legte sich auf die Matratze aus dem Gäste- und Arbeitszimmer, die jetzt neben Romanes Bett lag.

Zwei Stunden später wachte das Mädchen auf. Johanna fuhr beim ersten Rascheln des Betttuchs hoch. Mit schon alltäglich gewordener Geste befühlte sie die Stirn ihrer Tochter und stellte fest, dass das Fieber weg war.

»Mama, warum schläfst du in meinem Zimmer?«, hatte Romane gefragt. »Ich bin doch kein Baby mehr …«

»Weißt du nicht mehr, dass du heute Nacht krank warst?«

»Nein, Mama, das sagst du jeden Morgen, aber das stimmt nicht, ich bin nicht krank, ich habe geschlafen.«

»Gut. Lass uns runtergehen. Wir dürfen Isabelle nicht wecken. Ich mache dir das Frühstück.«

»Ich habe keinen Hunger, Mama …«

»Sie können eintreten, Professor Bloch-Perrin erwartet Sie.«

Johanna und ihre Tochter betraten ein unaufgeräumtes Sprechzimmer. Hinter dem Schreibtisch saß ein Mann in weißem Kittel mit dem Logo der Fürsorgestelle der Pariser Krankenhäuser. Für einen leitenden Arzt war er recht jung. Auf seinem Schreibtisch stapelten sich die etikettierten und nummerierten Umschläge mit den Patientenunterlagen. Bei ihrem Anblick stiegen ungute Erinnerungen in Johanna auf.

»Bitte setzen Sie sich. Ich werde Ihre Tochter untersuchen. Kommst du mit, Romane?«

Mit sanften, geübten Gesten hörte der Mann das Mädchen ab, fragte sie über die Schule und Freunde aus, und über die Symptome, an die Romane sich nicht erinnerte, zwei Meter von Johanna entfernt, ohne diese jedoch einzubeziehen. Dann nahmen der Arzt und das Kind wieder am Schreibtisch Platz, und Johanna half Romane, den dicken rosafarbenen Pullover wieder anzuziehen.

»Sie müssen sich keine Sorgen machen«, sagte der Chefarzt zu Johanna. »Es ist alles in Ordnung.«

»Was meinen Sie damit?«

»Ich denke, das ist eindeutig«, antwortete er, während er einen Stapel Papiere durchsah, die er aus dem Umschlag hervorgeholt hatte. »Die Untersuchungsergebnisse sind sehr gut. Ihre Tochter ist vollkommen gesund. Neben einer leichten Dehydrierung aufgrund des Fiebers, die wir mit einem speziellen Salz in Pulverform behandeln werden, haben wir keinerlei virale oder bakterielle Infektionen festgestellt.«

»Doktor, ich bin erleichtert! Vielen Dank! Aber dann …«

Johanna wollte sich nicht vor ihrer Tochter äußern, die neben ihr saß und in einem Buch mit Märchen der Gebrüder Grimm blätterte. Johanna redete leise, zum Arzt vorgebeugt.

»Doktor, woher kommen die nächtlichen Anfälle? Von einer Fehlbildung? Ist es etwas im Gehirn?«

»Madame, ich sage Ihnen doch, Ihrer Tochter geht es sehr gut. Wir haben alle nötigen Tests, Untersuchungen und Analysen gemacht, und ich kann Ihnen versichern, dass kein uns bekanntes Krankheitsbild vorliegt. Physiologisch gibt es nichts, was die von Ihnen beschriebenen Symptome erklärt.«

»Wollen Sie damit sagen, Sie wissen nicht, was sie hat? Oder hat sie womöglich eine seltene Krankheit, die nicht heilbar ist?«

»Madame, noch einmal: Was Sie beschrieben haben, entspricht keinem gängigen klinischen Befund. Körperlich gibt es bei Ihrer Tochter keinerlei Anomalien und keinen Mangel, der erklären könnte, was …«

»Aber ich träume das doch nicht!«, unterbrach Johanna ihn; der Arzt brachte sie in Rage. »Kommen Sie doch mal mitten in der Nacht, dann sehen Sie es selbst!«

»Mama«, meldete Romane sich sanft zu Wort, »es stimmt, was der Doktor sagt: Ich bin nicht krank.«

»Besser könnte ich es nicht formulieren«, gestand der Arzt. »Dennoch … Romane, komm mal mit, ich zeige dir etwas.«

Er führte das Mädchen in eine Ecke des Raums, wo er einen großen Fernseher einschaltete, in dem ein Trickfilm lief. Die Kleine setzte sich vor den Bildschirm, und der Arzt kehrte hinter seinen Schreibtisch zurück.

»Lassen Sie mich Ihnen sagen, dass ich keinen Zweifel daran habe, dass Ihre Tochter beunruhigende Symptome aufweist, und ich leugne keineswegs, dass das für Sie beide eine große Belastung ist. Erwachsene können ihr Unbehagen intellektuell verarbeiten; bei Kindern dagegen äußern sich seelische Beschwerden über den Körper.«

»Wenn ich Ihren Jargon richtig deute«, bemerkte Johanna ironisch, »wollen Sie mir gerade klarmachen, dass meine Tochter psychosomatisch erkrankt ist?«

»Da alle organischen Ursachen ausgeschlossen sind und die somatische Manifestation hauptsächlich durch Schlaf- und Essstörungen geprägt ist, denke ich tatsächlich an eine psychogene somatische Störung in Verbindung mit Umweltfaktoren oder einem Problem auf der Ebene der Mutter-Kind-Beziehung. Das Beste wird sein, Sie vereinbaren einen Termin mit einem Spezialisten. Wir haben hier ausgezeichnete Kinderpsychiater. Ich empfehle Ihnen Doktor Marquel, ich habe mit ihr gesprochen. Sie könnte Sie und Ihre Tochter gleich morgen früh empfangen.«

In dem Bus, der sie wieder zum Bahnhof Montparnasse beförderte, drückte Johanna den Umschlag mit den Kopien der Untersuchungsergebnisse an sich. Sie sagte sich, sie werde eine zweite Meinung einholen, vielleicht sogar eine dritte, zum Beispiel im Kinderkrankenhaus Trousseau und in Port Royal, dessen Kinderabteilung einen sehr guten Ruf hatte. Außerdem lag es nur wenige Schritte von ihrer Wohnung in der Rue Henri-Barbusse entfernt. In der Necker-Klinik konnten sie sich schließlich auch irren, oder sie hatten einen Virus übersehen! Sie konnte sich nicht mit der Diagnose von Professor Bloch-Perrin zufriedengeben, dessen Worte sich in sie hineingebohrt hatten: »psychosomatisch«, »Problem auf der Ebene der Mutter-Kind-Beziehung«. War sie für die Erkrankung ihrer Tochter verantwortlich? Was hatte sie verpasst oder falsch gemacht? Vordergründig zweifelte sie das Urteil des Arztes an, aber im Grunde hatte sie Schuldgefühle.

Sie schaltete ihr Mobiltelefon nicht wieder ein, denn sie wusste, dass bereits eine Nachricht von Isabelle und mehrere Anrufe ihrer Eltern eingegangen waren, denen sie schonend von der Untersuchung berichtet hatte, aber die grundsätzlich die Nerven verloren, wenn es um ihre Enkelin ging. Johanna hatte ihnen nichts von Romanes Symptomen erzählt und sich Ausflüchte ausgedacht, um einen Besuch zu vermeiden. Jetzt würde sie sich allerdings bei ihnen melden müssen. Was sollte sie ihnen sagen? Dass sie ihre fünfjährige Tochter am nächsten Tag zum Psychiater bringen würde? Sie würden es im Leben nicht verstehen …

Gleichzeitig fiel ihr ein, dass sie ihr Team informieren musste. Doch was sollte sie ihnen sagen? Obwohl sie den Winter und die Kälte vorschützte, um Romane möglichst selten mit ins Camp zu nehmen, hatten Christophe, Romanes großer Freund, und Werner, der selbst drei Kinder hatte, wahrscheinlich schon gemerkt, dass irgendetwas nicht stimmte.

An der Kreuzung Rue Vavin stiegen Johanna und Romane aus. Schweigend gingen sie zu Fuß weiter. Es war sechs Uhr abends und bereits dunkel, und die gelben Lichter der Brasserien gaben einen Vorgeschmack auf Weihnachten. Johanna spürte, dass sie ihr Bein stärker nachzog als sonst. Sie fürchtete die Nacht mit ihrer Tochter in der winzigen Zweizimmerwohnung.

Nachdem sie aus der Reha gekommen war und die damals anderthalbjährige Romane bei ihren Eltern abgeholt hatte, bei denen sie bis dahin großgeworden war, mussten alle einsehen, dass die vier Stockwerke bis zu ihrer Wohnung mit dem kleinen Kind und den noch ramponierten Beinen nicht machbar wären. Zum Glück war im Erdgeschoss des Hauses eine Wohnung frei, und Johanna hatte den Besitzer, einen alten Mann, der im zweiten Stock lebte, überredet, sie ihr zu vermieten. Allerdings war sie kleiner als die Wohnung im vierten Stock und ging auf einen dunklen Hof hinaus. Mithilfe von Isabelle und ihren Eltern hatte Johanna sie so gut wie möglich eingerichtet, musste aber das einzige Zimmer Romane überlassen und schlief selbst im Wohnzimmer.

Als sie in die Rue Henri-Barbusse einbogen, überlegte Johanna, dass es am einfachsten wäre, das Klappsofa möglichst nahe vor das Kinderzimmer zu rücken, damit sie ihrer Tochter nachts beistehen könnte. Wieder kamen ihr die Worte »Probleme auf der Ebene der Mutter-Kind-Beziehung« in den Sinn, und langsam packte sie die Wut.

»Mama, guck mal, wer da ist!«, rief das Mädchen, plötzlich hellwach.

Johanna tauchte aus ihren Gedanken auf und sah einen Mann mittlerer Größe mit schwarzem Mantel und eleganter Hornbrille, die braunen Haare kurz geschnitten. Mit einem riesigen Strauß Rosen lief er auf dem Gehweg auf und ab. Johanna war sprachlos.

»Luca? Ich dachte, du wärst in Rom …«

»Paolo geht es gut«, entgegnete er mit starkem italienischen Akzent. »Sein Bein ist in Gips, aber es gibt keine Komplikationen. Ich dachte, du freust dich vielleicht, mich zu sehen, und dass ihr vielleicht hier vorbeikommt, bevor ihr wieder nach Vézelay fahrt … Gut gemacht?«

»O ja! Du weißt gar nicht, wie gut!«

Noch nie hatte Lucas Anwesenheit Johanna so erleichtert. Sie hatte den Eindruck, als würde sie ihn zum ersten Mal sehen. Mit Tränen in den Augen ließ sie die Hand ihrer Tochter los und warf sich in seine Arme.

15

»Auf unser Wiedersehen unter den Lebenden! Und willkommen auf dem ›Skorpionshügel!‹«

Abt Geoffroi hob seinen Zinnbecher und stieß schwungvoll mit Bruder Roman an.

»Und, was hältst du von meinem Wein?«

»Sehr gut … ausgezeichnet sogar.«

»Ich habe vor, meinen Vézelay ins ganze Königreich Burgund zu schicken, und noch darüber hinaus, bis nach Paris!«

»Geoffroi, willst du etwa mit dem Wein von Cluny konkurrieren?«

Die beiden lachten herzlich.

»Jetzt berichte, Roman«, befahl der ehemalige Kopist mit zurückgewonnener Ernsthaftigkeit. »Erzähle mir, wie du dem Tod entronnen bist, und vor allem dem Zugriff der Teufelskreatur.«

Langsam stellte Roman sein Glas ab. Geoffroi füllte es sofort wieder auf.

Als er mit seiner Schilderung fertig war, schwieg Roman. Es war das erste Mal seit vierzehn Jahren, seit seiner Beichte vor Odilo, dass er auspackte, und das Schicksal wollte es, dass sein Zuhörer wieder ein Abt war. Der Weinkrug war leer. Geoffroi war zunächst sprachlos.

»Hat deine Seele in Cluny ihren Frieden gefunden, mein Bruder?«, fragte er endlich.

»Bei aller Dankbarkeit, die ich Abt Odilo schulde – dir kann ich gestehen, dass dies nicht der Fall ist. Mein Glaube ist gerettet, aber er ist Reue, mein Gebet ist Klage, und der Trauergottesdienst klingt wie das Ergebnis meiner Machtlosigkeit. Tag und

Nacht flehe ich den Himmel an wegen ihr, damit sie dort Zuflucht finde … Auf der Erde irre ich herum wie ein Blinder, ich habe das Licht verloren, das ich in meinem Vater, meinen Brüdern, in dir sehe. Es hat mich verlassen, ich warte nur noch, dass ich dahinscheide und für meine Verbrechen bestraft werde.«

»Roman, du greifst dem himmlischen Urteil vor, du bestrafst dich bereits selbst!«

»Aber wie könnte ich vergessen, Geoffroi? Sie ist gestorben … unter grässlichen Qualen. Und sie hat keine Grabstätte. Es ist, als hätte ich sie mit eigenen Händen umgebracht.«

Der Abt legte dem ehemaligen Baumeister die Hand auf den Arm. Der Mann litt so sehr, dass man es seinem gebeugten Körper und seinen grauen Augen, die dunkler waren, als Geoffroi sie in Erinnerung hatte, ansehen konnte. Sein ganzes Wesen schien vom schleichenden Gift des Selbstvorwurfs infiziert.

»Leider, lieber Roman, ist das Gedächtnis manchmal unser schlimmster Feind. Du hast die Klinge blutrünstiger Räuber überlebt, Leidenschaft, Zweifel, Gotteslästerung, die Anfechtungen durch das Böse, giftiges Kraut, den Verzicht auf das, was dir am teuersten war und ärgste Hungersnöte. Und doch bist du ein Gefangener deiner selbst, einer Vergangenheit, vor der du geflohen bist, eines Namens, den du ausgelöscht hast, einer Frau, die gestorben ist. Leider kann ich nichts für dich tun, es sei denn, dir zu versprechen, dass ich Stillschweigen bewahren werde über alles, was du mir soeben erzählt hast, und dich zu beschwören, dem Allerhöchsten zu vertrauen. Ich kann dir nicht befehlen zu vergessen, ich kann dich nur warnen: Anders als du behauptest, sind dein Geist und dein Körper noch immer von ihr entzündet. Sie hat kein Grabmal, aber ihr Grab ist deine Seele, Roman. Sie verschlingt dich, so wie Untote ihr Leichentuch verschlingen. Du musst sie aus dir verbannen, mein Freund. Das ewige Gebet und die Liturgie in Cluny haben nicht vermocht, deine Seele zu läutern, aber ich habe vielleicht eine Idee, was dir helfen könnte …«

Bruder Roman blickte Geoffroi an. Das fleischige Gesicht des

Abtes war gerötet, und in den kastanienfarbenen Augen lag der Glanz eines Feuers, das der ehemalige Baumeister gut kannte: das der völligen Hingabe an eine Aufgabe, der man zu Ehren Gottes nachging. Früher hatte Roman in ähnlicher Weise für seinen Beruf gebrannt, bevor diese Frau sein Leben völlig durcheinandergebracht hatte. Die Frau, in die er sich verliebt hatte, die jetzt tot war, zu Tode gefoltert vor seinen Augen, und deren Geheimnis er nur retten konnte, indem er der Welt der Lebenden entflohen war.

»Komm, die Stunde der Sext hat geläutet«, ordnete der Abt an und erhob sich. »Rufen wir den Allmächtigen um Hilfe an, dann erkläre ich dir alles …«

Die beiden Männer durchschritten das lange Schiff der karolingischen Kirche von Vézelay. Das leere, nicht allzu große Bauwerk, das am vorderen und hinteren Ende nur eine schlichte Vorkirche und eine Apsis besaß, wirkte wie von einem Übel angefressen. Einige Steinmauern waren schwarz verfärbt, das Holzgebälk war stellenweise verkohlt.

»Sieh mal, Roman.« Geoffroi wies auf einen Punkt rechts von ihnen.

»Es mag dir missfallen«, flüsterte der Mönch, »aber ich möchte, dass du diesen Namen nur verwendest, wenn wir unter uns sind. Hier könnte uns einer deiner Söhne hören.«

»Du hast recht. Roman ist tot und bleibt es auch. Aber ich wüsste gern, was der Schüler Pierre de Nevers' über meine armselige Kirche denkt.«

Der ehemalige Baumeister brauchte nur wenige Minuten, um sich ein Bild von den Schäden und den spärlich unternommenen Arbeiten zur Wiederherstellung zu machen.

»Der Brand ist sehr lange her«, mutmaßte er. »Wann genau war er?«

»Vor einem Jahrhundert, in der Amtszeit von Aimo, der von 907 bis 940 Abt war. Ein Teil der Kirche wurde zerstört, aber das Gebälk hat zum Glück gehalten, und die Krypta ist verschont geblieben. Aimo und seine Nachfolger haben die Schäden behoben, so gut sie konnten, aber eben nur notdürftig und oberflächlich. Das Kloster litt schon damals unter einer gewissen Nachlässigkeit.«

»War Blitzschlag die Ursache?«

»Mein armer Ro… Jean! Ich wünschte, es wäre so gewesen! Aber die Wirklichkeit sieht ganz anders aus: Ein Mönch mit zweifelhaften Sitten hat, als er unerlaubten Zierrat aus seiner Truhe hervorholte, aus Unachtsamkeit den Brand mit der Kerze ausgelöst, die er in der Hand hielt. Herr, bitte mach, dass eine solche Schande nie wieder passiert. Folge mir in das Heiligtum.«

In der Krypta, in der Mitte der »Confession«, einer rechtwinkligen Öffnung, durch die die Gläubigen von der höher gelegenen Apsis aus die Reliquien sehen konnten, bemerkte Roman mehrere, von Kerzen umstandene Reliquienschreine. Neben dem Chor thronte ein Sarkophag.

»Das ist unser Schatz«, verkündete Geoffroi, indem er auf die Reliquien wies. »Das sind die Heiligen Eusebius und Pontius, Christen und Märtyrer aus Rom, der heilige Andéol, Märtyrer des 3. Jahrhunderts aus der Gegend von Lyon, deren sterbliche Überreste uns vom Erzbischof von Arles überlassen wurden, und der heilige Ostian, der Vetter des heiligen Sigismund, König der Burgunden.«

»Ich nehme an, die Grabstätte ist die eures Gründers Graf Girart de Roussillon?«

»Nein. Es ist das Grab seiner Tochter Ava. Der Graf und seine Gemahlin Bertha sind mit ihren Söhnen Odorie und Thierry im Kloster von Pothières beigesetzt. Es heißt, Gebrechliche und Opfer des Fiebers, die sich auf ihre Gräber legen und dort einschlafen, wachen geheilt auf.«

»Ich habe von diesem alten heidnischen Ritual des Tempelschlafs gehört, bei dem man auf Grabsteinen schlummert. Ich halte ihn für Aberglauben. Aber sage mir, Geoffroi, warum liegt Ava nicht bei ihrer Familie?«

Der Abt seufzte. Er legte die Hand auf die steinerne, sehr schlichte Grabstätte.

»Anfangs, das heißt im Jahr der Fleischwerdung des Herrn 858«, erzählte der Abt, »gründeten Graf Girart und seine Frau Bertha im Gedenken an ihren Sohn Thierry, der im Kindesalter verstorben war, zwei Benediktinerklöster: Eine Mönchsabtei in Pothières, die den Heiligen Petrus und Paulus gewidmet war, und ein der Jungfrau geweihtes Nonnenkloster, eineinhalb Meilen von hier im Tal nahe dem Fluss Cure, mit Namen Notre-Dame de Vézelay. Das kleine Schloss des Grafen auf dem Mont Lassais war berühmt für seinen angenehmen Hof, seine Turniere und prächtigen Feste. Ava, die als schön und tugendhaft galt, war für die glanzvolle Ehe mit einem Freund ihres Bruders Odorie vorgesehen, Ritter Rotald. Einige Tage vor den Hochzeitsfeierlichkeiten wurde Rotald von einem Rivalen in einem Duell getötet. Als Ava vom Tod des Mannes erfuhr, der ihr versprochen war, tauschte sie ihre weltlichen Kleider gegen den Schleier des von ihrem Vater gegründeten Nonnenklosters. Kurze Zeit später wurde sie Äbtissin von Notre-Dame de Vézelay. Sie erfüllte ihre Aufgabe allem Anschein nach sehr gut und wurde von ihren Töchtern sehr geliebt. Im Jahr 873 jedoch fielen die Nordländer in der Gegend ein. Die Abtei von Pothières blieb verschont, aber diese Normannen, gottlose, blutrünstige Wikinger, griffen das Nonnenkloster an. Odorie, der herbeigeeilt war, um seine Schwester zu beschützen, wurde getötet. Die Barbaren nahmen das Kloster in Besitz und brachten Schimpf und Schande über die Nonnen. Ava wurde Gewalt angetan, sie erlitt Beleidigungen und Schmach seitens der Sieger. Dann wurde die Äbtissin im eigenen Kloster dem Feuertod ausgeliefert. Graf Girart und seine Armee kamen zu spät. Er nahm den Leichnam seines Sohnes mit sich und ordnete an, die Überreste seiner zu Tode gefolterten Tochter am Ort ihres Martyriums beizusetzen. Er kam zu dem Schluss, dass ein Frauenkloster den Invasoren schutzlos ausgeliefert war, und ließ Benediktinermönche aus Saint-Martin d'Autun an die Stelle der Nonnen treten. Nachdem er seine drei Kinder verloren hatte, starb wenige Monate später vor Kummer auch noch seine Frau, und er selbst verschied vier Jahre später, im Jahr 877.«

»Was für eine furchtbare Geschichte«, bemerkte, sichtlich bewegt, Bruder Jean, den die bei lebendigem Leib verbrannte Ava an ein anderes Martyrium erinnerte.

»Das ist wahr«, stimmte der Abt zu. »Das Benediktinerkloster Notre-Dame de Vézelay hielt sich dennoch zehn weitere Jahre bis 887, als Karl der Dicke, König von Frankreich und Kaiser des Abendlands, ein schwacher, kränkelnder Mann, mit den Wikingern aushandelte, dass Paris verschont bliebe, Burgund dagegen verwüstet werden dürfe. So wurde unser Land in Schutt und Asche gelegt.«

»Mit dem Segen des Königs.«

»Ja, aber dieses Mal waren die Ordensmitglieder von Notre-Dame de Vézelay vor dem Angriff gewarnt. Bevor die Barbaren kamen, verließen die Dorfbewohner die Abtei und den Ort, um sich hier auf dem ›Skorpionshügel‹ zu verschanzen. Sie errichteten Befestigungen, bereiteten ihre Verteidigung vor und gründeten das dir bekannte Kloster. Fortan hieß der ›Skorpionshügel‹›Hügel von Vézelay‹. Dann bauten sie die Krypta, in der wir uns jetzt befinden, und die karolingische Kirche, die sich über unseren Köpfen erhebt. Die Mönche hatten die Reliquien der Heiligen mitgenommen, die du dort siehst, und vor allem das Grab Avas, das sie nicht von ihren ehemaligen Peinigern entehrt wissen wollten. Darum ruht hier an dieser Stätte der heiligen Märtyrer eine Frau.«

Der Abt und sein Gefährte hatten die Krypta verlassen und genossen, als sie mit einigem Abstand zu den Mönchen draußen die Klostermauern entlangliefen, den friedlichen Anblick der Weinberge und des Morvan-Tals.

»Wenn ich daran denke, wie mächtig deine Abtei ist«, sagte der Abt neidvoll. »Sicher kennst du das Sprichwort: ›Wo immer der Wind weht, der Abt von Cluny seinen Zins zählt‹.«

»Ich gestehe, dass mir der Spruch nie zu Ohren gekommen ist.«

»Du hast also die Wahrheit gesagt, als du behauptet hast, dich nie in die Angelegenheiten deines eigenen Hauses einzumischen und von seiner Allmacht nichts zu wissen.«

»Ich habe nie gelogen, was das angeht«, bekräftigte Roman.

»Ist dir wenigstens bekannt, dass das Privileg des Dispenses ein Vorrecht von Vézelay ist, das Cluny bei seiner Gründung nachgeahmt hat?«

»Nein, davon weiß ich nichts.«

»Schon im Jahr 863«, erklärte Geoffroi, »beurkundet eine Bulle von Papst Nikolaus I., dass das Obereigentum an den beiden von Girart gegründeten Klöstern allein dem Heiligen Vater zufällt, gegen ein jährlich an Rom zu zahlendes Pfund Silber. Durch diese ungewöhnliche Klausel des Zivilrechts unterstehen wir lediglich dem Heiligen Stuhl und entziehen uns der Gewalt der Könige, Bischöfe und sonstiger Potentaten. Seither bemühen wir uns bei jeder Wahl eines neuen Abts oder eines neuen Papstes, die Beibehaltung dieses Rechts zu erwirken, das die Gewähr unserer Freiheit ist.«

»Der päpstliche Schutz ist ein mächtiges Pfund«, gestand Bruder Jean.

»Ein mächtiges Pfund, das uns aber nicht reich macht!«, stieß der Abt hervor. »Verstehst du, mein Freund, dass ich dieses Haus der Trostlosigkeit entreißen will, in der es seit seinen Ursprüngen steckt? Du hast gesehen, in welch schlechtem Zustand die Kirche ist, du hast von deinem eigenen Abt vernommen, welch beklagenswerten Ruf meine Vorgänger und deren Horden genossen, du hast gesehen, wie reich unsere Erde ist und wie arm der Schatz in der Krypta … Sei ehrlich: Wie vielen Pilgern bist du seit deiner Ankunft hier begegnet?«

»Ich weiß es nicht, Geoffroi, ich habe nicht darauf geachtet.«

Der Abt bückte sich, griff nach einem Stein, kniete sich hin und ritzte etwas in den Boden. Je mehr die Skizze Form annahm, desto mehr hellte sich das Gesicht des ehemaligen Baumeisters auf, bis es sich jäh wieder verfinsterte und er Geoffroi mit einer Geste Einhalt gebot.

»Du hast auch ein gutes Gedächtnis«, sagte er zum Abt. »Das sind fast bis ins Detail die Pläne, die Pierre de Nevers für Abt Hildebert und die Kirche auf dem Mont Saint-Michel entworfen hat. Warum hast du sie so genau im Kopf? Etwa, um sie hier auszuführen? Hältst du das nicht für anmaßend?«

»Spotte nicht«, entgegnete der Abt und stand wieder auf. »Diese Pläne bilden ein Ideal ab. Sie inspirieren mich, sie weisen mir den Weg und stärken in mir den Wunsch, zu bauen. Begreifst du, mein Bruder? Die Reform dieser Abtei wird sich nicht darauf beschränken, die bösen Mönche zu verjagen! Ich will ein neues Kloster erbauen, und du wirst mir dabei helfen!«

Bei diesen Worten wich Roman zurück. Der Abt war purpurrot vor Aufregung, seine Augen glühten, seine Hände zitterten.

»Geoffroi«, sprach ihn der ehemalige Baumeister betont ruhig an, »ich glaube, dein Ehrgeiz raubt dir den Verstand. Ich habe Odilo damals versprochen, meinen Beruf nie wieder auszuüben, und ...«

»Das soll nicht deine Aufgabe sein! Ich bitte dich nur um ein paar Ratschläge. Das kannst du mir nicht verwehren, Roman ...«

»Selbst wenn ich wollte, wirst du deinen Traum nie verwirklichen, mein Freund. Erst vorhin hast du betont, wie arm deine Abtei ist. Es sei denn, du hättest Unterstützung von ganz oben ...«

»Niemals!«, rief der Abt aus. »Den Bischof von Autun und den Grafen von Nevers fürchte ich wie eine Horde Wölfe, weil sie, genauso wie dein Abt, nur daran denken, dieses Haus ihrer Macht zu unterwerfen! Ich akzeptiere nur die Autorität Roms, aber bei allem Respekt, den ich unserem Pontifex Maximus schulde, nimmt er leider lieber Geld entgegen, als dass er es verteilt.«

»Wie willst du dann die Mittel für mögliche Arbeiten aufbringen?«

»Auf die einzige Art, die für eine klösterliche Einrichtung infrage kommt«, antwortete der Abt lächelnd. »Indem hier eine bedeutende Pilgerstätte entsteht, die nicht nur die nötigen Mittel abwerfen, sondern auch der spirituellen Weiterentwicklung meines Hügels dienen wird.«

Roman war sprachlos. Dann fragte er:

»Eine Pilgerstätte? Mit den Heiligen in der Krypta?«

»Wohl kaum. Wenn die Gläubigen sich für meine Heiligen begeistern könnten, wäre meine Kirche längst wiederhergerichtet! Leider habe ich nicht die Mittel, wie sie der alten Abtei von Saint-Riquier zur Verfügung standen, Angilbert, der hundertachtundneunzig Reliquien erworben hat! Der arme Abt von Vézelay kann nicht eine Einzige anschaffen …«

»Aber ohne heiligen Leichnam keine Pilgerstätte! Ohne die Entdeckung der Gebeine von Jakobus dem Älteren gäbe es Santiago de Compostela nicht!«

»Erlaube mir, anderer Ansicht zu sein. Reliquien sind nicht alles. Du vergisst die Offenbarungen und die wundertätigen Statuen. Was wäre Rocamadour ohne seine schwarze Madonna, die der heilige Lukas, der Evangelist, erschaffen hat und die Blinden wieder zum Sehen verhilft, Seeleute errettet und Gefangene aus ihren Ketten befreit! Vor allem, lieber Roman, was wäre der Mont Saint-Michel, ohne dass Erzengel Michael dem Bischof von Avranches, Aubert, dreimal erschienen wäre? Ein einfacher Hügel, auch ›Grabberg‹ genannt!«

Bruder Roman lächelte.

»Darin bin ich mit dir einig«, entgegnete er. »Ich gebe aber zu bedenken, dass du einen entscheidenden Punkt vergisst: Weißt du noch, was Richard II. der Normandie zu der Entscheidung bewogen hat, Abt Hildebert beträchtliche Zuwendungen in Naturalien und Geld zu gewähren, ohne die der Bau der großen Abteikirche nicht infrage gekommen wäre?«

»Ja, ich erinnere mich, ich war damals bereits im Skriptorium beschäftigt: Der plötzliche und willkommene Fund der Reliquien des heiligen Aubert, Begründer des heiligen Berges, die man seit Jahrzehnten verloren glaubte.«

»So ist es, Geoffroi. Eines Nachts hörte Abt Hildebert ein

Klopfen in der Decke seiner Zelle. Er rief den Kellermeister herbei, der eine Leiter holte, die Latten entfernte und, versteckt zwischen Deckenboden und Dach, eine Lederschatulle mit einem Arm und dem vom Finger des Erzengels durchbohrten Schädel des heiligen Aubert entdeckte, denen ein Pergament beilag, das die Echtheit der Gebeine bestätigte. Der Anblick dieses Schatzes gab den Ausschlag für die Entscheidung des Grafen, denn dieser meinte, ein Zeichen des heiligen Michael zu erkennen. Die Ausstellung des Reliquienschreins bescherte der Abtei einen merklichen Anstieg der Pilgerzahlen. Was ich damit sagen will, Geoffroi: Trotz Statuen und Erscheinungen von Engeln und Heiligen gibt es keine große Pilgerfahrt ohne die heiligen Gebeine eines berühmten Auserwählten Gottes.«

Der Abt lächelte, nahm seinen Freund am Arm und flüsterte ihm ins Ohr:

»Und wenn ich dir jetzt verkünde, dass ich beides habe, eine wundertätige Skulptur und die Reliquien einer hochheiligen und überaus berühmten Person?«

16

Du hast gesprochen!«, ruft Haparonius aus. »Du bist nicht mehr stumm! Das ist ein Wunder! Gelobt sei der Herr!«

Livia sinkt in die Arme des Parfümeurs und lässt ihrem Kummer freien Lauf, den sie nie hatte mitteilen können.

Dann schildert sie ihm kurz, wer sie ist, woher sie stammt und was sie erlebt hat. Ihre Stimme klingt wie aus dem Jenseits, wie die einer Unbekannten, die sich ihrer bemächtigt hat. Sie redet ganz anders als einst das kleine Mädchen.

»Seit vier Jahren bin ich allein und spreche nicht. Ich wusste nicht, wohin ich gehen sollte. Ich wurde als Sklavin verkauft, und so ist aus mir die ›Serva‹ von Faustina Pulchra geworden. Ich war verloren ... aber du hast mich wiedergefunden.«

»Jesus hat dich zu mir geführt, meine Schwester. Du gehörst zur Familie des Herrn, er lässt seine Kinder nie im Stich.«

Livia senkt den Kopf und zögert. Dann spricht sie weiter.

»Haparonius, mein Bruder, du hast schon so viel für mich getan ... aber du musst mir noch einmal helfen. Ich muss unbedingt Apostel Paulus treffen. Wo ist er?«

Der Blick des Unguentarius verdunkelt sich.

»Ach, meine Schwester ... Paulus ist tot.«

In Livias violetten Augen zeigt sich große Verzweiflung. Ihre Lippen beben.

»Letztes Jahr wurde er verhaftet, hier in Rom. Und dieses Mal hat man Paulus verurteilt. Als Bürger Roms und Mitglied der Kaste der Honestiores ist er der Kreuzigung entgangen, aber auf dem Weg nach Ostia wurde er enthauptet. Was für ein Verlust für die Familie der Christen! Anders als du, habe ich ihn leider nicht kennengelernt, er war gerade auf dem Weg zu unserer Gemeinschaft, als man ihn festnahm.«

»Bestimmt ist er verraten worden«, folgert Livia und muss wieder an die Massenverhaftungen denken, die auf den großen Brand folgten.

»Das weiß ich nicht. Einige von uns sind allerdings dieser Ansicht.«

Trotz ihrer Freude darüber, die Anhänger des »Weges« wiedergefunden zu haben, überwiegt die Niedergeschlagenheit. Paulus … Sie war damals erst sieben Jahre alt, und auch wenn sie das Gesicht ihrer Eltern und Brüder kaum noch vor Augen hat, so erinnert sie sich noch genau an das von Paulus. Er war sehr sanftmütig, aber ebenso klug und vehement, wenn er gegen die Götter des römischen Pantheons und das Misstrauen der Juden vorging. Dieser Mann war ein Krieger, der bewaffnete Arm Christi.

»Warum wolltest du Paulus sehen? Er ist unersetzlich, das weiß ich, aber unser Ältester ist ein sehr überzeugter, guter Mensch. Es gibt kein Problem, das sich mithilfe des Herrn und durch sein Wort nicht lösen ließe. Ich kann dich sofort zu ihm bringen, wenn du es wünschst.«

Livia ist ratlos. Kann sie dem Ältesten die Botschaft der Maria von Bethanien anvertrauen? Sie darf ihr Versprechen nicht brechen.

»Nein, danke, Haparonius«, antwortet sie schließlich.

»Hör mich an, meine Schwester. Jeden Sonntag im Morgengrauen treffen sich ein paar Dutzend Gläubige heimlich hier mit unserem Ältesten, um gemeinsam zu beten und das Mahl Gottes einzunehmen. Schließe dich uns an.«

»Haparonius, ich wäre glücklich, wenn ich könnte! Aber dafür müsste ich meine Herrin belügen, mich wegstehlen und den Spionen entkommen, die mir folgen …«

»Schließe dich deiner wirklichen Familie an. Kommenden Sonntag erwartet sie dich.«

Als Livia in den Laden des Parfümeurs zurückkehrt, erntet sie einen misstrauischen Blick des Hausvorstehers Parthenius. Er mustert sie von oben bis unten. Die junge Frau wundert sich, bis sie plötzlich begreift. Da die Salbenhändler und ihre Werkstätten keinen guten Ruf genießen, glaubt Parthenius, Livia habe sich mit Haparonius oder irgendeinem Hasardeur aus seinen Kreisen im Hinterzimmer eingelassen. Die junge Frau lächelt. Soll Parthenius sie doch der Ausschweifung verdächtigen! Dann muss sie nicht verbergen, dass sie den Parfümeur aufsucht – wegen geheimer Treffen ganz anderer Art.

Schweigend gehen Parthenius und Livia nebeneinander zum Stadthaus zurück. Je länger sie durch das Labyrinth der Straßen laufen, desto unwohler fühlt sich Livia. Der Besuch bei Haparonius hat sie aufgewühlt. Was soll sie jetzt nur tun? Faustina gestehen, sie sei geheilt, oder ihr die Wahrheit verheimlichen? Einen Moment lang denkt sie daran, wegzulaufen und ihre Freiheit zurückzugewinnen, so wie sie ihre Stimme und eine Familie wiedergefunden hat. Aber diesen Gedanken verwirft sie schnell. Auf einen entflohenen Sklaven wartet das Todesurteil, wenn er aufgegriffen wird. Haparonius und die anderen würden es auch nicht gutheißen, denn nach Ansicht der Christen darf sich ein Sklave nicht auflehnen; er muss gehorchen. Freiheit erlangt sie nur innerlich. Und was wäre gewonnen mit einem riskanten, einsamen Vagabundendasein? Sie weiß, was das heißt, und möchte es nicht noch einmal erleben. Livia holt tief Luft. Sie kann das, was war, nicht ungeschehen machen. Sie ist nicht mehr das Mädchen, das sie vor vier Jahren war, frei, aber verloren. Sie gehört Faustina, und daran wird sie nichts ändern. Sie beschließt, den Schein zu wahren und die Stumme zu spielen. So fühlt sie sich am ehesten frei.

Würde die junge Frau sich selbst besser kennen, wüsste sie, dass sie nichts mehr fürchtet, als dass die Beziehung zu Faustina von Grund auf erschüttert werden könnte. Es ist ihr nicht bewusst, aber die Matrone ist an die Stelle ihrer Mutter getreten, und auch wenn diese Mutter selbstsüchtig und autoritär gegenüber einer Tochter ist, die nichts entgegnen kann, wüsste Livia nicht, wie sie sich von ihr lösen sollte, um auf eigenen Füßen stehen zu können. Sie zieht die Lüge der Freiheit vor.

»Serva, bist du krank?«

Livia, die das in Seide geschlagene Päckchen mit dem königlichen Parfüm an sich presst, merkt nicht, dass sie zittert und dicke Schweißperlen ihr die Stirn herunterrinnen. Sie schüttelt den Kopf.

»Aha!«, sagt Parthenius daraufhin augenzwinkernd. »Du hast dich nur verausgabt, nicht wahr?«

Verächtlich wendet sie sich ab. Parthenius lacht schamlos.

Zurück im Domus, eilt Livia in das Schlafzimmer ihrer Herrin, noch bevor der Hausvorsteher Gelegenheit hat, sich über das unangemessene Verhalten der Ornatrix auszulassen.

»Endlich!«, Faustina seufzt. »Fast hatte ich mich damit abgefunden, einen Duft aufzutragen, den ich schon einmal verwendet habe. Wo ist mein Parfüm? Es ist doch hoffentlich nicht einer dieser Räuberbanden in die Hände gefallen?«

Stolz wedelt Livia mit dem Päckchen. Faustina reißt es an sich und streift ungeduldig die Seidenhülle ab; sie bewundert den Flacon aus gehämmertem Silber, nimmt den Verschluss ab und atmet den Duft des Elixiers ein.

»Wunderbar ...«, murmelt sie. »Herrlich und so originell ...«

Die Ornatrix holt unter ihrer Tunika die kleine Phiole mit ägyptischem Kyphi hervor, das Geschenk von Haparonius, dazu einen Beutel mit zerstoßenem Horn, das die Zähne zum Glänzen bringen soll, ein Kniff, dessen sich Messalina, die dritte Gemahlin von Kaiser Claudius, gern bediente. Faustina ignoriert die Geschenke des Parfümeurs und konzentriert sich auf den Duft des Königs der Parther, der teuerste, den sie sich je zugelegt hat. Livia unterdrückt ein Schaudern und holt aus einer Ecke die Kosmetikschatulle, zusammen mit der Koffertruhe, die ihre Utensilien enthält. Sie schminkt ihre Herrin und bringt die Frisur noch einmal in Ordnung, um zuletzt das königliche Parfüm aufzutragen.

»Serva, was ist mit dir?« Faustina ist plötzlich beunruhigt. »Du bist so blass, als hättest du Bleiweiß im Gesicht! Bist du krank?«

Livia gibt ihr zu verstehen, dass alles in Ordnung sei, aber ihre Herrin befühlt ihre Stirn.

»Du glühst ja, du hast Fieber! Geh und ruh dich sofort aus, hörst du?«

Livia muss gehorchen. Sie fühlt sich elend, schwach und erschöpft. Schlaf wird ihr guttun. Sie hat keinen Hunger und ist froh, dass ihr das gemeinsame Essen mit den anderen Sklaven erspart bleibt.

Während sie das Lager der Frauen im oberen Stockwerk aufsucht, bereitet Parthenius die Fackeln vor, mit denen die Sklaven durch die Straßen Roms ziehen werden, wenn sie Faustina und ihren Gatten zu ihrem großen Festmahl geleiten.

Es herrscht vollkommene Dunkelheit, als Larcius Clodius Antyllus und Faustina Pulchra ihren Sänften entsteigen, die von fünfzehn Sklaven getragen und bewacht werden, der Hälfte ihrer Leibeigenen. Der Portier lässt sie eintreten, und ein Türsteher weist ihnen gemäß Protokoll und Zeremoniell ihre Plätze entsprechend ihrer gesellschaftlichen Stellung zu. Der Patrizier und seine Frau ziehen ihre Sandalen aus und lassen sich nebeneinander auf einer mit Decken ausgelegten Liege nieder. Der etwa sechzigjährige Larcius Clodius, dürr und knöchrig wie ein Weinstock, trägt die weiße Toga einflussreicher Männer, die mit einem roten Saum als Zeichen für den Senator versehen ist und deren dichte Falten so schwer fallen, wie die Musselinschleier, mit denen seine rundliche Gattin sich geschmückt hat, leicht und luftig sind. Wer etwas auf sich hält in der Stadt, ist bei diesem prunkvollen Festmahl anwesend, und Gastgeber Nymphidius Sabinus, der Prätorianerpräfekt, empfängt alle mit unterwürfiger Jovialität.

Während die Sklaven den Gästen mit Safranwasser Hände und Füße waschen, legen Faustina und die übrigen Geladenen das Tuch vor sich hin, das sie eigens mitgebracht haben, um die Reste ihres Mahls darin einzupacken und mit nach Hause zu nehmen, wie es die Höflichkeit verlangt. Die Diener bringen

Messer, Löffel, Zahnstocher und Weinkelche mit Wasser. Eine erste Trinkrunde bildet den Auftakt zum Essen.

Fasziniert beobachtet Faustina den Herrn des Hauses, der vor ihr seinen Silberkelch in die Höhe hebt und die Senatsmitglieder umschmeichelt. Der von Nero zum Prätorianerpräfekten ernannte Nymphidius Sabinus, Mann seines Vertrauens, ist der eigentliche Stratege für die Absetzung des Kaisers. Heimlich hat er sich Statthalter Galba und dem Aufstand angeschlossen und die Flucht des Herrschers herbeigeführt, indem er ihn mit ebenso furchterregenden wie falschen Nachrichten versorgt hat: In Tränen aufgelöst, gab er vor, die Armee und sämtliche römischen Provinzen lehnten sich gegen ihren Fürsten auf. Nero hat ihm geglaubt. Dann hat Nymphidius Sabinus ihn dazu überredet, sein »Goldenes Haus« zu verlassen und bei seinem Freigelassenen Phaon Unterschlupf zu suchen. Nero, der von allen verlassen ist, bleibt also nichts anderes übrig, als seinem Leben ein Ende zu setzen. Noch aber widersetzt sich der Komödiant mit dem zweifelhaften Talent.

Die Gäste trinken auf seinen Tod, als die Sklaven kleine, warme Brote und Speisen als ersten von sieben Gängen der »cena« hereintragen: Oliven, Spargel, hart gekochte Eier mit Anchovis auf einem Bett aus Raute, Saueuter in Thunfischlake, Austern, Siebenschläfer mit Honig und Mohn, Pflaumen und gegrillte Würste. Mit den Fingern nimmt sich Faustina einen der Siebenschläfer vor, während die Unterhaltung wie von selbst auf Galba, den neuen Kaiser, zusteuert.

»Liebe Senatorenfreunde, teurer Gastgeber«, wagt sich ein Konsul zu äußern, »betrachtet meine Frage nicht als Infragestellung eurer Wahl, aber fürchtet ihr nicht, dass das fortgeschrittene Alter unseres Herrschers seine Entscheidungen beeinträchtigen könnte? Ich habe gehört, er erfreue sich nicht gerade bester Gesundheit ...«

»Neros Herz schlägt noch, und Ihr trauert bereits seiner Dummheit und Jugend nach?«, empört sich Larcius Clodius Antyllus. »Servius Sulpicius Galba entstammt einer sehr angesehenen Familie, die väterlicherseits bis zu Jupiter persönlich zurückreicht, und mütterlicherseits bis zu Pasiphae, der Frau von Minos, dem König von Kreta. Sein hohes Alter entspricht der Treue, mit der er Tiberius, Caligula, Claudius und zuletzt Nero gedient hat, bevor dieser den Verstand verlor. Er ist keineswegs senil, und sollte sein Alter Anlass zu Befürchtungen geben, dann höchstens insofern, als uns ein Übergang von der Dekadenz hin zur Weisheit bevorsteht!«

»Es heißt, er habe sich nach dem Tod seiner Frau und seiner Kinder nicht wieder vermählt«, sagt die Gattin eines Senators, »da er aufgrund seiner Neigungen eher heimliche Beziehungen zu Personen seines Geschlechts unterhalte.«

»Angeblich ist er ebenso reich wie geizig«, fügt eine andere Frau hinzu.

»Das alles spricht für ihn«, wirft Nymphidius Sabinus hintersinnig ein. »Nicht nur, dass er das Geld des Staates gar nicht erst an Geliebte verteilen wird; er wird die Kassen sogar wieder füllen!«

Die Diener reinigen den Gästen die Hände, indem sie Wasser darüber laufen lassen, und bringen die erste von drei Vorspeisen, bestehend aus Fisch mit pikanter Soße und kunstvoll angerichteten Langusten. Zur zweiten Vorspeise – gegrillte Lammkoteletts, die zu einer riesigen Kuppel aufgeschichtet sind, in deren Mitte Nierchen, Gewürze und kandierte Feigen prangen – treten Musiker auf. Als zur dritten Vorspeise gefüllte Hasen und Geflügel gereicht werden, erklärt Nymphidius Sabinus Faustina, dass seine Kohorten die Ankunft der Truppen Galbas und Othons erwarten, um einzugreifen und die Stadt von den Söldnern Neros zu befreien.

Faustina, die intelligent und mit den Intrigen des Kaiserreichs durchaus vertraut ist, stellt fest, dass der ehrgeizige Präfekt weniger geduldig zu sein scheint, als er es anderen gern nahelegt; nacheinander bespricht er sich mit allen Senatoren, was darauf hindeutet, dass Ränke geschmiedet werden.

»Meine Freunde«, erklärt Nymphidius Sabinus endlich, »hier

kommen die beiden Grillbraten, und zur Untermalung tritt nun Eutropia auf, die berühmte Seiltänzerin.«

Auf einem von zwei riesigen Anrichtbrettern tragen die Diener ein ganzes Schwein herein, ringsum garniert mit Frischlingen in Kruste, auf einem zweiten ein gesottenes Kalb, drapiert mit gegrillten Zicklein. Dahinter folgen die Seiltänzerin und ihre Truppe. Die Weinamphoren werden nach Bedarf entsiegelt, die Flüssigkeit wird durch ein Sieb gefiltert und in einen steinernen Bottich mit Brunnenwasser gefüllt, aus dem die Sklaven den Wein in die Kelche einschenken.

Faustina hat schon längst keinen Hunger mehr. Halb widerstrebend kaut sie auf einem Stück Fleisch herum und blickt abwesend auf die schöne, junge Eutropia, die, fast nackt, auf einem quer durch den Saal gespannten Seil Sprünge und Überschläge vollführt. Faustina nimmt davon Abstand, ihre Leibesfülle weiter zu päppeln, und legt ein Schweinsohr, die Schulter von einem Frischling und die Keule von einem Zicklein in ihr Tuch. Damit möchte sie ihre Ornatrix bedenken, als Belohnung für ihre Arbeit: Seit Beginn des Abends hat man der Matrone immer wieder Komplimente für ihre Aufmachung gemacht. Was ihr Parfüm angeht, hat sie der schmeichelnde Blick einiger männlicher Gäste, aber auch der Bannstrahl ihrer Gattinnen, der betörenden Wirkung des Duftes versichert. Ihr Gatte schenkt dem keine Beachtung: Mit zunehmendem Alter hat sich sein Geruchssinn auf politische Gefahren und Verschwörungen verlegt, was seine Frau ihm nicht vorwerfen kann. Die sprichwörtliche Vorsicht von Larcius Clodius Antyllus, die seine Feinde ihm als Feigheit auslegen, seine Erfahrung mit dem System und seine weitreichenden Beziehungen haben sie oft genug vor der Verbannung bewahrt. Faustina seufzt. Ihrem lieben Neffen, Javolenus Saturnus Verus, dem einzigen Sohn ihrer verstorbenen Schwester, kann man eine solche Besonnenheit leider nicht nachsagen. Der Philosoph, ein Anhänger des Stoizismus und herausragender Schüler von Seneca und Musonius Rufus – dem Freund des Senatoren und Philosophen Thrasea Paetus –, der selbst Mitglied des Senats ist, wie sein Onkel und sein Vater auch, wurde drei Jahre zuvor beschuldigt, an der Verschwörung von Pison teilgenommen zu haben. Weil sie nicht länger mit ansehen wollten, wie sich der Kaiser in kostspieligen Torheiten erging, hatten sich Senatoren und Equites mit dem Ziel vereint, Nero auszuschalten und durch den angesehenen Pison oder den weisen Seneca zu ersetzen. Die Verschwörung wurde aufgedeckt und scheiterte, die Niederschlagung war fürchterlich.

Seneca, sein Neffe Lucain, Thrasea Paetus, Petronius sowie zwölf weitere, teils vermeintliche Verschwörer mussten sich die Pulsadern aufschneiden. Musonius Rufus, Javolenus und zweiundzwanzig andere wurden aus Rom vertrieben und in die Verbannung geschickt. Da Larcius Clodius befürchtete, von Nero behelligt zu werden, untersagte er seiner Frau, ihren Neffen wiederzusehen. Die durchaus begründete Anordnung stellt Faustina vor eine Zerreißprobe; stets hat sie Javolenus wie einen eigenen Sohn behandelt, als das Kind, das ihr selbst verwehrt blieb.

Mit den Nachspeisen halten auch die unverzichtbaren Spaßmacher Einzug, die den gestürzten Kaiser parodieren. Mit Dreifachkinn und Kissen und geschminkt wie eine Frau, nehmen die Gaukler laszive Posen ein, singen in Falsettstimme Unsinn über eine zerbrochene Leier und stolzieren in der ausgelassenen Runde herum, während sie Medaillen, Palmzweige, Kronen und Trophäen aus Griechenland und Ägypten zur Schau stellen; dort seien sie, so rühmte sich ihr Vorbild, mit allen möglichen künstlerischen Auszeichnungen bedacht worden und wollen bei allen olympischen und isthmischen Spielen den Sieg davongetragen haben.

Den Pantomimen gelingt es, Faustinas Wehmut zu vertreiben, die sie beim Gedanken an ihren Neffen stets überkommt, und schon bald lacht sie wie die anderen Gäste lauthals über die Späße der Komiker.

Durch Rausch und Gelächter von allen Ängsten befreit, fällt es der versammelten Runde nicht auf, als ein bewaffneter Prätorianer Nymphidius Sabinus etwas ins Ohr flüstert, woraufhin der sich steif und bleich erhebt und mit einer Geste Ruhe gebietet.

»Meine Freunde«, hebt er an, »ich habe eine sehr erfreuliche Nachricht zu verkünden. Nero lebt nicht mehr! Mithilfe seines Sekretärs Epaphroditus hat er sich endlich den Dolch in den Hals gestoßen … Nero ist tot.«

Auf das Gelächter folgt bedrückende Stille. Der so sehr herbeigesehnte Selbstmord bewirkt keinen Freudenausbruch. Die Gesellschaft wirkt wie von einer dumpfen Unruhe erfasst. An diesem Abend wird Nero zwar von niemandem vermisst, und es wagt auch keiner, ihn zu beweinen. Aber mit dem geächteten Kaiser vergeht auch das einst vom ehrwürdigen Augustus begründete Reich und die julisch-claudische Dynastie, die fast ein Jahrhundert lang über Rom und sein Kaiserreich geherrscht hat.

»Isis hat mich erhört, der Tyrann ist tot, und Javolenus kann endlich nach Rom zurückkehren!«, sagt Faustina zu ihrem Mann, als sie zu Hause ankommen.

»Warte noch, bis die Lage stabiler ist und Galba ihm die Rückkehr erlaubt«, empfiehlt Larcius Clodius.

»Ist Galba den Philosophen nicht zugetan? Ist es nicht sein Wunsch, die Denunzianten zu verurteilen, die die Verschwörer vor drei Jahren an Nero verraten haben?«

»Faustina Pulchra, wenn der Kaiser nach Rom kommt, wird er sich um Wichtigeres kümmern müssen, zum Beispiel um die Wiederherstellung von Ruhe und Ordnung in der Stadt. Javolenus ist fern von Rom in Sicherheit.«

»Dann besuche ich ihn.«

»Darüber werden wir noch reden. Ich begebe mich jedenfalls zur Ruhe. Der heutige Tag war sehr anstrengend, und morgen wird es im Senat kaum besser werden. Wir müssen Neros Bestattung in die Wege leiten, und die Auslöschung seines Andenkens.«

Larcius Clodius wünscht seiner Frau eine gute Nacht und zieht sich in sein Cubiculum zurück. Dem gesellschaftlichen

Rang gemäß, hat das Ehepaar getrennte Schlafzimmer. Gegenüber befinden sich die Räume von Faustina, die jedoch nicht müde ist und sich auch nicht allein zurechtmachen will. Ganz zu schweigen davon, dass sie darauf brennt, ihrer Ornatrix von den Geschehnissen der Nacht zu berichten. Sie befiehlt einem Sklaven, die junge Frau zu wecken. Währenddessen sucht sie ihre Gemächer auf und legt die Musselinschleier ab. Es klopft.

Zu Faustinas Überraschung betritt nicht Serva, sondern Parthenius schlaftrunken den Raum.

»Herrin, Serva ist krank. Ich habe sie von den anderen Frauen getrennt, damit sie sie nicht ansteckt, und ihr auf dem Dachboden ein Lager richten lassen.«

»Bei Juno, was hat sie bloß? Vorhin hatte sie Fieber, aber es schien nichts Schlimmes zu sein.«

»Ich weiß nicht, was sie hat, oder besser gesagt, ich fürchte zu wissen, was es ist …«

»Parthenius, drücke dich klar aus. Weißt du es, oder weißt du es nicht?«

»Nun ja … heute Nachmittag, beim Unguentarius, hat sie sich der Unzucht schuldig gemacht … Es ist mangelnde Hygiene, wie ich glaube. Sie geht nie mit den anderen ins Bad. Sie hat sich irgendeine Krankheit geholt.«

Staunend schweigt Faustina, runzelt die aufgemalten Brauen und bricht dann in lautes Gelächter aus.

»Serva? Bei einem Stelldichein? Im Hinterzimmer von Haparonius? Das ist ja wohl das Komischste, was mir heute Abend zu Ohren gekommen ist!«

Der Hausvorsteher errötet.

»Hast du ihr Fenchel gegeben, damit die Krämpfe nachlassen?«, fragt Faustina streng.

»Ja, Herrin, Fenchel, Salbei und Knoblauch in Honigwein, um das Fieber zu senken.«

»Gut. Geh wieder schlafen. Morgen begleitest du sie zum Arzt. Und wenn sie in ihrem Zustand nicht laufen kann, lassen wir einen Wundarzt kommen.«

Parthenius verschwindet. Faustina denkt kurz nach und nimmt dann das Tuch mit dem gebratenen Fleisch, um das Zimmer zu verlassen. Ungelenk steigt sie auf den Dachboden hinauf, wo sie leise die Tür öffnet.

Schlafend liegt die Ornatrix zwischen Mehlsäcken, Ölamphoren und Gemüsekisten. Ihr Schlaf scheint jedoch von übernatürlichen Wesen bevölkert, die sich ihrer bemächtigt haben und durch sie sprechen. Mit geschlossenen Augen wirft die fiebernde junge Frau den Kopf hin und her, schwitzt und zieht Grimassen. Vor allem aber spricht sie – ein Wunder, das einer Styx würdig wäre. Serva, die Stumme, gibt unverständliche Worte von sich, mit einer Stimme, die Faustina nicht kennt und die in ihren Ohren klingt wie die einer Hexe. Die Matrone weicht erst zurück, bevor sie sich über ihre Angst hinwegsetzt und eintritt. Langsam nähert sie sich der schlafenden Gestalt. Plötzlich beginnt die Ornatrix zu weinen, öffnet die Lippen und stößt krampfartig Schreie aus, während sich ihr Körper immer wieder ruckartig anspannt:

»Livia! Ja, Livia Aelia! Sextus! Gaius! Vater! Mutter! Raphael! Petrus! Wo sind sie? Warum haben sie mich verlassen? O nein, Simeon Galva Thalvus! Warum? Wo ist Paulus? Paulus! Niemand gibt mir eine Antwort! Wem soll ich mich anvertrauen? Vater unser, hilf mir … Herr, durch dein Blut, das du für uns vergossen hast. Durch Jesus Christus, Gottes Sohn, den Erlöser. Durch Jesus Christus, Gottes Sohn, den Erlöser …«

Faustina dreht sich um und verlässt den Dachboden.

Am nächsten Morgen weckt die Ornatrix ihre Herrin im Morgengrauen wie jeden Tag. Ihre Wangen sind hohl, dunkle Schatten zeichnen ihre Augen. Zu ihrem großen Erstaunen brennt der Wergdocht der Wachskerze noch. Sie trifft Faustina vollständig angekleidet auf dem Bett sitzend an, umgeben von halb entrollten Volumina. Ihr noch vom Vorabend geschminktes Gesicht zeigt Risse. Ohne einen Ton zu sagen, fixiert die Matrone ihre Sklavin aus halb geschlossenen Augen. Das Mädchen zieht die

Holzläden auf, und durch die glaslosen Fenster dringt die Frische des beginnenden Tages. Sie reicht ihrer Herrin ein Glas Wasser und kniet sich vor sie hin, um ihr die Sandalen anzuziehen, die auf dem Bettvorleger stehen. Dann geht sie ins Badezimmer und kehrt mit einer Waschschüssel voll Wasser zurück. Die Ornatrix öffnet ihre beiden Truhen und beginnt mit der Morgentoilette. Langsam wischt sie Faustinas falsches Gesicht herunter. Diese ist ungewöhnlich schweigsam.

Ob ihr etwas fehlt, fragt Livia sich. Es ist das erste Mal, dass sie die ganze Nacht liest, und vor allem erzählt sie nichts über ihr Festmahl von gestern Abend! Hat sie beim Prätorianerpräfekten vielleicht etwas gegessen, was ihr nicht bekommen ist?

Langsam erscheint das von seiner künstlichen Aufmachung befreite Gesicht der Patrizierin mit den Spuren des Alters und wirkt eigenartig fragil. Ohne Schminke fühlt sich Faustina auch innerlich verletzlich.

»Du siehst aus, als hättest du kein Fieber mehr.«

Livia nickt.

»Bist du sicher, dass du wieder ganz gesund bist? Willst du nicht lieber zum Arzt gehen?«, hakt Faustina nach.

Livia bedeutet ihr, dass es ihr wieder gut gehe. Mit einer Geste und fragendem Gesichtsausdruck zeigt sie dann auf Faustina, deren Bett, die Schriften und die Kerze.

»Ach ja! Ich konnte nicht schlafen«, erklärt Faustina, »und ich musste das eine oder andere überprüfen ...«

Mehr sagt sie nicht. Livia führt das Verhalten ihrer Herrin eher auf Behauptungen von Parthenius über ihr vermeintliches Fehlverhalten beim Parfümeur zurück als auf übermäßiges Essen und Trinken am Vorabend. Der Hausvorsteher hat geplaudert, und Faustina ist enttäuscht von ihrer Ornatrix, angewidert vielleicht sogar. Livia schämt sich, aber sie weiß, dass es in Rom immer noch besser ist, verdorben zu sein als christlich. Laster gilt als Zeitvertreib, die Ausübung einer verbotenen Religion als Verbrechen. Hat aber Faustina Livia nicht erzählt, dass sie etliche Liebhaber gehabt habe und ihren Mann noch bis vor Kurzem mit schönen Jünglingen betrogen und für deren Dienste bezahlt habe? Faustina ist weder naiv noch tief enttäuscht, sondern nur eifersüchtig auf ihre junge Dienerin.

»Nero ist tot.«

Es war ein Satz wie ein Fallbeil. Livia hält inne.

»Er hat sich gestern Abend erdolcht.«

Die Nachricht trifft sie bis ins Herz. Stumpfsinnig blickt Livia auf die mit Rosenwasser getränkte Watte, mit der sie gerade das Gesicht ihrer Herrin abgewischt hat und die voller Schweiß und Schmutz ist.

»Du solltest dich freuen, Serva, mehr noch als wir übrigen Römer.«

Fragend blickt die Ornatrix die Matrone an.

»Damit will ich sagen, dass dieser Selbstmord für uns das glückliche und gerechte Ende eines schlechten Herrschers ist, für dich und die Deinen aber stirbt damit ein Tyrann und Schlächter …«

Allmählich beginnt die junge Frau Faustinas Anspielungen zu verstehen, doch sie lässt sich nichts anmerken. Sie greift nach einer zinnernen Pyxis und trägt innerlich bebend Creme auf das schlaffe, faltige Gesicht ihrer Herrin auf.

»Du tust so, als würdest du meine Worte nicht verstehen«, fährt Faustina fort, »dabei bist du doch nicht taub. Du bist ja nicht einmal stumm!«

Livia lässt den Cremetopf fallen, der auf dem Holzboden aufschlägt und seinen Inhalt über den wertvollen »toral« aus Wolle und Seide verbreitet.

»Endlich habe ich dich durchschaut!«, ruft Faustina und erhebt sich. »Ich bin zu dir hinaufgegangen, letzte Nacht, ich habe mir Sorgen um dich gemacht und dachte, es würde dir vielleicht guttun, von dem gebratenen Fleisch zu essen. Was für eine Überraschung, als ich dich im Schlaf habe reden hören!«

Livia beißt sich auf die Lippen.

»Tja, wenn man sich für die Lüge entscheidet, meine Kleine, muss man auch das kontrollieren, was man nicht kontrollieren kann, nämlich seine Träume! Seit vier Jahren machst du mir etwas vor, du bist nicht stummer als ich. Du hörst mit, was hier geschieht, und dann gehst du los und erzählst alles dieser Schurkenbande, die uns ins Verderben stürzt!«

Faustinas Wut versetzt der Sklavin einen solchen Schock, dass sie nicht antworten kann.

»Ich weiß alles! Du hast dich selbst verraten heute Nacht, als du den Namen deines Anführers genannt hast. Ich muss zugeben, dass er mir zunächst nichts sagte, aber inzwischen habe ich mich schlau gemacht …«

Faustina zeigt auf die Papyrusrollen.

»Ich weiß, wer du bist, du gehörst zu dieser Sekte von Menschenfressern und Verbrechern, deren Anführer ein eselsgesichtiges Monster namens Jesus Christus ist! Jetzt begreife ich, warum du unser Essen, unsere Tempel und Bräuche meidest. Du bist eine Feindin. Du willst uns zerstören. Ich habe dir vertraut, aber du hast mich verraten – verraten!«

Faustina lässt ihren drohend ausgestreckten Finger sinken und setzt sich auf ihr Bett.

»Nein«, flüstert Livia kaum vernehmbar. »Nein, Ihr irrt Euch.«

Sie wirft sich ihrer Herrin zu Füßen.

»Ich habe Euch nie verraten, niemals. Ich konnte tatsächlich nicht sprechen, vier lange Jahre lang. Gestern, ganz plötzlich, war meine Stimme wieder da. Als ich mit Parthenius vom Parfümeur zurückkam, habe ich auf der Straße einen alten Freund gesehen, den ich für tot hielt, ein enger Freund meiner Familie. Er hat mich nicht bemerkt, aber ich habe ihn sehr wohl wiedererkannt. Ich war so erschüttert, dass ich Fieber bekam, ganz plötzlich. Ihr wart selbst dabei. Ihr seid fortgegangen, und es ging mir sehr schlecht. Man hat mich auf den Dachboden gebracht, ich war ganz allein, und da … da … Mit dem Gesicht dieses Mannes, den ich auf der Straße gesehen habe, stiegen die Bilder von der Tragödie, die Vergangenheit, mein Name, die Toten wieder auf. Meine Stimme war wieder da, ich konnte wieder sprechen!«

Livia beginnt zu weinen. Faustina sieht sie misstrauisch an.

»Hört mich an!«, beschwört Livia sie zwischen zwei Schluchzern. »Ich flehe Euch an, hört mir zu, ich werde Euch alles erzählen …«

Nachdem sie vier Jahre lang geschwiegen hat, schildert Livia ihre Geschichte nun zum zweiten Mal innerhalb von zwei Tagen. Aber sie erzählt Faustina nichts von Paulus, Petrus, Simeon Galva Thalvus und vor allem nicht von ihrem Bruder Haparonius. Wie beim Parfümeur lässt sie Raphael und die Botschaft, die sie in sich trägt, unerwähnt. Sie gibt zu, Christin zu sein, aber der Matrone berichtet sie eher von ihrer Mutter, ihrem Vater, ihren Brüdern, von Magia und ihrer Kindheit in Rom. Ausführlich erzählt sie von der Verhaftung ihrer Familie, dem Mord an Magia, dem Verrat ihres Onkels und ihrer Tante, vom Überleben und Herumirren in der Stadt. Sie berichtet, wie sie hilflos dem Gemetzel an den Christen beiwohnte, das sie verstummen ließ, bevor sie herumstreunte. Sie erwähnt die Begegnung mit dem einäugigen Soldaten, der sie an den Sklavenhändler verkauft hat. Schließlich bekennt sie, dass Faustina sie im Grunde gerettet habe.

»Dann bist du also eine Freigeborene«, murmelt die Aristokratin, betroffen und bestürzt über die Herkunft ihrer Sklavin. »Du bist eine Bürgerin, und ich habe dich zur Sklavin gemacht …«

»Nero hat mich zur Sklavin gemacht. Durch die Ermordung meiner Familie hat er mir meine Vergangenheit, meine Identität und meine Zukunft genommen. Ihr habt mir ein Dach über dem Kopf gegeben, zu essen, einen Beruf, Zuneigung. Ihr habt mich beschützt.«

»Armes Kind. Ich erinnere mich noch an den Tag damals in den Gärten. Es war feige, erniedrigend und abstoßend.«

Faustina hat Mitleid mit Livia. Aber sie hat sich wieder im Griff.

»Wie kannst du deinem Gott treu sein nach all dem! Du weißt, dass dein Glaube unrechtmäßig, schlecht und gefährlich ist! Er wird dich dein Leben kosten! Du musst ihm abschwören!«

»Dann würde ich meiner Familie abschwören und sie ein zweites Mal sterben lassen.«

»Aber deine Ahnen haben diesen unsinnigen Kult nicht praktiziert! Sie haben sich an den römischen Pantheon gehalten! Du verhöhnst sämtliche Vorfahren im Namen deiner Eltern. Außerdem ist dein Glaube ein sklavischer Glaube. Du hast etwas Besseres verdient.«

»Ist es sklavisch, wenn man an das ewige Leben nach dem Tod glaubt?«

Die Anhängerin der Isis schweigt.

»Ich weigere mich, über solche Fragen mit dir zu debattieren«, entgegnet Faustina schließlich. »Und ich habe große Lust, dich von hier fortzujagen.«

Livia erblasst.

»Aber deine Geschichte hat mich berührt, und ich hänge an dir«, fährt die Matrone fort. »Du kannst bleiben, aber unter zwei Bedingungen. Zum einen bleibst du auch künftig meine Ornatrix und sagst niemandem, woher du kommst. Offiziell bist du als Sklavin geboren, Waise und stumm.«

»Ich werde mich daran halten, Herrin.«

»Zum anderen wirst du ab heute deine Religion nicht mehr praktizieren. Sie kann diesem Haus Unglück bringen, die Laufbahn meines Mannes zerstören und uns die Verbannung aus der Stadt bescheren. Die Götter haben vergangene Nacht ein Wunder vollbracht, Göttin Isis hat dich im Traum aufgesucht und dir die Stimme zurückgegeben. Als Dank wirst du eingeweiht und von ihr unterwiesen, und du wirst mich in den Tempel begleiten.«

Livia, die verwirrt und erschrocken zugleich ist, versagt die Stimme.

»Herrin, ich … ich beschwöre Euch, beharrt nicht darauf …«

Faustina stellt sich vor sie hin, ergreift die Hände der knienden Ornatrix und fordert sie mit sanftem Druck auf, sich zu erheben.

»Ich beharre nicht nur darauf, ich befehle es dir. Ich werde nicht dulden, dass irgendjemand unter meinem Dach, auch nicht heimlich, barbarischen Ritualen nachgeht. Und ich empfinde zu viel Zuneigung für dich, als dass ich miterleben möchte, dass du einen solchen Irrweg gehst. Du bist zu jung und zu verdorben durch deine Sekte, um zu erkennen, wie reich ich dich damit beschenke. Aber du wirst sehen, in geraumer Zeit, wenn du von deinem falschen Glauben befreit bist, wenn du die Macht und Schönheit der Isis erkannt hast, wirst du mir dankbar sein. In der Zwischenzeit beeile dich, damit ich fertig werde und mich mit dem Hohepriester über deine Initiation unterhalten kann. Schnell!«

17

Was geht denn schneller?«, fragte Johanna. »Wildhase à la royale oder Karpfen nach böhmischer Art?«

»Eindeutig der Hase«, antwortete der Restaurantbesitzer. »Der läuft seine achtzig Stundenkilometer, der arme Karpfen bringt es nur auf zwölf. Vielleicht noch Taube oder Wildente, das sind echte Raketen, Madame!«

»Mir ging es um die Zubereitungszeit.«

»Das habe ich verstanden, aber das ist für uns kein Kriterium. Wenn Sie es so eilig haben, empfehle ich Ihnen Sandwiches oder Hamburger, Boulevard Saint-Michel.«

»Serge, bring uns zwei Gläser Champagner«, griff Luca ein. »Wir bestellen danach.«

»Gut, sofort.«

Der Chefkoch entfernte sich.

»Was für ein Rüpel!«, empörte sich Johanna.

»Nein, Jo, er hat sich nur gegen dich verteidigt«, flüsterte Luca. »Du hast ihn verärgert. Hier, wo es so touristisch ist, fährt er jeden Morgen zum Großmarkt nach Rungis, sucht die besten Lebensmittel aus, bietet eine wunderbare regionale Küche in einem Lokal an, in dem man sich richtig entspannen kann, und du tust so, als würdest du deinen Zug verpassen!«

»Das stimmt«, gab sie bissig zurück. »Ich habe alle Zeit der Welt, mit einer fünfjährigen Tochter, die nebenan fast erstickt, und habe bestimmt große Lust, eine Stunde auf ein Stück Fisch zu warten.«

»Johanna, du übertreibst! Romane ist nicht allein, Isabelle ist bei ihr, und ich bin sicher, dass sie ganz friedlich schläft.«

»Ach ja? Man merkt, dass du seit Wochen nicht ein einziges Mal eine ganze Nacht bei uns verbracht hast. Im Übrigen hast du sicher recht, und deswegen werde ich mich auch gleich davon überzeugen, dass alles in allerbester Ordnung ist.«

Mit dem Handy in der Hand lief sie hinaus auf die kleine Straße zwischen Seine und Place Maubert. Währenddessen brachte der Inhaber den Aperitif und eine Schale mit grüner Tapenade.

Als die Archäologin wieder gegenüber von ihrem Lebensgefährten Platz nahm, wirkte sie weniger angespannt, ihre Stimme war ruhiger.

»Bis jetzt ist alles in Ordnung. Isabelle hat sie noch nicht ins Bett gebracht. Sie sehen sich gerade eine Operette im Fernsehen an. Anscheinend ist Romane Feuer und Flamme für ›Der Sänger von Mexiko‹.«

»Johanna«, sagte Luca und nahm ihre Hand, »meinst du nicht, dass du ein Recht auf einen gemütlichen Abend hast, ein paar Stunden ohne deine Tochter, ein Abendessen zu zweit mit deinem Liebsten? Vergiss nicht, dass ich morgen nach New York fliege.«

»Keine Sorge, das habe ich nicht vergessen.«

Sie drückte Lucas Hand fester und sah ihm tief in die dunklen Augen.

»Ich freue mich sehr, hier mit dir zu sitzen, aber du weißt nicht, wie mein Leben aussieht, seit Romane krank ist. Du hast keine Ahnung, wie es ihr geht, und …«

»Jo, haben sie dir nicht in der Necker-Klinik, in Trousseau und in Port Royal gesagt, dass sie gesund ist?«

»Die Diagnose lautet nicht ganz so, Luca. Im Übrigen kann ich auch nicht länger mit ansehen, wie sie sich quält, und ich werde jetzt alle Hebel in Bewegung setzen. Morgen früh haben wir einen Termin bei einem Psychologen, der mit Hypnose arbeitet.«

Luca stellte das Glas ab, aus dem er gerade trinken wollte.

»Bei einem Hypnotiseur? Johanna, bist du übergeschnappt? Du mit deiner Bildung als Wissenschaftlerin schickst deine Tochter zu einem Scharlatan?«

Johanna holte tief Luft und zog ihre Hand zurück. Sie leerte ihr Glas Champagner in einem Zug. Der Inhaber kehrte mit Stift und Block an den Tisch zurück. Sie bestellte Bluttaube, und Luca entschied sich für den Karpfen und eine Flasche Cornas.

»Weißt du, Luca«, sagte sie ruhig, »es ist schlimmer, als du denkst, und mittlerweile würde ich auch zu einem Magier oder meinetwegen einem Marabu gehen, wenn er meine Tochter heilen könnte.«

»Also, Jo, du warst bei den besten Kinderärzten von Paris und kannst doch nicht einfach vom Tisch fegen, was sie dir gesagt haben!«

»Alles, was sie mir gesagt haben, Luca, ist, dass Romane organisch gesund ist. Also können sie nichts für sie tun.«

»Und die Kinderpsychologin in der Necker-Klinik?«

Johanna ließ sich Zeit, atmete das Bouquet des kostbaren Côtes-du-Rhône ein und nahm einen Schluck. Der Wein schmeckte vorzüglich.

»Tja, Doktor Marquel ...«, begann sie, als handelte es sich um eine Erinnerung, die Jahre zurücklag.

Sie schwieg, und ihr stahlblauer Blick verlor sich in der Weite. Sie war erst vor einer Stunde aus Vézelay zurückgekommen und hatte kaum Zeit gehabt, den dicken Wollpulli und die erdverkrustete Hose gegen ihre karminrote Bluse und das anthrazitfarbene Kostüm einzutauschen, in dem ihr blasser Teint, die dunklen Haare und ihre Figur gut zur Geltung kamen. Das Camp blieb bis Montagfrüh geschlossen, aber wegen des morgigen Termins würde ihre Tochter einen Tag in der Schule versäumen. Vielleicht war es die Sache ja wert. Sie hoffte, so schnell wie möglich wieder in der Bourgogne zu sein. Dabei war Paris an diesem Donnerstag im November genau so, wie sie es am liebsten mochte: kalt, grau, feucht, ohne Touristen und in künstlichen Lichterglanz getaucht. Isabelle hatte darauf bestanden, auf ihre Tochter aufzupassen, damit Johanna vor Lucas Abflug noch Gelegenheit zu einem Tête-à-tête mit ihm hätte. Irgendwann hatte sie nachgegeben, so sehr hatte sich Romane darauf gefreut, einen Abend mit ihrer Patentante allein zu verbringen. In fast einem Monat würde Romane sechs Jahre alt. Ein Monat … Es kam ihr vor wie eine Ewigkeit, undurchdringlich und unüberwindbar durch die Krankheit, die sich davorschob, mit der beängstigenden Unsicherheit, ob es sich um ein unbekanntes oder gar unheilbares Leiden handeln könnte.

»Und, Jo? Doktor Marquel?«

»Sie hat mir einen Vortrag über die ödipale Phase und den doppelten Zweck des Symptoms bei Kindern gehalten: Den manifesten wie Husten und Fieber, und den verborgenen, symbolischen, den man entschlüsseln muss und der ein Hinweis auf einen verdrängten Konflikt ist, den man deuten muss, um eine geeignete Therapie zu finden. Um es kurz zu machen: Sie wollte wissen, ob wir vor Kurzem umgezogen sind und wie ich meine Tochter erziehe, und sie hat mir Fragen über ihren Vater gestellt, allerdings ohne dass sie diesen berühmten verborgenen Zweck aufgedeckt hätte …«

»Eine Sitzung ist vermutlich auch zu kurz, um das zu schaffen!«

»Sicher, zumal das Kind laut der Psychologin trotz seines Leids um jeden Preis an seinem Symptom festhält, sehr viel mehr als Erwachsene, weil es sich dadurch ausdrücken kann.«

»Das leuchtet ein. Ich weiß noch, als Antonella Silvia abgestillt hat …«

»Bitte, Luca«, unterbrach ihn Johanna sanft, »ich finde deine Kinder wunderbar, aber nicht heute Abend.«

»Ja, wie immer. Wenn es nicht um deine Tochter geht, interessiert es dich nicht.«

»Du bist grausam und ungerecht.«

Serge brachte das Hauptgericht. Johannas Taube lag in einer schwarzen, dampfenden Soße. Sie sog den Duft tief ein, in der Hoffnung, die kräftigen Waldaromen könnten die Tränen zurückdrängen, die ihr in die Augen traten.

»Entschuldige, Jo«, murmelte ihr Lebensgefährte. »Ich habe es nicht so gemeint. Ich weiß, dass die Situation schwierig ist. Ich bin oft weg. Und ich bin nicht Romanes Vater. Ist die Kinderpsychologin eigentlich nicht auch der Meinung, dass der ›verdrängte Konflikt‹ mit dem abwesenden Vater zu tun hat?«

»Weißt du, viele Frauen ziehen ihre Kinder allein groß, ohne dass sie solche Symptome entwickeln.«

»Sicher, aber bei dir ist es doch ein ganz spezieller Fall. Romanes Vater ist offiziell unbekannt, sie trägt nicht seinen Namen, er ist im Meer gestorben, es gibt keine Spur, keine Leiche, kein Grab ... Als wäre deine Tochter das Kind eines Phantoms!«

»Ich zeige ihr manchmal ein Foto von ihm. Sie hat also eine Vorstellung von ihrem Vater. Das Wesentliche weiß sie: Dass wir uns geliebt haben und dass er tot ist.«

»Wirst du ihr denn nie erzählen, was vor seinem Tod geschehen ist?«

»Vorläufig nicht.«

»Und wirst du es mir auch irgendwann erzählen? Ich meine, das, was wirklich passiert ist, nicht die offizielle Version für die Presse, die Polizei und deine Freunde?«

»Nicht heute Abend, Luca.«

Er hatte sich selten dämlich angestellt. Der Zeitpunkt war schlecht gewählt, Johanna war durch die Krankheit ihrer Tochter viel zu aufgewühlt, als dass sie ihm jetzt die Hintergründe dieser Geschichte berichten konnte. An ihrem Gesichtsausdruck konnte er ablesen, dass sie vorerst damit abgeschlossen hatte. Dabei musste man weder Psychiater noch Magier sein, um zu ahnen, dass die Ursache von Romanes Problemen dieser Vater war, die traumatischen Geschehnisse, die ihre Mutter verdrängte. In Johannas verschlossenem Gesichtsausdruck lag der wahre Konflikt verborgen, der versteckte Sinn der Symptome ihrer Tochter. Wie konnte sie dafür so blind sein? Wie war es möglich, dass eine liebende Mutter nicht spürte, dass ihre Tochter das ausdrückte, was sie um jeden Preis verschweigen wollte?

Stumm und mit gesenktem Blick verspeiste die Archäologin ihre Taube. Luca hielt es für besser, über Umwege auf die heikle Frage zurückzukommen.

»Ich nehme an, dass du deinen Hypnotiseur nicht aus dem Telefonbuch hast? Darf ich fragen, wer ihn dir empfohlen hat?«

»Isabelle«, antwortete sie mit vollem Mund. »Als Ambre auf die Welt kam, wurde Tara, die damals acht Jahre alt war, zur Bettnässerin. Isa hat alles versucht, Kinderärztin, Psychologin … nichts half. Und irgendwann hat ihr eine Kollegin aus der Redaktion von diesem Hypnotiseur erzählt. Sie war es leid, ist mit ihrer Tochter zu ihm gegangen, und nach drei Terminen hatte sich die Sache erledigt.«

»Hm … Das klingt ja zu schön, um wahr zu sein.«

»Du kannst Isabelle gleich darauf ansprechen, wenn wir zurück sind!«

»Ich bezweifle nicht, dass es bei Tara funktioniert hat. Aber deine Tochter scheint ein größeres Problem zu haben als sie.«

»Eben, deswegen habe ich auch nichts zu verlieren, wenn ich es mit einer anderen Behandlung versuche. Freud hat selbst zu Beginn der Psychoanalyse die Hypnose angewendet. Wenn du zulässt, dass es nicht darum geht, sich in einen Dämmerzustand zu versetzen, sondern in einen anderen Bewusstseinszustand, in dem der Patient loslassen kann, und dass es um eine distanzierte Wahrnehmung von Raum und Zeit geht, die dazu beiträgt, dass dieser versteckte Sinn, von dem die Kinderpsychologin geredet hat, verbalisiert werden kann, dann wüsste ich nicht, was daran gefährlich sein sollte.«

»Es ist deshalb gefährlich, weil Romane erst fünf Jahre alt ist und man unter Hypnose alles Mögliche mit ihr anstellen kann!«

»Ich glaube, du hast ein schlechtes Bild von dieser Disziplin, Luca, eines, wie es durchs Fernsehen und im Varieté vermittelt wird. Ich bleibe natürlich bei ihr. Es kommt gar nicht infrage, dass sie auch nur eine Sekunde lang mit dem Mann allein ist.«

Er wartete noch einen Moment, bevor er die Frage stellte, die ihm bislang nicht über die Lippen kam.

»Sag mal, hast du keine Ahnung, was nachts im Kopf deiner Tochter vor sich geht? Du musst doch irgendwelche Vermutungen haben, was sie dir mit ihren Symptomen sagen will.«

Johanna hatte die Taube aufgegessen. Langsam legte sie ihr Besteck ab, bevor sie eine Antwort gab.

»Ich glaube, es ist alles meine Schuld.«

»O nein, Jo! Dass du dich schuldig fühlst, ist normal, aber ich glaube nicht, dass …«

»Ich bin zwangsläufig verantwortlich, weil ich ihre Mutter bin. Entweder es ist irgendetwas zwischen uns, dann habe ich etwas falsch gemacht, ich weiß nicht, vielleicht der Umzug nach Vézelay, oder …«

»Ja?«

»Ja, oder … Auch wenn sie ein Abbild ihres Vaters ist, so beschränkt sich ihre Ähnlichkeit mit mir nicht auf die Kurzsichtigkeit. Ich glaube, wir sind uns ähnlicher, als ich dachte.«

»Was meinst du damit?«

Johanna zögerte. Sie fürchtete Lucas rationale Seite. Schließlich aber leerte sie ihr Glas Cornas in einem Zug und gab sich einen Ruck.

»Es begann an dem Tag, als ich sieben Jahre alt wurde. Ich hatte heftige Albträume. Im Gegensatz zu Romane hatte ich kein Fieber, keinen Husten, und am nächsten Morgen konnte ich mich auch noch an alles erinnern. Diese Träume haben mir allerdings enorm zugesetzt, bis …«

»Bis du darüber mit einem Hypnotiseur geredet hast?«

»Bis ich sicher wusste, dass sie nicht aus mir selbst herauskamen, sondern durch Phantome aus der Vergangenheit, die … die gewissermaßen über den Traum Hilfe von mir einforderten. Beim ersten Mal habe ich einen Benediktinermönch gesehen, aufgeknüpft an den Seilen eines Glockenturms, ein anderer lag ertränkt in der Bucht, und zuletzt habe ich vom Feueropfer eines dritten Mannes geträumt. In allen drei Albträumen ging es um Mord, und immer erschien am Ende in finsterer Wiederkehr ein geköpfter Mönch, der einen mysteriösen Satz auf Lateinisch sagte: ›Ad accedendum ad caelum, terram fodere opportet‹. Das heißt: ›Man muss die Erde umgraben, um in den Himmel zu kommen‹. Das hat in meinem Unterbewusstsein vielleicht sogar dazu geführt, dass ich Archäologin geworden bin. Jedenfalls habe ich lange gebraucht, bis ich diesen Satz richtig deuten konnte ... Eines Tages dann ist mir klar geworden, dass der Mönch ohne Kopf ein Gespenst der Vergangenheit war, ein Benediktiner, der im 11. Jahrhundert gelebt hat, Bruder Roman, der meine Hilfe gebraucht hat.«

Um ein Haar verschluckte Luca sich an einer Gräte.

»Johanna, du machst Witze.«

»Überhaupt nicht. Und ich habe die Befürchtung, dass Romane dasselbe durchmacht wie ich.«

Zwanzig Minuten später liefen Johanna und Luca schweigend durch die Rue Saint-Jacques nach Hause. Luca hatte die eine Hand in die Tasche seines langen Kaschmirmantels gesteckt und hielt in der anderen einen Zigarillo. Er sah so mürrisch aus wie jemand, der gerade einen Streit hinter sich hat. Johannas Nasenflügel bebten vor Kälte und wohl auch vor Groll. Es war das erste Mal in den eineinhalb Jahren ihres Zusammenseins, dass Luca und sie sich gestritten hatten.

Ich hätte ihm nie von meinen Albträumen damals und erst recht nicht von Bruder Roman erzählen sollen, ging es der Archäologin durch den Kopf. Außer für Musik hat er für nichts Verständnis! Wie borniert Künstler doch sind, wenn sie das, was außerhalb ihres Vorstellungsvermögens liegt, als Verrücktheit abtun! Ich hätte nicht gedacht, dass er so engstirnig ist. Ich bin gar nicht so traurig, wenn er ab morgen für ein paar Wochen weg ist.

Kurz vor dem Panthéon hatte Johanna das Gefühl, als sähe jemand sie durchdringend an. Unvermittelt blieb sie stehen und drehte sich um. Auf dem Gehweg liefen Gruppen von Studenten, die aus der Bibliothek Sainte-Geneviève kamen und sich in einem der Bistros in der Rue Soufflot aufwärmen wollten. Links von ihr erstrahlte die Ruhmeshalle der berühmten Toten in gelblichem Glanz, und hinter den Fenstern des Restaurants gegenüber verspeisten Unbekannte Sauerkraut und Entrecote mit

Pommes. Blinzelnd wandte sie sich wieder um, ohne jedoch jemand Verdächtigen oder Bekannten zu sehen. Sie holte Luca ein und verlor sich erneut in ihren Gedanken, nicht ohne hin und wieder einen Blick über die Schulter zu werfen.

Im Eingangsbereich des Wohnhauses holte sie die Schlüssel hervor und ging wortlos an Luca vorbei. Sie bat den Himmel inständig, dass ihre Tochter seelenruhig schlafen möge, und öffnete leise die Tür. Isabelle war nicht im Wohnzimmer, und aus der halb offenen Schlafzimmertür drangen Schreie wie von einem gehetzten Tier. Auf dem Weg dorthin wusste sie bereits, was sie vorfinden würde.

Isabelle drehte ihnen den Rücken zu und bemerkte sie nicht. Sie saß auf der Bettkante und hielt mit der einen Hand ganz fest Romanes Hand, während sie ihr mit der anderen das Gesicht mit einem feuchten Tuch abwischte und beruhigend auf sie einredete.

Diese mütterliche Fürsorge schien keinerlei Wirkung auf Romane zu haben, die mit geschlossenen Augen und vom Fieber und von Tränen gerötetem Gesicht den Mund öffnete und krampfartig Schreie ausstieß, während ihr Körper sich ruckartig anspannte, wie von einem unsäglichen Schrecken erfasst. Plötzlich stockte ihr der Atem, bevor sie heftig husten musste.

Völlig fertig vor Kummer und Hilflosigkeit, sank Johanna schluchzend vor dem Fußende des Bettes auf die Knie. Fast überhörte sie Isabelle. »Vor zehn Minuten hatte sie vierzig Grad Fieber. Ich weiß nicht mehr, was ich machen soll.« Dann spürte sie Lucas warme Hand in ihrem Nacken. Seine Stimme zitterte.

»Jo, es tut mir so leid. Das wusste ich nicht. Ich habe mich benommen wie ein Idiot. Verzeih mir. Geh morgen zu diesem Mann, du hast nichts zu verlieren.«

Die Praxis des Hypnotiseurs lag versteckt in einer privaten Sackgasse am Parc Montsouris im Süden des 14. Arrondissements. Von Port Royal aus hatte das Taxi zu dieser verkehrsarmen Zeit kaum zehn Minuten gebraucht, und doch wäre Johanna auf dem bequemen Rücksitz beinahe eingeschlafen. Sie bezahlte und quälte sich aus dem Wagen. Sie fühlte sich, als wäre sie tausend Jahre alt.

Romane an der Hand, bog sie in die mit alten Bäumen bestandene Straße ein. Dort entstanden Künstlerateliers, die sie unter anderen Umständen reizvoll gefunden hätte. An diesem Tag registrierte sie die restaurierten Glasdächer nur beiläufig und lief, das Bein leicht nachziehend, entlang der großen, laublosen Bäume, die ihr wie herablassend dreinblickende Skelette erschienen.

»Mama«, sagte die Kleine, »warum gehen wir schon wieder zum Arzt, wenn ich doch gar nicht krank bin? Ich will mit Chloé in die Schule gehen, und ich vermisse Hildebert und …«

»Romane, ich verspreche dir, dass wir gleich nach dem Termin bei diesem Herrn nach Vézelay zurückfahren. Morgen, am Samstag, kommt Chloé zum Mittagessen zu uns und bleibt den ganzen Nachmittag. Und ich mache euch ein leckeres Kartoffelgratin mit ganz viel Sahne.«

Ein Lächeln huschte über das ansonsten ausdruckslose Gesicht des Mädchens.

Am Ende der Allee klingelte Johanna an einem schmiedeeisernen schwarzen Tor. Das kleine Domizil, zu dem es den Zutritt versperrte, sah aus wie ein Lebkuchenhaus aus einem Kinderbuch, das der Erzähler irgendwo in seiner Vorstellung vergessen hatte: Das ockerfarbene Gemäuer färbte sich merklich braun, das Dach war seit Ewigkeiten nicht erneuert worden, der Kamin neigte sich wie der Turm von Pisa, und das Gärtchen vor der Bruchbude war verwildert. Johanna empfand das nicht als einladend, zumal auch niemand öffnete. Sie klingelte erneut und drückte die Hand ihrer Tochter fester.

»Ist der Doktor nicht da, Mama?«

»Ich weiß es nicht, ich …«

In dem Moment ertönte ein dumpfer Laut. Johanna machte sich darauf gefasst, einen alten, hageren Mann mit hohem Hut, weißem, spitz zulaufendem Bart, einer winzigen Brille und nachlässig gekleidet auftauchen zu sehen. Stattdessen erschien ein Mann um die fünfzig in Jeans und weißem Hemd, der auch als Consultant einer großen Firma im Wochenendlook durchgegangen wäre. Er eilte durch den anarchischen Garten und öffnete das Tor, das sich mit einem Geräusch wie aus einem Horrorfilm dagegen sträubte.

»Entschuldigen Sie«, sagte er mit tiefer, ruhiger Stimme. »Ich war in einen Artikel vertieft und habe die Klingel nicht gehört. Treten Sie doch bitte ein!«

Er ging ihnen voraus und öffnete die Tür, indem er resolut dagegentrat.

»Anders geht es nicht. Das Holz ist aufgequollen wegen der Feuchtigkeit. In Wirklichkeit ist hier alles morsch. Ich habe die Bruchbude vor fünf Jahren geerbt, und jeden Morgen sage ich mir, dass man alles renovieren müsste, aber dann bin ich wieder so mit meiner Arbeit beschäftigt, dass ich es einfach vergesse. Hier entlang, kommen Sie.«

Johanna und ihre Tochter folgten ihm durch einen Gang mit einer fleckigen Vorkriegstapete, auf der sich die Stellen, an denen einst Bilder hingen, abzeichneten. Man hatte das Gefühl, keine Luft mehr zu bekommen.

»Das Haus gehörte meiner Großmutter«, fuhr er fort. »Aber sie wohnte schon seit Jahrzehnten nicht mehr hier. Ich hätte es besser verkauft und wäre in meiner Wohnung in einem Haussmann-Bau auf dem Boulevard Malesherbes geblieben, aber ob jetzt hier oder anderswo … Was zählt, sind meine Patienten!«

Johanna fühlte sich unwohl und dachte daran, wieder zu gehen. Wie war Isabelle mit Tara bloß in diese Höhle geraten und hatte diesem Typen vertraut, den man für den Absolventen einer Eliteschule halten mochte, aber nicht für einen Psychologen! Als würde er ihre Gedanken lesen, wandte er sich an sie.

»Darf ich fragen, wie Sie auf mich gekommen sind?«

»Durch Isabelle Dolinot. Wir sind gut befreundet.«

»Ah, ja, Madame Dolinot, ich erinnere mich.«

Sie betraten einen Raum, der Johanna überraschte. Er war

ganz anders als der Rest des Hauses: sauber, großzügig und modern. Rechts stand ein schwarz lackierter Schreibtisch mit eingeschaltetem Computer. In der Mitte befand sich eine Chaiselongue mit einem indischen Stoffüberwurf, gerahmt von zwei riesigen roten Sesseln mit halb nach hinten gebogener Rückenlehne und passendem Fußteil, wo Johanna es sich am liebsten sofort bequem gemacht hätte. Links, hinter einem Paravent aus Metall, der das Licht und den Rasen im Garten hinter dem Haus spiegelte, sah man ein schmales Bett und eine mit schwarzem Schiefer ausgelegte Einbaudusche. An den weiß schimmernden Wänden hingen Gemälde zeitgenössischer Künstler, deren kräftige Farben den Kontrast komplett machten.

»Hier lebe und arbeite ich«, sagte der Arzt, während er einen weißen Kittel anzog und eine extravagante, kleine Brille mit eckigen Gläsern aufsetzte.

Johanna nahm auf einem Ledersessel vor dem Schreibtisch Platz. Romane ging zu einer Spielzeugkiste in einer Ecke, die Johanna gar nicht aufgefallen war.

»Gut, erzählen Sie.«

Noch einmal schilderte Johanna, wie die Nächte ihrer Tochter verliefen, und beschrieb die merkwürdigen Symptome. Sie zeigte die Untersuchungsergebnisse vor und wiederholte, was die Kinderpsychologin gesagt hatte.

»Ja«, murmelte Dr. Sanderman, »dahinter verbirgt sich zweifellos ein psychischer Konflikt. Kinder handhaben Verdrängung anders als Erwachsene. Wissen Sie, wie Hypnose funktioniert?«

Johanna wiederholte, was sie am Vorabend zu Luca gesagt hatte. Durch seine eigenartige Brille, die einer Lupe glich, sah er sie wie mit Fischaugen an und nickte.

»Sehen Sie, wenn man von den drei Bewusstseinsebenen Wachzustand, Schlaf und Traum ausgeht, dann ist der hypnotische Zustand eine vierte Ebene, die, anders als viele glauben, dem Wachzustand ähnlicher ist als dem Schlaf. Sie ist mit dem Nachtwandeln vergleichbar.

»Ich verstehe.«

»Meine Rolle besteht nicht nur darin, den Patienten in diesen Zustand zu versetzen, sondern auch, ihn dahin zu bringen, dass er sich seiner Krankheit bewusst wird und sie in einem weiteren Schritt durch Autosuggestion überwinden kann. Dieser Prozess erklärt auch die relativ hohe Wirksamkeit der Hypnose bei sogenannten psychosomatischen Störungen und bei Kindern, bei denen von Natur aus noch nicht alle Schranken zwischen Bewusstsein und Unterbewusstsein geschlossen sind. Das Unterbewusstsein ist leichter zugänglich, und wir versuchen, darauf einzuwirken, um herauszufinden, was die Symptome bedeuten, und dafür zu sorgen, dass sie nach und nach wieder verschwinden.«

»Das klingt logisch.«

»Gut. Dann werde ich mich mal um Ihre Tochter kümmern. Ich schlage vor, dass sie in einem der Sessel Platz nimmt und Sie in dem anderen gegenüber von ihr. Sie muss spüren, dass Sie da sind.«

Beruhigt setzte Johanna Romane auf den riesigen Sessel. Das kleine Mädchen sah aus wie der Fruchtknoten einer gigantischen Blüte.

»Alles in Ordnung, Romane?«, fragte Sanderman sie. »Sitzt du bequem?«

»Und wie! Das ist besser als der Klappsessel von Madame Bornel!«

Während sich der Arzt auf einen kleinen Hocker rechts von dem Mädchen setzte und sich mit ihr über die alte Nachbarin, die Schule, Hildebert und Chloé unterhielt, nahm Johanna auf dem roten Samtsessel Platz. Sanderman machte zwar einen seriösen Eindruck, aber als Mutter blieb sie auf der Hut.

»Du kannst die Augen schließen«, sagte er mit sanfter Stimme zu ihrer Tochter. »Wir unterhalten uns einfach weiter. Deine Mama ist bei dir, genau gegenüber. Sag mal, was machst du denn nach der Schule?«

Romane berichtete in allen Details von ihren Besuchen an der Grabungsstelle, den täglichen Hausaufgaben, dem Baderitual.

»Und nach dem Abendessen siehst du noch fern?«, fragte der Arzt.

»Nein, das mag Mama nicht«, antwortete sie mit geschlossenen Augen und schleppender Stimme, »weil dann Nachrichten kommen und sie nicht will, dass ich was von Kriegen sehe.«

»Ich bin da«, entfuhr es Johanna unwillkürlich.

»Ich weiß, Mama ...«

»Also spielt ihr dann noch miteinander, deine Mama und du?«

»Ja. Und ich gebe Hildebert zu fressen. Er frisst, aber dann geht er weg.«

»Und du, was machst du dann? Gehst du mit dem Kater nach draußen?«

»Nein. Ich gehe ins Bett ... Wir suchen uns eine Geschichte aus, und sie liest mir vor. Mama liest sehr gut. Reineke Fuchs ... Isegrim ... Isegrim ist wegen Reineke Fuchs in den Brunnen gefallen ...«

Schlagartig verstummte das Mädchen. Sanderman redet flüsternd weiter:

»Dann ist es Zeit, zu schlafen. Schlaf ruhig ein, hab keine Angst ... du schläfst, Romane, aber gleichzeitig bist du wach ... deine Augen sind geschlossen, aber du siehst alles, was um dich herum geschieht. Deine Mama macht das Licht aus und geht auf Zehenspitzen hinaus. Kein Geräusch ... alles ist still. Du schläfst ... du schläfst, aber du spürst alles, du siehst und hörst alles. Du schaust in dich hinein ...«

Romane blieb stumm. Johanna verspürte eine leichte Unruhe.

»Es ist so dunkel!«

Die Worte waren dem Mädchen eher entschlüpft, als dass sie gesprochen hätte.

»Ist es dunkel in deinem Zimmer, Romane?«

»Nein, es ist der Himmel ...«

»Nachts? Ist es draußen dunkel?«

»Ja ... es ist ganz plötzlich dunkel. Es gibt einen riesigen Krach, so, als wenn etwas explodiert, und alles bebt ... Ich verstehe nicht … es ist um zehn Uhr morgens dunkel … Wo ist die Sonne? Sie war vorhin doch noch da, gerade noch … Es war schön draußen … der Himmel war blau … Ich sehe die Sonne nicht mehr … Der Mond ist nicht da … es ist dunkel, ah, es regnet …«

»Das ist ein Gewitter«, folgerte Sanderman. »Stimmt das, bist du in einem Gewitter?«

»Ja … nein … ich weiß es nicht … Es regnet.«

Plötzlich verzerrt sich das Gesicht des Mädchens vor Entsetzen.

»Es regnet Steine!«, schreit sie. »Es regnet Steine! Der Vogel … der Vogel fällt vor meine Füße … er bewegt sich nicht mehr. Ich weiß noch, die Hunde … sie haben heute Morgen gebellt, und die Vögel waren still. Die Vögel haben heute nicht gesungen … und jetzt ist der Vogel tot.«

Johanna fragte sich, was die Sätze bedeuteten. Vergeblich versuchte sie, darin eine Anspielung auf traumatische Erlebnisse zu erkennen, die ihre Tochter gehabt haben könnte. Vézelay hatte den Ruf, ein »magnetischer« Hügel zu sein, wegen der großen Eisenerzvorkommen im Boden, der angeblich Gewitter anzog. Romane hatte tatsächlich schon heftige Gewitterstürme erlebt, seit sie in der Bourgogne lebten, aber natürlich war sie bei einem Gewitter nie allein draußen gewesen. Der tote Vogel erinnerte sie an Hildebert: Konnte es sein, dass der Kater Romane ein makabres Geschenk gemacht hatte, von dem sie nichts wusste?

»Was machst du jetzt?«, fragte Sanderman. »Hebst du den Vogel auf?«

»Nein, ich habe keine Zeit. Ich habe Angst. Ich laufe, so schnell ich kann … Es ist so dunkel … und heiß. Es gibt Blitze … die Steine kommen runter … die Menschen schreien … sie laufen weg … Irgendetwas berührt mich … es ist weich … aber es sticht auf der Haut … Es brennt.«

»Was ist das? Schau genau hin … fasse es an und sag mir, was es ist.«

»Ich weiß nicht … es ist weiß, es sieht aus wie Schnee … ja,

Schnee ... nein, das ist kein Schnee, das ist ... Asche! Es regnet Asche! Hilfe!«

Johanna sprang auf. Etwas schoss ihr durch den Kopf, und an den Arzt gewandt, murmelte sie:

»Bitte fragen Sie sie, wo sie ist, in welchem Land, in welcher Stadt!«

»Wo bist du, Romane?«, erkundigte sich Sanderman. »In welcher Stadt? Wie heißt sie?«

Das Kind zögerte kurz. Dann sagte es:

»Pom... Pompeji.«

18

»Jean, ich stelle dir Bruder Herlembald vor, unseren Ältesten«, sagte Geoffroi. »Sein Wissen ist enorm, so wie sein Glaube auch.«

Der Raum, Bibliothek und Skriptorium zugleich, war klein und dunkel, mit hohen Wänden. Die Flammen hatten ihn verschont, nicht aber die allgemeine Not, die im Kloster herrschte: Auf den Regalen an den Wänden befanden sich nur wenige Manuskripte. Was das Skriptorium anging, so saß ein einziger Mönch über ein Pergament gebeugt, an dem die Zeit und das Ungeziefer genagt hatten und dessen Text er eifrig auf ein abgenutztes Palimpsest übertrug. Der alte Mann hob den Kopf und begrüßte den Mönch aus Cluny skeptisch.

»Bruder Herlembald, ich möchte Bruder Jean unser kostbarstes Manuskript zeigen.«

Der alte Mann runzelte die Stirn, wagte jedoch nicht, sich der Anordnung zu widersetzen. Mühsam erhob er sich, wischte die mit Tinte befleckten Finger an seinem groben Wollgewand ab und versuchte mithilfe eines Stocks, der am Schreibtisch lehnte, sich zu bewegen. Geoffroi wandte sich Jean de Marbourg zu.

»Vorab musst du wissen, dass unser Gründer Girart de Roussillon, Graf von Vienne, ein sehr mächtiger Herrscher war. Er war kein Geringerer als der Schwager von Lothar I., König von Frankreich, Kaiser des Abendlands und Enkel Karls des Großen.«

Der alte Kopist schlurfte hinüber zum Kamin.

»In den Jahren nach 840 kämpfte Girart gegen die Sarraziner, die die Provence plünderten und Marseille, Arles und Aix dem Erdboden gleichmachten. Er verteidigte auch das Benediktinerkloster von Lérins auf der Insel Saint-Honorat, das sich danach zu einem Vorzeigekloster von Cluny gemausert hat.«

Währenddessen zog Herlembald mehrere dicke Bücher aus dem Regal.

»Ich habe von den Hunderten von Mönchen gehört, die dort von den Barbaren niedergemetzelt wurden«, entgegnete Roman. »Und von dem Glauben in diesem Kloster, das mehrmals zerstört und immer wiederaufgebaut wurde.«

Der alte Mönch betätigte einen Mechanismus und öffnete ein im Gemäuer verstecktes Geheimfach, aus dem er eine kleine Rolle hervorholte.

»Ja. Im Jahr 858 wurde es erneut angegriffen«, erklärte Geoffroi, »dieses Mal von den Normannen. Seit 855, dem Jahr, in dem Lothar I. den Thron aufgab, war Graf Girart als legaler Vormund von Lothars jüngstem Sohn, Karl dem Jungen, der schwachsinnig war, Regent des Königreichs der Provence. In dieser Eigenschaft regierte er und versuchte, die skandinavischen Piraten zurückzudrängen, die die Klöster beraubten und die Gegend verwüsteten.«

»Schön und gut, aber ich verstehe nicht, worauf du hinauswillst.«

»Das siehst du gleich.«

Bruder Herlembald kehrte ohne Eile zurück, das winzige Pergament in der Hand. Der Abt nahm das Dokument entgegen, dankte dem Mönch und entrollte es vor seinem Freund. Besonnen beugte sich dieser darüber und las:

»Ich, der Unterzeichnende, Saron, erster Abt von Pothières, lege Zeugnis darüber ab, im Jahr der Gnade 860, am Apostelfest der beiden Heiligen Petrus und Paulus, der Namenspatrone meines Klosters, aus den Händen unseres Gründers selbst, des Grafen Girart, Sieger über die Barbaren und zurückgekehrt aus seinem Königreich, der Provence, eine Statue aus Holz mit der Darstellung Jesu entgegengenommen zu haben, die er selbst vom Abt von Lérins erhalten hat, aus Dank für die Heldentaten, die er zweimal vollbrachte, um diesen hochheiligen Ort vor den gottlosen Angreifern zu verteidigen. In der Nachfolge des Abtes von Lérins bezeuge ich die Echtheit dieser Statue, die an ihrem Zufluchtsort in der Provence von Maria gefertigt wurde, der Schwester von Martha und Lazarus, gebürtig aus Bethanien, Jüngerin Jesu, nach Gallien exiliert. Diese Statue war den Gründern von Lérins Sankt Honoratius und Sankt Caprasius im Jahr der Fleischwerdung des Herrn 415 geschenkt worden. Sie bewirkt Wunder und Heilungen. Sie ist das Juwel unseres Hauses.«

»Einer Legende nach, die nie aufgeschrieben wurde«, fügte Geoffroi hinzu, »soll der Abt von Lérins Girart anvertraut haben, dass die Statue ein Geheimnis im Zusammenhang mit Christus darstelle, nach dem, was Maria von Bethanien offenbart habe, bevor sie dem Allerhöchsten nachfolgte. Aber über vier Jahrhunderte lang haben die Mönche von Lérins sie betrachtet und verehrt, ohne das Geheimnis zu lüften …«

»Zeig mir diese Statue!«, verlangte Roman bewegt. »Wo ist sie, in Pothières?«

»Ach«, seufzte Geoffroi, »die Skulptur thronte im Chor von Vézelay, doch bei dem Feuer in der Abtei vor einem Jahrhundert ist sie verbrannt. Komm, lassen wir Bruder Herlembald seine Arbeit verrichten, wir haben ihn lange genug belästigt.«

Die beiden Mönche verließen die Bibliothek.

»Dann war die Legende also wahr«, murmelte Roman, »wonach Maria von Bethanien, ihr Bruder Lazarus, ihre Schwester Martha und ihre Gefährten nach der Himmelfahrt des Herrn wegen der Verfolgungen von Jerusalem aus in die Provence geflohen sind …«

»Vielleicht. Aber das beweist nicht, dass die Heilige tatsächlich auch die Statue angefertigt hat. Stammt die schwarze Madonna von Rocamadour wirklich vom Heiligen Lukas?«

»Wagst du daran zu zweifeln, Geoffroi?«

»Im Gegenteil, Roman. Mein Glaube ist über alles erhaben, sodass er solche Lappalien ignoriert. Trete ein, ich habe eine Überraschung für dich.«

Der Abt ließ seinen Freund in seine Zelle eintreten und ging dann zu einer großen Eichentruhe in einer Ecke des Raums. Er öffnete sie und holte mit größter Behutsamkeit einen in ein Tuch eingewickelten Gegenstand hervor. Er stellte ihn auf den Tisch und nahm nacheinander die Stoffstücke ab. Zum Vorschein kam das, was einst ein geschnitzter Kopf gewesen sein musste, der jetzt allerdings aussah wie ein verkohlter Holzscheit.

»Ich sagte dir ja bereits, dass die Statue verbrannt ist«, sagte Geoffroi hintersinnig, »aber nicht, dass sie verschwunden wäre …«

»Geoffroi, du bist ein durchtriebener Mönch! Darf ich sie anfassen?«

»Bitte.«

Bruder Roman ergriff das schwere, schwarze Stück und stellte enttäuscht fest, dass das Feuer die Gesichtszüge, die Jesus darstellen sollten, komplett ausgelöscht hatte. Nach Spuren suchend, strich er mit der Hand über das glatte Holz. Mit der Fingerspitze ertastete er das, was die Nase und was der Mund gewesen sein musste, aber das war auch alles. Am Sockel erfühlte sein Zeigefinger allerdings eine Inschrift, die man auch sah. Er hielt sich den Kopf ganz dicht vor die Augen, konnte aber nur ein einziges Wort entziffern:

»La… La…«

»Lazarus«, vervollständigte der Abt. »Das ist die einzige sichtbare Spur. Man kann den Satz, der seinen Namen enthielt, leider nicht entziffern. Dieser Vermerk bringt mich darauf, dass die Statue Jesus abbildete, der den Tod von Lazarus beweint.«

»Ja, wahrscheinlich. Es ist möglich, dass Maria von Bethanien diese Skulptur angefertigt hat, nach der Erinnerung an das Leid des Herrn beim Tod ihres Bruders, bevor Jesus ihn wieder zum Leben erweckte als Verheißung der künftigen Auferstehung derer, die an ihn glauben. Wenn es so wäre, Geoffroi, wäre es wunderbar! Wie schade, dass dieser Schatz durch den Brand zerstört wurde … Er hätte deiner Abtei ganz sicher zu Wohlstand und Ruhm verholfen!«

»Lieber Roman, das kann er immer noch!«

»Ich wüsste nicht, wie. Welcher Pilger würde denn vor einem kümmerlichen Stück Holz niederknien?«

»Aber … eine ganze Schar würde es tun, Roman, wenn diese Vielen annehmen, dass das kümmerliche Stück Holz vom Kreuz stammt, von der Bundeslade oder einer Skulptur, die zwar nicht sichtbar ist, aber aus den Händen einer Heiligen und Jüngerin Jesu stammt!«

»Du hast also vor, diese Skulptur den Gläubigen zu zeigen?«

»Ja, aber nicht nur diese. Das haben mir deine Überlegungen von vorhin klargemacht: keine große Pilgerstätte ohne Reliquien. Ich möchte aus Vézelay ein christliches Zentrum machen, das es mindestens mit dem Mont Saint-Michel aufnehmen kann, eine große Etappe auf dem Weg nach Jerusalem, Rom oder Compostela. Zu dem Zweck werden der Statue sterbliche Reste der Heiligen an die Seite gelegt.«

»Aber welcher Heiligen, Geoffroi?«, fragte Roman ratlos.

»Das liegt doch auf der Hand: von Maria von Bethanien, also von Maria Magdalena! Ich habe die Gebeine natürlich nicht. Aber ich habe die von Ava, der Märtyrerin der Heiden, und eine Handschrift des Abtes von Pothières, der die Echtheit der Statue bescheinigt. Man muss dem Pergament vom Mönch Saron also nur einen Satz hinzufügen, wonach Girart nicht nur das Werk der Maria von Bethanien aus Lérins erhalten hat, sondern auch Reliquien der Heiligen. Ich könnte Herlembald überreden, die Handschrift zu ergänzen. Wenn nötig, schreibe ich es auch selbst.«

Der verblüffte Mönch aus Cluny schwieg. Schließlich grummelte er:

»Geoffroi, ich weiß nicht, ob ich dich richtig verstehe. Du willst eine Pilgerfahrt zu Maria Magdalena ins Leben rufen, deren Voraussetzung die Statue und die Gebeine einer anderen Frau sein sollen, mit der Behauptung, sie gehörten Maria von Bethanien?«

»Genau. Mit deiner Hilfe, mein Freund, denn du hast mir die

Augen geöffnet, was die Bedeutung der Reliquien angeht. Ich kann dir gar nicht genug danken …«

Romans Gesichtsfarbe wechselte von Grau zu Purpurrot.

»Geoffroi!«, rief er. »Das darfst du nicht! Das ist eine Lüge, schlimmer noch, es ist Gotteslästerung!«

Der Abt nahm seelenruhig hinter dem Tisch Platz.

»Roman, entschuldige meine Niedertracht, aber ich denke, es steht dir nicht zu, wen auch immer der Lüge und Gotteslästerung zu bezichtigen.«

Augenblicklich kehrte der asketische Ausdruck in das Gesicht des Mönchs aus Cluny zurück.

»Du hast recht, Geoffroi«, antwortete er mit gesenktem Kopf. »Aber missverstehe mich nicht: Ich habe nicht vor, dich zu beschuldigen oder die Menschen zu betrügen. So wie du zu einer kleinen Irreführung gezwungen warst, um dein Leben zu retten, sehe ich mich in der Pflicht, diese Schliche zu Hilfe zu nehmen, um meine Abtei zu retten.«

»Dafür bist du bereit, das Grabmal einer zu Tode Gefolterten zu entehren.«

»Ihre Gebeine werden in einem wertvollen Reliquienschrein ruhen, verehrt, gewürdigt und angebetet vom Volk, das sich davor verneigt!«

»Die armen Teufel durchqueren das ganze Land auf dem Weg nach Vézelay und nehmen eine Vielzahl von Gefahren in Kauf, in der Hoffnung, durch die geistige und körperliche Präsenz von Maria Magdalena erlöst zu werden. Und ohne es zu wissen, haben sie jemand anderen vor sich und werden zu Opfern einer offiziellen und organisierten Täuschung.«

Der Abt holte tief Luft.

»Roman, bist du wirklich davon überzeugt, dass alle Reliquien, die für Gläubige ausgestellt werden, echt sind?«

»So naiv bin ich nicht, Geoffroi. Ich erinnere mich auch noch an die Polemik, die Claudius von Turin vor zwei Jahrhunderten dazu ausgelöst hat, und …«

»Woher weiß man denn«, unterbrach ihn der Abt, »dass der

Schädel und der Arm des Heiligen Aubert, die in der Decke der Zelle von Abt Hildebert gefunden wurden, und zwar zu einem Zeitpunkt, da man darauf angewiesen war, wirklich die des Gründers vom Mont Saint-Michel waren? Niemand hat die Echtheit dieser Gebeine überprüft. Und doch haben diese Reliquien Wunder vollbracht, Roman!«

»Das stimmt, angefangen bei der unvermittelten Großzügigkeit des Grafen der Normandie, aber auch weit darüber hinaus. Ich habe mit eigenen Augen einen Mann erlebt, der von Geburt an taub war und, kurz nachdem er den Schrein mit den Reliquien berührt hat, die dem Heiligen Aubert zugeschrieben werden, das Engelskonzert und die Menschen um sich herum hörte.«

»Es spielt keine Rolle, ob die Gebeine Auberts in Wirklichkeit gar nicht seine Gebeine sind, sie wecken Hoffnung und bringen die Büßer, die zu uns kommen, auf den Weg um ihre Seele zu erlösen!«

»Und die Abtei mit einem Obolus reicher zu machen …«

»Ja, aber erst, nachdem wir sie erlöst haben!«

»Geoffroi, ich weiß nicht mehr, was ich denken soll. Ich muss über deinen Plan nachdenken. Ich bitte um Erlaubnis, mich zurückzuziehen. Gewährst du mir deine Gastfreundschaft für eine Nacht?«

»Mein Freund, für diese und die folgenden Nächte! Um ehrlich zu sein, ich würde es gern sehen, wenn du einige Zeit hierbleiben würdest, damit ich mir deine Erfahrung als Baumeister zunutze machen und mir bei dir architektonische Vorschläge einholen kann.«

»Wir werden sehen, Geoffroi. Erst einmal muss ich mich ausruhen.«

»Ich habe eine Zelle abseits vom Schlafsaal für dich vorbereiten lassen, wo du allein bist und deine Ruhe hast. Ich begleite dich.«

»Ich danke dir. Geoffroi, ich habe noch eine Bitte.«

»Ich höre, mein Freund.«

Bruder Roman stand immer noch mit der alten Skulptur in der Hand vor dem Abt.

»Ich möchte sie mir diese Nacht ausleihen, um sie näher zu untersuchen. Sie ist zwar beschädigt, aber sie fasziniert mich und …«

»Nur zu, mein Bruder! Nimm sie mit, ich überlasse sie dir bis morgen. Aber nicht länger; ohne sie kann ich meiner Pilgerstätte Lebewohl sagen!«

Roman hatte es vorgezogen, allein in seiner Zelle zu speisen, unter dem eigenartigen Blick der verbrannten Skulptur. Nach dem Abendgottesdienst hatte er sich wieder in die kleine Holzhütte zurückgezogen, und neben unendlicher Müdigkeit verspürte er ein Hochgefühl bei der Vorstellung, die Nacht in Begleitung eines Gegenstands zu verbringen, der möglicherweise von einer berühmten Persönlichkeit angefertigt worden war, einer zentralen Figur des Christentums.

So wie die Schriften und die Volksfrömmigkeit sie deuteten, dachte auch Bruder Roman an drei Frauen, wenn er die gesichtslose Skulptur betrachtete: Maria von Bethanien alias Maria Magdalena, Ava, die ihr heroischer Vater nicht vor den Normannen hatte retten können, während er der Abtei von Lérins zu Hilfe gekommen war, und dann zeigte sich ihm auch das schmerzliche Bild einer Frau, die er geliebt hatte, ohne es ihr zu sagen, die er nicht vor dem Martyrium hatte retten können und die ihn ungewollt ins Verderben gestürzt hatte und die Ursache für seine Flucht an einen Ort fernab des Mont Saint-Michel gewesen war. Diese Frau war schon lange tot. Ihre Seele hatte ihr Grab in der Seele Romans gefunden; sie hatte sie durchbohrt wie weiches Holz, geschmolzen wie einen Stein und wie durch einen Meißel mit Rissen durchzogen. Ihr Name war Moira.

Roman lag auf seiner Liege, erschöpft von der Reise, dem Wiedersehen mit Geoffroi und den hinterlistigen Plänen des Abts. Müsste er Odilo darüber aufklären, wenn er wieder in Cluny wäre, und seinen Freund verraten?

Würde er schweigen, wäre dies unredlich gegenüber seinem Abt, Wohltäter und Vater. Dazu konnte er sich nicht durchringen, genauso wie es ihm widerstrebte, Geoffroi zu denunzieren. Im Grunde war er nur ein Instrument für die Ambitionen beider Männer, die ihre Stellung innerhalb der Kirche und ihr starker Charakter dazu trieb, nicht mehr zu unterscheiden zwischen Glaube und Politik, dem unumstößlichen Willen, Gott zu dienen, und ihrem Machthunger, dem Wunsch nach individueller Lauterkeit und dem kollektiven Schicksal einer Abtei. Er verstand die Strategie seines Freundes, obwohl er sich ihr nicht anschließen konnte, und ihm war klar, was Odilo zu seiner Taktik bewog, obwohl er nicht sein Handlanger sein wollte. Wie sollte er nun vorgehen, um das zu bleiben, was er sich vor vierzehn Jahren vorgenommen hatte: ein bescheidener, unbedeutender Mönch, den lediglich das Gespenst einer Toten umtrieb, für die er Tag und Nacht betete?

Er konnte nicht schlafen, wälzte sich auf seinem Lager hin und her, und sein Blick fiel auf die Statue, die er auf den Boden gestellt hatte. Durch die Fensteröffnung drang der Mondschein und erhellte die Dinge im Raum. Roman kniete sich hin, hob den Schleier über dem Gegenstand hoch und legte seine Hände auf die Skulptur wie auf den Bauch einer Frau. Das Holz war warm. Er fragte sich, ob das Feuer bis ins Innerste vorgedrungen war. Wahrscheinlich nicht, dachte er, sonst wäre sie zerfallen, und es wäre nichts von ihr übrig. Könnte man an eine Restaurierung denken und die Oberfläche abschleifen? Das Originalgesicht von Jesus, der den Tod Lazarus' beweint, war ohnehin verloren. Man müsste es neu in das noch intakte Holz schnitzen.

Roman zündete seine Kerze an und hielt sie ganz nah an das verkohlte Gesicht. Zoll um Zoll besah er sich den Schaden und fuhr mit dem Zeigefinger, der bald schon ganz schwarz war vor Ruß, über das zerschundene Gesicht. Es war schwer zu sagen, wie weit die Flammen sich eingebrannt hatten, ohne dass man das Stück Holz noch stärker beschädigt hätte. Er drehte es um. Der Hinterkopf war genauso verkohlt. Erneut untersuchte er jeden Millimeter und übte dabei dieses Mal so viel Druck aus, dass sich ein kleines Stück Kohle von der Skulptur ablöste. Sogleich bedauerte er seinen Vorstoß. Dann beschloss er, sich dieses winzige Stück vom unteren Hals vorzunehmen, weil er nur so herausfinden konnte, ob es eine Möglichkeit gäbe, der Statue wieder zu einem »menschlicheren« Antlitz zu verhelfen. Behutsam kratzte er mit dem Fingernagel die Kohle an der Stelle ab, an der das kleine Stück abgebrochen war, das etwa die Größe eines Fingerglieds hatte. Zur Beruhigung sagte er sich, dass Geoffroi ihm bestimmt nicht böse sein würde, weil die Gläubigen die Rückseite der Skulptur nie zu Gesicht bekämen. Ein weiterer kleiner Brocken löste sich aus dem Block, ohne dass Roman erkennen konnte, dass ein Teil vom Feuer verschont geblieben war. Wenn er so weitermachte, würde er das Objekt zerstören. Er beschloss, aufzugeben, als er in dem winzigen Loch, das er hineingebohrt hatte, etwas schimmern sah. Er hielt die Kerze näher heran und bemerkte zu seinem großen Erstaunen, dass das Holz an der Stelle, die er bearbeitet hatte, rissig geworden war. Vor allem fiel ihm ein Schimmern oberhalb des Risses auf.

Was mochte das sein? War die Statue hohl? Hatte man sie innen golden angemalt, und wenn ja, warum? Wenn er es herausfinden wollte, bliebe Roman nichts anderes übrig, als den Spalt zu vergrößern, auch auf die Gefahr hin, dass die fragile Statue in zwei Teile zerfiel.

Er beschloss, den Abt zu wecken und die Entscheidung über das weitere Vorgehen dem Eigentümer der Skulptur zu überlassen. Er stand auf und nahm den Gegenstand, doch statt die Hütte zu verlassen, hielt er den schwarzen Kopf an das kleine, vom Mondschein erhellte Fenster. Im milchigen Licht des Gestirns schimmerte der Goldglanz umso schöner.

Zum ersten Mal seit fast zwei Jahrzehnten war Roman einem Gefühl ausgeliefert, das weder Schuldbewusstsein noch Kummer war: Die Neugierde hatte ihn gepackt und drängte seine Melancholie weit in den Hintergrund. Seine grauen Augen glänzten, sein gebeugter Körper bebte vor Aufregung. Plötzlich fühlte er sich, als wäre er zwanzig Jahre alt, und er glaubte, gleich Pierre de Nevers vor sich auftauchen zu sehen, der ihm irgendetwas über die Geheimnisse seiner Kunst anvertrauen würde. Ein Geheimnis … Er rief sich in Erinnerung, was genau Geoffroi ein paar Stunden zuvor zu ihm gesagt hatte, nämlich dass der Abt von Lérins Girart anvertraut hatte, dass die Statue ein Geheimnis im Zusammenhang mit Christus darstelle, nach dem, was Maria von Bethanien offenbart hatte, bevor sie dem Allerhöchsten nachfolgte. Aber über vier Jahrhunderte lang hatten die Mönche von Lérins sie betrachtet und verehrt, ohne das Geheimnis zu lüften.

Wie bei allen Menschen, die ihre Begeisterung zu lange zurückhalten, brach sie sich bei Roman nun mit aller Macht Bahn. Er konnte der Neugier nicht widerstehen und drückte den Finger in den Spalt, bis er nachgab.

Das Eichenholz knackte so laut, dass er vor Schrecken zurückwich. Bei allen Heiligen, was hatte er bloß getan?

Die alte Skulptur lag auf dem Fenstersims, und durch die Öffnung, die nun vom Schädel bis zum Hals reichte – nur der Sockel war noch intakt –, sah man einen Hohlraum im Holz. Aus diesem ragte ein gerolltes Pergament hervor, das von einem Goldfaden zusammengehalten wurde, der das Schimmern verursacht hatte.

Der Mönch wagte nicht mehr, zu atmen, und trat wieder näher. Aus der Rolle stach etwas hervor. Roman zog das Objekt aus dem ledernen Zylinder. Es handelte sich um einen Knochen. Ein Knochen, der über die Jahre schwarz geworden war, und nicht durch Feuer. Beim ersten Hinsehen hielt man ihn für eine Rippe, aber der ehemalige Baumeister konnte nicht beurteilen, ob sie von einem Menschen oder einem Tier stammte. Sie trug jedenfalls eine Gravur: Auf der Oberfläche war die Reliquie mit Wörtern aus einer Sprache bedeckt, die der Mönch nicht kannte, aber die er für Hebräisch oder eine andere semitische Sprache hielt.

Roman legte den Knochen ab und nahm das Pergament, das ebenfalls unbeschädigt war, wenn auch von schlechter Qualität. Die Haut war dick und grob. Sie stammte von einem unedlen Tier und war nicht so intensiv behandelt worden, wie reiche Benediktinermönche es mit der Haut von tot geborenen Kälbern taten, um ein kostbares Velin zu erhalten, das sie für ihre Abschriften und Buchmalereien verwendeten. Langsam öffnete der Mönch den Goldfaden und entrollte das Manuskript. Die Handschrift war dicht und eng, die Sprache Latein.

Er war zu aufgeregt, um den Sinn dessen zu verstehen, was er las, sein Blick glitt zum Ende des Dokuments, und überrascht fuhr er auf.

Der Brief war unterschrieben. Mit einem Namen, der ihm sofort die Tränen in die Augen trieb und ihn dann in Schluchzen ausbrechen ließ:

»Maria Bethania.«

19

Leise schluchzend hockt Livia im Gang vor dem Gemach ihrer Herrin, die hinter der schweren, mit Schnitzereien verzierten Tür im Sterben liegt. Weder Kataplasmen mit Bockshornklee noch die Einnahme von ägyptischem Kyphi konnten ihr Leiden bannen, ebenso wenig wie das Inhalieren von Dämpfen, die Anwendung von Schröpfköpfen und nicht einmal die Opfergaben an Isis und Osiris oder den Gott Äskulap und dessen Töchter Panacea und Salus, die Göttinnen der heilenden Kunst: Die Lungenentzündung, die Faustina Pulchra sich vor zwei Wochen während der Saturnalen zugezogen hat, hat den Körper der alten, mittlerweile fünfundsechzigjährigen Frau in ihrer Gewalt. Seit acht Jahren ist dieser Zeitpunkt im Winter für die Aristokratin der jährliche Höhepunkt, da neben den traditionellen Lustbarkeiten des Saatfestes mit hohem gesellschaftlichem und feierlichem Aufwand auch der Jahrestag des heroischen Todes ihres Gatten und die Feiern zur Erinnerung an die Machtergreifung von Kaiser Vespasian begangen werden.

»Livia«, sagt der griechische Arzt, der das Gemach gerade verlässt, »die Domina verlangt nach dir.«

Die Sklavin steht auf und wischt sich die Tränen ab. Nachts ist weinen erlaubt, doch es gilt als unangemessen, seinen Kummer vor anderen zu zeigen, erst recht, wenn es sich um die mit dem Tod ringende Herrin handelt. Sie streicht ihre Tunika glatt und betritt das Cubiculum.

Faustina Pulchra, die umringt von Arzneien und stark riechenden Mitteln auf ihrem Bett liegt, hustet in ein Tuch. Livia weiß, dass sie Blut spuckt und ihre Lippen unter der Schminke blau sind und ihr Teint bleich ist. Faustina hat keine Kraft mehr. Sie röchelt.

»Komm näher«, befiehlt sie mit schwacher Stimme.

Livia kniet sich neben das Bett auf den Toral. Faustina greift nach ihren Händen. Livia bemerkt, dass auch die Fingernägel ihrer Herrin bläulich verfärbt sind, nicht wissend, dass dies das verhängnisvolle Zeichen für mangelnden Sauerstoff im Blut ist. Wortlos blickt Faustina der Ornatrix in die Augen, als würde sie dort die Ereignisse der vergangenen Jahre noch einmal vorbeiziehen sehen.

Nach Neros Selbstmord folgten innerhalb von eineinhalb Jahren vier Herrscher auf dem Thron; es war eine Zeit blutiger Wirren.

Der Greis Galba, auf den Faustinas Mann und seine Mitstreiter gebaut hatten, enttäuschte Senatoren, Ritter, Militärbefehlshaber und Plebejer durch seine Fehlleistungen und Ungerechtigkeit. Othon, der ehemalige Mann Poppeas und Galbas Stütze, nutzte das aus, um eine Verschwörung anzuzetteln. Nach siebenmonatiger Herrschaft wurde der Kaiser auf dem Forum von Prätorianerwachen angegriffen, von Schwertstößen durchbohrt und enthauptet. Weil man den Kopf nicht an den Haaren packen konnte, da Galba kahl war, steckte ein Soldat kurzerhand den Daumen in den Rachen des abgeschlagenen Schädels und überreichte die Trophäe dem Nachfolger: Othon. Dieser korrigierte Fehler Galbas, gewährte Prätorianern und Senatoren Zuwendungen, begnadigte die einst von Nero Verfolgten und bestrafte seine ehemaligen Getreuen. General Vitellius aber, Befehlshaber über die mächtige Rheinarmee, ließ sich von seinen Truppen, die gegen Italien zogen, zum Kaiser ausrufen. Die ordentlichen Legionäre aus Germanien brachten Othon eine verheerende Niederlage bei. Nach nur dreimonatigem Prinzipat nahm sich Othon das Leben. Damals gaben Faustinas Mann Larcius Clodius Antyllus und überhaupt alle Römer die Hoffnung auf, es könne je wieder Frieden in Rom und im Kaiserreich einkehren. Kaiser Vitellius erwies sich von Beginn an als nichtswürdig und niederträchtig, ein unersättlicher Vielfraß, dem es mehr darum ging, seine Gier und seine Lust an Wagenrennen und Gladiatorenkämpfen zu befriedigen, als seinen Amtsgeschäften nachzugehen. Seine Legionen traten als pöbelnde Horden auf; sie plünderten, vergewaltigten und sorgten für Angst und Schrecken bei der Bevölkerung Italiens und Roms. Der Plebs litt und schwieg, der Senat war ratlos.

Währenddessen wurde in Judäa General Vespasian, Heerführer der Truppen im Osten, der zusammen mit seinem Sohn Titus den jüdischen Aufstand niedergeschlagen und Galiläa zurückerobert hatte, von seinen Truppen, dem Präfekten Ägyptens, dem Statthalter Syriens und allen Ost- sowie den Donaulegionen zum Kaiser ausgerufen. Seine Armee marschierte in Rom ein. In der Hauptstadt des Reichs unternahm Vespasians älterer Bruder Titus Flavius Sabinus, der seit zwölf Jahren Stadtpräfekt von Rom war, seinerseits diplomatische Schritte, aber die Mehrheit der Senatsmitglieder sprach sich, so wie Larcius Clodius, nicht unmittelbar für Vespasian aus. Im Gegensatz zu den Aristokraten der julisch-claudischen Dynastie stammte Vespasian tatsächlich nicht aus glanzvollen Verhältnissen. Er gehörte dem kleinen ländlichen Bürgertum an. Zu der bescheidenen Herkunft kam eine Jugend, die er fern von Rom verbracht hatte, und eine Ehefrau, der man nachsagte, sie sei eine Freigelassene. Nachdem er Witwer geworden war, lebte er mit einer Konkubine, einer ehemaligen Sklavin, die er stets so zuvorkommend behandelte wie eine rechtmäßig angetraute Gattin.

»Lieber Larcius Clodius Antyllus«, sagte Titus Flavius Sabinus zu dem alten Senator, den er seit zwanzig Jahren kannte, »du überlässt Rom und das zivilisierte Reich lieber einem hochgeborenen Mann, der sich von seinem ungezügelten Appetit und seinen rohen Instinkten leiten lässt und der Senatoren wie Sklaven behandelt, als von einem Nichtadeligen mit gesundem Verstand und feinsinniger Intelligenz, der seine Sklaven so behandelt, als wären es Senatoren?«

Als er spürte, dass der Wind sich drehte, schlug sich Faustinas Mann auf die Seite der Flavier. Mit dem Sieg der flavischen Truppen gegen die Truppen Vitellius' in Cremona im Jahr nach Neros

Tod, am fünfzehnten Tag vor den Oktoberkalenden, gefolgt vom Anschluss der Legionen Spaniens, Galliens und der Bretagne, wechselte er endgültig in das Lager Vespasians. Seine Armeen näherten sich Rom. Titus Flavius Sabinus und Larcius Clodius Antyllus verhandelten heimlich mit Vitellius über dessen friedliche Abdankung. Kurz nach den Dezemberiden schickte sich der Kaiser an, gemeinsam mit seiner Familie zu gehen. Aber die Prätorianer und Teile des Volkes waren dagegen. Die Situation wendete sich zugunsten von Vitellius. Titus Flavius Sabinus, seine Kinder, sein Neffe Domitian – der jüngste Sohn Vespasians –, Larcius Clodius und weitere Senatoren und Ritter, die Anhänger der Flavier waren, flüchteten sich in die Hauptstadt. Vitellius' Truppen stürmten den Jupiter-Tempel, das Sinnbild für Roms Größe, und bald stand das Capitolium in Flammen. Als Isis-Priester verkleidet, konnte der junge Domitian den Flammen entkommen, aber Faustinas Mann kam um. Die übrigen Belagerten flohen und wurden von den Vitellianern gefasst. Stadtpräfekt Titus Flavius Sabinus wurde von der Menge gelyncht und enthauptet, seine Leiche blieb auf der Gemonischen Treppe zurück. Die flavischen Truppen trafen am nächsten Morgen ein. Am Ende eines Tags blutiger Straßenkämpfe war die Stadt erobert. Vitellius, der sieben Monate lang regiert hatte, wurde abgeschlachtet, seine Leiche in den Tiber geworfen. Titus Flavius Vespasianus – Vespasian –, der sechzig Jahre alt war, wurde vom Senat als Kaiser anerkannt. Eine neue Ära begann. Vespasians Generäle säuberten die Stadt vom achtzehn Monate währenden Chaos, und im nachfolgenden Herbst zog der neue Kaiser triumphierend in »Urbs Roma« ein.

Zwar war Faustina betrübt über den Tod ihres betagten Mannes, doch ihre Trauer verflog rasch angesichts ihrer jährlichen Bezüge und der Ehrenbekundungen, die der neue Kaiser der Witwe des Mannes zuteil werden ließ, der sich an der Seite seines Bruders für seine Sache geopfert hatte: Larcius Clodius Antyllus hatte Anrecht auf öffentliche Trauer und ein Begräbnis, wie es einem Souverän würdig war. Bei der großen Zeremonie anlässlich des wiedererrichteten Capitoleums ist zu seinem Andenken eine Statue vor dem heiligen Gebäude aufgestellt worden, und es gibt keine offizielle Zeremonie, keinen Umzug, kein großes Festbankett im Palast des Kaisers oder bei dessen Getreuen, zu dem die Witwe nicht eingeladen wäre. Umgekehrt empfängt sie die Würdenträger der Regierung ihrerseits mit großem Pomp, und vor fünf Jahren hat sie den gesamten Häuserblock erworben, um ihr Anwesen zu vergrößern, und dazu zwanzig weitere Sklaven. Zur eigenen Zerstreuung unterhält die Patrizierin einige schöne Jünglinge und eine Gruppe von Pantomimen. Im Sommer entflieht diese kleine Schar der stickigen Stadt und bezieht eine riesige Villa an der adriatischen Küste. Auch wenn ihr Leben längst nicht so aufwendig ist wie das des Kaisers mit seinen zwanzigtausend Sklaven oder das der Großgrundbesitzer, die eintausend Seelen ihr Eigen nennen, so hat die Ermordung ihres Mannes das ohnehin luxuriöse Leben Faustinas und ihres Domus in einer Weise beschleunigt, die ihren altersbedingt erschöpften Körper zusätzlich geschwächt hat.

Livia ist eine der hervorragendsten Friseurinnen und Kosmetikerinnen in Rom, die sich bestens auskennt mit dem Kaschieren von Falten und grauen Haaren, mit Parfüms und Düften, und die sich darauf versteht, zu jeder Tages- und Nachtzeit und an jedwedem Ort, und sei es in einem der Vorzimmer des Kaiserpalastes, derweil nebenan das Fest in vollem Gange ist, den perfekten Schein wiederherzustellen. Ganz sicher wird es ihr nie an Arbeit mangeln, wenn ihre Herrin nicht mehr da sein sollte: Die prominenten Freundinnen Faustinas und Caenis, Vespasians Konkubine, haben ihr bereits angeboten, sie in ihren Dienst zu übernehmen. Aber das ist es nicht, worauf sie wartet. Insgeheim hofft sie, Faustina möge ihr auf dem Sterbebett das zugestehen, was viele Herrschaften ihren Haussklaven im Moment ihres Dahinscheidens gewähren: die Freilassung. Davon träumt Livia bei aller Trauer darüber, ihre Herrin zu verlieren. Die gesprengten Ketten sind ihr sehnlichster Wunsch, und jede Nacht betet sie für Faustinas Seelenheil und dafür, dass ihr dieser Akt der Großzügigkeit, den sie zu verdienen glaubt, zuteil werde.

»Livia«, murmelt Faustina, »seit wann lebst du in diesem Haus?«

»Es sind jetzt etwas mehr als dreizehn Jahre, dass Ihr mich erworben habt, Herrin.«

»Ich weiß noch, wie du angekommen bist. Du warst so jung, so schwächlich! Du wirktest völlig verstört, so, als würdest du beim kleinsten Anlass zusammenbrechen. Stummes, vogelfreies Kind ... Und das ist aus dir geworden!«

In einigen Tagen wird Livia dreiundzwanzig Jahre alt. Ihr fester, üppiger Körper ist voll entwickelt. Ihr gänzlich ungeschminktes Gesicht ist eine Freude für jeden Betrachter: sanft und regelmäßig, eine hohe Stirn, eine elegante Nase, ein schmaler, von Natur aus karminroter Mund, gesunde, gerade Zähne, hohe Wangen von goldenem Teint, ein offener Blick aus Augen, deren zartlila Färbung mit der Zeit dunkler geworden ist. Kein Zweifel, Livia ist eine sehr schöne Frau, was auch niemand übersieht.

»Du solltest dich endlich entschließen zu heiraten«, sagt Faustina hustend. »Du kannst nicht ohne Ehemann sein, das ist unvorstellbar!«

»Ja, Herrin.«

Oft hat Faustina versucht, sie mit einem ansehnlichen Sklaven aus einem anderen Haus oder des eigenen Domus zu verheiraten. Die Ornatrix hat sich immer geweigert und ihre Herrin angefleht, sie möge davon Abstand nehmen, da sie ihr dann nicht mehr in dem Umfang zur Verfügung stehe, nun, da der neue Rang der Patrizierin ihre ständige Hingabe erfordere. Jedes Mal hat Faustina schließlich aufgegeben.

»Ich hänge sehr an dir«, ergreift die Matrone wieder das Wort. »Und ich weiß, wie treu du mir ergeben bist. Die letzten Jahre haben mir das bewiesen. Deine Ergebenheit mir gegenüber ist vorbildlich ...«

Livias Herz klopft schneller. Jetzt wird die Herrin ihre baldige Freilassung verkünden.

»Allerdings werde ich dir nicht gewähren, was du dir zu Recht erhoffst.«

Livia erblasst, bleibt aber regungslos.

»Ich hätte dich so gern freigelassen«, fährt Faustina leise fort. »Aber deine Haltung hindert mich daran. Denn ich weiß, Livia, dass du trotz des Vorfalls vor zehn Jahren deinem niederträchtigen, gottlosen Kult heimlich weiter nachgehst.«

Als Faustina zehn Jahre zuvor entdeckt hatte, dass ihre Ornatrix Christin war, und sie ihr befohlen hatte, den Glauben aufzugeben und sich Isis anzuschließen, war Livia schwer erkrankt. Sie fieberte über mehrere Wochen hinweg, ihr schwindender Körper hielt mit aller Macht an einer Dysenterie fest, der kein Mittel Einhalt gebieten konnte. Faustina hatte die besten Ärzte Roms an ihr Krankenbett geholt, die alle ihre Machtlosigkeit eingestanden und den baldigen Tod der Ornatrix vorhersagten. In ihrer Verzweiflung angesichts der Vorstellung, diejenige zu verlieren, die ihrem Gesicht und ihrem Körper die Illusion von Jugendlichkeit verlieh, gab Faustina nach. Eines Abends verkündete sie der entkräfteten, halb besinnungslosen Sklavin auf ihrem Lager, dass sie sie nicht durch Zwang zum Isiskult bekehren werde. Im Gegenzug sollte Livia ihrem verwerflichen Glauben abschwören. Kaum hörbar willigte die Sklavin ein. Nach und nach kam sie wieder zu Kräften und wurde zur Überraschung der Ärzte wieder ganz gesund. Danach hatte Faustina nie wieder darüber gesprochen.

»Ich gebe es zu, Herrin«, gesteht Livia leise. »Ich habe das Versprechen, das Ihr mir abgenötigt habt, nicht gehalten. Aber Ihr musstet nicht darunter leiden. Ich habe meinen Glauben nie offen gezeigt, nur meine Seele war eingeweiht.«

Faustina atmet keuchend. Sie weiß genauso wie Livia, dass das nicht ganz der Wahrheit entspricht. Natürlich haben die beiden Frauen dieses Problem nie innerhalb der vier Wände erörtert. Aber warum fastet die Sklavin jeden Mittwoch und Freitag? Und wohin geht sie immer sonntags vor Tagesanbruch? Faustina wollte sie nie danach fragen und ihrer Ornatrix auch niemanden mehr hinterherschicken. Doch sie hat immer gespürt, dass Livia ihrem Nazarener die Treue gehalten und andere Sektierer getroffen hat: Was ist ein Glaube ohne Ritual, ohne Anhänger, ohne Tempel? Ein schlichter Gedanke, aber keine Religion.

»Wo auch immer sich dein verrückter Aberglauben verbergen mag«, antwortet die Matrone mit heiserer Stimme, »ich kann nicht tolerieren, dass er sich nach meinem Tod weiter entfaltet und ausbreitet. Das würde meinen Geist im Reich der Toten in Mitleidenschaft ziehen, und meine Seele könnte sich in einen bösen Lemur verwandeln, der meine noch lebende Familie heimsucht. Darum vermache ich dich per Testament meinem Neffen Javolenus Saturnus Verus. Wenn es mir nicht gelungen ist, dich auf den rechten Weg zurückzuführen, so wird es ihm hoffentlich gelingen.«

Javolenus Saturnus Verus! Livia blickt zu Boden. Das erste Mal hatte sie Faustinas Neffen gesehen, als sie gerade in dem Domus angekommen war. Der Senator tauchte oft auf, um mit seinem Onkel über die Angelegenheiten der Kurie zu sprechen und seine Tante in die Arme zu nehmen, die er sehr mochte. Eines Tages aber war er plötzlich verschwunden. Später hörte Livia Gerüchte, wonach er an einer Verschwörung gegen Nero teilgenommen habe und der Kaiser ihn festnehmen und zur Verbannung verurteilen ließ. Livia hegte durchaus Sympathien für den verfolgten Mann, der es gewagt hatte, sich der Tyrannei des Peinigers zu widersetzen. Bei Vespasians Machtergreifung hat Faustina ihren Einfluss bei dem neuen Kaiser geltend gemacht und ohne Weiteres Gnade für ihren Neffen erwirkt. Er ist in die Stadt zurückgekehrt und hat auch wieder an der Kurienversammlung teilgenommen. Kein Jahr später, und trotz Faustinas Protesten, hat der Kaiser ihn erneut ins Exil fern von Rom geschickt, zusammen mit seinen Stoikerfreunden. Den Grund dafür kennt Livia nicht. Sie weiß noch, wie verzweifelt ihre Herrin war, die sich aber in ihrer Treue zum Herrscherfürsten und seinen Banketten nicht ins Wanken bringen ließ.

Warum will ihre Herrin sie jetzt diesem geächteten Neffen

anvertrauen, einem fast Unbekannten, der noch dazu Witwer ist und fern von allem auf dem Land lebt? Es liegt doch auf der Hand, dass ein Denker mit behaartem Gesicht keine Ornatrix braucht! Was soll aus ihr werden? Wird sie harte Feldarbeit verrichten müssen? Es ist eine grausame Strafe, und auch wenn Livia weiß, dass sie keine Wahl hat und gehorchen muss, verspürt sie so etwas wie Wut auf die Sterbende.

»Hab keine Angst, meine Kleine«, fügt Faustina hinzu und streicht ihr über die Hand. »Mein Neffe ist ein aufrichtiger, gerechter Mann, der dich genauso gut behandeln wird wie ich. Natürlich wirst du einer anderen Tätigkeit nachgehen müssen, und deswegen habe ich auch gezögert. Was für ein Jammer, du bist so begabt! Aber wenn du mich nicht mehr schmücken kannst, sollst du auch keine andere schmücken!«

Angesichts von so viel Egoismus kämpft Livia mit den Tränen. Sie hat andere Zukunftspläne: Mit Haparonius, dem Parfümeur, hatte sie vereinbart, dass er sie, wenn sie freigelassen wäre, in seiner Kunst unterweisen und dass sie an seiner Seite arbeiten, Pflanzen zerkleinern, Essenzen pressen, Düfte und Arzneien entwickeln würde. Seit zehn Jahren ist er mehr als ein Bruder, eher ein umsichtiger, liebevoller Vater, der auf sie achtgibt, bis sie heiraten würde. Denn niemals würde sie einen Mann heiraten, der kein Anhänger des »Weges« war.

Jeden Sonntagmorgen beim heimlichen Gebet im Keller von Haparonius begegnet sie möglichen Anwärtern, aber vor Angst, ausspioniert zu werden oder zu erleben, dass der Unguentarius entdeckt und getötet wird oder sie selbst verhaftet wird, geht sie gleich nach dem Mahl des Herrn wieder fort, ohne mit den übrigen Gläubigen Bekanntschaft zu schließen. Haparonius hat ihr oft angeboten, ihr ehrliche, junge Menschen vorzustellen, aber sie wollte nicht, denn sie wusste, dass ihre Herrin niemals in die Ehe mit einem Mann einwilligen würde, den sie nicht selbst ausgesucht hätte; mehr noch, die misstrauische Matrone hätte etwas von dem geheimen Glauben des Verehrers geahnt und sie womöglich alle verraten.

»Du sagst nichts. Ich verstehe, dass du enttäuscht bist, Livia. Aber ich handle zu deinem Wohl, glaub mir. Zehn Jahre lang habe ich so getan, als würde ich nichts mitbekommen, während du unter meinem Schutz standest. Wenn du verhaftet worden wärst, wäre ich zum Kaiser gegangen, der bei Sekten toleranter ist als bei Philosophen.«

Faustina unterbricht sich und spuckt in ihr Tuch. Sie fasst sich an die schmerzende Brust.

»Ich gehe nun«, fährt sie fort, »ich will dich nicht schutzlos zurücklassen, allein und hilflos, in den Fängen dieser Schurken. Javolenus wird sich um dich kümmern. Er wird eine Arbeit für dich finden, bei der du deine Schönheit nicht einbüßen musst, einen ansehnlichen Ehemann, und – wer weiß? – wenn du bei ihm vernünftiger bist als bei mir, wird er dich eines Tages vielleicht auch freilassen. Hoffentlich kommt er noch rechtzeitig! Vespasian hat mir gewährt, dass mein Neffe mir die Augen zudrücken und meinen letzten Atemzug einatmen darf. Aber nach meinem Begräbnis und der Klärung meines Erbes muss er dorthin zurück, woher er gekommen ist. Du wirst mit ihm gehen. Jetzt lass mich allein, ich bin erschöpft … ich muss mich ausruhen. Sag Parthenius, er soll Javolenus sofort zu mir lassen, wenn er kommt. Und wenn ich schlafe, soll er mich aufwecken!«

»Sehr wohl, Herrin.«

Livia verlässt den Raum und geht hinauf in das erste Stockwerk in das Quartier der Sklaven. Die Enttäuschung überwiegt die Trauer. Ihr wird bewusst, dass sie Faustina nicht einmal gefragt hat, wo ihr Neffe lebt, auf welche einsame, feuchte Scholle ihre Herrin sie verbannt hat. Sie wird es früh genug erfahren. Rom zu verlassen stellt sie vor eine Zerreißprobe. Die Stadt, in der sie und ihr Vater geboren sind, in der ihre Familie umgekommen ist und sie eine neue Familie gefunden hat. Haparonius!

Und wenn sie ihn inständig bitten würde, ihr zur Flucht zu verhelfen? Livia weiß sicher, dass er sie aus Freundschaft, Barmherzigkeit, Zuneigung bei sich oder bei Freunden verstecken würde. Aber ihren Traum davon, Parfümeurin zu werden, einen Christen zu heiraten, Kinder zu bekommen, die von Zimtduft umgeben und auf Rosen gebettet wären … Gehorchen, das ist es, wozu sie verdammt ist. Ihre letzte Hoffnung ist, dass Javolenus sie rasch freilässt und sie nach Rom zurückkehren und sich ihre Wünsche erfüllen kann. Von Haparonius weiß sie, dass Kaiser Augustus das Höchstalter für die Freilassung von Sklaven per Gesetz auf dreißig Jahre festgelegt hat. Dreißig Jahre! Ihr bleiben also noch sieben Jahre, um von ihrem neuen Herrn die Freiheit zu erlangen. Und das kommt ihr vor wie eine Ewigkeit.

»Faustina Pulchra! Faustina Pulchra! Faustina Pulchra!«

Dreimal hallt der düstere Ruf Parthenius' durch das Anwesen, jeweils unterbrochen durch eine lange Stille. Livia weiß, was das bedeutet. Sie hält inne und fällt auf die Knie. Ihre Herrin hört ihren Namen nicht mehr. Keine menschliche Stimme erreicht sie jemals wieder.

Langsam verlässt die Prozession die Stadt der Lebenden. Dem Paradebett, auf dem Faustina liegt, folgen Klageweiber, Musiker, Tänzer und Pantomimen. Stolz werden Porträts von Vorfahren der illustren, alteingesessenen Familie zur Schau gestellt; einige Masken aus Wachs werden auf das Gesicht der Verwandten gelegt. Javolenus Saturnus Verus trägt die Totenmaske seiner eigenen Mutter, Faustinas Schwester. Zusammen begleiten Tote und Lebende die Verstorbene zum Scheiterhaufen der Totenstadt, in einer lauten, fast triumphalen Parade. Senatoren und Magistrate tragen Festkleidung, einige sitzen hoch oben auf Pferdewagen. Der Kaiser ist nicht anwesend, aber er hat Mitglieder seiner Familie entsandt, nämlich seine beiden Söhne Titus und Domitian.

Am Ende des prächtigen Aufzugs geht Livia, die sich selbst nicht wiedererkennt. Wie es der Brauch will, ist ihr Haar nicht frisiert, ihre Kleidung unordentlich, und seit dem dunklen Morgen hat sie sich nicht gewaschen. An dem Tag hat sie die Sklaven aus dem Tempel der Libitina, der Göttin der Leichen und der Bestattung, daran gehindert, Faustinas Gemach zu betreten, um die rituelle Waschung vorzunehmen. Niemand außer ihr sollte den Körper ihrer Herrin berühren. Parthenius hat versucht, sie zu beruhigen, und sie gebeten, bis zur Ankunft von Javolenus zu warten, der entscheiden würde, was geschehen solle. Aber Livia hat erklärt, man wisse nicht, wann der Neffe in Rom eintreffe, und es sei entehrend für ihre Herrin, wenn man tagelang abwarten würde. Der Hausvorsteher hat nachgegeben, und Livia hat sich im Totenzimmer eingeschlossen. Zum letzten Mal hat sie die Kosmetikschatulle zu sich herangezogen und Pyxiden, Aryballoi, Glasflacons und feine Tücher daraus hervorgeholt. Unter Gesängen von Gedichten, Beschwörungsformeln und heidnischen Litaneien gemäß dem Brauch und Faustinas Wünschen, hat sie die Tote gewaschen und dann lange mit einem kräftigen und teuren Gemisch eingerieben, das nach dem Sieg von Titus gegen die Juden in Jerusalem in Mode gekommen ist: Judäabalsam. Im Stillen hat sie zunächst Christus gebeten, dafür zu sorgen, dass die Engel auf der Reise ins Reich der Toten über die Seele ihrer Herrin wachen mögen, und dann noch einmal Maria von Bethanien, ebenfalls bei Christus darum zu bitten.

Sie hat ihr die Augen zugedrückt und den für Javolenus bestimmten kalten Atem aus ihrem Mund eingeatmet. Dann hat sie der Toten eine Münze zwischen die Zähne gesteckt, damit sie den Fährmann Charon für die Fahrt über den Styx zahlen könne, oder wen auch immer, der die Seele der Verstorbenen auf die westliche Seite des Nils bringen würde, wo die Isis-Anhängerin zu ruhen wünschte.

»Ich schließe Euch in mein tägliches Gebet für meine Familie ein«, hat sie der Toten leise ins Ohr gesagt, »bis wir uns im Königreich Gottes wiedersehen. Vielleicht ist es gar nicht weit weg vom Nil …«

Vor dem Scheiterhaufen bleibt die Prozession stehen. Der geschmückte Leichnam von Faustina Pulchra ist mehrere Tage und

Nächte im Trauerhaus geblieben, das mit rot angemalten Zypressen- und Pinienzweigen markiert ist.

Am Abend des Tages, an dem sie ihren Atem ausgehaucht hat, ist Javolenus endlich angekommen und lange bei ihr geblieben. Dann ist der Rest der Familie eingetroffen, die Honoratioren, Freunde und Amtsträger, um sich den Klagen der Angehörigen des Domus anzuschließen. Schließlich sind die sterblichen Überreste mit den Füßen voraus aus dem Haus hinaus und zur öffentlichen Zeremonie getragen worden.

Vor dem Scheiterhaufen tritt der maskierte Javolenus vor das Bett seiner Tante. Daneben knistern bereits die Flammen. Er trennt einen Finger von der Hand der Leiche ab und vergräbt sie in der Erde der Totenstadt. Dann nähert sich ein Isis-Priester mit kahl geschorenem Schädel, den Oberkörper in ein Leopardenfell gehüllt und umgeben von weiß gekleideten Priesterinnen. Mit Weihrauch und Nilwasser hält der Ägypter die bösen Geister fern. Er berührt Mund, Nasenlöcher, Augen und Ohren Faustinas, damit sie ihre Sinne zurückerhalte. Als der Leichnam in die Flammen fällt, wirft er ein Totenbuch und mehrere Gaben in die Glut, damit die Seele der Matrone den Weg finde und nicht zu den Lebenden zurückkehre und diese heimsuche. Während die Leiche verbrennt, wird die Totenrede auf Faustina gehalten, eine Lobrede zu ihrem Ruhm und zum Ruhm ihrer Ahnen, eine Darlegung des genealogischen Gedächtnisses der Dynastie. Die Totenmaske ist abgenommen, zusammen mit den Bildern von der Toten wird sie sich auf dem Heiligtum wiederfinden, das alle hochstehenden Familien in ihrem Zuhause haben, der Altar der Laren, der Schutzgötter oder Schutzgeister, errichtet zu Ehren der tugendhaften Manen. Diese Totengeister sind in den Hades eingezogen, beschützen die Lebenden und helfen ihnen, die Lemuren, schädliche Geister, die sie heimsuchen, zu bekämpfen. Livia wendet den Blick vom Feuer ab, während Speisen und Gegenstände, die ihr lieb waren, darin landen, und ihr geliebtes Parfüm hineingegossen wird.

Als von der sterblichen Hülle nur noch die Asche übrig ist,

befeuchtet Javolenus die Reste mit Wein, wäscht die verkohlten Knochen mit ägyptischem Kyphi und legt sie in eine goldene Urne. Dann bewegt sich die Prozession auf das monumentale Familiengrab in Form einer Pyramide zu, das zuvor mit Nilwasser und einem Olivenzweig geheiligt worden ist. Zusammen mit Flaschen voller Tränen und parfümierten Beigaben wird die Urne in einer Nische der unterirdischen Kammer deponiert. Am Rand des kleinen Hohlraums wird eine Gedenktafel aufgestellt, mit Wein, Speisen und Skulpturen mit dem Bildnis Faustinas.

Draußen vor dem Mausoleum warten Tische und Speiseliegen auf die Gäste des großen Totenbanketts. Im Isis-Tempel hat man einen fetten Ochsen geopfert, der gewürzt und gesotten wurde, um am Grab verspeist zu werden. Priester und Priesterinnen der ägyptischen Göttin tragen das dampfende Tier auf einem Paradebett gleich dem der Verstorbenen herbei. Livia versucht, sich ihre Abscheu nicht anmerken zu lassen. Die vielen Sklaven, die Faustina zu Diensten waren, waschen den Gästen die Hände und Füße. Livia hält sich abseits. Sie ist in einer Weise verwirrt, wie sie es von sich nicht kennt; sie beobachtet Würdenträger, Musiker, Klageweiber – die Einzigen, die in der Öffentlichkeit weinen dürfen –, als würde sie einem ausgefallenen Spektakel beiwohnen, einem merkwürdigen Theaterstück. Gestern war ihr dreiundzwanzigster Geburtstag, doch ihr ist, als wäre sie gerade neun Jahre alt geworden und wieder das verlassene Mädchen, dessen Vergangenheit gerade zu Ende gegangen ist und das keine Zukunft hat.

Ihre einzige Gewissheit liegt in den kommenden neun Tagen, den »neun Tagen des Schmerzes«, ihrem letzten Aufschub: An diesen arbeitsfreien, heiligen Tagen werden die letzten Pflichten gegenüber der Toten erfüllt, und sie wird sich damit abfinden müssen, dass die Verbindung zu ihrer Herrin abgebrochen ist. Den Laren der Familie wird ein Widder geopfert, und Ceres, der Göttin des Weizens und der Saat, ein Karpfen. Mit Feuer und Wasser wird man das Haus und seine Bewohner vom gefährlichen Schmutz befreien, der durch den Kontakt mit der Verstorbenen entstanden ist. Livia, die die Tote gewaschen und geschmückt hat, wird sich einer strengen Waschungszeremonie unterziehen müssen. In dieser Zeit wird sie einen Weg finden, um sich davonzustehlen, Haparonius zu verabschieden und ein letztes Mal mit ihm zu beten. Anschließend wird Faustinas Neffe in dem dann wieder reinen Domus ein großes Festmahl für die Familie geben. Er wird die schwarze Trauertoga anlegen, die Sklaven in die Freiheit entlassen, die Faustina per Testament freigegeben hat, sich des Erbes bemächtigen, und nichts wird ihn länger in Rom halten. Livia wird hinten auf einen Wagen zu den Möbeln steigen, die seine Tante ihrem asketischen Neffen hinterlassen hat, und schließlich werden sie die Hauptstadt des Reichs in Richtung der unkultivierten, trostlosen Stätte des Exils verlassen.

»Livia?«

Die Sklavin blickt auf. Faustinas Neffe steht vor ihr und hält ihr einen Kelch mit verdünntem Wein hin. Er hat seine Trauermaske abgelegt. Zum ersten Mal sieht sie sich ihren neuen Herrn genauer an. Er ist in ein Pallium gehüllt, einen dunklen Faltenüberwurf, kleiner und schlichter als die reinweiße offizielle Toga, an der Schulter von einer Fibula zusammengehalten. Javolenus Saturnus Verus trägt den Bart der Philosophen, die abgesehen von den Barbaren die Einzigen sind, die sich nicht rasieren oder das Gesicht enthaaren. Dieser kurze, sauber geschnittene Bart ist kastanienbraun, wie seine langen, nur an den Schläfen bereits ergrauten Haare auch, und er rahmt ein von der Sonne gegerbtes Gesicht mit Falten ein, in dem Augen von der Farbe der Augen Livias für ein eigenartiges Leuchten sorgen. Er dürfte um die fünfundvierzig Jahre alt sein.

Er ist freundlich und weniger mitleidlos, als sie ihn sich vorgestellt hatte. Als sie ihn anblickt, fährt ihr ein Stich durch die Brust, ganz unvermittelt, wie sie es noch nie erlebt hat.

»Nimm diesen Kelch zu Ehren meiner Tante«, ordnet er mit sanfter Stimme an. »Sie teilt die erste Runde mit uns.«

Auf einer Seite der Pyramide füllt Parthenius Wein in ein Ziegelrohr, das direkt in die Nische mit Faustinas Urne führt. Livia und Javolenus sprengen ein wenig von dem exquisiten Falernum über die Friedhofserde und trinken den Rest.

»Sie mochte dich sehr«, fährt der Philosoph fort. »Auch wenn ich verstehe, dass du es ihr verübelst, dass sie dich nicht freigelassen hat.«

»Ich nehme es ihr nicht mehr übel!«, ruft die Sklavin aus und dreht den Kopf zur Seite.

»Einverstanden. Aber du sollst wissen, dass sie mir einen langen Brief geschrieben hat, bevor sie in den Hades eingegangen ist, und darin hat sie erklärt, warum sie deine Ketten nicht durchtrennt und dich mir anvertraut.«

Livia blickt auf ihren Kelch hinab. Der Blick und die Stimme dieses Mannes verursachen ein rätselhaftes Brennen tief in ihrem Innern.

»Es gehörte zu ihrem letzten Willen, dass du nicht freigelassen wirst, solange du deiner falschen Religion nicht wirklich abgeschworen hast und zu den Glaubensvorstellungen zurückgekehrt bist, die mit den römischen Gesetzen und dem Geist deiner Ahnen in Einklang stehen. Aus Abneigung gegen deinen sektiererischen Aberglauben, aus Liebe zu Faustina Pulchra, zu meiner Mutter und zu den Laren meiner Familie werde ich ihren Willen respektieren.«

Die Sklavin fasst sich an die Stirn. Sie denkt, dass ihr Leben auf Erden nun keinen Frieden mehr kennt. Eine Hölle tut sich vor ihr auf, sie wird verfolgt und gewaltsam zu einem Glauben gezwungen werden, ohne Haparonius, überhaupt mit niemandem, der sie beschützen könnte.

»Aber anders als meine Tante«, fügt Javolenus lächelnd hinzu, »will ich dich nicht mit Macht und Gewalt umstimmen, sondern durch Vernunft. Kein Mensch, der intelligent genug ist und gesunden Menschenverstand besitzt, verschließt sich logischen Argumenten. Bis du Bewusstsein und Unterscheidungsvermögen wiedererlangt hast, verbiete ich dir nicht, deinen Kult auszuüben, solange du es mit Mäßigung und unauffällig tust. Denn niemand kann gewaltsam zu seinem Glauben gezwungen werden.«

Vor Staunen fällt Livia beinahe der Kelch aus der Hand. Das Lächeln ihres Gegenübers geht ihr durch und durch, so wie seine Worte auch. Wer ist dieser Mann, der ihren Glauben gleichzeitig verurteilt und ihn ihr zugesteht? Ist es möglich, etwas abzulehnen und gleichzeitig anzunehmen?

»Ich …«, murmelt sie mit gesenktem Kopf, »ich danke Euch, Herr.«

»Setz dich zu den Sklaven des Hauses. Du musst nicht von dem geopferten Ochsen essen, weil ich weiß, dass das gegen deine Überzeugungen verstößt. Aber benimm dich gut, wir haben hochangesehene Gäste.«

»Ja, Herr.«

»Gibt es nichts, was du mich fragen willst, da uns jetzt niemand zuhört?«

»Doch, Herr. Ich möchte wissen, wohin ich Euch folgen soll. Wo ist Euer … Refugium?«

Lächelnd zeigt der Philosoph makellose Zähne in seinem gebräunten Gesicht. Sie nimmt das Leuchten, das von ihm ausgeht, mit ihrem ganzen Körper auf. Ihr ist, als würden Hände, Stirn, Beine, Herz, als würde ihr ganzes Wesen brennen. Sie ringt nach Luft.

»Nach Kampanien, Livia. In die reichste Gegend Italiens, dorthin, wo Götter und Erde die Menschen mit ihren Wohltaten überschütten.«

Die Sklavin öffnet den Mund und schnappt gierig nach Luft. Kampanien! Der Traum jedes Römers! Das Reich des Weins und der Olivenbäume, wo es sich gut leben lässt!

»Verglichen mit Rom, ist es eine sehr kleine Stadt«, sagt Javolenus noch. »Ein unbedeutender Marktflecken in der Provinz, eine Kolonie. Aber schön und angenehm, du wirst sehen. Er heißt Pompeji.«

20

Pompeji«, wiederholte Johanna, die vor Erstaunen an der Liege Halt suchte.

24. August 79 nach Christi Geburt, erinnerte sie sich. Der Ausbruch des Vesuvs ... Romane durchlebte die Ereignisse vom 24. August 79. Aber warum? Wer könnte ihr davon erzählt haben? Tom sicher nicht. Wer sonst? Die Lehrerin in der Schule? Warum sollte Mademoiselle Jaffret Fünfjährigen von einer solchen Naturkatastrophe erzählen? Nein, das war undenkbar. Aber sie hatte sich das doch nicht aus den Fingern gesogen!

In dem großen roten Sessel des Hypnotiseurs wurde das Mädchen von einem weiteren Hustenanfall unterbrochen.

»Vergiss nicht, Romane«, beschwichtigte Sanderman, »das ist alles nur ein Traum, ein besonderer Traum, weil du schläfst und gleichzeitig wach bist.«

»Ja, ich bin wach«, sagte sie, »ich krieg keine Luft mehr, mir ist heiß, die Augen brennen, es tut weh, ich habe Angst! Hilfe! Alles brennt!«

Dann geriet Romane in einen akuten Erregungszustand. Sie weinte, rang nach Luft, schrie, dass gelber, ätzender Dampf in die Stadt dringe und sie roten Staub schlucke. Panisch hielt sie sich die Arme vors Gesicht und brüllte wie am Spieß. Dr. Sanderman bedeutete Johanna, sich keine Sorgen zu machen, und holte das Mädchen langsam in die Wirklichkeit zurück. Ganz allmählich versiegten die Tränen, sie atmete wieder normal, und wenige Sekunden später schlug sie die Augen auf.

»Mein Schatz!«, rief Johanna und nahm sie in die Arme. »Mein Liebling, es ist vorbei, alles ist vorbei. Wie geht es dir?«

»Na, sehr gut, Mama.«

Sie sah Johanna an, als wäre irgendetwas mit ihrer Mutter nicht in Ordnung.

»Ja? Bist du sicher? Ist dir nicht heiß? Hast du Kopfweh?«, fragte Johanna, befühlte ihre Stirn und wischte die restlichen Tränen weg.

»Warum soll mir denn heiß sein, Mama? Es ist doch Winter!«

»Erinnerst du dich, Romane, als du in dem großen roten Sessel saßest?«, schaltete Sanderman sich ein.

»Ja, ich habe mit Ihnen geredet, über die Schule, Madame Bornel, Chloé und Hildebert. Und über Reineke Fuchs und Isegrim. Mama, ich bin so müde ...«

»Ruh dich kurz auf dem Sofa aus«, sagte der Arzt, »ich unterhalte mich derweil ein bisschen mit deiner Mutter. Leg dich hin, so ist es gut.«

Zu Johannas großem Erstaunen schlief das Mädchen sofort ein, ruhig und unbeschwert und anscheinend, ohne zu träumen.

»Ich bin völlig fassungslos«, gestand Johanna dem Arzt mit tonloser Stimme.

»Das ist verständlich ... Nehmen Sie Platz. Ich denke, dass wir noch einige Sitzungen brauchen werden, um das alles zu analysieren, aber ich glaube, wir sind schon einen Schritt weiter.«

»Können Sie mir erklären, warum meine Tochter jede Nacht eine Katastrophe durchlebt, die fast zweitausend Jahre zurückliegt und von der sie, da bin ich mir sicher, noch nie etwas gehört hat? Was ist das für eine Geschichte? Wir sind noch nie in Pompeji gewesen! Das ist doch reiner Wahnsinn. Sie hat nichts zu tun mit all dem, das kann ich Ihnen versichern!«

»Beruhigen Sie sich, Madame. Ich verstehe Ihre Not, aber haben Sie keine Angst, wir werden eine Antwort darauf finden. Zuerst einmal habe ich eine Frage. Haben Sie selbst oder sonst jemand in der Familie auch solche Träume, oder hatten Sie früher mal welche? Also Träume, die die Erinnerung von jemand anderem nach außen spiegeln, der mit der eigenen Geschichte anscheinend in keinem Zusammenhang steht?«

Sanderman hatte ins Schwarze getroffen. Zum zweiten Mal

innerhalb von zwei Tagen erzählte Johanna von ihren Albträumen als Kind, über die sie praktisch seit sechs Jahren kein Wort verloren hatte; doch diesem Mann berichtete sie ausführlich, ohne Angst, bewertet oder nicht verstanden zu werden.

»Ich verstehe«, sagte er. »Ich glaube, dass Ihre Tochter so wie Sie extrem sensibel für die Vergangenheit ist, und für Geister, sofern es sie gibt, zumindest in der verdrängten Erinnerung, in der etwas durchlitten wird.«

»Anscheinend ist sie da ja noch begabter als ich«, sagte Johanna nicht ohne Ironie. »Bei mir war es ein Mönch aus dem Mittelalter, aus dem 11. Jahrhundert, um genau zu sein, und sie steckt in der Haut von jemandem aus dem 1. Jahrhundert, der ins alte Rom gehört. Glauben Sie, dass sie das alles wirklich durchgemacht hat und sich daran erinnert? Glauben Sie an frühere Leben?«

»Sie sprechen ein heikles Thema an, das eher mit religiösem Glauben als mit Wissenschaft zu tun hat. Ob es frühere Leben gibt oder Reinkarnation, weiß ich nicht. Was ich sagen kann, ist, dass ich in meiner Praxis mehrere Menschen erlebt habe, die das Gedächtnis vergangener Leben in sich tragen, ohne jeden Zusammenhang mit der Familiengeschichte. Das trifft auch auf Sie und Ihre Tochter zu. Ich kann Ihnen nicht sagen, ob diese Bruchstücke ein Abbild früherer Leben sind, der Erinnerungen anderer, die sich in Ihrem Unterbewusstsein festgesetzt haben, oder reine Phantasievorstellungen. Was ich weiß, ist, dass diese ›Erfahrungen‹, diese eingeschlossenen Erinnerungen, immer pathogen sind, und dass man sie hervorholen und gewissermaßen befreien muss, bevor sie den Patienten durch die Krankheit, die sie hervorrufen, lähmen. Mit der Hypnose gelingt das generell ganz gut. Ich füge jedoch hinzu, dass die Pathologie, die nur das ›bewusste‹ Abbild dieses verdrängten Gedächtnisses ist, die Spitze des Eisbergs, nie zufällig zum Ausdruck kommt. Bei allen klinischen Fällen, die ich verfolgt habe, gibt es einen Auslöser, ein scheinbar harmloses Ereignis, das das verborgene, traumatische Gedächtnis aktiviert hat. In Ihrem Fall hat ein Besuch am Mont Saint-Michel genügt. Ich bin mir sicher, dass es bei Ihrer Tochter auch so etwas gibt …«

»Vor eineinhalb Monaten hatten Romane und ich Besuch von einem befreundeten Archäologen, einem Spezialisten für die römische Antike, der in Pompeji Grabungen leitet. Da sind auch die ersten Symptome der Krankheit meiner Tochter aufgetreten.«

Sanderman nickte zustimmend.

»Das wird in der Tat das auslösende Ereignis gewesen sein. Sicher hat Ihr Freund in Romanes Beisein von Pompeji erzählt?«

»So gut wie gar nicht. Über den Ausbruch hat er kein Wort verloren.«

»Seine Gegenwart hat vielleicht schon gereicht. Sie müssen wissen, dass es diesen berühmten Dialog über das Unterbewusstsein wirklich gibt. Da wir es nicht mit Sicherheit wissen, nehmen wir das als Ausgangspunkt. Ich verschweige Ihnen nicht, dass viel Arbeit vor uns liegt. Wir müssen diese alte Geschichte ausgraben, die Ihre Tochter quält wie ein Gespenst und ihrem Unterbewusstsein so zusetzt, dass es sie regelrecht krank macht.«

»Kann es sein, dass sie auch Teile ihrer eigenen Geschichte verarbeitet? Ich denke zum Beispiel an den Tod ihres Vaters und an das, was ich selbst durchgemacht habe …«

»Das liegt auf der Hand. In der Psychoanalyse ist der ausbrechende Vulkan ein vielsagendes Symbol. Wenn Sie mir den trivialen Vergleich erlauben, würde ich sagen, dass das, was sie ausdrückt, das ›Magma‹ ist, das man durchwühlen und sortieren muss, bis man die Dinge versteht und wieder ins Lot bringen kann. Ich bin da, um Ihnen dabei zu helfen. Machen Sie sich keine Sorgen. Ich schlage Ihnen einen neuen Termin vor. Sagen wir … kommenden Samstag. Geht das bei Ihnen?«

Am Steuer ihres Autos, das mit einiger Geschwindigkeit nach Vézelay fuhr, warf Johanna einen Blick in den Rückspiegel: Angeschnallt in ihrem Kindersitz, schlief Romane mit geschlossenen Fäusten. Schlafen … heute Abend würde Johanna wahrscheinlich endlich neben ihrer Tochter schlafen und sich ausruhen können von diesen langen Angstnächten! Ein frisch bezogenes Bett, ungestörte Nachtruhe, was für eine Wohltat! Hoffentlich würde Romane auch so ruhig bleiben, hoffentlich hatte die Hypnosesitzung ihr die Panik und den Schmerz ein wenig nehmen können.

Sie verzog das Gesicht. Objektiv betrachtet war das alles ganz schöner Hokuspokus. Ihr Verstand machte ihr das unmissverständlich klar: Ein Kind des 21. Jahrhunderts in der Haut eines Opfers der Naturkatastrophe vom 24. August 79 – das war irre, völlig verrückt, undenkbar! Und gleichzeitig: Was für eine Erleichterung! Sanderman war nämlich nicht verrückt. Er war Psychologe, was er sagte, hatte Hand und Fuß, und er behauptete, dass dies die Folgen eines mysteriösen, verdrängten Gedächtnisses sein konnten. Kein einziges Mal war die Rede davon gewesen, Romane könne an einer Psychose leiden oder an Schizophrenie oder sonst an irgendetwas, ebenso wenig wie ihre Mutter. Johanna wusste aus Erfahrung, dass sich Vergangenheit und Gegenwart über Jahrhunderte hinweg berühren konnten, im tieferen Wesen der Steine … oder eines Menschen. Warum hatten ihre Tochter und sie diese besondere Sensibilität? Sie wusste es nicht. Sicher hatte ihr Beruf als Archäologin mit dazu beigetragen, dass sie empfänglicher für Vergangenes und für die Toten war. Aber es hatte angefangen, als sie sieben Jahre alt war! War es eine unbekannte Art von Wahnsinn, eine genetische Anomalie, die sie an ihre Tochter weitergegeben hatte? Eine Art magische, abnorme Kraft, die durch Feen oder Hexen auf sie übergegangen war? Sie lächelte, um diesen absurden Gedanken zu vertreiben, und gähnte. Nach einer durchgeschlafenen Nacht hätte sie sicher wieder einen klaren Verstand. Fest stand jedenfalls, dass der Besuch bei diesem Hypnotiseur zum ersten Mal Klärung gebracht hatte, was Romanes Krankheit anging. Hoffentlich könnte er sie auch heilen! Zuhause würde sie sofort Isabelle anrufen, um sich bei ihr zu bedanken. Sollte sie ihr von der Sitzung erzählen?

Ja. Luca nicht, ihren Eltern auch nicht, aber Isabelle schon. Egal, wenn ihre Freundin, wie bereits vor sechs Jahren, dachte, sie habe wieder ein bisschen den Verstand verloren. Sechs Jahre … Mit einem Mal packte Johanna das Entsetzen. Es fing wieder an, nur dass es jetzt ihre Tochter war, auf die sich die Blicke der anderen richten würden, die dem Verdacht ausgesetzt war, nicht ganz normal zu sein oder sich zu verweigern. Schlagartig kamen mit den Erinnerungen alle Schuldgefühle und Ängste wieder hoch.

An dem Abend aß Romane das erste Mal seit über einem Monat wieder mit Appetit. Hildebert, der neben seiner jungen Herrin auf dem Ofen thronte, fixierte mit seinen gelben Augen jeden Bissen, den sie in den Mund schob, und Johanna stellte sich vor, dass der alte Weise in seinem schwarzen Wollgewand nichts dagegen hatte. Nach dem Essen verzog er sich dennoch wieder nach draußen. Das Mädchen war enttäuscht, aber sie spürte selbst, wie erschöpft sie wegen der hinter ihr liegenden Nächte war, und wollte sofort ins Bett.

Johanna begleitete ihre Tochter in ihr Zimmer und hoffte inständig, dass die kommende Nacht anders verlaufen würde.

»Liest du mir ›Goldlöckchen und die drei Bären‹ vor, bitte?«, fragte Romane, als sie sich ins Bett legte.

»Gern, mein Schatz.«

Johanna zog das Buch aus einer großen Holztruhe, die Mutter und Tochter im Sommer angemalt hatten. Sie setzte sich hin und begann zu lesen.

Nach nicht einmal drei Seiten war Romane eingeschlafen. Johanna legte das Buch zur Seite und deckte ihre Tochter mit dem Federbett zu. Als sie vorsichtig den rechten Arm des Kindes unter die Decke stecken wollte, sah sie etwas in Romanes Hand leuchten. Behutsam öffnete sie die kleinen Finger und entdeckte den Silberling, den Tom ihr geschenkt hatte, mit dem Profil des wohlbeleibten Kaiser Titus.

Da wäre die Verbindung zwischen Vergangenheit und Gegenwart, dachte sie. Durch Toms Bemerkungen, sicher, aber vor allem durch dieses Objekt aus dem Jahr 79, das Tom in einem Keller in Pompeji gefunden hatte.

Romane schlief mit der Münze in der Hand! Das war Johanna nicht aufgefallen. Mit Sicherheit war es dieser Gegenstand, der die Tragödie aus ihrem Unterbewusstsein heraufbefördert oder zumindest dazu beigetragen hatte. War es denkbar, dass ein lebloses Objekt demjenigen, der es berührte, eine Geschichte übermittelte und bei ihm Albträume auslöste? Nein, das gab es doch gar nicht.

Zweifelnd beschloss Johanna, die Münze mitzunehmen und wenigstens dafür zu sorgen, dass ihre Tochter nicht damit einschlief.

Irritiert ging sie hinunter und eilte zum Kühlschrank, um sich ein Glas Vézelay einzuschenken.

Auf dem kleinen Tisch neben ihrem Glas lag Kaiser Titus und provozierte mit seinem dickleibigen, klebrigen Profil. Am liebsten hätte sie Luca angerufen, seine Stimme gehört, seine Hände auf ihren Schultern gespürt. Zwecklos. Er war auf der anderen Seite des Atlantiks, mitten in irgendwelchen Proben, vermutlich mitten im Jetlag. Er würde erst zu Weihnachten wieder nach Frankreich kommen.

Tom … natürlich! Niemand könnte besser verstehen, was hier los war, und vielleicht hätte er sogar eine Antwort.

Hastig griff sie nach dem Telefon.

Das Klingeln schien im leeren Raum anzukommen, in irgendeiner verlassenen Ödnis. Endlich antwortete jemand mit gedämpfter Stimme.

»Tom? Tom, bist du es? Wie geht es dir?«

»Jo, ich kann gerade nicht mit dir sprechen.«

»Störe ich? Bist du mitten in der Arbeit?«

Stille.

»Tom? Bist du noch dran?«

»Ja, ich … Hör zu, ich rufe später zurück. Ich bin auf dem Weg ins Kommissariat und …«

»Zu den Carabinieri? Gibt es etwas Neues bei der Ermordung von James?«

»Nein, ich … ich weiß es nicht. Man hat eine zweite Leiche gefunden. Hier in Pompeji. Ein Mord, Jo. Und wieder einer von meinen Archäologen. Wieder Totschlag.«

21

In seiner Zelle wischte sich Bruder Roman mit dem Ärmel seines Wollgewands über die Augen. Solche Freudentränen hatte er seit seiner Jugend nicht geweint. Mit der Kerze in der Hand ging er zurück zum Fenster, das vom milchigen Mondschein erleuchtet war. Er stellte den Kerzenhalter neben die aufgebrochene Statue, den schwarzen Knochen mit dem rätselhaften, eingravierten Text und den Goldfaden vom Pergament der Maria von Bethanien. Ehrfürchtig entrollte er das Manuskript ein zweites Mal und hielt es ins Licht.

»Provence, im fünften Jahr der Herrschaft Kaiser Vespasians

Ich bin alt und krank, ich werde diese Erde bald verlassen. Heute Morgen ist Maximin aus seiner Stadt Aix eingetroffen. Er ist zur Grotte hinaufgestiegen, in der ich seit drei Jahrzehnten lebe, und ich habe durch ihn Leib und Blut Christi empfangen. In wenigen Stunden werde ich ihm Lebewohl sagen, und dann mache ich mich allein auf in die Berge, um an einem Ort zu sterben, der noch einsamer ist als meine Höhle und den außer Tieren niemand kennt. So wird man meine sterblichen Reste nicht finden. Ich bin eine Sünderin und keine Heilige. Mein Körper soll nicht ausgestellt, angebetet und beweihräuchert werden. Mein Leichnam wird von wilden Tieren verspeist werden, meine Knochen kehren als Staub in die vom Vater geschaffene Natur zurück, und übrig bleibt nur mein Geist, bis zu der durch ihn verkündeten, endgültigen Auferstehung.

Ich werde bald entschlafen, und ich freue mich, denn ich

gehe zu dem, der meinen Bruder wieder zum Leben erweckt hat, der mich erlöst hat, den ich gesehen, gehört und gefühlt habe: Jesus, mein Herr, der Sohn Gottes, den der Allerhöchste entsandt hat.

Er ist zu uns gekommen, er hat uns den Weg gezeigt, er wurde verurteilt, gefoltert und gekreuzigt von den Heiden, er ist gestorben, wurde begraben und hat sein Grab verlassen. Lebendig ist er zum Vater aufgestiegen, und wir sind ohne ihn zurückgeblieben. Nicht aber ohne sein Wort, das wir überall um uns verbreiten. Mit seiner Mutter Maria und den Aposteln haben wir die erste Kirche Jerusalems gegründet. Leider wollten einige aus seinem, aus unserem Volk nicht glauben, wer er war, und haben uns mit ungeheurer Grausamkeit verfolgt. Zephania wurde getötet, und Jakobus, der Bruder des Herrn und erster Bischof von Jerusalem, wurde gesteinigt.

Dabei wurden die Juden selbst von den Römern verjagt und gedemütigt und lehnten sich gegen ihre Peiniger auf. In dieser Stimmung der Gewalt beschlossen mein Bruder Lazarus, meine Schwester Martha, unser Freund Maximin, Marie-Salomé, Maria-Jacobé, Schwester der Gottesmutter Maria, ihre Dienerin Sara, Sidoine, ein Blindgeborener, den Jesus geheilt hatte, Trophime, einige andere und ich eines Morgens unter der Herrschaft von Kaiser Claudius, Judäa zu verlassen. Wir begaben uns an Bord des nächstbesten Schiffes, ohne genaues Ziel, und ließen es von Gott steuern.

So erreichten wir die Provence im römischen Gallien. Marie-Salomé, Marie-Jacobé und Sara beschlossen, an dem Ort zu bleiben, an dem wir angelegt hatten. In Arles trennte sich die verbleibende Gruppe, um die Botschaft des Herrn zu verbreiten. Mein Bruder Lazarus und ich begaben uns gemeinsam nach Marseille. Meine Schwester Martha zog gen Norden entlang der Rhône. Vor einigen Jahren hat Maximin mich über ihren Tod unterrichtet, in einem von ihr gegründeten Frauenorden, in dem sie hundertmal am

Tag und hundertmal in der Nacht betete. Ich hatte sie nie wiedergesehen. Bis zur Stunde meines eigenen Todes habe ich auch meinen Bruder nicht wiedergesehen, seit ich ihn allein in Marseille zurückließ. Ich habe sagen hören, dass er ohne Unterlass predige, den Matrosen, Händlern, Armen und Reichen, dem Volk und den Wohlhabenden, trotz der Verfolgungen, denen er zum Opfer fiel.

Ich habe meinen Bruder verlassen und mich zu Maximin begeben, der seine Predigten in Aix hielt, um ihm meine Entscheidung, als Einsiedlerin zu leben, mitzuteilen. Wie meine Schwester Martha möchte ich lieber Gott schauen als die Seelen bekehren, ich neige eher den inneren Kämpfen der Einsamkeit zu als den Wortgefechten mit meinesgleichen, anstelle der ständigen Gefahren durch die Römer wähle ich die der Natur, in denen ich die schöpferische Hand des Allmächtigen sehe. Maximin hat mich in das Bergmassiv bis zu dieser Grotte geführt, wo der Erzengel Michael den Drachen getötet hat, der ihn heimsuchte. In dieser einsamen Höhle lebe ich abgeschieden seit dreißig Jahren.

In diesen dreißig Jahren erhielt ich Besuch von Engeln, Dämonen, Tieren aus den Bergen und vier- oder fünfmal auch von Maximin.

Vor zwanzig Jahren ist jemand anderes heraufgestiegen, und dieser Besuch ist auch der Zweck meines Briefes.

Sie hieß Abigail. Sie war uns auf das Schiff in unser Exil in die Provence gefolgt. Auch sie hatte Jesus gut gekannt. In Jerusalem war sie die Ehefrau eines ebenso wohlhabenden wie unbeständigen Mannes, der sich vielen Abenteuern hingab. Verletzt und gedemütigt, versuchte sie durch mancherlei List, den untreuen Ehemann wieder an sich zu binden. Vergeblich. Des Kampfes müde, beschloss sie, es ihm gleichzutun, und suchte sich einen jungen, schönen Geliebten, der sie ihren Kummer vergessen ließ, aber auch alle Vorsicht. Man fand sie auf dem Lager ihres Geliebten, und oft ist das, was bei den Männern geduldet wird, bei den Frauen ein verhängnisvolles Verbrechen.

In dem Fall wird Ehebruch auf frischer Tat durch das jüdische Gesetz mit dem Tod bestraft. Als sie sahen, welchen Nutzen sie aus dieser Angelegenheit ziehen könnten, brachten die ehrenwerten Gesetzeshüter Abigail halb nackt zu Jesus, der das Volk gerade auf dem Vorplatz des Tempels von Jerusalem lehrte. Ihr Vorhaben war nicht nur, Abigail zu bestrafen, sondern vor allem Jesus ins Unrecht zu setzen: Wenn derjenige, der sich als Sohn Gottes ausgab, dem eigenen Wort treu wäre, würde er ablehnen, dass man diese Frau steinigt, und in den Augen des Volkes, das sich vor ihm versammelte und der Religion sehr verbunden war, verraten, dass er das von Moses aufgelegte Gesetz verachtet. Sie fragten Jesus also, was ihm zufolge mit dieser Frau zu geschehen habe. Jesus aber antwortete nicht. Stattdessen bückte er sich und schrieb mit dem Finger etwas auf den Boden. Indem er sich so herunterbeugte, verweigerte er seinen Gegnern eine Gegenüberstellung. Nach einer langen Stille erhob er sich und sagte: »Wer unter euch ohne Sünde ist, der werfe den ersten Stein auf sie.« Und wieder vermied er den Blick der anderen, beugte sich vor und schrieb weiter auf die Erde des Vorplatzes. Da zogen sich die Ankläger Abigails einer nach dem anderen zurück, und bald war niemand mehr da. Schließlich erhob sich Jesus. Er hatte sich ihnen entzogen, um sie mit ihrem Gewissen allein zu lassen. Dadurch hatte er Abigail das Leben gerettet. Er wunderte sich, dass alle fort waren, dann sagte er zu Abigail, ohne sie zu verurteilen, sie solle nicht mehr sündigen.

Bewegt durch diesen Beweis der Liebe und des Mitgefühls, blieb Abigail in der Folge bei den Jüngern Jesu. Sie verließ ihren Geliebten sowie ihren Ehemann, und folgte Tag um Tag den Lehren unseres Herrn. Ich glaube, dass einige Zeugen dieser Ereignisse dabei sind, die Worte und Gesten unseres Herrn aufzuschreiben. Vielleicht wird dieses

Ereignis eines Tages auf einem anderen Pergament als dem meinen wiedergegeben. Die Worte aber, die Jesus an jenem Tag in die Erde geschrieben hat, die einzigen, die er je geschrieben hat, kennt niemand. Niemand, außer Abigail, die sie im Sand auf dem Vorplatz des Tempels gelesen hat.

Dieser Satz ist es, den sie mir vor zwanzig Jahren anvertraute, als sie im Sterben lag. Kurz darauf ist sie in meinen Armen entschlafen. Ich habe sie mit eigenen Händen neben der Grotte beerdigt. Jeden Tag habe ich an ihrem Grab gebetet. Zehn Jahre lang habe ich diese Worte in meinem Kopf und in meiner Seele hin und her gewendet, habe über sie nachgedacht, sie gekaut wie eine Speise, und wusste nicht, ob ich sie für immer in meinem Herzen vergraben oder sie der Welt offenbaren sollte. Denn diese Worte, wie überhaupt alle, die er gesprochen hat, künden vom Beginn einer neuen Zeit. Diese Worte sind aber dazu angetan, unsere Gemeinschaften zu erschüttern. Von da an war ich die einzige Hüterin dieses Geheimnisses, dessen Licht mich strahlen ließ. Nach und nach aber durchbohrte dieses Feuer, das mir in meiner Einsamkeit Wärme gab, meine Seele durch sein Brennen und verwandelte mein freiwilliges Exil in eine immer gefahrvollere Qual. Da ich nicht wusste, ob ich das Wort behalten oder weitergeben sollte, quälte es mich und verzehrte mich ganz und gar.

Eines Morgens, zehn Jahre nach dem Besuch von Abigail, habe ich den Mantel angezogen, den ich bei meiner Ankunft in der Grotte trug, und bin das einzige Mal in dreißig Jahren in das Tal hinabgestiegen, dabei habe ich mich, mit einem Schleier vor dem Gesicht, vor den Menschen versteckt und bin immer die Mauern entlanggelaufen. In Aix angekommen, habe ich Maximin aufgesucht. Ohne ihm den Inhalt anzuvertrauen, habe ich ihm gesagt, dass ich eine Botschaft von größter Wichtigkeit hätte, die zu Petrus gelangen müsse, dem ersten Apostel, der in Rom lebte. Ohne mich über diese Botschaft zu befragen, stellte Maximin mir Raphael vor, einen eifrigen Diener des Herrn, der geeignet sei, meine Erklärung zu Petrus zu bringen. Ich habe Raphael alles erzählt, unter vier Augen, ohne schriftlichen Nachweis, er hat alles in sein Gedächtnis aufgenommen und sich auf den Weg gemacht. Und ich bin wieder zu meiner Höhle hinaufgestiegen, die ich seither nicht mehr verlassen habe.

Einige Monate später ist Maximin zu mir gekommen und hat mir verkündet, dass Raphael in Rom als Opfer der Verfolgungen von Kaiser Nero gestorben sei. Er wusste nicht, ob er mit Petrus habe sprechen können, aber er wusste, dass dieser auch verhaftet und getötet worden war. In früheren Zeiten hatte ich Petrus gut gekannt. Diese Nachricht bereitete mir furchtbaren Schmerz.

Heute bin ich alt und krank, ich werde diese Erde bald verlassen.

Als Maximin heute Morgen gekommen ist, habe ich ihm die Stelle gezeigt, an der ich Abigail begraben habe, damit er ihr eine würdigere Grabstätte gebe. Bevor ich nun in wenigen Stunden für immer gehe, habe ich auf eine Schafsrippe die Worte geritzt, die Jesus an jenem Tag neben Abigail in die Erde geschrieben hat. Ich habe sie ebenfalls auf Aramäisch geschrieben, was seine Sprache und unsere Sprache war, in der er sie in die Erde geschrieben hatte. Nun werde ich den Knochen und diesen Brief in einer Skulptur verstecken, die den Messias darstellt, wie er den Tod meines Bruders Lazarus beweint. Ich habe diese Statue in meiner Grotte gemacht, an einem Gewittertag, an dem ich glaubte, den Verstand zu verlieren, da mir das Elend der Menschen und meine eigene Vergeblichkeit, denen die wütenden Elemente etwas entgegensetzten, keine Ruhe ließen. Ich hatte plötzlich sein Gesicht vor Augen, und seine Tränen der Liebe konnten meine Verbitterung besänftigen.

Heute habe ich Frieden gefunden, weil ich ihn in der Herrlichkeit des Todes wiedersehen werde. Ich werde die

Worte in dieser Statue verstecken und sie Maximin schenken. Ich glaube nicht, dass ihre Botschaft offenbart werden kann, ohne die Einheit unserer Gemeinschaft, die auch so schon zerbrechlich ist, zu bedrohen, so wie ich selbst auch ins Wanken gekommen bin. Aber ich vertraue der Vorsehung und der Absicht des Herrn. Vielleicht will er eines Tages, dass dieser Gedanke, den er selbst verhüllt und nur einem Menschen vorbehalten hat, ans Licht kommt und für alle offenbart wird.

Du, der Du dieses Pergament entdeckst, in hundert oder in tausend Jahren, halte es in Ehren und bitte unseren Herrn, dass er Dir sagen möge, ob die Zeit gekommen ist, sein Wort bekannt zu geben. Ich bitte darum, dass er Dich erleuchten möge.

Maria von Bethanien«

Roman verspürte einen Schwindel, der seinen ganzen Körper erfasste. Er wankte zu seiner Liege und schloss einen Moment lang die Augen, um sich wieder zu fangen. Er, ein armseliger Mönch, der die größten Sünden begangen, sich der Lüge, des Verrats und der Verblendung schuldig gemacht hatte und für den Tod einer unschuldigen Frau verantwortlich war, war von Gott einer solchen Entdeckung für würdig erachtet worden! Noch zutiefst erstaunt über das, was er soeben gelesen hatte, konnte er es nicht fassen, dass er der Erste war, dem nach so vielen Jahren die Worte der Heiligen in die Hände fielen und dessen Hand dort ruhte, wo auch die der Einsiedlerin geruht hatte.

Mit einem Satz sprang er auf und griff nach dem geschwärzten Schafsknochen. Er sah sich die kleinen Zeichen mit dem eckigen Schriftbild auf beiden Seiten des Knochens genau an. Die verborgenen Worte Jesu, die Sprache Christi. Diese Sprache war die des Ursprungs der Welt, der ganzen christlichen Menschheit, seines innigsten Glaubens, aber sie war ihm vollkommen fremd.

Er weinte vor Ergriffenheit und Hilflosigkeit und fuhr immer wieder mit dem Finger zwischen die Buchstaben, auf der Suche nach einem vielleicht nur angedeuteten Zeichen, das sich nicht zeigen wollte, einer Übereinstimmung, einer einsetzenden Erkenntnis, die ihm versagt blieb. Denn Romans Sprache war Latein, die Sprache der Peiniger Jesu. Einige wenige alte, gebildete Mönche waren des Hebräischen mächtig und übersetzten aus dem Arabischen und Griechischen, einige Laienbrüder pflegten Dialekte und die Alltagssprache des Volkes, aber vermutlich wäre keiner von ihnen in der Lage, die Worte dessen zu entschlüsseln, dem sie ihr Leben und ihre Seele widmeten. Die Menschen seiner Zeit sprachen die Sprache desjenigen, dem sie ihre Entstehung verdankten, nicht mehr.

Roman dachte über den Brief der Maria von Bethanien nach, an das wahrhaftig Heilige dieser demütigen Frau, die mitunter von Zweifeln und Gewissensbissen gequält wurde. Seine bitteren Tränen wurden süßer, und er spürte, wie ihn ein wohliges Gefühl durchdrang: Maria von Bethanien, die gerühmte und verehrte mystische Figur, wusste um die dunkle Seite, sie war menschlich, und sie war seinen eigenen Ängsten so nah.

Ein Schauder lief ihm über den Rücken: Was für ein Wunder, dass die Skulptur der Heiligen mit dem Schatz im Innern nicht verloren gegangen oder gestohlen oder zerstört worden war! Und welcher göttliche Wille hatte dafür gesorgt, dass ihr Inhalt nicht früher entdeckt worden war? Hatte Maximin das Geheimnis gelüftet? Wer hatte die Statue der Abtei von Lérins zum Geschenk gemacht? Warum hatten sich die Mönche dieser Abtei vier Jahrhunderte lang damit begnügt, sie anzuschauen? Und wenn sie alles erfunden hatten?

Die letzte Frage verwarf Roman gleich wieder. Das war unmöglich. Wenn das Pergament und der Knochen das Ergebnis klösterlicher Mystifizierung wären, hätte der Abt von Lérins versucht, Nutzen daraus zu ziehen, statt die Statue dem Grafen Girart de Roussillon zu schenken.

Man musste sich darüber klar werden: Die Statue und ihr

Inhalt waren echt. Aber warum hatten die Mönche von Vézelay nicht gesucht, wie er es getan hatte? All diese Fragen führten Roman zu der einzigen Frage, die ihn wirklich quälte: Warum war ausgerechnet er, ein armer Bruder aus Cluny, der für das Licht des Himmels verloren war, derjenige, der auf ein so bedeutendes Geheimnis stieß?

Was sollte er nun mit dieser Botschaft anfangen? Hatte der Herr selbst nicht gewollt, dass sein Wort verborgen blieb?

Bruder Roman kniete nieder für ein Gebet. Zum ersten Mal seit vierzehn Jahren betete er nicht für das Heil einer Frau, die seinetwegen umgekommen war, und richtete keine inständige Bitte an Erzengel Michael und an Petrus, den Wächter der Himmelstore, damit sie eine Verstorbene aufnähmen, die der Vergangenheit angehörte und die er erst lieben konnte, nachdem sie tot war.

Im fahlen Mondlicht bat er, auf dem Boden seiner Zelle kniend, um die Erleuchtung Christi und rief die Gottesmutter Maria, Marie-Salomé, Marie-Jacobé, Abigail, Martha, Maria von Bethanien und alle Frauen, die Jesus geliebt hatte und die den lebendigen Herrn geliebt hatten, um Hilfe an. Denn diese Liebe hatte den Tod Christi transzendiert, die Kraft und Unschuld dieses Gefühls hatten das Licht hervorgebracht, mit dem Jesus sie alle geschmückt hatte. Liebe …

Hinter Roman brach allmählich der Morgen an. Erst milchig weiß, dann blau und rosafarben, die Farben der Dämmerung. Gelbe Strahlen drangen durch die Pastelltöne, der Himmel war von einer Transparenz, die alle Wolken auflöste, und mit der Sonne behauptete sich die Morgenröte.

Roman richtete sich auf. Er zog die schwarze Kutte über das Oberkleid. Darunter verbarg er das Pergament und den Knochen und ging hinaus.

22

Hinter einem schwarzen Gebirge auf der anderen Seite des Meeres und des Golfs von Neapolis ist die Dämmerung angebrochen. Wie aus den Tiefen des Berges hat sie den Himmel mit blassen Schneisen durchzogen. Dann hat sich der Berg fahlgelb und grünlich gefärbt, und Livia hat gesehen, dass er über und über mit Weinstöcken, Feldern und grünendem Laub überzogen ist, das trotz des Winters durchschlägt. Javolenus hat gesagt, der Berg heiße Vesbius oder Vesuv und sei im Innersten von Riesen bevölkert; auf seinen Hängen aber herrsche Bacchus, der Sohn Jupiters und Semeles, aus dem Schenkel des Gottes aller Götter hervorgekommen, geboren aus dem Feuer und aufgezogen durch den Regen. Er hat auch gesagt, dieser Berg mit den fruchtbaren Hängen sei ein Füllhorn und Bacchus der wahre Herrscher seiner Stadt.

Der Zug hat die Nacht in Oplontis verbracht und bricht nun in den Sonnenaufgang auf. Seit sie am Vorvorabend in Herculaneum Station gemacht haben, hat Javolenus sein Pferd einem seiner Sklaven überlassen und darauf bestanden, selbst einen der drei Ochsenkarren zu lenken. Nach den Begräbnisfeierlichkeiten für seine Tante hat der Philosoph kaum noch das Wort an Livia gerichtet, und trotz der Erleichterung darüber, nach Kampanien und nicht in irgendeine karge Gegend Italiens zu kommen, bangt die junge Frau ihrem neuen Leben entgegen. Zu der Ungewissheit kommt die Angst vor dem, was in ihr vorgeht: Was ist das für ein heftiges Gefühl, das sie packt, sobald sie an ihren neuen Herrn denkt? Seit dem Aufbruch in Rom saß sie hinten bei den Sachen, die Faustina ihrem Neffen vermacht hatte, aber an diesem Morgen, dem neunten Reisetag, hat er ihr befohlen, sich neben ihn nach vorn zu setzen. Die körperliche Nähe zu

Javolenus beunruhigt Livia. Die hundertsechzig Meilen, die sie bereits zurückgelegt haben, und die Nächte im Stall neben den Tieren und Sklaven des Zugs haben sie erschöpft, aber mehr noch diese unbekannte Aufregung. Livia genießt die Sonnenstrahlen und die für Ende Januar außergewöhnlich milde Meeresluft.

»Das Klima hier ist herrlich«, stellt auch Javolenus fest. »Im Sommer ist es zwar unerträglich heiß, und die reichen Landbesitzer ziehen sich nach Norden zurück, aber selbst, wenn ich könnte, würde ich nicht weggehen. Trotz allem bin ich inzwischen fest mit dieser Stadt und meinem Haus verbunden.«

Livia hört neugierig zu und wüsste gern ganz genau, was es mit dem »trotz allem« auf sich hat und wie es den Aristokraten überhaupt hierher verschlagen hat. Weil sie aber ihrer Gemütslage misstraut, schweigt sie lieber, wie es ihrem Stand angemessen ist. Auch Javolenus schweigt. Die Karren ziehen weiter, und das Ruckeln beruhigt Livia, die sich am Holzsitz festklammert, ein wenig. Sie schließt die Augen.

»Wach auf!«, befiehlt der Pompejer. »Wir sind da!«

Die bunte Menge, die sich neben dem Wagen drängt, um das befestigte Tor zu passieren, scheint über die Mauern hinauszuquellen, vor denen sich die Speicher reihen. Beladen mit allen möglichen Lebensmitteln, kommen und gehen Männer, Frauen, Kinder mit und ohne Karren in fröhlichem Durcheinander.

»Heute ist großer Markttag«, erklärt Javolenus mit glänzenden Augen.

Endlich kommt der behelfsmäßige Kutscher weiter und gelangt durch das Südwesttor in die Stadt.

»Willkommen in ›Colonia Correlia Veneria Felix Pompeianorum!‹«, ruft er stolz aus. »Zu deiner Rechten liegt der Tempel der Venus, Göttin der Schönheit und Liebe, die hier Glück und Wohlstand verkörpert und mit Herkules und Bacchus die Schutzherrschaft über die Stadt hat.«

»Der Tempel liegt ja in Trümmern!«, bemerkt Livia.

»Aber nicht aus mangelnder Verehrung oder Dankbarkeit gegenüber der Göttin«, entgegnet Javolenus. »Da siehst du auch die Arbeiter, die das Gebäude instand setzen.«

»Was ist geschehen?«

Wieder bleibt der Wagen in der Menge stecken. Javolenus' leuchtende Augen verdunkeln sich.

»Vor sechzehn Jahren, im achten Jahr der Herrschaft von Kaiser Nero, wurde die Stadt Pompeji und ihre Umgebung durch ein Erdbeben verwüstet. Häuser und Tempel stürzten ein, die Bewohner wurden verletzt oder getötet, eine Herde mit fünfhundert Lämmern wurde in eine Erdspalte gerissen. Die Einheimischen glaubten, die Götter hätten ihrem Zorn freien Lauf gelassen.«

»Sie *glaubten*?«, fragt Livia verwundert. »Was wollt Ihr damit sagen? Seid Ihr nicht davon überzeugt?«

»Die Natur hat sich zu Wort gemeldet, und nicht die Götter. Meine Freunde und ich sind überzeugt davon, dass im Olymp niemand sitzt.«

»Glaubt Ihr denn an gar keinen Gott?«, fragt Livia bestürzt.

»Das ist nicht so einfach, Livia. Darüber reden wir noch. Als ich drei Jahre nach dem Erdbeben ankam, um mich hier niederzulassen, war es trostlos. Nero hatte kein Interesse daran, irgendeiner Provinzstadt wieder auf die Beine zu helfen. Aber wir, die wir in Pompeji geboren oder freiwillig hierhergezogen sind, wir haben die Stadt wiederaufgebaut! Natürlich ist es eine ungeheure Aufgabe, und es ist längst nicht alles fertig. Das Macellum, unsere große Markthalle, steht noch nicht, was das Chaos heute früh erklärt: Die Stände werden auf Straßen und Plätzen aufgestellt, der Verkehr wird behindert … Unaufhörlich werden Steine und Material herbeigeschafft, mit dem Ergebnis, dass alles verstopft ist!«

Livia lächelt schüchtern und blickt auf die von den Straßenhändlern und Hausierern angepriesenen Waren: Austern, Hochseefisch und Meeresfrüchte, Süßwasserfänge aus dem Fluss Sarnus, Schweine, Kälber, Schafe, Geflügel, Gemüse, Obst, Schuhe,

Stoffe, Brot, Feingebäck, Bronzeteller und -geschirr; einige verkaufen sogar Soßen und Ragouts zum Mitnehmen, die über einem Kohlenbecken erhitzt werden. Livia findet, dass diese Fülle dem Angebot in Rom in nichts nachsteht.

»Rechts und links das Forum: das Zentrum für Politik, Handel und Religion. Leider wird am Jupiter-Tempel noch gebaut, aber dort finden sich, neben der Basilika, die Schreibzimmer unserer gewählten städtischen Vertreter, die Forumsthermen, der Apollo-Tempel, das Gebäude der großen Priesterin Eumachia – der Wollmarkt –, der Tempel des Genius des Vespasian, der Tempel der Fortuna Augusta, das Lokal für Maße und Gewichte und das Heiligtum der öffentlichen Laren, wo die Pompejer viel geopfert und gebetet haben, um den Zorn der Götter zu besänftigen. Ihr Gebet muss sie erreicht haben, denn Lebenskraft und Glück sind in die Stadt zurückgekehrt. Die Erde hat uns seither nie mehr bedroht. Im Gegenteil, wie du sehen konntest, werden wir reich von ihr beschenkt: Nirgends ist die Sonne so fruchtbar wie hier.«

Das Selbstbewusstsein ihres Herrn, die derbe Spottlust der bunt gemischten Menge, die warmen Farben und der Duft der Gewürze wirken beruhigend auf die junge Frau. Vielleicht wird ihr Exil fern von Rom ja kürzer und erfreulicher als gedacht. Neben diesem Mann könnte es sogar angenehm sein. Bei diesem Gedanken errötet sie vor Scham. Warum nur kommt sie seit ihrem Weggang aus Rom auf so dumme, unpassende Gedanken? Sie blickt vor sich: Anders als in der Hauptstadt des Kaiserreichs, sind die Straßen hier sauber, breit und durchgehend gepflastert, gesäumt von Fußwegen und mit sprudelnden Brunnen bestückt, und weit und breit ist keine Insula zu sehen. Die niedrigen Häuser sind mit Glasfenstern ausgestattet, ein Luxus, den es in Rom praktisch nicht gibt.

»Wasser …«, murmelt sie, »die Bewohner haben also fließendes Wasser?«

»Natürlich, Livia, auch wenn noch nicht alle Aquädukte repariert sind. Die Annehmlichkeiten hier überwiegen deutlich über die in Rom. Siehst du die großen Trittsteine in der Mitte? Damit kommst du auch bei Regen mit trockenen Füßen über die Straße. Und die Karren können trotzdem fahren, weil die Steine tiefer liegen als der hintere Teil der Karren.«

»Sehr einfallsreich«, bemerkt Livia.

»Wusstest du, dass Pompeji sich rühmen kann, das erste Amphitheater der römischen Welt zu besitzen? Es bietet Platz für zwanzigtausend Zuschauer, also für alle Bewohner. Es liegt am Ende der Stadt, ich zeige es dir ein anderes Mal, so wie unsere Palästra auch.«

»Ich verabscheue Spiele und Gladiatoren und die barbarischen und sinnlosen Kämpfe in der Arena«, erwidert sie trocken.

»Ich verabscheue sie auch.«

Livia ist so erstaunt, dass sie das gefällige Profil des Mannes neben ihr betrachtet, ohne schwach zu werden. Er ist wirklich eigenartig, ganz anders als seine Tante und alles, was sie bisher kennengelernt hat ...

»Aber die Pompejer lieben sie, wie die Römer auch. Hier ist man leidenschaftlich. Du musst wissen, dass es hier nichts Wichtigeres gibt als die Liebe, den Handel und das Geld, Wein und Spiele. Und die Wahlen natürlich.«

Livia, die erneut errötet, verwünscht ihre Gefühlsregungen.

»Zum Beweis: Drei Jahre vor dem Erdbeben fand im Amphitheater das einzige Ereignis statt, mit dem Pompeji für kurze Zeit nicht mehr das Schattendasein einer Provinzstadt führte und das den Senat in Aufruhr versetzte. An dem Tag hatte ein sehr reicher römischer Senator den Pompejern einen Gladiatorenkampf geschenkt, zu dem der ganze Plebs der Stadt und die Bewohner des benachbarten Marktfleckens Nocera herbeigeströmt waren. Im Zirkus tobten die Kämpfe, als es auf den Stufen zu einer Auseinandersetzung zwischen Pompejern und Noceranern kam. Der Streit entzündete sich, man warf mit Beleidigungen und Steinen um sich, und schon bald artete es in eine blutige Rauferei aus. Die Pompejer waren überlegen. Unter den Bewohnern von Nocera gab es viele Tote und Verletzte. Die Familien der Opfer riefen Kaiser Nero an, der die Klage dem Senat überantwortete. Ich weiß noch, dass ich damals in der Kurienversammlung gar nicht glauben konnte, dass von Pompeji die Rede sein sollte. Die anderen Kurienmitglieder und ich verboten die Spiele im Amphitheater für zehn Jahre, und die Hauptverantwortlichen des Gemetzels wurden verbannt. Die drei städtischen Magistrate, die Duumviri, wurden abgesetzt, und ein kaiserlicher Kommissar stellte die Ordnung wieder her.«

»Dann gönnen sich die friedlichen Bewohner Pompejis also erst seit neun Jahren wieder Spiele«, bemerkt Livia ironisch.

»Aber nein«, ruft Javolenus lebhaft. »Schließlich hatte es zwei entscheidende Kräfte gegeben: das Erdbeben und Poppea, die Nero im selben Jahr offiziell geheiratet hat und die aus Pompeji stammte. Nach der Katastrophe brachte sie Nero dazu, das Verbot wieder aufzuheben. Das Amphitheater war eines der ersten Gebäude, die wiederaufgebaut wurden, und zwei Jahre nach dem ›großen Götterzorn‹ fanden dort wieder fröhliche Spiele statt.«

»Ich wusste nicht, dass Poppea von hier stammte.«

»Ihre Familie ist noch immer sehr einflussreich. Poppea wird über ihren Tod hinaus vergöttert, wie Nero auch, obwohl der Kult zum Andenken an den Tyrannen verboten ist und seine Statuen zerstört sind.«

Livia wird es flau im Magen. Herr und Sklavin haben drei Dinge gemeinsam: Beide lehnen Idole ab, und beide verabscheuen Zirkusspiele und den früheren Kaiser, der sie beide aus ihrem eigentlichen Leben herausgerissen hat.

»Dort rechts sind das große Theater, das Odeon, der dorische Tempel, das Forum Triangolare, der Zeus-Meilichios-Tempel, die Gladiatorenkaserne und vor allem ein weiteres Gebäude, das dank privater Geldgeber sehr schnell wiederaufgebaut wurde: der Isis-Tempel.«

Unwillkürlich muss Livia an ihre Herrin denken.

»Wird die ägyptische Göttin hier genauso verehrt wie in Rom?«, erkundigt sie sich.

»Leider ja … Bei allem Respekt, den ich dem Geist meiner lieben Tante schulde: Die kampanischen Verehrer der alexandrinischen Einfalt werden jeden Tag zahlreicher.«

Endlich kann Livia lächeln, ohne zu erröten. Ihr neuer Herr ist wirklich anders. Er verachtet Isis und Osiris, in einer Zeit, da jeder berühmte Heide sich vom römischen Pantheon verabschiedet, um dem ägyptischen Kult zu huldigen. Auch Kaiser Vespasian ist diesen Gottheiten sehr zugetan. Jeder Römer weiß, dass er vor Übernahme seines Prinzipats in Alexandrien in dem Gott Serapis gewidmeten Tempel eine übernatürliche Vision hatte und auf dessen Befehl zwei Versehrte geheilt hat. Sein Sohn Domitian konnte dem Brand im Kapitol dank eines Gewands und der Attribute eines Isis-Priesters entkommen, und die Nacht vor dem großen Triumphzug anlässlich seines Sieges über die Juden haben Vespasian und Titus beim Gebet im Isis-Tempel auf dem Marsfeld verbracht, den auch Faustina immer aufgesucht hat. Livia ist erleichtert, dass es neben Juden und Christen noch weitere Römer gibt, die den Göttern und Göttinnen vom Nil nichts abgewinnen können.

»Der Isiskult greift um sich, aber deinen Nazarener gibt es hier meines Wissens nicht«, fährt Javolenus ohne Feindseligkeit fort. »Die Juden, die Phryger und die Orientalen der Stadt verabscheuen ihn, und Griechen und Latiner ignorieren ihn. Innerhalb dieser Mauern wirst du keinen Jesus-Anhänger finden.«

»Die Anhänger des ›Weges‹ machen nicht viel Aufhebens um sich«, entgegnet sie leise, »schließlich kann unser Glaube mit dem Tod bestraft werden.«

»Das ist mir bekannt, und ich beklage es. In Pompeji stehst du mit deinem Glauben dennoch allein da.«

Plötzlich biegt der Zug von der Hauptstraße nach links ab. Livia klammert sich an ihren Sitz. Er ist ein außergewöhnlicher Mann, denkt sie, aber eben ein Heide, das darf ich nicht vergessen. Ich werde Jünger von Jesus finden. Ich kann nicht glauben, dass sein Wort nicht bis nach Kampanien gedrungen sein sollte. Aber wenn der Herr doch recht haben sollte und es niemanden gäbe?

Der Wagen fährt hinauf in den nördlichen Teil der Stadt, und durch den sich lichtenden Nebel sieht man den Vesuv. Livia spürt eine dumpfe Angst in sich aufsteigen, die alle anderen Gefühle überlagert. Sie weiß, dass sie weder den Mut noch die erstaunliche Hartnäckigkeit der Apostel und Missionare hat, um das Wort Jesu zu verbreiten und Seelen zu bekehren. Sie denkt an Petrus und Paulus, an Raphael und Simeon Galva Thalvus, an Haparonius und an ihren Vater, die ihr so sehr fehlen.

Ein schwerer, billiger Duft aus Binsenkraut, Rose und Ginster lenkt sie ab. Eine kleine Gruppe stark geschminkter Frauen, bekleidet mit durchsichtigen Schleiern, steigt die Treppen zu einem einstöckigen Haus hinauf. Javolenus sieht Livias Blicke und lächelt.

»Diese Besonderheit von Pompeji habe ich noch nicht erwähnt. Es mag an der Sonne liegen, an den freieren Sitten hier oder an den vielen Kunden auf der Durchreise. Oder aber es ist eine irregeleitete Form der Verehrung von Priapus, dem Gott mit dem riesigen Phallus. Er ist der Sohn von Dionysos und Gott der Fruchtbarkeit, der Glück bringen soll, indem er den bösen Blick abwendet. Jedenfalls gibt es in ganz Italien nicht so viele Freudenhäuser wie hier. Vierunddreißig für zwanzigtausend Seelen! Dazu kommen noch die Frauen, die ihrem Gewerbe in den Herbergen und sonstwo nachgehen.«

Peinlich berührt wendet Livia den Blick ab. Javolenus bemerkt ihr Unbehagen. Er lenkt ab und erwähnt das wunderbare Garum, das aus Fischen der Gegend hergestellt wird, Wolle, die weicher ist als Seide, mit Goldfäden gesäumtes Leinen und Keramik, er preist die vielen Läden beidseits der Straße, die Thermopolia, wo man zu jeder Zeit Speisen und warme und kalte Getränke bekommt, und er zeigt ihr die durch das Erdbeben beschädigten Stabianer Thermen sowie, weiter nördlich an einer Straße, in die sie einbiegen, die Zentralthermen. Der große, neue Komplex, dessen Bau nach dem Erdbeben beschlossen wurde, ist noch nicht vollendet. Auf der Baustelle tummeln sich die Arbeiter. Dann biegt der Wagen mühsam, nahezu im rechten Winkel, ab und fährt vor bis zu einer Gasse rechts, an deren Ecke ein kleiner Altar für die öffentlichen Laren steht. Schlagartig verebbt der Lärm der Stadt.

»Mein Vater war Senator und hat dieses Anwesen schon vor langer Zeit erworben, um sich hier von den Debatten in der Kurie und dem Trubel in Rom zu erholen«, erklärt Javolenus.

Als sie sich Livias neuem Zuhause nähern, zittert sie vor Unruhe. Bei Faustina war sie an große Räumlichkeiten und an Luxus gewöhnt. Selbst der Schlafsaal der Sklaven war sehr großzügig, und als Ornatrix genoss sie Privilegien. Sie stellt sich vor, künftig zu der mit Eimern, Schwämmen und Besen ausgestatteten Schar derer zu gehören, die sich von früh bis spät abmühen, alles sauber zu halten und in den Villen der Wohlhabenden die Steinböden und Säulen auf Hochglanz zu polieren. Sie, die sich nie zuvor um ihr Aussehen gesorgt hat, befürchtet, bald ausgemergelt und unansehnlich zu sein.

»Wir sind da«, sagt der Aristokrat und hält den Wagen an.

Livia erkennt eine Hausmeisterloge in der Mitte zwischen zwei Tabernae, wohl der eines Wein- und eines Ölhändlers.

»Dominus!« Der Hausmeister eilt auf seinen Herrn zu. »Endlich seid Ihr zurück, heil und gesund. Den Göttern sei Dank.«

Gut gelaunt springt Javolenus vom Wagen herunter, erfreut über das Wiedersehen. Die Sklavin sitzt betrübt auf der Kutschbank.

»Worauf wartest du, Livia?«

Mit gezwungenem Lächeln folgt sie ihrem Herrn in die Vorhalle und durch einen mit winzigen, schwarz-weißen Mosaiken ausgelegten Gang. Was sie hier sieht, war von der Straße aus nicht zu erahnen, und es raubt ihr den Atem. Über das quadratische Atrium hinaus erstreckt sich eine riesige Säulenhalle mit einem großen Garten in der Mitte. Livia hört Lärm und entdeckt links von sich drei Maler, die gerade eine Freske fertigstellen, die über die gesamte Wand reicht. Es ist die Darstellung eines Festmahls. Einen Moment lang meint die junge Christin, entgegen aller Wahrscheinlichkeit das Letzte Abendmahl zu erkennen.

Zwölf Männer, sechs auf beiden Seiten, liegen ausgestreckt auf Bankettliegen und blicken zu der Figur in der Mitte, einem alten Mann in Glorie mit einer Papyrusrolle in der Hand, der weder vom Alter noch von den Gesichtszügen her Jesus sein kann, den Petrus und Paulus oft beschrieben haben.

»Meine Meister und Freunde der Stoikerschule«, sagt der Philosoph, dem der Blick der Sklavin nicht entgangen ist. »An ihren Grundsätzen richte ich mein Leben aus. Das in der Mitte ist Zenon von Kition, der Begründer unserer Philosophie. Rechts von ihm die griechische Schule der Stoiker Portikus: Kleanthes aus Assos, Chrysippos von Soloi, Diogenes von Babylon, Antipatros von Tarsos, Panaitios von Rhodos und Poseidonios von Apameia. Links die latinischen Denker: Cicero, Seneca, Thrasea Paetus, Musonius Rufus, Helvidius Priscus und Epiktet.«

Einige Namen hat Livia bereits gehört, aber sie weiß nicht mehr, in welchem Zusammenhang. Sie verflucht ihre mangelhafte Bildung und bemerkt Javolenus' Trauer, als er die römischen Philosophen nennt.

»Wir sind glücklich, Euch wiederzusehen, Herr. Hattet Ihr eine gute Reise?«

Livia blickt sich um und sieht zwei Männer, vermutlich Freigelassene. Einer ist klein, stämmig und von dunklem Typ. Wegen seiner Muskeln befürchtet Livia, einen ehemaligen Gladiator vor sich zu haben. Der zweite, schmalere Mann wirkt vom Temperament her nicht weniger kräftig.

»Livia, ich stelle dir die Männer meines Vertrauens vor. Scylax, der Verwalter für die Ländereien, und Ostorius, der Hausvorsteher. Ich rate dir, dich gut mit ihm zu stellen, denn fortan unterstehst du seiner Verantwortung. Er wird dir alles zeigen, während ich mich mit Scylax unterhalte.«

Als der Eigentümer und sein Verwalter sich in Richtung Säulenhalle entfernen, scheint Livia sich wieder zu sammeln. Wortlos mustert Ostorius sie. Er selbst ist etwa Mitte zwanzig, hat rötliches, kurz geschorenes Haar, trägt keinen Bart, und in seinen hellen, schönen Augen erkennt Livia eine große Härte.

»Zeig deine Hände vor«, befiehlt der Hausvorsteher.

Livia weiß noch, wie zufrieden Parthenius und Faustina das erste Mal auf ihre Hände blickten, die inzwischen zwar Pigmentflecken haben, aber immer noch sehr zart sind. Stolz streckt sie sie vor.

»Hm«, sagt Ostorius abschätzig, »du hast wohl noch nie richtig im Haus gearbeitet, geschweige denn auf dem Land!«

»Nein, das stimmt. Ich bin Ornatrix«, verkündet sie von oben herab.

»Das *warst* du. Hier bist du erst mal nichts.«

Die Sklavin folgt dem Hausvorsteher in das Sklavenquartier hinter dem Atrium, jenseits der Freske mit den Stoikern, durch einen Gang, von dem aus man die Cubicula der Sklaven erreicht, die zu dieser Tageszeit leer sind. Livia fällt auf, wie klein sie sind, aber es sind Einzelzimmer. Ostorius zeigt ihr ein größeres Zimmer am Eingang.

»Das ist die Bleibe von mir und meiner Frau. Alle Bediensteten müssen an mir vorbei. Ich habe also ein Auge auf euch.«

Er zeigt ihr die Latrinen, einen Verschlag, die kleine Küche und zuletzt ihr Zimmer. Es ist winzig, fensterlos und ähnelt einer Zelle. Livia sieht allerdings, dass die Liege neu ist und dass sie beten kann, ohne fürchten zu müssen, von den anderen dabei erwischt zu werden.

»Wie viele sind wir?«

»Ohne Kinder acht im Haus, mit dir neun, und mit mir zehn. Sehr wenig, und sehr viel weniger als früher. Komm mit, ich zeige dir die Räume des Herrn. Rühre ja nichts an.«

Sie gehen durch das Atrium, wo die Maler arbeiten. Gegenüber der Freske, auf der anderen Seite des Impluvium, einem kleinen, rechteckigen Becken in der Mitte des Atriums, in dem das Regenwasser aufgefangen wird und Papyrus und Wasserrosen schwimmen, zeigt Ostorius ihr das herrschaftliche Winterschlafzimmer, den Altar für die Larengötter der Familie und den Winterspeisesaal. Hinter diesen Räumen liegen die Winterküche, der Vorratsraum und der Stall, der auf die Straße führt.

Zwischen Atrium und Säulenhalle, die durch einen Vorhang abgetrennt werden kann, liegt das Tablinum, in dem neun bemalte Tuffsteinsäulen stehen; für gewöhnlich werden dort Besucher empfangen.

»Es wird kaum noch benutzt«, betont Ostorius.

»Kommt denn niemand, um ihm die Aufwartung zu machen?«

»Früher, als er städtischer Abgeordneter war, war der Saal immer voll. Aber heute kommt kaum noch jemand. Der Hausherr legt auch keinen Wert darauf, weil es ihn beim Lesen stört.«

»Er hat also kein offizielles Amt mehr inne?«

»Nicht seit ... seit er vor acht Jahren wieder nach Rom ging und dann erneut zurückgeschickt wurde.«

»Warum hat Kaiser Vespasian ihn verbannt?«, wagt Livia zu fragen, die darauf brennt, mehr über Javolenus zu erfahren.

»Ich habe noch nie gewagt, ihn danach zu fragen«, erwidert Ostorius in scharfem Ton, »und ich rate auch dir davon ab. Ein Haussklave muss das Ansehen seines Herrn mehren, denke immer daran.«

Livia beißt sich auf die Lippe. Rasch gehen sie weiter durch den Säulengang, denn Ostarius fürchtet, seinen Herrn zu stören. Die junge Frau ist allerdings überaus angetan von diesem Teil des Hauses, der sehr großzügig und angenehm gestaltet ist. Marmorskulpturen von Venus, Herkules, Bacchus, Jupiter, Juno und Minerva rahmen den rechteckigen Garten in der Mitte, der mit üppigem Oleander bestanden ist, mit Platanen, Fichten, Zypressen, Akanthus, Buchsbaum und Zitronenbäumen, mit Lavendel, Lorbeer, Myrte, Rosmarin, Salbei, mit Strohblumen, Goldlack, Thymian, Fenchel, Dill und Efeu, der kunstvoll in Form geschnitten ist. Auf den Umrandungen wachsen Blumen. Rosen, Narzissen, Veilchen, Safran, Gertenkraut, Baldrian, Jasmin, Mimosen, Lilien und Immergrün, die im Frühjahr wieder erwachen und gerade von den immergrünen Pflanzen vertreten werden. In der Mitte ergießt sich ein runder Brunnen mit leise murmelnden Wellen in ein Bassin mit Schwänen und Zierfischen. Die Ränder sind mit Muschelmosaiken verziert. Hinter den weißen korinthischen Säulen sind die Wände mit Vögeln und Blumen bemalt, mit Bäumen und bukolischen Motiven im Trompe-l'œil-Stil, die die Illusion einer allgegenwärtigen Natur vermitteln. Die vielen an die Säulenhalle angrenzenden Räume nimmt Livia nur mit halbem Auge wahr, aber sie scheinen prächtig und reich bemalt zu sein, darunter das Cubiculum des Hausherrn, Badezimmer, Salon und ein im Freien gelegener Speisesaal; die Sommerküche ist in einer Nische verborgen. Sie sieht Javolenus, in einem Saal mit Wänden, in die eigenartige Holzschränke eingelassen sind; er liegt ausgestreckt auf einer Liege neben einem Kohlenbecken mit drei Füßen in Form von Löwenpranken und lauscht dem Bericht von Scylax.

»Das ist die Bibliothek«, flüstert Ostorius ehrfürchtig, »der Lieblingsraum des Herrn. Hinter den Läden stehen in Nischen seine Volumina. Niemand besitzt so viele wie er, und außer ihm darf sie keiner berühren. Der Raum ist nach der aufgehenden Sonne ausgerichtet, damit sich durch den Wind kein Schimmel bildet, und der Herr bestreicht seine Papyrusrollen selbst mit Zedernöl, um sie vor Insekten zu schützen. Normalerweise hält er sich den ganzen Tag dort auf, manchmal sogar auch nachts.«

Durch einen leeren Raum gelangen sie in einen weiteren Garten mit Brunnen, der hinter dem Domus gelegen ist und in dem das Gemüse für den täglichen Gebrauch angepflanzt wird.

»Ich habe noch nie so schöne Gärten und so malerische Bilder gesehen.«

Das Kompliment hört Ostorius gern. Mit etwas entspannterer Miene hebt er stolz das Kinn, als wäre er der Hausbesitzer.

»Die Maler in Pompeji sind berühmt für ihr Können, und in den dreizehn Jahren, seit mein Herr hier lebt, hat er das Haus immer wieder renoviert und verschönert. Er hat sein ganzes Vermögen darin investiert.«

»Viele Räume scheinen unbenutzt zu sein«, bemerkt Livia.

»Es sind die Räume, in denen die Hausherrin gelebt und empfangen hat«, bestätigt Ostorius bedrückt. »Sie fehlt uns sehr.«

»Wann ist sie gestorben?«

»Im kommenden Sommer werden es neun Jahre. Sie wurde dem Hades unter der Herrschaft von Kaiser Vitellius zugeführt, an einem großen Festtag, ›Ludi martiale‹. Galla Minervina war noch schöner als Poppea. Ihre Familie gehörte zu den angesehensten in Rom … Sie ist ihrem Mann hierher gefolgt und hat sich in unsere Stadt verliebt. Zusammen mit ihm hat sie dieses Haus aufgetan, das bei ihrer Ankunft eine Ruine war. Die Domina hat daraus ein sehr fröhliches Haus gemacht, in dem alle adligen Pompejer gern ein und aus gingen. Es war ein Leben in Saus und Braus. Ach …«

»Woran ist sie gestorben?«

»An Kindbettfieber. Sie hat einen männlichen Erben zur Welt gebracht, der wenige Stunden nach seiner Mutter gestorben ist. Der Herr liebte seine Frau über alles und wünschte sich sehnlichst einen Sohn, den Galla Minervina ihm mehrfach nicht schenken konnte. Er hat sich nie davon erholt. Einige Zeit später ist er dank seiner Tante nach Rom zurückgegangen, aber da hatte er sich bereits sehr verändert. Und der Domus auch. Als er fortging, hat er mehr als die Hälfte der Sklaven freigelassen und nicht mehr ersetzt. Seit seiner Rückkehr vor sieben Jahren sucht er die Einsamkeit. Er hat die Verwaltung seiner Ländereien Scylax übertragen und kümmert sich auch nicht mehr um die Angelegenheiten der Stadt. Er besucht nicht einmal mehr die Thermen, und auch keine Spiele. Nur die Briefe seiner Freunde in der Ferne und seine Bücher leisten ihm Gesellschaft. Er wird sich nie wieder vermählen.«

Livia begreift, warum Javolenus so traurig und nüchtern wirkte, wenn er bei Faustina zu Besuch war. Sie denkt an das zweifache Exil des Patriziers, fern von Rom und den besten Freunden und vor allem fern der Blutsfamilie. Sie wird sich bewusst, dass sie trotz der gesellschaftlichen Kluft ein ähnliches Leid verbindet.

»Dann hat der Herr keine Nachfahren?«, fragte sie weiter.

»Doch, eine Tochter. Sie hat im Herbst vor dem Tod ihrer Mutter geheiratet, eine der besten Partien in Pompeji. Der Herr hat drei Enkel. Aber … genug der Vertraulichkeiten.« Der Hausverwalter setzt wieder sein strenges Gesicht auf. »Los, ich muss dir noch die Läden im Keller zeigen.«

Ostorius schiebt sie in die Kellerräume, die ebenso weiträumig sind wie das Erdgeschoss und durch viele Fenster belüftet werden. Unendlich viele Räume folgen aufeinander, Vorratskeller, Trockenkammern für Obst und Fisch, und vor allem Lagerräume für Olivenöl und Wein. Der Hausverwalter zeigt Livia, wo die frischen Lebensmittel für die Küche aufbewahrt werden. Livia staunt über die vielen Dolia, riesige Amphoren, die aufgereiht an der Wand stehen oder in den Boden eingelassen sind.

»Alles vom Haus!«, erklärt der Vorsteher begeistert. »Das Öl auch, aber vor allem der Wein, und was für ein Wein! Der beste Vesuvinum und Lympa Vesuviana, ganz zu schweigen vom Mulsum, einer lokalen Spezialität: ein medizinisches Getränk aus Wein und Thymianhonig. Wir verkaufen in das ganze Reich. Die jungen, spritzigen Weine, die nicht transportiert werden können, werden direkt in der Taberna im Erdgeschoss verkauft.«

»Der Laden gehört also dem Herrn?«

»Beide Tabernae gehören ihm: Wie alle Winzer der Stadt, bringt er einen Teil dort in den Verkauf. Und wenn du dafür ein Händchen hast, setzt er dich vielleicht dort ein.«

Livia wird blass. Obwohl viel Zeit vergangen ist, fühlt sie sich nicht stark genug, um eine Weinhandlung zu führen, in der sie ständig an ihre zerstörte Kindheit erinnert würde.

»Ich kann gut lesen und schreiben, aber Rechnen ist nicht meine Stärke«, antwortet sie, um den Vorsteher von seiner Idee abzubringen.

Mit einem Mal bemerkt sie, dass Ostorius sie eigenartig ansieht, nicht prüfend wie vorhin, sondern seltsam schräg, mit einem Funkeln aus zwei Augenschlitzen, das die unschuldige junge Frau nicht auf Anhieb als Verlangen deutet. Der Blick macht sie jedoch verlegen, und sie wendet sich ab. Um den Rundgang zu beenden, geht Ostorius mit ihr noch in den Stall, wo Livia das bescheidene Bündel mit ihren Sachen an sich nimmt. Er stellt sie zwei Sklaven vor, die Möbel, Gold- und Silbergeschirr und verschiedene Gegenstände aus dem Besitz von Faustina Pulchra abladen. Livias Ausdruck wird melancholisch. Der Hausvorsteher nimmt sie wieder mit in die Küche im Sklavenquartier, schenkt ihr einen Kelch Wein ein und stellt ihr etwas zu essen hin. Um ihre Sehnsucht zu vertreiben, erkundigt sich Livia nach seiner Herkunft. Bereitwillig, aber irgendwie unbeteiligt, gibt Ostorius ihr Auskunft.

»Ich bin in diesem Haus geboren, mit meiner Schwester und meinen beiden Brüdern. Meine Eltern wurden vom Vater des Herrn gekauft, zur gleichen Zeit wie das Haus. Bei seinem Tod wurden wir alle freigelassen. Meine Geschwister sind nach Neapolis und Cumae gegangen, wo sie sich verheiratet haben, aber meine Eltern und ich sind im Dienst des Sohnes geblieben, der den Domus geerbt hat. Er war so gut wie nie da. Als er sich dann hier niedergelassen hat, wurde mein Vater Hausvorsteher, und meine Mutter stand im Dienst von Galla Minervina. Kurz nach deren Tod ist auch sie entschlafen. Mein Vater ist vor fünf Jahren gestorben, und der Hausherr hat mich auf seine Stelle berufen.«

»Welche Aufgabe hat Eure Ehefrau?«

»Bambala leitet die Küchen. Meine beiden Söhne sind im Haus seiner Tochter untergekommen. Sie kann immer Hilfe gebrauchen, wohingegen hier … Ich muss dem Herrn jetzt Bericht erstatten über die Zeit seiner Abwesenheit.«

Livia bleibt allein zurück. Wie kann ein Haus von so überbordender Schönheit so viel Leid und Trauer in sich bergen? Wie kann ein Mann wie er einer Frau treu bleiben, die seit fast neun Jahren tot ist? Livia zieht sich in ihre Kammer zurück, bedeckt den Kopf mit ihrem Tuch und beginnt zu beten.

Gegen Abend meldet Ostorius ihr, Livia solle zum Herrn ins Atrium kommen. Sie eilt in den Empfangssaal.

»Livia, hol einen Umhang, ich nehme dich mit. Ich will dir

etwas zeigen, was du in der Hauptstadt des Reiches noch nie zu Gesicht bekommen hast!«

Hocherfreut gehorcht Livia und stellt sich neben den Herrn, der den Wagen lenkt. Sie fühlt sich ihm jetzt näher, da sie mehr über sein Leben weiß. Der Pferdewagen setzt sich in Bewegung und steuert, statt nach Süden, auf das nördliche Stadttor zu, bevor er links einbiegt und entlang der Stadtmauern in westlicher Richtung fährt.

»Wir haben Einbahnstraßen«, erläutert Javolenus. »Das erleichtert den Verkehr, aber man muss die Stadt gut kennen. Zu Fuß brauchst du dich darum nicht zu kümmern!«

Livia lächelt in sich hinein. An seiner Seite fühlt sie sich stolz und ungeschickt zugleich. Faustina hat sie nie neben sich Platz nehmen lassen, die Sklavin lief immer hinter dem Tragesessel her.

»Dies ist eines der ältesten Viertel der Stadt. Dass Pompeji so weltbürgerlich erscheint, liegt daran, dass es, bevor es vor über hundertfünfzig Jahren römische Kolonie wurde, bereits oskisch, etruskisch, griechisch und schließlich samnitisch war. Die oskische Sprache wird vom Plebs noch gesprochen, und jeder hier versteht von Geburt an Griechisch. Das macht es leicht für den Handel.«

»Ich wusste nicht, dass Ihr Wein anbaut und verkauft«, entgegnet Livia.

»Davon lebt hier fast jeder! Land und Wein sind die Dinge, die einem auf diesem paradiesisch fruchtbaren Flecken Ansehen und Macht verleihen. Aber ich bin nur ein kleiner Weinbauer. Und ich gestehe, dass ich mir die Sorge um den Weinbau, von dem ich nichts verstehe, gar nicht zumuten wollte. Aber ich hatte keine Wahl: Als ich ankam, war das Haus vom Erdbeben zerstört, und ich habe es mit dem Erbe meiner Eltern wiederaufgebaut. Danach blieb mir nichts mehr zum Leben. Ich musste mich also verschulden und von meinen letzten Mitteln Oliven- und Weinfelder ankaufen. Zum Glück hatte ich wertvolle Hilfe, und die Geschäfte liefen gut. Sicher hast du bei meiner Tante von meinem Wein getrunken, wenn sie ihn nicht für sich behalten hat ...«

Der Wagen passiert ein Tor mit drei gläsernen Öffnungen und verlässt die Stadt entlang einer von Grabmälern und Grüften gesäumten Straße, der sogenannten Gräberstraße. Will ihr Herr ihr vielleicht die Ruhestätte seiner Gemahlin zeigen? Livia wird unruhig und wagt nicht mehr, ihm ins Gesicht zu sehen. Sie schaut sich genauer um. Die Straße der Toten mit ihrem üppigen Grün wirkt beinahe fröhlich: Die reich verzierten Marmorgruften in Form von Tempeln und Altären sind von Gärten, Obstbäumen und Brunnen umgeben. Einige sind mit steinernen Bänken eingegrenzt oder mit Terrassen, auf denen gemauerte Bankettische und -liegen stehen, wie man sie auch in den Sommerspeisesälen der pompejischen Häuser vorfindet. Zwischen den Grabmälern stehen einige große Villen. Das Ganze macht einen grandiosen Eindruck.

Den Blick immer nach vorn gerichtet, deutet Javolenus auf ein Meerbad, das seine Süßwasserbehandlungen aus einer Thermalquelle anpreist. An einer Kreuzung verlässt der Wagen den Friedhof und biegt nach rechts. Livia kann ihre Neugier nicht mehr zügeln und fragt nach dem Ziel ihrer Fahrt.

»Wir fahren zu meiner Tochter und meinem Schwiegersohn«, antwortet er.

»Das ehrt mich sehr«, sagt die Sklavin voller Freude.

»Du wirst sehen, meine Tochter ist wunderbar ... Sie ist übrigens etwa genauso alt wie du. Sie ist in Rom geboren und hat sich sehr dagegen gesträubt, mit ihrer Mutter und mir hierherzukommen. Damals war sie zehn Jahre alt. In Pompeji hat sie aber ihre Liebe gefunden, und ich habe in ihrem Ehemann einen Verbündeten von unschätzbarem Wert. Ohne die Ratschläge und die Unterstützung von Marcus Istacidius Zosimus würde ich heute vielleicht zu den Bettlern gehören, die du auf der Straße gesehen hast. Er hat das Land an mich verkauft, von dem ich vorhin gesprochen habe, fruchtbarste Erde an den Hängen des Vesuvs. Er hat mich in den Weinbau und die Olivenernte eingewiesen und mir auch Scylax empfohlen. Er beherbergt meinen Verwalter und meine Landsklaven, leiht mir zusätzliche Arbeitskräfte für die Ernten und das Keltern aus, genauso wie Pressen und Mühlen. Ich habe in meinem bescheidenen Anwesen nur die Kellerräume ausgehoben, um die fertigen Erzeugnisse lagern zu können. Warum, verstehst du gleich.«

Die Pferdehufe klappern über die Straße aus Lavagestein. Dann, an einer abschüssigen Stelle, taucht ein Gebäude auf, wie Livia noch keines gesehen hat: Es ist ebenerdig, auf einer künstlichen Terrasse oberhalb eines Wandelgangs errichtet und so groß, dass es aussieht wie der Kaiserpalast. Verglichen damit war Faustinas Stadtvilla eine Portiersloge.

»Es ist eines der schönsten Anwesen Pompejis und zugleich der ertragreichste landwirtschaftliche Betrieb der Gegend, das größte und am besten geführte Weingut, das ich kenne. Als Marcus Istacidius Zosimus das Haus kurz nach dem Erdbeben erworben hat, war es ein altes, halb eingestürztes Patrizierhaus, das sein ehemaliger Besitzer verlassen hatte. Marcus und seine Architekten haben daraus den Tempel des Weins gemacht, einen riesigen, erhabenen Komplex, in dem Wein in großem Maßstab hergestellt wird.«

»Der Herr muss sehr mächtig sein.«

»Seine Familie zählt zu den einflussreichsten in Pompeji. Er besitzt mehr als tausend Sklaven. Einer seiner Brüder ist Prokurator, der andere Duumvir.«

Zwei Sklaven eilen herbei und helfen ihnen, vom Wagen zu steigen. Ein wenig eingeschüchtert folgt Livia ihrem Herrn in gehörigem Abstand. Vor dem Eingang mit der halbrunden Exedra liegt eine große, arkadengesäumte und mit Rosen bepflanzte Terrasse. Im Tablinum, das mit winzigen, gelben Figuren auf schwarzem Grund bemalt ist, taucht eine beeindruckend schöne Frau auf. Sie ist groß und schlank; die zu einem Knoten hochgesteckten, mit Blumen geschmückten blonden Haare sind, wie Livia mit geschultem Auge feststellt, von natürlichem Blond. Sie hat tiefblaue, schwarz geschminkte Augen und einen makellosen

Teint. Ihre Gesten sind elegant, und ihre venusblaue Stola scheint eine Göttin zu umhüllen.

Herzlich begrüßt sie ihren Vater, über dessen Rückkehr sie sich freut, und will ihn in die Säulenhalle zu ihrem Mann und ihren Kindern geleiten.

»Einen Moment, Saturnina. Ich muss Livia zuerst meinen Lieblingsraum zeigen, deswegen habe ich sie mitgebracht.«

»Livia«, fragt Saturnina Vera, »wer ist das?«

»Die ehemalige Ornatrix meiner Tante. Sie hat sie mir vermacht. Sie ist heute Morgen mit mir angekommen. Ich muss gestehen, dass ich noch keine Tätigkeit für sie gefunden habe, und ich fürchte, dass sie sich etwas verloren vorkommt.«

»Ornatrix?«, wiederholt Saturnina und mustert Livia mit herablassendem Blick. »Tja, bevor du nichts tust, kannst du dein Talent an mir ausüben, damit ich mich vergewissere, ob der Ruf der Römerinnen gerechtfertigt ist.«

»Ja, nur …«, stottert Livia, »sehr gern, Herrin, aber ich habe keine Utensilien mehr, keine Öle und Pigmente.«

»Pompeji ist kein verlorenes Nest«, entgegnet Saturnina. »Wir haben ausgezeichnete Parfümeure. Du findest hier alles, was du benötigst.«

»Meine Tochter«, geht Javolenus sanft dazwischen, »schämst du dich nicht? Du hast mehrere Hundert Sklaven und willst deinem armen Vater diese hier wegnehmen?«

»Ich wüsste nicht, was du mit einer Ornatrix anfangen willst«, erwidert sie trocken.

»Man wird sehen. Deswegen ist sie heute Abend jedenfalls nicht hier. Komm mit, Livia.«

Die Sklavin verbeugt sich vor Saturnina und folgt ihrem Herrn ins Atrium. Ihr bleibt keine Zeit, dessen Größe und Dekoration zu bewundern. Durch ein Schlafzimmer mit einem schmalen Bett, ein Vorzimmer und ein Cubiculum mit doppeltem Alkoven zieht Javolenus sie in einen abgeschlossenen Raum, der von den Empfangssälen aus nicht einsehbar ist.

»Meine Tochter und mein Schwiegersohn verabscheuen diesen Ort«, flüstert er, »aber anders als die übrigen Räume, die alle umgebaut und vergrößert wurden, haben sie nicht gewagt, ihn zu zerstören, wahrscheinlich aus Angst, es könne Unglück bringen. Das Haus ist sehr alt, vermutlich über zweihundert Jahre, aber was du gleich siehst, dürfte aus der Zeit der römischen Kolonisierung stammen. Damals war es das Triklinium, wahrscheinlich der Hauptspeisesaal der Villa.«

Javolenus und Livia betreten einen Saal, von dem aus man einen herrlichen Blick über das Land und den Golf von Neapolis hat, auf die gerade die letzten Sonnenstrahlen fallen. Das Besondere an dem Raum ist jedoch eine riesige Freske, die sich über die zinnoberroten Wände zieht, ein ungewöhnlicher Zyklus mit lebensgroßen Figuren: Satyrn, Matronen, junge Frauen, Sklaven, Männer, geflügelte Dämonen, Silene und Götter spielen Szenen, die sich Livia nicht erschließen.

»Wie wunderbar! Was für ein Mythos ist das?«

»Der Mythos vom König des Vesuvs, Bacchus, der damals Dionysos hieß, und seiner Mutter Semele. Diese Malereien erzählen ihr Leben und ihre Göttlichwerdung.«

»Sind das die berühmten dionysischen Mysterien?«

»Das vermute ich, Livia. Was wir hier sehen, ist ein Initiationsritual des dionysischen Kults. Die ehemalige Besitzerin war wahrscheinlich eine Jüngerin oder Priesterin des Dionysos, auch wenn der römische Senat die Ausübung dieses Kults verboten hatte. Sie ist übrigens hier dargestellt.«

Voller Bewunderung betrachtet Livia die Szenen, die ihr Herr ihr zeigt und klug kommentiert. Während sie hingebungsvoll lauscht, fragt sie sich, was den Philosophen entgegen aller Gepflogenheiten dazu bewogen hat, eine Sklavin hierherzuführen. Sie setzt sich über ihre Schüchternheit und ihr Herzklopfen hinweg, um ihn danach zu fragen.

»Nun, Livia«, sagt er warmherzig, »zum einen wollte ich dich auf nicht alltägliche Weise willkommen heißen und so meinem Ruf gerecht werden. Wer sollte dich in Pompeji empfangen, wenn nicht Bacchus!«

»Ich danke Euch unendlich dafür, Herr. Darf ich den anderen Grund auch erfahren?«

»Da!« Er zeigt auf einen Teil der Freske. »Sieh einmal genau hin: Bevor die Domina den dionysischen Glauben annimmt, hat sie panische Angst. Sie versucht, vor den Vertretern einer scheinbar barbarischen Religion zu fliehen. Aber diese Angst ist unberechtigt, denn der ewig junge Gott predigt nicht etwa Sittenlosigkeit und Ausschweifung, sondern schenkt den Eingeweihten vom Wein des Wissens ein, wie man hier sieht. Mit anderen Worten: Halte es wie die Frau hier und fürchte dich nicht vor den Göttern. Ich glaube ebenso wenig wie du an deren Existenz, aber darum geht es nicht. Das haben du und deinesgleichen nicht verstanden. Ihr habt nämlich das Entscheidende vergessen: Olymp und Pantheon sind nicht veraltet, sondern die einzigen Garanten für unsere Kultur und Zivilisation.«

Auf dem Rückweg nach Pompeji schweigen Herr und Sklavin. Nach seinem kleinen Vortrag im Saal der dionysischen Mysterien hat Javolenus Livia Lampen gebracht und sie aufgefordert, die allumfassende Schönheit der Götter weiter zu betrachten und sie bis zu ihrer Abfahrt auf sich wirken zu lassen. Dann hat er sich zum Essen zu seiner Familie begeben. Livia ist allein inmitten der großen Szenen zurückgeblieben, die, je hungriger und müder sie wurde, irgendwann vor ihren Augen zu tanzen anfingen. Als ihr Herr drei Stunden später zurückkam, schlief die Sklavin auf dem blanken Boden. Er hat vor sich hin gemurmelt, dass Saturnina versprochen habe, ihr etwas zu essen zu bringen, und dann angekündigt, das Pferd anzutreiben, um so schnell wie möglich nach Hause und in die Küche seines Domus zu kommen.

»Ich habe den Eindruck, Eure Tochter hat es nicht gern gesehen, dass Ihr mich mit zu ihr genommen habt«, bemerkt Livia.

»Du kannst also angeblich nicht rechnen, aber lesen und schreiben?« Er geht über ihre Frage hinweg.

»Ja, Herr.«

»Gut, ich werde dir Bücher leihen.«

»Um mich in Eure Philosophie einzuweisen?«

»Um in deinem Gehirn den Boden zu bereiten, damit die Wurzeln des Wissens dort greifen.«

»Glaubt Ihr, dass eine Sklavin Bildung braucht?«, fragt sie und zittert bei der Vorstellung, die Volumina zu berühren, die auch ihr Herr berührt hat.

»Jeder Mensch braucht Bildung. Aber Bildung allein reicht nicht, wenn daraus kein Nachdenken entsteht. Und Freude an einer anderen Wahrnehmung.«

Die Stille der Nacht und der Grabmäler umfängt sie und ist wohltuend für die junge Frau. Endlich passiert der Wagen das Stadttor, und sie tauchen wieder in die vertraute Geräuschkulisse ein.

»Mir fällt da etwas ein«, sagt Javolenus. »Hast du eine schöne Schrift und kannst schnell schreiben?«

»Darüber müsst Ihr entscheiden, Herr. Ich weiß nicht, ob …«

»Mein Herz und mein Geist leben vom Briefwechsel mit meinen Freunden, aber meine Hand ist müde von all dem Schreiben. Ich werde dir diktieren, und du kopierst für mich. Du wirst mein Siegel bewahren. Ab heute bist du meine Sekretärin.«

Verträumt sitzt Livia in ihrer Kammer auf der Matratze. Was ist mit mir los, fragt sie sich. Warum habe ich in Gegenwart dieses Mannes das Gefühl, nicht mehr ich selbst zu sein? Bin ich krank? Ist es das Klima in Kampanien? Ich begreife es nicht … Er ist mein Herr, und ich bin nur seine Sklavin. Könnte ich mich doch nur Haparonius anvertrauen, er würde mir helfen!

Sie stützt den Kopf in beide Hände. Wenigstens wird mein unseliger Wunsch, in seiner Nähe zu sein, erfüllt, da ich nun seine Sekretärin bin, denkt sie. Auf was für eine Probe stellt Gott mich? Ich, die Parfümeurin werden wollte, werde nun Schreiberin, wie mein Onkel Tiberius. Aber ich werde meinen Herrn jeden Tag sehen. Und mein Körper wird nicht durch schwere Arbeiten verschlissen.

Sie betrachtet ihre Hände. Diese Hände haben gestohlen, menschliches Fleisch geknetet, falsche Gesichter aufgemalt. Und sie haben jeden Tag gebetet. Werden sie auch schöne, wichtige Worte schreiben können?

Sie steht auf und stellt sich vor die Wand. Mit dem Zeigefinger schreibt sie unsichtbare Worte, unverständliche Symbole, die sie aus ihrem Gedächtnis hervorholt. Ohne nachzudenken, schreibt sie ihr aramäisches Geheimnis, den verborgenen Satz Jesu, die Botschaft von Maria von Bethanien.

23

Johanna legte ihre Hände auf den geschnitzten Kopf der Maria Magdalena, schloss die Augen und tastete das Holz ab, so wie ein Blinder ein Gesicht ertastet. Sie strich über die Einkerbungen der Haare, über die mandelförmigen Augen, die schmalen Lippen, den jungfräulichen Hals, die Pflanzen- und Tiermotive des karolingischen Kapitells. Sie hatte gehofft, durch die Berührung der mittelalterlichen Figur wieder zur Ruhe zu kommen, da sie seit Toms telefonischem Bericht fiebrig nachgedacht hatte. Aber es funktionierte nicht. Ohne die Hände sinken zu lassen, öffnete sie die Augen wieder.

Durch das Fenster des unbeleuchteten Arbeitszimmers blickte sie hinaus in die phantastische Ruhe der burgundischen Winternacht. Der fast runde Mond sah aus wie eine abgelegte Kristallkugel, aus deren abgeschliffenem Stück sich Milliarden weißer Staubkörner über den schweren, schwarzen Teppich verteilt hatten.

Sie atmete tief durch und schaltete die kleine Lampe ein. Dann horchte sie an der Tür noch einmal in den Gang hinaus, ob ihre Tochter auch wirklich schlief, und setzte sich wieder an den Schreibtisch. Warum war James umgebracht worden? Und warum hatte man in Pompeji in der Nacht von Donnerstag auf Freitag einen zweiten Archäologen getötet?

Freitagmorgen hatten japanische Touristen die Leiche in dem berühmten zinnoberroten Saal der Mysterienvilla gefunden. Die Ähnlichkeit mit dem Mord an James war frappierend: Der leblose Körper lag rücklings auf dem Boden, der Schädel war mit einem stumpfen Gegenstand eingeschlagen, den man nicht gefunden hatte. Dieses Mal war es kein Stein gewesen, sondern ein langes, rundliches Objekt wie der Griff einer Hacke oder eine

Eisenstange. Der Mord war nachts geschehen, die Vorgehensweise identisch. Wahrscheinlich handelte es sich also um denselben Täter.

Beata stammte aus Berlin. Sie war neunundfünfzig Jahre alt, und ihr Leben verlief ruhig und friedlich. Als Archäologin war sie spezialisiert auf römische Fresken, und sie arbeitete seit dreißig Jahren in Pompeji. Mit ihrem Mann führte sie ein beschauliches Leben in einem der Nachbardörfer. Beruflich gehörte sie zum selben Team wie James. Tom glaubte aber nicht, dass sie befreundet gewesen waren.

Ebenso hilflos wie bestürzt hatte Tom Johanna von einem merkwürdigen Detail berichtet: Unterhalb der berühmten Malereien in dem Raum, die die dionysischen Mysterien abbilden, und neben dem zertrümmerten Schädel der Berlinerin hatte eine Hand mit einem Kohlestift auf den weißen Boden geschrieben: »Matthäus, 7, 1.«

Wieder war es ein Hinweis auf das Evangelium. Kapitel sieben aus dem Evangelium nach Matthäus begann folgendermaßen: »Richtet nicht, damit ihr nicht gerichtet werdet.« Tom zufolge lag beiden Morden dieselbe kriminelle Energie zugrunde, aber er verstand nicht, wie Gedanken der Nächstenliebe zu solchen Taten führen konnten. Für die italienische Polizei waren die zwei Morde das Werk eines Verrückten mit mystischen Wahnvorstellungen, der sehr wahrscheinlich einer esoterischen Sekte angehörte. Die Carabinieri hatten die Hypothese des Ehebruchs und der Rache eines eifersüchtigen Mannes verworfen. Ihre Untersuchungen konzentrierten sich jetzt auf kleine Gruppierungen religiöser Fanatiker. Parallel dazu wurde erwogen, Toms Camp zu schließen, aus Angst, der Täter könne noch einmal zuschlagen. Der neuseeländische Antikenforscher wehrte sich gegen diese Möglichkeit und zitterte gleichzeitig bei dem Gedanken an einen dritten Mord. Er fühlte sich mitverantwortlich für den Tod von James und Beata, er schlief nicht mehr, aß kaum noch etwas und konnte sich nicht mehr auf seine Arbeit konzentrieren. Er quälte sich mit der Frage herum, wer der Täter war, was für ein

Motiv er hatte, und er verlor sich in Mutmaßungen. Die Bilder von den Leichen und die Trauer der Überlebenden setzten ihm zu, genauso, wie es sechs Jahre zuvor bei Johanna der Fall gewesen war und noch heute war.

Johanna versuchte, sich wieder zu fassen. Einerseits war da das, was sie damals erlebt hatte und was auf merkwürdige Weise dem glich, was Tom heute durchmachte. Eine unglückliche, schmerzhafte, aber zufällige Koinzidenz, wie sie sich sagte. Die Ereignisse in Pompeji hatten nichts mit Toms Arbeit zu tun, allein schon deshalb, weil die beiden Opfer an zwei verschiedenen Orten gefunden wurden, in einiger Entfernung zum Grabungsort. Und trotzdem wollte die italienische Polizei sein Camp schließen! Nein, ganz ruhig, ich darf das nicht mit dem vermengen, was am Mont Saint-Michel passiert ist. Aber ich muss Tom helfen und ihm zuhören und ihn bestärken, weil keiner ihn so gut versteht wie ich, sagte sie sich.

Andererseits war sie noch immer besorgt wegen Romane, obwohl der Zustand ihrer Tochter sich seit der Hypnosesitzung zwei Tage zuvor deutlich verbessert hatte. Die Kleine hatte wieder Appetit, und vor allem hatte sie in den beiden vorangegangenen Nächten weder Husten noch Fieber noch Albträume gehabt. Johanna blickte auf die Uhr: Fast Mitternacht, und kein verdächtiges Geräusch drang aus dem Kinderschlafzimmer. Sie drückte das Gesicht der Heiligen aus Holz fester. Hoffentlich war ihre Tochter geheilt … und diese unglaubliche Geschichte aus Pompeji nur eine böse Erinnerung.

Sie öffnete die Schreibtischschublade und holte den Silberling mit der Abbildung von Kaiser Titus hervor. Sie hatte Romane nicht davon überzeugen können, sich von ihrem Glücksbringer zu trennen, und zum ersten Mal überhaupt hatte sie sie angelogen; sie hatte ihn ihr im Schlaf abgenommen, und als sie wach wurde, vorgeschoben, die alte Münze müsse ihr nachts aus der Hand gefallen sein. Sie war dabei, als ihre Tochter auf allen vieren vergeblich ihr Zimmer absuchte. Romane nahm ihrer Mutter die Ausrede vermutlich nicht ab, hatte aber nichts gesagt.

Bevor Chloé kam, hatte Johanna sie in den schönsten Spielzeugladen weit und breit mitgenommen und ihr ein Marionettentheater geschenkt. Begeistert von ihrem neuen Spiel, erwähnte Romane Kaiser Titus mit keinem Wort mehr.

Nur Johanna dachte weiter an ihn und an den Ausbruch des Vesuvs, an die Asche, die erstickenden Gase und den Schmerz ihrer Tochter während der Hypnose. Was hatte dieser Albtraum zu bedeuten?

Tom hatte sie natürlich nichts davon gesagt. Am vorigen Abend hatte sie zwei Stunden mit ihm telefoniert, am Morgen noch einmal eine. Es war jetzt nicht der Zeitpunkt, um ihn mit dieser Geschichte zu belasten. Armer Tom, dachte sie, hoffentlich würden sie diesen Wahnsinnigen bald fassen, damit er sich von dem Schock erholen konnte.

Sie legte die Skulptur zurück in den Safe, trank ihren Kräutertee aus und ging nach unten. Sie schaltete den Fernseher ein und eine Lampe, die auf einem Nussbaumbüfett stand. Dann ließ sie sich auf das Sofa fallen – und stand sofort wieder auf. Sie ging zurück zu der Anrichte und runzelte die Stirn, als sie die Familienfotos betrachtete, die dort standen: ihre Eltern, ihre Großeltern mütterlicherseits und väterlicherseits in Schwarz-Weiß, Isabelle mit ihrem Mann und den Kindern, Romane als Baby, Romane am Meer, Romane auf dem Pony, Romane und Hildebert … Wo war ihr Lieblingsfoto, ein Porträt von ihrer Tochter und ihr im Jardin du Luxembourg, als sie noch nicht ganz genesen war und ihr Kind gerade abgeholt hatte? Sie sah nach, ob der Kater die Aufnahme heruntergeworfen hatte, zog Schubladen heraus, durchsuchte das Büfett und das ganze Zimmer, aber sie fand es nirgends.

Johanna konnte nicht einschlafen. Das verschwundene Foto ging ihr nicht aus dem Kopf. Ohne Romane zu wecken, hatte sie es im Zimmer ihrer Tochter gesucht, ohne Erfolg. Sie wusste auch nicht, warum ihre Tochter das Foto wegnehmen sollte. Gestern Morgen war es noch da, sie erinnerte sich, dass sie beim

Frühstück einen Blick darauf geworfen hatte. Es war also am Vorabend verschwunden, oder heute. Aber wie? Es stimmte, dass sie die Haustür so gut wie nie abschloss. Vézelay war ein friedliches Dorf, erst recht im Winter, und die Bewohner sperrten ihre Häuser normalerweise nicht zu. Johanna auch nicht, zumal sie außer der Statue, die im Safe war, keine Wertsachen im Haus hatte. Sollte ein Einbrecher da gewesen sein? Warum hatte er das Foto mitgenommen? Johanna hatte gründlich nachgesehen, und außer dem Porträt im Silberrahmen fehlte nichts. Es war rätselhaft …

Am nächsten Morgen hatte Romane ausgeschlafen und war putzmunter. Sie freute sich auf die Schule und auf Mademoiselle Jaffret, ihre Klassenkameraden und vor allem auf ihre Freundin Chloé. Johanna hatte Migräne. Sie begleitete ihre Tochter und ging dann die Straße zur Basilika hinauf. Der Wind, in Vézelay ohnehin allgegenwärtig, war heftig und eisig und peitschte ihr regelrecht ins Gesicht. Sie begegnete ihrem mysteriösen Nachbarn, dem Holzbildhauer, der sein Gesicht wie immer unter seinem schwarzen Hut verbarg, den er wegen der Böen krampfhaft festhielt. Sie wagte, ihn leise zu grüßen, aber der schweigsame Mann schien sie nicht zu sehen und ging weiter den Hügel hinunter.

Auf dem Vorplatz angekommen, folgte Johanna einer Eingebung und bog links in die Straße entlang der Nordseite der Basilika ein, die hinunter zum Dorffriedhof führte. Eine poetischere Totenstadt als den Friedhof von Vézelay hatte sie nie gesehen: Eine anarchische, von Bäumen gesäumte Steppe hatte in harmonischem Durcheinander zahllose Stelen hervorgebracht. Entlang der Ummauerung schaute das ruhende Publikum aus weißen, in Efeu und Flechten gekleideten Mausoleen hervor, und wie zwei friedliche, aber wachsame Engel lagen Jules Roy und das Ehepaar Zervos am Eingang.

Schlecht gelaunt und mit stärker werdenden Kopfschmerzen, ging sie zu den nummerierten Grabungsbereichen neben dem

Kloster. Vor dem Brunnen überlegte sie, was sich wohl in den Tiefen des alten Wasserreservoirs verbarg, das sie immer noch nicht gesehen hatte, weil der Zugang gefährlich war: ein siebzehn Meter langer, unterirdischer See mit einem romanischen Gewölbe auf neun Säulen. Kurz träumte sie davon, einmal mit Luca über den See zu paddeln, dann musste sie lächeln, als sie daran dachte, dass zwischen 1912 und 1920, als die Pilgerfahrten verboten waren, die Surrealisten vorhatten, die Kirche in ein riesiges Schwimmbad mit Hammam zu verwandeln. Die Thermen von Vézelay! Unter Rundbögen schwimmen, mitten zwischen den Monstern und Heiligen, die aus dem Dampf des türkischen Bades an den Kapitellen hervorlugen …

Unvermittelt ging sie den Weg zum Presbyterium zurück. Die Tür von Bruder Pazifikus stand wie immer weit offen. Der alte Mann saß, in ein Buch vertieft, an seinem Tisch neben dem Ofen, empfangsbereit für jeden, der auf der Schwelle erschien.

»Herein, willkommen, Johanna«, sagte er, ohne die Augen von dem Buch zu heben.

»Sie sind sehr unvernünftig«, schimpfte Johanna ihn freundlich. »Bei dem eisigen Wind werden Sie sich noch erkälten!«

»Mir scheint, dass es eher Ihnen nicht so gut geht, mein Kind. Was ist los? Setzen Sie sich und erzählen Sie.«

Schon hatte er das Buch zugeklappt, griff nach der Kaffeekanne und schenkte der Archäologin eine Tasse dampfende Flüssigkeit ein.

»Danke, Vater. Sie haben recht, ich habe starke Kopfschmerzen.«

Er zog die Schublade des Holztischs auf und holte ein Röhrchen Aspirin hervor.

»Als Erleichterung für den Körper«, sagte er lächelnd.

»Aber der Körper spiegelt nur ein Unbehagen des Geistes wider«, entgegnete sie ebenfalls lächelnd.

»Oder ein seelisches Problem«, ergänzte der Mönch und sah sie aus seinen grauen Augen unverwandt an.

»Man hat schon wieder einen Archäologen in Pompeji umgebracht«, sagte sie übergangslos. »Eine Frau aus dem Team von Tom. Die gleiche Vorgehensweise, aber ein anderer Verweis aufs Evangelium. Dieses Mal hat er auf Matthäus verwiesen. Matthäus, Kapitel sieben, Vers eins.«

»›Richtet nicht, damit ihr nicht gerichtet werdet‹«, zitierte Bruder Pazifikus. »Mit anderen Worten, richtet die anderen nicht, damit ihr nicht von Gott gerichtet werdet. Es scheint paradox, aber wahrscheinlich ist der Mörder gläubig. Er fürchtet die Strafe Gottes.«

»Davon gehen die Carabinieri auch aus. Sie denken an eine fanatische Sekte.«

»Ich verstehe, dass Sie das belastet«, sagte der Franziskaner. »Aber das erklärt nicht die große Bedrängnis, in der Sie anscheinend stecken, mein Kind. Was gibt es denn Neues bei Romane? Ich dachte, der Kleinen gehe es besser?«

Johanna berichtete von der Hypnosesitzung und der Diagnose von Dr. Sanderman; sie erzählte von der Münze mit dem Kaiserabbild und auch von dem verschwundenen Foto.

Der Mönch kratzte sich am Kinn. »Das ist in der Tat merkwürdig. Aber wie dem auch sei, entscheidend ist, dass Romane geheilt wird. Ich werde weiter dafür beten, dass ihre düsteren Albträume nicht wiederkehren.«

»Vater, warum lehnt das Christentum eigentlich die Vorstellung von der Reinkarnation ab?«

»Weil sie unvereinbar ist mit dem Satz von Paulus: ›Der Mensch lebt nur ein Mal‹«, erklärte der alte Mann, »und vor allem mit den Worten Jesu, wonach jeder unmittelbar nach dem Tod entsprechend seinen Taten beurteilt wird. Dann machen sich die Seelen der Verstorbenen auf ins Jenseits. Die heiligen Seelen leben friedlich im Reich Gottes, und die anderen gehen weiter, manchmal durch bestimmte Leiden, die nötig sind, um ihr Herz in Erwartung des Jüngsten Gerichts für die göttliche Liebe zu öffnen. Wenn wir von der Reinkarnation ausgehen, dann gibt es kein Jenseits mehr und keine himmlische Ruhe der Seelen an der Seite Gottes.«

»Ich verstehe.«

»Sehen Sie, nach Aristoteles und im Gegensatz zu Plato hat die Kirche gesagt, dass Körper und Seele so eng miteinander verbunden sind, dass die Seele nicht von einem Körper in einen anderen übergehen kann. Deshalb stellt das Christentum der Reinkarnation die Wiederauferstehung gegenüber. Am Ende der Zeiten findet jede Seele durch ihre göttliche Verwandlung einen neuen fleischlichen Körper, der flüchtiger ist als die irdische Essenz. Er wird strahlen und die Eigenschaften der Seele zeigen und ihr spürbare Freuden vermitteln.«

»Für Sie haben die nächtlichen Visionen meiner Tochter also nichts zu bedeuten?«

»Das habe ich nicht gesagt!«, protestierte der Mönch milde. »Ich glaube sogar, dass wir alle miteinander verbunden sind. Die spirituelle Seele lebt nach unserem Tod im Himmelreich weiter, aber auch die Emotionen, das Gedächtnis, das Seelenleben eines Menschen verlöschen nicht. Nur der physische Körper vergeht unwiederbringlich. Etwas aus der seelischen Struktur eines Verstorbenen kann auf den Geist eines anderen Menschen übergehen, der gerade gezeugt wurde. Damit tragen wir in uns das Gedächtnis derer, die vor uns gelebt haben. Wir müssen ihr Werk fortführen, Probleme lösen, die sie selbst zu Lebzeiten nicht lösen konnten, und die Bewusstseinsebene der Menschheit erweitern, was über viele lange Ketten geschieht, die dafür sorgen, dass die Menschen füreinander einstehen und jenseits von Raum und Zeit geeint sind.«

»Das ist ja fast schöner als der Glaube an frühere Leben. Ob diese mysteriöse Verbindung zwischen den Menschen auch mit Romanes Albträumen zusammenpasst, weiß ich nicht, aber jedenfalls erklärt sie genau das, was ich selbst erlebt habe.«

»Guten Tag, Jo! Na, wie geht's?«

Johanna wurde aus ihren Gedanken gerissen, als Audrey vor ihr stand, wie immer eine Zigarette im Mundwinkel.

»Müde«, sagte Johanna, »ich brauche Urlaub.«

»In drei Wochen ist doch schon Weihnachten!«

Weihnachten, Lucas Rückkehr, vor allem die Zeit des Jahres, die Romane am liebsten hatte, zumal eine Woche später ihr Geburtstag war. Was würde sie ihrer Tochter schenken, wie sollten sie die Festtage verbringen? Es war das erste Mal seit Romanes Geburt, dass Johanna sich noch nichts überlegt hatte. Ein schlechtes Gewissen machte sich bemerkbar, das sie gleich wieder beiseiteschob. Heute Abend würde sie ihre Eltern anrufen, und Luca. Aber zuerst musste sie sich um ihre Arbeit kümmern.

»Ich muss gestehen, dass ich den Streit mit Saint-Maximin-la-Sainte-Baume nicht verstehe«, sagte Audrey zwei Stunden später mit erdverschmiertem Gesicht, als sie im Container Tee kochte. »Ein Körper ist ein Körper, und auch wenn er tot ist, kann er nicht gleichzeitig in Vézelay und in der Provence sein!«

»Du argumentierst wie eine Frau im 21. Jahrhundert!«, scherzte Johanna.

»Wie denn sonst? Dann musst du es mir erklären.«

Die Grabungsleiterin legte den Keks beiseite, an dem sie geknabbert hatte.

»Eines Tages im Jahr 1037 machte im Königreich Burgund das Gerücht die Runde, der Abt von Vézelay sei im Besitz der Reliquien von Maria Magdalena. Sofort strömten die Pilger herbei. Es kam zu Wundern und Heilungen … Die Mönche machten ein Vermögen, was eines der größten Wunder ist, die Magdalena vollbracht hat, in einer Abtei, in der vorher völlig zerrüttete Verhältnisse herrschten.«

»Wie naiv und leichtgläubig waren die Leute denn, dass sie so einen Blödsinn mitgemacht haben!«, warf Audrey ein.

»Dabei«, merkte Christophe an, »hat man den Mönchen in Vézelay ja durchaus Fragen gestellt über die Herkunft dieser berühmten Reliquien.«

»Und das war der Beginn der Hagiografie«, fuhr Johanna fort. »Denn natürlich war den Benediktinern die schriftlich niedergelegte Legende lieber als die mündliche Überlieferung. Nur so waren die Fakten verbrieft, und nur so hatten sie wiederum Kontrolle über diese Fakten. Auf Anordnung von Abt Geoffroi hat ein Mönch zwischen 1037 und 1043 eine Chronik verfasst, mit dem Titel ›Das Wunderbuch der Magdalena‹. In einem anderen Text aus derselben Zeit, der in Cambrai geschrieben wurde, stand, ein Mönch namens Badilo habe Magdalenas Leichnam aus Jerusalem geholt und zum Hügel von Vézelay gebracht.«

»Viel plausibler!«, spottete Audrey.

»Jedenfalls«, so Johanna weiter, »reicht dieser Nachweis ein paar Jahrzehnte lang aus. 1050 erkennt der Papst Maria Magdalena als Patronin von Vézelay an, und 1058 bestätigt er, dass ihre Reliquien auf dem Hügel aufbewahrt werden. Nach Geoffrois Tod wird die Abtei Cluny unterstellt. Sie ist in der ganzen Christenheit berühmt und blüht und gedeiht, das Volk strömt herbei, und die Feudalherren auch, vor allem am 22. Juli, dem Fest von Magdalena. Bis irgendein provenzalisches Priorat behauptet, im Besitz des Grabmals der Maria Magdalena zu sein!«

»In der Grafschaft Aix«, fuhr Werner mit leuchtenden Augen fort, »entdecken die Mönche ein Hypogäum in der Kirche von Saint-Maximin. In diesem unterirdischen Grabbau steht, neben vier imposanten Sarkophagen aus behauenem Marmor, das Grabmal der Maria Magdalena. Ein Benediktiner identifiziert es anhand eines Reliefs von der Salbung Jesu durch Maria von Bethanien. Die Mönche stützen sich auf eine Legende, wonach einige Christen, die nach dem Tod von Jesus verfolgt wurden – darunter auch Maria von Bethanien, ihre Schwester Martha, ihr Bruder Lazarus, Maximin und andere –, auf einem Schiff aus Jerusalem geflohen seien, das sie an die Küste der Camargue gebracht habe. Dort hätten sie das Evangelium verbreitet, und Maria Magdalena sei am 22. Juli in der Provence gestorben.«

»Und in Wirklichkeit?«, fragte Audrey.

»Von der Wirklichkeit zu reden, ist heikel, wenn es um Glaubensfragen und vor allem um Politik geht!«, antwortete Werner. »Aber wir wissen heute, dass die Sarkophage etwa aus dem

5. Jahrhundert nach Christus stammen, dass in ihnen vermutlich eine reiche Patrizierfamilie aus der Zeit beigesetzt wurde und dass der Mönch, der das Grabmahl von Maria Magdalena gefunden hat, wahrscheinlich einer Verwechslung aufsaß, die aus der hohen Bekanntheit des Kultes in Vézelay resultierte, oder sogar aus einem gewissen Neid auf die angenehmen Verhältnisse bei seinen Brüdern in der Bourgogne. Die meisten Spezialisten sind der Ansicht, dass die Szene auf dem Fries mit der Salbung in Bethanien nichts zu tun hat, sondern die Handwaschung des Pilatus darstellt. Und über den Leichnam von Maria Magdalena weiß man rein gar nichts! Manche sagen, sie sei in den Armen von Maximin verstorben, also in Aix, andere meinen, irgendwo im Freien, ohne Spuren zu hinterlassen.«

»Aber wie haben denn die Mönche in Vézelay reagiert?«, wollte Audrey wissen.

Amüsiert gaben Werner und Christophe Johanna zu verstehen, sie möge fortfahren.

»Also, die Benediktiner setzen sich so klug zur Wehr, dass man fast von Trickserei sprechen könnte. Jedenfalls reagieren sie mit Sinn für Strategie, indem sie die Schrift ›Quomodo autem Virzilliacensium‹ in Umlauf bringen. Darin schildern sie, wie zweihundert Jahre zuvor ein gewisser Eudes, Abt von Vézelay, seinen Bruder, Mönch Aleaum, damit beauftragt, in die Provence zu gehen, die von den Sarrazinern heimgesucht wird, und die dort ruhenden Heiligen vor den Gottlosen zu retten. Die Mönche von Vézelay nennen das einen ›frommen Diebstahl‹.«

»Frommer Diebstahl, genial!«, rief Audrey. »Und was machen die Benediktiner in der Provence?«

»Was glaubst du?«, meldete sich Christophe zu Wort. »Sie verfassen natürlich eine Schrift! Vordergründig ignorieren sie die aus Vézelay und erzählen, Maria von Bethanien, Lazarus und Martha seien nicht in der Camargue gelandet, sondern in Marseille, hätten dort gepredigt und sich dann in Saint-Maximin zurückgezogen, wo alle drei auch begraben seien. Und sie würden dort Wunder vollbringen.«

»Aha, da ist die Familie also wieder beisammen!«, fasste Audrey zusammen. »Ich wage nicht, mir vorzustellen, was sich die Mönche in Vézelay daraufhin haben einfallen lassen.«

»Sie haben die sogenannte ›Legende vom Heiligen Badilo‹ aufgelegt«, erläuterte Johanna. »Danach soll Graf Girart Mönch Badilo ins Aixer Land entsandt haben, um die Überreste der Heiligen ausfindig zu machen. Die Abordnung gelangt zu der berühmten Krypta. Badilo erkennt auf dem Grabmal ein Fries mit der Salbung in Bethanien und findet den unversehrten Leichnam vor, noch mit dem zarten Duft der Stoffe, mit denen Maximin ihn einst einbalsamiert habe. Badilo legt sich schlafen, Madeleine erscheint ihm im Traum und ermuntert ihn, ihre Überreste mitzunehmen. Tags darauf lädt Badilo sie also auf ein kleines Gefährt und nimmt sie mit. Die Heiligendarstellung endet mit einem weiteren Bericht über die wundertätigen Reliquien und der Androhung von göttlichem Ungemach für all jene, die es wagen sollten, sich am Besitz des Klosters zu vergreifen.«

»So viel Phantasie und politischer Instinkt! Jetzt sehen die Südfranzosen aber alt aus«, folgerte Audrey.

Johanna, Werner und Christophe lachten.

»Wart's ab, das war noch nicht ihr letztes Wort!«, sagte Christophe.

»Noch eine Schrift?«, fragte die junge Frau.

»Nicht nur eine«, antwortete Christophe, »und vor allem besser gemacht, was sie sich vermutlich von den Benediktinern in Vézelay abgeguckt haben. Und irgendwann hatten sie damit Erfolg. Im 13. Jahrhundert ist das Kloster in Vézelay verschuldet und infolge seiner Kämpfe am Ende. Der moralische Verfall ist offenkundig, kurzum, es ist der Niedergang, was sich die provenzalischen Mönche geschickt zunutze machen. Zur gleichen Zeit entsteht die Legende von Saintes-Maries-de-la-Mer an der Camargue-Küste, wo Maximin, die Familie aus Bethanien, Maria-Jacobé, Maria-Salomé und ihre Dienerin Sara angeblich angekommen und geblieben waren, um die Bevölkerung zum

Christentum zu bekehren; daher auch der Ortsname. Die provenzalischen Benediktiner verbreiten das Gerücht, Maria von Bethanien habe sich dreißig Jahre lang in eine Höhle in der Einöde zurückgezogen, irgendwo in den Bergen. Man weiß nicht, woher die Mönche die Geschichte haben, aber die Legende von La Sainte-Baume kam auf Anhieb gut an. Der fromme König Ludwig IX., der Heilige Ludwig, der mehrere Pilgerfahrten nach Vézelay unternommen und sich für die Reliquien in Burgund immer eingesetzt hat, klettert 1254 selbst zur Höhle hinauf.«

»Da dürften sie in Vézelay aber hellhörig geworden sein«, spöttelte Audrey.

»Ja.« Johanna grinste. »Der damalige Abt, Jean d'Auxerre, startet eine Aktion, die viel Aufsehen erregt und endgültig beweist, dass Magdalena bei ihm, und nicht bei diesen Wichteln in der Provence war.«

»Warte«, sagte Werner zu Johanna. »Vorher müssen wir noch sagen, dass die Pilger in Vézelay, im Gegensatz zu anderen Reliquienstätten, Magdalenas Gebeine nicht zu Gesicht bekommen. Sie bleiben eingeschlossen in ihrem Grabmal.«

»Verstehe!«, erklärte Audrey. »Um sein Gewerbe wieder voranzutreiben und der Konkurrenz das Maul zu stopfen, macht Jean d'Auxerre die Knochenboutique auf!«

»Genau«, sagte Johanna. »Um der Abtei vor Ludwig IX. zu Prestige zu verhelfen, werden die Reliquien zum ersten Mal zur Verehrung durch die Gläubigen ausgestellt.«

»Und hatte er Erfolg damit?«

Werner, Christophe und Johanna warfen sich Blicke zu, nicht ohne Stolz darüber, Audrey für dieses verkannte Kapitel der mittelalterlichen Geschichte interessiert zu haben.

»Man kann sagen, dass es ihm gelungen ist, die Kreativität der provenzalischen Mönche anzufachen«, umschrieb es Werner. »Und zwar in einem Maß, das einen noch heute verblüfft.«

»Der Gegenangriff ist geschickt, trickreich und machiavellisch«, ergänzte Johanna.

»Los, erzählt!«, bettelte Audrey.

»Nun gut.« Werner machte den Anfang. »Die provenzalischen Benediktiner lassen die Legende gelten, die die Mönche Ende des 11. Jahrhunderts erfunden haben, und sagen, Badilo sei in der Provence willkommen und könne Magdalenas Leichnam holen.«

»Es ist nur so«, schaltete Johanna sich ein, »die Gebeine, die Badilo mitnimmt, sind nicht die von Maria Magdalena. Als die Sarraziner näher kamen, haben die Südfranzosen den wertvollen Leichnam vor den Eindringlingen versteckt und andere Gebeine in das Grab gelegt. Badilo hat also diese wertlosen Knochen mitgenommen, während der echte Schatz in Saint-Maximin geblieben ist.«

»Unglaublich!«, stieß Audrey aus.

»Um ihre Behauptung angeblich zu beweisen«, fuhr Werner fort, »stellen die provenzalischen Mönche eine Urkunde aus, die sie heimlich, still und leise in den Sarkophag legen, und am 9. Dezember 1279 nehmen sie im Beisein von Karl von Anjou, dem Neffen von Ludwig dem Heiligen, die offizielle Graböffnung vor. Sie entdecken Gebeine, Frauenhaare und ein Pergament, wonach es sich bei dem Leichnam unstrittig um den der hochheiligen, verehrungswürdigen und seligen Maria Magdalena handelt.«

»Erzähl mir bloß keiner, die Mönche hätten sich nicht ins Fäustchen gelacht«, sagte Audrey.

»Wahrscheinlich schon«, vermutete Johanna. »Aber der aufwendig inszenierte Betrug führt genau diejenigen hinters Licht, die er hinters Licht führen sollte. Der Papst versetzt Vézelay mit einer Bulle den Gnadenstoß, in der er nicht nur die Echtheit, sondern auch die Exklusivität der Reliquien der provenzalischen Magdalena anerkennt. Mit dem Aufstieg von Saint-Maximin-la-Sainte-Baume erleidet Vézelay Schiffbruch und fällt in die Bedeutungslosigkeit.«

»Zu dumm, aber irgendwie trotzdem schade für diese durchtriebenen und hinterhältigen Mönche, vor allem die in Vézelay … Ludwig der Heilige hat sie also nicht verteidigt?«, erkundigte sich Audrey.

»Der König war 1270 bei den Kreuzzügen gestorben«, erklärte Werner.

»Eines ist mir noch nicht klar«, sagte Audrey. »Wir verfügen heute doch über wissenschaftliche Methoden, mit denen wir die Gebeine, wenn schon nicht zuordnen, so doch wenigstens datieren können. Warum wendet man bei den Reliquien nicht die C-14-Methode an?«

»Weil die Kirche dagegen ist!«, antwortete Werner. »Die einzige Untersuchung, die jemals vorgenommen wurde, ist eine anthropologische Analyse von Magdalenas Knochen in Saint-Maximin-la-Sainte-Baume. Sie wurde 1974 von einem Labor des CNRS, einer zentralen französischen Forschungseinrichtung, durchgeführt, aber die Resultate haben nicht viel ergeben, nur, dass es sich um die Gebeine einer Frau aus dem Mittelmeerraum handelt, die etwa fünfzig Jahre alt war, als sie starb.«

»Daher auch die Bedeutung dieser mysteriösen Skulptur, die im Untergrund des Klosters gefunden wurde, und auch unserer Grabungen«, ergänzte die Leiterin des Camps. »Wenn es uns gelingen könnte, die Entstehung des Magdalenenkults und das Auftauchen ihrer Reliquien zu datieren, und zwar unwiderlegbar, durch weitere Gebeine, Schriften oder architektonische Elemente, wenn wir die theologischen Legenden und Lügen aufdecken und auch klären könnten, was das für ein politischer und historischer Streit war, dann könnten wir rekonstruieren, was wirklich geschehen ist in der Provence und vor allem hier, in Vézelay …«

24

Wie Bruder Roman wenige Stunden zuvor, war auch Abt Geoffroi sprachlos und hocherfreut aufgrund des Briefes von Maria von Bethanien und der verborgenen Botschaft Jesu, die die Heilige in die Schafsrippe geritzt hatte. Wie sein Freund hatte er sich als Erstes in das Gebet vertieft. Dann hatte er Bruder Herlembald aufgesucht, bevor er Roman in seine Zelle rief.

»Ah, du bist es, Bruder … tritt ein! Unsere Befürchtungen waren begründet, Bruder Herlembald konnte die Botschaft nicht entschlüsseln. Ich habe ihm zunächst nur den Knochen gezeigt, ohne etwas zu sagen. Zuerst hat er an Arabisch gedacht, dann an Hebräisch. Aber als er die eingravierten Zeichen nicht entziffern konnte, musste ich ihm sagen, dass es sich wahrscheinlich um Aramäisch handelt. Er war sehr überrascht und begeistert, die Sprache Christi vor sich zu haben. Und dann war er sehr niedergeschlagen. Er hat bestätigt, dass in der ganzen Christenheit weder er noch sonst irgendjemand dieser Sprache mächtig ist. Vielleicht haben einige jüdische Gemeinden in unserer Gegend noch Grundkenntnisse, aber Herlembald weiß es nicht sicher. Er hat vorgeschlagen, den Knochen nach Palästina zu bringen. Zwar wurde das Aramäische durch das Arabische verdrängt, aber vielleicht gibt es in irgendeinem abgelegenen Dorf noch jemanden, der den Sinn dieser Worte erfasst. Ich habe ihn beruhigt und gesagt, dass ich nicht gedenke, mich für einen wertlosen Gegenstand in so ein gewagtes Abenteuer zu stürzen. Du verstehst, mir ist lieber, er kennt die Wahrheit nicht. Armer Bruder Herlembald, er war so verstört … Es war das erste Mal, glaube ich, dass sein unergründliches Wissen an Grenzen stieß.«

»Glaubst du nicht, dass es in Cluny unter den gebildetsten meiner Brüder …«

»In dieser Angelegenheit ist sogar die hochheilige, unbesiegbare Abtei von Cluny machtlos!«, stieß Geoffroi, nicht ohne Befriedigung, aus. »Glaub mir, Roman, wenn dieser alte Weise Herlembald sagt, dass dies eine tote Sprache ist, müssen wir ihm vertrauen und unsere Hoffnung aufgeben, den Sinn der rätselhaften Zeichen der Heiligen zu verstehen.«

»Dann hatte ich also recht«, folgerte Roman. »Wir, seine Kinder, sprechen endgültig nicht mehr die Sprache unseres Herrn, sondern reden und schreiben wie seine Peiniger. Bei allen Heiligen … Geoffroi, glaubst du, dass es sich um ein Zeichen für das Ende der Zeiten handelt und dass die Entdeckung des Knochens vom baldigen Beginn der Apokalypse kündet?«

Der Abt setzte sich und schenkte sich ein Glas Wein ein.

»Ich glaube in der Tat, dass deine Entdeckung ein göttliches Zeichen ist. Einerseits weiß ich nicht, ob das Ende der Welt naht, aber wenn er nicht gewollt hat, dass wir seine Botschaft verstehen, wenn niemand sie lesen kann, ist das der unwiderlegbare Beweis dafür, dass die Welt nicht bereit ist, sie zu vernehmen.«

»Der Meinung bin ich auch, Geoffroi.«

»Andererseits … fällt dir auf, dass sie uns ausgerechnet in dem Moment erreicht, da ich daran denke, eine Wallfahrt zu Maria Magdalena ins Leben zu rufen? Begreifst du den eigentlichen Sinn dieses plötzlich aufgetauchten Pergaments, das über neunhundert Jahre im Bauch einer Skulptur war, die ständig den Besitzer gewechselt hat und bei der niemand vor dir, Roman, die Idee hatte, sie zu öffnen?«

»Der Brand kam mir zu Hilfe. Aber trotz meiner Entdeckung bedaure ich, die Statue zerstört zu haben.«

»Du bist tatsächlich unverbesserlich!«, rief der Abt lachend aus. »Immer Schuldgefühle und blind für das Wunder, das du vollbracht hast! Begreifst du denn nicht, dass deine Neugier vom Himmel gelenkt wurde, und deine Hände von der Heiligen selbst? Siehst du nicht, dass Maria von Bethanien uns ein Zeichen sendet und dass meine Inspiration, mein Traum von einer Wallfahrt göttlicher Natur ist?«

Roman zögerte.

»Du glaubst also, dass die Handschrift von Maria bedeutet, dass die Heilige deinen Plan von einer Wallfahrt zu ihrem Ruhm in gewisser Weise gutheißt? Aber dann vergisst du die Worte: ›Ich bin eine Sünderin und keine Heilige. Mein Körper soll nicht ausgestellt, angebetet und beweihräuchert werden.‹«

Langsam entfaltete der Abt die Teile des Stoffs und entrollte das heilige Pergament erneut.

»Roman, sie hat auch geschrieben: ›Mein Leichnam wird von wilden Tieren verspeist werden, meine Knochen kehren als Staub in die vom Vater geschaffene Natur zurück, und übrig bleibt nur mein Geist, bis zu der durch den Vater verkündeten endgültigen Auferstehung.‹ Ihrem Willen gemäß wird ihr Geist hier regieren, mein Freund, ihr Geist und nicht ihr Körper!«

»Sicher, weil ihr angeblicher Körper der einer anderen Frau sein wird«, erwiderte Roman nicht ohne Ironie.

»Mein Bruder«, hob der Abt wieder an und sah ihm in die Augen, »hör mir gut zu und erinnere dich an die angeblichen Gebeine von St. Aubert am Mont Saint-Michel: Der ehrwürdige Abt Hildebert, die Feudalherren und allen voran der Herzog der Normandie haben darin, wie du gestehen wirst, ein göttliches Zeichen gesehen, durch das der Erzengel und der Gründer des Berges ihnen eingegeben haben, eine große Kirche zu errichten, die ihnen gewidmet wäre. Wir sind in der gleichen Lage: Durch dieses Pergament trägt Maria Magdalena uns auf, sie an diesem Ort zu ehren. Was den Knochen angeht … Da wir uns darin einig sind, dass er uns nicht übermittelt wurde, um die Sätze zu entziffern, die darin eingraviert sind …«

»Ja, Geoffroi?«

»Nun, ich komme zu dem Schluss, dass der Herr ihn uns aus einem anderen Grund übermittelt hat.«

»Wahrscheinlich. Und aus welchem, deiner Ansicht nach?«

»Ich habe viel darüber nachgedacht«, sagte der Abt und füllte seinen Zinnkelch erneut.« Während des Gottesdienstes zur Non ist mir in den Sinn gekommen, dass Maria von Bethanien, indem sie uns einen Knochen übermittelte, der aber nicht ihr Knochen und auch kein menschlicher Knochen ist, anordnet, dass Vézelay nicht nur eine Pilgerstätte wird, sondern auch mit neuen Reliquien ausgestattet werden muss, und dass sie nicht erzürnt ist, wenn diese Knochen nicht von ihr stammen.«

Bruder Roman konnte ein sardonisches Lächeln nicht unterdrücken.

»Ich fasse also zusammen: Du siehst in meiner Entdeckung die göttliche Zustimmung zu all deinen Plänen …«

»Es ist keine Zustimmung, weil der Himmel selbst mich dazu inspiriert hat!«

»Du tust also nichts anderes, als dem göttlichen Willen zu gehorchen …«

»So ist es, Roman. Ich erfülle meine Menschenpflicht als untertäniger Diener Gottes.«

Der ehemalige Baumeister wusste aus eigener Erfahrung, wie verführerisch und wohltuend es für einen Ordensgeistlichen war, sich mitunter vage himmlische Absichten zurechtzulegen. Er hatte selbst die Erfahrung gemacht und konnte seinem Freund nicht vorwerfen, diesem kleinen Arrangement mit dem Allerhöchsten und den eigenen Ambitionen nachzugeben. Er sah Geoffroi an. Das Gesicht, das bei seinem Eintreten eher fahl gewesen war, hatte nun seine gewöhnliche Farbe zurückgewonnen. Von seiner weißen Tonsur tropften Schweißperlen, und sein Blick glänzte fiebrig. Roman fragte sich, ob sein Freund krank, betrunken oder schlicht bewegt von seinem Vorhaben war.

»Wann gedenkst du zu verkünden, dass deine Abtei die Reliquien der Heiligen besitzt?«

»Schon bald. Zunächst werde ich das Gerücht in Umlauf bringen, wir hätten in der Krypta einen Sarkophag mit den Gebeinen der Magdalena entdeckt. Nichts verbreitet sich schneller als ein Gerücht. Ostern gebe ich es dann offiziell bekannt.«

»Natürlich. Ostern, das Symbol der Auferstehung des Herrn, soll für die Wiedergeburt deiner Abtei stehen.«

»Ja, und wer könnte diese Regeneration besser verkörpern als Maria Magdalena, die als Erste den auferstandenen Christus gesehen hat, der Inbegriff von Reinigung, Buße und Erneuerung?«

»Dein Plan ist perfekt. Aber da wäre noch eine Sache …«

»Und zwar?«

»Was machst du mit diesem Pergament und dieser Schafsrippe?«, fragte er mit Blick auf die beiden Gegenstände. »Sie in deinem Skriptorium verstecken, neben der Nachricht von Mönch Saron?«

Geoffroi schwieg, und dann sagte er mit Grabesstimme:

»Das war tatsächlich meine erste Absicht. Ich muss dir nicht erklären, warum diese Handschrift und dieser Knochen den Gläubigen auf gar keinen Fall gezeigt werden dürfen.«

»Das ist mir klar. Aber es ist meine Pflicht, ohne dass ich dir den Grund dafür erläutern müsste, sie Odilo anzuvertrauen, damit mein Abt den Papst davon in Kenntnis setzt.«

»Roman, ich beschwöre dich, tu das nicht!«

»Geoffroi, hör zu, auch ich habe nachgedacht«, sagte Roman ruhig. »Obwohl ich Cluny vertrete und von Odilo entsandt worden bin, werde ich mich nicht einmischen, wie du es meiner Abtei zum Vorwurf machst, sondern dich allein über die Belange deiner Abtei entscheiden lassen. Ich werde also kein Wort über die geplante Pilgerstätte der Maria Magdalena verlieren, von der Odilo an Ostern erfahren wird. Ich werde Stillschweigen über die wahre Herkunft der Reliquien bewahren und über alles, was du mir bezüglich deines Klosters im Vertrauen gesagt hast. Aber ich kann meinem Abt nicht eine Entdeckung verschweigen, die weit über Vézelay, Cluny und unsere internen Querelen hinausreicht! Ich habe keinen Zweifel, dass auch Odilo seiner Pflicht nachkommt und sie dem Pontifex Maximus zeigen wird, dem alleinigen Herrn über Cluny, so wie er der alleinige Herr über Vézelay ist. Ich frage mich, wie du es wagen konntest, dir vorzustellen, dieses Mysterium deinem geistlichen Lehnsherrn vorzuenthalten …«

Geoffroi beruhigte sich wieder und atmete tief durch.

»Roman, was du mir vorschlägst, ist ein Kuhhandel, und ich halte es zum jetzigen Zeitpunkt für ausgesprochen klug, dass du dich bislang nicht in Politik einmischen wolltest. Es ist sehr naiv, zu glauben, man könne meine Pilgerfahrt von der verborgenen Botschaft Christi trennen. Natürlich führt diese Entdeckung weit über uns hinaus, weil sie die gesamte Christenheit betrifft. Das ist ja auch der Grund, weshalb sie geheim bleiben muss. Wenn dieses Pergament und dieser Knochen zu Odilo und dann zu Benedkit IX. gelangen, werden diese heiligen Objekte *das* Ereignis im Abendland: Sie werden mir meine Pilgerfahrt zerstören und Vézelay in ewiger Finsternis versinken lassen!«

»Im Gegenteil, sie werden diesem Hügel, wo sie ausgegraben wurden, Ruhm verleihen, und der Heilige Vater wird Gesandte in den ganzen Orient schicken, um die rätselhaften Worte zu entziffern.«

»Mein armer Freund.« Geoffroi seufzte. »Sollte die Kirche eines Tages Abgesandte in den Orient schicken, dann sicher keine Boten auf der Suche nach Nachfahren des Volkes Jesu, die Aramäisch sprechen, sondern Kriegertruppen, um das Grab Christi vor Ungläubigen zu schützen!«

»Das möchte ich stark bezweifeln«, erwiderte Roman.

»Wie dem auch sei, du wirst ohne Weiteres nachvollziehen können, dass, sollte dieser Brief Magdalenas, in dem sie schreibt, ihre sterblichen Reste seien unauffindbar, ihre Gebeine zu Staub zerfallen, sollten diese Worte außer uns je anderen unter die Augen kommen, die christliche Welt wissen wird, dass meine Reliquien nicht echt sind. Dann ist es vorbei mit meiner Pilgerfahrt und meiner Abtei!«

Geoffroi hatte diese Worte beinahe herausgebrüllt. Er schäumte vor Wut über Roman und vor Leidenschaft für seine Sache. Odilo hing jedoch genauso an seiner Abtei und an seinen Mönchen, aber der alte Mann wusste seinen Zorn zu beherrschen. Mit seiner Weisheit und Intelligenz schaffte er es, zu überzeugen, ohne die Stimme zu erheben, und andere zum Gehorsam zu bewegen, mit einem Einsatz, der seine eigenen Erwartungen weit übertraf. Dennoch erkannte Bruder Roman eine gewisse charakterliche Verwandtschaft der beiden Äbte. Mit den Jahren würde sein Jugendfreund sich gewiss auch die gewinnende Sanftmut erwerben, die Menschen miteinander verbindet.

»Roman«, setzte Geoffroi erneut an und zügelte seinen Eifer, »ich beschwöre dich, weder Odilo noch sonst jemandem irgendetwas zu sagen. Aus Freundschaft zu mir bitte ich dich, deine Zunge zu zügeln, so wie ich schweigen werde über alles, was du mir über deine Vergangenheit am Mont Saint-Michel erzählt hast.«

Bruder Roman empfand Übelkeit. Sein angeblicher Freund schlug ihm einen Pakt vor: gegenseitiges Stillschweigen, eine aus der Taufe gehobene, erfolgversprechende Pilgerstätte gegen das Leben eines alten, resignierten Mannes. Der Mönch aus Cluny konnte ein bitteres Lächeln nicht unterdrücken und beglückwünschte sich dazu, sich bislang aus Fragen der Politik herausgehalten zu haben. Vielleicht aus Gutgläubigkeit, sicher aber aus Abscheu.

»Du lächelst, Roman? Kommst du zur Vernunft? Wirst du schweigen?«

»Du hast mir keine Antwort gegeben, Geoffroi. Was geschieht mit dem Pergament und dem Schafsknochen, wenn ich sie nicht mitnehme? Hast du vor, sie zu zerstören?«

Die Spannung des Abtes löste sich unter dem Eindruck, einen ersten Sieg errungen zu haben.

»Zerstören? Warum sollte ich heilige Gegenstände zerstören? Hältst du mich für einen Frevler oder einen Abtrünnigen?«

»Nein, du hast offenkundigere Schwächen ... Du hast also vor, sie zu verstecken?«

»Ich habe vor, den Willen Maria von Bethaniens und unseres Herrn zu respektieren. Da er nicht wollte, dass uns seine heikle Botschaft offenbart wird, da noch nicht die Zeit gekommen ist, um seine Worte bekannt zu machen, werden wir der heiligen Vorsehung vertrauen und die Gegenstände ebenfalls verstecken, an einem Ort, an dem sie wieder auftauchen, sobald er den Zeitpunkt dafür, dass sich sein Geist in vollem Licht entfalte, für gekommen hält. «

»Was meinst du mit ›wir‹?«

»Ja, wir. Ich brauche dazu deine Hilfe, Roman.«

»Was hast du dir noch ausgedacht, um dem großartigen Schicksal deiner Abtei auf die Sprünge zu helfen?«

»Ich habe mir nichts ausgedacht, ob es dir gefällt oder nicht, mein Freund. Im Gegenteil, ich werde nämlich kopieren. Eine Heilige zu kopieren, das ist allerdings ein Akt der Frömmigkeit.«

Roman begann zu ahnen, worauf der Abt mit seinem durchtriebenen, besessenen Geist hinauswollte.

»Eine Skulptur?«, fragte er. »Du willst den Knochen und das Pergament in einer anderen Skulptur verstecken? Das ist eine gute Idee, aber … außer der Statue vom heiligen Petrus im Chorraum und der vom heiligen Paulus wüsste ich nicht …«

»Wie kommst du darauf, dass ich unser Geheimnis in einer der armseligen Statuen verstecken wollte? Nein, Roman … so wie Maria von Bethanien die Skulptur mit eigenen Händen angefertigt hat, werden auch wir eine anfertigen, nach ihrem Abbild, und den Schatz im Innern verstecken, genauso wie sie es vor über neunhundert Jahren getan hat. Und so wie die Statue von Jesus, der den Tod Lazarus' beweint, in Lérins verehrt wurde, werden wir unsere Magdalena den Gläubigen zur Verehrung darbieten.«

»Wir?«, wiederholte Roman erneut. »*Unsere* Skulptur?«

»Nun ja … *deine* Skulptur, mein Bruder. Du hast die Hände und die Seele eines Künstlers, so viel weiß ich noch von damals. Zwar sind sie inzwischen entwöhnt, aber mit ein wenig Eifer und Übung an alten Eichenscheiten wirst du bestimmt die herrlichste Maria Magdalena der ganzen Christenheit erschaffen!«

25

Mit dem Rücken zum Jupiter-Tempel stehend, betrachtet Livia die drei monumentalen Marmorskulpturen von Augustus, Claudius und Agrippina auf dem Podest vor sich. Ihr dringlicher Wunsch, Brüder und Schwestern ausfindig zu machen und das Gesicht eines Bekannten oder eines Freundes zu sehen, hat sie auf den Forumsplatz geführt, auf dem sich Pöbel und Händler drängen, die vor den Schaulustigen lauthals das große Wort führen. Unter dem Portikus sagen Schüler stockend das Gelernte auf, während ein Lehrer einem Faulenzer Stockhiebe verabreicht. Ein Tonsor schabt einem Kunden mit einem Rasiermesser das Gesicht ab. Lärmend und ausgelassen flaniert eine bunte Menge in der milden, nach Frühling und frischen Waren duftenden Luft über den Platz. In den zwei Monaten, seit die Sklavin nun in Pompeji lebt, hat sie in der Stadt keinen Anhänger des »Weges« gefunden, wie ihr Herr bereits vorausgesagt hatte. Getrennt von ihrer Gemeinschaft, fühlt sich Livia erneut als Waise, ihr Herz führt ein Einsiedlerdasein inmitten der Heiden. Doch sie will die Hoffnung nicht aufgeben. Schließlich ist sie in Rom auch irgendwann Haparonius begegnet. Sie ist überzeugt, dass Gott ihr diese Prüfung auferlegt, bevor er ihr Mitglieder der Nazarenerfamilie über den Weg schickt. Wenn ich meine Brüder und Schwestern wiedergefunden habe, denkt sie, werde ich mein Herz erleichtern und mein Geheimnis dieses Mal dem Ältesten anvertrauen.

»Und ich sage, dass ich Marcus Lucretius Fronto unterstütze und dass die anderen Kandidaten unanständig sind, weil sie die Silberlinge der Stadt kleinmachen!«

»Ich mach dich auch gleich klein! Nur Arulenus Suettius Certus besitzt genügend Tugendhaftigkeit, um die Stadt zu regieren!«

Livia dreht sich um. Ein Flickschuster und ein Zwiebelhändler stehen einander schimpfend gegenüber. Seit mehreren Tagen fiebert die Stadt wie alljährlich im März den Wahlen der Duumviri und der Ädilen entgegen, der städtischen Verwaltungsbeamten, die am 1. Juli ihre Ämter antreten und die Stadt ein Jahr lang verwalten. Jede Stadtviertelvereinigung, jede Berufsgruppierung und jeder Verein, jeder Bewohner, auch die ohne Stimmrecht – Frauen und Sklaven –, machen sich für einen Kandidaten stark und bringen das vor, was ihn würdig erscheinen lässt. Die Wahlkampagne verläuft leidenschaftlich, keiner kann sich dem entziehen, außer Livia, die sich amüsiert, aber ansonsten unbeteiligt ist. Vor der Auslage des Zwiebelhändlers hat sich eine aufgeregte Menschenmenge gebildet, und da sie um das hitzige Temperament der Einheimischen weiß, zieht Livia es vor, sich zu entfernen.

Als sie am Tempel Vespasians vorbeigeht, blickt sie in das marmorne Gesicht des Kaisers, das Erste, das ihr in Pompeji bekannt vorkommt. Ihr behagt das Klima der Gegend, die Pompejer mit ihrem Sinn für Humor und ihrer Überschwänglichkeit lenken sie ab, und sie ist noch immer fasziniert vom Haus ihres neuen Herrn. Aber Rom fehlt ihr.

An diesem Morgen hat Livia einen jüdischen Händler aufgesucht und ihn, während sie vorgab, sich neue Sandalen kaufen zu wollen, zum nächsten Osterfest befragt. Die junge Frau wusste sich keinen anderen Rat, um den jährlich wechselnden Zeitpunkt des jüdischen Osterfestes herauszubekommen und so den genauen Tag des letzten Abendmahls, der Festnahme Jesu, seiner Qualen und vor allem seiner Auferstehung zu bestimmen. Sechs Tage noch bis Ostern. Heute ist also der Tag der Salbung in Bethanien, von der ihr Petrus und Paulus berichtet hatten und die sie normalerweise mit Haparonius und seinen Gläubigen feierlich begangen hat.

Auf ihrem Weg hinauf zu den Forumsthermen verliert sie sich im Gewirr der Läden rings um die öffentlichen Bäder. Erstaunt stellt sie fest, dass die Wände jeder Taberna und jedes Privathauses über Nacht mit Wahlaufrufen beschrieben wurden. »Wählt A. Vettius Firmus, Kandidat für das Ädilat, von Fuscus und Vaccula« steht in großen roten Lettern auf der weiß getünchten Tuffwand, und auf einer anderen: »Die Anhänger von Isis und dem Hohepriester Amandus unterstützen Gaius Cuspus Pansa«. Der Verein der Spätzecher und Schläfer erklärt einen Patrizier als »aller Güter würdig, auf dass die Kolonie immer solche Bürger zu den ihren zähle«. Lächelnd stellt Livia fest, dass die Frauen sich eifrig für das politische Leben der Stadt einsetzen: Hier sind es zwei Angestellte einer Bäckerei, Statia und Petronia, die ihren Kandidaten unterstützen, dort die Besitzerinnen einer Gaststätte und des Thermopolium, die den Namen ihres Schützlings aufgemalt haben. Woanders kündigt eine Matrone an: »Wenn jemand Quinctius seine Stimme verwehrt, wünsche ich ihm, dass er die Stadt auf dem Rücken eines Esels durchquere und sich zum Gespött des ganzen Viertels mache!« Ein aufrichtiger, aber anonymer Bürger hat sogar geschrieben: »Ich bin für die Verteilung des städtischen Vermögens; die Stadt hat zu viel Geld!«

Die öffentlichen Kommentare amüsieren die Sklavin, die ihre Melancholie kurze Zeit vergisst. Es versetzt ihr jedoch einen Stich im Herzen, als sie den Laden des Parfümeurs betritt, den ihr Javolenus' Tochter empfohlen hat. Die Offizin des Unguentarius gleicht der von Haparonius, vor allem duftet es dort ganz ähnlich. Aber statt die junge Frau zu erfreuen, schnürt ihr die von Wohlgerüchen erfüllte Luft die Seele zu. Ihr zerbrochener Traum vom Beruf der Parfümeurin zerreißt ihr das Herz.

»Guten Tag, was kann ich für Euch tun?«

Glücklicherweise ähnelt der Ladenbesitzer Haparonius in keiner Weise. Er ist klein und dick, sein enthaartes Gesicht stark verschwitzt. In der Hand hält er ein mit flüssiger Myrrhe und Muskatellersalbei getränktes Taschentuch, mit dem er sich ständig über Stirn und Wangen wischt.

»Guten Tag, ich komme von Saturnina Vera, der Gattin von Marcus Istacidius Zosimus.«

»Ach ja, sie hat mir deinen Besuch angekündigt. Komm mit, die Bestellung ist fertig.«

Livia hat gehofft, dass in dem Moment ein Wunder geschehen würde und der Parfümeur sie an diesem Tag, an dem es genau fünfundvierzig Jahre her war, dass Maria von Bethanien den Körper Jesu mit Nardenöl gesalbt hatte, nach ihrer Zugehörigkeit zur christlichen Gemeinschaft fragen würde, um ihr dann zu gestehen, er selbst gehöre ihr auch an. Leider aber begnügt sich der dicke, schwitzende Mann damit, wortlos einen Duft in eine kleine Glasphiole zu füllen.

Am späten Nachmittag verlässt Livia mit düsterer Miene und traurigen Augen die Villa von Marcus Istacidius Zosimus und Saturnina Vera. Faustina Pulchra war narzisstisch und unnachgiebig, aber die Verachtung, mit der die Tochter ihres Herrn ihr begegnet, war nie ihre Art gewesen. Saturnina ist unzufrieden mit Livias Diensten, und Livia versteht nicht, warum die Aristokratin darauf besteht, vor bedeutenden Festessen weiterhin von ihr frisiert und geschminkt zu werden, da die überaus reiche Pompejerin bereits vier Ornatrici ihr Eigen nennt. Wenn Livia Saturnina schmückt, was leichter ist, als die verwelkte Frau zu verschönern, die einst ihre Herrin war, verachtet Livia den Beruf, den sie bislang immer geliebt hat. Der Umgang mit der arroganten Schönheit, die verächtliche Art und die verletzenden Bemerkungen der Patrizierin geben ihr das Gefühl, noch weniger wert zu sein als eine Sklavin, der Abschaum, ein plumpes, unsauberes Tier. Warum lässt diese Frau sie nicht einfach einen neuen Beruf erlernen?

Livia will ihre Finger nicht mehr in Pyxide mit Bleiweiß tauchen, keine Haut mehr berühren, sie will vergessen – ihr Heimweh, Faustina, Haparonius, Rom und ihr altes Leben – und sich künftig den Briefen ihres Herrn widmen. Stattdessen ruft die Matrone sie, ohne dass Javolenus etwas dagegen einwenden würde, zu sich, um ihr dann vorzuwerfen, sie habe steife Finger, sei unsicher und malträtiere ihr wunderbares Haar! Warum ist sie so ungerecht gegenüber Sklaven? Saturnina besitzt alles, was das Herz einer Römerin begehrt, und noch viel mehr als die meisten Aristokraten von höchstem Rang. Warum muss sie diejenigen erniedrigen, die nichts haben und nichts darstellen?

Livia hat den Saal mit den dionysischen Mysterien nicht mehr gesehen. Javolenus' Tochter empfängt sie im eigenen Badezimmer, das so groß ist wie ein Speisesaal. Jedes Mal wurde die Ornatrix bislang von einem anderen Sklaven hereingeführt, sodass sie noch mit keinem Hausdiener Bekanntschaft geschlossen hat. Sie hat auch die beiden Söhne von Ostorius noch nicht gesehen, die in Saturninas Diensten stehen sollen.

In ihre Gedanken vertieft, achtet Livia nicht darauf, dass sie die Stadt erreicht hat und in eine unbekannte Gasse geraten ist. Als sie aufblickt, bemerkt sie zu spät, dass sie vor einem jener verrufenen Häuser steht, in denen die Freudenmädchen ihrem Geschäft nachgehen. Zwei Frauen sitzen auf der Treppe, die nach oben führt, und streiten dem Anschein nach über die Wahlen.

»Na und? Soll unsere Meinung etwa weniger wert sein als die der anderen?«, fragt eine der beiden, mit Haaren in venezianischem Blond. »Warum hat dieses Ferkel von Gaius Julius Polybius unsere ihm wohlgesinnten Inschriften weiß übermalen lassen?«

»Beruhige dich, Zmyrina«, erwidert die andere, eine Magere mit griechischem Akzent. »Er hat wohl gemeint, unsere guten Wünsche könnten seinem Ruf schaden. Du darfst nicht vergessen, dass man vor allem mit Redlichkeit, Tugend und Moral Stimmen gewinnt ...«

»Dann muss man also nur scheinheilig sein. Wenn er das nächste Mal kommt, dieser Gaius Julius Polybius, werde ich ihn gebührend empfangen ... mit Moral!«

Die beiden Frauen lachen lauthals. Livia lächelt und nimmt es sich übel, die beiden verurteilt zu haben. Sie haben ihre Verachtung nicht verdient, so wenig, wie sie die Verachtung Saturninas verdient hat. Jesus selbst hat schließlich regelmäßig Umgang mit Mädchen von schlechtem Ruf gepflegt, und er mochte sie. Er hat die Ehebrecherin vor der Steinigung bewahrt und ihre Vergehen verziehen. Er hat Maria Magdalena sieben Dämonen ausgetrieben und viele Sünderinnen empfangen, ohne ihnen ihre Verfehlungen je vorzuwerfen.

»He, Cuculla und Zmyrina, ist etwa Siesta?«

Ein rothaariger Mann kommt aus dem Haus und herrscht die beiden Freudenmädchen an.

»Du meinst also, wir hätten uns heute noch nicht genug um dich gekümmert?«, antwortet die Griechin.

Livia steht mit offenem Mund da. Als sie sieht, wer der Kunde ist, dreht sie sich errötend um und will weglaufen. Aber Ostorius, Javolenus' Hausvorsteher, bemerkt sie von der Treppe aus, starr vor Schrecken.

»Jesus Christus, Sohn des lebendigen Gottes, hab Erbarmen mit mir«, murmelt die Sklavin, als sie am Domus ihres Herrn ankommt. »Ich hätte ihn nicht sehen dürfen an diesem Ort …«

Sie rennt in ihre Kammer und betet in Erwartung ihres Schicksals.

Kurz darauf betritt der Hausvorsteher den Raum. Rasch zieht sie das Tuch vom Kopf und richtet sich auf. Sie stellt sich vor ihn und senkt den Blick, der auf seine neuen Sandalen fällt.

»Sklavin«, sagt er drohend.

Ängstlich sieht sie ihn an. Wie so oft hält er einen Ochsenziemer in seiner rechten Hand.

»Du hast nichts gesehen heute Nachmittag.« Sein Tonfall ist jetzt milder. »Du musst schweigen.«

»Ich habe nichts gesehen, ich werde schweigen.«

Zitternd wartet sie darauf, dass er geht. Stattdessen fährt er fort:

»Verstehst du, jeder Mann in der Stadt, ob arm oder reich, besucht diese Orte. Das ist normal, es ist ein Zeichen von Männlichkeit, und niemand findet etwas Anstößiges daran. Nur dass meine Frau Bambala nun mal eine eifersüchtige Löwin ist! Man kann ihr nicht begreiflich machen, dass das nichts mit ihr zu tun hat, sie wird unglaublich wütend und droht, mir Gift ins Essen zu tun. Wenn du ihr etwas sagst, geht es wieder los, sie macht mir endlose Szenen. Einmal hat sie mit ihrem Geschrei sogar den Herrn aufgeweckt.«

»Ich werde ihr nichts sagen, und auch sonst niemandem«, sagt Livia, damit er endlich geht.

»Weißt du, ich mag Bambala ja, sie und die Götter haben mir zwei schöne Söhne geschenkt, groß und stark und gesund, aber ein Mann ist nun mal ein Mann, er muss sich amüsieren, sein Verlangen befriedigen ...«

Stumm beschwört Livia ihren Gott, dafür zu sorgen, dass Ostorius geht. Sie will die Rechtfertigungen des Hausvorstehers nicht hören. Sie spürt, wie sie sich innerlich unwohl fühlt, es ist, als würden die Worte des Freigelassenen alles in ihrem Zimmer beschmutzen.

»Was hast du überhaupt dort gemacht?«, fragt er plötzlich.

»Nichts, ich ... ich habe mich verlaufen, auf dem Rückweg von Saturnina Vera.«

Ostorius bricht in lautes Gelächter aus.

»Verlaufen? Dass ich nicht lache! Warst du nicht eher neugierig auf die Frauen? Du schienst so fasziniert von ihnen.«

»Das stimmt nicht!«, protestiert Livia.

»Wenn du den Mädchen nicht nachspioniert hast, dann hast du also den Kunden aufgelauert?«

»Ich spioniere niemandem nach«, sagt sie mit Nachdruck. »Ich bin zufällig dort gelandet, das ist alles. Und ich bedaure es.«

Statt zu gehen, tritt der Freigelassene ein paar Schritte vor. Er sieht die Sklavin schräg an und streicht sich dabei über die Lippen.

»Hm«, murmelt er, »sag mir die Wahrheit, Sklavin. Was wolltest du beim Lupanar? War es der warme Körper eines Mannes? Sicher hast du die Haut eines Mannes schon einmal gespürt. Dort in Rom hattest du doch einen Herrn, bestimmt auch einen Verlobten, einen Liebhaber oder sogar mehrere, so hübsch, wie du bist. Wie kommt es, dass deine Herrin dich nicht verheiratet hat?«

Livia hält es kaum noch aus, bleich und steif wie eine Statue starrt sie vor sich auf den Boden.

»Es sei denn … könnte es sein, dass dich noch nie jemand angefasst hat?«

Er versucht, ihr über die Haare zu streichen, aber sie zuckt zurück und drückt sich an die Wand.

»Lasst mich«, flüstert sie entsetzt. »Lasst mich, ich bitte Euch …«

Grinsend und wie selbstverständlich setzt sich Ostorius auf die Liege. Langsam legt er den Ochsenziemer auf die Strohunterlage.

»Setz dich neben mich«, befiehlt er. »Ich tu dir nicht weh, ich verspreche es dir.«

Regungslos bleibt Livia an der Wand stehen.

»Los, komm«, wiederholt er.

»Niemals. Bleibt, wo Ihr seid. Ihr habt nicht das Recht. Ich gehöre meinem Herrn.«

»Das stimmt«, sagt der Hausvorsteher lächelnd, »aber hier laufen die Dinge anders. Ich hätte es dir früher sagen sollen. Der Herr wird keinen Gebrauch machen von seinem Anrecht auf dich. Wenn du dich für ihn aufsparst, wartest du vergeblich! Das interessiert ihn nicht. Schon zu Lebzeiten seiner Frau hat er die Schenkel der Dienerinnen verschmäht. Es wird also meine Aufgabe sein. Jetzt, wo du es weißt, komm her und leg dich neben mich, auf der Stelle.«

Schützend verschränkt Livia die Arme vor der Brust. Sie zittert am ganzen Leib. Plötzlich läuft sie zur Tür und rennt hinaus. Bevor der Hausvorsteher reagieren kann, läuft sie über den Gang, biegt links ins Atrium ab und landet direkt vor Bambala, der Frau von Ostorius und Köchin des Hauses.

»Da bist du ja!«, ruft die dicke Frau. »Ich wollte dich holen, der Herr verlangt nach dir. Er hat Briefe zu schreiben. Beeil dich, er wartet!«

Ohne sich umzudrehen, läuft Livia am Philosophenfresko vorbei und quer durch das Tablinum in die Säulenhalle. Der rötliche Himmel, der Lufthauch der Abenddämmerung, die Musik von Brunnen und Schwalben, die Fresken mit den ländlichen Szenen, der süßliche Blütenduft von Blumen und Sträuchern – all das wirkt beruhigend auf sie. Vor dem Garten bleibt sie stehen, atmet tief durch und versucht, wieder einen klaren Kopf zu bekommen. Noch nie hat sie so etwas erlebt. Zwar ist sie nicht so arglos, dass sie nicht wüsste, dass viele Herren über die Körper ihrer Sklaven verfügen und kein Gesetz ihnen das verbietet. Aber bislang ist sie von der Lüsternheit der Männer verschont geblieben. Wie soll sie künftig mit dem Hausvorsteher unter einem Dach leben, unter seiner Befehlsgewalt? Vorerst muss sie sich jedenfalls beruhigen und darf sich vor ihrem Herrn nichts anmerken lassen. Er erwartet sie. Sie streicht ihre Tunika glatt und begibt sich in die Bibliothek.

Javolenus liegt auf einer Ruheliege, deren Seitenlehnen mit Bronze verkleidet sind, durchzogen mit Silberfäden und aufgesetzten Akanthusblättern. Ein großer Bronzekandelaber mit einem dreigliedrigen Fuß aus Löwenpranken, passend zu denen des Kohlenbeckens, dient als Ständer für mehrere zweischnäblige Öllämpchen, die rauchend neben ihm brennen. Von rechts nach links entrollt er eine kleine Schriftrolle, die er laut vorliest. Livia blickt auf seinen Nacken mit den halblangen, braunen und vereinzelt grauen Haaren. Der Philosoph würde nicht das tun, was der nichtswürdige Ostorius getan hat. Sie kann es sich nicht vorstellen. Allerdings … manchmal, in der Dunkelheit und Einsamkeit ihrer Kammer, hat sie insgeheim daran gedacht, und das lässt ihr Herz noch immer erzittern. Jetzt weiß sie, wie diese eigenartige Krankheit heißt, die bei den Begräbnisfeierlichkeiten von Faustina Pulchra von ihr Besitz ergriffen hat und sie mit einem Fieber quält, von dem sie hofft, es möge für andere nicht erkennbar sein. Zwar empfindet sie auch eine ihr unbekannte Freude und fühlt sich beflügelt, doch ihr wird auch schnell klar, wie sehr sie unter dieser Leidenschaft leidet und dass diese sie auf Abwege führen könnte. Wäre die geheime Metamorphose durch einen jungen Christen ihres Stands ausgelöst worden, hätte sie sie jubelnd als Liebe angenommen. So aber kann sie die verbotene Zuneigung nur bekämpfen und schlicht Sünde nennen.

»Ah, da bist du ja.« Javolenus dreht sich zu ihr um. »Wir haben zu tun, Livia. Sieh her, mein Freund Epiktet hat endlich auf meinen Brief geantwortet. Der Arme. Ein Schüler glaubte, ihm das Licht im Geiste nehmen zu können, indem er seine Eisenlampe stahl. Jetzt muss er wohl wieder auf Tonlampen zurückgreifen.«

»Lebt er immer noch in seiner armseligen Behausung?«, fragt die Sklavin und weicht Javolenus' Blick aus.

»Ja, aber er beklagt sich nicht. Er studiert seine Bücher, schreibt, denkt nach, unterrichtet ... Er ist frei! Ich sehe es wie er, dass nämlich diese Einsamkeit und Armut allemal besser sind als die barbarische Behandlung durch seinen Herrn.«

Unter Javolenus' Brieffreunden schätzt Livia Epiktet besonders: Der als Sklave geborene junge Mann aus Phrygien wurde als Kind von Epaphroditus gekauft, dem Günstling Neros, der dem ehemaligen Kaiser dabei geholfen hat, in den Tod zu gehen. Er war grausam und brutal. Javolenus hat Livia berichtet, wie er Epiktet aus sadistischem Vergnügen einmal mit bloßen Händen das Bein gebrochen habe. Epiktet, einst Schüler von Musonius Rufus, Javolenus' stoischem Lehrmeister, hatte den Schmerz ertragen, ohne mit der Wimper zu zucken. Bei Epaphroditus' Tod wurde Epiktet freigelassen, blieb jedoch in Rom, wo er in materieller Armut, aber im Einklang mit seiner Philosophie lebt.

»Soll ich die Antwort an ihn schreiben?«, fragt Livia, während sie ein Schilfrohr spitzt und aus einer Wandhöhlung Tinte und ein Stück unbeschriebenen Papyrus hervorholt.

»Zunächst muss ich meinem Buchhändler in Antiochia eine Bestellung schicken.«

Die Sklavin nimmt Platz hinter einem Marmortisch mit bronzenem Raubtierfuß; in die ebenfalls bronzene Einfassung des Schreibpults sind fliegende Vögel und schlafende Raubtiere eingraviert. Antiochia ... Mit der Hauptstadt des Orients verbindet

Livia eher keine Volumina, sondern die Reisen von Paulus, die Eroberung der Menge durch das Wort Christi und die vielen Anhänger des »Weges«. Dort hätte sie eine Familie, und gemeinsam würden sie das Osterfest vorbereiten …

»Herr, gestattet Ihr mir, dass ich ein Schreiben nach Rom schicke, in eigenem Namen?«, fragt sie leise.

»Warum nicht? Wem willst du denn schreiben?«

Livia wagt nicht, zu antworten. Der Philosoph bricht das Schweigen.

»Vermutlich den Mitgliedern deiner verrückten Sekte.«

»Warum sollte meine Sekte verrückter sein als Eure?«, fragt sie, empfindlich getroffen.

Javolenus zeigt ein nachsichtiges Lächeln.

»Eine sehr gute Frage.«

Er steht auf und schenkt sich ein Glas Vesuvinum ein, den er mit Brunnenwasser aus einer Silberkanne verdünnt.

»Du und ich gehören in der Tat in den Augen der Macht demselben Gesindel an: Wir sind die Rasse der Verfolgten.«

»Der Kaiser hat Euch aus ›Urbs Roma‹ verbannt, aber Ihr werdet nicht zum Tode verurteilt!«, protestiert Livia.

»Du irrst«, erwidert er so bedrückt, dass die Sklavin ihre Respektlosigkeit und Unberechenbarkeit bedauert und ihn um Entschuldigung bittet.

»Hör zu, Livia. Wir beide schließen einen Pakt. Dies ist der Raum der Bücher und Briefe und damit der Raum des Wissens, der Freundschaft und vor allem der Freiheit. Ab sofort werden wir uns hier nach Lust und Laune äußern, wenn uns danach ist, ohne Bedenken und ohne Ansicht der Kaste.«

Fassungslos blickt die Sklavin ihren Herrn an, ohne zu antworten. Er lächelt sie offen an.

»Ich verstehe dein Erstaunen«, fügt er hinzu. »Du denkst sicher, dass ich ein schlechter Herr bin und ein höchst eigenartiger Sektierer! Aber weißt du, meine Freunde sind weit weg, und ich verspüre manchmal das Bedürfnis, mit jemandem zu reden, wie ich es früher mit ihnen oder meiner Familie tat. Heute bin ich allein, wie du auch. Gerade hast du mir gezeigt, dass du darunter leidest. Du gehörst zwar einer Sekte von Wahnsinnigen an, aber du gehörst auch zu meinem Haus und damit zu meiner Familie, und du bist intelligent. Du kannst mit mir also reden wie mit einem Freund oder einem Vater, wenn du so willst, und ich rede mit dir wie mit einem Gefährten.«

Dieser Vorschlag löst eine merkwürdige Panik im Herzen der jungen Frau aus.

»Herr, das wäre respektlos, das geht nicht, ich bin eine Sklavin und …«

»Was für ein Unfug!«, fährt er heftig dazwischen. »Ich habe keine Lust, dir meine Philosophie beizubringen wie einem Kind. Ich bin ein schlechter Pädagoge. Ich will meine Argumente deinen gegenüberstellen, und dazu musst du frei reden können, genauso frei wie ich. Sei unbesorgt: Das Spiel ist vorbei, sobald einer von uns die Höhle der Freiheit verlässt, nämlich die Bibliothek, was wir beide jederzeit tun können. Also, was hältst du von meiner Idee?«

Livia versucht, sich wieder zu beruhigen. Sie weiß nicht, wie sie sich verhalten soll, und fragt sich, was den Aristokraten bewegt. Will er sich über sie lustig machen? Mit ihrer dürftigen Sprache und ihrem spärlichen Wissen wird sie mit Javolenus niemals mithalten können! Ein Sklave kann seinem Herrn nicht ebenbürtig sein, auch nicht vorübergehend in einer Bibliothek. Während der Saturnalen Ende Dezember erlauben einige Herren ihren Sklaven, frei das Wort an sie zu richten und sie zu kritisieren, ohne Stockhiebe zu riskieren, aber diese besonderen Tage sind vorbei! Wozu dieser verrückte Plan?

Dieses kleine Spiel, wie er es selbst genannt hat, soll ihn nur zerstreuen und seine Einsamkeit vertreiben, denkt Livia, mach dir nichts vor. Er behandelt seine Hausangestellten gut, doch wir bleiben, was wir sind. Aber wie könnte ich ablehnen? Er ist schließlich der Herr. Gut, dann spielen wir eben. Dann bin ich sein »Gefährte«, wenn er es wünscht. Wir werden sehen, ob er wirklich so offen ist, wie er zu sein gelobt.

»Ist Senecas Tod der Grund, weswegen Ihr so traurig seid?«, fragt sie unvermittelt.

Langsam stellt Javolenus seinen ziselierten Silberkelch ab.

»Dann hat meine Tante dir also nie meine Geschichte erzählt?«

»Sie hat nie von Euch geredet, zumindest nicht in meiner Gegenwart. Ich habe vage Erinnerungen daran, als Ihr Faustina Pulchra nach Vespasians Machtergreifung besucht habt. Aber ich war erst vierzehn oder fünfzehn Jahre alt. Sie hat sich Stunden mit Euch eingeschlossen, und von der Unterhaltung ist nichts zu mir durchgedrungen.«

»Das stimmt, du warst damals schon eine Vertraute meiner Tante. Du bist mir kaum aufgefallen. Du hast recht: Wenn wir auf Augenhöhe miteinander reden wollen, muss ich mich dir zunächst anvertrauen.«

Ihr klopft das Herz vor Aufregung, während er sich nachschenkt.

»Dass ich aus der römischen Aristokratie stamme, weißt du. Ich war das einzige Kind. Mein Vater war im Senat sehr beschäftigt. Meine Mutter hatte eine seltsame Krankheit, die kein Chirurg heilen konnte. Sie litt an einem unerklärlichen Kummer, der immer da war, eine tiefe Traurigkeit, an der sie starb, als ich acht Jahre alt war. Ihre Schwester Faustina Pulchra hat sich daraufhin um mich gekümmert, die besten Hauslehrer und die sanftmütigsten Kinderfrauen ins Haus geholt. Ich gestehe, dass ich ein miserabler Schüler war, aber als Sohn eines Senators und Neffe von Larcius Clodius Antyllus wurde ich ohne Weiteres in die Quaestur gewählt. Ich bin eine Vernunftehe mit einer Frau aus hochangesehener Familie eingegangen, Galla Minervina, die die Gunst meines Vaters und meiner Tante genoss. Ich opferte den Göttern, unterhielt Geliebte und feierte mit einer Horde genussfreudiger und zügelloser Freunde, mit denen wir bei Festessen zusammensaßen und bis zum Morgengrauen Verse auf leichte Mädchen verfassten. Mein politischer Ehrgeiz, den ich in den Dienst des Kaisers stellte, war unersättlich. So hätte mein Leben weitergehen können, ohne dass ich andere Sorgen gehabt hätte, als der Gesellschaft, der ich angehörte, zu gefallen.«

Javolenus hält mit seiner Beichte inne, um einen Schluck zu trinken. Regungslos wartet Livia auf die Fortsetzung.

»Dann gab es zwei Ereignisse, die diese vorausbestimmte Ordnung ins Wanken brachten. Zuerst wäre meine Gattin fast gestorben, als sie Saturnina Vera auf die Welt brachte. Galla Minervina war mehrere Monate lang bettlägrig und schwebte zwischen Leben und Tod. Da erst wurde mir bewusst, wie viel sie mir bedeutete. Mir wurde klar, dass ich sie liebte und was für eine bewundernswerte Frau ich vielleicht verlieren würde. Ich wurde wütend auf die Götter, die sie mir wegnehmen wollten.«

Aufgewühlt hält er erneut inne.

»Während meine Gattin wieder gesundete, kurz nach Neros Thronbesteigung, begegnete ich Thrasea Paetus, einem wohlhabenden, hochangesehenen Senator und Vertrauten von Seneca und Musonius Rufus. Thrasea predigte Genügsamkeit, Verzicht, Selbstbeherrschung und die Grundsätze der griechischen Schule des Portikus, die man auch die stoische Philosophie nennt, nach dem griechischen Wort ›stoa‹ für Portikus. Ihr Begründer Zenon unterrichtete in Athen neben dem Portikus der Poecile.«

»Meine Mutter stammte aus Griechenland, von der Insel Delos. Ich verstehe die Sprache«, sagt Livia stolz.

»Wunderbar! Dann kannst du die Texte der alten Schule lesen!«

»Vielleicht. Aber ich habe Euch unterbrochen.«

»So wie es ein Freund getan hätte, der würdig wäre, meine Volumina mit mir zu teilen und damit das Wertvollste, was ich besitze, Livia«, sagt er und weist auf die Schränke. »Ich vertraue sie dir an, so wie Thrasea Paetus mit mir die Schriften von Zenon, Kleanthes, Chrysippos und den anderen geteilt hat. Diese Lektüre und die Gespräche mit meinem neuen Freund haben meine Wut allmählich besänftigt und mein Leben verändert. Ich entdeckte eine neue Welt, frei von vergänglichen Wünschen und trivialen Leidenschaften, die mich bis dahin bewegt hatten. Galla

Minervina wurde gesund, meine Tochter war lebendig und munter. Ich gab die verwerflichen Freunde und die Geliebten auf und besuchte die Vorlesungen von Musonius Rufus, bei denen ich Jahre später auch Epiktet begegnet bin. So wurde ich ein Anhänger des Portikus. Ich studierte nachts, nach den Sitzungen der Kurienversammlung, und ich lernte, das Verhältnis zwischen Kosmos, Liebe, Schicksal, Freundschaft und dem Leben zu verstehen! Nach dem Vorbild meines Meisters pries ich die Gleichheit von Männern und Frauen, verurteilte die Gesetze, wonach Sklaven kastriert und Kinder ermordet werden dürfen. Zum ersten Mal in meinem Leben berührte es mich, die armen Babys zu sehen, vor allem Mädchen, die auf Roms Müllhalden geworfen wurden, wo sie verhungerten. Kurz, ich entdeckte die anderen Menschen, die Gerechtigkeit, das Wissen, das Glück. Nie zuvor war ich so glücklich wie in dieser Zeit.«

Fasziniert bemerkt Livia das Strahlen in den Augen ihres Herrn, als er von seiner Wiedergeburt spricht. Dann aber verdüstert sich sein Blick. Der Philosoph steht auf und geht im Raum auf und ab.

»Anders als die Schüler Epikurs, die die Loslösung von der Welt und den öffentlichen Angelegenheiten predigen, fürchten wir Stoiker nicht, uns zu engagieren und die ›libertas‹ zu verteidigen, wenn sie gefährdet ist. Ich würde sogar sagen: Unter der Herrschaft eines Wüstlings wie Nero werden unsere tugendhaften Grundsätze zu Waffen. Thrasea Paetus hat als Erster gewagt, sich dem Despoten zu widersetzen. Beim Tod Agrippinas, die auf Befehl ihres eigenen Sohnes – Nero – ermordet wurde, verließ er mit Getöse die Senatssitzung, wo man auf Weisung des Kaisers scheinheilig über die offiziellen Ehren für die Verstorbene abstimmte. Dann setzte er sich gegen die Todesstrafe zur Wehr, die Nero und mit ihm die Senatoren über die Verfasser satirischer Verse auf den Fürsten verhängen wollten. Obwohl mein lieber Onkel mir davon abriet, habe auch ich mich gegen diese Verurteilung ausgesprochen, aber um wie viel kraftvoller und unnachgiebiger tat es Thrasea! Er beherrschte seine Angst, opferte alles seinen Prinzipien und stand mitten in der Kurienversammlung auf, um die Feigheit seiner Amtskollegen auf das Schärfste zu verurteilen, während ich wie gelähmt auf meiner Bank saß! Leider konnte er trotz seiner Rednergabe und seiner Beziehungen das Todesurteil für seinen Freund Rubellius Plautus nicht verhindern, der laut Nero und seinen Schergen ein Mitglied der ›verfluchten Sekte der arroganten und aufrührerischen Stoiker‹ war. Später hat er friedlich Widerstand geleistet, wollte nicht mehr Senatsmitglied sein und die Veranstaltungen unter dem Vorsitz des Tyrannen nicht mehr besuchen. Ich habe mich daraufhin an der Seite von Musonius Rufus, Seneca und vielen anderen für die Verschwörung von Pison stark gemacht, deren Ziel die Entmachtung Neros war.«

»Und die Euch die Verbannung gebracht hat«, ergänzt die junge Frau.

»Weil mein Onkel sich beim Kaiser für mich einsetzte, wurde ich nur verbannt. Ich hätte zum Tode verurteilt und enthauptet werden sollen. Außer auf meine lieben Freunde musste ich in der Verbannung auf nichts verzichten. Ich war am Leben und frei, lebte mit meiner Gemahlin und meiner Tochter in einem schönen, komfortablen Haus. Seneca, Thrasea Paetus und viele andere verloren dagegen ihr Leben!«

»Thrasea Paetus war also an der Verschwörung beteiligt?«, fragt Livia.

»Nein, aber Nero hat die Gelegenheit genutzt, um ihn loszuwerden. Der letzte Akt der Freiheit meines Lehrers und liebsten Freundes war es, sich selbst die Pulsadern aufzuschneiden, bevor man ihn umgebracht hätte.«

Livia senkt den Blick auf den Brief an den Buchhändler in Antiochia. Javolenus, der sich beim Erzählen immer weiter auf ihren Tisch zubewegt hat, steht ihr nun gegenüber. Ihr Atem geht schneller.

»Hast du nicht genug von diesen alten Geschichten? Vielleicht möchtest du ja gehen …«

Zum ersten Mal blickt sie ihn unverwandt an.

»Nein, gar nicht«, sagt sie und verwünscht sich gleichzeitig für ihre Kühnheit. »Ihr hattet recht, mit Euren Schilderungen über Eure ›verfluchte Sekte‹ fühle ich mich nicht mehr so allein. Fahrt doch fort …«

»Zu Befehl!«, scherzt er.

Einen Moment lang sehen sie einander an. Dann kehrt er zu seiner Liege zurück.

»Nero war der Ansicht, meine erste Verbannung nach Kampanien sei nicht herabwürdigend genug. Trotz der Schwierigkeiten, die ich erwähnt habe, stand alles im Zeichen der göttlichen Vorsehung, und dieses Haus wurde zum Hafen der Glückseligkeit, des ehelichen Glücks und des fruchtbaren Austauschs mit der Welt. Cicero, der in den glorreichen Zeiten der Republik in dieser Stadt lebte, hat zwar einst behauptet, es sei leichter, Senator in Rom zu werden als Dekurion in Pompeji, aber ich wurde zum städtischen Abgeordneten gewählt. Von da an widmete ich mich meinem öffentlichen Amt, meinen neuen Aufgaben als Landbesitzer und der Instandsetzung meines Domus. Bei allem unterstützte mich meine Frau, die unser neues Leben mit Leib und Seele mitgestaltete, sodass ich völlig vergaß, was Verbannung eigentlich hieß. Das Studium der stoischen Texte und meine unterdrückten Freunde habe ich ab da vernachlässigt. Warum sollte ich den Weg der Weisheit weiterverfolgen, da ich dachte, ich würde unsere Theorien im wirklichen Leben umsetzen? Ich war der Ansicht, dass ich es geschafft hatte, in Pompeji nach der Vernunft zu leben, ohne Schmerz und Leidenschaft, sondern aufrichtig nach der göttlichen Natur und in geselliger Verbindung mit den Menschen, wie auch meine Meister es empfahlen. Später wurde mir klar, dass das alles nur Eitelkeit war, der Hochmut eines Schülers, der sich mit ein paar Brocken Dialektik, die er aufgeschnappt hat, im Streben nach dem Ideal über seine Meister erhebt und sich für Gott selbst hält!«

»Es war der Tod Eurer Gemahlin, der Euch …«

»Ja, Livia«, entgegnet er. »Plötzlich tat sich ein Abgrund vor mir auf… ein unsäglicher Kummer, ein unfassbarer Schmerz, diese scheußliche und abstoßende Krankheit, die ich in meiner Überheblichkeit glaubte, besiegt zu haben! Wie verblendet und feige ich doch war! Zu glauben, man könnte dem Tod und der Zeit und der göttlichen Ordnung entkommen …«

Tränen verschleiern seinen Blick. Livia springt auf und würde am liebsten zu ihm hingehen, hält sich aber zurück und bleibt schweigend hinter dem Schreibtisch stehen.

»Es ist meine Schuld, dass ich alles verloren habe. Warum musste es noch ein Sohn sein? Es ging mir doch gut! Ich wollte die Welt nicht so, wie sie war, ich habe mich nicht mit der Gegenwart und meinem gerechten Platz in der kosmischen Ordnung zufriedengegeben. Ich hatte Hoffnungen, Wünsche, Forderungen … und dann war das, was ich für mein Leben hielt, dahin.«

Livia denkt an ihre eigene Vergangenheit: Auch ihr war nicht bewusst gewesen, unter welch gutem Stern ihre Kindheit stand. Das Glück wird für die meisten Menschen erst dann konkret, wenn sie es verloren haben.

»Wie schon beim Tod meiner Mutter, ist mir meine Tante zu Hilfe geeilt. Nero war tot, Vespasian triumphierte, Faustina Pulchra war die Witwe eines Helden und gab keine Ruhe, bis ich wieder in Rom im Senat war. Das alles weißt du.«

»Ich wusste, wie sehr sie an Euch hing, obwohl sie nichts über Euch verlauten ließ.«

»Sie hat mich geliebt, zurückhaltend, unaufdringlich und furchtlos – mit den Eigenschaften, die einen Stoiker auszeichnen, und würdiger, als ich je geliebt habe. Und dich mochte sie auch sehr.«

Livia errötet. Anders als bei ihrem Neffen, hatte sich Faustina ihrer Ornatrix gegenüber gemäß ihrem Rang oft genug auch als gnadenlos besitzergreifend gezeigt. Dennoch bewegt es die junge Frau, zu erfahren, dass ihre frühere Herrin sie wirklich schätzte und dass über diese Liebe symbolhaft auch eine Verbindung zu Javolenus besteht. Dieser deutet ihre Rührung jedoch anders und glaubt, die Erwähnung der Verstorbenen sei ihr unangenehm. Daher fährt er mit seiner Geschichte fort, ohne noch weiter auf Faustina einzugehen.

»Dann habe ich mühsam gerungen, um mein Leben in Rom dort fortzusetzen, wo es fünf Jahre zuvor aufgehört hatte. In der Zwischenzeit hatte meine Tochter sich vermählt, sodass ich allein nach Rom zurückkehrte. Meine Geburtsstadt hatte sich von Grund auf verändert. Aber eigentlich war ich derjenige, der sich verändert hatte. Der Kummer hat tief in mir etwas ausgelöst. Die endlosen Debatten in der Kurienversammlung ließen mich kalt, Spaziergänge, Festessen, Theater und Lektüre empfand ich als trostlos und eintönig, und selbst die Freude über das Wiedersehen mit meinen Freunden, die noch am Leben waren, wurde durch die erst einmal unheilbare Krankheit geschmälert. Die Gespräche mit meinem ehemaligen Meister Musonius Rufus, der aus der Verbannung zurückgekommen war, machten den Abstand zur Doktrin des Portikus noch größer. Ich litt offensichtlich an der gleichen Krankheit wie meine Mutter, die, wie bei ihr, nur der Tod zum Stillstand bringen würde. Die Hoffnung auf den Tod besetzte mein ganzes Denken. Bis ich im Senat auf Helvidius Priscus stieß.«

Livia runzelt die Stirn; der Name sagt ihr etwas.

»Helvidius Priscus war ein hochangesehener Senator und zudem der Schwiegersohn von Thrasea Paetus. Er war, wie ich auch, begnadigt worden und kehrte als würdiger Nachfolger Thraseas in den Senat zurück. Er hielt das Familienbanner wieder hoch, griff die Thesen der stoischen Philosophie auf und machte sich damit zum Rächer der Verfolgten: Vehement brachte er seine Forderung nach gesellschaftlicher Läuterung und der Verurteilung der Denunzianten des Vorgängersystems vor, und vor allem derer, die für den Fall von Thrasea Paetus verantwortlich waren. Ich weiß nicht genau, wie, aber dieser eiserne Kampf hat mich allmählich aus meiner Erstarrung befreit. Ich hörte auf, mein Schicksal zu beklagen, Tag und Nacht meiner verstorbenen Liebe nachzutrauern und ihr nachfolgen zu wollen, und ergriff mit Helvidius die Waffe des Wortes.«

»Als Ihr Euch für das Andenken Eures ehemaligen Lehrmeisters stark gemacht habt, habt Ihr auch etwas für die Aussöhnung mit Euch selbst getan«, merkt Livia an, »für die Vergebung Eurer Sünden und die Erinnerung an schöne Zeiten.«

»So würde ich es nicht ausdrücken«, sagt Javolenus leicht schmunzelnd. »Für mich gibt es keine Sünde, das ist eine Auffassung deiner Sekte! Und für Stoiker sind Erinnerungen – ob gute oder schlechte – ebenso verachtenswert wie die Hoffnung oder Zukunftsprojektionen. Nur die Gegenwart zählt. Was du sagst, geht dennoch in die richtige Richtung. Ich hatte das Bedürfnis, mich ganz für eine gute Sache einzusetzen, meinen zerstörerischen Hochmut zu vergessen und durch die reinigende Bekundung eines Willens eine Art Frieden wiederzufinden, den ich in der Sprache meiner Sekte ›Katharsis‹ nennen würde. Das Paradox ist, dass ich diese Seelenruhe erreicht habe, indem ich Krieg geführt habe, einen Krieg, der von vornherein verloren war …«

»Warum? Vespasian ist doch nicht mit Nero zu vergleichen?«

»Vespasian, der neue Kaiser, war dafür, dass wieder Ruhe einkehrte und der Groll aus der Vergangenheit beigelegt würde. Er war für die ›Vergebung der Sünden‹, wie du in der Sprache deines Propheten sagen würdest.«

»Ich stelle fest, dass Ihr Jesus besser kennt, als ich dachte«, antwortet Livia mit leicht spöttischer Bewunderung. »Das ist eine seltene Eigenschaft bei einem Heiden, der uns für eine Horde gesattelter Esel hält.«

Wieder sehen sie einander mit komplizenhaftem Lächeln an.

»Man gewinnt nicht, wenn man seinen Gegner nicht genau kennt«, erwidert der Philosoph schließlich. »Hier lag vor acht Jahren unser Fehler. Wir hielten den aufrechten Vespasian für weiser und tugendhafter als Nero, und unseren Grundsätzen eher zugetan, dabei hasste er die Verfechter des Portikus und überhaupt jede Form von politischem Widerstand. Seine persönliche Machtauffassung lässt sich mit der ›libertas‹ nicht in Einklang bringen. Dieser Herrscher mag zwar sittlich unverdorben sein, aber er ist ein ebensolcher Tyrann wie sein Vorgänger.

Als Helvidius das klar wurde, griff er den Kaiser direkt an. Er zeigte seine Ablehnung immer unverhohlener und leidenschaftlicher. Ich wusste um die Gefahr und folgte ihm dennoch. Als er sich mitten in der Senatssitzung dem Willen Vespasians widersetzte, seinen Sohn Titus als Nachfolger zu benennen, beschloss der Kaiser, ihn zu verbannen. Ich wurde verhaftet. Meine Tante intervenierte, ich wurde freigelassen, meine Strafe um einige Monate aufgeschoben. Kurz darauf beschloss Vespasian, unserer Liga von Störenfrieden den Garaus zu machen, und verwies alle Stoiker der Stadt, mit Ausnahme von Musonius Rufus. Vor jetzt sieben Jahren kehrte ich also nach Pompeji zurück und vertiefte mich in das Studium der Bücher. Vor drei Jahren stellte ich fest, dass der Kaiser uns immer übler gesinnt war: Vespasian ließ Musonius Rufus verbannen. Was den Führer der Opposition angeht, meinen Freund Helvidius, befand der Despot, dass er sogar im Exil zu gefährlich sei. Er verurteilte ihn zum Tod, und die Strafe wurde sofort vollstreckt.«

Livia bebte vor Entsetzen und Angst.

»Wie entsetzlich. Und Ihr seid davon überzeugt, dass Ihr hier in Sicherheit seid? Eure Tante kann Euch jetzt nicht mehr helfen! Sollte Vespasian beschließen, dass …«

»Deine Sorge berührt mich, liebe Livia, aber wie du selbst feststellen konntest, kümmere ich mich nicht mehr um Politik. Weniger aus Furcht um mein Leben, denn der Tod ist mir gleichgültig, sondern vielmehr aus Überdruss und Abscheu. Und sicher auch, weil ich mich der höchsten Vernunft beuge. Lieber bewahre ich mir die wenigen Freunde und die innere Freiheit – den Abstand gegenüber dem, was nicht von uns abhängig ist, und von der Unterwerfung unter die Weltordnung – nämlich die göttliche Harmonie. Zu diesem Freundeskreis gehörst jetzt auch du.«

»Das macht mich glücklich«, murmelt Livia und blickt zu Boden, um ihre Aufregung zu verbergen.

Als Javolenus gerade antworten will, hören die beiden ein gekünsteltes Husten. Ostorius steht am Eingang der Bibliothek.

»Herr, es tut mir leid, Euch zu stören, aber die Sonne ist schon längst untergegangen. Ihr müsst ausgehungert sein, und Euer Essen wird kalt. Wollt Ihr, dass ich es Euch bringe, damit Ihr Eure Arbeit nicht unterbrechen müsst?«

Javolenus seufzt. Livia fragt sich, ob der Hausvorsteher ihre Unterhaltung mit angehört hat. Es würde zu ihm passen, denkt sie bei sich und weiß nicht, ob es sie erfreut oder ihr eher Angst macht.

»Das ist nicht nötig«, entgegnet der Patrizier. »Ich komme.«

Javolenus steht auf und verlässt den Raum. Der Zauber ist verflogen.

26

An jenem Tag waren die Vorsehung oder der Zufall oder der Odem des Gottes der Archäologie dem kleinen Team nicht wohlgesinnt. Werner förderte aus dem Untergrund ein Stück eines behauenen romanischen Kapitells zutage, vermutlich aus dem nicht mehr vorhandenen Kloster. Leider war es so stark beschädigt, dass auch die Spezialisten nicht bestimmen konnten, welche Bibelstelle es abbildete. Ein Teil von einem schiefen Mund und ein Schlangenschwanz deuteten darauf hin, dass es sich um eine Teufelsgestalt handelte, aber nicht um Maria Magdalena. Das Rätsel um das Auftreten des Kults und um die Knochen der Heiligen auf dem Hügel von Vézelay blieb ungelöst.

Als es Viertel nach vier war, wunderte sich Christophe, dass Johanna Romane nicht von der Schule abholte. Aus ihrem Erdloch heraus rief ihm die Grabungsleiterin zu, dass sich Chloés Mutter, die Bäckerin, heute um die Mädchen kümmere. Die Kleine verbrachte den Nachmittag mit ihrer Freundin, und Johanna würde sie erst um sieben Uhr dort abholen. Christophe war enttäuscht, weil er das Mädchen schon lange nicht mehr gesehen hatte.

»Komm doch morgen Abend zum Aperitif zu uns«, sagte Johanna. »Kommt alle drei, ich mache eine Suppe, das ist das Einzige, was ich kann!«

Alle sagten zu. Johanna fühlte sich unbeschwert und war bester Laune. Die Migräne vom Morgen war verflogen, genauso wie ihre Ängste wegen des verschwundenen Fotos. Die Worte von Bruder Pazifikus und der Tag im Erdloch hatten sie wieder aufgeheitert, wie auch die Unterhaltung über die Reliquien. Sie dachte daran, wie viel Freude ihr die Schilderungen von den mittelalterlichen benediktinischen Mönchen machten, auch wenn es um die schlimmsten Schandtaten ging, und sie sagte sich, dass das vermutlich mit ihrem alten Freund Bruder Roman zusammenhing.

Um fünf Uhr wurde es langsam dunkel, und sie schaltete die großen Scheinwerfer rings um die Grabungsstätte ein. Um sechs Uhr kamen ihre Kollegen aus den feuchten Erdlöchern wieder an die Oberfläche. Auf allen vieren blieb Johanna in ihrem Graben zurück und arbeitete weiter, in Gedanken bei Maria Magdalena. Was für eine merkwürdige Figur, ging es ihr durch den Kopf. Drei verschiedene Frauen in einer, drei Gräber, eines im Morgenland und zwei im Abendland ... drei falsche Gräber. Wo waren die echten Gebeine? Hatte sie wirklich gelebt? Wem gehörten die Rippe in der Krypta von Vézelay und die Überreste der Frau, die in Saint-Maximin-la-Sainte-Baume gefunden worden waren?

Sie vergaß Kälte, Wind und die Zeit und verließ um Viertel nach sieben in Windeseile ihr Grabungsloch. Sie warf ihren alten Anorak, den dreckigen Anzug, Mütze und Handschuhe in den Container, zog rasch einen Wollpulli über und lief die menschenleere Rue Saint-Pierre hinunter in Richtung Bäckerei.

Plötzlich spürte sie jemanden hinter sich. Sie drehte sich um und bemerkte unter dem Vorbau eines Hauses einen dunklen Schatten. Ohne weiter nachzudenken, rannte sie auf die dunkle Gestalt zu, die im Speisesaal des »Saint-Etienne« verschwand, des besten Restaurants im Dorf.

Johanna ging hinterher; links knisterte der Kamin, auf den weiß gedeckten, runden Tischen standen funkelnde Kerzen, aber der Saal aus dem 18. Jahrhundert war leer. Johanna wagte sich noch vor bis zum Küchenvorraum, der in einer Nische lag und in dem man sich ohne Weiteres verstecken konnte. Dort traf sie Catherine an, die Chefin, die für ihre Gäste Brot aufschnitt, während ihr Mann in der Küche hinter Edelstahltischen werkelte.

»Johanna?«, sagte die Chefin verwundert. »Guten Abend! Wollen Sie zu Abend essen?«

»Haben Sie hier jemanden reinkommen sehen? Einen Mann … vor nicht mal einer Minute?«

»Einen Mann? Sie meinen Luca? War er vor Ihnen da?!

»Nein, nein, nicht Luca, ich … ich weiß nicht, vielleicht …«

Catherine, die stets nüchtern und besonnen war, runzelte die Stirn.

»Ich habe niemanden gesehen, meine ersten Gäste haben für halb acht reserviert. Soll ich Gilles mal fragen? In der Küche hat er bestimmt nicht viel mitgekriegt. Hatten Sie sich hier verabredet?«

Johanna antwortete nicht. Ihr fiel ein, dass die Fenster der Restauranttoiletten so groß waren, dass man hindurchschlüpfen konnte. Sie lief quer durch den Saal und versuchte, die Toilettentür zu öffnen. Sie war von innen versperrt. Die Chefin kam hinter ihr her.

»Ich möchte wetten, das ist ein Tourist, der nicht gefragt hat. Das kommt oft vor, aber nicht in dieser Jahreszeit. Hallo, ist da jemand?« Sie klopfte an die Tür.

Stille.

Während Catherine erneut klopfte, lief Johanna hinaus und um das Haus herum, kletterte über eine kleine Mauer und durchquerte ein Gärtchen, bis sie schließlich vor dem offenen Fenster der Toiletten des »Saint-Etienne« stand. Es war niemand drin. »Er« war vermutlich längst weit weg und hatte seinen Fluchtweg bereits zuvor gekannt. Sie hatte sich nicht geirrt: Ein Unbekannter verfolgte sie. Vielleicht derselbe, der bei ihr eingedrungen war und das Foto gestohlen hatte. Aber wer war er? Und was wollte er?

»Klasse, Karieskaramellen! Mama nennt sie immer so, aber das ist mir egal, ich hab keine Karies. Danke, Christophe. Darf ich eine essen, Mama?«

»Nicht vor dem Abendessen, Romane. Danach meinetwegen.«

Das Mädchen verzog das Gesicht, und Christophe nahm sie auf den Schoß.

»So, jetzt erzähl mal, was du in der Schule machst.«

Johanna hielt einen Mixstab in einen Topf mit Wasser und Gemüse; es spritzte auf ihren wollweißen Pulli.

»So ein Mist, dass mir das auch immer wieder passieren muss!«

»Ich an deiner Stelle würde in Arbeitskluft kochen!«, empfahl Audrey. »Meine würde ich übrigens gern als Andenken behalten …«

»Audrey«, mischte sich Werner ein, »das Camp dauert bis Ende August, jetzt ist Anfang Dezember, und du denkst schon darüber nach, uns wieder zu verlassen?«

»Überhaupt nicht«, antwortete Audrey errötend. »Im Gegenteil … mir gefällt es eigentlich ganz gut bei euch.«

»Auf die künftige Mittelalterarchäologin!«, rief Johanna und hob ihr Glas Vézelay hoch.

»Immer langsam, Jo, das schaff ich nie!«

Aufheulend protestierten die drei Archäologen gegen den Defätismus der Praktikantin. Während die Hausherrin ihren Pulli am Spülbecken in der Küche säuberte, sprach Werner Audrey leise Mut zu. Johanna betrachtete Nacken und Rücken des Österreichers. Ihr Verfolger mochte etwa gleich groß sein, aber er war nicht so mager wie ihr Kollege, eher kräftig. Aber warum sollte Werner sie beobachten und ihr heimlich durch die Straßen folgen? Christophe war zum Glück zu klein und zu stämmig, als dass sie ihn auch noch verdächtigen könnte. Aber Werner? Nein, das war absurd! Sie kehrte an den Herd zurück und füllte ein wenig von der Suppe in eine rote Schüssel mit weißen Punkten.

»Romane! Essen!«

Der Abend war angenehm. Der große, gusseiserne Ofen sorgte für sommerliche Temperaturen, und der weiße Vézelay trug das Seine dazu bei. Mit entblößten Armen, leuchtenden Augen und roten Wangen lauschte Audrey Werner, der über seine Arbeit plauderte. Hin und wieder berührte der Österreicher ganz leicht die Hand der jungen Frau, scheinbar unabsichtlich, doch die Geste war untrüglich. Amüsiert verfolgte Johanna die Szene und fragte sich, wie weit das Idyll wohl gehen würde. Sie hatte Mühe, ihre Tochter ins Bett zu bringen, die erst nach drei Bonbons einverstanden war, und auch nur, wenn Christophe noch einmal käme, um ihr »Die kleine Meerjungfrau« vorzulesen.

»Na, du Verräterin!«, hielt er Johanna entgegen, als er wieder herunterkam, »du bist dem Mittelalter also untreu! Ein römischer Kaiser ist dir lieber als unsere benediktinischen Mönche!«

»Was hat sie dir denn alles erzählt?«, fragte Johanna besorgt.

»Nichts Schlimmes«, antwortete Christophe lächelnd, »nur, dass du ihre alte Münze weggenommen hast, weil du heimlich in Titus verliebt bist. Aber das macht nichts, weil Titus nicht so schön ist und sie lieber den Kaspar neben sich hat.«

Johanna entspannte sich.

»Die Münze ist nachts runtergefallen, und wir haben sie nicht mehr gefunden«, log sie. »Und sie ist auch kein Spielzeug für ein Kind.«

Erstaunt über diesen Satz, sah Christophe Johanna prüfend an, sagte jedoch nichts.

»Apropos Spielzeug«, meldete sich Werner zu Wort, »ich würde gern einen Blick auf die Statue werfen, aber nur, wenn du auch der Meinung bist, dass das für einen alten Archäologen das Richtige ist.«

»Für alte achtundvierzigjährige Knacker gilt hier dasselbe wie für Kinder«, sagte sie lächelnd. »Erst essen, dann spielen!«

Es war nach Mitternacht. Die Skulptur der Maria Magdalena thronte mitten auf dem Tisch neben einer Flasche Marc de Bourgogne. Die Kollegen hatten sich über sie gebeugt und stellten verschiedenste Vermutungen an.

»Im Laufe ihrer Geschichte ist die Abtei sechsmal abgebrannt«, erinnerte Johanna Christophe. »Zumindest sind sechs Brände bekannt, angefangen bei dem, der das erste Kloster zerstört hat, das im 9. Jahrhundert im Tal errichtet wurde, bis zu dem von 1819, bei dem die Türme vernichtet wurden. Warum also sollten die Brandspuren auf der Büste von dem Brand um das Jahr 900 stammen? Und nicht von dem von 1120, bei dem es über tausend Tote gab, oder dem aus dem 12. Jahrhundert, der die Krypta zerstört hat?«

»Wenn man wenigstens wüsste, wo die Statue stand«, antwortete Werner, »und wozu sie diente, dann könnte man Rückschlüsse auf den Zeitpunkt des Feuers ziehen, bei dem sie beschädigt wurde, und wüsste genauer, wann sie angefertigt wurde.«

»Ein paar Hinweise haben wir doch«, meinte Johanna. »Dieses Kapitell ist karolingisch, also präromanisch. Es stammt zwangsläufig aus der ersten Kirche, die im 9. Jahrhundert auf dem Hügel errichtet wurde und im 12. Jahrhundert nicht mehr stand, sondern durch das romanische Gebäude ersetzt wurde. Bis hierher sind wir uns einig.«

Die anderen nickten.

»Aber das Kapitell ist nur der Träger, das Material für den Künstler«, wagte sich Audrey vor. »Wie die Leinwand für ein Gemälde. Die Leinwand kann aus einer Zeit stammen, und das Gemälde darauf aus einer anderen.«

»Bravo, Audrey!«, lobte Werner sie. »Du hast, wie immer, den Nagel auf den Kopf getroffen, während wir uns in dunklen Mutmaßungen ergehen.«

Ungeachtet seiner hellen Augen, warf Christophe dem Wiener einen düsteren Blick zu.

»Trotzdem«, warf Christophe ein, »sind die Daten wichtige Anhaltspunkte. Architektonisch betrachtet, stammt dieses Kapitell von dem Abschluss einer Säule, die die Gebäudedecke stützt, aus dem ausgehenden 9. Jahrhundert, und es kann vor der Ankunft der Mönche auf dem ›Skorpionshügel‹ im Jahr 887 nicht dagewesen sein. Dann war es frühestens in den ersten Jahren nach 900 kein Kapitell mehr, weil der Brand es zerstört hat, spätestens jedoch im 12. Jahrhundert, weil es die karolingische

Kirche da nicht mehr gab. Folglich haben unbekannte Hände diese Statue zwischen 930 und 1100 angefertigt.«

»Genau«, sagte Johanna.

»Es sei denn, dieses Kapitell gehörte ursprünglich zu einer Säule in der Krypta, die erst viel später umgebaut wurde!«, warf Werner ein.

»Aber warum sollte ein Künstler der Romanik oder Gotik den karolingischen Stil imitieren, der längst überholt war?«, fragte Audrey.

»Warum hat Viollet-le-Duc beschlossen, bei der Erneuerung des äußeren Tympanons die Figuren und den mittelalterlichen Stil des großen inneren Tympanons nachzuahmen?«, fuhr Christophe fort. »Um neu zu interpretieren und zu erhalten, indem er hinter den tatsächlichen Baumeister zurücktrat. Das ist eine Form des Respekts, der Bewunderung, sogar der Liebe. Und je länger ich sie betrachte, desto mehr finde ich, dass es das ist: Diese Statue von Maria Magdalena strahlt Liebe aus.«

»Oder eine politische Intention«, fügte Johanna hinzu, die Christophes letzte Worte in Aufregung versetzten. »Der Mann oder die Frau, die dieses Bildnis geschaffen hat, wollte vielleicht den Eindruck erwecken, dass Magdalena vom ersten Tag an hier verehrt wurde. ›L'art pour l'art‹ gab es im Mittelalter nicht. Die mittelalterliche Ästhetik musste Gott dienen.«

»Und dem Entwurf der Menschen von Gott!«, ergänzte Christophe.

Plötzlich gellte ein Schrei aus dem oberen Stockwerk. In Sekundenschnelle war Johanna aufgesprungen und rannte die Treppe hinauf. Die drei Kollegen sahen sich ratlos an.

Mit geschlossenen Augen schrie und hustete Romane. Johanna legte ihr die Hand auf die Stirn; sie glühte. Sie setzte sich auf das Bett und schlang die Arme um ihre Tochter.

»Romane, ich bitte dich, wach auf, es ist nichts, nur ein böser Traum. Bitte, komm zu mir zurück, das ist nicht wahr, du bist nicht dort, nein … das darf nicht schon wieder anfangen!«

»Ist sie krank?«, fragte Christophe. »Soll ich den Arzt holen?«

»Nein, danke, das ist nicht nötig. Es ist nichts, ich … ich weiß, was zu tun ist. Keine Sorge. Geh ruhig wieder zu den anderen, sag ihnen, es tut mir leid, aber ich muss bei ihr bleiben.«

»Ich … ich …«, keuchte Romane, die in dem großen Sessel von Dr. Sanderman saß. »Ich bin auf der Straße, ich muss weglaufen, ich muss mich unterstellen … das Haus … das Haus ist nicht mehr weit weg … die Felsen fallen auf die Dächer, die Menschen schreien, die Häuser stürzen ein. Wir ersticken … es ist viel zu heiß. Die Leute fallen in die Asche, sie ersticken. Überall liegen Tote. Der Keller, ich muss in den Keller gehen!«

Johanna kam der Zweite Weltkrieg in den Sinn, Luftangriffe, Blitzkrieg. Konnte es sein, dass das Mädchen von Geschichten aus dieser Zeit gehört hatte und sie so verarbeitete? Vielleicht bei den Großeltern? Oder von Madame Bornel?

»Er wartet im Haus auf mich und kommt zu mir, als ich da bin«, fährt das Mädchen fort. »Draußen ist es sehr heiß. Sehr, sehr heiß … die Luft ist wie Feuer … wir kriegen keine Luft … die Luft ist vergiftet. Ich huste, obwohl ich ein Tuch vor dem Mund habe. Er trägt mich in den Keller.«

»Wer ist ›er‹, Romane? Wer ist bei dir?«

»Ich weiß nicht. Er ist viel älter als ich. Er will mich beschützen, im Keller bin ich krank, ich muss husten, mir ist schlecht. Er hält mich im Arm, um mich zu trösten …«

Ihr Vater, folgerte Johanna, die einen Meter von ihrer Tochter entfernt dastand, wahrscheinlich phantasiert sie über ihren Vater.

Romane hustete wieder. Sie wirkte fiebrig, aber ihre Mutter wagte nicht, ihre Stirn zu berühren. Der Arzt ließ das Kind husten und fragte sie dann, warum sie so husten müsse.

»Der gelbe Dampf«, antwortete sie. »Man kriegt keine Luft mehr. Er ist überall, bloß im Keller nicht. Wir können nicht raus, draußen ist es noch schlimmer … draußen verbrennt alles, alles stürzt ein. Sie schreien. Die Menschen haben Panik … sie schreien. Es ist schrecklich. Mir ist heiß, ich muss erbrechen. Ich habe Durst. Meine Augen tun weh … mir laufen Tränen aus den Augen. Er wischt sie mit seinem Umhang weg und holt Wein aus einer großen Vase, die in der Erde im Keller steckt. Er gießt ihn in einen kleinen Becher und gibt mir zu trinken. Es schmeckt gut, süß wie Honigblüten.«

Johanna runzelte die Stirn. Ein Mann in einem Umhang … eine Toga wahrscheinlich. Und die Vase war sicher eine Amphore.

»Warum bist du in dem Keller, Romane?«, fragte Dr. Sanderman.

In ihrem riesigen Sessel hustete die Kleine, die stark fieberte. Johanna knetete ihre Hände vor Nervosität. Nur der Hypnotiseur bewahrte die Ruhe, obwohl Johanna ihn um ein Uhr morgens panisch angerufen hatte.

Er hatte versucht, sie zu beruhigen, und ihr erklärt, dass es sich oft so verhielt. Dass die Symptome wieder auftraten, hieße lediglich, dass das Problem noch nicht ins Bewusstsein gedrungen sei. Er hatte Johanna noch für denselben Tag einen Termin für ihre Tochter gegeben.

»Romane, sag mal, wer versteckt sich denn in dem dunklen Keller?«, fragte der Arzt.

Die Kleine drehte den Kopf in alle Richtungen und gab keine Antwort. Johanna hielt es nicht mehr aus.

»Romane«, versuchte es der Therapeut wieder, »was machst du in dem Keller? Was war in diesem Keller in Pompeji im August 79? Warum gehst du jede Nacht wieder dorthin?«

»Ich muss ihn wiederfinden«, flüsterte sie. »Ich muss ihn unbedingt wiederfinden …«

»Wen, Romane, wen musst du wiederfinden?«

»Den Brief … das Stück Papier, das ich in der Hand habe … Es darf nicht zerstört werden. Jemand musste es sagen … jemand musste es machen … weil ich es vorher nicht gemacht habe. Aber niemand hat es mitgenommen. Niemand hat es gesehen. Ich muss es heute finden … ich muss …«

»Warum, Romane? Was steht auf dem Papier? Wer hat es beschrieben? Der Mann, der bei dir im Keller ist?«

»Nein, nein!«, antwortete sie erbost. »Der nicht! Der nicht! Er ist nicht wie … wie wir … nicht aus unserer Familie. Ich … ja, ich habe es geschrieben.«

»Was hast du geschrieben? Sag mir, was da steht. Wie lauten die Worte, Romane?«

»Es ist … es ist die Botschaft … Seine Botschaft …«

»Wessen Botschaft, Romane?«

»Die von Jesus. Es ist das verborgene Wort Jesu.«

Einen Moment lang schwieg Sanderman. Johanna war fassungslos in den Ledersessel vor dem Schreibtisch gesunken.

»Romane«, fuhr der Arzt fort, »der Papyrus, den du beschrieben hast, ist wahrscheinlich verbrannt. Oder die Dämpfe haben ihn zerstört. Du kannst ihn nicht mehr finden. Es gibt ihn nicht mehr.«

»Doch, doch, es gibt ihn noch! Er ist da, im Keller! Ich habe ihn geschrieben! Er ist immer noch da! Ich muss ihn holen! Ich muss ihn unbedingt dort holen! Ich muss die Worte weitergeben, sie der Welt zeigen!«

»Du müsstest dich doch noch daran erinnern, wenn du sie geschrieben hast. Romane, was hast du auf das Papier geschrieben?«

»Ich weiß nicht. Die Buchstaben sind komisch. Ich verstehe sie nicht.«

»Wie heißt du?«, fragte Sanderman plötzlich. »Wie heißt du in Pompeji?«

Sie zögerte lange.

»Ich … ich weiß nicht mehr. Ich habe es vergessen. Ich habe alles vergessen …«

»Hör auf den Mann, der mit dir im Keller ist. Er nimmt dich in die Arme … er tröstet dich … er sagt dir etwas ins Ohr. Was sagt er? Wie nennt er dich?«

»Er sagt … Li… Lisa … nein, Livia!«

»Gut! Sehr gut. Livia hat das Papier in dem Keller vor sehr, sehr langer Zeit beschrieben. Warum musst du es heute holen?«

»Weil … wenn Romane es nicht wiederfindet, wird Livia sie töten.«

Das Mädchen wurde kalkweiß, dann verlor sie das Bewusstsein.

Zwei Stunden später lachte sie über die Späße des achtjährigen Jules, der vergeblich versuchte, einen Handstand an der Wand des Zimmers zu machen, das er sich mit der zehnjährigen Tara teilte, die gleichgültig mit ansah, wie ihr Bruder wie ein Soufflé zusammenfiel. Währenddessen spielte die zweijährige Ambre mit den Schnürbändern von Johannas Schuhen, die wie ein lebloser Hampelmann auf dem Teppich vor ihr saß.

»Tara, du passt auf Romane auf«, ordnete Isabelle an. »Ich gehe mit Jo ins Wohnzimmer. Kann ich mich auf dich verlassen?«

Das Mädchen nickte. Isa nahm Ambre auf den Arm, Johanna ging hinterher und ließ sich auf das große Ledersofa sinken. Isabelle setzte sich mit der Kleinen ihr gegenüber hin und schenkte ihrer Freundin ein großes Glas eiskalten Riesling ein.

»Los, ich höre. Und lass nichts aus.«

Die Archäologin erzählte alles – von den Einzelheiten des ersten und zweiten Mordes in Pompeji, von der antiken Silbermünze, die die Kleine mit ins Bett genommen hatte, von dem Mann, der sie verfolgte, von dem gestohlenen Foto, sprach von ihren Mutmaßungen, von Romanes Rückfall, der letzten Hypnosesitzung und von Sandermans Schlussfolgerung, wonach derartige Manifestationen für Hindus und Buddhisten eine Reminiszenz an frühere Leben seien. Der Arzt neigte allerdings dazu, sie für Erinnerungen aus dem kollektiven Unbewussten zu halten, das bei jedem Menschen in unterschiedlichem Maße vorhanden sei, und stimmte darin in etwa mit Bruder Pazifikus überein, der letztlich nur andere Begriffe verwendete. Wahrscheinlich habe Romane irgendwo tief in sich die traumatischen Erinnerungen von jemandem gespeichert, der die Geschehnisse selbst erlebt hatte. Wie das geschehen könne, sei rätselhaft. Das Mädchen sei jedenfalls nicht psychotisch, momentan zumindest nicht, und der Therapeut glaubte nicht an die Todesdrohung, von der gegen Ende der Sitzung die Rede war. Allerdings war es dringend nötig, sie von der Erinnerung, die sie aufzehrte, zu befreien. Er vertraute auf seine Technik, um Romane zu heilen.

»Und du, was hältst du von dem Ganzen?«, fragte Isabelle.

»Würdest du Sanderman nicht mehr vertrauen?«

»Doch«, antwortete Isa, »aber mir gehen noch zwei andere Dinge durch den Kopf: Zum einen bist du ihre Mutter, und zwar eine besonders aufmerksame, wenn nicht gar ein bisschen Übermutter. Du kannst also Dinge spüren, die sogar einem erfahrenen Psychologen entgehen. Andererseits, nun ja, wenn du selbst etwas in der Richtung erlebt hast, zwar anders, aber ...«

»Ja. Das beunruhigt mich am meisten. Ich fühle mich verantwortlich ...«

»Weg mit diesen negativen Gefühlen, sie führen zu nichts. Denk lieber nach und folge deinem Instinkt. Das ist schwierig, ich weiß, aber versuche es.«

Isabelle füllte nochmals die beiden Gläser aus der Rieslingflasche nach. Ambre war eingeschlafen. Johanna, die auf dem Sofa saß, nippte an dem Wein, atmete tief durch und ließ sich zurücksinken.

»Als Romane zum ersten Mal Pompeji erwähnt hat, habe ich natürlich an Tom gedacht und an das, was dort passiert ist. Dann habe ich beides voneinander getrennt. Heute hat Romane gesagt, dass sie einen Papyrus aus Pompeji sucht, mit einer verborgenen Christusbotschaft. Ich muss einfach immer wieder an Tom und seine Grabungen denken, an die beiden Archäologen, die umgebracht wurden, und vor allem an diese Inschriften, die auf das Evangelium verweisen, also auf die bekannte Botschaft von Jesus. Je länger ich darüber nachdenke, desto mehr glaube ich, dass es einen Zusammenhang gibt zwischen den Morden in Pompeji und Romanes Albträumen. Ich werde diesen Gedanken nicht los, obwohl ich weiß, dass das verrückt klingt.«

»Ja, allerdings, aber daran bin ich bei dir gewöhnt.«

»Weißt du, Isa, mir geht schon seit Jahrzehnten ein lateinischer Satz durch den Kopf, der mal in einem meiner Albträume aufgetaucht ist, in dem es auch um Morde ging.«

»Ich weiß, ich erinnere mich noch, er lautet: ›Man muss die Erde umgraben, um in den Himmel zu kommen.‹«

»Aber der Sinn dieses Spruchs liegt nicht nur in mir, sondern auch in der realen Vergangenheit, in der Geschichte und in den Mauern vom Mont Saint-Michel.«

»Was willst du mir damit sagen, Jo?«

»Dass ich jetzt fest daran glaube, dass Romanes Traum einen konkreten, objektiven Sinn hat. Das heißt, dass es in irgendeinem Keller in Pompeji, der nicht vom Erdbeben zerstört wurde, möglicherweise eine rätselhafte Botschaft von Christus gibt. Irgendjemand weiß davon und will um keinen Preis, dass Tom und sein Team da rankommen. Also bringt er die Archäologen um, die sie finden könnten. Und vor allem glaube ich, dass meine Tochter erst dann gesund werden kann, wenn diese Worte ausgegraben sind! Isa, du musst mir helfen: Kann Romane ein paar Tage bei dir bleiben? Ich nehme das nächste Flugzeug nach Neapel und fahre nach Pompeji!«

27

Roman kniete in seiner Zelle und hörte den Donner nicht, der vom Gewitter kündete. Er sah auch nicht die Blitze, die über den schwarzen Himmel zuckten, und er war taub für den Wind, der in die Balken der Hütte fuhr und die Bäume und die stolzen Reben beugte. Mit starrem Blick und schwitzend trotz der eisigen Nacht, bemerkte er nicht, dass dicke Regentropfen auf die fruchtbare Erde in Vézelay fielen und Rinnsale bildeten, die sich ins Tal ergossen.

Der Mönch nahm von all dem nichts wahr, obwohl er nicht betete. In seinen langen, bleichen Händen hielt er Stichel und Beitel, die aus einem eichenen Gegenstand auf dem blanken Boden der Hütte ein Stück herausschlugen. An seinen Fingern hatte er frische Schnittwunden, seine Handflächen zeigten Flecken von getrocknetem Blut. Das Lager lehnte hochkant an der Wand, und quer über den Boden verstreut lagen Werkzeuge, Holzspäne, Skizzen, die in Wachstafeln und Holzscheite geritzt waren und einzelne Partien eines Gesichts zeigten: aus einem war eine Nase herausgewachsen, aus einem anderen ein Mund, der Ansatz eines Halses, eine schwunglose Haarsträhne. Aus einem Nussbaumstamm lugten mehrere Augenpaare mit plump eingeritzten Pupillen heraus, von Holzadern durchzogen, den Blick auf den angespannten, konzentrierten Holzschnitzer gerichtet.

Am Vorvorabend hatte er eine Botschaft nach Cluny schicken lassen, um Odilo zu beruhigen. Er konnte nicht so lange fortbleiben, ohne seinen Abt wissen zu lassen, dass er am Leben war und ihn dringende Angelegenheiten in Vézelay zurückhielten. Was sollte er ihm sagen, wenn er zurück wäre? Die Frage hatte ihn umgetrieben, und Geoffroi genauso. Hin und her gerissen zwischen seiner Freundschaft zu dem ehemaligen Kopisten am Mont Saint-Michel und dem Pflichtgefühl gegenüber seinem Abt, hatte er sich nächtelang damit herumgequält, wen er als Erstes verraten sollte. Er hatte sein Gewissen damit beruhigt, dass er derzeit keine andere Wahl habe, als sich dem Plan Geoffrois zu fügen und eine Statue von Maria Magdalena anzufertigen, in der er den Knochen mit den rätselhaften Worten Jesu und das Pergament von Maria von Bethanien verstecken würde. Zum einen hatte Christus tatsächlich nicht gewollt, dass sein Wort enthüllt würde, und zum anderen wirkte der Abt von Vézelay so entschlossen, seine Kirche zu einer Pilgerstätte der Heiligen zu machen, dass Bruder Roman befürchten musste, der heilige Schatz könne zerstört werden, wenn Geoffroi davon ausginge, die Rippe und das Manuskript stünden seinem Vorhaben im Weg. So hatte er beschlossen, sich gehorsam zu zeigen und die Skulptur anzufertigen, sodass ihr Inhalt eines Tages auch wieder entdeckt werden könnte.

Was aber sollte er Odilo sagen? Der Mönch hatte seine Mission, nämlich Vézelay enger an Cluny anzubinden, von Anfang an verfehlt. Das Gegenteil war geschehen: Geoffroi war es gelungen, den Bruder aus Cluny für seine Sache zu gewinnen. Roman würde sich zweifellos vor seinem Abt rechtfertigen müssen, und dieser würde sich nicht mit einem Eingeständnis der Schwäche wegen einer alten Freundschaft zufriedengeben. Roman würde berichten müssen, was er gesehen und gehört und auch mehrere Wochen lang getrieben hatte. Sollte er Odilo in Bezug auf Geoffroi anlügen, nachdem er ihm vierzehn Jahre lang alles von sich preisgegeben hatte? Die Pilgerfahrt … Roman würde sie nicht verschweigen können, anders, als er es dem Abt in Vézelay zunächst versprochen hatte. In den kommenden Tagen würde Geoffroi das Gerücht streuen und dann zu Ostern die offizielle Nachricht vom Fund der Reliquien Magdalenas verkünden. Odilo würde niemals glauben, dass Geoffroi seinem Freund nichts von diesem bedeutenden Ereignis berichtet hatte. Wie weit müsste sich Roman seinem Abt in Cluny anvertrauen, ohne dem in Vézelay zu schaden? Wie sollte er seinen wunderlichen Fund in einer alten, verkohlten Skulptur geheim halten?

In seinem Dilemma fand er auch im Gebet keinen Trost. Er konnte immer nur dann zu denken aufhören, wenn er sich, zurückgezogen in seiner Zelle und ungesehen und ungehört von den übrigen Mönchen, der Arbeit widmete.

Seine schmerzenden Finger, die an manuelle Tätigkeiten nicht mehr gewöhnt waren, hatten mehrere Tage und Nächte gebraucht, bevor sie fühlen konnten, dass die Holzmaserung je nach Art und Zusammensetzung der Erde, in der der Baum gewachsen war, und nach Alter und Trockenheit anders verlief und anders beschaffen war. Der ehemalige Baumeister wusste darum, aber was sein Geist erfasste, spürten die Hände zuerst nicht. Zwar hatte er die Arbeiten der Zimmerleute und Tischler am Mont Saint-Michel beaufsichtigt, aber er hatte nie einen Baum gefällt und entrindet und erst recht nie selbst einen Baumstumpf oder Steinblock bearbeitet. Mit viel Zuneigung dachte er an Meister Roger, den Zimmermann, und vor allem an Meister Jehan, den Führer der Steinmetzbruderschaft, der in der Dombauhütte unter einem Granitblock umgekommen war. Mit blutigen Händen flehte er Meister Jehan also an, ihm vom Paradies aus behilflich zu sein, wo Roman ihn mit Sicherheit vermutete, und ihm Gesten einzuflößen, die diese harten Scheite in ein lebendiges Bildnis der Sünderin aus den Evangelien verwandeln würden.

Am Vortag, nach der Messe zur Sext, als die Sonne im Zenit stand, hatte er sich, ausgelaugt und entmutigt angesichts seines kümmerlichen Talents, zu einem Spaziergang innerhalb der Klostermauern aufgerafft, in der Hoffnung, das Gehen könne ihm Inspiration verschaffen. So war er bei einem Holzlager des Klosters angelangt, dessen Vorräte nicht zum Heizen dienten – geheizt wurde ohnehin nur in der Zelle des Abts –, sondern als Brennstoff für die Küche. Dort hatte er die großen Scheite herausgezogen, an denen er sich jetzt zu schaffen machte. In dem umzäunten und überdachten Gelände hatte er sich auf die Suche nach einem weicheren Stück Holz gemacht. Eine Stunde lang hatte er die verschiedensten Äste und Stämme geprüft, bis er plötzlich innehielt: Unter einem eindrucksvollen Holzhaufen lagen halb verbrannte Bauteile, vermutlich das, was vom Brand übrig war, der die Kirche vor über einem Jahrhundert beschädigt hatte. Bewegt hockte sich der ehemalige Baumeister vor die Trümmer aus Säulen und Gebälk, die im 9. Jahrhundert von den ersten Mönchen errichtet worden waren, die sich auf dem Hügel von Vézelay niedergelassen hatten. Auf Anhieb erkannte er die grobe Machart und die charakteristischen Motive der Karolingerzeit, gegen die er sich am Mont Saint-Michel verwahrt hatte, zugunsten einer neuen Stilrichtung, wie sie sein Meister Pierre de Nevers lehrte und die man Jahrhunderte später als romanische Kunst bezeichnen sollte.

Er griff nach dem großen, verrußten Stück eines Kapitells: Ein Teil der Säule, glatt und ohne Kanneluren, hing noch am Astragal. Kein Zweifel, die Flammen hatten bei dem Brand im 10. Jahrhundert bis hinauf an das Kapitell gereicht und die Säule angefressen, die zusammengestürzt war, sodass sie komplett ersetzt werden musste. In der Kirche standen neue, provisorisch errichtete Pfeiler aus dem hiesigen Kalkstein, gänzlich unverziert, und durch die willkürliche Anordnung zwischen den ursprünglichen Säulen ergab sich ein trostloses Bild. In dem Moment betete Bruder Roman dafür, dass die Pilgerfahrt, die Geoffroi sich ausgedacht hatte, die Massen anziehen möge. Dann könnten sein Freund und dessen Nachfolger mit den Almosen der Gläubigen eine neue Kirche errichten, die nicht mehr nur betrüblicher Dekor wäre, sondern durch erdachte und erbaute symbolische Darstellungen die Substanz des Glaubens verkörpern und den Menschen auf die heilige Harmonie lenken würde.

Einen Moment lang ergriff den ehemaligen Baumeister die alte Leidenschaft für das Gemäuer, und er fuhr über die geschwärzten, kaputten Motive des Holzkapitells: Mitten in das Blattwerk und die Zweige hinein waren seltsame Vögel mit hervortretenden Augen und angelegten Flügeln geschnitzt, vermutlich Eulen oder Raubvögel. Plötzlich hatte er eine ebenso absurde wie faszinierende Idee: Roman drehte den Gegenstand um und stellte fest, dass die Kapitelldeckplatte bequem den Sockel für eine Statue abgeben würde und hoch genug war, um ein Versteck darin einzuarbeiten. In dem geborgenen Säulenabschluss stellte er sich ein Gesicht vor; schon zeichneten sich Schultern und das Oberteil eines Gewands in dem geschnitzten Stück Holz ab. Das Vogelgetier, das kopfüber von dem einstigen Pfeiler herabhing, hatte die gespreizten Krallen eines Phantasiewesens.

In der Gewissheit, damit das ideale Ausgangsmaterial für die Statue der Maria Magdalena in Händen zu halten, nahm Roman das Kapitell mit in seine Zelle.

Geoffroi war nicht nur zufrieden mit der Wahl seines Bildhauers, sondern er hatte angesichts des Originalteils aus dem 9. Jahrhundert gleich eine neue Idee.

»Hör zu, Roman. Angenommen, ich würde als frisch gewählter Abt, der allen Geheimnissen meiner Abtei auf den Grund zu gehen gedenkt, beschließen, den mysteriösen Sarkophag in der Krypta zu öffnen, der aus der Karolingerzeit stammt, aber keinerlei Inschrift hat, und von dem Bruder Herlembald sagt, seine Spur verliere sich im Dunkel der Geschichte dieses Klosters. Ich entdecke Gebeine darin, Frauenhaare und eine Schrift, wonach diese Reliquien die von Magdalena sind.«

»Gut, das ist die offizielle Version, die du mir bereits unterbreitest hast, abgesehen von einigen neuen Einzelheiten …«

»Das ist noch nicht alles«, sagte Geoffroi, purpurrot vor Aufregung. »Ich komme zu dem Schluss, dass die Reliquien schon seit sehr langer Zeit in der Krypta ruhen, mindestens seit damals, als die ersten Mönche den ›Skorpionshügel‹ im Jahr 887 erklommen haben, um sich vor den Normannen in Sicherheit zu bringen. Und eigentlich kann ich daraus schließen, dass sie schon davor, als sie noch im Tal der Cure lebten, die Heilige verehrten und bereits im Besitz ihrer Gebeine waren.«

»Du stützt deine ›Schlussfolgerung‹ darauf, dass das Grab nach Art der Steinmetze Karls des Großen gefertigt ist?«

»Richtig! Und folglich beweise ich, dass das Magdalenen-Heiligtum in Vézelay älteren Datums ist als das in Verdun, Bayeux, Reims und Besançon, dass es das älteste und damit auch das einzige ist! Damit hänge ich mögliche Rivalen ab!«

»Das ist schlau gedacht, Geoffroi. Aber wie willst du erklären, dass der Leichnam der Heiligen aus Judäa in die Bourgogne gelangt ist?«

Der Abt lächelte.

»Gott ist zu allem imstande, und er tut, wie es ihm wohlgefällt, lieber Roman. Nichts ist ihm schwer, wenn er beschlossen hat, es zum Heil der Menschen zu tun. Und das werde ich nicht nur mündlich verkünden, sondern auch aufschreiben lassen, denn ich nehme an, dass Bruder Herlembald, sofern der Allerhöchste ihn am Leben erhält, den Bericht vom Wunder der Entdeckung der Magdalena in Vézelay und überhaupt aller Wunder, die sich hier dann noch zutragen, verfassen wird.«

Der Mönch aus Cluny machte ein finsteres Gesicht.

»Wie willst du begründen, dass deine Vorgänger angeblich vergessen haben, im Besitz solcher Reliquien zu sein, und was fängst du mit der Skulptur an, die ich gerade für dich mache?«, fragte er, ohne daran zu zweifeln, dass der durchtriebene Abt bereits eine Antwort parat hatte.

»Nichts leichter als das, Roman. Der Schrecken vor dem Angreifer hat Abt Eudes und seine Mönche nicht nur dazu gebracht, sich auf den ›Skorpionshügel‹ zu flüchten, sondern vor allem auch die heiligen Gebeine dort zu verstecken. Gleich nach ihrer Ankunft hier auf dem Felsen wurden sie also in ein namenloses Grab gelegt. Und was deine Skulptur von Magdalena angeht: Sie haben sie zur selben Zeit angefertigt wie die erste Kirche, die sie auf dem Hügel errichteten, in einem Kapitell, symbolhaft. Und sie haben sie im Chorraum aufgestellt, wo sie anstelle der Gebeine verehrt wurde, die versteckt bleiben mussten. Die Leichtlebigkeit und Nachlässigkeit von Eudes Nachfolgern taten ihr Übriges: Die Statue ging zwischen 900 und 930 teils in Flammen auf und landete dort, wo du sie gefunden hast. Das heißt natürlich, wo ich selbst sie entdeckt habe, als ich die traurigen Reste des Unheils ausgegraben habe. Zur Zeit des Brands war sie für niemanden mehr von Bedeutung. Die müßigen Mönche von Vézelay wussten nicht, dass sie nicht nur der Gegenstand eines überlieferten Kults war, sondern vor allem das Eingeständnis, dass der Bauch der Abtei noch einen Schatz in sich barg.«

Bruder Roman verzog das Gesicht.

»Ganz ehrlich, Geoffroi, dieses Märchen nimmt dir niemand ab. Dein Größenwahn lässt dich alle Weisheit über den Haufen werfen. Deine Phantasie ist ein über die Ufer tretender Fluss, der deine Pläne zu überfluten droht.«

»Im Gegenteil, Roman!«, rief der Abt aus und reckte die Arme in den Himmel. »Meine Legende ist perfekt ausgeklügelt: Ich beziehe mich auf Gott, um die Anwesenheit der Reliquien zu erklären, aber ich baue eine erfundene Geschichte um die Fakten, von denen alle wissen, dass sie stimmen: Das erste Kloster im Tal, die Invasion der Wikinger, die Flucht auf den ›Skorpionshügel‹, der Bau der ersten Kirche, die Dekadenz in der Abtei, der Brand …«

»Und zuletzt, in diesem unseren Jahr 1037, dazu passend die Ankunft eines vom Schicksal gesandten Abtes«, fügte Roman ironisch hinzu.

Geoffroi sagte nichts. Er war zu sehr damit beschäftigt, auch noch die geringste Einzelheit zu bedenken und kommende Einwände gegen seine Vorstellungen zunichte zu machen, als dass er sich auf die spitzen Bemerkungen des Mönchs aus Cluny einlassen mochte.

»Dennoch, mein Bruder«, fuhr er in ruhigem Ton fort, »darf man eines nicht vergessen: Offiziell wurde die Skulptur der Magdalena, die davon künden soll, wie lange es den Heiligenkult in Vézelay bereits gibt, und die die Zweifel der Ungläubigen ausräumen soll, von Mönchen in der Zeit zwischen 887 und 890 angefertigt ... Sie muss also der Machart jener Zeit entsprechen.«

»Dem karolingischen Stil.«

»Dem karolingischen Stil!«, wiederholte der Abt. »Du musst darauf achten, dass du dich nicht in der Technik verlierst, die du von deinem Meister Pierre de Nevers erlernt hast, sondern dich strikt an die Fasson der Alten hältst ...«

Roman setzte sich auf seine Liege, stützte den Kopf in beide Hände und seufzte tief.

»Du verlangst etwas von mir, was ich nicht leisten kann«, sagte er. »Diese Aufgabe erfordert die Kunstfertigkeit und das Herz eines versierten Bildhauers! Sieh dich doch um, was für kümmerliche Skizzen hier liegen. Ich habe diese Fähigkeit nicht, Geoffroi. Ich habe überhaupt keine Fähigkeit, außer der, schwach, feige und melancholisch zu sein. Mein Herz ist verdorrt, meine Hände gehorchen mir nicht. Ich sehe das Bild der Heiligen im Geiste, aber meine Hände, meine Arme, dieser jämmerliche Körper ...«

Der Abt näherte sich und legte seine mächtigen Pranken auf die schmalen Schultern des ehemaligen Baumeisters.

»Dann erschaffe mit deiner Seele, Roman. Vergiss deinen abgezehrten Körper und dein leeres Herz. Leg deine Seele in dieses Stück Holz. Denn deine Seele *ist* bewohnt.«

An jenem Abend rührte Roman nichts von dem Abendessen an, das nach der Vesper serviert wurde. Nach dem Nachtessen verkroch er sich in seiner Hütte und sah der Komplet entgegen, den Blick regungslos auf das karolingische Kapitell gerichtet, das auf dem Boden vor ihm stand. Sein ganzes Sein verharrte in einer Pose schöpferischer Erwartung: Es war, als würden tief in ihm die Kräfte unsichtbar miteinander verschmelzen wie eine mysteriöse Synthese der Empfindungen und Impulse, die bis dahin in eine dunkle Ecke seines Gedächtnisses verbannt waren. Er verspürte ein leichtes Kribbeln im Bauch und hatte Ohrensausen. Sein Körper, diese unerträgliche Last, verwandelte sich in einen Quell der Schöpferkraft. Sein Geist konnte sich dem endlosen Kreislauf aus Gewissensbissen, Unentschiedenheit und Schuldgefühlen allmählich entziehen und auf einen einzigen Punkt konzentrieren: das Holzkapitell, die künftige Statue, das belebte Bild, das er in sich trug und auf die alte Eiche übertragen sollte.

Die Glocke kündete von der Messe zur Komplet und riss ihn aus seiner Erstarrung. Er ging in die Kirche und zündete dann, zu der Zeit, da die Mönche sich zur Ruhe begaben, mehrere Kerzen an und machte sich an die Arbeit.

Er klemmte sich das Kapitell zwischen die Beine und höhlte behutsam das massive Fundament der Kapitelldecke in der Mitte aus, sodass die Schafsrippe hineinpassen würde. Wenn er das Versteck geschickt wieder verschließen und die Inschrift »Sancta Maria Magdalena« anbringen würde, könnte niemand ahnen, dass die künftige Statue an der kompaktesten Stelle des Kapitells hohl war. Sorgsam legte er das entnommene Holz zur Seite, drehte das Stück um und klemmte es wieder zwischen die Beine. Ohne auf seine Skizzen zu blicken, begann er zu schnitzen.

Roman machte, als er mitten in der Nacht zur Vigil kam und später zur Mette, einen verstörten Eindruck. Er schloss nicht einen Moment lang die Augen, selbst beim Gebet nicht. Hinter ihm brach der Tag an, wovon er keine Notiz nahm; die Prim vergaß er.

Als Geoffroi, der sich sorgte, ihn nach der Morgenmesse aufsuchte, schickte er ihn wieder fort, ohne ihm Zutritt gewährt zu haben. Den Laib Schwarzbrot und den Krug Wein aber, den der Abt ihm reichte, nahm er an.

Wie ein Gespenst lief er zur Terz, Sext, Non und Vesper. Den Speisesaal suchte er nicht auf, fand aber auf der Schwelle zu seiner Hütte ein Päckchen, das der Abt dort deponiert hatte, mit Kerzen, Brot, Wein, Wasser und ein paar getrockneten Heringen. Er legte es zu dem übrigen Brot, von dem er kaum etwas gegessen hatte, und griff erfreut nach den Kerzen, die er in dem Raum in den Boden rammte.

Wie am Vorabend nahm die Dunkelheit von der Welt Besitz, ohne dass er sich auch nur einen Moment lang Ruhe gegönnt hatte.

Als das teuflische Gewitter losbrach, bebte nichts in ihm. Seine Hände, sein Blick und seine Seele folgten ihrem inneren Weg.

Gegen Ende der Nacht verließ er die Zelle, um zur Mette zu gehen. Reglos blickte er in die Tropfen, die seine Kukulle vom Holzstaub reinwuschen und sich wie Taufwasser über ihn ergossen.

Im tosenden Wind lief Roman zurück in seine Hütte und sah sich, durchweicht vom Regen, sein Werk genauer an.

In der Mitte des Raums, umringt von kleinen gelben Flammen, um die sich das Wachs verteilte wie auf einem Opfertisch, stand eine weibliche Büste. In einem Bildnis von jungfräulicher Reinheit lagen mandelförmige, pupillenlose Augen mit einem eigenartigen, traurigen Ausdruck. Lippen und Hals waren schmal, die Schultern entblößt, die Blätter, Zweige und Raubvögel des karolingischen Kapitells dienten als Kleid oder Waldstola. Die Haare standen flammenartig vom Gesicht weg und fielen in lebhaften Wellen über die Schultern. Die Skulptur zeigte einen Ausdruck verstörter Klarheit, ein Leuchten, in das sich eine innere, grenzenlose Tragödie mischte.

Bruder Roman wich zurück; er hatte das Gefühl, als würde ihm das Blut in den Adern gefrieren. Er blickte auf seine Hände, als gehörten sie nicht zu ihm oder, schlimmer noch, zu einem tödlichen Feind. Entsetzt drückte er sich an die Wand.

Die Augen aus Eiche richteten über ihn, das Gesicht schien leise zu murmeln und dann wieder vor Wut und Verzweiflung zu schreien. Nein, nicht Maria Magdalena war aus seiner Seele hervorgetreten. Dies war eine andere Frau, die sich seit vierzehn Jahren in ihm vergraben hatte wie ein Dämon, ein langsames, hinterhältiges Gift, das durch seine Adern schlich, seinen Atem und jede Geste durchdrang.

Dies war nicht Maria Magdalena. Es war eine Sünderin, eine

Heidin, die als Ort der Verbannung den Tod gewählt hatte, eine Götzendienerin, die das Heil verweigert hatte, eine Märtyrerin ohne Grab, eine Gottlose, die sich der Ketzerei schuldig gemacht und deren Todesqualen Roman machtlos mit angesehen hatte.

Es war das Gesicht der Frau, die er liebte. Er hatte immer gewusst, dass er sie nie endgültig vergessen könnte. Aber er glaubte seine Leidenschaft irgendwo vergraben wie eine imaginäre Leiche. Jetzt wusste er, dass er sich all die Jahre etwas vorgemacht hatte. Seine Liebe zu ihr war nicht erloschen, insgeheim war sie in seiner Seele stärker geworden. Diese Liebe hatte Roman zwei Nächte und einen Tag lang aus dem Holz hervorgeholt.

Sie hieß Maria, in der Sprache ihrer Ahnen, des Volkes, für das sie sich geopfert hatte. Maria, Moira.

Heftiges Klopfen ließ Roman aufschrecken. Mit dem rauen Ärmel wischte er sich die Tränen ab und lief zur Tür, um zu öffnen.

Vor Regen triefend, betrat Geoffroi die Hütte. Er respektierte Mühsal und Marotten des Künstlers, aber seine sprichwörtliche Neugier duldete es nicht länger, tatenlos abzuwarten, bis ihm das endgültige Ergebnis präsentiert würde. Er musste wissen, wie sich die Arbeit an seiner Statue gestaltete, und bewegte sich Schritt um Schritt auf sie zu.

Gerade wollte Roman den Abt warnen, dass er wieder gescheitert sei und Geoffroi ihm zu Unrecht Vertrauen geschenkt habe. Die Skulptur sei misslungen, man müsse von vorn beginnen, aber ihm fehle es sowohl an der Überzeugung als auch an der Kraft, sein Freund würde einen anderen Bildhauer finden müssen …

Es blieb bei dem Gedanken, denn Geoffroi war wortlos und fahl vor der Statue auf die Knie gefallen. Vor dem Fenster sah Roman erste Lichtstrahlen durch den Regenvorhang dringen. Drinnen auf der Erde erloschen die Kerzen nacheinander mit einem feinen, schwarzen Rauchfaden in einer Wachspfütze. Am Rand dieses weißen Kreises bekreuzigte sich der kniende Abt.

»Roman«, brachte er mühsam hervor, »Roman, das ist … ein

Meisterwerk. Sie ist lebendig. Nur der Allerhöchste, der Ewige … Kein menschliches Wesen wird je eindringlicher die Seele derjenigen zeigen, die mit Liebkosungen und Tränen, mit ihrem Haar und ihrem Duft den Herrn berührt hat. Sie, die ihm die Liebste war, die Augen und das Herz der Auferstehung, verzehrt von Liebe und Schmerz. Die Schöne, Feurige, Einsame … Maria Magdalena, die Sünderin aus den Evangelien!«

28

Die Hitze ist so stark, dass Livia glaubt, mitten in den Flammen zu stehen, verloren in einer funkenlosen Glut, einem lautlosen Scheiterhaufen, zugleich dunkel und verhangen wie eine Nebelnacht. Mit entsetzlichem Getöse fallen brennender Staub und poröses Gestein auf die junge Frau nieder. Sie weiß nicht, wo sie ist. Es ist, als stünde sie allein in einem unwirklichen Regen. Dann hört sie Schreie und Stöhnen des Entsetzens, sie sieht Unbekannte, die wie panische Tiere in alle Richtungen rennen. Furchtbare Angst überkommt sie, sie schreit und ringt vor Entsetzen nach Luft. Endlich wacht sie auf.

Die Decken ihres Lagers sind durchgeschwitzt, das mit Heu gefüllte Kissen ist feucht, ihre Haut dünstet Angst aus. Schwer atmend setzt sie sich auf und reibt sich die Augen. Das Feuer … Es ist lange her, dass sie diesen verhängnisvollen Albtraum hatte, das letzte Mal vor neun Jahren, vor dem Brand in der Hauptstadt und der Ermordung ihres früheren Herrn, Faustinas Gatten. Muss sie in dem Traum einen Fingerzeig Gottes sehen, eine unmittelbar bevorstehende Katastrophe? Kündet er womöglich vom Jüngsten Gericht und der Auferstehung? Es ist Ostermorgen im neunten Jahr der Herrschaft Vespasians. Werde ich bald meine Eltern und Brüder leibhaftig wiedersehen?, fragt sie sich und steht auf. Werden sie mir in den göttlichen, erstickenden, unsichtbaren Flammen erscheinen, während die Ungläubigen in Gottes Atem umkommen? Sie kniet nieder, gießt etwas Wasser, das sie aus einem Tongefäß schöpft, über Hände und Gesicht, bedeckt den Kopf mit einem Tuch und beschließt ihr erstes Gebet: »Herr, dein Wille geschehe, Amen.«

Sie kämmt und frisiert sich, zieht sich an und geht hinaus auf den Korridor des Sklavenquartiers. Fahle Flecken an der Wand zeugen vom Morgengrauen. Leise Geräusche aus den Zellen deuten darauf hin, dass auch die übrigen Sklaven wach sind. Trotzdem schleicht sie über den Gang. Als sie gerade ins Atrium abbiegen will, ertönt die Stimme des Hausvorstehers. Der Raum, den er mit seiner Frau bewohnt, bildet die Grenze zwischen den beiden Welten, ein Wachposten, der über Gefangenschaft und Freiheit entscheidet.

»Wohin gehst du?«, fragt Ostorius grußlos.

»Zu meiner Arbeit«, entgegnet Livia kurz angebunden.

Zu ihrem Missfallen bemerkt Livia, dass Bambala schon in der Küche Feuer macht. Ostorius ist allein. Widerstrebend nähert sie sich der Schwelle zum Wachraum, in den durch ein winziges Fenster zur Straße Licht fällt.

»Komm näher«, befiehlt der Hausvorsteher und bietet ihr einen Schluck Wasser zu trinken an.

Livia tritt einen Schritt vor und nimmt die Holzschale entgegen. In dem sauberen Raum sieht sie ein Doppelbett, einen Toral, eine Lampe und eine alte Truhe.

»Hör endlich auf, dich vor mir zu fürchten«, sagt Ostorius mit sanfter Stimme, »ich bin nicht das Monster, für das du mich hältst.«

Die Sklavin denkt daran, dass die Sklaven nebenan ihre Schreie hören würden, was sie beruhigt.

»Ich habe es ungeschickt angestellt mit dir. Ich gebe ja zu, dass ich im Unrecht war.«

Sein gerötetes, bartloses Gesicht gönnt ihr ein Lächeln, das seine gelben Zähne freilegt. Livias Blick fällt auf den Ochsenziemer am anderen Ende des Raums.

»Ich habe es auch nicht leicht im Leben. Ich trage sehr viel Verantwortung für den Domus. Zu ihren Lebzeiten hat die Herrin Galla Minervina immer genau gesagt, was sie wollte. Das war einfacher, trotz der Empfänge und Extravaganzen, die viel Arbeit machten. Der Herr kümmert sich jetzt nur noch um seine Bücher, und man findet schwer heraus, wonach ihm der Sinn steht. Wir leben so wie er, etwas abseits von der Welt, und das bedrückt mich, ja, es macht mich unglücklich. Meine liebe Bambala versteht das nicht. Sie ist nicht hier geboren und hat die Eltern des Herrn nicht gekannt. Sie hat Galla Minervina kaum gedient, denn die starb nur ein Jahr nach unserer Hochzeit. Meine Gattin hat nicht gesehen, wie der Glanz dieser Familie verblasst ist und dieses Haus seinen Niedergang erlebt hat. Sie kümmert sich um die Küche und merkt nicht, was ich auf dem Herzen habe.«

»Bambala beherrscht ihr Handwerk«, antwortet Livia. »Ihre Küche kann sich mit den besten Häusern Roms messen lassen.«

»Ich behaupte nicht das Gegenteil! Aber ihr Können entschuldigt nicht ihre Barschheit und die Härte ihrer besitzergreifenden Seele. Ich brauche etwas anderes, um glücklich zu sein, verstehst du, Sanftmut, Zärtlichkeit ...«

Ostorius' vielsagender Blick verlangt nach Erwiderung. Livia entzieht sich ihm; die neue Strategie des Hausvorstehers macht sie wütend.

»Ich schlage vor, dass Ihr Euch im Lupanar versorgt«, entgegnet sie hart. »Ich kann nichts für Euch tun. Ob Ihr es mit Einschüchterung, Gewalt, Liebenswürdigkeit oder Bestechung versucht, Ihr werdet von mir nicht das bekommen, was Ihr sucht.«

Sie stellt den unbenutzten Becher ab, lässt den Hausvorsteher auf ihrem Weg ins Atrium stehen und beschließt, sich von diesem schwachen, unglückseligen Menschen nicht länger ängstigen zu lassen.

»Als wir in Pompeji ankamen, habt Ihr gesagt, der Olymp sei leer. Glaubt Ihr nicht mal an einen einzigen Gott?«

Livia sitzt hinter dem marmornen Schreibpult in der Bibliothek. Javolenus, der auf der Liege ruht, trägt wie immer sein braun-schwarzes Pallium, das einem Trauergewand ähnelt. Wie alle Römer trinkt er zum Frühstück ein Glas Wasser. Er wirkt müde, seine Augen haben dunkle Schatten, Bart und Haare sind ungepflegt. Offenkundig hat er schlecht geschlafen und womöglich bis in den Morgen gearbeitet. Als Livia aufgetaucht ist, schien er sie bereits zu erwarten. Aber er wollte ihr keine Briefe diktieren.

Getreu dem Pakt, den sie sechs Tage zuvor geschlossen haben, wagt die Sklavin, sich nach seinen Glaubensüberzeugungen zu erkundigen, eine Frage, die sie quält, seit sie dem Philosophen vermacht wurde, und die sie zumindest, so glaubt sie, von ihren heftigen Gefühlen für ihren Herrn abbringen wird. Lächelnd wendet Javolenus seiner Sekretärin sein müdes Gesicht zu und räuspert sich.

»In meinem Garten thronen die Statuen von Venus, Herkules, Bacchus, Jupiter, Juno und Minerva, ich besitze eines der schönsten Lararien der Stadt, und in der Villa meiner Tochter habe ich dir die Malereien mit der Einweihung in den Dionysoskult gezeigt und gesagt, dass die Götter die Garanten unserer Zivilisation sind.«

»Ihr respektiert die Gründer Pompejis und die kapitolinische Trias, Ihr ehrt Eure Ahnen in tief empfundener Zuneigung, Ihr schätzt Mythen, Helden und Götter aus, wie mir scheint, kulturellen und politischen Gründen. Aber Ihr verachtet Isis und Osiris, Ihr geht nie in den Tempel und opfert nicht.«

»Und daraus schließt du, dass mein Dasein ohne das Göttliche auskommt? Das ist komisch! Liebe Freundin, dein Gedankengang ist richtig, aber deine Schlussfolgerung ist falsch, denn das Gegenteil ist der Fall: Mein Leben wird von Gott gelenkt, die ganze Welt wird von Gott gelenkt!«

»Aber wer ist Euer Gott, und wo ist er, wenn er Eurer Ansicht nach weder in den Tempeln noch auf dem Olymp wohnt?«

»Gott ist nicht bloß in den Heiligtümern, denn er ist *überall*!«, erwidert er lachend. »Gott ist ein perfektes Wesen, der große Lenker des Universums, der schöpferische Geist, der sich überall auf der Welt, im Menschen und in der Natur ausbreitet. ›Die Welt ist Gott, und die ganze Welt ist von der göttlichen Natur durchdrungen‹, heißt es bei Cicero.«

Livia fragt sich, ob der Mann mit seinen Glaubensvorstellungen möglicherweise gar nicht so weit weg ist von dem, woran sie selbst glaubt.

»Ihr glaubt also an einen einzigen Gott, wie die Juden und die Christen auch?«

»Ich glaube an einen universellen Gott, der mehrere Namen hat und keine Form, sich aber in alles verwandeln kann. In Zeus, Jupiter, Bacchus, Venus, Minerva, aber auch in eine Blume, einen Fluss, einen Stein, einen Menschen, ein Tier – mit einem Wort: in Materie. Denn Gott ist reiner Körper, belebender Atem, der Weisheit und Wahrheit fähig, der durch Materie in Umlauf ist wie Samen.«

»Dann betet Ihr also zu Bäumen und Kräutern, zum Meer und zu den Vögeln?«, fragte sie nicht ohne Ironie.

»Ich bete zu niemandem, Livia. Natürlich wende ich mich an meine Vorfahren, aber man muss nicht zu Gott beten, weil Gott keine Person ist.«

»Aber wie tretet Ihr dann mit ihm in Verbindung?«

»Durch die Vernunft, meine Liebe. Denn die Vernunft ist das einzige göttliche Gesetz, und sich ihm zu unterwerfen, heißt, Gott und der perfekten Weltordnung zu gehorchen.«

»Das ist alles sehr abstrakt …«

»Das gebe ich zu«, sagt der Philosoph. »Sei unbesorgt, denn jedem, der nach der stoischen Weisheit strebt, steht ein schwieriger und steiniger Weg bevor. Gott hat den Menschen sein Wort und sein Gesetz nicht mündlich und von außen und kategorisch offenbart, denn er ist kein Mensch, sondern Gott ist in allem. Wo ist folglich sein Gesetz? Überall in der Natur, denn die Natur ist Gott. Wie erweist man Gott Respekt? Indem man nach den Gesetzen der Natur lebt. Wie erfährt man diese Gesetze? Indem man sich selbst und die Welt kennt und sie hinnimmt, wie sie ist, weil sie die gottgewollte Ordnung ist.«

»Jetzt verstehe ich die Logik Eures Denkens besser. Wie lauten die Gesetze der Natur?«

»Sie gehen aus der Betrachtung der Welt hervor, in der nur scheinbar Chaos herrscht, denn alles wird von Gott beherrscht und gelenkt. Es gibt also weder Spontaneität noch Zufall, der Mensch muss den Willen Gottes, also sein Schicksal, akzeptieren. Alles, was ihm widerfährt, ist gut und gerecht, denn die Natur – also Gott – hat es so gewollt. Aufbegehren ist vergeblich und sinnlos. Kein Mensch kann glücklich werden, wenn er sein Dasein und alles, was ihm widerfährt, nicht freudig und gelassen annimmt.«

»Auch Krankheit?«, fragt Livia. »Auch einen Schlangenbiss? Oder ein Erdbeben?«

»Chrysippos sagte immer, dass der Mensch nicht allwissend ist und sich uns der Sinn gefährlicher Tiere und giftiger Pflanzen nicht erschließt, aber dass Zeus darum weiß. Und ein Übel kann sinnvoll sein, wenn es notwendig ist, damit Besseres daraus entstehe. Sieh dir nur unsere Häuser an, die viel schöner sind als vor der Katastrophe, und unser Glück ist gemehrt, denn wir hätten es beinahe verloren! Meistens entstehen die Dinge, von denen du sprichst, aus der Unvernunft des Menschen, der nicht im Einklang mit der Natur lebt und sich damit gegen das göttliche Gesetz auflehnt.«

»Muss sich der Bettler dann über sein Dasein als Bettler und der Sklave über sein Dasein als Sklave freuen?«

»Man sollte sich weder freuen noch etwas beklagen und sich nicht auflehnen«, erläutert der Stoiker. »Man muss die ewige, stetige, festgelegte Bewegung des Schicksals hinnehmen und die Rolle, die Gott von Geburt an für uns vorgesehen hat, bestmöglich ausfüllen. Die Natur verteilt Tugend und Talent nicht gleichermaßen auf die Menschen; einige sind dafür gemacht, zu befehlen, andere dafür, zu gehorchen. Aber das tut nichts zur Sache: Ein schlechter Darsteller in einer Hauptrolle taugt nichts. Für meinen Freund Epiktet ist es allein unsere Aufgabe, die Rolle, die uns zugeteilt wurde, gut zu spielen, sie auszuwählen ist dagegen Sache eines anderen.«

»Anders, als die meisten Heiden behaupten, sind die Anhänger Jesu auch keine Rebellen, die sich der irdischen Ordnung widersetzen, und wir predigen auch nicht den Aufstand der Schwachen gegen die Starken, von Arm gegen Reich oder der Christen gegenüber Rom.«

»Du siehst, wir haben also Gemeinsamkeiten!«, ruft der Philosoph freudig aus.

»Jesus aber«, fährt die Anhängerin des »Weges« fort, »stellt unsere Gesellschaft deshalb nicht infrage, weil vor Gott alle Menschen in ihrer Würde gleich sind. Derjenige, der das Sagen hat, ist für uns nicht mehr wert als derjenige, der gehorcht, ob er seine Rolle nun gut oder schlecht spielt.«

»In diesem moralischen Standpunkt kann es keine Übereinstimmung zwischen uns geben«, wendet der Stoiker ein. »Die Gemeinschaft der Menschen ist universell, aber sie besteht keineswegs aus vergleichbaren oder gleichen Einzelwesen. Das ist absurd.«

»Ich habe nicht gesagt, dass die Menschen in ihren Eigenschaften gleich sind, sondern in ihrer Würde.«

Javolenus schweigt nachdenklich.

»Wenn ich dir so zuhöre und an das denke, was man mir über den Glauben deiner Sekte berichtet hat, stelle ich Ähnlichkeiten mit der stoischen Weisheit fest. Vor allem, was die Ablehnung von Leidenschaften, die Missachtung irdischer Güter und die Betonung der inneren Freiheit angeht.«

»Eure Lehre gründet auf der Natur, während das Fundament meiner Religion tatsächlich die Freiheit ist«, räumt Livia ein. »Aber wo bleibt Eure Freiheit, wenn in Euren Augen alles vorherbestimmt ist?«

Auf so viel Schlagfertigkeit seitens einer halb gebildeten Sklavin ist Javolenus nicht gefasst. Während Livias logische Fähigkeiten ihn durchaus fesseln, fordert ihr Widerspruchsgeist seinen Gelehrtenstolz heraus.

»Die Unterwerfung unter das Schicksal beeinträchtigt nicht den freien Willen des Menschen.« Er gibt sich schulmeisterlich. »Es geht nur darum, zwischen Freiheit und Torheit zu unterscheiden, zwischen Weisheit und Unvernunft. ›Die Freiheit besteht darin, die Dinge nicht so zu wollen, wie sie dir angenehm sind, sondern so, wie sie geschehen‹, hat Epiktet mir einmal geschrieben. Wir haben keinerlei Einfluss auf das, was nicht von uns, sondern von der Natur und damit von Gott abhängig ist – also auf Körper, Besitz, Ruf, Würde –, weswegen man standhaft sein und die Ruhe bewahren sollte. Das, was von uns abhängt, unsere Ansichten, Bewegungen, Wünsche und Abneigungen, mit einem Wort: unser Tun, können wir sehr wohl beeinflussen. Das macht unsere Freiheit und die Arbeit der Anhänger unserer Schule aus. Wie wird man frei? Indem man klug und unabhängig ist, ohne Leidenschaften, die einen einengen, ohne Schmerz, der eine ungute Anspannung der Seele ist, ohne Scheinheiligkeit und Mitleid, ohne Angst vor dem Tod, ohne Kummer, Neid und Aufregung, um so Ataraxie, den Zustand der Unerschütterlichkeit, zu erlangen. Wer eine solche Ausgeglichenheit erreicht, ist auch in Ketten frei, und er ist reich, auch wenn er mittellos ist.«

»Die höchste Freiheit ist also ein vollkommener Zustand der Ruhe?«

»In gewisser Weise – ja. Und Glück ist ein harmonisch verlaufendes Leben.«

»Ich stelle mir diese innere Suche vor, aber ich frage mich, ob schon je ein Mensch diesen Zustand erreicht hat! Das übersteigt die menschlichen Kräfte.«

»Die absolute Weisheit ist für den Menschen in der Tat unerreichbar«, räumt der Philosoph ein. »Aber wir können versuchen, uns ihr anzunähern, indem wir angemessen handeln, wie es uns die Vernunft vorschreibt: Respekt vor den Göttern und der Familie; Besonnenheit in allen Dingen; Feste, Spiele und Ehrauszeichnungen meiden; glücklich sein, auch wenn man in Gefahr ist, verachtet oder verleumdet wird; keine Angst mehr vor Krankheit, Verbannung, Gefängnis und Tod; keine Hingabe an Freuden, Besitz und irdische Wesen, die uns durch den Tod entrissen werden. Nicht mehr leiden.«

Livia spürt, dass ihr Herr von dieser Weisheit, die er vertritt, noch weit entfernt ist. Sein Schmerz ist greifbar, sein Blick verliert sich in der Ferne, in einer Vergangenheit, die er bei allen

Grundsätzen nicht vergessen kann. Auch sie möchte die Leidenschaften zum Schweigen bringen. Ohne Leid auszukommen, das ist der Traum jedes Menschen, eine gewiss weise Utopie, aber unerreichbar. Ihr wird bewusst, dass das stoische Ideal ebenso schlüssig wie bewundernswert ist, aber nicht für Menschen, sondern für Götter gemacht ist.

»Ich verstehe, warum Ihr eine Verbindung zwischen der Freiheit der Stoiker und der von Jesus seht«, sagt sie leise. »Wir streben auch nach Reinheit, und wir lehnen leidenschaftliche Liebe, Unzucht, Geiz, Traurigkeit, Hochmut und sonstiges Seelengift ab. Aber unsere Schlussfolgerung ist anders, und unser Weg auch. Mir scheint, Eure Freiheit liegt im Verzicht, in der Askese, während die Anhänger von Christus einen anderen Zugang wählen: die Liebe, und ein anderes Ziel: die Erlösung. Anstelle der Vernunft halten wir den Glauben hoch. Eurer metaphysischen Weisheit ziehen wir die Erlösung jedes Einzelnen vor. Dem anonymen, blinden Schicksal, das durch Eure unpersönliche Gottheit vorgegeben ist, stellen wir die bedingungslose Liebe eines persönlichen Gottes und seines Gesandten Jesus gegenüber, der ein demütiger, wohlwollender Mensch ist, der gekreuzigt wurde und von den Toten auferstanden ist …«

»Darauf habe ich schon gewartet!«, spottet Javolenus.

Livia weicht überrascht zurück.

»Entschuldige, Livia«, murmelt er, »aber es fällt mir schwer, bei einem solchen Unfug die Ruhe zu bewahren. Bestimmten Aspekten deiner Religion kann ich etwas abgewinnen, aber das ist nicht hinnehmbar, undenkbar! Wie kann eine kluge Frau so töricht sein und an dieses Märchen vom getöteten und auferstandenen Propheten glauben? Wenn dein Jesus ein Mensch ist, dann ist er sterblich. Wenn er sterblich ist, kann er nicht von den Toten zurückkehren. Kein Mensch kann das, selbst tote Helden kehren nicht aus dem Tartaros zurück. Den Dichtern zufolge können allein die Götter Tote ins Leben zurückbefördern. Das sind tragische, erhabene Legenden, aber sie sind von Anfang bis Ende erfunden, von Herodot, Aischylos, Sophokles, Homer, Virgil, Ovid und unseren sonstigen großen Erzählern, zur Unterhaltung und Erbauung der Menschen! Nicht einmal sie selbst haben daran geglaubt! Man muss Echtheit und Mythos, Wirklichkeit und literarische Erfindung voneinander trennen. Du magst deine Auferstehungsgeschichte schätzen, weil sie so schön ist, aber du kannst sie nicht für bare Münze nehmen.«

Langsam steht Livia auf, geht um das Schreibpult herum und lehnt sich dagegen, sodass sie dem Philosophen auf seiner Bronzeliege gegenübersteht. Sie ist ruhig und gelassen, und anstelle ihrer Liebe für Javolenus meldet sich in ihrer Seele eine noch größere Liebe wieder zu Wort.

»Ich weiß, dass die Auferstehung Christi für Euch genauso schwer nachvollziehbar ist wie für mich die Herrschaft des Verstandes bei Euch. In diesem Punkt verstehen wir uns nicht.«

In dem Moment denkt Livia an ihren Onkel Tiberius. Ob er und seine Frau Tullia noch am Leben sind? Sie erinnert sich, dass der Bruder ihres Vaters als Erster den grundsätzlichen Gegensatz zwischen Christen und Heiden angesprochen hatte.

»Seht, der Verstand als Fundament Eurer Philosophie ist machtlos, wenn es um die Auferstehung geht.«

»Das musst du mir erklären, da er nämlich nicht nur das Fundament meiner Philosophie ist, wie du es nennst, sondern das Fundament der Welt!«

»Weil unser Kosmos sich nicht nur mit rationaler Logik erfassen lässt, sondern auch mit dem Glauben, also mit dem Vertrauen in das Wort eines außergewöhnlichen Wesens wie Jesus. Wir glauben an ihn, weil er unseres Glaubens würdig ist, weil er zu Lebzeiten Wunder vollbracht hat, die Männer und Frauen mit eigenen Augen gesehen haben. Beispielsweise hat er Kranke geheilt und Lazarus wieder zum Leben erweckt. Nach seiner Hinrichtung sind die Frauen gekommen, um seinen Leichnam einzubalsamieren, und haben das leere Grab vorgefunden …«

»Man hatte seine sterblichen Reste gestohlen!«, wendet Javolenus ein.

»Nein, er ist den Frauen danach noch erschienen, so wie seinen Jüngern auch.«

»Und wo hält sich dein Auferstandener jetzt auf?« Javolenus grinst. »In einer Grotte?«

»Er hat die Erde verlassen, damit er nicht wie ein Götze verehrt würde. Aber bevor er in den Himmel aufgestiegen ist, hat er die Apostel gesegnet und sie gebeten, sein Wort in aller Welt zu verbreiten. Durch seine körperliche Abwesenheit wird er präsent in unseren Herzen. Sein letztes Wort lautete: ›Ich werde bei Euch sein bis ans Ende der Zeiten.‹«

Der Stoiker lächelt.

»Und bevor er in den Äther entflogen ist, hat er Schriften hinterlassen, dein Jesus? Als Zusammenfassung seines Gedankenguts?«

Livia denkt an die verborgene Botschaft, die sie in sich trägt.

»Nein. Diejenigen, die ihn gekannt haben, haben sein Wort weitergetragen, und deren Zuhörer haben es genauso gemacht. Es gibt die Zeugnisse seiner Jünger und die Paulusbriefe, aber sein Wort wird vor allem mündlich überliefert.«

»Dein Glaube stützt sich also auf mündliche Überlieferungen? Die Behauptungen von Frauen, Juden und Sklaven sind für dich handfeste Beweise für die Existenz deines Gottes und seines Gesandten, der der Zauberei mächtig ist, gestorben ist, den Hades wieder verlassen hat und wie durch Hexerei in den Himmel aufgestiegen ist?«

»Ihr seid sehr gebildet«, sagt Livia mit einem Lächeln, »aber Euer Sarkasmus ist der eines Ignoranten, der sich über die frohe Botschaft Gottes und das Wort Jesu hinwegsetzt. Diese lebendige, sinnliche, altruistische und verständnisvolle Botschaft ist der Garant unseres Glaubens, und es sind nicht die Götter des Pantheon oder ein immaterieller stummer Geist, der diesem Tisch oder diesem Wasserglas innewohnt.«

»Ich höre dir zu. Sage mir doch, wie diese magischen Worte lauten!«, fordert er sie auf.

»Es gibt keinen Zauber, sondern nur ein einziges Wort: Liebe.

Gott hat die Welt aus Liebe erschaffen, und er liebt jeden Menschen unendlich. Er ist kein furchterregender Gott, sondern ein Vater, der seinen Kindern Trost spendet. Das ist es, was Jesus, sein Gesandter und geliebter Sohn, uns sagen will. Und er hat es mit seinem Tun bewiesen: Er hat alle, denen er begegnet ist, geliebt und respektiert, ohne Unterschied von Geschlecht, Kaste oder Alter. Er liebte Kinder und Alte, Arm und Reich, Gebildete und Ungebildete, Männer und Frauen, Weise und Tugendhafte ebenso wie Sünder. Er ist aus Liebe zu uns am Kreuz gestorben, und durch die Auferstehung hat er uns gezeigt, dass er noch lebendig war. Wir, seine Anhänger, sind im Gebet mit ihm verbunden, und er tritt beim Vater weiterhin für uns ein. Wenn ich die Augen schließe und in mich hineinhöre, spüre ich, dass er da ist, ebenso lebendig wie barmherzig. Dort ist er zu Hause: In unseren Herzen, wo die Gefühle sind, und nicht in unseren Köpfen, wo der Verstand sitzt. Mein Glaube ist keine strenge Disziplin, die der Überlegenheit des Geistes zuneigt, sondern eine Herzensangelegenheit mit Gott.«

Javolenus scheint die Ironie abhandengekommen zu sein. Er blickt in das bewegte Gesicht seiner Schreiberin. Es ist das erste Mal, dass Livia versucht, ihre Überzeugungen einem Heiden auseinanderzusetzen. Sie will ihn nicht bekehren. Er soll wissen, was ihr am liebsten und teuersten ist, was ihr Schicksal erschüttert und ihre Identität besiegelt hat. Gegenüber ihrem Herrn hat sie das Gefühl, sich gänzlich offenbart zu haben. Aber sie hält seinem Blick stand.

»Auf den ersten Blick wirkt dein Jesus hilfsbereit und schwach«, sagt er. »Aber seine vorgetäuschte Demut kann mich nicht blenden: Wut und Zorn, das Großartige, Rache und Allmacht durch Liebe und Barmherzigkeit zu ersetzen, das ist ein geschickter Schachzug. Jemand, der vergibt, der Nähe vermittelt und zugänglich ist wie ein Liebhaber! Wohl durchdacht. Die Angst vor dem Tod wird aufgehoben durch die Aussicht auf das ewige Leben und die Auferstehung – wie raffiniert! Dein Prophet war ausgesprochen intelligent und besaß viel Menschenkenntnis! Ich wüsste gern, bei wem er gelernt hat. Aber ich kann diesen Humbug nicht gutheißen. Und was deine sogenannten Zeugen angeht, die gesehen haben wollen, dass er auferstanden ist: Da wird ihr unbedingter Wille, ihren Helden lebendig zu sehen, wohl böse Halluzinationen verursacht haben. Erlaube mir dennoch, deiner Religion eine schöne Zukunft zu prophezeien, denn sie ist wie gemacht für Unwissende, Feiglinge und simple Gemüter, also für die Mehrzahl der Bevölkerung.«

»›Selig sind die Demütigen‹, sagte Jesus«, entgegnet Livia, niedergeschmettert vom Urteil ihres Herrn. »›Selig sind, die glauben und nicht räsonieren. Sie fühlen mit dem Herzen, während andere sich im Hochmut des Verstands verlieren‹. Meine Religion ist in der Tat der Gegenentwurf zu Eurer eitlen und elitären Philosophie. Sie richtet sich an die einfachen Leute, zu denen auch ich gehöre.«

»Ich wollte dich nicht verletzen, liebe Freundin.«

»Mit welcher Gleichung lösen Euer Zenon und Euer Chrisyppos denn die Frage des Todes?«, fragt sie unvermittelt.

»Nun ... wir sind ein Teil vom Kosmos, weil der Tod nicht das Ende sein kann. In einem geordneten, endlosen Universum gehen wir innerhalb der Natur von einer Form in eine andere über, gemäß der gottgewollten Ordnung.«

»Gemäß Eurem blinden Schicksal kehrt Ihr also als Birne, Dattel oder Frosch wieder?«

Javolenus muss laut lachen.

»Du bist unverbesserlich! Aber ich danke dir, Livia ... ich habe schon lange nicht mehr gelacht.«

Livia lehnt noch immer am Schreibpult und sieht seine makellosen Zähne. Ihr Groll auf Javolenus ist verflogen.

»Ihr müsst aber zugeben«, fährt sie fort, »dass die Antwort von Jesus verlockender ist als die Eurer Lehrmeister!«

»Das räume ich ein. In diesem Punkt hast du gewonnen. Die Erfindung deines Erleuchteten, die Auferstehung, hat es wirklich in sich!«

Livias Miene verfinstert sich wieder. Als plötzlich aus der Tiefe ihrer Seele Trauer emporsteigt, kann sie sich nicht dagegen wehren.

»Es ist kein Spiel«, murmelt sie. »›Wenn es keine Auferstehung der Toten gibt, dann ist auch Christus nicht auferweckt worden. Wenn aber Christus nicht auferweckt worden ist, so ist unsere Predigt leer, leer auch euer Glaube‹, hat Paulus an die Griechen in Korinth geschrieben. Meine Eltern, meine Brüder, Magia und ich sind symbolisch in einer Quelle des Tiber gestorben und durch die Hände von Paulus, der diese Worte gesprochen hat, in das richtige Leben zurückgekehrt, durch die sogenannte Taufe. Jetzt gehören wir zur Gemeinschaft der Menschen, die für die Ewigkeit bestimmt sind. Wir fürchten den Tod nicht mehr, weil wir wissen, dass wir eines Tages wieder vereint sein werden. Begreift Ihr, was das bedeutet? Dass, wenn Christus von den Toten zurückgekehrt ist, meine Familie nicht umsonst gestorben ist und heute glücklich an der Seite Gottes lebt!«

Javolenus lacht nicht mehr, sondern erhebt sich und geht auf Livia zu, die Tränen in den Augen hat. Er umfasst ihre Hände und drückt sie fest.

»Das verstehe ich sehr gut«, sagt er leise mit bebender Stimme. »Ich weiß, dass deine Überzeugungen dir helfen, weiterzuleben und die Hoffnung zu bewahren. Teilen kann ich sie nicht, aber ich teile deinen Schmerz, Livia, glaube mir. Wenn ich sicher sein könnte, eines Tages meine verstorbene Frau wiederzusehen …«

Am Abend dieses Ostertages kniet Livia in ihrer Kammer, den Rücken der Tür zugewandt. Nachdem sie sich in einer Wanne in einer Ecke des Raumes gewaschen hat, begeht sie Jesus' letztes Abendmahl. Sie denkt an den Herrn, der seinen Jüngern die Füße wäscht, an die Verkündung von Judas' Verrat, an die bevorstehende Lossagung von Paulus. Dann bricht sie das Brot.

»Nehmet, das ist mein Leib.«

Sie isst ein kleines Stück. Dann hält sie eine mit Wein gefüllte Holzschale hoch und spricht:

»Das ist mein Blut, das für euch vergossen wird. Das Blut des Bundes, das für viele vergossen wird.«

Sie leert die Schale in einem Zug. Etwas benommen von dem unverdünnten Wein faltet sie die Hände, die ihr Herr am Morgen berührt hat.

»Herr Jesus, hab Erbarmen mit mir. Hilf mir, denn ich verzehre mich innerlich … hilf ihm und erlöse ihn von seiner Trauer … Christus, ich empfinde Freude und Not zugleich. Ich will nur dich lieben. Erfülle mich mit deinem Geist. Hab Erbarmen mit mir.«

29

»Es gibt Orte, wo der Geist weht«, ging es Johanna in Gedanken an den berühmten Roman »La Colline inspirée« von Maurice Barrès durch den Kopf. Orte, die die Seele aus ihrer Lethargie holen, die ein Geheimnis umgibt, auserkoren von der Ewigkeit: das Land um Lourdes; das Gebirge von Sainte-Baume, das Maria von Bethanien so sehr liebte; der Fels von La Sainte-Victoire; der Hügel von Vézelay; die Gegend um Carnac, der Wald von Brocéliande; der Mont Saint-Michel …

In der matten Dezembersonne lief sie mit einem Plan in der Hand durch die Via dell'Abbondanza, entdeckte das Forum, die Poesie der Ruinen und die eigenartige Stimmung, die an dem Ort herrschte. Zu dieser Zeit des Jahres waren Touristen rar; in der Stille teilte sich das Gemäuer ihr mit, und sie wusste es zu deuten. Das Geheimnis dieser Stadt, so dachte sie, das einen so betörte, war in der Tat ganz anders als am Mont Saint-Michel oder in Vézelay … Es war kein mystisches Gefühl. Ich empfinde hier keine himmlische, transzendente Inspiration, dachte sie. Nein, es ist ein tragisches Empfinden, das direkt von diesem Ort ausgeht, von den kaputten Säulen, den Villen, die dem Erdboden gleichgemacht sind, den in Gips gegossenen und in ihrem Leid mumifizierten Leichen. Die Treppen in den Häusern führen nicht in den Himmel, sondern ins Nichts. Das Wesentliche hier ist nicht spirituell, es ist auf grausame, quälende Weise menschlich. Es ist, als hätte Gott an einem Augusttag schlagartig der Tod ereilt. Die Steine schreien den Schmerz, das Ende der Hoffnung, das endgültige Ende des Glücks förmlich heraus. Hier hat der Tod nichts von Erlösung. Die Zeit ist in der äußersten, entsetzlichsten Sekunde stehen geblieben. Das zieht die Menschen an, das fasziniert die Massen. Der Gestalt gewordene, universelle

Traum vom Stillstand der Zeit, von der Ewigkeit des Moments. Und wenn das alles einem Albtraum gleicht, umso besser … Wären wir auch so in Bann geschlagen, wenn die Uhr bei Szenen der Freude und Zufriedenheit stehen geblieben wäre? Die pathetische Dimension, der Überraschungseffekt, das greifbare Entsetzen machen die Unbeweglichkeit des Moments nachvollziehbarer. Nirgends hat der Mensch gegen den Untergang der Welt gesiegt. Hier vermittelt uns der Vesuv, indem er die Zeit lahmgelegt hat, was Unendlichkeit heißt.

Das war es jedoch nicht, weswegen Johanna nach Pompeji gekommen war. Sie war am Vorabend angekommen, und Tom hatte sie vom Flughafen abgeholt und zu sich nach Neapel gebracht, in das oberste Stockwerk eines alten, heruntergekommenen Gebäudes zwischen Palazzo Reale und Castel Nuovo, mit Blick auf die Fähren, die die Inseln Ischia, Procida und Capri ansteuerten. Im Auto waren bei Johanna wegen des dichten Verkehrs, des Lärms der mediterranen Großstadt und ihren fremden Gerüchen, des Drecks und des schlechten Rufs, der der Stadt vorauseilte, wieder Ängste hochgekommen. Angespannt saß sie auf dem Sitz, und da es ihr vor Beklemmung die Kehle zuschnürte, konnte sie ihrem Freund nicht einmal die Gründe für ihren plötzlichen Besuch erklären. Als sie aber mit einem Glas Vesuvio in der Hand auf dem Balkon mit dem schmiedeeisernen Gitter stand, gegenüber der inzwischen ins Dunkel getauchten Bucht mit ihren Lichtern und Schiffssirenen, hatte sie versucht, ihn davon zu überzeugen, dass sie gekommen sei, um ihm zu helfen: Sie sei sich nach wie vor sicher, dass die beiden Morde an den Archäologen mit Toms Grabungen zusammenhingen, und wer könnte besser verstehen als sie, wie ihm zumute war, und ihm zur Seite stehen, um den Mörder zu finden?

»Jo, das ist doch Wahnsinn!«, hatte Tom eingewendet. »Du verlässt dein Camp aus einer Laune heraus und meinst, du könntest hier auch noch den Part der italienischen Polizei übernehmen?«

»Werner kommt sehr gut ohne mich zurecht. Keine Sorge, ich

will nicht die Carabinieri ersetzen. Ich will nur die Atmosphäre hier bei deinen Grabungen mitbekommen, dein Team kennenlernen … Ich habe etwas Ähnliches durchgemacht und bin sicher, dass mir Dinge auffallen, die euch entgehen.«

»Und deine Tochter? Du hast doch gesagt, dass sie krank ist. Und Luca?«

»Luca ist auf Tournee in den USA, bis Weihnachten werde ich ihn nicht sehen. Und Romane geht es schon viel besser«, log Johanna, die Tom nichts von den Hypnosesitzungen erzählt hatte und ihn auch nicht über den wahren Grund ihres Besuchs aufklären wollte. »Isabelle kümmert sich um sie.«

»Ich warne dich, Johanna, es kommt überhaupt nicht infrage, dass du dich in unsere Arbeit einmischst. Du rührst hier nichts an. Das hier ist mein Camp und …«

»Keine Angst, Tom. Ich bin nur aus Freundschaft zu dir hier, weil ich Angst um dich habe und nicht will, dass dir dasselbe passiert wie mir. Oder Schlimmeres …«

Das Argument rührte ihn so, dass er sich widerwillig bereit erklärte, Johanna am nächsten Morgen mit nach Pompeji zu nehmen.

Bei der Porta Marina hatte er sie gebeten, auf ihn zu warten, weil er einen Termin bei der archäologischen Aufsichtsbehörde hatte. Johanna hatte gesagt, sie werde sich umsehen und sich wohl erst einmal im Gewirr der Straßen, Tempel und Villen verlaufen, die sie noch nie besichtigt hatte. Tom hatte ihr einen Plan mitgegeben, auf dem die Grabungsstellen verzeichnet waren, und sein Camp darauf schwarz umringelt. Die Mediävistin wollte ihn dort wieder treffen und war in Gedanken an Romane und den Papyrus mit der Geheimbotschaft der rätselhaften Livia losmarschiert. Sie war überzeugt, hier irgendwo in dieser Stadt, vermutlich in Toms Camp oder ganz in der Nähe davon, den verborgenen Weg zu finden, auf dem ihre Tochter von ihren Todesängsten befreit würde. Diese unbekannten Worte, die mit Sicherheit der Grund für den Mord an James und Beata waren, würden Romane retten. Sie würde sie diesen Ruinen um jeden

Preis entreißen, auch auf die Gefahr hin, ihr eigenes Leben dafür zu opfern. Die alte Johanna, die kriegerische, besessene, leidenschaftlich agierende Archäologin, erwachte zu neuem Leben.

»Entschuldigen Sie ... sind Sie Johanna aus Vézelay?«

Sie lächelte einen Mann von etwa dreißig Jahren an, während ihr durch den Kopf schoss, dass sie selbst sich gerade eher als Johanna vom Mont Saint-Michel bezeichnen würde.

»Ich bin Philippe, Toms Assistent«, sagte der Pompeji-Spezialist und streckte ihr die Hand hin. »Er hat mich gerade angerufen und gebeten, Sie durch dieses Labyrinth zu führen.«

»Sind Sie Franzose?«

»Von der Butte Montmartre! Ich arbeite seit zwei Jahren hier.«

Philippe war ein hübscher Kerl, ein dunkler Typ mit Locken, schwarzen Augen und Dreitagebart; er wirkte ansprechend und sympathisch, trotz eines merkwürdigen Flecks auf dem rechten Auge.

»Ich denke, ich hätte den Weg mit meinem Plan auch allein gefunden, aber da Sie nun hier sind, frage ich Sie gleich: Die Antike ist nicht meine Stärke. Wie konnte es sein, dass man Pompeji und Herculaneum mehr als eineinhalb Jahrtausende vergaß und dann darüber so ins Schwärmen geriet?«

»Man muss wissen, dass Pompeji und Herculaneum ganz unterschiedlich sind: Pompeji war ein bedeutendes Wirtschaftszentrum, während der Nachbar ein kleiner Badeort für begüterte Bürger war. Die Katastrophe vom 24. August 79 hat sie nicht in gleicher Weise getroffen. Herculaneum lag näher am Vesuv und verschwand unter einer vierhundert Grad heißen Wolke. Es ging in einem Schwall aus Schlamm und Lava unter, der die Bewohner aus ihren Häusern trieb, was den meisten das Leben rettete. Pompeji dagegen wurde mit Asche und Lapilli überzogen, sodass viele sich in die Keller retteten, wo sie an den Gasen und Schwefeldämpfen erstickten.«

»Wie viele Opfer gab es?«

»Bis heute hat man über zweitausend Leichen geborgen, bei einer Bevölkerung von insgesamt zwanzigtausend Bewohnern.

Man kann also sagen, dass Pompeji sprichwörtlich dezimiert wurde. Als die Sonne sich nach drei apokalyptischen Tagen und Nächten am Morgen des 27. August 79 wieder zeigte und der Ausbruch vorüber war, lag Herculaneum unter einer zwanzig Meter dicken, festen Schicht aus Lava und Schlamm, dem Tuff, der es in einem hermetischen Sarg isolierte. Die Katastrophe hatte enorme Nachwirkungen und erregte riesiges Aufsehen. Der Vulkanstaub drang bis nach Rom, es gab Tausende von Flüchtlingen. Kaiser Titus entsandte eine Untersuchungskommission des Senats, die befand, dass beide Städte, die von der Karte der bewohnten Erde getilgt waren, nicht wiederaufgebaut werden sollten.«

»Verstehe«, sagte Johanna nachdenklich, »es wäre zu teuer gewesen. Obwohl ... man hatte zwar nicht die Gerätschaften, um den Tuff um Herculaneum zu durchstoßen, aber die Asche auf Pompeji hätte man doch beseitigen können.«

»Als die Katastrophe vorbei war, kehrten die Überlebenden nach Pompeji zurück, rissen die Statuen heraus, die aus dem Boden ragten, und versuchten, ihre Häuser wiederzufinden. Wenn sie zu ihnen vordringen konnten, holten sie die Leichen ihrer Angehörigen und ein paar Wertsachen und wurden oft selbst von den Trümmern verschüttet. Sie mussten also sehr bald aufgeben. Die Zeit tat ihr Übriges: Unkraut überwucherte die Asche, auf der Schlacke bildete sich Humus, und die Landschaft wurde zu einem Idyll, wie man es in den Bereichen im Nordosten der Stadt, wo nicht gegraben wurde, bis heute sehen kann: Felder, so weit das Auge reicht, Wein, wo früher Pompeji stand. Die Weinbauern erinnerten sich nur vage daran, dass sie ihre Trauben auf einer verschütteten Stadt ernteten, die sie einfach ›La Civita‹ nannten: die Stadt.«

»Erstaunlich«, sagte Johanna. »Und Herculaneum?«

»Auch da ging die Erinnerung verloren. Auf der Lavaschicht wurde ein neues Dorf namens Resina errichtet. Nur auf ein paar alten römischen Karten und in dem Bericht von Plinius dem Jüngeren sind die Namen der beiden Städte noch erwähnt. Bis zum 18. Jahrhundert versäumten die Leute aus Unwissenheit oder Gedankenlosigkeit zahlreiche Gelegenheiten, um die alten Städte wiederzuentdecken. Wenn der Zufall einmal Marmor aus ›Civita‹ freilegte, wurde er abgeschlagen, weil er die Arbeit behinderte. Gold- und Silbermünzen wanderten in die Taschen der Bauern. 1689, als man Brunnen anlegte, wurde eine antike Tafel mit der Inschrift ›Pompeji‹ gefunden. Ein neapolitanischer Architekt befand, dass es sich nicht um die verschüttete Stadt handeln konnte, sondern um die Villa eines gewissen ›Pompeius‹, und dabei blieb es dann erst einmal.«

»Unglaublich!«, rief die Archäologin verblüfft aus.

»Am erstaunlichsten ist«, fuhr Philippe fort, »dass Herculaneum trotz der festen Lavaschicht, die viel schwerer abzutragen war, schließlich als Erstes entdeckt wurde. Um 1710 wurde der Fürst von Elbeuf, der dem österreichisch-kaiserlichen Offizierscorps angehörte, auf die Sache aufmerksam, nachdem man in einem Brunnen Überreste aus gelbem Marmor gefunden hatte. Er ließ einen Stollen in den ausgetrockneten Schlamm treiben und stieß auf drei wunderbare Frauenstatuen, die in Rom restauriert, dann illegal außer Landes gebracht wurden und eine Weile den Palast in Wien schmückten, bevor sie in Dresden beim polnischen König landeten. Dieser Diebstahl und die unglaubliche Reise der antiken Skulpturen gaben den Ausschlag für Karl Bourbon von Spanien, den neuen König beider Sizilien und damit auch von Neapel, auf Betreiben seiner Frau, der Tochter des polnischen Königs, an der Stelle Grabungen durchzuführen, wo der Fürst von Elbeuf fündig geworden war. Am 11. Dezember 1738 kam Herculaneum wieder ans Licht.«

»Es lebe der Kunstsinn der gekrönten Häupter! Und Pompeji?«

Der Experte verzog das Gesicht.

»Es dauerte noch zehn Jahre, bis König Karl Arbeiten in ›La Civita‹ anordnete. Arbeiter und Sträflinge trugen die Ascheschicht ab, in der Nähe der Kreuzung Via di Nola und Via di Stabia. Man entdeckte eine Freske, einen Römerhelm, Öllampen und das erste Skelett: Einen Mann, der mit einer Geldbörse voller Münzen mit dem Bildnis von Nero und Vespasian versucht zu fliehen.«

»Na endlich!«

»Wie man's nimmt«, sagte Philippe bedauernd. »Es mangelte an wissenschaftlicher Präzision, man riss sich die Reichtümer unter den Nagel, was ein Desaster war. Man glaubte, Stabia entdeckt zu haben und nicht Pompeji, und grub planlos, entdeckte das Amphitheater und beließ es dabei; es gab dort weder Statuen noch Gold, sodass dann außerhalb der Stadtmauern weitergegraben wurde, nahe der Porta Herculaneum. Dort legte man durch Zufall eine Villa frei, die man fälschlicherweise für das Landhaus Ciceros hielt. Man entfernte Fresken und Bronzeobjekte und schüttete das Loch wieder zu. 1750 wurden die Grabungen in ›La Civita‹ wieder eingestellt. Vier Jahre später stießen Arbeiter beim Bau einer Straße auf Gräber. Man führte die Ausgrabungen fort, wusste aber immer noch nicht, dass es sich um Pompeji handelte. 1755 wurde neben dem Amphitheater die prunkvolle Villa von Julia Felix entdeckt und geplündert, so wie damals üblich. Die Malereien, die man für das königliche Museum für unwürdig befand, wurden zerstört, und die Villa wurde wieder zugeschüttet. Man hat sie erst 1952 erneut entdeckt. Am 16. August 1763 schließlich, nach vielen Irrungen und Wirrungen, hatte man dank einer Inschrift endlich den Beweis, dass es sich bei ›Civita‹ um Pompeji handelte, und die Stadt erhielt ihren Namen zurück. Von da an wurde hier ununterbrochen gegraben, außer in Kriegszeiten.«

»Als Pionier der Archäologie hat Winckelmann Pompeji in Europa doch bekannt gemacht und die Antikenmode ausgelöst.«

»Das stimmt. 1762 ging der Deutsche gegen die chaotischen Grabungen vor und veröffentlichte den ersten Bericht über die Entdeckungen, der übersetzt wurde und in ganz Europa für Aufsehen sorgte. Winckelmann wurde von einem Tag auf den anderen berühmt. Leider fand er am Hof von Neapel kein Gehör, und dann wurde er ermordet.«

»Ermordet?«, unterbrach Johanna ihn. »In Pompeji?«

»Nein, in Triest, in einer Herberge. Er wurde von einem Banditen niedergestochen, der ihn ausrauben wollte.«

Philippes Gesicht verdüsterte sich, vermutlich dachte er an den Mord an seinen beiden Kollegen. Dann fuhr er fort:

»So wie Herculaneum ohne die drei Frauenstatuen des Fürsten von Elbeuf niemals entdeckt worden wäre, würde es auch Pompeji ohne den Beitrag von drei Frauen nicht geben, die tatsächlich gelebt haben, drei intelligente und passionierte Archäologinnen, die hart für die Stadt kämpften. Die Erste war Maria Amalia von Sachsen, Tochter von Friedrich August II. von Sachsen, dem König von Polen, der König Karl in Dresden begegnete, als er die drei Statuen vom Fürsten von Elbeuf zurückkaufen wollte. Karl scheiterte mit seinem Vorhaben, aber er verliebte sich in die Tochter des Königs und nahm sie mit nach Neapel. Auf Maria Amalia geht die Entdeckung von Pompeji zurück. Die Zweite war die Erzherzogin Marie Charlotte von Österreich, die Schwester Marie-Antoinettes. Mit fünfzehn Jahren heiratete sie den einfallslosen Ferdinand von Bourbon, König beider Sizilien. Nach ihrer Ankunft in Neapel ließ sie sich Karolina nennen. Sie begeisterte sich für die Ausgrabungen und gab ihnen entscheidende Impulse. Und schließlich war da noch Caroline Bonaparte Murat, die Schwester Napoleons, die sich zu einer echten Grabungsleiterin entwickelte.«

»Das ist interessant«, bemerkte Johanna. »Die Grabungen waren also hochpolitisch und hingen vom Willen derer ab, die auf dem Thron saßen.«

»Richtig. Pompeji war damals eine riesige Freilichtbühne für gekrönte Häupter und berühmte Besucher, ein exklusiver Versammlungsort, an dem man makabre Funde inszenierte. Man arrangierte einen Fund zu Ehren der Gäste und benannte die freigelegten Gebäude nach ihrem Besucher. Goethe war hier, Ludwig I. von Bayern, mehrere österreichische Kaiser, Königin Viktoria, König Leopold von Belgien, Madame de Staël, Stendhal, Flaubert, Chateaubriand …«

»Und Alexandre Dumas!«, rief Johanna.

»Der natürlich auch! Der Schriftsteller wurde 1860 von Garibaldi zum Grabungsleiter ernannt, als Dank dafür, dass er ihm geholfen hatte, die Bourbonen zu vertreiben. Dumas war aber bei den Neapolitanern so unbeliebt, dass seine Begeisterung schon bald nachließ …«

»Und wann wurden erstmals wissenschaftliche Grabungen durchgeführt?«

»Genau zu dieser Zeit. Als die Bourbonen weg waren, Neapel wieder zu Piemont gehörte und Alexandre Dumas seinen Hut genommen hatte, kam für ihn Giuseppe Fiorelli. Damals wurde zum ersten Mal ein Grabungstagebuch geführt. Er unterteilte Pompeji in neun ›Regiones‹ und innerhalb dieser wieder in ›Insulae‹, Häuserblöcke, die er alle nummerierte. Diese Einteilung ist noch immer aktuell. Er ließ Malereien und Fresken stehen und ergriff erste Maßnahmen zum Erhalt der Funde. Wir verdanken ihm eine geniale Erfindung: Er ließ die Hohlräume mit Gips ausgießen, sodass die Körperumrisse und die Gesichter der Menschen in ihren letzten Bewegungen abgebildet wurden. Dank dieser Methode sehen wir ihr Entsetzen und können die menschliche Tragödie nachempfinden, die sich damals abgespielt hat und uns so nahegeht.«

Nachdenklich machte Johanna sich klar, dass diese Technik leider nicht auf die Opfer anwendbar war, die in den Kellern eingeschlossen und damit von der Asche verschont geblieben waren. Diese Körper zeigten ihre Knochen und nicht ihr Gesicht. Gewebe und Fleisch würde man im Labor wiederherstellen müssen, und der letzte Ausdruck bliebe verloren. Schade …

Natürlich vermied Philippe die Besichtigung des Lupanar, in dem James ermordet worden war, wie auch den Bereich der Mysterienvilla, wo man Beata gefunden hatte. Johanna nahm sich vor, noch einmal allein dorthin zu gehen. Jetzt führte der Antikenforscher die Mediävistin in das Theaterviertel. Vor den eingestürzten Überresten vom Haus der Gladiatoren, wo man fünfundsechzig Leichen ausgegraben hatte, beschrieb er die entsetzliche Agonie der angeketteten Gefangenen und begleitete Johanna in den Isis-Tempel, in dem man verkohlte, aber intakte Früchte gefunden hatte, die Reste eines Opfertiers für die Göttin, Statuen, die Skelette von Priestern, die zum Zeitpunkt der Katastrophe zu Tisch saßen und von denen einer, der lebendig verschüttet wurde, vergeblich versucht hatte, sich mit einer Hacke den Weg freizuschlagen.

»Weiß man, ob in Pompeji Anhänger von Jesus lebten?«, fragte Johanna.

»Man ging lange davon aus, aber heute wissen wir, dass es eher unwahrscheinlich ist, dass hier Christen gewohnt haben. Zumindest gibt es dafür keine eindeutigen Beweise.«

»Oder aber es gibt keine Spuren, weil die ersten Christen verfolgt wurden und sich versteckt hielten.«

»Möglich.«

In der Via dell'Abbondanza bogen Philippe und Johanna links in die Via di Stabia ab, die im Norden zu ihrem unheilvollen Gebieter hin anstieg: dem Vesuv. An dem Tag war der Berg düster, kahl und bedrohlich. Es fiel schwer, sich einen grünen, bis hinauf zum Gipfel mit Feldern und Wein überzogenen Hügel vorzustellen, Bacchus' Oase, der Garant friedlichen Wohlstands.

»Seither haben sich rund dreißig Ausbrüche ereignet«, fuhr Philippe mit Blick auf Johanna fort, »von denen einige noch tödlicher waren als ihr berühmter Vorläufer.«

»Und trotzdem geht niemand von hier weg.«

»Die Leute hier sind arm, fatalistisch und gläubig. Immer, wenn es bebt oder zu einem Ausbruch kommt, strecken die Kampanier dem Vulkan den Kopf ihres Namenspatrons, des heiligen Januarius, entgegen, und veranstalten Prozessionen, so wie ihre Ahnen die Götter des Pantheon beschwörten.«

»Sind durch die anderen Beben auch Schäden im Ort entstanden?«

»Ja, natürlich. Besonders das Erdbeben von 1980 war verheerend für die Stadt. Das Jahr, in dem Pompeji tatsächlich zum zweiten Mal fast dem Erdboden gleichgemacht worden wäre, war allerdings 1943.«

»Ein noch größerer Ausbruch also?«

»Nein«, Philippe lächelte bitter, »dieses Mal war die Natur unschuldig. Am 24. August 1943 – also genau tausendachthundertvierundsechzig Jahre nach dem Ausbruch im Jahr 79 – hat die amerikanische Luftwaffe die Stadt bombardiert, weil die Amerikaner dachten, die Deutschen würden sich in den Grabungshöhlen verstecken. Das Museum mit Fiorellis Gipsabdrücken wurde zerstört, der Grabungsleiter wurde verletzt. Mitte September versteckten sich dann tatsächlich italienische Flüchtlinge in den Trümmern, die alliierte Luftwaffe hielt sie für Nazis beziehungsweise für Anhänger Mussolinis, und hundertfünfzig Bomben gingen auf Pompeji nieder. Nach Kriegsende ließ ein amerikanischer Major die Schäden beheben. Links von Ihnen sind die Stabianer Thermen. Das dort ist der Vorläufer der Snackbar, ein Thermopolium. Hier haben wir eine Bäckerei.«

»Ich nehme an, zwei Millionen Touristen pro Jahr und der Zahn der Zeit bringen riesige Probleme mit sich.«

»Der Erhalt der Ruinen ist schon seit Ende des 19. Jahrhunderts das größte Problem in Pompeji!«, erklärte der Antikenforscher. »Mittlerweile geht es um alles oder nichts, denn einige Häuser stürzen ein, wie das Haus der Gladiatoren. Mit etwas Geld und Glück finden mehr Restaurierungsarbeiten als Grabungen statt. Oder beides gleichzeitig, wie in unserem Camp. Zwei Fünftel der Stadt werden bewusst nicht freigelegt, als archäologische Reserve für künftige Generationen. Der Rest wird mehr recht als schlecht von internationalen Teams instand gesetzt und dient in immer wieder neuer Form als Grabungsschule und Forschungsstätte. Heute interessiert man sich weniger für die Stadthäuser als für Handwerk und Gewerbe der Pompejer: Auf einem großen Ausgrabungsgelände in Region I werden die ehemaligen Gerbereien erforscht. Die Superintendenz, die den Ort verwaltet, organisiert touristische Veranstaltungen: In der schönen Jahreszeit gibt es Stadtführungen mit dem Rad, nächtliche Erkundungen, ›Archeo-Ristorante‹ mit Blick auf die Ruinen. Im Haus der keuschen Liebenden, das 1987 entdeckt wurde, können die Besucher den Archäologen und Restauratoren bei der Arbeit zusehen, und der Höhepunkt des Ganzen ist die Villa von Julius Polybius, wo der ehemalige Besitzer als Hologramm die Besucher empfängt und Multimedia-Installationen moderiert.«

»Keine schlechte Idee, ein bisschen Museumspädagogik.«

»Ich gebe hier nicht den Kindergärtner oder Touristenführer«, erwiderte Philippe brüsk. »Das ist nicht mein Metier. Und ich würde es auch nicht dulden, dass man mir bei der Arbeit zusieht.«

Johanna wunderte sich über Philippes barschen Ton. Dabei hatte er so offen und liebenswürdig gewirkt …

»Aber jetzt gerade betätigen Sie sich doch auch als Führer?«, sagte sie.

»Das ist nicht dasselbe, Sie sind schließlich Profi.«

»Besteht denn die Gefahr, dass Ihr Camp der Öffentlichkeit zugänglich gemacht wird?«

»Das nicht, die Gefahr ist eher, dass es ganz einfach komplett geschlossen wird, nach allem, was passiert ist!«

»Tom hat mir davon erzählt.«

An der Ecke Via di Stabia und Via di Nola blieb Philippe stehen und blickte schweigend in die Ferne.

»Johanna, was hielten Sie davon, wenn wir uns – als Kollegen und Landsleute – duzen?«

»Gern, Philippe.«

»Warum kommst du ausgerechnet jetzt hierher?«

Die Mediävistin war nicht auf diese Frage gefasst; dabei war sie naheliegend. Was sollte sie antworten?

Sie merkte, dass er versuchte, nicht aggressiv zu wirken, aber im Grunde war er genauso besitzergreifend wie Tom und wie sie selbst auch bis vor ein paar Jahren, wenn es um ihre Grabungen ging. Von den Morden am Mont Saint-Michel wollte sie ihm nichts erzählen. Also hielt sie sich an ihre Freundschaft zu Tom und übertrieb ihre ängstliche Art und ihre gluckenhafte Seite ein wenig, um ihren Besuch plausibel zu machen. Philippe schien ihr zu glauben.

»So«, sagte er, rechts in die Via di Nola abbiegend, »wir sind fast da. Region IX, ein ruhiges Fleckchen abseits vom Zentrum. Die Insula vier rechts von dir, das sind die Zentralthermen, die im Jahr 79 gebaut wurden. Sie wurden nie fertig. Das Camp ist in Insula fünf. In Insula acht steht eine der schönsten Villen von Pompeji: das Haus der Hundertjahrfeier, die Casa del Centenario. Der Mittelteil und die Ostseite von Region IX werden nicht ausgegraben und schließen an die Bereiche III, IV und V an. Das ist der größte Teil des unbearbeiteten archäologischen Schutzgebiets, von dem ich dir vorhin erzählt habe. Der ausgegrabene Teil von Region IX wurde Ende des 19. Jahrhunderts unter der erfolgreichen Leitung des Architekten Michele Ruggiero freigelegt, einem ehemaligen Mitarbeiter von Fiorelli.«

Johanna betrachtete das eigenartige Panorama: Beidseitig der Via di Nola erhob sich hinter den grauen, nivellierten Ruinen mit den hoch emporragenden Säulen ein mit Gras und Feldern bedeckter und von einer Wiese gekrönter Hügel, auf dem in scharf gezogenen Reihen Kohl, Blumen und Weinreben wuchsen. Es schauderte sie bei dem Gedanken, dass sich unter dem Ackerland im Innersten der schwefelhaltigen Erde Mauern und dazwischen lauter gut konservierte Leichen befanden.

Philippe bog rechts in die Via del Centenario ein. An der Ecke zur Via di Nola erhoben sich die stark beschädigten Überreste eines ehemaligen öffentlichen Altars. Über einen größeren Stein konnte man die Gasse trockenen Fußes passieren. Der Vicolo del Centenario endete in einer Sackgasse, an deren Ende sich Felder befanden: der unbearbeitete Sektor von Region IX. Der Assistent holte einen Schlüssel hervor und öffnete das Vorhängeschloss an dem eisernen Tor. An den Gitterstäben hing ein Schild, das Unbefugten den Zutritt verbot und das Tragen eines Helms vorschrieb. Beidseitig des Tors erkannte Johanna die Überreste von Ladenlokalen.

»Seit das … mit James und Beata passiert ist«, flüsterte Philippe, »sperren wir zu. Es war zwar nicht hier, aber wir fürchten nicht nur den Mörder, sondern Journalisten und Neugierige.«

»Ich verstehe.«

Das Team muss völlig verängstigt sein, dachte sie, und das zu Recht. Bilder aus der Vergangenheit tauchten auf. Sie bemühte sich, nicht zu zittern, als sie den Helm entgegennahm, den Philippe ihr hinhielt. Sie dachte an die Krisen ihrer Tochter, an den Keller, die Botschaft, die sie entschlüsseln musste, und ihre Erinnerungen verflüchtigten sich wieder. Sie blickte empor. Das Haus war ungedeckt, keine Spur mehr von einem Dach. Sie betrat einen engen Gang, der mit kleinen, schwarz-weißen Mosaiksteinen ausgelegt war und ins Atrium führte. Das traditionelle Bassin in dessen Mitte war leer. Rechts sah man die Reste einer halb eingestürzten Zimmerfront. Links hockte eine Frau mit bunten Töpfen, Lappen und Pinseln um sich herum vor einer riesigen Freske, die sie restaurierte.

»Willkommen im Haus des Philosophen!«, rief Philippe. »Komm und sieh dir an, was der Villa ihren Namen gegeben hat. Darf ich dir Ingrid vorstellen, unsere Spezialistin für Malereien des vierten Stils, des sogenannten Phantasiestils, der Jahre 50 bis 79. Sie ist Dänin und spricht Englisch.«

Johanna begrüßte die große, junge Frau, die voller roter, gelber, grüner und schwarzer Farbflecken war. Auf der halb ausgelöschten Freske erkannte man gerade noch eine Gruppe von Personen auf Bankettliegen, sechs auf der rechten und sechs auf der linken Seite, beim Festmahl um einen in der Mitte stehenden, älteren Herrn im Glorienschein, der in der Hand etwas hielt, was nach einer Papyrusrolle aussah.

»Ist das der Besitzer des Hauses?«, fragte Johanna.

»Nein. Leider wissen wir nicht, wem dieses Haus gehört hat. Aber es war ein Anhänger der Stoiker, denn die Figur in der Mitte ist Zenon von Kition, der Begründer der griechischen Schule des Portikus. Zu seiner Rechten sieht man seine Schüler und zu seiner Linken die lateinischen Denker. Hier sind also die alten und die – aus Sicht eines Zeitgenossen aus dem 1. Jahrhundert – modernen stoischen Lehrmeister abgebildet. Aus dieser Huldigung hat man gefolgert, dass das Haus einem Philosophen gehört haben muss.«

»Aber die Leiche dieses Philosophen wurde nicht gefunden?«

»Als man das Haus 1877 freigelegt hat, wurden sieben Opfer ausgegraben: eine männliche Leiche im Pferdestall, drei Leichen im Atrium, ein Mann in dem Gang, durch den wir hereingekommen sind, ein Kind im Garten – ein Mädchen, von dem auch ein Gipsabdruck angefertigt wurde, der aber bei der Bombardierung von 1943 zerstört wurde – und noch ein Mann, der im Keller erstickt war. Sie waren eindeutig Sklaven und …«

»Ein Keller?«, unterbrach Johanna ihn. »Dürfte ich den mal sehen?«

Philippe runzelte die Stirn.

»Natürlich, ich wollte dir sowieso das ganze Haus zeigen, keine Sorge.«

Sie biss sich auf die Lippen. Sie musste ihre Neugier und Aufregung zügeln. Im Übrigen gab es auch keinen Anhaltspunkt dafür, dass Livias Papyrus hier versteckt wäre, im Gegenteil: Der Keller war schließlich freigelegt worden, und außer den sterblichen Resten eines männlichen Sklaven hatte man nichts gefunden. Das passte also nicht. Intuitiv dachte sie eher an den noch unbearbeiteten Sektor in der Nähe, den berühmten »archäologischen Schutzbereich für künftige Generationen«. Das würde auch erklären, warum die Botschaft nie gefunden wurde: Der Papyrus lag versteckt unter einer mehrere Meter dicken Schicht aus Asche und Lapilli, die seit dem Jahr 79 nie gehoben worden war. Zum Teufel, wie sollte sie es nur anstellen, da heranzukommen? Doch wenn sich der Papyrus nicht in diesem Haus befand, warum waren Toms Archäologen dann ermordet worden? Die Grabungen … die Arbeiten des Teams waren der Schlüssel zur Lösung. Und wenn sich James und Beata heimlich jenen unberührten Bereich vorgenommen hatten, wenige Meter von hier am Ende der Gasse? Sicher handelte es sich um verbotenen

Boden, der aber aller Voraussicht nach einige Schätze verbarg und damit an der Daseinsberechtigung eines jeden Archäologen rührte. Vielleicht waren sie ja auf Livias Keller gestoßen oder ihm gefährlich nahe gekommen?

»Es ist das Haus eines reichen Patriziers«, fuhr Philippe fort. Er führte Johanna in einen kleinen Raum, in dem die Trümmer eines Tempels standen, gerahmt von zwei Säulen und einem Dreiecksgiebel mit leeren Nischen. Vor dem Marmoraltar kniete zeichnend ein Mann mit einem großen weißen Block, dessen lange, rote Haare auf dem Rücken zusammengebunden waren.

»Das ist Pablo, Doktorand aus Madrid und Fachmann für antike Götter. Er versucht, die Gottheiten zu identifizieren, die auf diesem Lararium für die Schutzgötter des Hauses und die Ahnenverehrung abgebildet sind. In den Nischen stellte man ihre Skulpturen und Totenmasken auf.«

Von dort führte Philippe sie in ein Durchgangszimmer zwischen Atrium und Säulenhalle mit aufgeschichtetem Bauschutt und Resten einst bemalter Säulen.

»Das Tablinum«, erläuterte er, »der Empfangssaal für Besucher. Er ist stark beschädigt. James sollte die Fragmente für den Wiederaufbau inventarisieren.«

Johanna legte Philippe sanft die Hand auf die Schulter. Sie stiegen über die mit Etiketten und Nummern versehenen Steinbrocken, die der ermordete Archäologe sortiert hatte, und betraten die Säulenhalle. Johanna versetzte es einen Stich, als sie sah, was einmal ein Lustgarten gewesen sein musste und nun nur noch ein Trümmerfeld war: Von den weißen korinthischen Säulen, die ehemals das Dach stützten, standen nur noch Bruchstücke; der rechteckige Garten in der Mitte ließ sich lediglich anhand der steinernen Einfassungen erahnen; der gespaltene Brunnen sah trotz der Stützpfeiler aus Metall, mit denen er verstärkt worden war, so aus, als würde er jeden Moment in das Bassin stürzen. Nur auf den Innenseiten des leeren Wasserbeckens konnte man stellenweise noch Muschelmosaike erkennen, und hier und da standen nackte Podeste.

»Hier befanden sich Bronzeskulpturen von Venus, Herkules und Bacchus, der mythischen Trias aus der Gründungsgeschichte der Stadt, und die kapitolinische Trias, verkörpert durch Jupiter, Juno und Minerva, der Göttin der Künste und Hüterin des Wissens. Sie wurden 1880 geborgen und restauriert«, erklärte Philippe. »Heute stehen sie in Neapel im Archäologischen Museum. Sie lagen unter einer sechs Meter dicken Schicht aus Asche und Lapilli, wie der Rest des Anwesens auch.«

Am anrührendsten waren die noch vorhandenen Malereien, die einst die Säulenhalle zierten: Sie tauchten stellenweise auf den grauen, rissigen Wänden auf wie das übrig gebliebene Flickwerk einstiger Schönheit, eine Erinnerung an zerstörte Gemälde, die aus einer verloren gegangenen Welt an die Oberfläche drängten. Irritiert strich Johanna über die Konturen der grünen und roten Vögel, der Blumen und riesenhaften Faunenwesen und Bäume.

»Beata war dabei, sie zu restaurieren«, murmelte Toms Assistent mit rauer Stimme.

Er wandte den Blick ab und führte Johanna brüsk durch die Herrschaftsräume seitlich der Säulenhalle. Am Ende der Besichtigungstour betraten sie einen merkwürdigen, schmucklosen Saal, in dessen Wände Vertiefungen eingelassen waren wie in einem Bienenstock. Aus manchen dieser Nischen ragten noch verkohlte Holzfächer hervor.

»Das sieht ja aus wie ein Regal!«, rief Johanna.

»Wir sind in der ehemaligen Bibliothek«, erklärte Philippe. »In diesen Regalen, die mit Holzläden verschlossen waren, waren die Papyrusrollen verstaut, die Volumina. Eine Bibliothek war ein Zeichen von immensem Reichtum.«

Bevor Johanna ihn nach möglichen Bücherfunden befragen konnte, war Philippe schon wieder draußen und steuerte auf den ehemaligen Gemüsegarten zu. Dort herrschte Wildwuchs; der Garten war von Unkraut und Dornengestrüpp überwuchert, der alte Brunnen verschwand unter einer Matte aus Efeu.

»Sag, Philippe, dieses Haus ist, nachdem man es entdeckt hatte, nicht wieder zugeschüttet worden?«

»Nein, zum Glück wurde diese Methode damals nicht mehr praktiziert. Das erklärt auch die Schäden durch die Witterungseinflüsse. Ich zeige dir den Keller.«

An der Schwelle zu den riesigen unterirdischen Räumen, in die durch Kellerfenster Licht drang, hielt Johanna den Atem an. Sie sah jedoch nichts außer Bruchstücken von Amphoren und tönernen Dolia, in denen früher Öl und Wein aufbewahrt wurden.

»Obwohl keine Presse aufgetaucht ist, geht man davon aus, dass der Besitzer, wie die meisten reichen Pompejer, irgendwo am Vesuv Oliven und vor allem Wein angebaut hat.

Die Größe des Kellers, die Anzahl an unterirdischen Räumen und die Amphoren, die man gefunden hat, sprechen dafür. Wahrscheinlich gehörten ihm auch die beiden Läden im Erdgeschoss, wo er einen Teil seiner Produktion verkauft haben dürfte.«

Sie gingen weiter. Plötzlich schreckte Johanna auf. In einer dunklen Ecke hockte eine Frau mit einem kleinen, eckigen Gerät, das die Archäologin auf Anhieb erkannte. In einer Nische sah sie weitere Apparate.

»Keine Angst«, sagte Philippe, »das ist Francesca. Eine von unseren beiden Italienern. Der andere ist Roberto, der wieder mal zu spät kommt.«

»Infrarot-Wärmekamera, Bodenradar, Bodenwiderstandsmesser?«, zählte die Archäologin auf und deutete auf die ausgeschalteten Geräte. »Im Garten habe ich auch Anzeichen auf Bodenuntersuchungen und Stichprobenahmen bemerkt. Und Francesca benutzt ein Gravimeter. Warum?« Johanna spürte ihr Blut pulsieren. »Vermutet ihr ein unterirdisches Gewölbe oder weitere Kellerräume da unten? Oder sucht ihr nach den Spuren des Originalgebäudes?«

»Ich glaube, dass sollte Tom dir lieber selbst erklären, wenn er es für sinnvoll hält.«

Philippe wirkte entschlossen. Der helle Fleck in seinem rechten Auge funkelte im Halbdunkel. Johanna spürte einen Druck auf der Brust, eine Mischung aus Furcht und Aufregung. Ein Keller, der bei der Freilegung des Hauses 1877 nicht entdeckt worden war … das wäre die Erklärung, und sie wäre noch viel plausibler als ihre Theorie von heimlichen Grabungen in der verbotenen Zone.

»Die Besichtigung ist beendet«, sagte Philippe und blieb stehen. »Vielleicht wartest du draußen auf Tom, ich werde jetzt mal Roberto die Leviten lesen«, fügte er hinzu und holte sein Handy hervor.

Johanna begriff, dass sie höflich hinauskomplimentiert wurde, und sie folgte Philippe in den ehemaligen Gemüsegarten, in der Hoffnung, Tom werde bald eintreffen.

»Danke, Philippe, ich werde hier in der Sonne auf ihn warten.«

Eilig ging der Assistent in die Säulenhalle zurück. Johanna setzte sich in das üppige Gras, nahm den Helm ab und griff ebenfalls nach dem Handy.

»Isa, ich bin's. Geht es ihr jetzt besser als vorhin?« Isabelle hatte ihre drei Kinder ihrem Mann und ihrer Mutter anvertraut, sich in Vézelay niedergelassen, von wo aus sie ihre Arbeit per Telefon und Internet erledigte, und kümmerte sich um Romane. Die vorherige Nacht war so heftig gewesen, dass sie es am Morgen nicht übers Herz gebracht hatte, das erschöpfte Mädchen in die Schule zu schicken. Romane schlummerte im Wohnzimmer auf dem Sofa vor dem Ofen, und Hildebert wachte über sie. Wie immer war das Fieber im Morgengrauen schlagartig gesunken, aber die Kleine wurde jede Nacht schwächer. Bald würde sie nicht mehr aufstehen können.

»Ich habe aber auch eine gute Nachricht, Jo«, flüsterte Isa, um ihren Schützling nicht zu wecken. »Ich habe Sanderman überredet, für zwei oder drei Tage hierherzukommen. Dafür, dass er seinen anderen Patienten absagt, habe ich versprochen, etwas über ihn in der Zeitschrift zu bringen und …«

»Isa, du bist wunderbar, aber ich weiß nicht, ob …«

»Heute Abend müsste er hier sein. Ich habe dein Zimmer für

ihn hergerichtet. Ich muss dir noch etwas sagen, vorhin hattest du es so eilig: Heute Morgen, als sie wach wurde, hat sie etwas Merkwürdiges gemacht. Sie ist aufgestanden und schnurstracks in dein Arbeitszimmer gelaufen und hat sich einen roten Stift und dein Buch über die griechisch-römische Mythologie geschnappt. Sie hat das Inhaltsverzeichnis aufgeschlagen und mehrmals den Namen des Gottes Saturn unterstrichen. Als ich sie gefragt habe, warum sie das tut, konnte sie mir keine Antwort geben. Sie schien in dem Moment erst richtig wach zu werden, hat das Buch wieder zurückgelegt und mich lachend umarmt, als wäre nichts gewesen. Und was gibt's bei dir Neues?«

Wenig später legte Johanna auf, in Gedanken noch bei dem Gespräch. Saturn? Romane war zu klein, als dass sie römische Götter kennen würde. Woher hatte sie das? Hing das mit ihren Albträumen zusammen? Saturn, der Titan, einer der ersten Götter der Erde, der mit seiner Gattin und Schwester Ops über das Universum herrschte. Nachdem er durch ein Arkanum, eine Prophezeiung, erfahren hatte, dass einer seiner eigenen Söhne ihn entmachten würde, fraß er alle seine Kinder auf, sobald sie auf die Welt kamen. Eines Tages aber führte Ops ihn hinters Licht und gab ihm stattdessen einen in ein Tuch gehüllten Stein. Das Kind – Jupiter – wuchs fern von seinem Vater auf, und als Erwachsener forderte er Saturn heraus. Jupiter besiegte ihn und wurde zum Herrscher über die Welt. Saturn floh nach Italien, das Land der Gesetzlosen, und brachte den Bewohnern Frieden, Gerechtigkeit und Wohlstand. Die Römer nannten seine Herrschaft das »goldene Zeitalter«. Daher war Saturn auch der Gott der Aussaat, und so begingen die Italiener in der Antike alljährlich mehrere Tage lang die Saturnalen: Gewalt war verpönt, Hinrichtungen wurden ausgesetzt, Gerichte und Schulen blieben geschlossen, und die Sklaven durften frei sprechen und handeln.

Johanna steckte ihr Handy wieder in ihre Daunenjacke und nahm sich vor, Pablo, den Mythologie-Fachmann, vor Ort zu befragen.

Als sie die Säulenhalle betrat, sah sie Toms riesige Gestalt und erinnerte sich an den Spitznamen, den ihre Tochter ihm gegeben hatte – Gargantua.

»Da bist du ja«, sagte er mit breitem Lächeln. »Na, was sagst du zu meinem Camp?«

»Ich bin wirklich beeindruckt. Es ist bewegend und spannend zugleich. Und eure Ausrüstung lässt mich vor Neid erblassen …«

Tom freute sich. »Weißt du«, sagte er und legte seine große Hand auf Johannas Schulter, »es war gar nicht so leicht, die Superintendenz davon zu überzeugen, dass ich die Arbeiten hier in dem Haus übernehme.«

»Das wollte ich dich eben fragen, denn Philippe war sehr zurückhaltend, als es darum ging.«

»Komm, setzen wir uns.«

Sie nahmen auf dem Rand des leeren Wasserbeckens Platz.

»Ich arbeite schon ewig an diesem Projekt! Seit Jahrzehnten durchstöbere ich die Grabungstagebücher von Pompeji. Irgendwann bin ich auf das Tagebuch von diesem Stadthaus gestoßen, das Michele Ruggiero und sein Assistent zwischen 1877 und 1878 verfasst haben. Gleich zu Beginn der Freilegung ist ihnen etwas Eigenartiges aufgefallen: Wenn man von der Größe und der Anlage insgesamt ausging, den Skulpturen in der Säulenhalle und den Wandmalereien, dann war dies das Anwesen eines begüterten Patriziers. Sie fanden aber keinen Wertgegenstand, keine Münzen, kein Gold- oder Silbergeschirr und auch keinen Schmuck. Das Lararium war leer und, merkwürdiger noch, die Bibliothek auch. Man fand dort kein einziges Manuskript.«

»Die Papyrusrollen dürften verbrannt sein, oder?«

»Hast du nie von der berühmten Villenanlage Papyri in Herculaneum gehört? Dort hat man Tausende verkohlter Schriftrollen gefunden, die bei der geringsten Berührung zerfielen. Die Rollen waren pechschwarz, aber sie existierten noch. Wenn die Wandnischen in dieser Bibliothek leer waren, dann hieß das also, dass die Rollen nicht mehr existierten. Und dann wären da noch die mehrteiligen Wachstafeln, auf die Quittungen und

Rechnungen geschrieben wurden. Von denen hat man hier auch keine einzige gefunden.«

»Am wahrscheinlichsten ist doch, dass der Besitzer, der ›Philosoph‹, sich mit seinem wertvollsten Besitz, also den Büchern und Tafeln, in Sicherheit bringen konnte!«

»Der Vesuv hätte ihm keine Zeit für so einen Umzug gelassen, Jo. Alle, die das versucht haben, sind erstickt.«

»Vielleicht ist er ja irgendwo außerhalb des Hauses zusammengebrochen, auf der Straße …«

»Man hätte seine Leiche gefunden, und vor allem seine Schätze. Sie sind aber nirgends erwähnt. Bücher waren damals eine Seltenheit, wie im Mittelalter auch. Und genauso wertvoll. Kein Archäologe hätte Volumina übersehen können, vor allem, wenn es so viele waren, wie man anhand der Bibliothek annehmen muss.«

Johanna spielte weiter den Advocatus Diaboli, um ihren rasenden Puls zu beruhigen.

»Philippe hat mir erklärt, dass die Überlebenden nach dem Ende des Ausbruchs zurückgekommen sind, um ihre Häuser auszugraben und nach Möglichkeit noch Dinge zu retten. Vielleicht hat unser mysteriöser Philosoph seine Manuskripte ja ausgegraben und mitgenommen. Er oder ein Dieb in späterer Zeit.«

»Schriftrollen unter sechs Metern Asche und Lapilli hervorholen? Nicht machbar, Jo. Und selbst wenn, dann hätten Ruggiero und de Petra Spuren dieser ›Plünderei‹ entdeckt. Sie haben sie aber nicht erwähnt. Das Haus war leer, als sie es freigelegt haben.«

»Was haben sie für Schlüsse daraus gezogen?«

»Keine. Die Villa enthielt zu wenige Schätze, als dass sich weitere Arbeiten gelohnt hätten. Sie haben die Figuren auf der Stoiker-Freske identifiziert, dem Anwesen einen Namen gegeben, das Wenige, das sie gefunden haben, eingelagert, und das war's. Diese Villa war nie öffentlich zugänglich, und kein Profi hat sich je für sie interessiert.«

»Außer dir.«

»Genau«, antwortete er mit funkelnden Augen. »Seit ich diesen Bericht zum ersten Mal gelesen habe, bin ich davon überzeugt, dass der Philosoph seine Schätze in einem geheimen Raum versteckt hat, vermutlich unter der Erde. Und er selber ist geflohen. Und diesen Keller suche ich.«

Johanna stockte der Atem. War es denkbar? Wenn sich auch Livias Papyrus in diesem mysteriösen Saal befände, würde das alles erklären!

»Tom, etwas daran stimmt aber nicht«, sagte sie mit tonloser Stimme. »Wenn der Philosoph nicht mehr wegkam mit seinen Schätzen, wie sollte er dann die Zeit gehabt haben, sie in seiner Villa zu verstecken? Er wäre genauso erstickt! Ich glaube eher, dass der Besitzer bei dem Ausbruch weg war, in Ferien, weit weg von der Stadt, mit all dem, woran er am meisten hing. Das hat ihm das Leben gerettet.«

»Wenn du irgendwohin in Urlaub fährst, nimmst du dann deine Bücher und das Geschirr deiner Großmutter und alle Gemälde im Haus mit und räumst dein Bankkonto leer?«

»Nein, natürlich nicht.«

»Jo« – er ergriff ihre Hände – »du bist Archäologin, und du arbeitest nicht nur wissenschaftlich präzise, sondern besitzt auch diesen unerklärlichen Spürsinn, ohne den es nie zu den großen Entdeckungen gekommen wäre!«

Tom war aufgesprungen und lief vor seiner Freundin auf und ab; seine Ansprache ähnelte der eines Politikers, der sich von seiner eigenen Sache mitreißen lässt.

»Der einzige Punkt, in dem ich dir recht gebe, ist die Sache mit der Zeit. Ich glaube tatsächlich, dass der Philosoph alles *vor* der Katastrophe vom 24. August im Jahr 79 nach Christus vorbereitet hatte. Wann und warum, weiß ich nicht. Aber es ist plausibel, wenn man weiß, dass das Orakel von Cumae, einer Stadt in der Nähe, das Unheil in sibyllinischen Worten vorhergesagt hatte. Oder wenn man an die Vorzeichen des Bebens denkt. Niemand wollte sie beachten, aber vielleicht konnte er diese natürlichen Phänomene ja deuten und entsprechend handeln. Einen

Sieg habe ich jedenfalls jetzt schon errungen: Ich konnte die Aufsichtsbehörde davon überzeugen, hier Grabungen in die Wege zu leiten. Offiziell geht es natürlich darum, das Anwesen schön zur Geltung zu bringen. Wir arbeiten jetzt seit fast zehn Monaten daran, und ich werde nicht mittendrin aufhören. Ich spüre, ich *weiß*, dass da unten etwas ist. Es gibt nicht nur ein Rätsel, wie du vorhin sagtest, sondern einen grandiosen Schatz in der Größenordnung des Fundes von Tutanchamun, hundertmal wertvoller als der Schatz von Boscoreale! Stell dir das mal vor, Jo … wertvolles Geschirr, Gold, Kultobjekte vom Lararium, vermutlich Totenmasken, Möbel, Lampen, Wachstafeln. Alles gut und schön, aber das ist bei Weitem nicht das Interessanteste. Denk an die Freske im Atrium, die leere Bibliothek. Was meinst du, was da drin stand? Volumina, sicher, aber nicht irgendwelche. Papyrusrollen mit den Werken von Zenon, Chrysippos und den Stoikern der alten Schule! Von diesen ersten Lehrmeistern ist kein einziges Werk erhalten, nur Überschriften und ein paar Zitate ihrer Verfasser, überliefert von ihren Gegnern und ihren lateinischen Nachfolgern! Verstehst du, was ich meine? Völlig unbekannte griechische Schriften! Das ursprüngliche, authentische Konzept der Gründer des Portikus! Die verlorene Gedankenwelt des antiken Griechenland! Diesen philosophischen, historischen Schatz will ich als Erster heben!«

Überwältigt erhob sich jetzt auch Johanna. Als sie ihm antworten wollte, bemerkte sie Philippe, der das Tablinum betrat, umgeben von drei Männern in dunklen Anzügen; ihm stand das blanke Entsetzen ins Gesicht geschrieben. Johanna machte Tom ein Zeichen.

»Ah, Philippe!«

Seine Begeisterung wich in Sekundenschnelle.

»Inspektor Magnani«, murmelte er. »Kommissar Sogliano. Signore Superintendent …«

»Tom«, sagte der Leiter der archäologischen Ausgrabungen in Pompeji betrübt.

Der Polizeikommissar unterbrach ihn. »Wir kommen gerade

aus der Wohnung von Roberto Cartosino. Ich muss Ihnen eine traurige Nachricht übermitteln.«

Er sprach italienisch, aber langsam und so deutlich, dass ihn alle verstehen konnten. Tom sah Philippe verzweifelt an, dem sofort Tränen in die Augen stiegen. Johanna war wie gelähmt.

»Man hat ihn erhängt in seinem Zimmer aufgefunden«, fuhr der Beamte fort. »Es ist wohl vergangene Nacht geschehen. Die Autopsie wird die genaue Todeszeit ermitteln.«

»Erhängt …«, murmelte Tom. »Erhängt … das gibt es doch nicht.«

»Wann haben Sie ihn zuletzt gesehen?«, fragte der Inspektor.

»Gestern … hier. Hier im Camp. Er hat wie immer mit Francesca zusammengearbeitet, und nach Arbeitsende ist er gegangen, wie wir alle. Ich … er war ganz normal, ich meine, er …«

»Er wirkte nicht niedergeschlagen?«, fragte Sogliano.

»Nein … er wirkte nicht wie jemand, der sich das Leben nehmen will!«

»Wir wissen noch nicht, ob es Selbstmord oder Mord war«, korrigierte der Kommissar.

»Mord? Sie meinen, wie … wie bei James und Beata?«

»Er hat keinen Abschiedsbrief hinterlassen«, sagte Philippe.

»Nein, in der Tat«, bestätigte der Inspektor. »Kein Wort, keine Erklärung für die Tat.«

Tom blickte auf.

»Und neben ihm fand sich auch kein Hinweis auf … das Evangelium?«

»Nein«, antwortete der Kommissar. »Vorerst nichts, wodurch sich ein Zusammenhang zum Tod Ihrer beiden Kollegen herstellen ließe, außer der Tatsache, dass auch Signor Cartosino Ihrem Team angehörte.«

Tom ignorierte die Anspielung, setzte den Helm ab, sank auf den Rand des Beckens und ließ den Kopf sinken.

»Das ist entsetzlich«, flüsterte er. »Warum? Warum hat Roberto das gemacht?«

»Es ist zu früh für solche Mutmaßungen. Wir stehen mit den Ermittlungen erst am Anfang.«

Sogliano wandte sich zu dem Leiter der Superintendenz um.

»Trotzdem, Tom«, sagte dieser, »Sie werden verstehen, dass ich unter diesen Umständen kein Risiko eingehen kann. Ich werde meine Archäologen nicht in Gefahr bringen ... Ich bin verantwortlich für das, was hier passiert, und ich habe diese Entscheidung schon zu lange hinausgezögert. Tom, es tut mir aufrichtig leid, aber bis feststeht, ob es sich um Selbstmord handelt, setze ich die Genehmigung für die Grabungen in diesem Bereich aus.«

»Ich möchte Sie bitten, mit mir zu kommen«, ergänzte der Kommissar, »Sie und Ihr ganzes Team. Signora auch, bitte«, sagte er mit Blick auf Johanna. »Wir müssen Sie alle sofort vernehmen.«

Johanna stockte das Blut in den Adern.

30

»Und dann hat sie Menschenblut getrunken! Eine ganze Schale voll! ›Blut des Bundes‹ hat sie es genannt«, berichtet Ostorius. »Sicher ist es ein Pakt mit ihrer Liga. Ich weiß nicht, ob es Blut von Anhängern war oder ob sie eigens jemanden getötet haben!«

Saturnina liegt auf einer ziselierten Bronzeliege im Salon, der auf die riesige Säulenhalle ihres Anwesens führt, und verzieht angewidert das Gesicht. Der Hausvorsteher ihres Vaters fährt mit seinem Bericht fort.

»Dann hat sie die Götter angerufen, fremde Götter, denn ich kenne sie nicht.«

In eine feine Stola aus ägyptischem Leinen gehüllt, führt die blonde Saturnina eine kandierte Feige zum Mund.

»Versuche, dich an den Namen dieser Gottheiten zu erinnern.«

»Es waren mehrere, Herrin, aber einer kehrte immer wieder: Christus. Ja, genau, sie rief ihn um Erbarmen an und flehte, er möge sie von ihrem Sklavendasein erlösen. Sie hat ihre Freilassung gefordert!«

Die Patrizierin hört auf zu kauen.

»Sieh an!« Sie lacht hämisch. »Christus … Die Schreiberin meines Vaters gehört also dieser verfluchten Sekte an. Wie interessant!«

»Glaubt Ihr auch, dass sie und die Ihren ein Verbrechen begangen haben, um an das Blut zu kommen? Kennt Ihr diesen merkwürdigen Kult? Kommt er aus dem Orient?«, fragt der Freigelassene mit böse funkelnden Augen.

»Es handelt sich um eine gefährliche Liga, die natürlich verboten ist. Sie kommt aus Judäa und versucht, ihr Gift im Kaiserreich zu verbreiten.«

»Aber Vespasian und Titus haben die Juden unterworfen!«

»Es handelt sich um einen unbedeutenden, geheimen Zweig der Juden, den diese ablehnen. Kennst du ihre Mitstreiter, hast du sie schon mit ihnen überrascht?«

»Leider nein, Herrin. Nach allem, was ich mitbekomme, ist sie immer allein unterwegs und freundet sich mit niemandem an. Sie geht nie in den Tempel, um die Götter zu ehren, und sie bleibt selbst den Thermen fern. Sie wäscht sich in einer Wanne, es ist widerwärtig …«

»Sie muss Komplizen haben!«, wendet Saturnina ein. »Wir müssen herausbekommen, woher das Blut stammt!«

»Aller Last meiner Aufgabe zum Trotz werde ich ihr künftig immer folgen, wenn sie den Domus verlässt«, verspricht Ostorius. »Ich werde ihre Komplizen ausfindig machen.«

»Es sei denn, das Blut stammt aus dem Haus meines Vaters …«

»Unmöglich, Herrin! Ich lege meine Hand ins Feuer für die absolute Treue der übrigen Sklaven. Außer ihr gehört niemand diesem abartigen Bündnis an. Wenn sie das Blut nicht eingeschleust hat, kann sie es höchstens noch in der Küche gestohlen haben, von einem Tier … Ich werde Bambala fragen. Dem Herrn kann ich mich allerdings nicht anvertrauen. Auch wenn Livia gegen die Gesetze der Stadt verstößt und es verdienen würde, an die Behörden verraten zu werden, fürchte ich, dass er einen solchen Schritt nicht nur verurteilen, sondern außerdem seinen ganzen Einfluss geltend machen würde, um sie zu befreien.«

»Leider macht die Gleichgültigkeit meines Vaters gegenüber allem, was nicht seine Bücher und seine stoischen Freunde angeht, ihn sehr nachsichtig, was ich ihm oft vorwerfe. Aber ich bezweifle, dass, würden wir sie verhaften lassen, er seinen Namen, sein Geschick, sein Geld und vor allem seine wertvolle Zeit für die Verteidigung einer armseligen Sklavin einsetzen würde, die erst vor Kurzem in sein Haus gekommen ist und barbarischen und verbotenen Ritualen nachgeht, die bei aller Nachsicht nicht einmal er dulden würde.«

Ostorius schweigt eine Weile. Er genießt den bevorstehenden Triumph.

»Nun, Herrin, gestattet, dass ich vom Gegenteil überzeugt bin«, lässt er sie anspielungsreich wissen.

»Was willst du damit sagen? Drücke dich klar aus!«

Bleich setzt sich die Aristokratin auf. Sie fürchtet, was ihr Spion ihr nun sagen wird, wobei sie es bereits ahnt.

»Jeden Morgen, kurz nach Sonnenaufgang, treffen sich Euer Vater und Livia in der Bibliothek.«

»Nun, sie ist schließlich seine Schreiberin.«

»Oft sind sie den ganzen Tag allein dort, manchmal sogar am Abend.«

Saturnina wagt Ostorius nicht mehr zu unterbrechen.

»Der Herr verbietet uns, den Raum zu betreten, aber ich habe im Vorbeigehen mitbekommen, was dort vor sich ging. Ich wollte Eurem Vater nicht nachspionieren, Herrin, ich schwöre es, ich bin ihm und Eurer ehrwürdigen Familie viel zu verbunden, als dass ich …«

»Ich weiß, Ostorius, und du beweist es mir in diesem Augenblick.«

»Sie ist diejenige, der ich misstraue, Herrin, sie allein, sie kam mir gleich verdächtig vor. Wie erstaunt war ich, als ich hörte, dass sie Eurem Vater gegenüber ohne jeden Respekt und ohne Ehrerbietung auftritt.«

»Was hat sie gesagt?«

»Sie … sie scherzte mit ihm, gleich darauf brach sie in Tränen aus, redete vom Tod, von der Ewigkeit und, ja … von Liebe, sie hat mit ihm über Liebe gesprochen! Und er hat … mein Herr, Euer Vater, hat ihre Hände genommen und zärtlich gestreichelt!«

Saturnina springt auf.

»Bei Minos und Pasiphaë!«, ruft sie aus. »Ich hatte es befürchtet, aber ich war so schwach, meinem Vater zu vertrauen. Ich habe zu Unrecht geglaubt, sein Kummer über den Verlust meiner Mutter sei grenzenlos und mache ihn unempfänglich für die durchtriebenen, käuflichen Anfechtungen des weiblichen Geschlechts. Diese Heuchlerin will ihn nicht nur zu ihrer unheilvollen Religion bekehren, sondern, schlimmer noch, sie will ihn verführen! Faustina Pulchra hat diese Livia nicht freigelassen und alles meinem Vater vererbt. Wahrscheinlich hat sie bei meiner altersschwachen, kranken Großtante dafür gesorgt, dass sie selbst dem Erben vermacht wurde. Ostorius, wir werden ihre Pläne vereiteln! Wir können es nicht zulassen, dass mein armer Vater auf diese Weise ausgenutzt wird!«

In der hochsommerlichen Hitze kann Javolenus das Schreibrohr aus Schilf mit seinen feuchten Fingern kaum halten. Die Sonne ist erst vor zwei Stunden aufgegangen, und schon wird das Schreiben für ihn mühsam. Der Sommer in Pompeji ist drückend, und der Patrizier beneidet diejenigen, die ihm entfliehen können.

Gewiss hätte die Antwort auf Epiktets Schreiben auch warten können, bis Livia von ihren Besorgungen wieder zurück wäre, aber er dachte, ein schneller Brief an seinen Freund würde seine düstere Stimmung vertreiben, die schon seit Tagen anhält. Ob es das Klima ist, der bevorstehende Aufbruch seiner Tochter in ihr Domizil am Meer auf der Insel Aenaria oder aber Wehmut wegen des nahenden Todestags seiner Frau, der zu den Augustkalenden mit einem großen Festmahl am Grab Galla Minervinas begangen wird. Bambala ist bereits eifrig damit beschäftigt, das Bankett für die Lebenden und die Gaben für die Tote vorzubereiten.

»Teurer Epiktet«, beginnt der Aristokrat. »Ich hoffe, diese Botschaft erreicht dich bei guter Gesundheit. In deinem letzten Brief schriebst du, der Philosoph sei selbst verantwortlich für das Gute wie das Schlechte, das ihm widerfährt. Ich möchte dir sagen, dass …«

Javolenus hält inne, denn es klopft an der Tür.

»Was gibt es?«

»Entschuldigt, dass ich Euch störe«, flüstert Ostorius und lugt herein. »Eine Angelegenheit allergrößter Wichtigkeit zwingt mich dazu.«

Javolenus seufzt.

»Ich höre!«

»Herr, ich ... bitte folgt mir, ich muss Euch etwas zeigen.«

»Hat das nicht Zeit, bis ich meinen Brief fertig geschrieben habe?«

»Ich fürchte nein, Herr. Es ist dringend und sehr ernst.«

Sorgenvoll sieht Ostorius den Hausherrn durchdringend an.

»Gut, ich folge dir.«

Javolenus steht mühsam auf und begleitet seinen Hausvorsteher in das Atrium. Durch die Schwüle dringen weibliche Klagelaute. Gegenüber von der Freske mit dem Abbild der Stoiker, auf der anderen Seite des rechteckigen Wasserbassins und zwischen dem Winterbereich von Herrschaftszimmer und Triklinium, versammeln sich Ostorius, der Hausherr, Bambala und alle Sklaven des Hauses und starren entsetzt auf das Familien-Lararium.

Der aus einem Tempel mit zwei Säulen und Dreiecksgiebeln bestehende Hausaltar aus Marmor ist mit den Bildnissen von Jupiter, Venus, Bacchus, den schützenden Genien des Domus, mit Penaten und einer Schlange als Symbol der Fruchtbarkeit bemalt. Auf dem Podest stehen »acerra«, das Weihrauchkästchen, »salinum«, das Salzgefäß, und »gutus« mit Wein sowie einige Speisen als Opfergabe. In den Giebel sind Nischen eingearbeitet; dort finden sich eine Pyxis mit Javolenus' ersten Barthaaren, sinnbildlich für seinen Übertritt ins Erwachsenenalter, sowie Porträts, kleinere Skulpturen und Totenmasken der Vorfahren: Sie werden aus Wachs oder Gips vom Gesicht des Verstorbenen abgenommen und bemalt, Haare und Augen werden nachgezeichnet und die fertigen Masken zum Begräbnis der Verwandten mitgenommen. Auf jeder Maske sind der Name des Toten, sein Titel und seine Lebensleistung vermerkt. Mit Ausnahme von Livia ist die gesamte Hausgemeinschaft vor einer leeren Nische versammelt.

»Bei Merkur, Gott des Handels und der Diebe«, flüstert Bambala, »wer kann so etwas getan haben?«

»Ein Fremder hat sich ins Haus geschlichen!«, behauptet die Küchenhilfe.

»Nicht durch den Haupteingang«, versichert der Hausmeister.

»Durch den Pferdestall auch nicht«, sagt der Stallknecht.

»Auch nicht durch den Gemüsegarten«, fügt der Gärtner hinzu.

»Wir haben niemanden gesehen!«, rufen im Chor die zwei Hausgehilfinnen, noch mit Lappen, Eimer und Palmwedel in der Hand.

»Ich auch nicht«, sagt zuletzt die Hilfskraft.

»Fragt eure Sprösslinge«, befiehlt Ostorius.

»Unsere Kinder würden diesen heiligen Gegenstand nie anrühren!«, empört sich der Portier.

»Rufen wir Scylax!«, schlägt Bambala vor. »Ich will ihn keineswegs verdächtigen, aber vielleicht hat er ein paar einfache Sklaven dabeigehabt, die …«

»Schweig, Frau«, erwidert Ostorius barsch. »Du weißt nicht, was du sagst.«

»Heute Morgen jedenfalls«, sagt der Hausherr mit tonloser Stimme, »im Morgengrauen, als ich ihrer hier gedacht habe, war sie noch da …«

»Es ist eine Katastrophe, Herr«, antwortet Ostorius, »ein schändlicher Akt. Seid Ihr einverstanden, dass ich persönlich jeden einzelnen Raum im Haus durchsuche?«

Der Hausherr bedeutet ihm, mit der Suche zu beginnen. Eskortiert von den Hausbediensteten, die ihm nicht nachstehen wollen, eilt Ostorius in das Sklavenquartier.

Als Livia mit ihren Paketen das Atrium betritt, findet sie ihren Herrn allein vor. Dieser lehnt erschüttert an der Wand.

»Herr!«

»Du bist es. Wo ist sie nur? Heute Morgen war sie da, ich habe nicht geträumt …«

»Wer denn, Herr?«

»Die Maske meiner Frau Galla Minervina. Bei ihrem Tod habe ich ihren gesamten Goldschmuck einschmelzen lassen. Die Edelsteine gab ich meiner Tochter, und mit dem Gold ließ ich ihr Gesicht nach der Wachsmaske abbilden, die wir auf dem Totenbett abgenommen haben. Ich wollte weder Wachs noch Gips für sie. Ihre Maske aus massivem Gold stand hier, in dieser Nische, und jetzt ist sie verschwunden!«

Javolenus ist den Tränen nahe. Aus seinen Worten dringt eine nur mühsam beherrschte Wut.

»Wenn ich den fasse, der diese Untat begangen hat«, stößt er, die Fäuste geballt, aus, »schwöre ich beim Gedenken an meine Gemahlin, dass ich ihn mit eigenen Händen geißeln werde, bis er seinen letzten Atemzug getan hat.«

Dann zieht er sich in die Bibliothek zurück. Ratlos begibt sich Livia schließlich zu den anderen Bediensteten, die die Villa durchsuchen. Die schockierte Schar ist, nachdem sich untereinander alle insgeheim gegenseitig verdächtigt haben, wieder bei der einzig plausiblen These vom Eindringling angelangt. Sie öffnen jeden Schrank, jede Truhe, rücken Möbel und Gegenstände beiseite, schlitzen Liegen und Kissenrollen auf, durchsuchen Öfen, Töpfe, Pferdegeschirr, sehen hinter Büschen, in den Wasserbassins und im Brunnen nach und durchforsten den Garten von oben bis unten. Sogar die Räume des Herrn werden unter die Lupe genommen, nur das Bücherzimmer bleibt verschont; Javolenus kümmert sich selbst darum. Aber die Maske bleibt verschwunden.

Völlig niedergeschlagen bleibt der Hausherr in der Bibliothek, verweigert jede Nahrung und brütet, ungeachtet seiner stoischen Grundsätze, die blutrünstige Strafe aus, die er über den Dieb, sofern er gefasst wird, verhängen will. Denn er zweifelt nicht an der perfekten Ordnung der Welt und daran, dass der Übeltäter zwangsläufig ergriffen wird.

Nacheinander verdächtigt er all seine Bediensteten, bevor er seine Mutmaßungen wieder verwirft. Der Diebstahl der Maske bleibt ein Rätsel. Gerade will er den für die Justiz zuständigen Duumvir benachrichtigen, den Bruder von Marcus Istacidius Zosimus, als der Portier ihm den Besuch eines Juweliers aus Pompeji ankündigt, der ihn zu sehen wünsche. Javolenus lehnt es ab, ihn zu empfangen, und schickt den Portier fort, als aus dem Atrium eine Stimme wie die eines Tragödiendarstellers ertönt:

»Lasst mich durch, sage ich, ich muss unbedingt den Bürger Javolenus Saturnus Verus sprechen!«

Aufmerksam geworden, verlässt der Patrizier die Bibliothek, durchquert die Säulenhalle und das Tablinum und sieht neben der Freske mit den Stoikern einen grauhaarigen, korpulenten Mann in einem weiten, drapierten, mit Fransen geschmückten Umhang stehen. Ostorius hindert den ungebetenen Gast, weiter in die Villa vorzudringen.

»Was ist denn los?«, donnert der Hausherr. »Wer seid Ihr? Wie könnt Ihr es wagen, die Schwelle dieses Hauses zu übertreten?«

Der Juwelier, der ein in ein Tuch gehülltes Paket bei sich trägt, antwortet mit tiefer Verbeugung:

»Ich heiße Fortunatus Munatius und bin Juwelier, Bürger Javolenus Saturnus Verus. Ich besitze einen Laden in der Nähe des Forums. Verzeiht, dass ich mir einfach Zutritt zu Euch verschaffe, aber ich muss wissen, ob das hier Euch gehört …«

Der Händler schlägt das Tuch von seinem Päckchen zurück. Zum Vorschein kommt ein gelb glänzender Gegenstand, ein Gesicht mit glatten, reinen Zügen und Pupillen aus Lapislazuli; das Haar ist hochgesteckt, unter dem Kinn sieht man einen schlanken Halsansatz. Der Hausherr greift sich ans Herz, nimmt die Totenmaske Galla Minervinas und drückt sie an die Brust. Er ist so aufgewühlt, dass es ihm die Sprache verschlägt.

»Als ich das Gesicht sah«, fährt Fortunatus Munatius fort, »hat es mich sofort an jemanden erinnert. Diese Frau hat so wunderschöne Züge; sie waren mir vertraut. Dieses Werk ist einzigartig und von wunderbarer Schönheit … Nach einer Weile hatte ich den Eindruck, eine ehemalige Kundin wiederzuerkennen, Eure verstorbene Gemahlin, und es wollte mir nicht recht in den Sinn, dass Ihr Euch von ihrer Totenmaske getrennt hattet. Also habe ich mich sogleich auf den Weg zu Euch gemacht, um mich zu vergewissern.«

»Jemand hat die Maske heute früh hier gestohlen«, erklärt der Hausvorsteher und zeigt auf das Lararium.

»Bei Vulcanus!«, ruft der Juwelier mit Schreckensmiene aus. »Ich habe mich also nicht getäuscht!«

»Wer?«, brüllt Javolenus. »Wer hat sie Euch gebracht? Und wann?«

»Ein Sklave hat sie heute früh in meinen Laden gebracht, um die zweite Stunde«, antwortet Fortunatus Munatius, »damit ich sie einschmelze und zu Goldmünzen mache. Ich selbst habe die … Person empfangen. Natürlich wusste ich nicht, dass der Gegenstand gerade aus Eurer Villa gestohlen worden war!«

Der Juwelier schwitzt und gestikuliert. Mit einem Wink befiehlt der Hausherr Ostorius, sofort alle Haussklaven herbeizurufen. Der Hausvorsteher geht hinaus und kommt kurz darauf mit den neun Bediensteten und deren Kindern zurück.

»Mein Freund«, sagt Javolenus beschwichtigend zum Juwelier, »Ihr werdet einen gerechten Lohn dafür erhalten, dass Ihr die Maske zurückgebracht habt. Aber ich muss Euch um Eure Mithilfe bitten, um den Schuldigen zu ermitteln und mir als Erstes zu sagen, ob der Dieb sich hier unter uns befindet …, was ich bezweifle. Könnt Ihr die Sklaven, die ich ernähre und unter meinem Dach beherberge, entlasten? Wollt Ihr mir sagen, ob die ruchlose Hand, die dieses schändliche Verbrechen begangen hat, zu meinem Domus, zu meiner eigenen Familie gehört?«

Bleich nickt Fortunatus Munatius und blickt, Schweißperlen auf dem Gesicht, auf die Sklaven, die das Atrium betreten.

»Die Person befindet sich in diesem Moment hier unter uns«, murmelt er und senkt den Kopf.

Aus Javolenus' Gesicht weicht alle Farbe, als er erfährt, dass er von einer ihm nahestehenden Person verraten wurde. Er berührt den Juwelier am Arm, um ihn aufzufordern, den Schuldigen preiszugeben. Errötend hebt der den Kopf und zeigt mit seiner beringten Hand auf die junge Frau, die neben dem Bildnis des Thrasea Paetus steht.

Während der Finger auf sie zeigt, reißt Livia verstört ihre Augen auf.

31

Sei unbesorgt, Vater«, versichert Saturnina. »Marcus, die Kinder und ich brechen nicht nach Aenaria auf, ehe du sie den Behörden ausgeliefert hast und sie von meinem Schwager verurteilt worden ist. Ich werde dafür sorgen, dass er für dieses abscheuliche Verbrechen ein exemplarisches Urteil fällt.«

»Ich habe den Stallburschen vor ihrer Tür platziert, fliehen kann sie nicht«, ergänzt Ostorius.

Javolenus liegt in seiner Bibliothek und stößt einen tiefen Seufzer aus.

»Ich danke euch beiden für eure Fürsorge«, sagt er. »Aber ich zweifle noch immer an Livias Schuld. Sie wirkt aufrichtig fassungslos und entsetzt angesichts der Beschuldigung von Fortunatus Munatius und streitet nach wie vor alle Vorwürfe ab.«

»Du glaubst ihr?«, fragt Saturnina zornig. »Du schenkst den Worten einer Sklavin, die diesem Land und deinem Haus fremd ist, mehr Glauben als einem ehrlichen Händler in Pompeji, der unsere Familie seit jeher kennt und einst den Schmuck deiner Gemahlin angefertigt hat?«

Javolenus seufzt erneut. Seine Tochter nähert sich der Liege und kniet sich neben ihn.

»Vater«, sagt sie nun sanfter, »du musst der Wahrheit ins Auge sehen: Was hätte dieser begabte, allseits anerkannte Juwelier davon, wenn er lügen würde? Er verdient sein Geld ehrlich und hat ein gut gehendes Geschäft.«

»Ich stimme dir zu, mein Kind«, gesteht der Patrizier müde.

»Ihr dagegen hätte der Diebstahl der Totenmaske meiner Mutter viel gebracht.«

»Ich kann dir nicht folgen«, entgegnet Javolenus, »denn sollte sie den Diebstahl begangen haben, hätte sie ihr Leben aufs Spiel gesetzt. Wenn ich sie dem Duumvir ausliefere, wird sie wahrscheinlich zum Tode verurteilt.«

»Dieses Argument zählt nicht, denn ihr Plan war durchtrieben. Sie war überzeugt, dass man sie nie fassen würde!«, wendet Saturnina ein. »Sie ist erst vor sechs Monaten hierhergekommen und freundet sich mit niemandem an. Außer dem Papyrushändler und meinem Parfümeur kennt niemand sie in Pompeji, und schon gar nicht die Schmuckhändler. Woher sollte sie wissen, dass Fortunatus Munatius früher für meine Mutter tätig war und dass er ihr Gesicht neun Jahre nach ihrem Tod wiedererkennt und die Maske zurückbringt?«

»Mag sein, mag sein … aber ich wüsste nicht, warum sie eine solche Tat begehen sollte. Es mangelt ihr an nichts, ihre Aufgabe als Schreiberin ist nicht anstrengend und gefällt ihr sehr gut, wie sie mir gesagt hat. Niemand behandelt sie schlecht, ich betrachte sie, wie die anderen Sklaven auch, als Teil der Familie und muss sogar zugeben, dass ich eine gewisse Zuneigung für sie empfinde. Eines Tages wird sie frei sein. Warum also sollte sie all das gefährden? Für ein paar Goldmünzen? Ihr scheint der Sinn nicht nach Profit zu stehen!«

»Du hast recht, Vater, Geld ist wahrscheinlich nicht der größte Anreiz für den Diebstahl gewesen. Sagen wir, der eigentliche Gewinn besteht in etwas anderem.«

Javolenus richtet sich auf und sieht seine Tochter an. Diese will nun kein Blatt mehr vor den Mund nehmen.

»Du hast selbst zugegeben, dass du eine gewisse Zuneigung nicht leugnen kannst. Denke doch nur mal darüber nach, dass dies der wirkliche Grund für ihr Verbrechen ist. Stell dir vor, sie hätte es gezielt auf deine, nennen wir es: Gewogenheit, abgesehen und darauf, dass deine Gunst nur der Auftakt zu einer noch viel mächtigeren, intimeren Neigung wäre, die sie zu nähren versteht und die aus ihr nicht nur eine Freigelassene macht, sondern deine Favoritin und vor allem die wahre Herrscherin über dieses Haus … und damit über dein Vermögen.«

»Saturnina, du redest dummes Zeug!«

»Hat nicht Kaiser Vespasian auch Domitilla geheiratet, eine Freigelassene mit fragwürdiger Vergangenheit? Hat er beim Tod seiner Frau nicht die Verbindung zu einer alten Geliebten wieder aufgenommen, zu Caenis, einer ehemaligen Sklavin, die bis zu ihrem Tod im kaiserlichen Palast ganz offiziell an seiner Seite gelebt hat? Diese Tatsachen sind skandalös und allen bekannt, Vater. Ich glaube sogar, dass sie unsere Intrigantin erst auf ihr dreistes Vorhaben gebracht haben.«

»Meine Tante hätte Livia freilassen sollen«, sagt Javolenus mit tonloser Stimme. »Stattdessen hat sie sie mir vermacht, aus Gründen, die ich ... lieber nicht preisgeben möchte.«

Der Philosoph ahnt nicht, dass seine Tochter und sein Hausvorsteher über den religiösen Glauben seiner Schreiberin längst im Bilde sind.

»Ich habe Livia versprochen, dass ich sie unter bestimmten Voraussetzungen freilassen werde.«

»Und erfüllt sie diese ominösen Voraussetzungen?«, fragt Saturnina ironisch.

»Nein, und das weiß sie auch.«

»Aha! Ich habe also recht mit meiner Annahme, dass diese Kurtisane, die einer Aspasia, einer Lais würdig ist, dich verführen und so die Freiheit, die ihr ansonsten verwehrt bliebe, und ebenso ein Anrecht auf dein Hab und Gut erlangen will!«

»Warum aber hätte sie dann die Totenmaske von Galla Minervina gestohlen? Das bleibt unerklärlich, auch mit deiner Theorie von einem Liebeskomplott.«

»Ganz und gar nicht, im Gegenteil! Was allein steht ihr bei der Eroberung deines unglücklichen Herzens im Weg, Vater? Der angebetete Geist meiner verstorbenen Mutter! Abgesehen davon, dass sie sich nebenbei in den Besitz des Goldes bringt, beseitigt sie, indem sie die Totenmaske deiner geliebten Gemahlin verschwinden lässt, das Symbol deiner Liebe für deine Frau. Sie löscht die Vergangenheit aus, die durch diesen Gegenstand, den du täglich innig anbetest, gegenwärtig geblieben ist! Auf diese Weise entledigt sie sich des störenden Phantoms!«

Javolenus wirkt tief getroffen durch die Worte seiner Tochter.

»Ganz zu schweigen davon«, ergänzt Ostorius, »dass sie die Einzige ist, die heute um die zweite Stunde nicht in der Villa war, also nach Eurem Gebet zu den Ahnen und bevor der Diebstahl entdeckt wurde.«

Der Hausherr stützt den Kopf in beide Hände.

»Ich weiß nicht mehr, was ich denken soll«, murmelt er tief verzweifelt. Vielleicht habt ihr recht. Alles spricht gegen Livia. Aber ich kann sie einfach nicht für hinterhältig und treulos halten.«

»Weil du ihr verfallen bist, Vater«, folgert Saturnina und streicht Javolenus über das Haar. »Bringe dein Verlangen nach ihr zum Schweigen, folge wieder deinem Verstand, und du wirst, wie wir, zu dem Schluss kommen, dass sie schuldig ist und der Duumvir unverzüglich benachrichtigt werden muss.«

»Einen Moment noch, lasst mir einen Moment, um über ihr Schicksal zu entscheiden«, sagt er halb entschlossen, halb flehend. »Ich muss nachdenken. Ja, ich muss mich an meinen Verstand halten. Lasst mich allein.«

Bis zum Abend schließt sich der Philosoph in seiner Bibliothek ein. Saturnina ist es irgendwann leid, um das Bücherzimmer herumzuschleichen, in dem ihr Vater auf und ab geht; in der Überzeugung, er werde bald den Magistrat der Stadt holen lassen, macht sie sich schließlich auf den Heimweg. Bis zum Sonnenuntergang hat der Hausherr aber keinen Sklaven entsendet. Stattdessen verweigert er das Essen, ordnet Bambala an, ihm Wein zu bringen, und fordert seinen Hausvorsteher auf, die Verdächtige zu holen.

Als Livia das Refugium der stundenlangen Abgeschiedenheit betritt, allein und von gleich zu gleich mit dem Mann, den sie heimlich liebt, sitzt Javolenus erhöht hinter dem Schreibpult auf ihrem Platz. Auf einem kleinen Serviertisch steht ein Tablett. Er weist ihr einen Hocker in einer Ecke des Raumes zu. Unbeholfen setzt sie sich hin und wartet schweigend und mit gesenktem

Kopf. Er sagt keinen Ton. Sie hört, wie er sich nacheinander aus der Weinkaraffe und dem Silberkrug mit Wasser bedient und gierig trinkt. Ein langer Moment vergeht, bevor Javolenus das Schweigen bricht.

»Sprich, ich höre dich an«, befiehlt er in ruhigem Ton. »Aber ich warne dich: Das ist deine letzte Gelegenheit, um mir die Wahrheit zu sagen. Wenn du weiter leugnest, bringe ich dich persönlich auf der Stelle zum Duumvir.«

»Dann können wir gleich gehen«, erwidert Livia, während sie sich erhebt und Javolenus direkt ins Gesicht blickt. »Denn ich kann keine Schandtat gestehen, die ich nicht begangen habe.«

»Du behauptest also weiterhin, dass du unschuldig bist?«

»Ja«, sagt sie entschieden, »ich habe die Maske Eurer Gemahlin nicht gestohlen, und ich habe den Juwelier noch nie gesehen, bevor er sie heute Mittag hierher zurückgebracht hat.«

»Du beschuldigst Fortunatus Munatius also der Falschaussage und Lüge?«

»›Man wird euch vor die Gerichte bringen, es werden falsche Zeugenaussagen gegen euch vorgebracht, alles wegen meinem Namen.‹ So hat Jesus es vorhergesagt. Meine Leute und ich kennen Verleumdung und Verfolgung nur allzu gut«, sagt sie traurig.

»Aber Livia, hier geht es nicht um deine Religion, auch wenn sie illegal ist und deshalb verfolgt wird! In dieser Stadt weiß niemand außer mir von deinem Glauben! Warum sollte ein wohlhabender Juwelier mit gutem Ruf, der nichts über dich weiß, dein Unglück wollen?«

»Ich glaube in der Tat, dass Fortunatus Munatius mein Schicksal nicht kümmert, aber ich denke, dass er sich zum Helfer von jemandem gemacht hat, der mich ins Verderben stürzen will.«

»Wer sollte dir derart schaden wollen, dass er dir Zwangsarbeit, den Scheiterhaufen, die Kreuzigung oder die Raubtiere in der Arena wünscht?«

Livia schweigt, ihr Herr aber lässt nicht locker.

»Nun, da diejenige, die heimlicher Vergehen beschuldigt wird, sich selbst als Opfer einer Verschwörung betrachtet, soll sie mit ihrer Auslegung nur fortfahren! Freunde hast du keine. Woher also kommen deine Feinde?«

Die Sklavin schweigt. Sie denkt an Ostorius und ahnt, dass die infame Intrige von ihm ausgeht. Wer sonst könnte ihr Böses wollen, wenn es nicht um ihren Glauben geht?

»Teile dich mir mit«, ordnet der Herr in mildem Ton an. »Wie soll ich dir glauben, wenn du schweigst? Nenne mir den Namen deiner angeblichen Feinde.«

Livia öffnet den Mund und will verraten, mit welchen Tricks der Hausvorsteher scheiterte, um sie sich gefügig zu machen. In den vergangenen drei Monaten hat Ostorius zwar Ruhe gegeben, aber er war ihr dennoch nicht geheuer. Sein mal bedrohlicher, mal triumphierender, stets aber hasserfüllter Blick hat sie stets einen weiteren Angriff des Freigelassenen fürchten lassen. Dass er allerdings so etwas tun würde, hätte sie nie für möglich gehalten.

»Also, Livia? Ich warte.«

Die Sklavin schweigt. Er versucht es andersherum.

»Warum hast du heute früh das Haus verlassen?«

»Herr, Ihr wisst es. Ich war im Laden von Vetulanus Libella, weil der Papyrus ausgeht und ...«

»Du hast doch sonst keine Besorgungen für den Domus gemacht«, unterbricht Javolenus sie. »Du gehst nicht gern aus, hast du mir selbst gesagt. Du hast gestanden, wie erleichtert du warst, dass meine Tochter sich nicht mehr von dir schmücken lassen will, du hast mir mitgeteilt, wie sehr das Studium der Bücher dir am Herzen liege. Du besuchst keine Lustspiele, gehst nicht in die Thermen und auch sonst nirgends hin, wo sich die Pompejer gern treffen. Da du die einzige Christin in der Stadt bist, begehst du demnach auch keine Rituale mit Mitgläubigen. Außerdem verträgst du die sommerliche Hitze schlecht und scheinst dich hier im Haus wohlzufühlen. Mit einem Wort: Du bist seit Wochen nicht draußen gewesen. Deshalb möchte ich wissen, warum du heute Morgen weggegangen bist, zu einer Zeit, da wir normalerweise hier arbeiten.«

»Herr«, ruft Livia verblüfft aus, »ich habe den Domus verlassen, weil Ihr mich darum gebeten habt! Ich war gerade auf dem Weg hierher, als Ostorius mich in Eurem Namen mit dieser Besorgung beauftragt hat! Dem bin ich nachgekommen und habe Euch gehorcht!«

Javolenus erstarrt. Er hat seinem Hausvorsteher heute Morgen nicht angeordnet, Livia zu Vetulanus Libella zu schicken. Während er kurz nach Sonnenaufgang vergeblich auf seine Schreiberin wartete, kam der Freigelassene zu ihm, um ihm zu sagen, er habe sie zum Papyrushändler geschickt. Ein leiser Verdacht steigt in ihm auf, den er aber wieder verscheucht; er sagt sich, der Hausvorsteher habe lediglich seine Arbeit gemacht: Schließlich müsse er dafür sorgen, dass im Haushalt nichts fehle und entsprechend vorsorgen. Normalerweise machen die anderen Sklaven die Hausbesorgungen, aber vermutlich waren sie heute Morgen alle beschäftigt, sodass Ostorius gar nichts anderes übrig blieb. Der Philosoph beschließt, der Sache nachzugehen.

»Herr, werdet Ihr mich der Justiz übergeben?«, fragt Livia und bemüht sich trotz ihrer Angst, nicht unterwürfig zu klingen. »Haltet Ihr mich für schuldig?«

Javolenus betrachtet die junge Frau. Sie hat ihre zitternden Hände und Beine kaum unter Kontrolle, aber ihr Blick ist offen. Er denkt an ihre intensiven Unterhaltungen über die Weisheit, die Weltordnung, den Glauben, an seinen Seelenfrieden an den Tagen, die er mit ihr in der Bibliothek verbracht hat. Ja, es stimmt, dass er sich in Gegenwart dieser Frau wohlfühlt, und das sogar an diesem Abend, wo Livia des schlimmsten Verrats bezichtigt wird. Zum ersten Mal gesteht er sich das ein. Aber mit dieser Offenbarung werden gleich auch die Worte Saturninas laut. Lässt er sich von Livia manipulieren? Steckt hinter der integren, zurückhaltenden Erscheinung eine zynische, heimtückische Natur? Wenn seine Tochter wüsste, was ihm durch den Kopf geht, würde sie ihn für naiv, gutgläubig und … alt halten.

Seine Erfahrung mit Frauen liegt schon so weit zurück. Er war jung, wusste nichts von der stoischen Weisheit und erst recht nicht von der wahren Liebe zwischen zwei Menschen, die er mit seiner Frau erfahren hat. Zwischen Galla Minervina und ihm gab es kein falsches Spiel, keine heimlichen Absichten und Machenschaften. Seit ihrem Tod wird er allein alt, Intrigen und die unwürdigen Bestrebungen der Menschen gehen ihn nichts an. Er ist allein mit seinen Volumina, aber umgeben von Reichtümern. Auch wenn es ihn in seinem Stolz tief trifft, muss er sich doch eingestehen, dass er für eine ambitionierte, intelligente und geldgierige Frau das ideale Opfer wäre.

»Ich kann deine Frage nicht beantworten, Livia, weil ich es selbst nicht weiß«, sagt er kurz angebunden und schenkt sich Wein nach. »Lass mich.«

Mit Tränen in den Augen verlässt die Sklavin die Bibliothek. Draußen wartet Ostorius auf sie. Ohne sie anzusehen, mit einem leicht spöttischen Zug um den Mund, packt er sie fest am Arm und führt sie in ihre Zelle, vor der ein Haussklave wacht.

Javolenus geht zum Hausaltar, wo die Maske seiner Frau wieder aufgestellt ist. Er zündet Weihrauch an, streut etwas Salz, versprengt Wein und stellt Essen auf den Altar.

»Tugendhafte Manen«, murmelt er, »helft mir. Glorreiche Seelen meiner Ahnen, erleuchtet mich, dringt in meine Träume und zeigt mir die Wahrheit. Galla Minervina, meine zärtliche, liebe Frau, ich flehe dich um Hilfe an. Bemächtige dich meines Geistes, während ich heute Nacht schlafe, zeige mir die düsteren Pläne dieser Frau oder aber die Reinheit ihres Herzens.«

Javolenus begibt sich in sein Sommerschlafzimmer neben der Säulenhalle. Er betrachtet die idyllischen Fresken, die das Cubiculum zieren. Dann legt er sich hin, lauscht den Geräuschen der warmen Nacht, dem plätschernden Wasser, und bittet, dass der göttliche Odem, der allem innewohnt, ihn auf den Weg des Verstands lenken möge. Er leert noch einen Kelch mit Wein vom Vesuv, der Vorhersagen von Gott und den Toten im Traum begünstigen soll. Endlich schläft er ein.

Am nächsten Tag lässt Javolenus nacheinander alle Bediensteten in die feuchtwarme Bibliothek kommen und befragt sie ruhig und besonnen nach den Vorkommnissen am Vortag, ihrem Tagesablauf und ihrer Beziehung zu Livia.

Der Hierarchie entsprechend hätte Ostorius den Anfang machen müssen, doch der Hausherr will ihn absichtlich als Letzten befragen. Vom Stallburschen und vom Gärtner, die beide früh auf den Beinen waren, erfährt er nichts, und die beiden Haushälterinnen haben außer dem Hausherrn vor dem Lararium niemanden bemerkt. Der Diener war zur fraglichen Stunde nicht im Haus, sondern transportierte Dolia und Weinamphoren aus den Kellern in die Taberna im Erdgeschoss. Der Hausmeister bestätigt, dass vor Ankunft des Juweliers mit Ausnahme von Livia niemand das Haus betreten oder verlassen habe. Bambala war in der Küche beschäftigt; sie habe keine Besorgungen machen müssen, da der Garten in der Jahreszeit das Nötige hergebe und vom Vortag noch Fleisch, Käse und Fisch übrig gewesen seien, und das Brot werde jeden Morgen noch warm vom Bäcker geliefert.

»Der Bäcker war also um die zweite Stunde hier im Haus?«, fragt Javolenus.

»Nein, Herr«, erwidert Bambala. »Secundus oder seine Helfer überschreiten nie die Schwelle des Hauses! Sie geben das Brot beim Portier ab, der kontrolliert die Ware und bringt sie mir dann in die Küche.«

Enttäuscht lässt Javolenus Bambala wieder gehen und will gerade ihre Küchenhilfe Asellina hereinholen, die Letzte vor Ostorius. Bis jetzt ist ihm nichts zu Ohren gekommen, was Livia belasten könnte, aber auch nichts, was für sie spricht. Seine Schreiberin ist mit den übrigen Sklaven nicht befreundet und mischt sich weder in deren Streitereien ein, noch versucht sie, sie sich gewogen zu machen. Sie bleibt eine Fremde, eine diskrete, ja geheimnisvolle Unbekannte, die sich vielleicht für etwas Besseres hält, weil sie aus Rom, der Hauptstadt, kommt und lesen und schreiben kann und das Privileg hat, den ganzen Tag mit dem Herrn zu verbringen.

Als Asellina die Bibliothek betritt, gehen ihm wieder die Worte Saturninas durch den Kopf. Ohne große Erwartungen befragt er die neunjährige, aus Syrien stammende Küchenhilfe. Zu seinem großen Erstaunen versteht sich Asellina nicht nur bestens mit Livia; diese hat heimlich und mit viel Geduld auch versucht, ihr das Lesen beizubringen.

»Sie ist sehr nett zu mir«, sagt das Mädchen mit den braunen Haaren und den schwarzen Augen. »Sie sagt, dass ich so alt bin, wie sie war, als ihre Eltern und Brüder gestorben sind, und dass sie weiß, dass es schwer ist, Waise zu sein. Aber mir geht es nicht schlecht, ich kann mich nicht mehr an meine Eltern erinnern. Als ich verkauft wurde, war ich noch ganz klein. Meine Familie, das sind jetzt Bambala und die anderen. Ich mag es, wenn Livia von Rom erzählt, vom Tiber, den Hügeln, von den Düften und dem Schminken im Palast des Kaisers und von den Festen ihrer alten Herrin. Und ich strenge mich an beim Lesen, um ihr eine Freude zu machen, obwohl ich nicht weiß, wozu ich es brauchen kann …«

Froh darüber, endlich die Livia wiederzuentdecken, die er kennt, lächelt Javolenus.

»Wiederhole alles, was sie dir erzählt hat«, befiehlt er.

In dem Geplapper des Kindes kann Javolenus nichts Verdächtiges entdecken; Livia hat weder über die näheren Umstände des Mordes an ihren Eltern noch über ihren Glauben gesprochen. Die erheiternden Berichte über das Leben bei seiner Tante amüsieren ihn; er stellt fest, wie liebevoll die ehemalige Ornatrix über Faustina Pulchra redet, und zweifelt einmal mehr daran, dass die Beschuldigungen gegen sie zu Recht erhoben wurden.

»Was sagt sie über mich?«

»Nichts, oder fast nichts, sie erzählt lieber von früher.«

»Ist sie hier denn nicht glücklich? Hat sie Grund, zu klagen? Oder hat sie Feinde? Wahrscheinlich war die ehemalige Herrin ihr lieber?«

»O nein, Herr, im Gegenteil!«

»Was meinst du damit, Asellina?«

Die Sklavin errötet.

»Sie hat nie etwas darüber gesagt, aber … Eure Tante war vielleicht ein bisschen wie eine Mutter für sie, während Ihr … Ihr seid zwar so alt wie ihr Vater, aber das ist nicht dasselbe. Also, ich glaube, sie ist verliebt.«

Asellina kichert leise, was Javolenus verärgert. Wenn es Livia gelungen sein sollte, ihn, einen reifen Mann und Verstandesmenschen, hinters Licht zu führen, dürfte es ein Leichtes für sie gewesen sein, ein Kind für ihre Zwecke zu manipulieren. Er befragt sie zu ihren Aufgaben am Vortag, aber Asellina bestätigt, dass sie vom frühen Morgen bis zur Entdeckung des Diebstahls nicht vom Herd gewichen sei und Livia nicht gesehen habe, bis diese zusammen mit ihnen das Haus durchsucht habe. Er weiß nicht recht, wie er das Gespräch beenden soll, und fragt noch, ob sie jemanden gesehen habe oder ihr im Haus im Vergleich zu sonst etwas Verdächtiges aufgefallen sei. Die Kleine denkt lange nach, während sie seine Frage leise vor sich hinspricht und er sie dabei beobachtet, wie sie den langen Arbeitstag Revue passieren lässt.

»Etwas war anders als sonst«, sagt sie schließlich. »Aber nicht tagsüber, sondern abends, und es war nicht direkt im Haus.«

»Erzähle.«

»Bambala hat sich geärgert, weil Ihr nichts von ihrem Abendessen angerührt habt, und hat mich in die Bibliothek geschickt, damit ich Euch eine Karaffe Vesuvinum bringe.«

»Aber Bambala hat mir den Wein gebracht.«

»Ja, weil ich erst meine schmutzige Schürze ausziehen wollte und dabei aus Ungeschick die Karaffe umgestoßen habe und alles über meine Tunika gelaufen ist. Bambala war sehr wütend und hat mir befohlen, mich umzuziehen. Sie hat eine neue Karaffe gefüllt und sie Euch selbst gebracht.«

»Daran ist doch nichts merkwürdig.«

»Nein, daran nicht. Aber dann bin ich in meine Kammer gelaufen, um mich umzuziehen, und als ich an der Kammer von

Ostorius und Bambala vorbeigelaufen bin, habe ich drinnen Stimmen gehört und gelauscht.«

Javolenus hört nun auch genauer hin.

»Es klang wie ein Streit, aber nicht mit Bambala wie sonst, sie war ja in der Küche. Es waren Männerstimmen. Da habe ich heimlich geguckt. Ostorius stand am Fenster und hat sich leise mit jemandem draußen auf der Straße gestritten.«

»Hast du den Mann gesehen?«

»Ja. Es war Secundus, der Bäcker, bei dem wir Brot und Gebäck kaufen.«

Javolenus runzelt die Stirn.

»Ich habe nicht alles verstanden, es ging um Geld.«

»Ostorius hatte vielleicht vergessen, die Ware zu bezahlen.«

»Dann hätte Secundus uns aber einen Esel verkaufen müssen, oder wir hätten ihn seit hundert Jahren nicht mehr bezahlt!«

»Warum?«, fragt der Philosoph, schlagartig beunruhigt.

»Der Bäcker sagte, dass der Hausvorsteher ihm das schulde, und er forderte sechshundert Sesterzen.«

»Sechshundert Sesterzen!«, ruft Javolenus aus. »Dafür bekommt man in der Tat ein erstklassiges Maultier!«

»Und wenn Ostorius sie ihm nicht gibt, würde er Krach schlagen. Irgendwann hat Ostorius wohl eingewilligt, und ich bin in die Küche gelaufen, damit Bambala nicht mit mir schimpft.«

Javolenus dankt Asellina und verspricht ihr, niemandem etwas von ihrem Gespräch zu erzählen. Als er allein ist, holt er aus einer Truhe die Wachstafeln mit den Abrechnungen hervor, wonach der Bäcker wöchentlich zweiundvierzig Sesterzen erhält. Zu allem Überfluss hat Ostorius Secundus erst vor drei Tagen bezahlt. Sollten die Abrechnungen gefälscht sein? Unterschlägt Ostorius mithilfe des Bäckers Geld? Statt seinen Hausvorsteher zu befragen, lässt Javolenus erst noch den Portier kommen.

»Wer hat gestern früh das Brot geliefert?«, fragt er ihn.

»Secundus persönlich, Herr.«

In dem Aristokraten steigt ein furchtbarer Verdacht auf. Er

lässt seinem Hausvorsteher ausrichten, er empfange ihn später, und ruft erneut Gärtner und Stallburschen zu sich.

Die Sonne steht ihm Zenit, als Javolenus, die beiden kräftigen Sklaven links und rechts von ihm, den Laden des Bäckers erreicht. Drinnen herrschen unerträgliche Temperaturen aufgrund der sommerlichen Hitze und der Backofenluft. Fünf halbnackte Sklaven mit glänzender Haut machen sich in der Bruthitze zu schaffen, drehen die großen Handmühlen, kneten auf einem Arbeitstisch den Teig, holen mächtige, runde Brotlaibe aus den Öfen und schieben weiße Teigkugeln hinein. Javolenus tritt näher und erkundigt sich nach dem Besitzer Secundus. Ein Sklave holt ihn aus dem Hinterzimmer. Vor dem Patrizier erscheint ein elegant gekleideter, großer, schlaksiger Mann um die dreißig mit freundlichem Gesicht.

»Ihr kennt mich nicht, aber ich gehöre zu Eurer Kundschaft. Mein Name ist Javolenus Saturnus Verus. Mein Hausvorsteher Ostorius ist für den Brotkauf zuständig.«

Das Gesicht des Bäckers nimmt die Farbe eines Teiglings an.

»Sollen wir hier vor Euren Leuten miteinander plaudern, oder gibt es auch einen ruhigeren Ort?«

Wortlos und mit weit aufgerissenen Augen bedeutet Secundus dem Patrizier, ihm in das Hinterzimmer zu folgen. Der Herr, der sich seiner sehr sicher ist, lässt seine beiden Sklaven im Laden auf ihn warten. Der Bäcker bietet Javolenus einen Hocker an und nimmt mit gesenktem Blick ihm gegenüber Platz. Der Philosoph bemerkt seine zitternden Hände, als er ihm einen Kelch mit verdünntem Wein einschenkt, den Javolenus unberührt stehen lässt, während Secundus den seinen in einem Zug hinunterstürzt. Langsam holt der Stoiker aus seinem Pallium eine Lederbörse hervor und legt sie vor sich auf den kleinen, mit Mehl bestäubten Tisch.

»Da drin sind eintausendsechshundert Sesterzen«, sagt er, »also mehr als das Doppelte von dem, was Ihr gestern Abend von meinem Hausvorsteher verlangt habt.«

Mit glänzenden Augen schielt Secundus auf den kleinen Beutel.

»Dieses Geld gehört Euch, wenn Ihr mir die Wahrheit sagt. Wenn mich Eure Antwort zufriedenstellt, seid Ihr nicht nur um tausendsechshundert Sesterzen reicher, sondern ich werde auch nichts gegen Euch unternehmen. Andernfalls ...«

»Bei Minerva, ich hatte keine Ahnung, das schwöre ich!«, sagt der Bäcker flehentlich. »Ich wusste nicht, was sich in dem Sack befand! Hätte ich es gewusst, hätte ich es nie getan!«

»Wie habt Ihr die Maske aus dem Haus geschafft?«

»Durch das Fenster in Ostorius' Kammer, das auf die Straße hinausgeht. Ich habe dem Portier wie immer das Brot geliefert, dann bin ich ums Haus herumgelaufen und habe unter dem Fenster gewartet, dass er mir das Paket überreicht. Bei allen Göttern, ich beschwöre Euch, mir zu glauben: Ich habe das Paket nicht geöffnet und wusste nicht, was drin war ... bis gestern Abend.«

»Wie hat Ostorius Euch zum Komplizen gemacht?«

»Ich war nicht sein Komplize! Es war nur eine Gefälligkeit ... unter Männern, Ihr versteht ... kostenlos. Eines Abends im Laden hat er mir erzählt, eine von seinen Geliebten hätte ihm eine Bronzeschale mit einer eingravierten Liebesbotschaft geschenkt, die er vor seiner Frau natürlich verstecken musste. Und er würde befürchten, dass Bambala das Geschenk findet und ihm eine Szene macht. Er hat behauptet, sie hätte schon Verdacht geschöpft und würde ihn nicht aus den Augen lassen, sodass er diesen Gegenstand nicht aus dem Haus bringen könnte. Und damit sie ihm seine ständige Untreue verzeiht, würde er die Schale einschmelzen und daraus Bronzeschmuck für Bambala machen lassen, als Geschenk für ihren Hochzeitstag. Es sollte eine Überraschung für seine Frau sein.«

»Der Heuchler«, raunt Javolenus.

»Ich war mir nicht sicher. Er wollte mich überreden und hat mir versichert, es wäre eine gute Tat, und weil ich immer noch gezögert habe, hat er mir irgendwann gedroht – ganz freundlich natürlich –, er würde das Brot für Euer Haus bei einem anderen Bäcker einkaufen. Ihr müsst wissen, die Konkurrenz ist hart, das Geschäft läuft schleppend …«

»Verstehe. Irgendwann wart Ihr einverstanden und habt den Sack zu Fortunatus Munatius getragen.«

»Ja, so war es. Bis ich gestern am späten Nachmittag in den Thermen Euren Diener getroffen habe. Er hat mir von dem Diebstahl der Maske berichtet. Da wurde mir alles klar, und ich wusste, dass Ostorius mich reingelegt hat.«

»Und statt mich oder einen Magistrat einzuweihen, habt Ihr gedacht, Ihr könntet, indem Ihr meinen Hausvorsteher ein bisschen erpresst …«

»Ja, weil ich Angst hatte!«, unterbricht Secundus ihn mit wehleidiger Miene. »Das Verbrechen habe ich wider Willen begangen, und dann habe ich auch ein neues Maultier gebraucht, um das Brot auszuliefern. Meines ist alt und krank.«

»Damit«, entgegnet Javolenus und zeigt auf den Geldbeutel, »könnt Ihr Euch zwei Maultiere leisten. Euer Brot ist gut, Secundus, aber ich werde wohl den Händler wechseln müssen.«

»Ihr seid also endlich von meiner Unschuld überzeugt?«

»Ja, Livia. Der Zweifel ist verflogen und hätte sich nie bei mir einnisten dürfen.«

Livia, die hinter dem Schreibpult sitzt, schließt vor Erleichterung die Augen. Durch Javolenus' Blick und seine Worte ist sie endlich wieder sie selbst und nimmt wahr, was um sie herum geschieht. Sie öffnet die Augen und schaut den Mann an, den sie immer geliebt hat, auch trotz der furchtbaren Anschuldigung.

»Allerdings war es sehr schwer, Fortunatus Munatius zu einem Geständnis zu bewegen.« Javolenus sitzt auf dem Rand der Liege in der Bibliothek. »Der Juwelier ist von anderem Kaliber als Secundus; er hätte sich nicht kaufen lassen – auch wenn er als Verräter schon überführt war. Mir war nicht klar, wie Ostorius ihn umgarnt hatte. Er konnte ihm unmöglich dieselbe Geschichte aufgetischt haben wie Secundus. Ich kam nicht darauf, was die beiden auf so unselige Weise miteinander verband. Als der Juwelier begriff, dass ich ihn nicht aufsuchte, um ihm eine Belohnung für die Maske zu überreichen, ist er eine Stunde lang nicht von seiner Version abgerückt und hat weiter behauptet, du habest ihm die Maske gebracht. Auch als ich ihm sagte, der Bäcker habe mir gerade alles gestanden, leugnete er trotzdem. Ich wollte Secundus schon kommen lassen, aber ich wusste, dass das sinnlos war; das Wort eines kleinen, fast ruinierten Handwerkers hätte nichts gegolten gegenüber dem eines reichen und blasierten Händlers!«

Es ist später Nachmittag, aber die Sonne ist noch brennend heiß. Die Villa wirkt verlassen. Die Frauen sind in den Thermen. Javolenus hat ihre Abwesenheit genutzt, um Ostorius ohne weitere Erklärungen im Keller neben der Küche einzusperren. Gärtner, Stallbursche und Diener bewachen ihn und sind bereit, ihm beim geringsten Fluchtversuch die jahrelange Drangsal heimzuzahlen. Nur der Portier ist auf seinem Posten und hat Weisung, niemanden hereinzulassen. Javolenus hat Livia selbst befreit und sie wortlos auf den gewohnten Platz geführt: den des wiedergefundenen Vertrauens.

»Zum Glück«, fährt der Hausherr fort, »war Fortunatus Munatius bei unserem Eintreffen gerade dabei, seinen Laden zuzusperren und in die Thermen zu gehen. Es waren also nur wir vier in seiner Taberna und keine Zeugen.«

Er ballt die Fäuste.

»Ich verabscheue Gewalt, aber bei diesem überheblichen Schurken hätte ich fast die Geduld verloren und meinen Leuten angeordnet, ihn zum Reden zu bringen! Am liebsten hätte ich ihm selbst eine Tracht Prügel verabreicht. In seiner Unverfrorenheit hatte er mich als undankbar beschimpft; er habe die Maske doch schließlich zurückgebracht. Er schlug vor, wir sollten zum Duumvir gehen, um die Sache zu klären. Ich hielt es nicht mehr aus, ich hatte genug vom Anblick dieses Halunken und wandte mich ab, um mir die Beine zu vertreten und wieder zur Ruhe zu kommen. Während ich zwischen den Tischen hin und her lief, auf denen Werkzeug und angefangene Arbeiten lagen, blieb mein Blick plötzlich an einem vertrauten Gegenstand hängen.«

Livia hält den Atem an.

»Auf einer Werkbank«, fährt Javolenus mit rauer Stimme fort, »lag ein großer, ziselierter Goldreif in Form einer Schlange mit einem Auge aus Aquamarin. Ich kenne ihn gut, denn ich habe ihn oft am Arm meiner Tochter gesehen. Zuerst dachte ich an einen Zufall. Saturnina ist, wie ihre Mutter auch, eine Kundin von Fortunatus Munatius, es musste also nichts Verwerfliches daran sein. Aber mein Herz hörte nicht auf, heftig zu schlagen, ich erinnerte mich an das furchtbare Misstrauen dir gegenüber, und mein Verstand flüsterte mir eine seltsame Botschaft ein. Ich trat wieder vor den Treulosen hin und fragte ihn eher unbeteiligt, ob er Saturnina kenne und was ihr Armreif in seinem Laden mache.«

Mit einer Geste des Überdrusses wischt sich Javolenus über die Stirn.

»So, wie er reagiert hat, wusste ich sofort, woran ich war. Das Einzige, was ihm einfiel, war, dass Saturnina ihm tatsächlich manchmal etwas in Auftrag gebe und dieser Armreif repariert werden müsse. Aber sein Gesicht war plötzlich ganz bleich, seine Stimme zitterte, er wich meinem Blick aus, und seine Selbstgefälligkeit war verschwunden. Alles deutete darauf hin, dass ich gesehen hatte, was ich auf keinen Fall hätte sehen dürfen, dass dieser Schmuck sich nicht zufällig dort befand und das fehlende Glied in der Kette war, weswegen ich mir das alles nicht erklären konnte.«

Schweißgebadet und aufgewühlt, stillt Javolenus seinen Durst mit einem Becher Wein, keuchend vor Aufregung und auch vor Wut.

»Dann hat es nicht mehr lange gedauert, bis er ausgepackt hat. Ich war zu allem bereit, um die Wahrheit aus ihm herauszubringen, und weil es jetzt um meine Tochter ging, hätte ich dieses Mal auch zugeschlagen, wenn er sich wieder herausgeredet hätte. Aber er merkte, dass er ausgespielt hatte, und hat mir alles gestanden.«

Der Herr hält wieder inne. Livia will schon aufspringen, als er weitererzählt.

»Meine Tochter, meine einzige Tochter. Mein Fleisch und Blut«, stößt er leise murmelnd aus. »Ich wollte es nicht glauben. Die schönste und reichste Frau in Pompeji, die annähernd tausend Sklaven besitzt, perfekte Kinder hat, ein wunderschönes Haus, einen liebenden Ehemann. Sie, die aus angesehener Familie stammt, wohlerzogen ist, von allen beneidet wird, zettelt ein Komplott mit meinem Hausvorsteher an, besticht einen Juwelier und zieht das Andenken an ihre Mutter in den Schmutz, nur um eine Sklavin loszuwerden!«

Der Schock sitzt tief bei Livia. Sie hat Ostorius immer in Verdacht gehabt, aber nie hätte sie sich vorgestellt, dass die hochnäsige Saturnina in ihrem Hass auf sie so weit gehen könnte, sich mit einer Verschwörung gegen sie zu kompromittieren. Javolenus fährt fort:

»Ich kann mir den Grund für ihre Eifersucht und einen so verderblichen Groll einfach nicht erklären. Die Furcht, das Erbe zu verlieren und mein Hab und Gut in den Händen einer anderen Frau zu sehen, ist nur ein Vorwand. Sie weiß, dass ich sie nicht enterben würde, auch wenn sie mein Vermögen überhaupt nicht nötig hat. Kann es sein, dass ihre Seele in dem untätigen Überfluss, in dem sie lebt, so wenig Beschäftigung hat, dass sie sich auf diese Art die Langeweile vertreiben wollte?«

In ihrer Verliebtheit verfällt Livia auf eine Antwort, die sie sogleich bedauert.

»Vermutlich ist ihre Seele nicht unbeteiligt, sondern leidet, Herr. Anscheinend hat sie in mir nicht das gesehen, was ich bin, nämlich eine harmlose, ergebene Sklavin, sondern eher eine Frau, die viel Zeit mit Euch verbringt – also eine Rivalin.«

Fassungslos blickt Javolenus gen Himmel.

»Aber wie kann man die Liebe eines Vaters für seine Tochter mit der Freundschaft zwischen zwei Menschen vergleichen?«

Livia errötet und blickt zu Boden. Das Wort »Freundschaft« tut ihr weh.

»Weil die Liebe einer Tochter zu ihrem Vater«, sagt sie leise, »vor allem, wenn diese Tochter keine Mutter mehr hat und der Vater Witwer bleiben will, so unermesslich und ausschließlich ist, dass sie keine Zuneigung zu einer anderen Frau duldet, auch keine einfache Freundschaft.«

»Es ist alles meine Schuld«, folgert Javolenus tief betrübt. »Ich war so mit meiner Trauer beschäftigt, dass ich nicht genügend auf sie geachtet habe. Ich dachte, ihr Mann und ihre Kinder würden ihr alles geben, was sie braucht. Ich habe mit einer Toten gelebt und die Lebendigen vernachlässigt. Und von dir ist es sehr großzügig, frei von Hass und Wut über deine Feindin zu sprechen. Welche Gründe Saturnina auch immer zu einer solchen Tat getrieben haben mögen, ich werde die Konsequenzen daraus ziehen. Sie braucht sich nicht zu erklären, ich will nichts hören. Ab heute wird sie die Schwelle meines Hauses nicht mehr überschreiten. Fortunatus Munatius wird Stillschweigen über diesen Diebstahl bewahren, das liegt in seinem Interesse. So kann ich meiner Tochter den öffentlichen Skandal ersparen. Ich werde sie weder verstoßen noch vertreiben, aber sie wird mich erst auf dem Totenbett wiedersehen. Was Ostorius angeht …«

Die kalte, gezähmte Wut, mit der er über Saturnina gesprochen hat, verwandelt sich in rasenden Zorn.

»Er wird noch heute Abend durch meine Hand die Gerte zu spüren bekommen, mit der er euch alle bedroht hat, noch bevor er der Gerechtigkeit meines lieben Freundes, des Duumvir, übergeben wird, der ihn im besten Fall bis ans Ende seiner Tage auf die Galeere schicken wird, sofern er nicht die Todesstrafe über ihn verhängt. Mag er seiner Feigheit weiter frönen und meine Tochter anprangern, niemand wird ihm glauben! In der Zwischenzeit werde ich dem Geist meiner Gemahlin und meiner Ahnen danken, dass sie mich aufgeklärt haben, und dem Portier sagen, er soll die Frauen hereinlassen. Die arme Bambala soll uns ein üppiges Mahl zubereiten, das du zusammen mit mir im Speisesaal einnehmen wirst!«

Der Philosoph erhebt sich, um ins Atrium zu gehen. Bevor er

die Bibliothek verlassen kann, läuft Livia zu ihm hin und wirft sich ihm zu Füßen.

»Herr, ich beschwöre Euch, tut das nicht! Vergebt! Vergebt beiden! Bestraft sie nicht, das verdienen sie nicht, ich flehe Euch an!«

Javolenus steht wie versteinert da.

»Was sagst du da, Livia? Hast du den Verstand verloren? Ich soll alle Gerechtigkeit fahren lassen und den beiden Menschen verzeihen, die fast dein Todesurteil herbeigeführt hätten?«

»Herr«, fleht Livia schluchzend, »Eure Strafe ist Rache, und Rache ist allein die Sache Gottes. Ich wünsche weder Ostorius noch Eurer Tochter das, was sie mir zufügen wollten. Ich vergebe ihnen. Eure Tochter hat aus Liebe zu Euch und um das Andenken ihrer Mutter willen gehandelt; sie liebt Euch so sehr, dass sie Euch beschützen wollte. Und Ostorius glaubte Euch in Gefahr und ist nur aus Pflichtgefühl und aus Treue Euch gegenüber eingeschritten. Ich beschwöre Euch, nicht alle Bande zu Eurer Tochter zu kappen, dass würde ihre und auch Eure Wunden nur verschlimmern. Verratet Euren Hausvorsteher nicht, führt nicht seinen Tod herbei, zerstört sein Leben nicht!«

Verstört runzelt Javolenus die Stirn. Livia würde ihm gern sagen, dass seine Tochter nicht in allem irrt. Zwar ist ihre Zuneigung Javolenus gegenüber aufrichtig und frei von gierigen Machenschaften, wie Saturnina sie ihr unterstellt, aber sie hat deswegen trotzdem Schuldgefühle.

»Wer diktiert dir das Wort und gibt dir so unvernünftige Sätze ein?«, fragt der Philosoph. »Wieder dein berühmter Prophet?«

»›Liebt eure Feinde‹«, zitiert sie. »Am Morgen seines Todes hat Jesus am Kreuz gerufen: ›Herr, vergib ihnen, denn sie wissen nicht, was sie tun.‹ Wenn Jesus seinen Peinigern vergeben hat, wie könnte ich dann meine Gegner verfolgen? Ich verspüre keinen Hass, weil ich sie verstehe. Was sie getan haben, war schlecht, aber ihre Beweggründe waren gut. Es war Liebe. Es steht mir nicht zu, sie für ihre Sünde zu bestrafen. Nur Gott kann über sie richten. Mir geht es gut, und ich vergebe ihnen.«

Verwirrt neigt sich Javolenus zu ihr, fasst sie an den Armen und zieht sie zu sich hoch. Sein Gesicht ist ihrem so nah, dass sie seinen warmen Atem spürt.

Behutsam wischt er Livias Tränen weg.

32

Als Barbidius die Glocke anschlägt, wacht der Portier in seiner Loge am Eingang zum Domus auf, während eine kleine Schar das Sklavenquartier verlässt: Der Stallbursche trottet in den Stall, der Gärtner läuft hinaus, um den Gemüsegarten zu bestellen, Helvia, Asellina und die Kinder eilen in die Küche, der Diener und die beiden Haushälterinnen machen sich mit Lappen, Besen aus Erika und Myrrhe, Federwisch, Eimern, Leitern und Stangen, an denen Schwämme befestigt sind, über die Herrschaftsräume her, die sie bis unter die Decke reinigen. Sie streuen Sägemehl über den Steinboden im Atrium und machen sich gerade an den Säulen im Tablinum zu schaffen, als Javolenus ihnen aus der Bibliothek entgegeneilt, wo er mit Livia bei der Arbeit sitzt.

»Hört auf mit dem Lärm«, zischt er, »ihr weckt meinen Gast noch auf. Er schläft nebenan im Winter-Cubiculum.«

»Das wussten wir nicht, Herr.«

»Zwar steht der Frühling vor der Tür, aber die Nächte sind noch kühl, und seine Lunge ist empfindlich. Er soll keinen Luftzug bekommen, deshalb liegt er nicht in den Räumen neben der Säulenhalle. Seht nach, ob in seinem Kohlenbecken noch Glut ist.«

»Sehr wohl, Herr.«

Barbidius eilt ihnen voraus und betritt auf Zehenspitzen das Winterzimmer. Der Cousin des Landverwalters Scylax ist der neue Hausvorsteher, seine Schwester Helvia die neue Küchenchefin. Sieben Monate ist es her, dass Javolenus, Livias Bitten zum Trotz, Ostorius ausgepeitscht und aus dem Haus gejagt hat, in dem der Freigelassene geboren wurde und zeit seines Lebens gewohnt hatte. Aber er hat ihn nicht der Justiz ausgeliefert. Bambala hat er angeboten zu bleiben, aber aus Treue, Stolz oder bedingungsloser Liebe hat sie beschlossen, ihrem Mann zu folgen und sich nicht scheiden zu lassen. Was aus ihnen geworden ist, weiß niemand. Javolenus' kalte Wut und seine unerklärliche Milde haben Saturnina jedenfalls so viel Anstand abverlangt, dass sie die beiden nicht in ihre Dienste übernommen hat. Seiner Tochter zu verzeihen, das ist Javolenus schwergefallen. Aber mit der Zeit haben die Blutsbande und die Freude darüber, die Enkelkinder zu sehen, seinen Groll gemildert. Regelmäßig besucht er ihre prächtige Villa, während sie das Haus ihres Vaters meidet. Livia zu sehen und zu wissen, dass sie da ist, oder allein ihre Erwähnung sind ihr unerträglich, und sie hat Javolenus gebeten, das schwierige Thema auszusparen, was dieser auch für klug und angebracht hielt. Saturnina ist es jedoch nicht entgangen, dass ihr Vater sich verändert hat; es ist ein neues Glücksgefühl, das er verbirgt, aber das in Blick und Gesten durchscheint, in einer Milde ganz ohne Trauer und Überdruss, die sonst seine Begleiter waren. Argwöhnisch, aber inzwischen auch vorsichtig, da sie in der Villa ihres Vaters nun keinen Spion mehr hat, unterlässt sie es, sich bei ihm nach dem Grund dieser Veränderung zu erkundigen. Sie opfert den Göttern mit der Bitte, dieses Glück möge allein auf ihrer Versöhnung beruhen und nicht auf den düsteren Absichten der unseligen Kreatur, der sie mit aller Macht das Verderben wünscht.

»Javolenus Saturnus Verus, mein Freund, man könnte meinen, das Exil wirke wie ein Jungbrunnen auf dich! Vier Jahre lang habe ich dich nicht besucht und als bedrückten, ausgelaugten, in völliger Abgeschiedenheit lebenden Menschen zurückgelassen, während ich jetzt den Eindruck habe, du seist jünger und fröhlich und mit dir im Reinen. Sei so gut und lass deinen alten, gebrechlichen Freund am Geheimnis deines Jugendelixiers teilhaben!«

Javolenus liegt lachend auf der Liege in der Bibliothek. Ihm gegenüber, auf der anderen Seite des bronzenen Dreifußes, auf dem der Wasserkrug zur Labung am Morgen steht, liegt ein etwa fünfzigjähriger, kleiner, schmächtiger Mann mit grauer Gesichtsfarbe, ein Mitglied der Kurienversammlung, der am Vorabend aus Rom eingetroffen ist.

»Lieber Valerius Popilius Gryphus, das Klima dieser Gegend und sein Thermalwasser wären dir sicher zuträglich, wenn du nur öfter kämest. Und ich habe keinen Zweifel, dass mein Vesuvinum und der eine oder andere aromatische, heilende Trunk wie der Mirris mit Myrrhe, Zimt, Safran und Narde, der Mulsum, der Passum aus Rosinen oder der Faecula Aminea, den die Ärzte empfehlen, deine armen Lungen heilen könnte, wenn du die Amphoren, die ich dir schicke, tatsächlich leeren würdest ...«

»Ach, mein Magen wird genauso störrisch wie meine Lungen, mein Freund, ich muss meine Vorliebe für den Wein zügeln. Ich gestehe, dass ich das, was wir gestern Abend getrunken haben, nicht gut vertragen habe.«

»Wir mussten schließlich deine Ankunft feiern, und ich musste dich zum Reden bringen, um ein bisschen über die Arbeiten am Kolosseum zu erfahren, und die neue Judensteuer, die neu organisierte Armee, Vespasians Zensur und das jüngste Komplott!«

»Gewiss ... aber auch wenn die stinkende Luft und die Intrigen in ›Urbs Roma‹ wohl wirklich zum Teil für meine Leiden verantwortlich sind, so wirst du mich nicht davon überzeugen, dass Sonne, Wein und nicht einmal deine stoischen Grundsätze deine Heilung bewirkt hätten. Ich kenne dich schon zu lange, Javolenus. Ich weiß, dass deine Wunde zu tief war, als dass solche Mittel sie hätten lindern können.«

Der Philosoph errötet.

»Du bringst mich in Verlegenheit, Valerius. Ich lebe einfach gern in Pompeji. Hier kann ich lesen und arbeiten und mich von der Welt erholen.«

»Von der Welt, ja, aber zum ersten Mal scheinst du auch mit dir und deiner Trauer Frieden geschlossen zu haben. Ich glaube nicht, dass deine Bücher dafür verantwortlich sind.«

»Wahrscheinlich hast du recht, Valerius. Die Verantwortliche sitzt vielleicht wirklich woanders …«

»Geheimniskrämer! Wusste ich es doch! Und du wagst es, sie mir vorzuenthalten!«

»Es ist nicht, wie du denkst. Sie ist … Sklavin und … es ist nur Freundschaft, auf der geistigen Ebene.«

Valerius richtet sich auf und sieht seinen Gefährten aufmerksam an.

»Du beunruhigst mich, Javolenus! Geistige Kameradschaft zu einem Sklaven, einem weiblichen noch dazu? Entweder ist dir die größte Laune der Natur zu eigen, oder deine Sinne sind inzwischen komplett abgestumpft!«

Überrascht von der Reaktion seines Freundes, redet Javolenus wirr wie ein Kind, das man soeben ertappt hat.

»Erzähl mir bloß nicht, deine Männlichkeit sei durch sie nicht angestachelt und du hättest ihren Körper noch nicht genossen!«

Erneut errötet Javolenus.

»Nein, Valerius, ich habe beschlossen, sie freizulassen, aber keineswegs …«

»Dann erlaube mir, dir in aller Freundschaft zu sagen, dass du ein Idiot bist. Du bist verliebt und merkst es nicht – in deinem Alter! Ich hatte recht: Du hast dich verjüngt und benimmst dich wie ein Spatz, der gerade aus dem Ei geschlüpft ist!«

Die Worte von Valerius Popilius Gryphus schockieren Javolenus. Mit siebenundvierzig Jahren entdeckt er, dass er sich selbst an der Nase herumgeführt hat und, ohne seine verstorbene Gemahlin zu vergessen, tatsächlich wieder eine Frau liebt …

Am Morgen beschließt der römische Senator, einen Gladiatorenkampf in der Arena zu besuchen. Javolenus möchte ihn nicht dorthin begleiten, lässt aber Barbidius und Scylax mitgehen, die sich mit Zirkusspielen bestens auskennen, da sie mehrere, vom Volk vergötterte Bestarii in ihrer Familie zählen. Der Aristokrat genießt die Vorstellung, sich mit den Büchern zurückzuziehen, die Valerius ihm aus Rom mitgebracht hat. Aber dann kann er sich doch nicht auf die Werke von Calpurnius Piso und die vielen Schriftrollen des »Studiosus« von Plinius dem Älteren konzentrieren. Ständig muss er an die Turbulenzen seines Herzens und an die bange Frage denken, ob er sich jetzt, da er um seine Gefühle weiß, Livia erklären soll, oder ob er diese Gefühle lieber weiter in seiner Seele verbirgt. Wie soll er diese Liebe vor aller Augen leben? Unüberwindbare Hindernisse stehen zwischen Livia und ihm: die Kasten, Saturninas Ablehnung der jungen Frau, die Angst, der Tod könne ihm wieder das geliebte Wesen entreißen. Trotz der Unterweisung durch seine stoischen Lehrmeister hat er sich nie von seinen Gewissensbissen und Sorgen befreit, um die einzig erträgliche Dimension zu erreichen: die Gegenwart. Soll er es erneut versuchen? Er hat nur die Gewissheit, dass er diese Liebe akzeptieren muss, da sie ihm von Gott und dem Schicksal gesandt worden ist. Ansonsten fühlt er sich verloren. Und wenn er Epiktet um Rat bittet? Eine ausgezeichnete Idee! Er setzt sich an das Marmorpult, greift zu Papyrus und Schilfrohr und hält gleich wieder inne. Hier, auf Livias Platz, wird ihm bewusst, dass er nichts über die Gefühle der jungen Frau weiß. Er liebt sie, so viel steht fest, aber was empfindet sie für ihn? Freundschaftliche Sympathie oder bedingungslose sklavische Hingabe würde Javolenus nicht dulden. Sie muss ihn als Mann, nicht als Herrn lieben. Asellinas Worte kommen ihm wieder in den Sinn, aber er schenkt ihnen keinen Glauben. Nie hat er bei seiner Schreiberin den kleinsten Blick, das winzigste Anzeichen bemerkt, sodass er annehmen könnte, sein Empfinden werde erwidert. Ängstlich und schüchtern wie ein Junge, ruft er Livia in die Bibliothek.

Als sie eintritt, schiebt er die Herzensfragen vorerst beiseite: Ihre Augen sind aufgequollen, die Miene ist düster, sie sieht mitgenommen aus. Er ist beunruhigt.

»Livia, bist du etwa krank? Hast du Fieber?«

»Nein, Herr. Ich bitte um Verzeihung, aber während Eurer Unterhaltung mit Eurem Freund heute Morgen bin ich eingeschlafen.«

»Entschuldige dich nicht immer dafür, dass du dir die Ruhe gönnst, die dir zusteht«, erwidert er, ärgerlich über Livias sklavisches Benehmen.

»Und ich hatte wieder diesen Traum.«

Javolenus' Verärgerung weicht der Neugier.

»Den Traum vom Feuer?«

»Ja.«

»Setz dich und erzähle mir.«

»Es ist immer dasselbe«, antwortet sie erschöpft. »Flammen ohne Feuer, eine unerträgliche Hitze, Katastrophenstimmung, der Lärm einstürzender Dächer, Rauch, Luft, die man nicht einatmen kann, Panik ringsum ... die zerstörte Stadt. Ich bin allein und renne ...«

»Du weißt, dass Träume göttliche Botschaften sind. In der perfekten Weltordnung, die vom Schicksal vorherbestimmt ist, schicken uns die wohlwollenden Götter in ihrem Wissen um das, was geschehen soll, Zeichen, die von der Zukunft künden. Sie äußern sich im Vogelgesang und im Vogelflug, in den Eingeweiden der Tiere, in den Sternen, den Blitzen und den Wunderwerken, in den Worten der Verrückten und in den Visionen der Schlafenden. Du hast mir gesagt, dass du schon früher solche Vorahnungen hattest und sie sich leider immer bewahrheitet haben. Ich bin mir sicher, dass dein Traum eine Vorhersage ist, ein Zeichen der Götter.«

»Warum sollten mir Eure Götter, an die ich nicht glaube, solche Zeichen schicken?«

»Vielleicht ist es ja dein Gott, der sich im Traum an dich wendet!«

»Mein Gott, wie Ihr sagt, äußert sich tatsächlich in Träumen«, erwidert sie nachdenklich. »König Herodes, der durch chaldäische Magier erfuhr, dass ein großer Judenkönig und damit ein Widersacher von ihm in Bethlehem geboren war – es war Jesus –, ließ alle männlichen Kinder unter zwei Jahren ermorden, um seinen Gegner auszuschalten. Aber dank eines von Gott gesandten Traumes wurde Josef, Jesus' Vater, vor diesem Blutbad gewarnt und floh rechtzeitig mit seiner Frau Maria und seinem Sohn Jesus nach Ägypten. So wurde Jesus gerettet. Aber Josef war der Vater des Propheten, unseres Erlösers, und ich bezweifle, dass Gott sich an mich wenden würde …«

»Warum denn nicht, Livia? Die Frage ist im Grunde unwichtig, was zählt, ist, dass wir die göttliche Warnung richtig deuten.«

»Ich glaube nicht an Hellseher. Wir halten sie für gefährliche Hexer, und ich verstehe nichts von der Lehre des Wahrsagens, wie sie Eure stoischen Meister vertreten.«

Javolenus hat die Hände auf dem Rücken verschränkt und denkt laut nach.

»Es gibt ein schlechtes Omen, so viel steht fest. Kündet es von einem weiteren Erdbeben, von Krieg, einer Invasion, einem riesigen Feuer in Pompeji, vielleicht einem Hochwasser? Der Seher konnte es mir nicht sagen, so wenig wie den Zeitpunkt, an dem das Übel geschehen soll, aber in den Eingeweiden der Ziege hat auch er ein großes Unglück vorhergesehen.«

»Ihr habt also einen Seher aufgesucht, Herr?«, fragt die junge Frau verwundert.

»Dieser Mann ist alles andere als intelligent, sein Lebenswandel ist fragwürdig, daher schenke ich seinen Worten auch nicht unbedingt Glauben. Chrysippos hat geschrieben, dass nur der Weise, der überdurchschnittlich intelligent und umfassend gebildet ist, die Botschaften der Götter kennen und deuten kann. Dein hartnäckig wiederkehrender Traum aber hat mich bewogen …«

»Ich bin ungebildet und unwissend«, unterbricht sie ihn spitzbübisch.

»Erlaube mir, dir zu widersprechen. In jedem Fall besitzt du eine andere Gabe«, antwortet er mit feierlichem, mehrdeutigem Lächeln, »die du dir von deinem leidigen Propheten und dessen Jüngern abgeguckt hast und die ich dennoch für sinnvoll halte: die Fähigkeit, mit dem Herzen zu denken. Dieses Feingefühl, diese Offenheit überzeugen mich davon, dass wir uns an deine wiederkehrende nächtliche Vision halten sollten, um uns vor der nächsten Katastrophe zu schützen. Sieh her …«

Aus einer Truhe holt Javolenus eine zweiteilige Wachstafel hervor und zeigt Livia eine eigenartige Zeichnung, die er angefertigt hat.

»Es war nur ein Hirngespinst in einer Vollmondnacht«, schildert er. »Ich hatte gerade gelesen, was Seneca in seinen Naturbetrachtungen über das Erdbeben vor siebzehn Jahren geschrieben hat. Gegen Ende seines Lebens hat er sich sehr für die Phänomene der Natur interessiert und für Mittel und Wege, sich vor ihnen zu schützen. Ich hatte eine vage Idee; erst habe ich noch gezögert, aber heute bin ich fest entschlossen, sie umzusetzen. Siehst du, dies ist eine Höhle, die ich in den Untergrund dieses Hauses graben lasse. Sie soll so groß sein, dass alle Leute des Domus und außerdem meine Tochter, mein Schwiegersohn und meine Enkel darin Platz haben. Es wird eng, aber wir wären in Sicherheit und müssten nur wenige Tage dort ausharren. Der Eingang zu dem Schutzraum ist verborgen. Eine Marmorplatte führt zu einer Treppe und zum Kellerraum. Bei einer Bedrohung könnten wir den Angreifern so entkommen. Die Höhle ist dicht, auch gegen Wasser. Bei Feuer besteht keine Gefahr. Bei einem Erdbeben, der wahrscheinlichsten Hypothese, wären wir im Untergrund sicher. Bei der letzten Katastrophe sind diejenigen, die sich instinktiv in die Keller geflüchtet haben, mit dem Leben davongekommen. Das Haus könnte also über unseren Köpfen einstürzen, und wir wären dennoch in Sicherheit. Dann wäre es ein Leichtes, die Marmorplatte zu verschieben und von dort durch den Weinkeller nach draußen zu gelangen. Außer Nahrung hätten wir auch das nötige Werkzeug in unserem Unterschlupf.«

»Herr, Euer Plan ist brillant, aber wie sollen wir da unten Luft bekommen?«

»Eine gute Frage! Dieses Problem hat mir am meisten Kopfzerbrechen bereitet. Aber ich habe die Lösung: Die Ingenieure in Pompeji sind wahre Meister in der Technik der Kanalisation. Man verfährt mit der Luft einfach genauso wie mit dem Wasser!«

»Ich verstehe nicht …«

»Parallel zu der geheimen Höhle lasse ich eine enge, unterirdische Rohrleitung aus Blei legen, die mit dem Raum verbunden ist und die zur Brunnenwand im Gemüsegarten führt, oberhalb des Wasserstands, natürlich. So werden wir mit Luft versorgt, auch wenn eine Sintflut oder ein Feuerregen auf die Stadt niedergeht und auch wenn der Brunnen durch ein Erdbeben verstopft oder zerstört werden sollte.«

»Sehr ausgeklügelt. Wir müssten nur zu Gott beten, dass wir Euren Schutzraum rechtzeitig erreichen und auch noch die Kraft haben, ihn wieder zu verlassen …«

»Genau. Dauern die Erdstöße zu lange, sitzen wir wie die Mäuse in der Falle. Aber wenigstens hätten wir versucht, wie Menschen zu überleben.«

In Begleitung seiner Eskorte ist Valerius Popilius Gryphus zufrieden von seinem Tag in der Arena zurückgekehrt. Im März dieses zehnten Jahres der Herrschaft Vespasians fangen die Kämpfe nach der Winterpause mitten in der Wahlkampagne wieder an; die vermögendsten Kandidaten für Duumvirat und Ädilat spendieren den Pompejern Spiele, um sich ihre Popularität und damit die Wahl zu sichern. Heute hat sich der Bürger aus Rom an Stieren, Stierkämpfern und Cuadrillas – Paarkämpfen von Gladiatoren – ergötzt, an Faustkämpfen und Vorführungen von Narren, ganz zu schweigen von den Bestarii gegen Bären, Wildschweine, Elefanten, Nashörner, Büffel und diverse Raubtiere in einer gigantischen Jagd, für die die Arena in einen Wald verwandelt worden ist. Dann ist er zurück zur Villa geeilt, erschöpft vom Jubel für Keladon und die Götter des Zirkus und vom Applaus beim Schlussdefilee der blutigen Kämpfer, die über den Decumanus Maximus, die Hauptstraße der Stadt, in ihre Kaserne zurückgekehrt sind. Gerade entspannen die beiden Freunde weit weg von Javolenus' Haus in den Forumsthermen, die längst noch nicht wieder instand gesetzt, aber dennoch das einzige Bad sind, das seit dem Erdbeben vor siebzehn Jahren überhaupt in Betrieb ist. In seinem grundsätzlichen Argwohn und noch aufgewühlt von der Sache mit dem Diebstahl, hätte es der Pompejer lieber gesehen, wenn der Römer sich mit seinem Privatbad begnügt hätte, doch er wollte seinen Freund nicht vor den Kopf stoßen.

Genüsslich streckt sich Valerius in dem auf vierzig Grad erhitzten Caldarium aus und erfreut sich an der Eleganz der goldgelben Wände und der Pilaster aus rotem Porphyr.

»Ich verstehe, warum du diese Stadt magst«, erklärt er. »Obwohl ich erschöpft war, fühle ich mich rundherum wohl! Weißt du, ich habe große Lust, hier ein Haus zu kaufen, für meine Freizeit und meine alten Tage … In Pompeji würde ich jedenfalls gesünder sterben als in Rom!«

»Es wäre eine große Freude für mich, wenn du dich hier niederlassen würdest«, antwortet Javolenus lächelnd. »Ich kann dich nur dazu ermuntern! Obwohl ich dich warnen muss, dass auch Kampanien nicht vom Verschwörergeist und von Niedrigkeiten verschont bleibt!«

»Mach mir meinen Traum vom Paradies nicht kaputt! Apropos köstliche Euphorie: Wann wirst du mir denn diejenige vorstellen, die für deine keusche Wollust verantwortlich ist?«

»Sobald wir zurück sind. Ich habe lange über unsere Unterhaltung von heute Morgen nachgedacht und gestehe, dass du recht hast. Mein Verhalten war kindisch. Es wird Zeit, dass aus mir wieder ein ganzer Mann wird.«

»Na also! Endlich Worte, die eines Philosophen würdig sind! Deine ungute Abstinenz hat lange genug gedauert! Heute Abend legst du die junge Dame auf dein Lager und …«

»Heute Abend muss ich den Mut finden, zu erfragen, wie sie für mich empfindet«, unterbricht Javolenus scharf, »statt mit schwachem Willen einfach über sie zu verfügen wie ein Herr über eine Sklavin.«

»Diese absolute Schonung einer Untergebenen gegenüber, die dir gehört, ist unbegreiflich, aber sei's drum, es scheint deiner Schule vom Portikus geschuldet. Und dann?«

»Sollte ihre Neigung sich mit meiner treffen …«

»Ja, Javolenus, dann machst du sie zu deiner Geliebten und gibst dich wieder der Fleischeslust hin!«

»Wenn sie mich so liebt wie ich sie, dann … werde ich sie heiraten!«

Vor Erstaunen kippt Valerius beinahe ins Becken.

»Du hast den Verstand verloren, mein Freund«, murmelt er. »Das ist ganz und gar unmöglich!«

»Und, Livia, was hältst du von meinem Freund Valerius Popilius Gryphus?«

Die Sonne ist längst untergegangen. Im Halbdunkel schlendern Javolenus und Livia durch die Säulenhalle, und während sich die Umrisse ihrer Gesichter scharf abzeichnen, sind ihre Züge nicht genau zu erkennen. Livia fühlt sich unbehaglich, seit ihr Herr, nachdem er mit seinem Freund aus den Thermen zurückgekehrt ist, befohlen hat, das Abendessen mit ihnen einzunehmen und es sich auf einem Lectus im Triklinium bequem zu machen, dem Ehrenlager, das vor dem Tisch steht. Mehrfach schon hat die Sklavin mit ihrem Herrn zu Mittag oder zu Abend gegessen, aber das war in der Bibliothek, wo lediglich Javolenus liegend ruhte und von den Haussklaven umsorgt wurde, wie es sich gehört; Livia bediente sich auf einem Serviertisch neben dem Pult mit Obst und Käse und schrieb weiter, was der Patrizier ihr diktierte. Heute Abend hat sie sich zum ersten Mal in ihrem Leben im Speisesaal hingelegt; bei ihren Eltern war sie noch zu klein für einen Lectus und saß, wie alle Kinder, beim Essen auf einem Hocker. Die grobe Tunika der Dienstbotin ist in Tuchfühlung mit dem feinen Leinenstoff gekommen; Livia hat die Sandalen abgelegt und musste sich von Asellina Hände und Füße waschen lassen. Dann haben Helvia und die Küchenhilfe ihr Wein serviert, Oliven, Austern, Trüffel, Spargel, frisch gefangenen Fisch vom Morgen, gebratenes Zicklein, gefüllte Eier, Salat aus dem Garten, eine Poularde mit Pilzen und mehrere Täubchen, gefolgt von einer Pyramide aus Obst und Gebäck, wovon sie, wie vom Rest auch, nichts angerührt hat. Während des Essens, bei dem sie stumm geblieben ist oder aber die Fragen des Senators nur kurz beantwortet hat, hat sie sich von Valerius Popilius Gryphus' Blicken regelrecht aufgespießt gefühlt, und von Javolenus zumindest sehr genau beobachtet. Und zu keinem Zeitpunkt ist sie das Gefühl losgeworden, fehl am Platz zu sein. Warum begnügt sich der Herr nicht mit ihrem Beisammensein in der Bibliothek und hat sie vor seinem Freund derart gequält? Warum bittet er sie jetzt, da Valerius sein Gemach aufgesucht hat, noch bei ihm zu bleiben, und erkundigt sich bei ihr nach seinem Gast, worauf Livia gar nicht antworten könnte, selbst wenn sie wollte?

»Herr, ich weiß nicht, was ich Euch antworten soll«, gesteht sie nach längerem Schweigen.

»Du magst Valerius also nicht?«

»Ich will ehrlich sein, Herr: Es behagt mir nicht, dass Ihr mir diese Frage stellt und mich zu Euch an den Tisch bittet, auch wenn dies eine Ehre ist. Ich bin verwirrt und eingeschüchtert und … beinahe beschämt.«

»Wegen dem, was die anderen Sklaven denken könnten?«

»Ja, auch.«

»Und wenn ich dir sage, dass du bald keine Sklavin mehr sein wirst?«

Livia bleibt stehen.

»Ich werde dich freilassen, Livia. Ich kann dich nicht länger in Ketten sehen. Sei unbesorgt, ich verlange keine Gegenleistung. Du kannst deine Religion weiter ausüben.«

»Ihr setzt Euch über den letzten Willen Eurer Tante hinweg?«

»Ja.«

Javolenus senkt den Kopf. Warum ist es nur so schwer? Warum kann er nicht einfach nach den Gefühlen dieser Frau fragen? Warum entzieht sich Livias sonst so großzügiges Herz heute Abend, ausgerechnet heute, wo er so gern darin lesen würde? Er gibt sich, wie alle sehr schüchternen Menschen, einen Ruck.

»Es ist … ich muss dir sagen, dass … trotz des Altersunterschieds empfinde ich für dich etwas anderes als … mit einem Wort: Es ist Liebe. Nicht die Zuneigung eines Herrn für seinen Sklaven oder eines Vaters für seine Tochter. Ich empfinde wie ein Mann für eine Frau.«

Javolenus wartet auf eine Reaktion, die nicht kommt. Erstarrt steht Livia an seiner Seite, scheinbar gleichgültig für seine Erklärung. Plötzlich sieht er im Halbschatten, wie sie schwankt. Er kann sie gerade noch stützen, als er einen ungewöhnlichen Laut aus ihrem Mund vernimmt, ähnlich dem Schrei eines verletzten Vogels. Sie schluchzt, stöhnt und windet sich.

»Livia, bin ich schuld an deinem Schmerz?« Er wagt nicht, sie an sich zu drücken.

»Ihr … Ihr könnt Euch nicht vorstellen …«

Sie schluchzt heftig. Verblüfft und hilflos wartet Javolenus auf eine Erklärung Livias. Erst nach einem langen Moment findet sie ihre Worte wieder.

»Als ich Euch zum ersten Mal richtig wahrgenommen habe«, sagt Livia stockend, »bei der Beisetzung Eurer Tante, habt Ihr mich am Grab angesprochen.«

»Ja, vor etwas über einem Jahr …«

»Ich wusste damals nicht, wie mir geschieht. Es war, als würde mich der Blitz treffen.«

Javolenus atmet auf.

»Als es mir endlich klar wurde, habe ich dagegen angekämpft. Unsere Treffen in der Bibliothek waren manchmal die reinste Tortur. Und jetzt plötzlich, nach dem Diebstahl, ich weiß gar nicht, wie, seht Ihr die Frau in mir, und ich träume nicht. Ich bin ganz durcheinander, ich hätte mir nie ausgemalt, dass … aber ich muss es Euch sagen: Seit dem ersten Tag, seit über einem Jahr liebe ich Euch.«

Lächelnd schlingt er seine Arme um die junge Frau, deren Körper von Krämpfen geschüttelt wird.

»Hab keine Angst«, flüstert er ihr ins Ohr. »Komm, meine süße Livia. Ich weiß gar nicht, wie lange ich dich schon liebe, so blind war ich vor Schmerz. Erst Valerius Popilius Gryphus hat mir die Augen geöffnet.«

»Seid Ihr Euch Eurer Gefühle auch sicher?«

»Livia, ich liebe dich aufrichtig. Ich wollte nicht auf mein Herz hören, das in deiner Gegenwart immer schon unruhig war. Die Anschuldigungen gegen dich waren ein Schock. Da wurde es mir langsam klar. Livia, mein Herz war gefangen, und du hast es befreit!«

Sie schmiegt sich an ihn, bevor sie plötzlich wieder von ihm zurücktritt.

»Gott, was soll nun bloß aus uns werden?«, fragt sie schluchzend.

»Es wird jetzt alles leichter, Livia. Ich werde dich heiraten.«

Livia weicht weiter zurück.

»Das ist absurd«, flüstert sie klagend. »Ihr wisst, dass das unvorstellbar ist.«

»Wenn du Sklavin bleibst, ist es tatsächlich unmöglich. Unser Recht sieht nur die Verbindung zwischen einem Bürger und einer Bürgerin vor. Du musst wieder zur Bürgerin werden, die du bei deiner Geburt warst, eine Freigeborene. Sei unbesorgt, die Prozedur ist vorgegeben, Vespasian hat sich ihrer selbst bedient, um Domitilla zu heiraten, die Mutter von Titus und Domitian! Als Erstes verfüge ich deine Freilassung. Dann rufe ich das Gericht der Rekuperatoren an, das beweisen soll, dass du nicht als Sklavin, sondern frei geboren bist. Schließlich beauftrage ich Valerius, in Rom deinen Onkel oder sonst irgendjemanden zu finden, der das bestätigen kann. Notfalls bezahle ich einen Strohmann, wie Vespasian es auch getan hat, der dich als Tochter anerkennt. Nach dem Gerichtsurteil gehörst du dem Stand der Freigelassenen an, und wir können eine legale Bindung eingehen.«

Plötzlich versiegen Livias Tränen. Sie geht auf Javolenus zu und nimmt seine Hand.

»Ich bin unendlich verwirrt und berührt durch Eure Worte. Selbst wenn ich geahnt hätte, dass Ihr mich liebt, hätte ich mir das nie vorstellen können. Aber ich kann nicht einwilligen.«

Fassungslos schüttelt er den Kopf.

»Was sagst du da? Ich verstehe nicht recht ...«

»Herr, Ihr habt ganz richtig verstanden. In Eurer Barmherzigkeit schenkt Ihr mir heute Abend ein zweites Leben. Aber ich kann sechzehn Jahre der Sklavenschaft nicht einfach auslöschen und in die Vergangenheit zurückkehren. Auch wenn ich das Glück hatte, dass meine Herren gut und gerecht waren, sie sind doch meine Herren. Kein Zeugnis, keine Lüge und erst recht kein Gericht können daran etwas ändern. Eure Tochter, Eure Freunde, die Leute in diesem Haus werden nie vergessen, wer ich bin. Und auch Ihr nicht, was Ihr auch gesagt haben mögt. Wir können ein paar Stunden am Tag das Spiel spielen und in einem geschlossenen Raum heimlich von gleich zu gleich miteinander reden, aber ich werde nie wieder der freie Mensch sein können, der ich bei meiner Geburt war, und als würdige Gemahlin von jemandem Eures Standes und Ranges auftreten. Ich würde es so gern, ich versichere Euch, es ist mein sehnlichster Wunsch! Aber seit meinem neunten Lebensjahr ist zu viel geschehen. Ich wäre jemand anderes, ich würde zu dem, was Eure Tochter befürchtet hat: eine Intrigantin, ein Emporkömmling, der sich der Hochstapelei schuldig macht. Ja, Eure Tochter würde recht behalten.«

»Ich verstehe noch immer nicht ... du sagtest doch, alle Menschen seien gleich, und im Grunde würdest auch du dich frei fühlen!«

»Das stimmt. Alle Menschen sind gleich, aber vor Gott, nicht vor den Menschen. Ich bin frei, weil ich durch die Taufe für Jesus geboren bin, mein Herz und mein Geist sind frei, aber mein Körper und mein Wille liegen weiter in Ketten.«

»Dann liebst du deine Ketten also so sehr?«, ruft er aufgebracht. »Du liebst sie mehr als mich! Das ist es also, was du willst? Ein Leben lang Sklavin bleiben? Und ich soll dich besitzen wie eine nichtswürdige Sklavin?«

Wut verzerrt sein Gesicht. Durch Livias Weigerung gerät er außer sich, er kann sich nicht mehr beherrschen. Nie zuvor hat sie ihn so zornig erlebt.

»Das ist Stolz!«, brüllt er durch die Säulenhalle. »Deine Schmach ist nichts als Stolz und Eitelkeit! Ich hielt dich für maßvoll und weise, und dich kümmert der Blick der anderen mehr als meine Liebe für dich. Ich gebe mich dir hin, und du missachtest und demütigst mich!«

»Nein, Herr, ich liebe Euch und will nicht, dass Euch Böses widerfährt. Ihr seid der erste Mann, den ich liebe, und Ihr werdet auch der letzte sein. Es wird keinen anderen geben, ich werde keinen Christen heiraten, wie ich es ersehnt hatte, bevor ich Euch begegnet bin. Aber Verdächtigungen, Feindseligkeit und Schande lasten auf uns, wenn wir uns vor dem Gesetz zusammentun! Wie sollten wir darüber hinwegsehen? Wir leben ja jetzt schon halb eingeschlossen in diesem Haus, wir können uns nicht in eine Wüste zurückziehen, wo es keine Menschen mehr gibt! Und es würde nichts nützen, weil ich immer das Gefühl hätte, fehl am Platz zu sein, wie vorhin im Triklinium. Ich weiß, dass ich mich verraten und damit unsere Liebe verkaufen würde, im Namen einer mondänen Täuschung. Ich kann mich nicht ändern, ich will mich nicht in eine falsche, scheinheilige Matrone verwandeln, die ihre Vergangenheit weglächelt. Und wozu auch, wenn wir uns doch lieben? Wozu heiraten? Ich kann nicht Eure Frau werden. Ich kann nicht … nicht so.«

Rasend vor Zorn und Verzweiflung stürzt Javolenus auf sie zu und reißt ihre Tunika auf.

»Und so«, stößt er hervor, »so kannst du es?«

Halb nackt hält sie sich in der Dunkelheit schützend die Arme vor die Brust. Keuchend will er sich mit Gewalt nehmen, was ihm verweigert wird, als das Mondlicht auf das entsetzte Gesicht der jungen Frau fällt. Er hält inne und sackt, ebenfalls schluchzend, auf die Knie.

»Was habe ich getan? Gott, was habe ich getan?«, stößt er stöhnend hervor. »Ich bin ein Monstrum, ein Monstrum!«

Wortlos kniet Livia vor ihm nieder und legt die Arme um ihn.

33

Das kuppelförmige Mausoleum von Galla Minervina ist mit bacchantischen Szenen, Schmuckmotiven und steinernen Blumengirlanden dekoriert. Vor dem Monumentalgrab ist als eine Art Vordach ein Segel aus weißem Stoff zum Schutz vor der Sonne gespannt. Die gemauerten Liegen im Triklinium der Grabesstätte sind mit weichen Stoffen ausgelegt. Zehn Jahre – so lange ist es her, seit Javolenus' Gemahlin gestorben ist, und nie zuvor wurde der Jahrestag auf denkwürdigere Weise begangen. Nach den öffentlichen Trauerzeremonien für den wenige Wochen zuvor verschiedenen Kaiser Vespasian sind die Bewohner Pompejis heute im Amphitheater versammelt, wo Ädilen und Duumviri Spiele zu Ehren des neuen Kaisers Titus veranstalten, Vespasians ältestem Sohn. Die Stadt der Lebenden ist menschenleer; nur die Arena, in der sich unter einem riesigen, weißen Sonnensegel zwanzigtausend Zuschauer drängen, erbebt angesichts der lärmenden Kämpfe in Dunstschwaden aus Blut, Schweiß und Safranwasser. Auch in der Stadt der Toten ist es einsam, die Gräberstraße wirkt verlassen. Einzig die Grabstätte von Galla Minervina hallt wider von einem Bankett der besonderen Art: Rings um Javolenus liegen um einen u-förmigen Tisch, auf dem gebratene Tiere thronen, anstelle der üblichen Gäste – Honoratioren, Freunde und Blutsfamilie – die Sklaven des Hauses. Auf die wohlmeinende Empfehlung ihres Vaters sowie ihres Arztes hin hat Saturnina, die zum vierten Mal schwanger ist, es vorgezogen, die Anstrengungen einer Reise während der Hundstage zu meiden und im Sommerdomizil am Meer auf der Insel Aenaria zu bleiben, wo sie seit Beginn des Sommers weilt. Gemeinsam mit ihrem Mann und ihren Kindern wird sie erst im Herbst zur Ernte wieder nach Pompeji kommen. Da sich alle Adligen der Stadt, die nicht vor der großen Hitze geflohen sind, in die Arena begeben haben, hat Javolenus von seinem Gewohnheitsrecht Gebrauch gemacht und seine Sklaven neben sich betten lassen, so wie es einige Herrschaften bei großen Festessen mitunter tun.

Von der Ehrenliege aus, auf der drei Personen Platz haben, hält er gemeinsam mit seinen beiden Hausvorstehern, Barbidius und Scylax, das Trinkgelage mit Wein ab und stellt die Gaben zum Gedenken an seine Gemahlin zur Schau. Livia, die Köchin Helvia und die kleine Asellina liegen nebeneinander auf der Dreierliege zur Linken, dem privilegierten Platz laut der bei Gelagen der besseren Gesellschaft maßgeblichen Etikette. Rechts liegen Stallbursche, Gärtner und Diener; der Portier und die beiden Haushälterinnen ruhen auf dem vierten Lectus. Zu Füßen der Hausbediensteten hocken deren Kinder. Alle haben ihre Alltagskleider gegen schöne, purpur- und ockerfarbene Tuniken eingetauscht. Sogar Javolenus hat sein dunkles Pallium abgelegt und trägt zum ersten Mal seit seinen Jahren in Rom die offizielle, mit Gold eingefasste, weiße Wolltoga, die er nur mit Barbidius' Hilfe anlegen konnte: Früher verstand Galla Minervina sich wie keine Zweite darauf, den unerträglich schweren Stoff, der kreisförmig ausgebreitet fast drei Meter im Durchmesser ergibt und sich bei jeder Bewegung zu lösen droht, mit gekonntem Faltenwurf um seinen Körper zu drapieren. Heute hat sich Javolenus mehr zum Gedenken an seine Frau denn aus Überzeugung für dieses schwierige, feierliche und pompöse Gewand entschieden, das den Herrschern über die Welt vorbehalten ist.

Hin und wieder schlüpfen die Sklaven in ihre Rolle als Bedienstete: die Männer zum Transport der Weinamphoren, der Fleischgerippe und der mit Essbarem gefüllten, massiven Silbertabletts, die Frauen, um Weinkelche und köstliche Speisen aufzutragen. Gleich darauf nehmen sie wieder ihre Plätze ein, jeder als herausgehobener Gast eines einzigartigen, ausgelassenen Festes, bei dem sich alle rundherum wohlfühlen. Helvia hat nicht nur vorzüglich gekocht, sondern erfreut die versammelte

Runde auch mit lieblichen, melodiösen Gesängen, die Galla Minervina gewidmet sind. Ihr Bruder Barbidius und Scylax begleiten sie auf der Zither. Javolenus rezitiert epische Gedichte, die seiner Frau teuer waren. Livia verschlingt ihn mit Blicken und bewundert sein Auftreten in der fürstlichen Toga. Umgekehrt will auch er der jungen Frau zärtlich, aber diskret zuzwinkern, was niemandem entgeht. Die Sonne dringt erbarmungslos durch das Segel und macht den Tischgenossen schwer zu schaffen, ebenso wie der Vesuvinum, der aus einem Bassin rinnt. Angeheitert und glücklich kommen die Gäste ihren Pflichten gegenüber einer Frau nach, die die meisten nicht gekannt haben, doch die, wie sie selbst, dem Haus des Herrn angehört.

Während Javolenus im Stehen Andromachus' tragischen Canticum angesichts von Trojas Untergang anstimmt, scheint die Sonne schlagartig zu verschwinden, als wäre sie vom Himmel gefallen. Die Vögel verstummen. Die Hausgemeinschaft tritt unter dem Stoffdach hervor und betrachtet ängstlich die riesigen schwarzen Wolken, die sich in den Äther fressen, sodass das Licht erlischt. Plötzlich spaltet sich der Himmel, ein ungeheuerlicher Blitz entlädt sich über ihren Köpfen und entfesselt die Elemente: Sturmböen reißen das Segel weg und fegen das Festmahl davon, ein prasselnder Regen geht nieder. Mitten am Nachmittag ist es fast nachtschwarz.

»Bei Pluto und Libitina, die Götter zürnen, sie sind in großer Wut!«, ruft Barbidius aus. »Herr, Ihr müsst Euch in Sicherheit bringen.«

Schlagartig nüchtern, eilen Javolenus und seine Schar in das Mausoleum, den einzigen Ort, an dem man sich unterstellen kann. Sie steigen die Marmortreppe hinab und erreichen die Grabkammer, in der der Herr am Morgen Öllampen und Weihrauch angezündet und die Gaben abgestellt hat. In dem schwachen, schwer duftenden Schein erkennen sie zwei Nischen: eine enthält die Urne mit der Asche von Galla Minervina, die andere die mit der Asche ihres Sohnes, der wenige Stunden nach seiner

Mutter gestorben ist. Eine dritte, noch leere Nische ist für die sterblichen Reste von Javolenus vorgesehen. Tief im Innern des Grabmals warten Herr und Sklaven geduldig das Ende des Gewitters ab. Ersterer harrt gebückt in einer Ecke aus, schweigsam und nachdenklich. Barbidius, seine Schwester und die anderen richten murmelnd Fürbitten an die Götter und an Galla Minervina und versprengen Wein über den Lavaboden. Livia blickt in die Augen der Toten, deren Porträts die Gruft schmücken. Sie hat den leuchtend roten Vesuvinum über ihre helle Tunika verschüttet, die aussieht, als würde sie bluten.

»Ich bin sehr beunruhigt, Livia«, sagt Javolenus am Ende dieses ungewöhnlichen Tages in der Stille der Bibliothek, als sich die Lage am Himmel wieder entspannt hat. »Dieser heftige, plötzliche Sturm zu dieser Tageszeit ...«

»Wahrscheinlich ein Hitzegewitter, Herr ...«

»In der Stärke erlebe ich das zum ersten Mal.«

Livia, die innerlich sehr aufgewühlt ist, wird nachdenklich.

»Und dann der unerwartete, verdächtige Tod Vespasians«, fährt er fort. »Alle kannten seinen Lebenswandel. Er hat sich immer mit einem frugalen Mahl begnügt, sich körperlich ertüchtigt und jedes Jahr eine Thermalkur gemacht. Bis zu dem Tag vor seinem Tod erfreute er sich bester Gesundheit. Und dann fällt er einfach tot um, vor den Augen seiner Leute ... Es gingen Gerüchte um von einem Giftmord, aber ...«

»Eine Verschwörung?«, fragt sie.

»Die Einzige, von der Valerius Popilius Gryphus mir bei seinem Besuch berichtet hat, zielte nicht auf den Kaiser, sondern auf seinen Sohn Titus ab. Nach dem Willen von Vespasians zwei besten Freunden sollte Titus, den sein Vater als Thronerbe bestimmt hatte, nach seinem Tod nicht als ein zweiter Nero an die Macht kommen, und sie beschlossen zu handeln. Aber Titus wurde gewarnt. Er lud einen der beiden zum Abendessen in den Kaiserpalast und ließ ihn beim Verlassen des Trikliniums niederstechen. Der zweite Verschwörer wurde verhaftet, vom Senat zum Tode verurteilt, und hat sich die Kehle durchtrennt, bevor er hingerichtet werden konnte.«

Javolenus' Worte wecken bei Livia schmerzhafte Erinnerungen, die sie vorübergehend von ihren gegenwärtigen Sorgen ablenken.

»Auch wenn ich also nicht weiß«, so der Philosoph weiter, »ob Vespasian ermordet wurde oder nicht, finde ich seinen Tod merkwürdig und sehr beunruhigend, so wie auch die entfesselten Kräfte der Natur, wie wir sie in der Totenstadt erlebt haben. Genau in dem Moment, als ich das Lied von Trojas Untergang angestimmt habe. Es gibt keinen Zufall. Das ist ein Wink des Schicksals, die göttliche Warnung vor einer unmittelbar bevorstehenden Katastrophe!«

»Vor fünfzehn Jahren besang Nero auf dem Quirinal Trojas Untergang und spielte dazu Leier, während Rom in Flammen stand. Wir haben darin nur ein weiteres Zeichen seiner geistigen Umnachtung gesehen …«

»Danke, meine Liebe, du hältst mich also für verrückt!«, folgert er lächelnd.

»Überhaupt nicht! Aber ich stelle nicht unbedingt einen Zusammenhang zwischen diesen Geschehnissen her und deute sie anders als Ihr.«

»Meine Deutung ergibt sich nur aus der göttlichen Warnung angesichts eines kommenden Unheils, das uns von der Natur und damit von Gott gesendet wird. Gott ist immer wohlwollend und zürnt den Menschen nur manchmal wegen ihrer Unvernunft.«

»Dann handelt es sich, wenn es nach Euch geht, also um eine Art göttliche Rache?«

»Eine Bestrafung der Menschen, die die Gesetze der Natur, also das göttliche Gesetz, nicht achten. Aber um Gottes Pläne im Voraus zu erkennen, gehe ich nicht nur von Vespasians Tod und dem Unwetter heute Nachmittag aus. Meine Auslegung dieser Phänomene stützt sich auf das Orakel des Sehers und auf das, was Virgil empfiehlt, wenn man die Zukunft kennen will: Man soll in seinen Lieblingsschriften nachsehen, an einer beliebigen Stelle. Mehrmals bin ich nur auf Berichte von Katastrophen gestoßen. Und ich beziehe mich auf das, was du im Traum vorhergesehen hast …«

Bei diesen Worten verdüstert sich Livias Miene.

»Was hast du?«, fragt Javolenus und streicht ihr über die Hand.

»Gerade wollte ich mit Euch darüber reden. Letzte Nacht habe ich im Schlaf wieder diese schrecklichen Visionen gehabt. Es war noch entsetzlicher als beim letzten Mal. Es quält mich immer mehr … denn wenn Ihr darin die Ankündigung einer Katastrophe seht, die von der Natur ausgeht, betrachte ich es als Zeichen für das Ende der Welt.«

»Das Ende der Welt? Das ist unmöglich, denn die Welt hat kein Ende, die Zeit ist unendlich! Die Phänomene der Natur sind zyklisch und wiederholen sich bis in alle Ewigkeit. Meine Lehrmeister nennen das die ›ewige Wiederkehr‹. Ich glaube nicht an das Ende der Welt, aber an das heftige Ende eines Zyklus', auf den ein anderer folgt. So gehen die Zivilisationen dahin, Rom erstirbt und ersteht neu, seit jeher. Wenn das Schicksal es will, überlebe ich ja womöglich die Naturkatastrophe und die Agonie der flavischen Tyrannen, das Ende des Kaiserreichs und die Wiedereinführung der Republik.«

Livia seufzt. Sie ist in Gedanken meilenweit von einem politischen Umsturz entfernt. Ihr Gesicht kündet von einem diffusen Schmerz, der dem Stoiker rätselhaft bleibt.

»Livia … meine liebe Freundin. Warum befürchtest du das Ende der Welt?«

»Weil Jesus es angekündigt hat«, antwortet sie tonlos.

»Dachte ich es doch. Und hat sich dein faszinierender Prophet, der einen zur Verzweiflung bringen kann, auch näher dazu geäußert?«

»Ja. Er hat von Kriegen geredet, von Hungersnot und Erdbeben, von schrecklichen Katastrophen, die die Welt vernichten werden. Hass und Verrat werden über sie siegen, die Liebe wird erkalten, viele Menschen werden sterben. Falsche Propheten treten auf, Nationen erheben sich gegen Nationen, Königreiche gegen Königreiche. Am Ende steht kein Stein mehr auf dem anderen.«

»Diese Vorstellung von größter Zerstörung ist verwunderlich, aber ich habe sagen hören, dass ein paar skrupellose Magier damit drohen, um die Gläubigen zu ängstigen und ihnen einen Obolus zu entlocken …«

»Das war nicht in Jesus' Sinn!«, protestiert die junge Christin.

»Ich weiß, Livia. Dein Prophet irritiert mich, aber dank dir habe ich ihn besser kennengelernt und gestehe ihm gewisse Tugenden zu, vor allem seine Gleichgültigkeit gegenüber materiellen Gütern, seine Nächstenliebe und seine asketische Selbstverleugnung, die eines stoischen Weisen würdig wäre. Und gerade weil du mich an Botschaften der Liebe, der Vergebung und des Friedens aus seinem Mund gewöhnt hast, wundert mich diese Ankündigung von Gewalt und Verderben.«

Livia lächelt schelmisch.

»Ihr kennt Jesus eben nicht gut genug, Herr. Er hat nämlich verkündet, dass er nicht den Frieden bringt, sondern das Schwert. Ich habe auch einige Zeit gebraucht, bis ich mir diesen scheinbaren Widerspruch erklären konnte. Die Juden, die uns feindselig verfolgen, die kaiserlichen Behörden, die Jesus getötet haben und seine Jünger vernichten, haben sofort verstanden, dass die Botschaft Christi in erster Linie eine umstürzlerische Rede ist, ein offensiver, rebellischer Gedanke für die bestehende Ordnung, zutiefst aufrührerisch und gefährlich für die religiöse und politische Macht. Denn anders als Eure Lehrmeister vom Portikus gibt sich der Messias nicht mit der Welt, wie sie ist, zufrieden. Im Gegenteil, Jesus ist ein Agitator, der die Gesellschaft verändern und den Menschen umkrempeln will, der unsere Welt, die so ungerecht und bestechlich ist, dass sie untergehen muss, aus den Angeln heben will! Alles Bestehende wird untergehen.«

Mit großen Augen steht Javolenus da, gefesselt von Livias Überschwang.

»Also gut. Ich verstehe – theoretisch – dein Postulat von der notwendigen Zerstörung der alten Ordnung. Aber was kommt nach dem reinigenden Chaos?«

»Das Ende der Zeiten ist nur der Auftakt für das künftige Reich Gottes. Jesus wird kommen in seiner Herrlichkeit, umringt von allen Engeln, und er wird auf dem Thron sitzen, vor dem sich alle Nationen hier auf Erden und im Jenseits versammeln.«

»Und wo soll das stattfinden, wenn es das Universum nicht mehr gibt?«

»Entweder auf der neuen Erde oder in einer anderen Welt. Der Herr wird das Jüngste Gericht verkünden. Zunächst teilt er die Menschen auf«, sagt sie und wirkt dabei verunsichert. »Die Guten holt er auf seine rechte, die Schlechten auf seine linke Seite. Diejenigen, die Gutes getan haben, erhalten das ewige Leben im Königreich Gottes. Die anderen, die Ungerechten, die Sünder, die Bösen, werden zum ewigen Fegefeuer verdammt.«

»Du hoffst natürlich, dass Jesus dich auf seine rechte Seite holt.« Er kann sich die Bemerkung nicht verkneifen.

»Ich erwarte das Ende der Welt«, fährt Livia fort. »Jeder Anhänger des ›Weges‹ wartet ungeduldig und voller Hoffnung darauf. Dieses Ende ist nah, und ich sollte mich freuen, dass das Versprechen eintritt, dass ich meine Familie wiedersehe und immer an der Seite Christi leben kann. Aber ich habe auch Angst, von Euch getrennt zu werden, und so wird meine Freude zur Qual.«

Javolenus nimmt sie in die Arme.

»Und wenn das Ende der Geschichte und der Zeiten erst später kommt?«, murmelt er ihr ins Ohr. »Hat dein Prophet denn gesagt, wann genau die Welt sich vernichtet?«

»Nein.«

»Du weißt also nicht sicher, dass es jetzt geschehen wird?«

»Die Zeichen, der Traum … Ihr selbst seid sicher, dass …«

»Die Sterne und die Auguren deuten nicht auf so heftige Schäden, wie du vermutest, Livia. Vertraue mir. Die Astrologen haben das letzte Erdbeben dank eines Kometen in der Perseus-Konstellation vorhergesagt, und es hat zwar die Gegend schwer verwüstet, aber nicht die ganze Welt! Wir wurden verletzt, aber wir haben nicht geklagt und uns vor dem Morgen gefürchtet, sondern uns mit ganzer Kraft an den Wiederaufbau gemacht. Mein Verstand und mein Herz sagen mir, dass uns Ähnliches bevorsteht, ein erneutes Erdbeben, aber dass nicht alles vernichtet wird. Wir können sogar überleben! Livia, wir werden leben! Gewiss werden wir immer noch in dieser grausamen und ungerechten Welt sein, aber wir bleiben zusammen. Ich verspreche es dir. Komm, ich zeige dir etwas …«

Er nimmt die junge Frau bei der Hand und führt sie hinaus. Sie durchqueren die Säulenhalle und den Gemüsegarten, wo der Brunnen steht, und erreichen die Kellerräume des Hauses. Im Licht, das durch die Kellerfenster dringt, sieht Livia die beeindruckende Menge an Dolia und Weinamphoren.

»Ich mag den Anblick all dieser Amphoren in der Erde«, sagt sie. »Sie erinnern mich an den Laden meines Vaters, die seligen Zeiten meiner Kindheit, als ich noch nicht wusste, wie glücklich ich war …«

»So ist es oft«, sagt er und drückt ihre Hand fester. »Für mich verheißt dieser Anblick nichts Gutes, denn er bedeutet, dass es mir in diesem Jahr nicht gelungen ist, meine Produktion ins Ausland abzusetzen. Vorher ging alles meist nach Gallien, wo die römischen Truppen und diese Barbaren von Galliern meinen Wein gern getrunken haben.«

»Und jetzt mögen sie ihn nicht mehr?«

»Sie haben überall Wein angepflanzt und stellen ihn jetzt selbst her, anscheinend schmeckt er. Und damit nicht genug: Seit Kurzem exportieren sie ihn nach Rom! Meine größten Kunden sind jetzt meine Konkurrenten!«

»Deren Wein wird jedenfalls kaum an unseren Vesuvinum

heranreichen!«, wendet Livia mit einem lokalpatriotischen Reflex ein, der Javolenus gefällt.

»Der Herrscher über den Vesuv hat mich inspiriert. Komm mit und sieh dir das an!«

Nachdem sie mehrere Räume durchquert haben, bleibt Javolenus schließlich in einem stehen, räumt mehrere Amphoren weg und legt vor einer rückwärtigen Wand eine Öffnung frei, vor der zwei Dolia standen. Dahinter hebt er mühsam mithilfe einer Eisenstange eine Marmorplatte an und schiebt sie zur Seite. Eine enge Treppe führt steil nach unten ins Unbekannte.

»Ihr habt Euren Plan also ausgeführt?«

»Jawohl. Komm, hab keine Angst …«

Behutsam führt er sie zu den Stufen, die in das Lavagestein des pompejischen Untergrunds geschlagen sind, und zündet eine Öllampe an. Im flackernden Licht gelangen sie in die Tiefe. Livia entdeckt ein kleines, dunkles Verlies.

»Wir passen niemals alle hier herein«, murmelt sie.

»Doch, wenn es ums Überleben geht, schon. Ich konnte die Arbeiter leider nicht so lange behalten, wie ich wollte – sie sind zu beschäftigt mit den vielen Baustellen in der Stadt. Ich musste den Raum also verkleinern, damit sie schnell fertig waren. Es ist eine Mühsal, dieses schwarze Gestein abzutragen! Wenn ich an meinem ersten Plan festgehalten hätte, hätten die Arbeiten Jahre gedauert. Ich fürchte aber, dass die Zeit drängt …«

»Ihr habt es richtig gemacht, Herr. Dann rücken wir eben zusammen.«

»Morgen schon bringe ich die Skulpturen und die Masken aus dem Lararium herunter, einen Kerzenständer, Lampen, Decken, Wasser, Vorräte, Wein und Werkzeug, damit wir uns wieder befreien können, wenn die Gefahr vorüber ist. Und vor allem hole ich meine Volumina.«

»Herr, nehmt auch das Silbergeschirr, die Tafeln mit den Abrechnungen, Schmuck und Goldmünzen mit, denn wir werden die Zerstörung überleben.«

Javolenus umarmt sie.

»Wir werden überleben, Livia. Alle, die Javolenus Saturnus Verus nahestehen, überleben. Auch wenn sie die Einzigen sein sollten. Komm mit …«

Voller Stolz zeigt er ihr ein Loch in der Höhlenwand.

»Liebe das Leben, Livia! Dort ist es! Mach dir keine Sorgen um das Ende der Welt. Diese Kanalisation führt direkt ins Freie zur Brunnenwand. Dank dieser Leitung sind wir mehrere Tage lang mit Luft versorgt. Ob Pompeji dem Erdboden gleich ist, ob es brennt oder in Schutt und Asche liegt … wir, Geliebte, wir werden leben!«

34

Sieh, Livia, die Sonnengötter Apollo und Phoebus sind mit uns, bewundere unsere herrliche Stadt, die Schönheit des Vesuvs, die üppigen Gärten, das sanfte Meer und den klaren Himmel. Freu dich mit mir, dass du in dieser wunderbaren Gegend lebst, und hör auf, mit deinen Schreckgespinsten den bösen Blick anzuziehen. Die Götter hören mit und könnten Anstoß daran nehmen.«

Ängstlich blickt Livia zu Helvia auf, von der die Tirade stammt.

»Die Tiere«, erwidert Livia. »Hast du nicht mitbekommen, wie der Stallbursche erzählt hat, dass die Pferde im Stall ständig wiehern? Die Rinder und Kühe brüllen anscheinend ohne Grund und zerren am Halfter, als wollten sie weglaufen ... Und die Hunde, kriegst du ihr aufgeregtes Bellen denn gar nicht mit? Hör doch nur ihr Totengeheul! Die Tiere spüren alles lange vor uns. Sie wissen, dass etwas Schreckliches ...«

»Livia«, fährt die Köchin dazwischen, »du siehst Zeichen, die es nicht gibt. Aber ich weiß, dass du heftige Träume hast. Letzte Nacht hast du wieder im Schlaf geschrien. Du hast so laut gestöhnt, dass ich aufgestanden und an dein Bett gekommen bin. Das sind bloß Albträume, meine Süße ...«

An diesem Morgen des neunten Tages vor den Septemberkalenden sind die Köchin, die kleine Asellina und die Schreiberin unterwegs auf dem übervollen Decumanus Maximus, der verstopft ist mit Karren voller Lebensmittel oder Baustoffe, fliegenden Händlern, Auslagen und dem Plebs, der seine Einkäufe macht. Die drei Frauen gehen zum Forum und zu den Händlern am Südwesttor, um frischen Fisch zu kaufen. Hin und wieder begleitet Livia die beiden Köchinnen. Zu dieser fünften Stunde am Vormittag ruht sie sich meistens in ihrer Kammer aus, nachdem sie die Post des Herrn mit dem Siegel versehen hat. Sie schreibt nach seinem Diktat von Sonnenaufgang an, während Javolenus sich mit Scylax über die Ländereien bespricht und mit Barbidius anschließend über den Domus. Manchmal nutzt sie diese freie Zeit und läuft durch die Stadt. In die Bibliothek kehrt sie erst zur Mittagszeit wieder zurück, um Brot und Früchte zu essen und in Gesellschaft von Javolenus den halben Nachmittag lang zu lesen und sich mit ihm zu unterhalten, bis er sein Bad nimmt. Danach sucht sie ihn wieder auf, und wenn die Hitze nicht zu drückend ist, machen sie vor dem Essen, das sie zu zweit einnehmen, noch einen Spaziergang durch die Säulenhalle. Nach dem Abendmahl spazieren sie plaudernd durch den Garten und tauschen zärtliche Gesten aus, bevor jeder bis zum Tagesanbruch sein Nachtlager aufsucht und alles wieder von vorn beginnt.

Wie bezaubert lebt das ungleiche Paar in diesem kodierten Gleichmaß, das nur für den häuslichen Rahmen gilt – und von kurzer Dauer ist, wie sie wissen: Im Herbst kehren Saturnina und ihre Familie von der Insel Aenaria zurück. Zur selben Zeit werden die Weinernte und die Verarbeitung der Trauben den Grundbesitzer den ganzen Tag über in Beschlag nehmen. In absehbarer Zeit werden sie für ihre heimliche, platonische Verbindung eine Lösung finden müssen, eine Legitimierung in den Augen der anderen, der sie noch aus dem Weg gehen. Entweder gibt sich die Sklavin geschlagen, und Javolenus unternimmt die nötigen Schritte, um sie freizulassen und zu heiraten – trotz des vorhersehbaren Widerstands seiner Tochter und des Argwohns der Honoratioren vor Ort –, oder der Herr gibt der Weigerung der Sklavin statt, hält sich an Kasten und gesellschaftliche Normen, und Livia wird seine offizielle Geliebte, was die Pompejer belächeln mögen und was Saturninas erbitterten Widerstand hervorrufen wird. Seit Beginn des Sommers, als Herr und Sklavin glaubten, in der keuschen, geordneten Harmonie vorerst einen guten Ausweg für das Dilemma gefunden zu haben, leben sie ganz bewusst so, als wäre die Zeit angehalten worden, in einem irrealen, fragilen Zwischenraum, fernab der Welt und außerhalb der gewöhnlichen Daseinsform. Ungewöhnlich aber ist ihre Leidenschaft von Anfang an gewesen. Livia und Javolenus wünschen sich, der Sommer würde nie zu Ende gehen. In ihrem neuen Glück bittet jeder für sich inständig seinen Gott, dass die beschwerliche Hitze noch anhalten, der Wein niemals reifen und dieser Monat August ewig dauern möge.

»Du vergisst die Erdstöße, Helvia«, antwortet Livia. »Weißt du noch, nach dem heftigen Gewitter am Grab von Galla Minervina waren die Mauern einiger Häuser im Norden eingestürzt und ihre Brunnen versiegt.«

»Das hat niemanden beunruhigt, Livia, außer dich und den Herrn.«

»Hattest du vor vier Tagen keine Angst, als plötzlich der Donner gegrollt und die Erde gebebt und das sonst so sanfte Meer stürmische Wellen geschlagen hat?«

»Doch«, gesteht Helvia, »ich war sehr besorgt. Ich hatte, wie alle Bewohner der Stadt, Angst, dass die Riesen in der Erde unter dem Vesuv sich wieder streiten, wie vor siebzehn Jahren, und wieder ein Erdbeben heraufbeschwören. Aber alles ist ruhig, Livia! Sieh dich um: Hast du je einen so blauen Himmel gesehen, ohne das kleinste Wölkchen, und ein so geschmeidiges Meer? Es ist nichts gewesen, ein kleines Ruckeln, wie es das in Kampanien oft gibt und …«

»Die Vögel!«, unterbricht Asellina und zeigt in den weiten Himmel. »Seht nur, sie fliegen in alle Richtungen! Hört! Sie singen nicht mehr. Die Vögel sind stumm geworden!«

Die drei Frauen erreichen das Forum und blicken in die himmelblaue Kuppel. Die Köchin seufzt, stellt ihren Korb ab und richtet sich, die Hände in die Hüften gestemmt, auf.

»Folge ihrem Beispiel und schweig«, befiehlt sie dem Kind. »Und halte dir gleich auch die Ohren zu, weil ich nicht will, dass du mit anhörst, was ich Livia zu sagen habe. Was dich angeht, liebe Livia, werde ich dir jetzt einmal kundtun, was ich wirklich denke, auch wenn es dir nicht gefällt und ich dafür büßen muss: Deine Albträume und deine Ängste künden nicht von einem künftigen Unheil. Sie sind vielmehr die Strafe der Götter für dein unverschämtes Verhalten gegenüber dem Herrn! Glaubst du, wir wären im Haus alle blind und taub? Was führst du im Schilde? Wir haben dein Hin und Her gesehen! Warum teilst du sein Lager nicht? Worauf wartest du, bevor du ihm gibst, was er sich nicht zu nehmen traut, weil er zu gütig ist und allen mit Respekt begegnet, selbst uns, die wir nichts anderes sind als Vieh? Cupido und Venus haben ihn allemal erwischt, das kommt ihm aus allen Poren! Aber du, du bist unempfänglich für ihn als Mann, für die Qualen, die er erleidet, weil er seit zehn Jahren keine Frau mehr hat und unglücklich ist. Dein Herz ist so hart wie Stein« – mehrmals tritt sie auf das Pflaster –, »nie hat man dich mit irgendwem herumtollen sehen, wie es alle Mädchen tun, und du entziehst dich sogar demjenigen, dessen Eigentum du bist? Bist du womöglich krank und willst ihn nicht anstecken, oder bist du entstellt und willst es nicht zeigen? Oder ist überhaupt kein Feuer in dir, außer in deinen Träumen?«

Als Livia antworten will, lässt eine riesige Detonation Erde und Luft erzittern. Die beiden Frauen und das Mädchen sinken zu Boden, wie die meisten anderen Passanten auch. Weitere Verpuffungen folgen.

»Die gefangenen Titanen vom Vesuv! Ich sehe sie, sie brechen aus! Sie kommen aus dem Berg!«, schreit ein Händler.

Helvia, Asellina und Livia stehen wieder auf und drehen sich nach Norden um. Versteinert vor Staunen entdecken die Pompejer, dass sich der Gipfel ihres Bergs gespalten hat. Eine furchterregende Feuersäule und ein schwarzer Rauchpilz ragen in die Luft. Aus dem Krater werden riesige Felsbrocken in die Höhe geschleudert. Es herrscht ohrenbetäubender Lärm. Plötzlich fällt ein Vogel vor Livias Füße, den es mitten im Flug getroffen hat. Sie blickt nach oben: ein Regen aus Steinen, Erdklumpen und Lapilli zerreißt den Himmel.

»Bei der Göttermutter Kybele!«, brüllt Helvia und stülpt sich reflexartig den Korb über den Kopf.

Asellina weint, die völlig verängstigten Menschen schreien und rennen ziellos nach allen Seiten davon. Die Marmorstatuen auf dem Forum fallen um und zerbersten. Die Stände brechen zusammen und speien ihre Waren aus. Im glühenden Steinhagel bekommen die gerade erst restaurierten majestätischen Tempel Risse und drohen wie Bruchbuden zusammenzufallen. Die Arbeiter, die das Gebäude der Eumachia wiederaufbauen, springen von den Gerüsten herab und laufen davon. Die Statue der Stadtpatronin Venus, die auf dem Dach des Heiligtums thront, fällt auf den Vorplatz: Hilflos liegt die zerborstene, geflügelte Göttin da.

»In die Thermen! Wir müssen uns in die Thermen retten!«, brüllt ein städtischer Beamter und verfängt sich in seiner Toga.

Manche folgen ihm durch den Feuerregen. Andere flüchten sich in den Apollo-Tempel oder unter die Säulen der Basilika und werden, als diese zusammenstürzen, zerquetscht. Eine panische Menschenmenge strömt auf das Südwesttor zu, um nach Herculaneum zu laufen, nicht wissend, dass die Nachbarstadt zur gleichen Zeit von einem Schlammstrom vernichtet wird. Die Pferde bäumen sich auf und trampeln, während sie davonstürmen, alles auf ihrem Weg nieder. Der Forumsplatz ist mit Leichen übersät.

Als der erste Schock weicht, packt Livia Asellina an der Hand und ruft, zu Helvia gewandt:

»Nach Hause! Wir müssen nach Hause! Dort sind wir in Sicherheit, schnell!«

Immer mehr glühende Steine fallen vom Himmel. Die Hitze wird stärker. Die beiden Frauen laufen mit dem Mädchen ostwärts und versuchen, sich durch die schreienden Menschen, die ihnen auf dem Decumanus Maximus entgegenkommen, einen Weg zu bahnen. Helvia ist verletzt, ein glühender Gesteinsbrocken hat ihr das Ohr weggerissen, das Blut rinnt ihr über Hals und Schulter und sorgt für noch mehr Gebrüll bei Asellina, die fest eingekeilt von den beiden Erwachsenen getragen und, so gut es geht, vor dem Gesteinssturm geschützt wird.

Plötzlich schiebt sich ein Schleier vor die Sonne, mitten am Tag herrscht Dämmerlicht. Blitze zucken durch die unnatürliche Dunkelheit.

»Die Sonne ist tot!«, jammern die Pompejer. »Die Götter steigen vom Pantheon herab, um uns zu strafen, sie kommen aus dem Olymp! Die Götter der Unterwelt steigen zu uns herauf! Wir sind verloren, verloren!«

Mit der plötzlichen Finsternis erreicht die allgemeine Panik ihren Höhepunkt. Die drei Sklavinnen rempeln gegen die herumirrenden Leute, die sich ins infernalische Chaos stürzen, ohne zu wissen, wohin. Wie ein bockiges Tier kämpft sich Livia, ohne auf die kreuz und quer durcheinanderlaufenden Menschen zu achten, mit dem Ellenbogen, Asellina am Arm, durch die Menge, so schnell sie kann, in Gedanken bei Javolenus und dem Geheimkeller. Nie hätte ich das Haus verlassen und mich von seiner Seite wegbewegen dürfen, geht es ihr durch den Kopf. Ihr ist, als würden ihr jetzt mit jedem Schritt, der sie dem geliebten Menschen und der möglichen Rettung näher bringt, mehr Kräfte zufliegen.

»Asellina, Helvia, nicht aufgeben!« Sie treibt die beiden an. »Wir schaffen es, wir müssen nur bis zum Haus, dann sind wir sicher, das verspreche ich euch! Lauft schnell! Schnell!«

Sie verspürt ein Brennen auf dem Unterarm. Im dunklen Dunst rings um sie mischen sich helle Flecken unter die grauschwarze Schlacke. Livia streckt die Hand aus.

»Wie Schnee«, murmelt sie, während sie weiterläuft.

Aber die Flocken sind heiß, so heiß, dass sie die verbrannten Finger zurückzieht.

»Asche«, sagt sie entsetzt. »Es regnet Asche, Herr Jesus Christus!«

»Bei Orkus und Thanatos, die Gräber der Erde haben sich aufgetan, ihre Insassen kommen über uns!«, brüllt Helvia. »Furien und Lemuren verlassen den Hades! Die Gräber stehen offen, die

Toten kommen und rächen sich, unsere Ahnen haben uns verdammt! Pluto herrscht jetzt über die Erde, wir werden alle sterben, verschlungen von unseren eigenen Toten!«

»Nein, Helvia«, erwidert Livia, »nicht, wenn wir es nach Hause schaffen. Ich flehe dich an, lauf schneller, schneller!«

Das Wasser, das vom Himmel fällt, vermengt sich mit Asche. Die teuflische Sintflut wird stärker. Bald bedeckt fahle Flugasche den Boden. Die Schicht aus Lapilli und Asche wird dicker, und immer noch fällt pulverisiertes Gestein vom Himmel. Das Laufen fällt schwerer, wegen der Hitze, dem Schutt und der Steine überall und der immer dickeren Ascheschicht, aus der verdächtiger Rauch und ein grauenvoller Schwefelgestank aufsteigen. Schweißtriefend und mit weißem Staub bedeckt, reißt Livia, die in einem fort hustet, ein Stück aus ihrer Unterwäsche unter der Tunika heraus, das sie noch einmal teilt. Ein Stück Stoff legt sie Asellina vor Mund und Nase und befestigt es hinter ihrem Kopf, das andere nimmt sie selbst; die Köchin macht es ihr nach. Bevor sie den Stoff mit ihrem Haar verknotet, sagt Helvia zu Livia:

»Du hattest recht, mein Kind … deine Albträume haben die Wahrheit vorausgesagt, die entsetzliche Wahrheit …«

Ein dumpfer Schlag ertönt, und sie drehen sich um. Rechts von ihnen stürzt unter einem riesigen Felsblock, der wie ein Meteorit durch den Himmel geschossen ist, das Dach einer Villa ein. Entsetzt schließen sie die Augen, bevor sie ihren beschwerlichen Weg fortsetzen. Nie zuvor erschien ihnen der Domus so weit weg. Unaufhörlich schreien Mensch und Tier, dem Wahnsinn verfallen, und stimmen damit in das Getöse des Himmels ein, das über der Stadt liegt. Einige versuchen, sich mit einem Ziegel zu schützen, der von einem Dach gefallen ist. Sie können die Luft nicht mehr einatmen, die feuchte Asche klebt ihnen an den Beinen, diese entsetzliche Asche, die in einem unabwendbaren Sturm umherfliegt, immer höher steigt und die Erde verschlingen will.

Als sie endlich an der Ecke zum Cardo Maximus ankommen und unter ihrem Knebel heftig um Luft ringen, sehen sie einen fliehenden Isis-Priester mit einer enormen Last auf dem Rücken, der plötzlich stehen bleibt, in die Luft starrt und kopfüber in die unheilvolle Asche fällt. Der Sack reißt auf, und der Inhalt verteilt sich ringsum: Münzen mit dem Bildnis von Titus, kleine Isis- und Osiris-Statuen, Kultgegenstände, Goldkelche. Etwas weiter weg ist eine ganze Familie unter den Trümmern vom Atrium ihres Hauses umgekommen; um sie verstreut liegen ihre Reichtümer. Der noch angekettete Hund bellt, als wollte er sie auffressen. Wie glühender Schnee legt sich die Asche in jede Falte der Gewänder, jede Körpermulde, bevor sie unerbittlich alles unter sich begräbt. Die farblose Masse reicht den beiden Frauen mittlerweile bis über die Knie, Asellina verschwindet bis zum Bauch darin. Helvia hebt sie auf ihre kräftigen, blutverschmierten Schultern. Eine Schwangere mit einer Laterne in der Hand, die von ihrem Mann mitgezerrt wird, brüllt, sie werde ihre Ahnen nicht im Lararium zurücklassen. Sie läuft ins Haus, aus dem sie mit Masken und Bildern wieder herauskommt, sperrt zu und bricht auf der Schwelle zusammen.

Überall auf der Straße liegen Opfer, erstickt an den Gasen, der Asche oder der Hitze, begraben unter dem Geröll oder den Trümmern. Die meisten von ihnen drücken noch eine mit Sesterzen gefüllte Börse, eine Bronze- oder Silberschale, in Tuch gehüllten Schmuck, Skulpturen und Kunstgegenstände an sich. Kinder haben den Kopf in den Schoß ihrer Mutter gedrückt. Im Tod sind Herren und Sklaven endlich gleich. Unterscheiden kann man die Leichen nur noch anhand von Kleidung und Schmuck.

Ein dumpfer Schrei von Asellina reißt Livia aus ihrem Kampf gegen die zähe Flut. Helvia liegt unbeweglich neben ihr. Bei dem Sturz scheint sich das Kind das Handgelenk gebrochen zu haben. Die junge Frau sieht zu dem unbeweglichen Körper der Köchin. Helvias Gesicht ist in einem Ausdruck aus Erstaunen und starkem Schmerz erstarrt. Weinend nimmt Livia das Mädchen an der Hand und bewegt sich, blind vor Tränen und wegen der beißenden Schwaden ringsum, Schritt für Schritt mühsam nach

Norden auf den Berg zu, der ihrer aller Leben gesichert hat und jetzt den Tod bringt. Unmerklich nähert sie sich dem Haus. Sie biegt rechts ab. Die Gasse ist nicht mehr weit. Sie weiß es, sie spürt es, auch wenn sie fast nichts sieht.

Endlich erkennt sie die kleine Gasse und dann rechts den stattlichen Domus. Mit dem Fuß stößt sie die Tür auf und eilt den Flur entlang zum Atrium.

Auf dem Mosaikboden stolpert sie und lässt Asellina dabei los. Beide stürzen, und beim Aufstehen merkt sie, dass sie über den leblosen Körper des Portiers gefallen ist. Zum ersten Mal seit Beginn des Bebens packt die Panik Livia. In ihrem Drang, zu dem geliebten Menschen zu kommen, hat sie sich nicht vorgestellt, dass ihr Haus, ihr trautes Refugium, auch von der Katastrophe heimgesucht worden sein könnte. Sie vergisst ihre Erschöpfung, die Gefahr und sogar das Kind, reißt sich das Tuch vom Mund und rennt ins Atrium. Das kleine, eckige Bassin, das sonst das Regenwasser aufgefangen hat, ist randvoll mit Lapilli und Asche, die in großen Mengen durch das Dach eindringen. Wie ein Fluss, der Hochwasser führt, ergießt sich die morbide Masse zu beiden Seiten des Impluvium und steigt immer schneller, immer höher. Die rechte Seite des Compluvium, der Dachöffnung, ist eingebrochen. Das winterliche Herrschaftsgemach und das Lararium, Winterspeisesaal, Küche, Keller und Ställe liegen in Trümmern, aus denen leblose Arme und Beine hervorragen.

»Javolenus!«, schreit Livia, neben den Leichen kniend.

»Livia! Gelobt sei dein Gott, und mit ihm alle Gottheiten des Universums! Du lebst!«

Sie dreht sich um. Er steht auf der anderen Seite, neben der mit Rissen überzogenen Freske seiner stoischen Lehrmeister. Mit einem Satz ist er bei ihr und nimmt sie in die Arme.

»Javolenus, ich dachte, ich würde dich nie wiedersehen«, stößt sie schluchzend aus und merkt gar nicht, dass sie ihn zum ersten Mal beim Vornamen nennt.

»Schnell jetzt, in die Höhle!«

Sie ruft Asellina. Der Herr packt das Kind, nimmt es auf den Arm und zieht Livia mit sich. Sie versuchen, sich einen Weg bis zur Säulenhalle zu bahnen. Die Säulen des Tablinum liegen am Boden, Schutt versperrt den Weg.

»Helvia ist tot, ich konnte nichts tun!«

»Der Stallbursche wurde von den Pferdehufen erschlagen, als er die Tiere beruhigen wollte«, keucht der Herr, während er über die Marmorberge klettert. »Über dem Diener und den beiden Haushälterinnen ist das Dach eingestürzt ... der Hausmeister ist in den Schwefeldämpfen erstickt. Wo der Gärtner ist, weiß ich nicht, ich habe ihn nicht gefunden. Ich habe Barbidius und Scylax beschwört, mit den Kindern in die Höhle hinunterzusteigen, aber in der Panik sind sie Richtung Süden geflohen. Ich hoffe, sie sind noch am Leben! Wenigstens haben sie die fünf Kleinen bei sich. Hoffentlich haben sie es bis ans Meer geschafft! Ich wollte ohne dich nicht fliehen, verstehst du? Lieber wollte ich hier sterben, allein, im Atrium, neben den sterblichen Resten meiner Leute, als mich ohne dich in der Höhle in Sicherheit zu bringen ...«

»Ich weiß ... ich habe auch ...«

»Leg das Tuch wieder über dein Gesicht, bitte, und versuche, möglichst wenig zu atmen!«

Die Säulenhalle ist ein Schlachtfeld aus Ruinen und glühenden Steinen, die vom schwefelhaltigen Wind und Regen vor sich hergetrieben werden. Livia spürt die Asche im Magen. Die Säure in der Luft brennt in den Augen, auf Haut und Schleimhäuten, in den Lungen. Der Gestank nach fauligen Eiern ist unerträglich. Am Himmel zeigen sich stellenweise helle Flecken aus gelblichem Dunst, der todbringende Dämpfe enthält. Livia wirft noch einen letzten Blick auf die halb zerstörte Bibliothek, die Mauern im Lustgarten, auf denen große Risse die grünen und roten Vögel durchtrennen, die Riesenblumen, die fröhlichen Tiere und die Bäume in der künstlichen Natur, die auch unter den unheilbringenden Stößen der wirklichen Natur stirbt. Die Bilder aus einer glücklichen Vergangenheit ziehen in rasender Geschwindigkeit vor ihrem inneren Auge vorbei wie eine Träumerei oder ein Vorspiel des Todes. Das ist das Ende der Welt, denkt sie. Wir werden es nicht überleben …

Sie stößt vor dem Gemüsegarten auf Javolenus, der stehen geblieben ist. Mit unendlich zarten Gesten bettet er Asellina auf die weiße Schlacke und bedeutet Livia, dass die Kleine gestorben ist. Wie ein Menschen fressendes Ungetüm beginnt die glühende Asche sofort, an den sterblichen Resten des Kindes zu nagen. Livia hat nicht mehr die Kraft, zu weinen. Sie klammert sich an den Arm des Geliebten. Sie spürt, dass er sie hochhebt. Mit letzter Kraft hält sie sich an seinem Hals fest. Sie riecht seine Haut, seinen Bart, seine Haare, seinen Schweiß, und muss halb bewusstlos lächeln bei dem Gedanken an Helvias Vorwürfe. Javolenus hält die Luft an und schleppt sich durch den Sturm, in dem er nichts sieht. Er ist bis zur Hüfte eingesunken. Instinktiv erreicht er schließlich den unterirdischen Kellerraum. Halb versperrt von einem Haufen Staub, steht die Tür weit offen, was ein Glück ist, denn in der Asche wäre er nicht an den Riegel herangekommen.

Drinnen ist die verheerende Welle durch die Kellerfenster hereingeschwappt. An den Wänden am Eingang brennen mehrere Fackeln, als hätte jemand ihre Ankunft vorbereitet.

Javolenus blickt um sich und sieht die Hand des Gärtners, die er am Eisenring erkennt, den ein Karneol ziert; sie ragt aus einem Haufen Steine und kaputter Amphoren hervor. Der Wein hat sich in einem eigenartigen Geruch nach Most, Honig, Kräutern und Schwefel mit der Asche vermengt. Javolenus greift nach einer Fackel und läuft durch den Morast, bis er den Zugang zum zweiten Untergeschoss erreicht. Er schiebt die Dolia aus dem Weg, die den Eingang zur Höhle verbergen, rückt den Marmordeckel mit dem Hebel zur Seite, legt die Fackel weg und lässt die Stange gut sichtbar neben der Öffnung liegen. Nachdem er die Steinplatte wieder zurechtgerückt hat, steigt er mit seiner Last die dunklen Stufen herab.

Der Raum unten ist vollständig dunkel. Javolenus legt die

Hand auf Livias Herz. Gierig holt er Luft und lässt die Geliebte auf den kalten Boden gleiten. Tastend zündet er eine Öllampe an. Der gelbe Schein erleuchtet den Alkoven aus Lavagestein, der mit Gegenständen, Vorräten und sämtlichen Schätzen des Hauses zugestellt ist.

»Livia, es ist geschafft, wir sind da!«, ruft er. »Livia, wir sind gerettet!«

Er greift nach einer Amphore und füllt Wein in eine Kanne aus getriebenem Silber, die er an die Lippen der jungen Frau hält. Er zwingt sie, das purpurfarbene, unverdünnte Getränk zu schlucken. Während sie hustet und spuckt, durchzuckt es ihren ganzen Körper.

»Gut so«, sagt Javolenus sanft und stützt ihren Kopf. »Hab keine Angst … der Wahnsinn ist vorbei, Liebste … er ist vorbei, vorbei …«

Während Livia langsam zu sich kommt, springt er mit einem Satz auf, weil ihn ein schrecklicher Gedanke ereilt. Die Kanalisation! Nicht nur, dass die schlechte Luft durch die Röhre in die Höhle gelangt; der Brunnen am anderen Ende muss bis oben hin voll mit Schwefelasche sein! Blitzschnell packt er alle Stoffe und Decken und stopft die Verbindung nach außen zu.

»Was tust du da?«, fragt Livia und richtet sich auf.

»Die tödlichen Dämpfe dürfen nicht eindringen. Die Gase haben sich schon ausgebreitet. Wenn ich sie jetzt abfange, besteht noch Aussicht, dass sie nicht die ganze Kammer vergiften. Wir müssen Weihrauch anzünden, die Duftstoffe. Ja, versprenge Wein und Essenzen, verstreue die Gewürze, damit die Luft gereinigt wird und wir die giftigen Ausdünstungen vertreiben!«

»Aber … wie sollen wir denn Luft bekommen, wenn du die einzige Zuleitung verschließt?«

Javolenus sackt auf die Knie, als ihm die eigene Hilflosigkeit bewusst wird.

»Wir stehen vor einer makabren Wahl«, sagt er mit Grabesstimme. »Entweder wir ersticken am üblen Atem des Vesuvs oder aber, weil wir keine Luft zum Atmen haben, wenn der Ausbruch länger anhält …«

»Du hast recht«, erwidert Livia stöhnend. »Was wir auch tun, wir sind wahrscheinlich verloren.«

»Warum habe ich daran nicht gedacht?«, stößt er hervor. »Dein Traum war doch eindeutig! Feuer, Gesteinsregen, starke Hitze. Warum habe ich nicht an einen Vulkanausbruch gedacht? Wir hätten alle Zeit der Welt gehabt, um die Stadt und die Gegend zu verlassen und uns irgendwo in Sicherheit zu bringen, weit weg von …«

»Mach dir keine Vorwürfe, Javolenus. Dieses Unheil konnte niemand kommen sehen. Selbst der große Geograf Strabon hat geglaubt, der Vulkan sei für immer erloschen.«

»Dabei steht die Stadt auf einer alten Lavaschicht, was niemand mehr weiß, genauso wenig, wie man sich noch an den letzten Ausbruch des Vesuvs erinnert. In unserer Unvernunft haben wir die wahre Natur des Berges verdrängt. Wir haben seine Flanken bestellt und uns um ihn geschart wie unschuldige Kinder um die nährende Mutter. Und zur Erklärung der Beben haben wir uns dieses alberne Märchen von den Riesen ausgedacht, die im Berg eingesperrt sind. Was für ein Unsinn! Jetzt tötet die Mutter ihre Kinder …«

Die Stille in der Höhle ist so beängstigend wie der Lärm draußen.

»Javolenus«, flüstert Livia, »glaubst du, dass da oben … noch jemand lebt? Gibt es denn keine Hoffnung, dass der Vulkan sich beruhigt und …«

»Mir geht es wie dir, ich habe kein Zeitgefühl mehr.« Er nimmt sie in die Arme. »Vorhin, heute Morgen, ist in einem Augenblick alles stehen geblieben. Die Vergangenheit war weg, die Zukunft untergegangen … es zählte nur noch der Moment, in dem ich dich wiedersehen würde, auch wenn es das letzte Mal wäre. Ich glaube nicht, dass der Vesuv verstummt ist. Der Ausbruch war so heftig, es gibt so viele Tote, so entsetzliche Schäden. Ich weiß nicht, wann das alles vorbei ist, aber ich glaube, dieses Mal erholt sich die Stadt nicht mehr. Was für ein entsetzlicher Untergang. Hoffentlich konnten sich Barbidius und Scylax auf das Meer retten, es ist der einzige Ausweg …«

Sein Gesicht ist von einem weiteren Schrecken gezeichnet.

»Saturnina! Meine Tochter, meine Enkel, mein Schwiegersohn! Der Vesuv hat vielleicht auch die Insel Aenaria verschlungen!«

»Javolenus, ich bin sicher, dass sie am Leben sind. Das Meer hat sie vermutlich beschützt. Das Feuer kann doch nicht über das Meer, oder? Darum sind Barbidius und Scylax und die Kinder doch dorthin geflohen!«

»In ihrer zerstörerischen Wut hat die Natur vielleicht eine Flutwelle ausgelöst und …«

»Wenn dies nicht das Ende der Welt ist, dann sind sie am Leben«, unterbricht sie ihn und versucht, möglichst überzeugend zu klingen. »Sie leben, ich bin mir sicher. Sie müssen leben.«

»Wenn ich die Tücher und Decken wegziehen könnte, ohne befürchten zu müssen, dass die Gase hereinströmen, könnte ich hören, ob er noch grollt und wir uns vielleicht einen Weg bahnen können …«

»Du hast doch eben gesagt, dass der Vulkan sich noch nicht beruhigt haben kann.«

»Ich muss es riskieren!« Er springt auf. »Wir müssen versuchen zu überleben, Livia! Hör zu, ich habe eine Idee: Wir bleiben so lange hier, wie die Luft reicht. An Nahrung haben wir alles, was wir brauchen. Wenn wir keine Luft mehr kriegen, gehe ich rauf, schiebe die Marmorplatte weg und …«

»Nein, ich flehe dich an, das wäre Selbstmord! Tu das nicht, Liebster, wenn der infernalische Regen sein Werk fortgeführt hat, ist alles mit Asche zugedeckt und dicht verschlossen. Glaubst du, du könntest durch diese glühende, schweflige Asche schwimmen wie durch Wasser? Du wirst nicht einmal den Marmordeckel bewegen können! Riskiere keinen tollkühnen Tod! Lass mich hier nicht allein!«

Er umarmt sie unendlich zärtlich.

»Du hast recht.« Er gibt sich geschlagen. »Es besteht keine Hoffnung, hier herauszukommen. Wir müssen uns damit abfinden zu sterben.«

»Ich habe keine Angst davor.«

»Ich weiß … dank deines Propheten. Du siehst deine Liebsten im Paradies wieder und genießt das ewige Leben an der Seite deines Gottes.«

»Ich habe keine Angst, weil ich in deinen Armen sterben werde, gemeinsam mit dir. Ich fürchte mich vor nichts, weil ich dich liebe. Ich bedaure nichts, ich hatte ein wunderbares Leben. Ich gehe in Frieden, weil ich einen Mann geliebt habe, mit ebenso viel Kraft und Vertrauen und Hingabe, wie ich auch Christus liebe.«

Bei diesen Worten reißt sie besorgt die Augen auf.

»Mein Gott«, murmelt sie in panischer Angst, »beinahe hätte ich es vergessen …«

»Was denn? Dir bereitet also doch etwas Kummer?«

»Das ist es nicht … der aramäische Satz … die verborgene Botschaft Jesu … mein Versprechen …«

»Ich verstehe nicht.«

»Es ist sehr lange her. Ich erzähle dir alles.«

»So«, sagt sie zum Schluss. »Jetzt weißt du alles. Diese Worte von Jesus, die Maria von Bethanien an den Apostel Petrus weitergeben wollte und die mir von einem Sterbenden anvertraut wurden, damit ich sie an Petrus oder Paulus weitergebe, habe ich nie jemandem offenbart; fünfzehn Jahre habe ich sie für mich behalten. Ich habe es nicht geschafft, das unbekannte, heilige Wort weiterzugeben. Jetzt schenke ich es dir, da mein Leben zu Ende geht.«

»Hast du nie erfahren, was der Satz bedeutet?«

»Nein. Als ich älter wurde, wurde mir nur klar, dass er gefährlich sein könnte. Sonst hätten Maria von Bethanien und Raphael nicht all diese Vorsichtsmaßnahmen ergriffen. Aber ich konnte ihn nie entschlüsseln. Hätte ich ihn damals in Rom wenigstens unserem Ältesten anvertraut, wie Haparonius es mir dringend geraten hat. Heute ist die Botschaft für die gesamte Gemeinschaft der Christen verloren.«

»Das ist nicht gesagt«, stellt er stirnrunzelnd fest.

»Was meinst du damit?«

Javolenus' goldbraune Augen wandern die Wände entlang, über die Heulager, die Wollsachen und Stoffe, das Werkzeug, das ihnen den Weg hinaus sichern sollte, das bronzene Kohlenbecken, den mit Lampen bestückten Kandelaber, die Essensvorräte und Amphoren mit Vesuvinum, den Schmuck, das kostbare Geschirr und die mit Goldmünzen gefüllten Börsen – alles Dinge, die im Angesicht des Todes vergeblich und wertlos erscheinen. Dann blickt er auf die Masken des Larariums und auf die von Galla Minervina. Schließlich bleibt sein Blick an den Truhen hängen, in denen die Abrechnungen und vor allem seine geliebten Volumina verstaut sind.

»Wenn sich da oben ein Lavastrom über uns ergießt«, antwortet er schließlich, »und in die Keller über uns eindringt, reicht die Hitze möglicherweise bis hierher, sodass die Wachstafeln schmelzen. Ich an deiner Stelle würde die Botschaft also auf einen Papyrus schreiben.«

Fassungslos schüttelt Livia den Kopf.

»Javolenus, wir sind hier in einem geheimen Grab, verschüttet in einer unsichtbaren Höhle, von der nur wir allein wissen, und einige Arbeiter, die zu dieser Stunde weit weg sein müssen, wenn sie noch leben sollten! Niemand wird uns finden, wenn wir nicht mehr sind! Deine Tochter wird in den Trümmern deines Hauses nach dir suchen, im Keller, aber hier kann uns niemand entdecken! Dieser Ort ist für immer unser Grab!«

»Wenn Barbidius überlebt, wird er uns auch entdecken«, entgegnet er ruhig. »Ich habe ihm vor einer Ewigkeit von diesem Ort erzählt, als ich ihm befohlen habe, mit Scylax und den Kindern zu fliehen.«

»Du hast ihm unser Versteck im Tumult der Katastrophe beschrieben«, wendet sie ein, »im Stein- und Aschesturm, während ein Teil vom Dach im Atrium auf deine Leute niederging, während Barbidius, wie uns alle, das Chaos ereilt hat. Glaubst du, er wird sich noch an deine Worte erinnern, wenn die Gefahr vorüber ist?«

»Das kann ich nicht sagen. Aber wenn auch nur die geringste Aussicht besteht, dass man uns findet, dann nur über meinen Hausvorsteher. Schreibe, Livia. Male die aramäischen Zeichen und schreibe auf, was du zu Lebzeiten nicht vollenden konntest. Erzähle die ganze Geschichte, und eines Tages – morgen oder in hundert Jahren – fällt irgendjemandem der geheime Satz deines Propheten in die Hände. Wenn du mir nicht vertraust, so vertraue auf das Schicksal oder auf deinen Herrn Jesus. Wenn er das ist, was du zu glauben meinst, und seine Botschaft der Welt enthüllt werden soll, wird irgendjemand zu uns herabsteigen und deine Worte finden. Dann hast du im Tod Wort gehalten.«

Stumm sieht Livia Javolenus an. Er lächelt. Bewegt neigt sie sich zu ihm und murmelt ihm etwas ins Ohr. Er nickt, umarmt und küsst sie. Dann steht sie auf.

In den Truhen sind Rollen mit poetischen und philosophischen Schriften, mit Theaterstücken, Naturbetrachtungen, Abhandlungen über die Vernunft, die Musik, die Malerei. Die Briefe von Epiktet und den stoischen Freunden sind in ein Stück safranfarbenen Seidenstoffs gewickelt, daneben liegt das Siegel von Javolenus. Die Werke von Zenon, Kleanthes und Chrysippos und der Schule des Portikus liegen Seite an Seite mit denen von Cicero, Seneca, Thrasea Paetus, Musonius Rufus und Helvidius Priscus. Ehrfürchtig und wehmütig streicht Livia darüber. Als sie nach einem unbeschriebenen Papyrus greift, sieht sie in einer Ecke ein Volumen, dessen Anblick ihr die Augen verschleiert – Virgils »Aeneis«, die Liebesgeschichte von Dido und Aeneas: Aeneas, der Gründer Roms, und Dido, die Königin von Karthago, die sich aus Liebe das Leben nimmt.

Livia sieht sich wieder im Alter von neun Jahren, wie sie allein durch die Straßen Roms irrt und das herausgerissene Stück aus der Rolle mit der »Aeneis« ihres Vaters an sich presst, auf das

Raphael die Botschaft Christi geschrieben hat. Sie erinnert sich an den Blutflecken darauf und durchlebt noch einmal das endlose Warten im Hafen, als sie glaubte, die Eltern wären nach Kreta geflohen und würden zurückkommen und sie holen. Und mit einem Mal sieht sie auch das Gesicht ihrer Mutter und das ihres Vaters vor sich, die schon aus dem Gedächtnis gewichen waren, sie hört ihre Brüder spielen, als wären sie lebendig und würden sie jetzt endlich erlösen.

Sie nimmt Schilfrohr, Tinte und Papyrus und richtet alles auf dem Deckel einer Truhe her. Javolenus kommt zu ihr, legt sich wie eine Katze um sie und umfasst ihre Taille. In ihrer schönen Schrift beginnt sie, das Blatt zu beschreiben. Unter seinem Blick und im Schein der Öllampe geht die Schreiberin ihrer gewohnten Tätigkeit nach, aber zum ersten Mal sind es nicht Javolenus' Worte, die sie zu Papier bringt.

Als sie fertig ist, betrachtet sie ihr Werk. Ihr Geheimnis sieht aus wie eine beliebige Botschaft, die sie täglich geschrieben hat, ein gewöhnliches Gedicht an einen Freund in einer anderen Stadt. Ohne die rätselhaften aramäischen Zeichen am Ende des Briefes könnte man das Schriftstück für einen Brief an Epiktet halten. Mit dem Unterschied, dass sie nicht weiß, ob ihre Erklärung je gelesen wird.

Livia rollt den Papyrus ein, hält ihn fest in der Hand und umfasst zärtlich den Mann vor ihr. Sie neigt sich zu ihm, streckt sich neben ihm aus und schmiegt sich an ihn, bis sie eins sind. Herrn und Sklavin gibt es nun nicht mehr.

Der Vesuv hat alles vernichtet, ihre Vergangenheit, ihr Leben – was bleibt, sind nur dieses Schriftstück und ihre Liebe zu Javolenus.

Dessen Augen werden trübe, als wollten sie erlöschen, bevor sich noch einmal ein Leuchten in ihnen zeigt und er Livia fest an sich drückt. Ihre Augen lächeln. Lange sehen sie sich an und genießen den Blick des anderen wie einen jungen Wein. Sie denken daran, dass ihre Bitte gewissermaßen erhört wurde: Der Wein des Vesuvs wird nie reifen, sie werden nie den Herbst erleben, der ihrem Sommer ein Ende setzt. Langsam und zärtlich berührt Javolenus Livia und wiegt sich, eng mit ihr verschlungen.

Währenddessen hat die Glutasche draußen die Stadt endgültig unter sich begraben. Unter dem fünf, stellenweise bis zu acht Meter dicken Leichentuch ist es ebenso still wie in der Höhle. Kein Hauch, kein Leben. Alle Springbrunnen sind verstummt, es gibt kein Licht in den Häusern, kein Geräusch. Nichts als die Leere einer toten Stadt, in der die Marmorruinen nicht von den versteinerten Leichen zu unterscheiden sind. In ihrem neuen Ascheleib sind die Toten für immer in ihrer letzten Bewegung erstarrt, stumme Bewohner einer Geisterstadt.

In der schwefelgesättigten, von matten Blitzen durchzogenen Nacht grollt oberhalb der steinernen Totenstadt der Vesuv und lässt die Erde erzittern. Die Villen, die auf seinen Hängen errichtet wurden, die Dörfer im Tal sind ausgelöscht. Zu dem Zeitpunkt kämpfen in einem illusorischen Überlebensreflex nur Herculaneum und Stabiae noch gegen den Berg.

An diesem frühen Nachmittag des neunten Tages vor den Septemberkalenden, da die siebte Stunde zu Ende geht, wird Pompeji für mehrere Jahrhunderte begraben.

35

Achtzehn Jahrhunderte«, murmelte Tom bedrückt. »Achtzehn Jahrhunderte, bevor man es endlich entdeckt, und dann noch mal hundertdreißig Jahre, in denen sich niemand dafür interessiert. Macht tausendneunhundertdreißig Jahre des Vergessens. Und dann, wenn ich es aus dem Dunkel hervorhole und aus der Asche auferstehen lasse, wird alles gestoppt, damit es wieder verschwindet und sein Geheimnis für immer und ewig begraben bleibt!«

»Meinst du das Haus des Philosophen?«, fragte Johanna.

»Ich meine mein Haus, mein Camp, meinen Instinkt, meine Entdeckung, zu der es nie kommen wird, meine Daseinsberechtigung, die der Superintendent von Pompeji gerade vernichtet, indem er die Grabungen ausgesetzt hat!«

An diesem Dezemberabend, eine Woche vor Weihnachten, dem Fest der Geburt Jesu und der Zäsur für die Einteilung der Menschheitsgeschichte, hatte die Zeit jeden Sinn verloren. Voller Wut und Verzweiflung ging Tom ganz in seinem Groll auf, um nicht mehr an den Tod von Roberto Cartosino zu denken, der, nach dem Mord an James und Beata, am selben Morgen erhängt in seiner Unterkunft aufgefunden worden war. Johanna saß Tom gegenüber in dem kleinen Restaurant an der Ecke Via Cristoforo Colombo, vor der Bucht von Neapel und einer kalten Pizza, und war in Gedanken bei einem Felshügel vor sechs Jahren, wie auch der Vesuv ein Heiligtum des Schreckens. Über die Archäologen, die in Pompeji umgekommen waren, die sie nicht kannte, legte sich das Bild der Toten am Mont Saint-Michel, und das Verhör am Nachmittag hatte sie eher noch mehr verwirrt. Während Kommissar Sogliano von der neapolitanischen Kripo ihr in einem Durcheinander aus Italienisch, Französisch und

Englisch Fragen stellte, hatte sich vor sein Gesicht das von Kommissar Bontemps von der Kriminalpolizei in Saint-Lô geschoben. Die Ergebnisse der Autopsie von Robertos Leiche standen noch aus, aber Sogliano vermutete Selbstmord, wie Bontemps seinerzeit auch, als Johanna die Leiche eines ihrer Mitarbeiter gefunden hatte. Der Beamte sprach von den drei Toten in Pompeji, aber Johanna hatte die beiden Leichen vom Mont Saint-Michel vor sich und zählte den Tod von Romanes Vater hinzu. Drei gewaltsame Todesfälle. In der Summe identisch.

Völlig verängstigt durchlebte sie sämtliche Ereignisse, die ihrem Unfall vorausgegangen waren. Wie am Mont Saint-Michel auch, war die Grabungsgenehmigung in Pompeji gerade ausgesetzt worden. Über den Archäologen schwebte die gleiche Bedrohung, eine unbestimmte, aber durchaus reale Gefahr, die sie alle kaputtmachen konnte und die sie selbst damals fast das Leben gekostet hätte. Ihre Rettung verdankte sie nur ihrer morbiden Sturheit, die Steine zum Sprechen zu bringen, und ihrer Fähigkeit, auch unter extremen Bedingungen zu überleben, die genauso ausgeprägt und dominant war wie der Eifer, mit dem man sie hatte ermorden wollen.

Indem sie mehrere gut gefüllte Gläser mit Lacryma Christi leerte, versuchte sie trotzdem, die beiden Welten voneinander zu trennen und ihr Gedächtnis zu beruhigen: Dieses Mal war Tom der Grabungsleiter. Er war derjenige, der sich mit Leib und Seele dafür einsetzte, dass ein Geheimnis ausgegraben würde, was irgendjemand um jeden Preis zu verhindern suchte. Er war besessen von seiner Arbeit, so wie sie damals auch, völlig vereinnahmt von dem Gemäuer, das der Superintendent vorerst zum Schweigen verurteilt hatte; er saß niedergeschlagen und machtlos auf dem Platz, auf dem sie auch einmal gesessen hatte. Die Morde hatten mit ihm zu tun, und er setzte sein Leben aufs Spiel. Sie wurde nur vorübergehend Zeugin des Geschehens, eine zufällige, unwichtige Beobachterin, wie ihr Kommissar Sogliano am Ende seines Verhörs zu verstehen gegeben hatte. Der italienische Polizeibeamte täuschte sich aber, so wie auch Bontemps sich über Wesen und Motiv des Mörders vom Mont Saint-Michel getäuscht hatte. Denn Johanna war diejenige, die den Schlüssel zur Lösung des Rätsels besaß. Sie wusste, dass sie die Zauberformel kannte, die Tom den Grund für den Mord an seinen Kollegen liefern und ihn auf die Spur des Mörders führen würde. Doch wenn sie dieses Mal scheiterte, würde nicht sie dafür bezahlen, sondern ihre Tochter, der Mensch, den sie mehr als alles andere liebte und deren zerbrechliche Existenz in ihren Händen lag.

»Tom«, sagte sie mit schwacher Stimme, »ich muss dir etwas gestehen. Ich habe dich angelogen, was den wirklichen Grund meines plötzlichen Besuchs angeht. Heute Morgen in der Säulenhalle wollte ich dir die Wahrheit sagen, als Philippe mit den Polizisten ankam.«

Tom setzte sein Glas ab. Das Neonlicht über ihrem Tisch machte seine Augen noch heller, seine wettergegerbte Haut schimmerte ungesund. Er hatte, wie seine Freundin, praktisch nichts gegessen und beschränkte sich auf den vollmundigen, fast schwarzen Wein, den er gierig trank.

»Was sagst du da?« Es war, als würde er aus einem Traum erwachen.

»Hör zu, Tom, erinnerst du dich noch an deinen Besuch in Vézelay im Oktober, kurz nach … nach dem Tod von James?«

»Natürlich.«

»Weißt du noch, dass du Romane eine alte Silbermünze aus Pompeji mit dem Bildnis von Kaiser Titus geschenkt hast?«

»Ja, aber was hat das …«

Johanna erzählte ihm alles: Von den schrecklichen Nächten ihrer Tochter seit seinem Besuch, von der Münze in ihrer Hand, dem Fieber, dem Husten, den Albträumen, von den Hypnosesitzungen, von Pompeji und dem Ausbruch des Vesuvs, von der Höhle und dem Papyrus mit der rätselhaften Botschaft Christi.

»Ich bin überzeugt, dass Romane sterben wird, wenn ich diese Worte nicht finde. Denn Livias Geist ist in der Seele meiner Tochter, die er wie eine Frucht verzehrt. Ich weiß sicher, dass dieser Papyrus noch immer irgendwo begraben ist, in irgendeinem unterirdischen Raum in Pompeji. Zusammen mit … Livia vermutlich, und dem Mann, der bei ihr war. Wenn sie überlebt hätten, hätten sie das Schriftstück sicher nicht in der Höhle gelassen. Das ist meine Hypothese. Bevor du mir heute früh anvertraut hast, was dich umtreibt und was der wahre Grund für deine Grabungen ist, hatte ich keine Ahnung, wo ich suchen sollte. Jetzt weiß ich, dass es einen Zusammenhang gibt zwischen deiner und meiner Suche. Die Höhle, nach der du suchst, enthält nicht nur die Schätze aus dem Haus des Philosophen und die verlorenen Schriften der Stoiker, sondern auch das verlorene Wort Jesu.«

Tom schwieg verblüfft. Johanna fuhr fort:

»Ich gehe davon aus, der unbekannte Mann mit der dunklen Toga in der Höhle neben Livia ist dein berühmter Philosoph, der Eigentümer des Hauses, dessen Leiche nicht gefunden wurde und von dem wir nicht wissen, wie er heißt.«

»In ihrem hypnotischen Delirium konnte deine Tochter also nicht seine drei römischen Namen und seinen Stammbaum sagen?«, fragte Tom ironisch.

»Du glaubst mir nicht«, sagte sie, Tränen in den Augen, ebenso traurig wie wütend. »Du glaubst mir nicht, und dabei bist du der einzige Mensch, der mir zuhören und mich verstehen kann!«

Vor Erschöpfung wie gelähmt, schluchzte sie wie ein Kind und verbarg ihre Augen hinter der Serviette.

»Johanna« – Tom nahm ihre Hand –, »entschuldige bitte. Ich wollte dir nicht wehtun. Ich hielt deinen improvisierten Besuch für etwas merkwürdig, aber so etwas hätte ich nie vermutet … diese Sache mit der Besessenheit über die Jahrhunderte. Du musst zugeben, dass alles, was du mir da berichtest, nicht nur … erstaunlich, sondern in höchstem Maße irrational ist!«

»Auch nicht mehr als deine Vorstellung von einem pompejischen Patrizier, der die Katastrophe, die die ganze Gegend völlig unvermittelt getroffen hat, vorausgeahnt und irgendwo unter seiner Villa einen heimlichen Unterschlupf angelegt haben soll und dort sein Hab und Gut und vor allem seine griechischen Schriftrollen untergebracht hätte, deren Autoren im 3. Jahrhundert vor Christus gelebt haben – hellenistische Schriften, die bis auf einige Fragmente mit dem Untergang des Römischen Reichs von dieser Erde verschwunden sind und die seit sechzehn Jahrhunderten niemand mehr gelesen hat!«

»Du hast ja recht, Jo. So gesehen ist deine These auch nicht versponnener als meine. Aber … was hat das mit den Morden zu tun? Warum trifft es mein Camp und meine Mitarbeiter, warum will man uns an den Kragen?«

Johanna fuhr sich mit der Serviette über die Augen und verwischte ihr Augen-Make-up.

»Weil es diesen mysteriösen Satz von Jesus gibt«, sagte sie, »den ihr nicht ausgraben sollt!«

Tom runzelte seine blonden Augenbrauen.

»Hm … na ja«, sagte er, »tatsächlich wüsste ich nicht, wem daran gelegen sein sollte, zu verhindern, dass die Volumina der ersten Anhänger des Portikus entdeckt werden. Das lag im Interesse von Nero, Vespasian, Domitian und anderen erbitterten Gegnern des Stoizismus, die solche Werke gemeinsam mit ihren Denkern sofort ausgemerzt hätten. Aber heutzutage ist der Widerstand der Stoiker gegen die kaiserliche Willkür nur noch historisch von Interesse, und ihr Denken ist rein intellektuell reizvoll.«

»Ein Satz von Christus dagegen«, ergänzte Johanna triumphierend, »der der Welt zweitausend Jahre lang vorenthalten wurde, könnte unter Umständen die Position der Kirche infrage stellen und vielleicht sogar konterkarieren, was aus ihr geworden ist. Es gibt immer noch genug religiöse Fanatiker, die im Namen Gottes andere verfolgen und töten.«

»Vielleicht ist deine Idee gar nicht so abwegig, Jo …«

»Stell dir nur mal vor, Tom, wenn wir in einer Höhle von Pompeji die einzigen Worte ausgraben würden, die Christus je geschrieben hat! Erinnerst du dich noch an den Hinweis auf das Evangelium, der an der Mauer im Lupanar stand?«

»Ja, sicher. Johannes, Kapitel acht, Vers eins bis elf.«

»Und das ist die Geschichte von der Ehebrecherin, in der Jesus mit dem Finger etwas in den Staub vor dem Tempel schreibt. Ich habe viel darüber nachgedacht und bin überzeugt, dass diese Worte, die vermutlich von der Frau selbst gelesen, wiedergegeben und aufgeschrieben wurden, die Botschaft sind, die Livia versteckt hat.«

Noch am Morgen hatte die Mittelalterforscherin, als Tom ihr von seiner Vorstellung eines Geheimraums im Haus des Philosophen erzählt hatte, den Advocatus Diaboli gegeben. Jetzt am Abend schlüpfte Tom in diese Rolle.

»Jo, unter dem Eindruck deiner unseligen Erfahrung am Mont Saint-Michel war das schon vor zwei Monaten in Vézelay deine Lieblingsthese, als es Romane noch bestens ging. Aber etwas daran ist nicht stimmig: Ich sehe immer noch keinen Zusammenhang zwischen Jerusalem und Pompeji.«

»Nur weil man keinen greifbaren Beweis für ihre Existenz hat, heißt das noch lange nicht, dass in der Stadt keine Christen gelebt haben könnten. Livia war wahrscheinlich eine heimliche Anhängerin von Jesus und daher im Besitz seiner Botschaft.«

»Gut«, sagte Tom. »Nehmen wir an, es wäre so. Aber du vergisst den anderen Bibelhinweis, der neben Beata gefunden wurde, die Worte, die Jesus auf dem Berg der Seligpreisungen gesagt hat: ›Richtet nicht.‹ Was hat das mit dem unbekannten Satz in der Erde vor dem Tempel zu tun? Nichts!«

»Beide Hinweise hängen sehr wohl miteinander zusammen«, behauptete Johanna und füllte ihre Gläser nach. »In beiden Fällen verlangt Jesus von den Zeugen, andere nicht zu verurteilen, weil die Ankläger selbst Sünder sind. Diese Aufforderung, zu verzeihen, passt sehr gut zu dem, was ein Mitglied einer fanatischen Sekte umtreibt, einen Illuminierten, der tötet und sich trotzdem die Absolution Gottes erhofft, weil er seine Verbrechen im Namen Gottes begeht. Nach dieser Logik verfolgt der Mörder ein zweifaches Ziel: Indem er Christus zitiert, insbesondere die Geschichte von der Ehebrecherin, setzt er uns auf die Fährte der verborgenen Botschaft, von der er weiß, dass es sie gibt und wo genau sie versteckt ist. Er begründet seine Morde und schlägt gleichzeitig zu, damit die Forschung blockiert wird, und schreibt dann noch vor, ihn nicht zu verurteilen, weil das nämlich nur Gott zustehe.«

»Das wäre wahnwitzig, machiavellistisch und pervers!«, rief Tom.

»Für uns, ja. Aber nicht für einen Gottesfanatiker, einen Fundamentalisten, der glaubt, eine göttliche Mission zu erfüllen und damit seine sakrosankte katholische Kirche zu beschützen. Ich bin zwar keine Sektenspezialistin, aber ich kann dir versichern, dass ich in der Vergangenheit, über die ich lieber Stillschweigen bewahre, mit solchen Menschen zu tun hatte, und ich weiß, dass sie Codes und Symbole lieben und sich daran berauschen, uns auf etwas anzusetzen, um dann aus reinem Pflichtbewusstsein, wie sie es nennen, schlimmste Gewalttaten zu verüben, wenn wir ihrem Geheimnis zu nahe kommen.«

»Du spielst auf das an, was dir am Mont Saint-Michel passiert ist? Ich dachte, das wären Verbrechen im Affekt gewesen und ...«

»Irgendwann erzähle ich dir vielleicht einmal, was damals wirklich geschehen ist«, sagte Johanna nachdenklich. »Ja, dir kann ich alles erzählen. Aber nicht heute Abend, weil meine Tochter sterben könnte, wenn du mir nicht glaubst und nicht davon überzeugt bist, dass in dieser obskuren Höhle in Pompeji eine Botschaft versteckt ist, wegen der man schon zwei deiner Archäologen umgebracht hat, vielleicht auch drei. Eine Botschaft, die ich finden muss, damit Romane endlich wieder gesund wird!«

Einen Moment lang schwieg Tom und leerte sein Glas.

»Johanna, du musst wissen, dass mir das mit deiner Tochter wahnsinnig leidtut, weil ich sie sehr mag, und dass ich dir auch nach Kräften helfen würde, wenn ich könnte. Nur leider tut es nichts zur Sache, ob ich dir glaube oder nicht. Wir können nämlich keine einzige von unseren Mutmaßungen überprüfen. Morgen früh um acht Uhr führe ich gemeinsam mit dem Superintendenten die Inventur für Werkzeug und Ausrüstung durch und übergebe ihm das Material. Danach schließt er das Camp, sammelt unsere Schlüssel ein, und bis auf Weiteres werden wir das Haus nicht mehr betreten.«

Er ließ den Kopf sinken. Seine Hände umfassten zitternd das leere Glas.

»Es ist mir egal, ob es dir leidtut!«, rief Johanna laut. »Du kannst dir nicht eine Sekunde lang vorstellen, wie mir zumute ist! Es tut dir leid! Aber ich bin krank vor Sorge, fertig, am Ende! Ich werde mein einziges Kind verlieren, weil du, Tom, der Einzige, der das verhindern könnte, sich weigert! Du zweifelst an meinen ›Mutmaßungen‹, wie du sagst, und denkst nicht einmal darüber nach, ob Romanes Träume nicht vielleicht die Wahrheit sagen! Ich weiß aber, dass ich recht habe! Livia hat in Pompeji gelebt. Am 24. August 79 hat sie sich in diese geheime Höhle geflüchtet, mit dem Mann, den meine Tochter jede Nacht in ihren Albträumen sieht, und der versucht, sie zu beschützen und zu beruhigen. Er ist niemand anderer als der Eigentümer dieser Villa, der Philosoph. Und im Angesicht des Todes hat Livia die Botschaft Christi aufgeschrieben und …«

»Johanna«, unterbrach Tom sie, »reg dich nicht auf und hör mir zu. Ich kenne alles, was mit Pompeji zu tun hat, in- und auswendig, und nie ist mir jemals der Name Livia für eine Frau untergekommen, die zum Zeitpunkt des Bebens in meinem Haus oder sonst irgendwo in Pompeji gelebt hätte.«

»Woher auch? Kennst du etwa die Namen der Sklaven, deren Leichen man in *deinem* Haus Ende des 19. Jahrhunderts gefunden hat?«

»Nein, aber …«

»Na also«, rief Johanna, »wie kannst du dann so kategorisch behaupten, dass ich unrecht habe, dass Romane fabuliert, dass Livia nie gelebt hat und der Mann neben ihr nicht der Eigentümer der Villa war? Der die Freske von den Stoikern malen ließ und die geheime Höhle eingerichtet hat und dort seine Schätze versteckt hat, bevor er sich mit seiner Frau oder Geliebten oder

Schwester oder Freundin oder Sklavin oder was weiß ich, wer oder was Livia war, dorthin geflüchtet hat?«

Johanna tobte, nicht zuletzt auch unter dem Einfluss des Weins.

»Lass uns versuchen, die Ruhe zu bewahren, Jo. Ich habe nie etwas behauptet, was sich gegen dich oder deine Tochter richtet. Aber versuche doch einmal, wissenschaftlich zu argumentieren, und nicht als Mutter, bitte. Wir brauchen Beweise, verlässliche Quellen, konkrete, greifbare Fakten. Es gibt keinerlei Spur von deiner Livia. In der Antike war das der Vorname einer Kaiserin, der ehemaligen Livia Drusilla, die der höchsten römischen Aristokratie entstammte und der julisch-claudischen Dynastie angehörte. Sie war die Mutter von Tiberius, die dritte Gemahlin von Kaiser Augustus und wurde von Claudius im Jahr 42 nach Christus zur Göttin erklärt und ...«

»Schon gut, Tom. Ich weiß zwar nichts über die Herkunft und den sozialen Stand meiner Livia, aber ich nehme an, dass in ihr kein kaiserliches Blut floss, weil sie vermutlich Christin war.«

»Die ersten Christen waren ursprünglich tatsächlich meistens Juden oder Heiden aus dem kleinen Bürgertum, Freigelassene und vor allem Sklaven.«

»Wir können also sicher sagen, dass Livia aus bescheidenen Verhältnissen stammte. Damit wäre jede biologische Verwandtschaft zum Eigentümer der Villa ausgeschlossen.«

»Der war sehr wahrscheinlich vermögend und hatte einen erlesenen Geschmack«, fuhr Tom fort. »Die Anhänger des Stoizismus gehörten in der Regel der intellektuellen und sozialen Elite an. Wir können also davon ausgehen, dass er aus gutem Haus stammte und zu den wohlhabenden, noblen Bürgern gehörte.«

»Aha, wir kommen ja voran! Es ist also ausgeschlossen, dass Livia seine Gemahlin war?«

»Es ist sehr unwahrscheinlich. In diesem Kastenwesen waren Honestiores und Humiliores streng voneinander getrennt; deine Livia stand wahrscheinlich im Dienst des Hausherrn, als Sklavin oder Freie ...«

»Okay! Aber warum war sie dann zum Zeitpunkt des Ausbruchs allein mit ihm in der Höhle? Warum hat der Eigentümer seine anderen Bediensteten nicht auch mitgenommen?«

»Die Frage kann ich dir nicht beantworten, Jo.«

»Wenn dich dein Gedächtnis doch täuschen würde …« Die Mediävistin seufzte. »Wenn es doch irgendwo nur einen winzigen Hinweis auf Livia gäbe. Ich muss es versuchen, Tom. Ich habe nichts zu verlieren. Wo sind die Grabungstagebücher und deine Bücher über Pompeji?«

»Oben, bei mir«, antwortete er.

»Lass uns sofort gehen, Tom.« Sie stand auf. »Hilf mir, du kannst mir das nicht ausschlagen, wir gehen alles durch, notfalls die ganze Nacht und morgen auch, und wenn es diesen Beweis, den du verlangst, gibt, dann werden wir ihn auch finden.«

Tom setzte ein schelmisches Lächeln auf.

»Da würdest du aber nicht nur eine Nacht, sondern mehrere Jahre brauchen, um alle meine Bücher durchzugehen. Es genügen aber wenige Sekunden, um einen Hinweis auf Livia zu finden, falls ich mich täuschen sollte und es tatsächlich einen gibt!« Er sah sie herausfordernd und geheimnisvoll an.

»Was meinst du damit?«

»Überraschung! Du wirst sehen, meine Liebe, wozu dein Freund Tom imstande ist!«

Der Boden schwankte leicht, als sie auf ihren Füßen stand. Steif richtete Tom sich auf, ohne zu wanken, bezahlte und hatte, als er zum Ausgang ging, das Leuchten von jemandem in den Augen, der Großes im Schilde führt. Johanna zog es vor, zu schweigen, und folgte ihm, während sie die kalte, jodgetränkte Luft tief einatmete, um die schweren Weinaromen zu vertreiben. Er half ihr, die Treppen bis in den fünften Stock hinaufzusteigen, und trug sie fast, als wäre sie ein Federgewicht. In der alten Wohnung lief er an den Regalen vorbei, die sich unter der Last der Bücher bogen, und an den Zeitschriftenstapeln am Boden. Im Vorbeigehen schnappte er sich eine Flasche Grappa und zwei Gläser und setzte sich vor seinen Computer.

»Jetzt sieh mal her«, sagte er, schaltete das Gerät ein und füllte derweil die Gläser.

Johanna rührte den Schnaps nicht an und riss stattdessen die Augen weit auf. Auf dem Bildschirm tauchten die gewöhnlichen Symbole auf. Tom klickte eines an. Es öffnete sich ein Fenster mit seinem Namen und dem Eingabefeld für das Passwort, das er schnell eintippte.

»So«, sagte er schleppend, »machen wir mal einen Versuch … auf gut Glück, die Vettii.«

Auf einer Ebene erschien das Haus der reichen Eigentümer aus der Via di Mercurio, Wand für Wand, Freske für Freske abfotografiert und mit der kompletten Grabungsgeschichte versehen, mit Berichten der Archäologen, der Restauratoren und sogar mit einem interaktiven Stammbaum der Vettii mitsamt ihrer Tätigkeiten im ersten nachchristlichen Jahrhundert.

»Das gibt es für jede Ruine, jedes Baudenkmal in der Stadt, auch für den kleinsten Laden oder Springbrunnen«, verkündete Tom stolz. »Die Objekte aus dem archäologischen Museum von Neapel sind in das Originalbauteil eingefügt. Man kann auch alles zu den damaligen Bewohnern von Pompeji abfragen, jedes Skelett ist verzeichnet, mit Namen und Werk derjenigen, die an den Ausgrabungen gearbeitet haben, bis zu den Teams von heute. Natürlich wird alles regelmäßig aktualisiert.«

»Tom, das ist ja unglaublich! Ich wusste nicht, dass es für Pompeji eine solche Datenbank gibt! Was für eine Fundgrube, und was für eine Zeitersparnis für die Forscher!«

»Achtung, es handelt sich nicht um eine offizielle Datenbank. Ich bin der Einzige, der sie kennt und Zugang hat.«

»Soll das heißen, dass du derjenige bist, der sie …«

»Ja, genau, Jo, das ist mein Werk!« Er jubilierte förmlich. »Es hat mich Jahre gekostet, und ich bringe immer noch wahnsinnig viel Zeit damit zu! Aber damit habe ich mein Thema im Griff. Ich glaube, ich bin besser informiert als der Signore Superintendent selbst«, fügte er hinzu.

»Er weiß nicht, dass es diese wunderbare Datenbank gibt?«

»Ich habe es dir doch gesagt. Keiner ahnt etwas davon …«

»Warum lässt du die Wissenschaftsgemeinde nicht davon profitieren? Das widerspricht dem …«

»Jo, ich teile mein Wissen mit niemandem, und vor allem nicht mit der Wissenschaftsgemeinde, wie du sie nennst. Heute Abend mache ich eine Ausnahme, die Umstände zwingen mich dazu. Aber ich verlange absolutes Stillschweigen. Ich will, dass du mir darauf dein Wort als Archäologin und als Freundin gibst.«

»Einverstanden, Tom.«

Sie hatte kaum eine Wahl. Wissen zurückzuhalten war keine gängige Praxis in ihren Kreisen. Aber Archäologen waren von Natur aus neugierig und redselig … und Konkurrenten. Es war normal, dass er seine Arbeit vor den Begehrlichkeiten seiner nicht so beharrlichen Rivalen schützte. Sie hätte es sicher genauso gemacht, damals, als der Beruf ihr alles bedeutete.

»Und jetzt«, frohlockte Tom, »genug gespielt. Jetzt kommt die Stunde der Wahrheit!«

Er tippte »Livia« in das Suchfeld ein. Johanna hielt den Atem an.

»Livia: Widmung am Gebäude der Eumachia auf dem Forum. Der Concordia Augusta und der Pietas Augusta und auf diesem Wege Kaiser Tiberius und Kaiserin Livia und den Gefühlen zwischen Sohn und Mutter gewidmet, Gebäude misst 60 × 40 Meter (siehe Plan). Das kaiserliche Monument diente als Wollbörse und …«

Johanna hörte auf zu lesen. Tom hatte recht behalten: Die Zeit hatte nichts über das bescheidene Leben der Dienerin Livia bewahrt.

»Ich weiß, dass du das nicht gern hörst, aber es tut mir leid, Jo«, sagte Tom und legte seine Hand auf ihren Arm. »Ich hätte mich wirklich gern getäuscht …«

Johanna drehte sich weg und leerte ihr Glas trotzig in einem

Zug. Dann atmete sie tief durch und griff nach ihrem Telefon, um mit ihrer Tochter zu sprechen, bevor diese einschlafen und wieder eine verhängnisvolle Nacht erleben würde. Plötzlich hielt sie inne und starrte ins Leere.

»Tom, gib mal Saturnus ein!« Sie erklärte ihm, warum. »Erst dachte ich, der Titan und Vater von Jupiter sei gemeint, aber ... vielleicht ist es ja etwas anderes! Versuche es bitte, es ist meine letzte Chance!«

»Also gut.«

Auf dem Bildschirm wurden Statuen und Bildnisse von dem Gott Saturn angezeigt, die man in mehreren Villen in Pompeji gefunden hatte.

»Mehr ist da nicht?«, fragte sie.

»Warte, da ist noch eine Seite ... die klicke ich mal an ...«

Tom und Johanna rissen die Augen auf.

»J. Saturnus Verus: ›In Pompeji am neunten Tag vor den Septemberkalenden für J. Saturnus Verus angefertigt: Vermerk unten auf zweiteiliger Wachstafel mit häuslichen Berechnungen (detaillierte Rechnung einer Bäckerei) über einen Betrag von insgesamt 42 Sesterzen für einen Bäcker (Name verwischt); auf Vermerk folgt beinahe unleserliche Unterschrift: Bobidus, Bardibius, Barbidius, Bobidius? – Tafel (Maße: 72 Millimeter hoch, 100 Millimeter breit, verkohlte Reste vom Band, das beide Teile zusammenhielt) + Stift zusammen mit etwas Kleingeld neben mumifiziertem männlichem Skelett – vermutlich eines Freigelassenen – 1877 bei Ausgrabungen in Region IX von Michele Ruggiero gefunden. Neben dem Opfer mit der Tafel Leiche eines weiteren, nicht identifizierten Mannes – Kleidungsreste eines Freigelassenen – und Skelette von fünf nicht identifizierten Kindern – Reste von Sklavenbekleidung –, drei Jungen und zwei Mädchen, Alter: zwischen 3 und 8 Jahren. Wohnort: unbekannt. Fundstelle der Leichen: Region IX, Insula 1, Vicolo di Tesmo, drei Meter von der Via dell'Abbondanza entfernt.

Anmerkung: Die kleine Gruppe (siehe Foto) ist erstickt in die

Asche gestürzt, während sie in Richtung Norden unterwegs war – Körperabdrücke Methode Fiorelli – Museum für Gipsabdrücke Pompeji – Körper bei amerikanischem Luftangriff 1943 zerstört. Wachstafel + Stift: Nr. 187 990 236 – Depot Archäologisches Museum Neapel.«

Es folgte ein Schwarz-Weiß-Foto des wächsernen lateinischen Diptychons und ein Foto mit Sepiafärbung von den in Gips gegossenen Leichen der beiden Männer und der fünf Kinder.

Der kniende Mann mit der Tafel versuchte, die Kinder zu schützen, indem er seine Arme um sie legte. Der andere hatte drei Kinder auf dem Schoß, die sich die Hände vor das Gesicht hielten.

»Da haben wir's, Tom! Der Familienname unseres Philosophen, des Hausbesitzers! Diesen Namen wollte uns Romane heute Morgen nennen! Saturn! J. Saturnus Verus! Er war Livias Herr und der Herr derer, die im Haus gefunden wurden, auch der beiden Freigelassenen und der fünf kleinen Sklaven, die in seiner Villa lebten, in Region IX, Insula 5 … Die Tafel ist auf den Tag des Erdbebens datiert. Der Freigelassene mit dem unleserlichen Namen, der für die Abrechnungen zuständig war, hat an dem Tag die Rechnung vom Bäcker bezahlt, im Namen seines Herrn J. Saturnus Verus. Er ist mit einem seiner Kollegen umgekommen, als er versuchte, die Kinder außerhalb der Stadt in Sicherheit zu bringen, wahrscheinlich auf Anordnung seines Herrn. Sieh bloß, die armen Kinder … was für ein schrecklicher Tod …«

Tom schwieg.

»Tom! Was denkst du darüber?«

»Hm …«, murmelte er. »Einerseits ist nicht bewiesen, dass J. Saturnus Verus auch wirklich der Eigentümer der Villa war. Und andererseits stört mich da etwas. Es ist unlogisch …«

»Was denn?«

Er klickte eine Ecke auf dem Bildschirm an, und eine Karte von Pompeji tauchte auf.

»Alle, die versucht haben zu fliehen, haben dem Vesuv natürlich den Rücken zugedreht und sind, je nach Ausgangsort, entweder zum Marinehafen Richtung Herculaneum gelaufen oder zu den Südtoren, Porta di Stabia oder Porta di Nocera, um ans Meer zu kommen. Unsere kleine Gruppe aber ist umgekommen, als sie Richtung Norden lief, also direkt auf die Gefahr zu!«

Johanna sah sich die Karte genauer an.

»Stimmt.«

»Die Gasse Vicolo di Tesmo verläuft parallel zur Via di Stabia, da, westlich von der Region IX, an der Grenze zur nicht ausgegrabenen Zone. Wenn man weitergeht, kommt man zu den Zentralthermen.«

»Einen Häuserblock von der Villa des Philosophen entfernt«, fügte Johanna hinzu. »Und wenige Meter vor der Via del Centenario, zwei Kabellängen von deinem Camp!«

»Ja, genau.«

»Da wollten sie hin, Tom. Sie wollten nicht aus der Stadt fliehen, sondern zum Haus, um sich in den Kellern in Sicherheit zu bringen, vielleicht sogar in der geheimen Höhle ihres Herrn, von der sie wussten.«

»Entweder sind sie vom Strand zurückgekommen«, ergänzte der Pompeji-Spezialist, »und haben festgestellt, dass das aufgewühlte Meer keine Rettung bot, oder von irgendwoher aus der Stadt. Ihr erster Reflex war, nach Hause zu gehen, wenn man davon ausgeht, dass J. Saturnus Verus tatsächlich der Herr dieser Leute war, was plausibel ist, und auch der Eigentümer der Philosophenvilla, was wir nicht sicher wissen. Seine Sklaven und er wohnten vielleicht im gleichen Häuserblock, aber in einem anderen Domus.«

»Tom, ich flehe dich an, vertraue mir, vertraue den Zeichen, die meine Tochter aufgedeckt hat. Dieser ›Saturn‹ ist genau der, den wir suchen. Er ist der Mann, der mit Livia in der Geheimhöhle eingeschlossen war. Ich weiß, dass ich recht habe. Und er ist immer noch dort, mit ihr und den Schriftrollen mit den Texten der Gründer vom Portikus und mit dem Papyrus, auf dem

Livia die Worte von Jesus aufgeschrieben hat. Hör zu, Tom: Denke an Romane, denke vor allem an den großartigen Schatz, den du allein dort heben wirst, stell dir die Schlagzeilen in den Zeitungen vor, die Interviews, Ruhm und Anerkennung, nicht nur von unserer Gemeinde, sondern auf der ganzen Welt! Ich versichere dir, dass ich mich raushalte. Mein Name wird nirgends auftauchen, und ich werde nie ein Sterbenswörtchen darüber verlieren, dass ich mit dir dort gewesen bin. Es ist dein Camp und deine Entdeckung. Du allein sollst davon profitieren. Mich interessiert nur eine Kopie von Livias Papyrus. Wir müssen sofort weitergraben, diese Nacht noch, bevor die Scheinwerfer und das Material weg sind.«

Tom sah seine Freundin fassungslos an.

»Du bist total übergeschnappt! Wenn der Superintendent erfährt, dass ich trotz seines Verbots weiterarbeite, bin ich nicht nur meine Stelle hier los, sondern meine ganze Karriere ist zum Teufel, die jahrelange Schufterei umsonst und...«

»Du forderst die Behörden lieber am Computer heraus, das ist bequemer!«

Tom errötete.

»Denk doch mal nach, Jo. Wir wissen nicht, wo wir anfangen sollen. Francesca und Roberto haben praktisch alles abgesucht – nichts, nichts außer diesem verflixten Vulkangestein, der prähistorischen Lavaschicht, auf der die Stadt errichtet wurde.«

Angesichts dieses unwiderlegbaren Arguments verlor Johanna jede Hoffnung. Sie ließ sich auf das alte Sofa fallen.

»Dann ist alles verloren«, sagte sie, Tränen in den Augen. »Ich kann nur noch zusehen, wie meine Tochter gegen den Tod ankämpft. Und du kannst in deine fabelhafte Datenbank ein weiteres Opfer vom 24. August 79 eintragen.«

Sie goss sich noch ein Glas Schnaps ein, um nicht loszuheulen. Tom drehte ihr den Rücken zu. Resigniert schaltete er den Computer aus. Johanna sah auf die Uhr und griff nach dem Telefon.

»22 Uhr«, murmelte sie vor sich hin. »Was soll's, ich rufe an.«

Tom stand auf und ging hinaus.

»Hallo, Isa? Ja. Was? Dr. Sanderman? Ach ja? Eine Sitzung in ihrem Bett? Und? Wie immer?«

Sie schloss die Augen. Plötzlich saß sie stocksteif da und riss die Augen auf.

»Beim Erzengel … Isa! Isa, ich bitte dich, lass mich mit ihm reden, ich habe eine Idee. Du musst mir helfen, *sie* muss uns helfen! Gib mir Sanderman!«

»Tom! Tom!«

22:45 Uhr. Auf das laute Rufen seiner Freundin hin kam Tom, die Zahnbürste im Mund, aus dem Bad. Johanna war vom Sofa aufgesprungen, weinte vor Freude und schlang die Arme um ihn.

»Tom, ich weiß es jetzt! Ich weiß, wo wir suchen müssen! Die Hypnose! Sanderman hat Romane unter Hypnose befragt. Sie hat ihm einen Hinweis gegeben. Nimm die Autoschlüssel, wir fahren hin. Nach Pompeji, in dein Camp. Auf der Stelle.«

»Drehst du jetzt durch, Jo? Was redest du da?«

»In dem versteckten Keller mussten sie doch Luft kriegen, in mehreren Metern Tiefe! Es gab eine Zuleitung, einen Lüftungsschacht. Über den sind die Gase eingedrungen. Er hat versucht, sie mit Tüchern zu verstopfen, aber die Dämpfe aus Schwefelsäure sind durchgedrungen. Wie lange sie wohl überlebt haben? Sie haben sich geliebt. Sie hat gesagt, sie hätten sich geliebt.«

»Wer? Deine berühmte Livia und …«

»Und der Mann, der mit ihr da unten ist, ja. Romane kann seinen Namen immer noch nicht sagen, aber ich weiß, dass es J. Saturnus Verus ist. Lass uns keine Zeit mehr verlieren, ich bitte dich. Fahren wir schnell hin. Es ist die letzte Hoffnung für meine Tochter. Sie hat gerade das Bewusstsein verloren. Ich weiß nicht, wann sie wieder aufwacht.«

»Aber … deshalb weiß ich immer noch nicht, wo …«

»Der Brunnen, Tom. Der Schacht führte zum Brunnen. Wenn wir ihn finden, finden wir auch den geheimen Keller.«

»Ich habe selbst die Asche und die Steine aus dem Brunnen geholt, er war randvoll, Johanna. Und ich habe nichts gesehen.«

»Weil du nicht wusstest, wonach du suchen musstest. Du hast nach einem Raum gesucht, aber nicht nach einem Schacht. Kommst du jetzt mit, oder muss ich allein fahren?«

36

Wie Dr. Ziegemacher und Gina fast drei Monate zuvor, schlichen jetzt Tom und Johanna, jeder mit einer Taschenlampe in der Hand, Richtung Süden durch die Via del Vesuvio und die Via di Stabia. Jetzt, Mitte Dezember, war die Luft schneidend kalt und ohne jeden Duft. Es sah nach Regen aus, und die mondlose Nacht war milchig wie ein Leichentuch. Aber die zwei Komplizen fürchteten sich nicht vor Gespenstern. Wie Grabschänder glitten sie an den Ruinen vorbei. Die verlassene Stadt schreckte sie nicht. Sie zitterten lediglich vor Aufregung über die Vorstellung, das unterirdische Gewölbe auszugraben. Wahrscheinlich hatten sie Angst, von den zuständigen Behörden oder aber vom Mörder erwischt zu werden. Aber ihre Befürchtungen waren eingeschlossen in ihren Herzen, verdrängt in einen dunklen Winkel ihres Bewusstseins. Tom hoffte, vielleicht den Traum seines Lebens verwirklichen zu können, Johanna dagegen hoffte, das Leben ihrer Tochter zu retten. Diese unwirkliche Suche sollte von Erfolg gekrönt werden, indem sie die seit über neunzehn Jahrhunderten vergessenen Toten aufstöbern würden.

Im Gegensatz zu dem Schweizer Kardiologen und der italienischen Prostituierten bogen sie nach links in die Via di Nola ab und liefen über die schwarze Erde der Zentralthermen. Ein paar Meter weiter erreichten sie den Vicolo del Centenario. Ohne Lärm zu machen, holte Tom seinen Schlüsselbund hervor, sperrte auf und hinter ihnen wieder zu. Johanna blickte auf die Uhr – 23:25 Uhr. Der Tag, der gerade zur Neige ging, gehörte zu den längsten Tagen ihres Lebens. Aber sie wollte weder ihre Erschöpfung noch ihre Ängste wahrnehmen. Ihr blieb keine Zeit mehr für Fragen. In ihrem Empfinden als Mutter wurden Romane und Livia eins, und sie hatte das Gefühl, den Leichnam ihrer Tochter zu holen, den die Zeit verschlungen hatte. Wenn die beiden nicht gar zu einem dritten, hybriden Wesen verschmolzen, geformt von der Geschichte und von Worten aus der Vergangenheit. All das musste aufhören. Livia musste aus den Träumen und aus der Seele ihrer Tochter verschwinden. Johanna musste dafür sorgen, dass Romane wieder ganz sie selbst wäre.

»Vorsicht«, flüsterte Tom und half ihr, über die Trümmer des Tablinum zu steigen.

In der Dunkelheit sahen die gleichmäßig hohen Säulen und die nackten Podeste aus wie enthauptete Stämme. Sie schaute über die weite, triste, mit Sand bedeckte Fläche. In einer Ecke stand der Brunnen mit seinen Stützen wie die breite Silhouette des Henkers. Diese unwirkliche Nacht enthüllte die Märtyrer des Vesuvs, alle Opfer, die in diesem Haus umgekommen waren. An der Grenze zum ehemaligen Gemüsegarten glaubte Johanna, den Körper eines Mädchens zu sehen, das in einen tödlichen Schlaf gefallen war. Das Kind hatte Romanes Züge. Der Archäologin wurde übel.

»Alles in Ordnung?«, fragte Tom besorgt.

»Es geht schon. Sind wir da?«

»Dort ist der Brunnen. Warte auf mich, ich hole Seile, Werkzeug und einen Scheinwerfer. Die Ausrüstung ist im Keller.«

»Keinen Scheinwerfer«, riet sie ihm, »das ist zu gefährlich. Es ist sehr dunkel, und man könnte das Licht sehen. Aber wenn du noch eine Taschenlampe hast, die stärker ist als die hier …«

»Ja, ich bin sofort wieder da.«

Johanna ging zum Brunnen und leuchtete hinein. Der Efeu glänzte silbrig. Wie ein Spinnennetz umfing er das gesamte Reservoir und bedeckte mit seinen Zweigen die Öffnung. Mit bloßen Händen versuchte sie, die Äste zu entfernen, die sie jedoch nicht brechen konnte. Sie schätzte die Tiefe des Brunnens auf etwa zehn Meter.

»Es ist wohl besser, wenn ich hinabsteige«, flüsterte sie Tom zu, als er zurückkam. »Ich bin leichter als du.«

»Das kann man wohl sagen! Den solltest du aufsetzen«, sagte Tom und hielt ihr einen Baustellenhelm mit Stirnlampe hin.

Sie zog ihre dicke Daunenjacke aus, setzte den Helm auf, streifte Fleecehandschuhe über und verstaute Bildhauerbeitel, Pinsel, Stichel und Schaber in ihren Hosentaschen. Dann ließ sie sich von Tom ein Seil um die Taille binden.

»Hast du keine Winde?«, fragte sie.

»Die Winde bin ich«, erwiderte er und legte sich das andere Ende des Seils um seine kräftigen Schultern und den athletischen Rumpf.

»Okay, Herkules, bist du bereit?«

Er stellte sich breitbeinig hin und stemmte sich mit seinen Händen gegen die Mauer. Dann nickte er seiner Freundin zu, die auf den Brunnenrand sprang. Langsam und vorsichtig stieg Johanna in den Abgrund und beugte immer wieder den Kopf nach unten, um die nächsten Meter auszuleuchten. Der Luftschacht ist zwangsläufig über dem Wasser angelegt, dachte sie. Ich müsste ihn also hier sehen ... Da war die Wasserlinie, man konnte sie noch erkennen. Das Wasser reichte bis hierher, etwa fünf Meter vom Boden aus gesehen, sieben Meter von oben. Die Zisterne maß demnach zwölf Meter statt zehn. Es ging also um die oberen sieben Meter. Um sicherzugehen, dürfte die Luftleitung irgendwo in der Mitte angesetzt worden sein, in zwei bis sechs Metern Tiefe. Also los.

Sie seilte sich ab. Zwei Meter vom Rand entfernt suchte sie Halt mit den Füßen und rief nach Tom.

»Ich bin da, wo ich suchen muss, ich fange an! Bin ich nicht zu schwer?«

»Du machst Witze! Deine Pizza vorhin hättest du ruhig auch noch essen können!«

Zentimeterweise suchte sie die Wand ab, wobei das schwierigste Manöver die Drehung in dem runden Wasserreservoir war, bei der sie sich an brüchigen, mürben Tonziegeln festhielt. Zwar fühlte sie sich einigermaßen sicher, weil Herkules das Seil fest im Griff hatte und ihr gut zuredete, doch je weiter sie in den

Brunnen hinabstieg, desto stärker wurde in ihrer Brust das Gefühl der Enge, und alte Bilder tauchten vor ihr auf. Sie sah sich sechs Jahre zuvor, als sie, eine Taschenlampe zwischen den Zähnen, durch einen Felskamin kletterte, sich die Haut blutig schürfte und nicht wusste, wo sie ankommen würde. Sie begab sich lebendig ins Grab. Trotz der Kälte begann sie zu schwitzen. Ihr wurde schwindlig, und sie hielt sich krampfhaft an dem Seil fest, das sie mit Tom verband. Sie lehnte den Kopf an die Wand und rief Erzengel Michael und Bruder Roman an. Vor Angst verlor sie jede Kontrolle. Da oben ... draußen, da hielt er sich fest, verzweifelt und triumphierend, am Rand des Abgrunds. Als sie keuchend nach oben blickte, glaubte sie, Felsen und Steine würden herunterkommen und sie auf dem Grund des Brunnens unter sich begraben. Aber sie sah nur das kreisrunde Dunkel der Nacht in Pompeji. Fast wäre ihr ein anderer Name über die Lippen gekommen, als sie nach Tom rief. Seine riesige Silhouette zeichnete sich gegen den dunklen Himmel ab.

»Johanna, was ist los?«

»Nichts, Tom. Ich wollte nur sichergehen, dass du es bist ...«

»Wer sollte es denn sonst sein? Dir scheint's nicht so gut zu gehen, ich ziehe dich rauf!«

»Nein, bitte nicht! Es ist schon gut, nur eine kleine Übelkeit. Das geht vorbei.«

»Du bist vollkommen erledigt, Jo. Außer Kaffee und Alkohol hast du seit heute Morgen nichts zu dir genommen. Es ist genug. Wir lassen diesen Wahnsinn. Das sind alles Hirngespinste. Wenn dir nur das Geringste zustößt, werde ich mir das nie verzeihen. Komm rauf!«

»Nicht jetzt, Tom, ich mache weiter. Es wäre zu dumm! Keine Sorge, es geht schon, versprochen. Alles in Ordnung.«

Johanna holte mehrmals tief Luft und machte sich wieder an die Arbeit. Eintönig verging die Zeit bei der Untersuchung der spröden, gleichartig aussehenden Ziegeln, ohne dass sich die geringste Spur zeigte. Toms Stimme wurde immer leiser, je weiter sie nach unten glitt. Bald herrschte Stille. Sie verlor jedes

Zeitgefühl und träumte vom Plätschern des Wassers, vom Geräusch des Eimers, den der Gärtner in die Zisterne hinabließ, vom Vogelgesang im üppigen Garten. Bei der fruchtbaren Erde hatten Obst und Gemüse sicherlich ausgesehen wie im Garten der Hesperiden. Sie stellte sich J. Saturnus Verus und Livia vor, wie sie zwischen Oliven- und Feigenbäumen, zwischen blühenden Rosenstöcken, Granatapfel-, Mandel-, Orangen- und Zitronenbäumen umherschlenderten. Wie mochten sie ausgesehen haben? Wie alt war Livia gewesen? Eine Liebschaft mit einem Dienstmädchen ... Wie hatten sie das gelebt? Dann dachte sie an die Arbeiter, wie sie die Wand des Brunnens durchstießen und sich durch den Untergrund gruben, um die Kanalisation auszubauen. Die Römer waren nicht zuletzt auch hervorragende Tiefbauingenieure gewesen. Das System aus Aquädukten und Abflüssen, das sie im Kaiserreich angelegt hatten, würde heute noch funktionieren. Wahrscheinlich war die Lüftung, die sie hier eingerichtet hatten, durch die Erdstöße und den Vulkanausbruch nicht zerstört worden. Die Röhre müsste intakt sein, denn nur dann würde sie ihnen den Weg zu dem Geheimraum weisen. Es musste einfach funktionieren ...

Als ihr vor Müdigkeit schon fast die Augen zufielen, bemerkte sie in fünf Metern Tiefe einen Kreis von rund zwanzig Zentimetern Durchmesser aus einer hellen, uneinheitlichen Masse wie Zement, statt der rötlichen Ziegel. Johanna zog einen Handschuh aus und strich über die raue Stelle.

»Feste Asche«, sagte sie laut, »Asche vom Vesuv!«

Aufgeregt strich sie über die Reste der Katastrophe, begutachtete sie, roch daran, holte dann Beitel und Stichel hervor und schlug mit aller Kraft gegen die Wand. Die Asche löste sich leicht ab, aber sie bildete eine kompakte, etwa dreißig Zentimeter dicke Schicht. Schließlich hatte Johanna den Durchbruch geschafft. Mit dem Schaber beseitigte sie die letzten Bruchstücke und pinselte die Stelle aus. Sie hatte starkes Herzklopfen, als sie den Helm absetzte und tief in die runde Nische hineinleuchtete.

Die Bleileitung verlief horizontal in Richtung Weinkeller,

wobei man nicht erkennen konnte, wie lang sie war und wo sie endete. Wie die Archäologin es vorausgesehen hatte, sah die fast zweitausend Jahre alte Röhre intakt aus.

»Danke, Romane«, murmelte sie, »danke, mein Schatz ...«

Unruhig setzte sie ihre Kopfbedeckung wieder auf und zog dreimal am Seil, damit Tom sie wieder hochzog. Lächelnd schwebte sie empor, wobei sie sich mit den Füßen immer wieder von der Seitenwand abstieß. Mit beiden Händen umfasste sie den Brunnenrand, und der Antikenforscher hob sie so schwungvoll heraus, dass sie im hohen Gras landete. Zitternd und völlig außer Atem richtete sie sich mühsam auf.

»Geschafft, Tom, ich hab die Leitung gefunden, sie ist da unten, in fünf Metern Tiefe, und sie sieht aus, als wäre sie erst gestern gelegt worden!«

»Du bist großartig, Jo! Dann hatte Romane also doch recht ...«

Er griff nach Johannas Händen und drückte sie. Sie weinten und lachten gleichzeitig. Tom löste das Seil und beruhigte sich als Erster wieder.

»Jetzt wissen wir, dass es die Geheimkammer gibt, aber wir wissen immer noch nicht, wo sie liegt. Die Weinkeller der Villa sind groß. Der Raum liegt sicher in der Verlängerung der Leitung an deren anderem Ende, also fünf Meter vom Boden aus gesehen und damit zwei Meter fünfzig unterhalb der Keller. Aber wo genau? Es gibt nichts, womit wir die Leitung verfolgen und herauskriegen könnten, wo sie endet. Wir können sie nur Stück für Stück ausgraben, was beim jetzigen Stand der Dinge undenkbar ist.«

Johanna saß schweigend im Gras. Sie holte eine Packung Kekse und eine kleine Flasche Wasser aus ihrer großen Umhängetasche. Sie riss die Packung auf und bediente sich. Tom bebte vor Nervosität und wütendem Eifer.

»Jo, muss das jetzt sein?«

Sie blickte auf die Uhr: Viertel vor eins.

»Jetzt ist es schon morgen«, murmelte sie und dachte an den Mont Saint-Michel. »Weißt du, Tom, es ist eigenartig, meine archäologischen Entdeckungen mache ich immer nachts, heimlich, ohne Grabungsgenehmigung, aber mit vollem Bauch. Nimm dir, bitte. Ich hätte gern noch einen heißen Tee.«

»Tut mir leid, Gnädige, die Hotelbar hat geschlossen.«

Er setzte sich neben sie und rieb sich über das Gesicht.

»Entschuldige, Jo, die ganze Aufregung. Roberto, die Polizei, das Verhör, der Grabungsstopp, und jetzt diese Luftleitung ... All die Jahre habe ich ununterbrochen gearbeitet, an meiner Theorie gebastelt, ins Leere phantasiert ... Und wenn endlich ein Beweis für meine Vermutung auftaucht, geht es nicht weiter! Die Gefahr, so kurz vor dem Ziel zu scheitern, das macht mich rasend! Am liebsten würde ich diesen Keller mit bloßen Händen ausgraben!«

»Besorge mir lieber einen kleinen Stein, einen Cutter, Gummiband, eine kleine Astgabel und eine lange Schnur. Es sei denn, du hättest Pfeil und Bogen dabei.«

Verblüfft sah er ihr zu, wie sie die Kekse einen nach dem anderen verspeiste.

»Hast du auf deiner Insel nie mit Steinschleudern gespielt, als du klein warst?«, fragte Johanna.

Er starrte vor sich hin, dann begann sein Gesicht zu leuchten.

»Natürlich! Jo, du bist genial ...«

Er küsste sie auf die Wange, sprang auf und verschwand in den Kellerräumen. Während Johanna mit dem Taschenmesser einen Efeuast zurechtschnitt, kam Tom nach ein paar Minuten wieder heraus und legte ihr Cutter, Nylonfaden, schwarzes Gummiband und einen Bimsstein zu Füßen. Er zeigte auf den Stein.

»Sieh mal, ich habe ihn in der Mitte durchbohrt.

»Woher hast du das Gummiband?«

»Ich habe den Multipoler zerstört.«

»Gut gemacht. Wie lang ist die Schnur?«

»Zwanzig Meter. Wenn der Raum weiter weg ist, haben wir verloren.«

»Sei nicht so defätistisch.«

»Zu Befehl, Kapitän!« Er zwinkerte ihr zu.

Auf den Knien hockend, band Johanna den Stein an den Nylonfaden, während Tom das Gummiband am Holz befestigte.

»Als Kind«, sagte sie, »mochte ich Puppen und Bücher lieber als Steinschleudern, aber ich tue mein Bestes.«

»Wir haben keine Wahl, außer dir kommt da keiner hinunter.«

»Ich weiß.«

Es war Viertel nach ein Uhr in der Nacht, als sie sich wieder in die Brunnenöffnung schwang. Bis zur Mündung der Bleileitung hatte sie nur eine Sorge: Dass es ihr nicht gelingen könnte, den Stein bis ans andere Ende durchzuschießen. Zwar war die Leitung mit einem Durchmesser von rund zwanzig Zentimetern einigermaßen breit, aber Johanna wusste, dass sie nicht unbedingt praktisch veranlagt war. Sie stützte sich gut ab, schob die Arme in die Röhre und presste sich dicht an die Brunnenwand.

Sie legte das Nylonband am Rand ab, nahm den Ast in die linke Hand, spannte das Gummiband, zielte und ließ los. Ein metallenes Geräusch teilte ihr gleich darauf mit, dass sie ihr Ziel verfehlt hatte. Seufzend rollte sie die Schnur wieder auf, legte den Stein ein und begann von vorn. Wieder daneben, ebenso wie beim dritten und vierten Versuch. Sie schimpfte und fluchte über ihre Ungeschicklichkeit. Ihre Augen brannten; sie hätte schon vor Stunden die Kontaktlinsen herausnehmen müssen. Wenn sie jetzt doch bloß ihre Brille aufsetzen könnte! Vor ihr tauchte das Bild ihrer Tochter mit dem kleinen roten Gestell auf der Nase auf.

Johanna legte die Schleuder weg und bedeckte das Gesicht mit den Händen wie eines der Kinder, das man im Vicolo di Tesmo neben dem Mann mit der Wachstafel gefunden hatte. Tränen stiegen ihr in die Augen, minutenlang war sie nur noch ein Häufchen Elend. Plötzlich aber packte die Wut sie, und sie wischte sich mit dem Ärmel ihres Pullis über die Augen. Verflixt, sie stand viel zu hoch, um richtig zielen zu können! Sie seilte sich ein Stück weiter ab und stellte sich so hin, dass sie gerade noch in die Röhre hineinsehen konnte, setzte die Schleuder tiefer an und gewann somit Spielraum für die Arme. Dann spannte sie das Gummiband, so weit es ging, hielt den Atem an und ließ den Stein los. Nichts, kein Geräusch. Verdutzt sah sie, wie sich die Schnur blitzartig abwickelte. Dann ertönte weit weg ein Aufschlag, und die Schnur blieb liegen. Der Stein vom Vesuv war am anderen Ende der Leitung gelandet, wahrscheinlich in der geheimen Kammer.

Sie hatte es geschafft. Lächelnd holte sie den Cutter hervor und durchtrennte die Schnur, steckte die Spule in die Tasche und holte die Schnur langsam wieder ein.

»Auftrag erfüllt!«, sagte sie, als sie oben ankam. »Aber Puppen sind mir definitiv lieber!«

Lächelnd nahm Tom ihr die Schnur ab, die sie sich wie eine Kette um den Hals gelegt hatte. Er holte einen Ultraschallmesser mit Laserpointer aus seiner Tasche und nahm Maß.

»Zwölf Meter fünfunddreißig.«

»Aha. Dann wissen wir ja jetzt Bescheid.«

Tom frohlockte. Er maß die Entfernung zwischen dem Brunnen und den noch stehenden Außenmauern der Villa, an die sich die Keller anschlossen. Während Johanna sich mit Wasser erfrischte und in ihre Daunenjacke hüllte, gab er die Daten in einen elektronischen Rechner ein. Aufgeregt liefen die beiden Archäologen zur Kellertür. Ein typisch bretonischer Sprühregen setzte ein.

»Es ist zwei Uhr«, flüsterte Tom in die Nacht hinein. »Der Superintendent kommt um acht, uns bleiben also sechs Stunden, um die Kammer zu finden.«

»Das reicht, wir kennen ja jetzt die ungefähre Lage.«

»Jo, du vergisst etwas.« Tom hielt sie fest. »Wie sollen wir uns zu zweit in so kurzer Zeit durch das Lavagestein da unten durcharbeiten? Wir bräuchten einen Schlagbohrer oder eine Bohrmaschine, wie man sie in der Unterwasserarchäologie einsetzt. Solches Gerät haben wir hier aber nicht!«

»Tom, eines nach dem anderen. Erst einmal bestimmen wir die Position. Dann sehen wir weiter.«

»Eine zusammengebastelte Schleuder tut's jetzt jedenfalls nicht mehr ...«

Johanna dachte, dass Tom bei allem Wissen kein erfahrener Praktiker war. Improvisation war nicht seine Stärke, und die Furchtlosigkeit, ja, der Leichtsinn, der viele Archäologen in der Praxis auszeichnete, schien ihm gänzlich zu fehlen. Wahrscheinlich fühlte er sich im Labor vor einem Computer und einem Haufen Aktenordner wohler.

Die Lichtverhältnisse in den Kellern waren schlecht, obwohl der Grabungsleiter mehrere elektrische Fackeln eingeschaltet und über den Boden aus gestampfter Erde verteilt hatte.

Die zerbrochenen Amphoren und Dolia bildeten einen eierschalenfarbenen Scherbenteppich, der bei jedem Schritt krachend nachgab. Wie ein finsteres Duplikat des Hauses erstreckten sich die Kellerräume über die gesamte Fläche des Anwesens: eingestürzte Räume, dunkle Ecken und Nischen, in denen man sich bestens verstecken konnte. Vielleicht wartete der Mörder von James und Beata und auch der von Roberto schon ganz in der Nähe auf sie. Johanna versuchte, sich mit der athletischen Statur ihres Freundes zu beruhigen. Aber wenn der Täter Komplizen hatte, verrückte Anhänger einer fanatischen Sekte? Wenn sie zu mehreren wären, womöglich bewaffnet, was könnten Toms Muskeln dann ausrichten?

»Es ist unheimlich hier«, stellte sie leise fest.

»Francesca und Roberto hassen es – haben es gehasst –, hier nach Einbruch der Dunkelheit zu arbeiten. Francesca will da drüben mal ein Phantom gesehen haben, einen Geist, der ein Pallium trug und einen mehrere Meter langen Bart ... Unfug ...«

»Gar nicht!«, rief Johanna, begeistert über die Ablenkung. »Wahrscheinlich war es das Gespenst des Philosophen! Armer Saturnus Verus! Ich kann gut verstehen, dass es ihm zu viel wird, nach so langer Zeit in seinem Versteck!«

»Glaubst du etwa auch an Geister?«

»Kommt darauf an«, erwiderte sie augenzwinkernd und breit lächelnd.

Tom verzog das Gesicht und holte das Ultraschallmessgerät hervor.

»Da entlang.« Er zeigte auf einen dunklen Gang gegenüber. »Sechs Meter acht, leicht links.«

Sie nahmen sich mehrere Lampen und liefen in die angezeigte Richtung. Nach ein paar Schritten mussten sie stehen bleiben. Ein Haufen aus Steinen, Erde, zerbrochenen Amphoren und Ascheresten versperrte den Weg.

»O nein«, seufzte Tom.

»Hatten Ruggiero und de Petra nicht den gesamten Keller freigeräumt und gereinigt?«

»Ach … da drunter war alles verwüstet. Das pulverisierte Gestein und die Asche sind durch die Kellerfenster eingedrungen und haben bis zur Decke alles dicht gemacht, ohne den kleinsten Zwischenraum. Die Arbeiter haben damals zwar Schicht um Schicht abgetragen, aber in den Vorratsräumen und -schränken und in den einzelnen Kellern, die größtenteils komplett eingestürzt waren, gab es natürlich enorme Schäden. Sie haben die Leiche des Sklaven am Eingang geborgen und sich auf die Räumung des Hauses konzentriert, das interessanter war als die Keller. Und als wir an der Reihe waren … na ja, in ein paar Monaten konnten wir nicht die ganze Villa restaurieren – was im Wesentlichen unsere Aufgabe ist und gewissermaßen auch mein Alibi – und gleichzeitig mit der Arbeit hier unten fertig werden. Ich habe mir gesagt, dass ich zuerst meine These überprüfen und herausfinden müsste, ob es im Keller tatsächlich einen Geheimraum gibt, bevor wir uns an diese gewaltige Arbeit machen konnten.«

Merkwürdige Arbeitsweise, dachte Johanna, aber Tom konnte nicht anders vorgehen, weil die Grabungen im Untergrund nicht offiziell waren.

»Umgehen wir das Hindernis«, schlug sie vor.

Sie kehrten um, stiegen über eine knapp einen Meter hohe Mauer und gelangten so auf die andere Seite des Schutthaufens. Tom hielt das Messgerät wie einen Zauberstab vor sich.

»Das gibt's doch nicht. Jo, das ist wie verhext! Der Kreuzungspunkt zwischen der Länge ab Brunnen und der Breite bis zur Außenmauer ist genau hier, einen Meter vor meiner Hand!«

»O Gott …«

»Teufel auch!«, rief er und warf das Messgerät auf den Boden.

»So nah am Ziel«, sagte er und versuchte, sich wieder zu beruhigen, »so nah am Ziel.«

Johanna antwortete nicht, ließ den Lichtkegel wandern und untersuchte dann kniend den Boden rings um den Schutt, indem sie die Erde wegkratzte.

»Was machst du?«, fragte Tom.

»Ich suche nach einer Spur für den Originalzugang zu der Geheimhöhle. Es muss ja eine Tür gegeben haben, eine Klappe, eine Treppe, eine Leiter … eine Öffnung jedenfalls, durch die man hineinkam. Mit etwas Glück gibt es die noch irgendwo hier. Wenn wir sie finden, treten wir nämlich durch den Haupteingang ein und müssen uns keine Gedanken mehr darüber machen, wie wir den harten Boden aufreißen können. Bring mir bitte Hacke, Beitel, Stichel, eine Schaufel, Pfosten und Balken, harte Bürsten und einen Scheinwerfer. Hier unten kriegt ja niemand mit, wenn Licht brennt …«

Voller Bewunderung für die professionelle Herangehensweise seiner Freundin, die hartnäckig blieb und sich anscheinend nie geschlagen gab, verschwand Tom. Auf allen vieren kratzte Johanna mit bloßen Händen Erde und Asche weg und legte die Fläche rund um den Schutthaufen frei, bis sie auf die Schicht aus Vulkangestein stieß. Sie schob sich die Haare hinter die Ohren, während sie versuchte zu verdrängen, dass sie vielleicht von irgendjemandem beobachtet wurde, zog den Anorak aus und ging bei ihrer weiteren Suche nach dem Eingang streng logisch vor. Wir wissen nicht, wie groß die Höhle ist, sagte sie sich, das macht es schwieriger. Aber allzu groß dürfte sie nicht sein. Es war Eile geboten, damals, und mit dem damaligen Werkzeug war der Fels schwer zu durchbohren gewesen. Sicher war die Kammer eher klein. Sie war da, unter ihren Füßen. Sie musste den Eingang finden, sie musste es einfach schaffen …

Das gleichmäßige Brummen des Generators verlieh ihr ungeahnte Kräfte. Kurz darauf war Tom wieder da, mit Gerätschaften und einem großen Scheinwerfer, der den gesamten Bereich ausleuchtete. Wortlos hockte er sich neben sie und scharrte wie ein Hund, den man auf einen Fuchsbau angesetzt hat.

»Wenn du willst, Tom, grab ruhig auf der anderen Seite von dem Schutt weiter … dann verlieren wir keine Zeit.«

»Stimmt«, gab er zu und erhob sich wieder.

Vier Uhr morgens. Verdreckt und völlig erschöpft standen die beiden Archäologen auf, nachdem sie ihren Kreis freigelegt hatten. Fünf Meter rund um den Schuttberg war die Fläche über der Höhle geräumt, sauber und mit Pflöcken abgesteckt. Der Boden war gleichmäßig glatt, ohne Öffnung, ohne Markierung, ohne den geringsten Kratzer. Johanna wischte sich mit dem Ärmel übers Gesicht und trank kalten Kaffee aus einer Thermoskanne, die Roberto und Francesca stehen lassen hatten.

»Jo«, sagte Tom, »das war wohl nichts. Was machen wir jetzt?«

»Nachdenken. Eine Möglichkeit haben wir ausgeschaltet, die These ist widerlegt. Bleiben noch zwei übrig.«

»Und welche?«

»Die Erste: Der Eingang liegt weiter weg, außerhalb des Kreises, dann wäre der Raum größer, als ich dachte. In dem Fall müssten wir weitermachen.«

»Und die Zweite?«

»Das liegt doch auf der Hand! Wenn sich der Eingang nicht außerhalb des Schutthaufens befindet, dann ja wohl darunter!«

Tom blickte auf den Haufen, der sich bei zwei Metern Durchmesser bis zu drei Meter hoch türmte, eine eigenartige Mischung aus alten Mauersteinen, gestampfter Erde, verkrusteter Asche, Lapilli und kaputten Gebrauchsgegenständen. Entnervt senkte er den Kopf. Dann blickte er herausfordernd wieder auf.

Lächelnd reichte er Johanna eine Hacke, griff sich selbst auch eine und machte sich mit geballter Wut daran, das Hindernis abzubauen.

Vier Uhr vierzig. Die scharfkantigen Amphorenscherben schnitten durch die Handschuhe der Archäologen. Immer wenn größere Steine freigelegt waren, versuchte Tom, sie mit aller Kraft wegzuschieben und den Berg weiter abzutragen. Johanna dagegen schlug mit dem Werkzeug auf den Schutt ein, alle Vorgaben zum Erhalt alter Gesteinsmasse außer Acht lassend. Völlig erledigt und gerädert einigten sie sich auf eine kurze Pause und sanken zu Boden.

»Woher kommt eigentlich deine Leidenschaft für Pompeji?«, fragte die Mediävistin.

Tom erzählte von seiner Kindheit auf einer gut gehenden Farm im Süden Neuseelands, in der Gegend von Canterbury, mitten in der Natur, mit endlosen Weiden und Herden von mehreren Tausend Stück Vieh. Eines Tages – er war sechs Jahre alt – ließ sich ein älterer Engländer, der beim Militär gewesen war und sein Leben in den ehemaligen Kolonien zugebracht hatte, auf dem Nachbargrundstück nieder; er wollte sich an neuen Zuchtmethoden versuchen und seine Memoiren schreiben. Durch den alten Veteran kam Tom erstmals mit Herbarien und Reiseberichten in Berührung, und vor allem mit dem vierbändigen Werk »Les Ruines de Pompeji« mit Plänen, Gebäudeaufmaßen, Aufnahmen von Gegenständen und Hunderten von Zeichnungen von François Mazois; Murat hatte den Architekten im 19. Jahrhundert nach Kampanien geschickt. Diese illustrierten Bücher hatten ihm einen ersten Zugang zu der antiken Stadt verschafft.

»Wie hieß denn dein Brite und spiritueller Vater?«, erkundigte sich Johanna.

»Major Cornelius Harrison. Er starb in dem Jahr, als ich fünfzehn wurde. Da war seine Herde schon längst eingegangen, und seine Memoiren waren auch noch nicht fertig. In seinem Testament hat er mir, dem nach Schafen und Pferden stinkenden Farmersohn, alle Bücher über die griechisch-römische Antike aus seiner Bibliothek vermacht. Die vier Bände habe ich immer noch, sie stehen in meinem Schlafzimmer, und ich werde mich nie davon trennen.«

Lächelnd musste Johanna an das wundersame Wesen denken, das ihre Leidenschaft für die Archäologie entfacht hatte: ein Mönch aus dem 11. Jahrhundert – Bruder Roman.

»Dann gräbst du also auch in Erinnerung an den Major«, sagte sie.

»Schon möglich …«

Mittlerweile war es fünf Uhr dreißig. Nachdem Tom noch einmal alle Kräfte aufgeboten hatte, um den Rest des Schuttberges beiseitezuschieben, gab dieser endlich nach.

»Bravo, Herkules!«, rief Johanna und stürzte sich auf die Trümmer am Boden, um sie zu beseitigen.

Außer Atem und rot im Gesicht, aber überglücklich, schaufelte Tom die Steine hinter sich und räumte zuletzt noch die Erde weg. Kurz darauf tauchte unter einer verkohlten Fackel eine etwa ein Meter große, helle Marmorplatte auf.

»Bei Venus, Herkules und Bacchus«, rief Johanna, »sieh her, Tom, da ist der Eingang! Er hatte diese Fackel an jenem Morgen dabei, als er mit Livia hierhergekommen war. Es ist seine Fackel, die von Saturnus Verus!« Bewegt berührte sie das, was davon übrig war.

»Großer Gott, das ist unglaublich, wir haben es geschafft, Jo, wir haben es geschafft! Sieh mal!«

Neben der Platte lag eine unbeschädigte Eisenstange.

»Mit diesem Nagelzieher hat er die Platte angehoben«, stellte Johanna fest. »Schnell, reich mir mal Stichel und Beitel.«

Vorsichtig schlug sie den Rand von der Platte ab. Mit einer großen Bürste fegte Tom den Staub und die Erdkruste weg.

»Die Platte ist dick und dürfte ganz schön schwer sein«, sagte Johanna. »Meiner Meinung nach müssen wir auch den Hebel ansetzen …«

»Saturnus oder wie auch immer er heißen mag, hat das Werkzeug ja freundlicherweise mitgeliefert.«

Tom setzte die Stange unterhalb der Platte an und schob sie mühelos beiseite. Damit war ein dunkler Abgrund freigelegt, der in die Tiefen des Lavagesteins reichte. Gemeinsam knieten sie davor und richteten die Taschenlampen in die Höhle. Eine Treppe führte ins Unbekannte.

»Ich habe es gewusst«, stammelte Tom tief bewegt. »Ich war mir sicher, ich habe es immer gewusst!«

Johanna stand wieder auf und setzte den Fuß schon auf die Stufe, als ihr Freund sie freundlich, aber bestimmt zurückhielt.

»Entschuldige, Tom«, murmelte sie und trat zurück, »natürlich, es ist deine Entdeckung. Die Ehre gebührt dir.«

Tom konnte kaum noch normal atmen, er zitterte am ganzen Leib. Johanna kannte das Gefühl nur zu gut und ließ ihn in Ruhe; es war die Angst, die jeder Entdeckung oder auch Enttäuschung vorausgeht, die Furcht vor dem Moment der Wahrheit. Von diesem Moment hatte Tom jahrelang, wenn nicht jahrzehntelang geträumt. Dieser Kindertraum hatte ihn getragen, um ihn herum hatte er sein ganzes Leben aufgebaut. Endlich würde er erfahren, ob die unterirdische Kammer die erhofften Schätze barg, oder aber das Nichts. Was auch immer er in der Höhle entdecken würde, es würde jedenfalls alles auf den Kopf stellen, und sein Leben wäre nicht mehr dasselbe. Tom zögerte den schicksalhaften Moment hinaus.

Johanna dagegen trat ungeduldig von einem Fuß auf den anderen. Ständig hatte sie das Gesicht ihrer Tochter vor Augen, die sich im Fieberkrampf wand. Romane lag nicht in ihrem Bett, sondern im Dunkel einer tiefen, unterirdischen Grotte, sie bekam keine Luft mehr, da der Tod in der Höhle um sich griff. Neben ihr saß weinend ein Mann mit den Gesichtszügen von Johannas großer Liebe, dem toten Vater ihrer Tochter. Der Mann wurde ohnmächtig. Romane blieb allein zurück und schlief, gefangen in ihrem Grab, für immer ein.

Sie knetete nervös die Hände und wartete darauf, dass Tom sich wieder unter Kontrolle bekam und sich endlich trauen würde, hinabzusteigen. Sie richtete die Lampe auf die dunklen Stufen: Sie sahen aus, als wären sie gestern erst angelegt worden, glatt und ohne jede Spur von Asche. Der Marmordeckel hatte alles hermetisch verschlossen und die Höhle vor dem wütenden Vulkan isoliert. Johanna fragte sich, ob Livia und J. Saturnus Verus überlebt hätten, wenn es ihnen gelungen wäre, die Leitung zuzustopfen und die Höhle komplett abzudichten. Sie wären wegen des Sauerstoffmangels erstickt, sagte sie sich. Sie waren so oder so zum Tode verurteilt. Ihr Zufluchtsort wurde zu ihrem Mausoleum.

Wenige Minuten vor sechs Uhr. Tom stellte seinen Fuß auf die oberste Stufe. Feierlich schritt er die Stufen hinunter, ohne einen Ton zu sagen. Johanna folgte ihm. Die Treppe kam ihr unendlich lang vor. Dabei lag die Höhle, so wie sie es auch berechnet hatten, zwei Meter fünfzig unterhalb des Kellers und damit nicht besonders tief, aber doch fünf Meter weit weg von der Luftzufuhr. Es roch feucht und muffig, nach Grab und Kerker. Als am unteren Ende der Stufen das gelbe Licht beider Lampen den Raum erleuchtete, blieb Tom stehen und lehnte sich an die Wand. Johanna legte ihm liebevoll die Hand auf den breiten Rücken.

»Tom, schließ die Augen und hol tief Luft«, riet sie ihm. »Denke an nichts, räume deinen Kopf leer. Vergiss alle Wünsche und Träume und deine Angst, enttäuscht zu werden. Dann machst du die Augen auf und gehst langsam weiter …«

Er gehorchte. Johanna trat neben ihn. Das gebündelte Licht glitt über den Ort, und beide Archäologen stießen einen Schrei aus.

Die Höhle maß nur knapp fünf mal drei Meter, aber diese fünfzehn Quadratmeter waren vollgestellt mit übereinandergestapelten Holztruhen, unbeschädigten Amphoren, die neben Schaufeln und Hacken aufgereiht an den Wänden standen. Aus hohen Weidekörben ragte Gold- und Silbergeschirr hervor. In einer Ecke lagen verkohlte Essensreste neben einer angelaufenen Kanne aus getriebenem Silber und zwei ebenfalls angelaufenen Trinkschalen, einem bronzenen Kohlenbecken mit drei Füßen in Form von Löwenpranken und einem großen Kandelaber mit mehreren zweischnäbligen Öllampen. Aus einer Art Kiepe ragten große Lederbeutel hervor, die anscheinend Münzen enthielten. Rechts vom Eingang blickten den Besucher aus einer tiefen Nische in der Wand heraus eigenartige Augen an: das aufgemalte Antlitz rußgeschwärzter Wachs- und Gipsmasken zeigte sich überrascht von den Störenfrieden. Mitten unter den scheu blickenden Gesichtern der Vorfahren stach ein leuchtend gelbes hervor, mit glatten, reinen Zügen und zwei blauen Augäpfeln. Die eigenartige Maske, die an das Ägypten der Pharaonen und den Schatz von Tutanchamun erinnerte, war allem Anschein nach aus massivem Gold und hatte Augen aus Lapislazuli. Links vom Eingang ragte in Bodenhöhe die Bleileitung in den Raum. Ein paar Tuchfetzen hingen noch über dem Rohr, durch das der Rauch und die tödlichen Dämpfe eingedrungen waren.

Gegenüber der Schwelle, auf der Tom und Johanna wie versteinert standen, waren auf einer Liege Überreste von Stoffen und Decken zu sehen. Auf der Matratze lehnten zwei kniende Skelette an der Wand.

Die Archäologen näherten sich den sterblichen Resten, deren schwarze Augenlöcher aufeinander gerichtet waren. Die letzte Geste in ihrer Agonie war eine Geste der Liebe gewesen. Der an der Wand lehnende Mann hielt eine ihm zugewandte Frau in den Armen. Kleiderfetzen hingen an den Gerippen, die seit fast zwei Jahrtausenden unveränderlich in ihrem letzten Atemzug verharrten, ohne Aschekleid, das ihren Todeskampf umhüllt hätte.

Tom wandte sich von den Toten und den Wertgegenständen ab und einer schwarz gefärbten Truhe zu, die er vorsichtig öffnete. Er leuchtete hinein und achtete darauf, nichts zu berühren. Wieder schrie er auf, dieses Mal triumphierend.

»Johanna! Volumina! Schriftrollen! Ich hatte recht! Lauter Papyri! Und die Truhe hat sie vor dem Rauch bewahrt! Sie sind beschädigt, aber nicht schwarz, wie die in der Villa in Herculaneum! Man kann sie entrollen. Das ist unfassbar, phantastisch!«

Er kniete nieder und versuchte, etwas auf den dünnen Papierrollen zu entziffern.

»Warte … ja, das ist Griechisch! Griechisch! Wenn ich bloß etwas sehen könnte, ohne sie zu berühren. Nicht mal mit Handschuhen ginge das … da oben … sieht aus wie eine Überschrift … nein, ich fasse es nicht! Jo, hör mal, das ist ›*De Repubblica*‹ von Zenon! Das Werk war komplett verschwunden, man kennt nur eine ungefähre Beschreibung von Plutarch! Das ist unglaublich, einzigartig … das ist der schönste Tag meines Lebens!«

Tränen liefen ihm übers Gesicht; er wandte Johanna den Rücken zu, rannte von Truhe zu Truhe und kommentierte seine Funde überschwänglich für seine Freundin.

»Chrysippos' Werk über die Logik! Mein Gott, es sieht so aus, als wären die neununddreißig Bücher vollständig! Das ist irre! Eines der wenigen Fragmente davon wurde in Herculaneum gefunden, in erbärmlichem Zustand! Haha! Pompeji lässt Herculaneum hinter sich, ich ziehe schnurstracks an der Pisonenvilla vorbei, die kann jetzt nämlich einpacken! Künftig ist die Villa des Philosophen weltberühmt, und ich bin es auch! Diese Rollen werden die Gräzisten und Philologen mehrere Jahrhunderte lang beschäftigen, und die Geschichte Pompejis wird immer mit meinem Namen verbunden sein!«

Wie ein Betrunkener tanzte er vor den Truhen herum, bevor er eine weitere öffnete.

»Unbeschriebene Papyri, Schilfrohr zum Schreiben, zwei- und dreiteilige Wachstafeln! Abrechnungen! Ich war mir sicher, ich hatte mit allem recht! Dazwischen liegt etwas in Seide eingewickelt, die schon etwas ramponiert ist. Sieht nach … Briefen aus … meine Güte, Epiktet! Phänomenal! Der Superintendent wird Augen machen! Ich sehe sein Gesicht schon vor mir. Und die anderen erst! Sie werden grün vor Neid! Da, ein Siegel vom Herrn des Hauses, unserem gelehrten Philosophen und Schriftensammler und Freund Epiktets … Endlich kriegen wir heraus, wie er heißt. Ja, ist es die Möglichkeit! ›J. Saturnus Verus‹! Jo, meine Hochachtung, deine Tochter hat genau den richtigen Hinweis gegeben. Da hätten wir unseren Saturn, und sein Gerippe ruht gleich nebendran.«

Währenddessen hockte Johanna vor den sterblichen Überresten. Stumm und tief bewegt ließ sie den Lichtschein ihrer Lampe über die Umrisse gleiten. An den schwarzen Knochen hing keinerlei Schmuck. Nur die Fibula vom Gewand des Mannes lag noch auf dessen Schulter, an ihr hingen dunkelgraue Stoffreste vom Pallium. Die Frau war in die Reste einer ärmlichen weißen Tunika gehüllt, deren Gürtel ihre Taille bedeckte. Beide Skelette trugen unversehrte Ledersandalen. Johanna untersuchte Zähne und Knochen: Der Mann dürfte zwischen vierzig und fünfundfünfzig, die Frau etwa zwanzig Jahre alt gewesen sein. Am Boden neben Livia fielen der Archäologin eigenartige Gegenstände auf. Sie nahm einen in die Hand: Es waren Haarnadeln aus Holz und Horn. Mit Tränen in den Augen steckte Johanna die Klammern in die Tasche. Ihr fiel ein, was Philippe am Vortag gesagt hatte: Am Morgen des 27. August war der Ausbruch vorbei. Livia und der Philosoph waren also zwischen dem 24. und dem 27. August am Morgen gestorben. Wie lange mochte es gedauert haben, bis die Schwefeldämpfe durch die Stofflappen in der Röhre gedrungen waren? Die Spezialisten würden es genau feststellen. Vorläufig hoffte Johanna, dass sie nur kurz gelitten hatten, auch wenn sie wusste, dass der Erstickungstod durch Gas äußerst schmerzhaft war. Was sie von den anderen Opfern unterschied, war die Tatsache, dass sie um ihren nahen Tod wussten und sich darauf vorbereiten konnten. Johanna stellte sich den Mann vor den Masken des Larariums vor, wie er seine Ahnen beschwor, und Livia, die zu Jesus betete. Hatte sie bis zuletzt gewartet, um die Botschaft aufzuschreiben, die sie in sich trug? Und warum war ausgerechnet sie Trägerin dieser Botschaft? Welche Stellung hatte sie in der noch jungen, geheimen Kirche? Sie war zu jung, als dass sie Jesus gekannt haben konnte. Wer hatte ihr die verbotenen Worte anvertraut? Die Ehebrecherin, ein Apostel, ein Jünger? Und vor allem: Warum? Sie sollte sie jemandem überbringen, sonst hätte sie sie vor ihrem Tod nicht aufgeschrieben und würde nicht ihre Tochter heimsuchen, damit man sie fast zweitausend Jahre später wiederfand. Warum hatte Livia sich Romane ausgesucht? Hatte sie im Laufe der Jahrhunderte noch weitere Personen gequält? Woher kannte der Mörder der Archäologen die Botschaft, obwohl außer Tom und ihr nie irgendjemand die Höhle betreten hatte?

Während Johanna sich all diese Fragen stellte, suchte sie fieberhaft nach dem mysteriösen Brief. Tom jubelte ein paar Meter abseits angesichts mehrerer Hundert Schriftrollen, die in den Truhen verstaut waren. Sie dagegen konnte nur mit Mühe ihre Angst davor unterdrücken, dass der einzige Papyrus, der ihr unter den vielen wirklich wichtig war, durch Rauch oder die Einflüsse der Zeit zerstört sein könnte. Rings um die Gerippe fand sich nichts, auf der Liege auch nicht. Hatte Livia die Botschaft in einem Koffer versteckt, unter den Werken des stoischen Philosophen oder bei Epiktets Briefen, die Tom vor Begeisterung aufjohlen ließen?

Plötzlich sah sie, dass aus der linken Hand der jungen Frau etwas hervorschaute, das diese fest zwischen ihrem Herzen und Saturnus hielt. Der Arm war gebeugt und lag eng an beiden Gerippen an. Johanna richtete die Lampe wie eine Pistole darauf: eineinhalb Zentimeter weit ragte zwischen den Knochen etwas hervor, das durchaus ein kleiner, schwarzer Zylinder sein konnte. Johanna hörte auf zu atmen.

Ungeachtet ihres Todes und all der Jahrhunderte hatte Livia den Papyrus nicht losgelassen. Er war immer noch da, eins mit ihrem Körper und dem ihres Geliebten.

Ohne nachzudenken, stellte die Archäologin die Lampe ab und zog die Handschuhe aus. Alles drehte sich nur noch um einen Namen – Romane – und um einen einzigen Befehl von unbedingter Dringlichkeit: leben. Johanna griff nach dem Handgelenk der jungen Frau und bog die an dem Volumen festgeklammerten Finger auseinander. Fast berührten ihre Lippen das Gerippe. Die befreiten, aber versteiften Fingerglieder von Daumen und Ringfinger lösten sich und fielen zwischen die Beckenknochen. Johanna schenkte dem keine Beachtung, sondern griff forsch nach der Rolle.

Noch bevor sie sie ins Licht halten konnte, spürte sie etwas Entsetzliches und hörte ein fast lautloses, furchtbares Geräusch. Sie öffnete ihre Hand: Anstelle der Rolle sah sie nichts als schwarzen Staub und Reste von Kohleflocken. Ihre Hand begann krampfartig zu zittern.

Das dünne Blatt, das ohne den Schutz einer Truhe auskommen musste und vom Rauch karbonisiert und durch Gase und Schwefel korrodiert war, war zerfallen wie die Volumina von Herculaneum. Es war unwiederbringlich zerstört, außer schwarzen Resten auf ihrer Haut blieb nichts davon übrig. Romanes Erlösung, die einzige Hoffnung ihrer Mutter, ihre Tochter heilen zu können, war zu Staub zerfallen.

37

»Mein Gott! Was hast du getan!«

Erschüttert stand Johanna in der Höhle, stumm und unfähig, zu antworten, außerhalb jeder Wirklichkeit. Trotz der Beschimpfungen ihres Freundes blieb sie ebenso schweigsam und starr wie die beiden Toten. Tom leuchtete ihr ins Gesicht: Ihre blauen Augen waren weit aufgerissen, mit einem Ausdruck entsetzlicher Fassungslosigkeit. Er leuchtete an ihr herunter, nur ihre verschmutzte rechte Hand schien noch lebendig zu sein und zitterte. Er stellte die Lampe ab, fiel auf die Knie und umschlang sie mit seinen Armen, um sie in die Wirklichkeit zurückzuholen.

»Jo«, flüsterte er ihr ins Ohr, »Johanna, ich verstehe das. Du hast an deine Tochter gedacht und alle Vorsicht vergessen ... Mir wäre das an deiner Stelle auch passiert. Mach dir keine Vorwürfe, der Papyrus war zu stark beschädigt. Auch wenn man ihn unbeschädigt herausgeholt hätte, hätte man nie auch nur eine Zeile entziffern können. Es war zu spät, es war nur noch ein Stück Kohle, Jo, ein gewöhnliches Stück Kohle. Du kannst nichts dafür.«

Sie sah Tom an, dann ließ sie schluchzend ihren Kopf an seine Brust sinken, ähnlich wie Livia es damals getan hatte. Tom versuchte, Johanna zu trösten.

»Jo, es ist nicht deine Schuld. Du musst es akzeptieren ...«

»Akzeptieren, dass meine Tochter stirbt?«

»Nein, natürlich nicht, deine Tochter wird wieder gesund, davon bin ich überzeugt! Dank ihr haben wir die Höhle gefunden, ohne sie hätten wir es nie geschafft. Sie wird wieder gesund. Sie wollte, dass wir die Leichen entdecken, ihr Grab finden, ihre Schätze und ihre Geschichte ausgraben ...«

»Die geheime Botschaft Christi ...«

»Ich bin überzeugt, dass dieser Papyrus nur ein Vorwand war, eine anschauliche Fabel, um dich auf etwas aufmerksam zu machen. Was du da hervorgeholt hast, war nur ein Abschiedsbrief, da bin ich mir sicher, der Abschiedsbrief einer Frau und eines Mannes, die wissen, dass sie sterben werden, und die ihn ganz nah bei sich tragen, wie es in so einer Situation jeder tun würde. Sonst hätten sie das Blatt in einer Truhe verstaut, zusammen mit den wertvollen Manuskripten. Überleg mal, das ist doch logisch.«

»Wie sollte meine Tochter sich das ausdenken? Das geht doch gar nicht …«

»Das weiß ich nicht, Jo. Sie ist zwar noch klein, aber von Jesus hat sie sicher schon mal gehört, gerade in Vézelay. Und der menschliche Verstand kann nun mal Wunder vollbringen, das haben wir ja gesehen. Mach dich nicht fertig. Glaub mir, ein Abschiedsbrief, mehr war es nicht. Wir haben deine Livia gefunden. Ihr Geist – oder was auch immer – wird deine Tochter nicht mehr quälen. Sie wird keine Albträume mehr haben, da bin ich mir sicher.«

»Aber die Morde, Tom? Das Motiv des Mörders? Oder der Mörder?«

»Keine Ahnung. Wahrscheinlich ist es etwas ganz anderes. Ich hatte immer das Gefühl – und das zeigen auch die Hinweise auf das Evangelium –, dass der Mord an James mit Eifersucht zu tun hat. Beata wusste vielleicht etwas, sie hat den Mörder überrascht, und er hat sie umgebracht, damit sie nicht redet. Und Roberto … hat sich wahrscheinlich das Leben genommen. Es gibt keine Sekte, die uns daran hindern will, diese Höhle und die berühmte Botschaft zu entdecken. Wir haben bislang niemanden gesehen, und wir sind die Ersten, die bis hierher vorgedrungen sind, das weißt du.«

Johanna dachte wieder an die Morde vom Mont Saint-Michel, an das wirkliche Motiv für die tragischen Ereignisse, die sich dort abgespielt hatten, an den Abgrund, in dem sie beinahe umgekommen wäre.

»Ich weiß nicht, Tom, ich weiß gar nichts mehr, ich kann nicht mehr denken. Ich habe zu viel Angst um Romane ... mein Kind, meine kleine Tochter ...«

»Beruhige dich. Wir gehen jetzt hier raus, und du rufst bei dir zu Hause an. Vertraue mir. Du erzählst ihr alles, dann werden ihre Symptome verschwinden, und sie erholt sich wieder. Wenn du willst, nimm ein kleines Stück Stoff von der Tunika der Frau, das drückst du deiner Tochter in die Hand ...«

»Nicht nötig, ich habe ... ich habe schon Haarnadeln gefunden.«

»Sehr gut. Behalte sie. Jetzt schnell, wir müssen wieder nach oben. Ich helfe dir, steh vorsichtig auf. Ja, stütz dich auf mich ...«

Es ist sieben Uhr. Durch die Fenster fiel das erste Tageslicht in den Keller. Es hatte aufgehört zu regnen. In ihre Daunenjacke gehüllt, saß Johanna auf dem Kellerboden neben dem Gravimeter und den anderen Geräten und trank den letzten Rest Kaffee aus der Thermoskanne. Tom kümmerte sich liebevoll um sie, konnte aber kaum die Aufregung zügeln, die ihn seit der sagenhaften Entdeckung erfasst hatte.

»In einer Stunde ist der Superintendent da«, sagte er und lief wie ein Raubtier im Käfig auf und ab. »Am besten zeige ich ihm den Raum gleich als Erstes. Ich werde nicht näher darauf eingehen, wie wir ihn gefunden haben. Er wird ohnehin so von den Socken sein, dass er mich nichts fragen, sondern alles Nötige tun wird, um den Bereich zu sichern und die Schätze zu erhalten! Die Aussetzung der Arbeiten wird er jedenfalls rückgängig machen! Ja ... er kann jetzt nicht mehr am Verbot der Grabungen festhalten und das Haus schließen! Er kann diesen Fund da unten nicht irgendeiner Indiskretion preisgeben. Er wird, genauso wie ich, wollen, dass man das offiziell untersucht, alles fotografiert, aufnimmt, vermisst, die ersten Analysen durchführt und die Schriftrollen entrollt, ganz sicher! Er kann gar nicht anders. Und er kann mich auf anständige Weise auch nicht außen vor lassen, weil dieser Fund auf mich zurückgeht! Als Erstes muss ich Philippe Bescheid sagen. Er wird mir nicht glauben, bis er es selbst gesehen hat! Ich sage ihm, er soll zusammen mit dem Superintendenten kommen, ich …«

Ein verdächtiges Geräusch unterbrach Tom.

»Was ist das?«, fragte er misstrauisch. »Woher kommt das?«

»Ich weiß nicht …«

Johanna stand auf und blickte sich unruhig um. Die Morgendämmerung reichte gerade einmal bis zum Kellereingang und drang nicht in die endlos scheinende, beängstigende Dunkelheit vor ihnen. Sie leuchtete mit der Taschenlampe, aber das schwache künstliche Licht fiel nur auf die Steine der zusammengestürzten Mauern. Das Geräusch ertönte wieder, ein kurzer, dumpfer Schlag.

»Wir sind nicht allein«, murmelte sie, »da ist jemand, Tom!«

»Unmöglich. Ich habe die Tür abgesperrt, du hast es selbst gesehen. Außer meinem Team hat niemand einen Schlüssel. Hier kommt niemand herein.«

»Außer mit einem Zweitschlüssel oder über einen anderen Zugang!«

Wieder hörten sie ein Geräusch, fast wie ein Knurren.

»Tom«, flüsterte Johanna mit angsterstickter Stimme, »da ist jemand! Es ist der Mörder. Die Mörder! Wir sind in Gefahr! Sie haben uns machen lassen, und jetzt bringen sie uns um und verschließen die Höhle wieder, und es ist, als wäre nie etwas gewesen!«

»Wir müssen die Ruhe bewahren, Jo, bitte«, sagte Tom unsicher.

Er griff nach einer Hacke, machte ein paar Schritte und blieb dann stehen. Johanna packte eine stählerne Stützstange und folgte ihm.

»Komisch«, flüsterte sie, »es klang so, als käme es von oben, von der Decke!«

»Dann ist er in der Villa, beim Springbrunnen in der Säulenhalle oder in der ehemaligen Sommerküche.«

»Was machen wir, sehen wir nach? Wenn er allein ist, haben wir vielleicht eine Chance, aber wenn sie zu mehreren sind …«

»Warte. Vielleicht weiß er gar nicht, dass wir da sind.«

Johanna verzog zweifelnd das Gesicht und suchte mit den Augen die Kellerdecke ab.

»Vielleicht ist es ja ein Dieb«, flüsterte Tom.

»Worauf sollte er es hier wohl abgesehen haben?«

»Die Geräte sind teuer. Und es gibt nichts, was man auf dem Schwarzmarkt in Neapel nicht kaufen oder verkaufen könnte. Vielleicht ist er auch auf alte Mosaike aus oder auf sonstige Objekte oder Fresken.«

»Du glaubst doch nicht, dass eine Bande Plünderer mir nichts dir nichts ins Atrium marschiert, die Stoikerfreske einpackt und an einen Sammler verkauft?«

»Genau das haben die Antiquare in Pompeji aber hundert Jahre lang gemacht!«

»Ja, schon, aber wenn das da oben der Mörder ist, dann hat er etwas anderes vor.«

»Und wenn er auch auf der Suche nach den Schätzen in der Geheimkammer ist?«, fragte Tom. »Vielleicht bin ich nicht der Einzige, der diese Idee hatte. Er hat mich suchen lassen, abgewartet, bis ich fündig werde, und jetzt holt er sich meine Beute!«

»Klingt ja nach Harpagon und seiner Goldschatulle aus Molières ›Der Geizige‹. Der Mörder hat mit dem Gold und dem Schmuck und den griechischen Manuskripten da unten nichts am Hut!«

»Du mit deinem verflixten Christussatz, du gibst anscheinend immer noch nicht auf«, mokierte Tom sich. »Keine Sorge, er lässt uns am Leben, schließlich konnten wir ihn ja nicht lesen.«

Gerade als Johanna antworten wollte, wurde ihr Wortwechsel erneut unterbrochen, dieses Mal durch eine Art Getrappel.

»Das kam jetzt von draußen.« Johanna drehte sich um. »Vom Garten. Er läuft hierher, er kommt in den Keller, Tom!«

Beide wussten nicht, ob sie sich verstecken oder der Gefahr ins Auge blicken sollten. Mit der Hacke in der Hand ging Tom zum Eingang. Die Angst schnürte ihnen die Kehle zu. Wie gelähmt starrten sie auf die Tür, die aber nicht geöffnet wurde. Endlos lange Minuten blieben sie regungslos stehen, ohne den geringsten Laut zu vernehmen. Vielleicht war der Eindringling geflohen. Plötzlich klang es wieder so, als wäre doch noch jemand da, aber sie konnten das Geräusch nicht zuordnen. Langsam öffnete Tom die Tür, und sie schlichen in den ehemaligen Gemüsegarten.

Im fahlen Morgenlicht regten sich dunkle Umrisse vor dem Brunnen. Schweigend und mit klopfendem Herzen traten sie näher.

Die Silhouette teilte sich. Stocksteif beobachteten sie sechs merkwürdige Formen, die vor ihnen entstanden: Zwei Paar Ohren und zwei Schwänze wurden kurz in die Luft gereckt; dann liefen die beiden schwarzen Hunde mit rauem Knurren durch eine schmale Öffnung in der Mauer davon. Tom prustete los.

»Das waren deine Mörder, Jo, die esoterischen Sektenanhänger! Streunende Hunde … Pompeji ist voll davon, sie leben von den Essensresten der Touristen. Du hast deine Kekse im Gras liegen lassen, das hat sie angelockt. Puh, ich hatte Angst!«

Johanna atmete auf. Sie ließ die Stahlstange sinken und untersuchte den Durchschlupf, durch den die Tiere hereingekommen waren.

»Jemand, der klein und schlank ist, kommt hier auch ohne Weiteres durch«, stellte sie fest.

»Ich bitte dich«, sagte der Antikenforscher freundlich, »vergiss diese Geschichte mit den Fanatikern.«

»Gerade war dir noch nicht nach Witzen zumute, Tom.«

»Das stimmt, ich gebe es zu. Die Erschöpfung, die Aufregung, die düstere Stimmung da unten …«

»Du magst ja glauben, Romane hätte gelogen und die verborgene Christusbotschaft erfunden, aber die Morde an James und Beata sind kein Hirngespinst von ihr«, fuhr Johanna in scharfem Ton fort. »Irgendjemand muss deine beiden Archäologen schließlich umgebracht haben, vielleicht sogar alle drei, und solange man ihn nicht gefasst hat, kannst du auch nichts über seine Motive wissen.«

Tom winkte ab.

»Gewiss, Johanna, aber ich habe das Recht, zu glauben, dass du auf dem Holzweg bist, und darf eine andere These für plausibler halten. Deine Tochter mag doch in einem Punkt recht haben und sich in einem anderen irren.«

Johanna zuckte mit den Schultern.

»Ich bin jedenfalls sicher, dass sie in allem die Wahrheit sagt. Auch was den Papyrus angeht. Im Übrigen muss ich zu Hause anrufen.«

»Ja, und ich rufe Philippe an.«

Sie ging in die Säulenhalle. Tom blieb im Garten, setzte sich ins Gras und starrte gebannt wie ein Wachmann auf den Keller.

Als sie zurückkam, hatte sie verweinte Augen.

»Was gibt's Neues?«, erkundigte sich Tom. »Ist sie wieder bei Bewusstsein?«

»Ja. Aber die Nacht war schlimmer denn je. Normalerweise ist bei Tagesanbruch alles vorbei. Sie hat jetzt aber immer noch vierzig Grad Fieber.«

»Ein letztes Aufbäumen, Jo. Hast du mit ihr gesprochen, hast du ihr gesagt, dass du Livia gefunden hast?«

»Sie hat phantasiert. Sie hat nicht mal meine Stimme erkannt. Ich habe Isabelle und Dr. Sanderman alles erzählt. Ich wollte, dass er sie unter Hypnose setzt, damit sie mir sagt, ob die Botschaft noch irgendwo anders steht als auf Livias Papyrus. Aber der Arzt wollte nicht. Zu gefährlich, solange das Fieber nicht zurückgegangen ist. Er hat gesagt, das könnte … es könnte schlimm für sie ausgehen. Sie hat keine Kraft mehr, Tom. Ich muss mit dem ersten Flugzeug zurück.«

»Natürlich, Johanna«, sagte er leise, nahm ihre Hand und zog sie zu sich heran.

»Sie braucht mich, verstehst du«, fuhr sie schluchzend fort.

»Ich hätte sie fast gerettet, aber ich habe es nicht geschafft. Aus Dummheit und vor Ungeduld habe ich ihre einzige Aussicht auf Rettung zerstört. Ich muss zu ihr und bei ihr bleiben. Ich lasse sie jetzt nicht mehr allein.«

»Jo, gib die Hoffnung nicht auf, bitte! Sei weiter so stark, wie du es heute Nacht warst. Denk an das, was ich dir gesagt habe. Vertraue mir ...«

»Ach, Tom, ich wünsche mir so sehr, du hättest recht! Aber ihr Zustand wird nicht besser, sondern verschlimmert sich mit jeder Minute, verstehst du?«

»Vielleicht ist es nur eine vorübergehende Krise. Sobald sie dich sieht, sobald sie die Dinge berührt, die Livia gehört haben, wird es ihr besser gehen.«

»Es ist alles meine Schuld.« Johanna stöhnte, ohne ihm zuzuhören. »Allein meine Schuld ... das Gegengift ... der Satz von Jesus ... es hat ihn gegeben, Romane kann das nicht erfunden haben. Sie hat uns gelenkt, sie hat uns die Hinweise mitgeteilt, und es hat alles gestimmt! Die heilige Botschaft war da, in Livias Händen, das war kein Abschiedsbrief! Romane ist besessen, so wie ich damals. Sie ist besessen vom Geist dieser Frau. Im Schlaf ergreift Livia Besitz von ihr und gibt ihr die Antworten ein, und sie lügt nicht, weil sie in Not ist, ihre Seele hat keinen Frieden. Sie bittet uns um Hilfe, und es lag vor mir, das Einzige, was sie erlösen konnte und beide wieder voneinander getrennt hätte, und wegen mir ist alles verloren. Livia wird Romane töten. Sie wird sie töten.«

Tom schwieg. Er konnte seine Freundin nicht trösten und behielt den Eingang zur Säulenhalle im Blick, in dem Philippe und der Superintendent bald auftauchen würden. Es wäre besser, sie würden Johanna hier nicht in diesem Zustand vorfinden. Sie war so aufgelöst, dass sie vielleicht von ihrer Tochter und von Livia und der Hypnose reden würde, was für Tom schwierig werden könnte. Die Situation war für ihn auch so schon problematisch genug. Er hatte zwar einen außerordentlichen Fund gemacht, aber illegal, mit einer fremden Archäologin. Er nahm es sich übel, so zu denken, aber er wollte seinen Assistenten und den Leiter der Stätte lieber allein empfangen und sich richtig freuen. Diskret sah er auf die Uhr: Viertel vor acht.

»Ich habe eine Idee!«

Mit einem Satz hatte sie sich vor ihm aufgebaut und starrte ihn wie eine Wahnsinnige an, die Haare zerzaust und mit verstörtem Blick; Tränen liefen ihr über die Wangen, die mit Erde verdreckt waren. Auf der Stirn hatte sie sich einen blutigen Kratzer zugezogen. Er konnte ein genervtes Seufzen nicht unterdrücken. Sie fiel vor ihm auf die Knie.

»Hör zu! Livia will sie töten!«, rief sie. »Der Mörder! Die Mörder, das ist die Lösung!«

»Johanna, ich ...«

»Begreifst du denn nicht? Wenn mich mein Gefühl nicht täuscht, was den Mörder und sein Motiv angeht, wenn er, wer auch immer er ist, uns daran hindern will, den Satz von Jesus auszugraben und bekannt zu machen, dann wird Romane, also Livia, die unter Hypnose alles sieht und die Fakten nennt, mir die Lösung sagen!«

»Welche Lösung?«

»Der Mörder, Tom, der Mörder! Er muss die Christusbotschaft kennen, weil er sie schützen will! Sobald das Fieber weg ist, werde ich Sanderman bitten, meine Tochter nach dem Mörder zu fragen und mir zu sagen, wo er sich versteckt! Ihr Unbewusstes weiß es, weil dieser Mann auch mit Livia und der Höhle und der Botschaft zusammenhängt. Mit Romanes Hilfe werde ich ihn aufspüren und ihn mit allen Mitteln zwingen, mir zu sagen, was auf dem Papyrus stand! Das ist der einzige Ausweg, der letzte, der meine Tochter noch retten kann. Dieses Mal gehe ich bis ans Ziel, und wenn ich mich bewaffnen muss, um ihn zur Rede zu stellen. Es ist mir egal, ob ich ihn verletze oder umbringe. Meine Tochter muss überleben!«

Fassungslos sah Tom Johanna an.

»Jo«, sagte er ruhig, »der Schmerz raubt dir den Verstand. Du redest und schaust wie eine Irre! Was du da sagst, ist völlig absurd! Die Polizei hat keine Spur von dem Mörder, aber deine Tochter, die ein paar Tausend Kilometer weit weg ist, soll unter Hypnose sagen können, wer er ist! Ich kann dir nicht mehr folgen. Das geht zu weit. Du bist völlig übergeschnappt.«

»Du hast mir geglaubt, solange du mich und vor allem Romane gebraucht hast, um das geheime Grab ausfindig zu machen«, erwiderte Johanna. »Jetzt bist du am Ziel und lässt uns fallen. Wahrscheinlich sollte ich schon längst weg sein, damit du dich mit Philippe und dem Superintendenten in Ruhe um deine Angelegenheiten kümmern kannst.«

»Überhaupt nicht!«, empörte Tom sich. »Was stellst du dir vor? Du redest wirklich dummes Zeug!«

»Weißt du, ich bin dir nicht böse«, fügte sie hinzu und stand auf. »Was es heißt, ein Kind zu lieben und Angst zu haben, es zu verlieren, kann man nur nachempfinden, wenn man selbst eines hat. Früher wäre es mir wahrscheinlich genauso gegangen wie dir. Solltest du irgendwann Vater sein, wirst du mich verstehen.«

»Das Schicksal bewahre mich davor.« Den Satz musste er einfach loswerden.

»Weißt du, das Leben hält manchmal Überraschungen bereit. Gut, keine Sorge, ich gehe«, sagte sie und griff nach ihrer Tasche. »Die Sachen bei dir hole ich ein anderes Mal.«

»Warte«, rief er und sprang auf. »Philippe fährt dich nach Neapel, während ich den Superintendenten über unseren Fund informiere.«

»Es ist dein Fund, Tom. Ich hatte es dir versprochen, und ich halte Wort. Ich bin schon weg. Dein Chef wird wahrscheinlich wieder Kommissar Sogliano und seine Helfer zusammentrommeln, und ich möchte nicht von den Carabinieri aufgehalten werden. Ich habe keine Zeit zu verlieren. Mach deinem Assistenten keine Umstände, er hat hier Besseres zu tun. Ich fahre mit dem Zug nach Neapel, das geht schneller. Am Bahnhof nehme ich dann ein Taxi zum Flughafen. Kommst du bitte und schließt auf?«

»Nimm den Schlüssel«, sagte er tonlos, während er ihn ihr überreichte. »Lass ihn stecken, die Tür kann offen bleiben.«

»Wie du willst.«

Er versuchte erneut, sie zurückzuhalten, aber sie wandte sich ab. Am anderen Ende des Gartens blickte sie zurück und warf ihm eine Kusshand zu.

»Bis bald, Tom!«, rief sie.

Dann verschwand sie. Tom lehnte sich an den Brunnen und schaute auf die Uhr: Punkt acht. Erleichtert schloss er die Augen und horchte auf die Schritte von Philippe und dem Superintendenten.

38

Mama! Bist du das, Mama?«

»Ja, mein Liebling, ich bin da … ich bin gerade zurückgekommen.«

»Gehst du wieder weg?«

»Nein, ich gehe nicht mehr weg, ich bleibe bei dir, versprochen …«

Johanna hielt Romanes Hand und versuchte, die Tränen zurückzuhalten angesichts des furchtbaren Anblicks: Das Mädchen war zu schwach, um aufstehen zu können. Sie lag in ihrem kleinen Bett mit dem rosa Karostoff; Stirn und Augen glühten vor Fieber, und sie wechselte zwischen Phasen, in denen sie phantasierte, und kurzen Augenblicken bei Bewusstsein, ohne je Ruhe zu finden. Die Luft in dem überheizten Schlafzimmer war abgestanden und roch nach Gemüsesuppe. Vor einem alten, fleckigen Spiegel, der über dem Nachttisch hing, stand eine Waschschüssel auf dem runden Tischchen, die einen leichten Seifenduft verströmte, neben Romanes roter Brille, einem Glas Grenadinesirup, einem Fläschchen mit Paracetamol-Tabletten und einer Ausgabe von »Der kleine Däumling«. Die Fensterläden waren geschlossen, die Nachtlampe brannte. In das Haus drang nichts von der Dämmerung ein, in der die Lichtergirlanden und die Weihnachtsdekoration erstrahlten und die Straßen von Vézelay in eine zauberhafte Stimmung tauchten, in der die Dorfbewohner ihren Weihnachtsvorbereitungen nachgingen. Wenige Tage vor den Festlichkeiten waren die Geschenke verstaut und die aufgeregten Kinder warteten ungeduldig. Nur Johannas Haus in der Rue de l'Hôpital zeigte keinerlei Anzeichen von Festlichkeit. Im winterlichen Duft des Holzfeuers im Ofen verlor ein ungeschmückter, einsamer Tannenbaum seine Nadeln.

»Romane, ich habe dir etwas mitgebracht ... Romane, hörst du mich?«

»Ja, Mama«, antwortete sie schwach.

Die Archäologin zog Livias vier Haarnadeln aus der Tasche hervor. Liebevoll befestigte sie sie in dem dunklen Haar ihrer Tochter, das über das Kopfkissen fiel.

»Danke, Mama ... ich bin so müde, weißt du ...«

»Schlaf, meine Süße«, sagte sie, während sie ihr über den Kopf strich. »Ich bleibe bei dir. Wenn du aufwachst, bringe ich den Tannenbaum hinauf in dein Zimmer, und wir schmücken ihn schön. Einverstanden?«

»Ja ... kommt der Weihnachtsmann bald? Er vergisst mich doch nicht, oder?«

»Warum sollte er?«

»Weil ich dieses Jahr keinen Wunschzettel geschrieben habe, weil ich krank bin!«

»Das ist nicht schlimm, mach dir keine Sorgen, mein Liebling. Den schreiben wir später. Du sagst mir, was du dir wünschst, und ich schreibe ihn für dich. Und dann schicke ich ihn per Express, mit Pegasos, dem geflügelten Pferd, damit er ihn noch heute Abend bekommt. In Ordnung?«

»Ja«, antwortete das Mädchen zähneklappernd. »Man muss Pegasos auch bitten, dass er am Königshof den Caladrius holt.«

Johanna wurde bleich. In der mittelalterlichen Vorstellungswelt war der Caladrius ein weißer Vogel von der Größe einer Krähe, mit einem Adlerkopf und einem Schlangenschwanz, der auf den Schlössern in Käfigen gehalten wurde. War ein Herrscher oder ein Mitglied des Hofes bettlägerig, brachte man das Tier ans Krankenlager. Sah der Zaubervogel den Kranken an, war dies ein Zeichen für eine Genesung. Wendete der Raubvogel die Augen ab, starb der Mensch.

»Denke nicht daran und versuche zu schlafen, bitte«, sagte Johanna mit zitternder Stimme, während sie die Decke hochzog.

»Kann ich nicht, mir ist so heiß ...«

Isabelle lugte durch die Türspalte.

»Jo«, flüsterte sie, »Sanderman ist im Begriff, zu gehen …«

»Ich komme. Isa bleibt kurz bei dir, ja? Ich verabschiede mich vom Doktor und komme wieder.«

Mit seiner exzentrischen, viereckigen Brille, einer kleinen Reisetasche und einem Arztkoffer stand Sanderman wartend mitten im Wohnzimmer.

»Monsieur Sanderman!«, rief Johanna und brach in Tränen aus.

»Madame, es tut mir leid, aber ich kann meine anderen Patienten nicht länger im Stich lassen. Was Romane betrifft, bin ich leider machtlos, solange das Fieber nicht weg ist. Es wäre zu gefährlich, verstehen Sie. Geben Sie ihr Paracetamol, sie soll viel trinken, und rufen Sie mich an, sobald die Temperatur wieder normal ist.«

»Gibt es eine Chance, dass … dass sich ihr Zustand bessert?«

»Eine Chance gibt es immer. Sie dürfen nicht verzweifeln.«

»Wie sollte ich nicht verzweifeln?«, fragte Johanna wütend. »Dieses verfluchte Fieber lässt sie nicht los, und sie wird immer schwächer! Vielleicht sollte ich sie ins Krankenhaus bringen …«

»Das müssen Sie entscheiden, aber ich denke, dass sie hier, in ihrem vertrauten Umfeld, besser aufgehoben ist. Das Fieber ist hoch, aber es scheint sich zu stabilisieren. Wenn es wieder steigt, machen Sie ihr ein kaltes Bad und verständigen Sie mich.«

»Doktor, ich bitte Sie. Sagen Sie mir die Wahrheit. Sie wird sterben, nicht wahr?«

»Madame, ich verstehe Ihre Verzweiflung, aber ich weigere mich, davon auszugehen, dass …«

»Ich hatte den Schlüssel zu ihrer Genesung vor mir und habe ihn zerstört.«

»Der Schlüssel zu ihrer Genesung ist einzig und allein ihr Unterbewusstes.«

»Also müssen Sie alles in Ihrer Macht Stehende tun und sie wieder unter Hypnose setzen, damit sie mir den Namen des Mörders von Pompeji nennt und ich ihn dazu zwingen kann, den Satz von Christus preiszugeben!«

»Bitte, bewahren Sie Ruhe. Sie dürfen diese Geschichte von der heiligen Botschaft nicht wortwörtlich nehmen.«

»Sie glauben also auch, dass sie lügt?«

»Johanna, bitte … es geht hier nicht um Lüge, sondern um die Komplexität des menschlichen Gehirns. Da gibt es kein Schwarz und Weiß und keine Wahrheit, sondern nur eine unbestimmte, subtile Mischung aus Phantasma und Wirklichkeit, aus Vorstellungswelt und Wahrhaftigkeit und Schuld, Vergangenheit und Gegenwart. Alles ist miteinander verwoben. Ich verstehe zwar, warum Sie glauben wollen, dass ihre Tochter genesen könnte, wenn Sie die Worte finden, von denen sie redet – und die es womöglich gar nicht gibt –, aber das ist der falsche Weg. Die Dinge sind nicht so einfach, Romane kann sich nur selbst heilen. Wir sind schon weit vorangekommen, weil wir dieses traumatische Gedächtnis ans Licht befördert haben. Jetzt müssen wir die Symptome eindämmen und ihr auf dem Weg der Kognitivtherapie eine neue Verhaltensweise ermöglichen. Normalerweise schafft es die Hypnose, indem sie einen schnellen Zugang zum Unterbewusstsein eröffnet, weil sie die Bewusstseinsstörungen verändert. Der Fall Ihrer Tochter ist aber komplexer, da sich ihre Störungen auf die Schlafsphäre beschränken und anscheinend nicht ins Bewusstsein dringen, außer in Form von Erschöpfung aufgrund des Fiebers. Mit anderen Worten, ihr Unterbewusstsein kämpft, und Romane wehrt sich. Ich hoffe, dass sie bald loslassen wird.«

»Sie wollen damit andeuten, dass sie unbewusst gar nicht gesund werden will?«

»Ich meine, dass sie derzeit, ohne dass es ihr bewusst wäre, lieber krank ist, was etwas anderes ist. Und weil sie die Krankheit in ihrem Körper und vor allem in ihrem Geist gewähren lässt, könnte das schwere Folgen haben. Wir sind zwar noch lange nicht so weit, aber dann müsste man das Schlimmste befürchten. Verzeihen Sie, dass ich so taktlos bin.«

Johanna sah Sanderman an, aber ihr Blick verlor sich in der Ferne.

»Hören Sie«, fuhr er fort, »heute ist Mittwoch, ich verspreche Ihnen, Samstag oder Sonntag vorbeizuschauen. Selbstverständlich können Sie mich zu jeder Tages- und Nachtzeit anrufen.«

»Danke, Doktor. Danke, dass Sie gekommen sind …«

Zwei Stunden später ließ auch Isabelle die trübsinnige Stimmung in dem Haus hinter sich. Johanna blieb allein mit ihrer Tochter, dem ungeschmückten Tannenbaum und dem Brief an den Weihnachtsmann zurück. Romane war in einen schweren und unruhigen Schlaf gesunken, aus dem sie nicht erwachte. Das Thermometer zeigte immer noch vierzig Grad. Hilflos beschränkte sich Johanna darauf, dem Kind zu festen Zeiten eine Pipette voll mit einigen in Wasser aufgelösten Paracetamol-Tabletten in den Mund zu träufeln und ein kühles Tuch auf die Stirn zu legen.

Um acht Uhr abends tauchte Kater Hildebert im Zimmer auf und legte sich der Kleinen auf die Füße. Mit seinen gelben Augen fixierte er sie und miaute laut, als würde er von ihr verlangen, aufzuwachen.

Um zehn Uhr dachte Johanna daran, Luca anzurufen, aber sie überlegte es sich anders. Er war auf der anderen Seite des Atlantiks und in Wirklichkeit noch viel weiter weg, außerhalb ihrer Welt. Aber sie musste mit jemandem sprechen. Sie hätte sich gern Bruder Pazifikus anvertraut, doch der alte Mönch hatte kein Telefon und sie konnte Romane nicht allein lassen, um ins Pfarrhaus zu gehen. Also wählte sie die Nummer der Propstei, wo ihre Kollegen vor den Weihnachtsferien und der Unterbrechung der Arbeiten sich ein letztes Mal zu einem gemeinsamen Abendessen einfanden.

Ein paar Minuten später, als Werner, Audrey und Christophe eintrafen, hatte Johanna das Gefühl, ihre Familie bei sich zu haben. Abwechselnd, ohne nach Erklärungen zu fragen, passten sie auf Romane auf, damit Johanna sich ausruhen konnte.

Trotzdem fand sie auch in dieser Nacht keinen Schlaf. Eine knappe Stunde brachte sie dösend im Gästezimmer zu, eine Stunde, in der sie zurück in Pompeji war: Sie irrte zwischen den

Ruinen umher, verloren in der nächtlichen Geisterstadt, und suchte vergeblich nach jemandem, der ihr den Weg zum Haus des Philosophen wies. Immer wenn sich eine menschliche Gestalt vor dem Halbdunkel abzeichnete, lief sie voller Hoffnung auf diese zu, aber sobald sie die Augen auf die vertraute Person richtete, zerfiel diese zu Staub. Kurz bevor sie aus dem Schlaf aufschreckte, schob sie einen leeren Kinderwagen durch den Vicolo del Centenario, und die Tür der Villa war verschwunden. Panisch stieß sie am Ende der Sackgasse gegen den Erdhügel in der unbearbeiteten Zone, woraufhin Tom, Philippe und unzählige Geister lachend aus dem Kinderwagen sprangen und mit Bocksprüngen in die Weinfelder rannten.

»Trink, bevor er kalt ist«, flüsterte Werner am nächsten Morgen, während er Johanna eine Tasse heißen Kaffee reichte. Christophe hatte heiße Schokolade für Romane zubereitet und Hildebert sein Trockenfutter gegeben.

»Ihr seid lieb!«, sagte Johanna und schaute ihre Tochter an, die regungslos in ihrem Bett lag und fieberte. »Ich möchte, dass sie ein bisschen was trinkt! Wenn sie doch wach werden würde!

»Ich habe das Gefühl, dass das Fieber ein wenig gesunken ist.«

»Meinst du?«, fragte Johanna und steckte das Digitalthermometer in die Achselhöhle ihrer Tochter.

Christophe warf einen Blick in das Zimmer.

»Jo, wir machen heute Abend Schluss, aber Laurence schlägt vor, dass sie hierherkommt und deine Tochter untersucht …«

»Neununddreißig Komma neun Grad«, verkündete sie. »Sag ihr danke, aber es ist nicht nötig.«

»Soll ich noch ein bisschen bei dir bleiben?«, bot Audrey an, die gerade mit der Schokolade von Romane eintraf. »Es ist egal, ob ich morgen oder in ein paar Tagen nach Lyon fahre.«

»Danke«, antwortete Johanna, gerührt von der Fürsorge ihrer Kollegen. »Ihr seid wirklich großartig, alle drei. Aber ich würde mir Vorwürfe machen, wenn ich euch vor Weihnachten euren Familien vorenthalte. Ich habe euch schon eine Nacht Schlaf geraubt! Werner, wirst du in Österreich sein?«

»Ich fahre heute Abend los.«

»Ich wünsche euch schöne Feiertage. Ruft mich an … und sperrt das Camp ordentlich ab. Damit am 2. Januar noch alles an seinem Platz ist!«

»Keine Sorge«, flüsterte Werner, »außer dem Werkzeug gibt's da nichts zu klauen – leider.«

»Die Steine sind vielleicht nicht nur für Archäologen attraktiv«, erwiderte sie.

Sobald ihre Kollegen weg waren, rief Johanna ihre Eltern an. Sie brachte alle möglichen Ausflüchte vor, um ihnen beizubringen, dass Romane und sie Weihnachten nicht in ihrem Haus in Fontainebleau verbringen würden und sie auch nicht umgehend in Vézelay aufkreuzen sollten. Sie behauptete, Luca habe eine Villa in der Toskana gemietet, und als sie Romane sprechen wollten, sagte sie, das Mädchen sei in der Schule. Aus der erschöpften Stimme ihrer Tochter hörten sie heraus, dass irgendetwas nicht stimmte, aber Johanna gab vor, sie sei nur heiser und stark erkältet, nichts Schlimmes.

Sie setzte sich neben ihre Tochter und versuchte, sie zu wecken. Wie aus einem Abgrund tauchte Romane auf, ohne ihre Mutter zu erkennen. Zitternd und schwitzend hustete das Kind und stieß stockend unverständliche Worte aus, kehlige, sinnlose Laute. Einen Löffel voll heißer Schokolade, den Johanna ihr einzuflößen versuchte, spuckte sie wieder aus, und als ihre Mutter ihr Paracetamol verabreichen wollte, schlug sie so wild um sich, dass Johanna alle Kräfte aufbringen musste, um Romanes Arme festzuhalten und ihren Mund zu öffnen. So kraftlos, dass sie nicht einmal mehr weinen konnte, sackte sie auf den roten Plüschbettvorleger.

Der Klingelton ihres Handys riss sie aus ihrer Erstarrung. Sie sprang auf und beugte sich über ihre Tochter, die zu schlafen schien und noch immer seltsame Laute von sich gab. Sie griff nach ihrem Handy.

»Ach, Tom, du bist es.«

»Wie geht's?«

»Nicht so gut. Das Fieber geht nicht runter. Sanderman und Isa sind nach Hause gefahren. Und du?«

»Es war, wie ich vermutet habe: Der Superintendent hat seinen Augen nicht getraut. Du hättest sein Gesicht sehen sollen in dem Geheimkeller, und erst das von Philippe … Den anderen haben wir nichts erzählt, falls jemand nicht dichthält. Aus Angst vor Journalisten, die vorerst nicht informiert werden sollen, und aus Sicherheitsgründen will es der Leiter bei der Schließung der Stätte belassen und in der Gruft alles so lassen, wie es ist. Es wurde eine zweite Steinplatte angebracht und mit Siegeln versehen, und Tag und Nacht steht ein Wärter vor dem Haus. Das ist schade, aber nachdem ich jahrelang gewartet habe, kann ich mich auch noch ein paar Tage länger gedulden, bevor ich meine Entdeckung der Welt offenbare und sie angemessen auswerte.«

»Hat er dir dazu gratuliert?«

»Und wie! Er war so überrascht, dass er mich nicht mal gefragt hat, wie ich den Schatz entdeckt habe!«

»Und Philippe?«

»Der war neugieriger … aber ich habe mich bedeckt gehalten. Er ahnt etwas und hat mich misstrauisch gefragt, wo du bist …«

»Ich verstehe nicht, warum der Superintendent diesen Fund der Öffentlichkeit vorenthalten will, und sei es auch nur vorübergehend.«

»Na ja, ich … ich habe dir noch nicht alles gesagt, Jo.«

»Ich höre, Tom. Ich flehe dich an, sag mir nicht, es hätte einen vierten Mord gegeben.«

»Nein, aber einen dritten schon. Ich muss leider zugeben, dass du in vielen Punkten recht hattest, und bitte dich um Verzeihung.«

»Was meinst du damit?«, fragte Johanna beunruhigt.

»Nun ja, Roberto hat nicht Selbstmord begangen.«

Sie sagte nichts.

»Die Polizei«, stammelte Tom, »hat festgestellt, dass er ermordet wurde, am frühen Abend, um sieben Uhr, bei sich zu Hause, und dass der Mord dann als Suizid getarnt worden war. Und das Schlimmste kommt noch, Johanna: In seiner Wohnung hat man Sachen von James und Beata gefunden. Sogliano denkt also, dass Roberto der Täter war und meine beiden Archäologen umgebracht hat.«

»Aber wer hat dann ihn umgebracht?«

»Die Carabinieri sind bei Roberto auf verdächtige Traktate und Bücher aller Art gestoßen, die darauf hindeuten, dass er einer … einer Sekte religiöser Fanatiker angehörte, so eine Art Gotteskrieger, und … sie haben daraus gefolgert, dass andere Mitglieder dieser Sekte wiederum ihn beseitigt haben, aus noch ungeklärten Gründen, aber …«

»Also ist meine Annahme doch nicht so abwegig.«

»Sie erscheint plausibel, und es spricht sogar alles dafür, dass du in allem recht hattest. Das heißt aber auch, dass diese Unbekannten immer noch frei herumlaufen. Deshalb hat der Superintendent entschieden, das Haus zuzusperren und die Bekanntgabe des Fundes zu verschieben. Das bedeutet aber auch, dass ich … Ich habe zwar niemandem davon erzählt, aber ich widerspreche nicht mehr deiner Theorie und der Vision deiner Tochter, was den besagten Satz von Christus angeht. Vermutlich handelt es sich um das Motiv für die Verbrechen.«

»Ich habe nicht mal mehr die Kraft, mich darüber zu freuen. Romane ist momentan nicht in der Lage, uns zu helfen und die Mörder zu identifizieren. Sanderman will sie noch immer nicht unter Hypnose setzen, solange dieser Zustand anhält.«

»Hat er gesagt, wann es ihr besser gehen wird?«

»Tom, man kann es dir einfach nicht begreiflich machen: Ich kann ihr nicht mal einen Löffel Wasser einflößen, sie will nicht aufwachen, hat Schüttelfrost und Fieberphantasien und starrt mich an, als wäre ich eine Fremde!«

»Entschuldige. Hast du ihr Livias Nadeln gezeigt?«

»Sinnlos … sie rufen keinerlei Wirkung hervor. Was für ein Dilemma. In dem Moment, wo endlich eine Tür aufgeht! Nicht nur, dass ich nichts für sie tun kann, meine Tochter kann sich auch nicht selbst helfen! Sanderman hat vielleicht recht, sie will krank bleiben … sie versinkt immer mehr im Nichts … Warum nur? Mir soll endlich mal jemand erklären, warum!«

»Jo, wenn ich dich doch trösten könnte …«

»Lass mich nicht allein. Ruf mich heute Abend wieder an. Es tut mir gut, dich zu hören.«

»Versprochen. Bis später. Mach's gut.«

Nachdenklich legte sie das Handy auf das Holzpult.

»Mama?«

Johanna drehte sich um. Romanes Augen waren zwar verschleiert, aber weit aufgerissen.

»Du bist wach, das ist ja wunderbar! Wie fühlst du dich, mein Schatz?«

»Ich bin sehr müde, und ich habe Durst. Ich möchte gern Limonade von Madame Bornel.«

Wenige Augenblicke später kam Johanna mit einem Tonkrug in das Zimmer zurück.

»So, kleiner Schatz. Sie hat sie extra für dich gemacht! Du kannst so viel trinken, wie du willst!«

»Krieg ich nicht Durchlauf davon?«

»Durchfall? Nein …«

Lächelnd füllte Johanna das Glas, stützte ihre Tochter mit dem Kopfkissen und half ihr, die hellgelbe Flüssigkeit zu trinken.

Eine Stunde später kontrollierte Johanna das Fieber und schrie vor Freude auf.

»Neununddreißig Komma zwei Grad. Es geht runter! Beim heiligen Michael, wenn das Fieber doch noch weiter sinken würde! Hier, trink noch ein bisschen …«

»Nein, ich habe keinen Durst mehr. Mama, was ist das?«

Romane zog an den Haarnadeln, die ihren Kopf schmückten.

»Erinnerst du dich nicht? Ich habe sie dir gestern geschenkt, als ich nach Hause gekommen bin«, antwortete sie, während sie ihr den bescheidenen Schmuck abnahm, um ihn ihrer Tochter zu zeigen.

»Das weiß ich nicht mehr. Sie sind hübsch. Woher kommen sie?«

»Aus … aus Pompeji.«

»Was ist das, Pompeji?«

»Eine … Stadt, in Italien.«

»Bei Luca?«

»Nein, Romane. Das ist … woanders, südlicher. In Kampanien.«

»Ach so. Ist es da, wo du warst, als du weg warst?«

»Hm.«

Johanna konnte einfach nicht mehr sagen. Sollte sie schweigen oder die Stadt, die Tragödie und Livia erwähnen und dadurch eine Art heilsamen Schock auslösen? Sollte sie so weit gehen und sagen, dass Pompeji auch der Ort war, den Romane immer aufsuchte, wenn sie sich der realen Welt entzog?

»Mama, mir ist kalt.«

Sie drehte die elektrische Heizung höher, dann legte sie zusätzlich noch eine Decke über das Bett.

Mittags döste Romane, während ihre Mutter in einer Ecke des Schlafzimmers den Tannenbaum schmückte. Das Fieber war auf 38,7 Grad gefallen. Johanna verschwand in die Küche. Wenn Romane endlich etwas Festes zu sich nehmen würde, dachte sie und öffnete eine Dose Maronencreme mit Vanille. Sie musste Sanderman und Isa anrufen und ihnen sagen, dass das Fieber herunterging … endlich wirkte das Paracetamol … obwohl … die Haarspangen von Livia … Und wenn sie doch etwas bewirkten? Wenn sie Livias Gedächtnis und Geist beruhigten? Das Fieber war seit dem Morgen zurückgegangen, nach mehreren Tagen, und sie hatte sie ihr gestern ins Haar gesteckt. Romanes Zustand schien sich danach gebessert zu haben … gleich nach Toms Anruf. Konnte es sein, dass seine Stimme eine positive Wirkung auf sie hatte, genauso wie sein Besuch im Oktober anscheinend alles in Gang gesetzt hatte?

Als sie mit dem Tablett wieder in das Zimmer hinaufging,

döste Romane immer noch. Sie machte die Augen auf, als ihre Mutter hereinkam.

Ich habe nichts zu verlieren, wenn ich es probiere, dachte Johanna und griff nach ihrem Handy. Wenn mir ein Scharlatan jetzt irgendeinen Talisman geben würde, würde ich ihn ihr um den Hals hängen, ohne lange zu überlegen …

»Hallo, Tom? Störe ich dich? Ich gebe dir meine Tochter. Würdest du ihr ein paar Worte sagen, bitte?«

Sie überreichte das Telefon.

»Romane, hier ist Gargantua. Erinnerst du dich noch an ihn?«

Das Mädchen nickte und nahm das Handy. Johanna wusste nicht, was Tom ihr erzählte, aber die Kleine lächelte.

»Danke«, sagte sie zu ihrem Freund, als Romane ihr das Handy zurückgab.

Aber er hatte schon aufgelegt. Sie seufzte, untersuchte ihre Tochter und begann, sie zu füttern. Romane schluckte einen Teelöffel Maronencreme und schlief wieder ein.

Siebzehn Uhr. Das Fieber war auf 38,3 Grad gesunken. Wenn die Temperatur weiter herunterginge, könnte Sanderman sie wieder unter Hypnose setzen und befragen …

Johanna hinterließ eine Nachricht bei dem Arzt und eine bei Isabelle.

Abends, als Romane erwachte, saß ihre Mutter am Fenster hinter dem Pult ihrer Kindheit. Ihre Lippen bewegten sich, während sie eine eigenartige Frauenskulptur auf dem kleinen Schreibtisch ansah.

»Mama, was machst du?«

»Nun, ich bete – anscheinend«, antwortete Johanna und legte eine Hand auf die Stirn ihrer Tochter.

»Wie die Mama von Chloé beim Gottesdienst?«

»Wahrscheinlich.«

»Warum?«

»Damit dein Fieber weggeht und es dir besser geht …«

»Du bittest den Holzkopf darum?«

»Der Holzkopf heißt Maria Magdalena, Romane«, erklärte Johanna und dachte an die unbekannte und geheimnisvolle Frau. »Maria Magdalena hat vor sehr langer Zeit gelebt, sie … hat viel Gutes getan, darum sagt man, dass sie heilig ist, und darum betet man zu ihr.«

»Aha. Und sie gibt einem, was man will, wie der Weihnachtsmann?«

»Manchmal, wenn man daran glaubt.«

»Aber … sie ist doch tot, die Maria Magdalena?«

»Ja, Romane, sie ist tot. Aber weißt du, nur weil man tot ist, heißt das nicht, dass es einen nicht mehr gibt«, antwortete Johanna und wurde unruhig. »Das ist kompliziert, ich erkläre dir das später mal …«

Die Kleine runzelte die Stirn.

»Dann gibt es meinen Papa noch?«, fragte sie. »Wo ist er?«

Johanna wurde bleich. Das Mädchen erwähnte nie ihren verstorbenen Vater, und diese Frage brachte Johanna in größte Verlegenheit.

»Nun ja, er ist … da«, antwortete sie, indem sie die Hand auf ihr Herz legte, »in meiner Erinnerung, verstehst du? Er lebt, weil ich oft an ihn denke.«

»Aber ich, wie kann ich das machen, ich habe ihn nie in echt gesehen?«, fragte Romane tieftraurig. »Ich kenne ihn nicht …«

»Ich … ich hole mal das Fotoalbum.«

Johanna ging aus dem Zimmer, hilflos angesichts von Romanes Ängsten. Warum erkundigte sie sich nach ihrem Vater? Vermutlich hatte die Hypnose das Unterbewusstsein aufgewühlt und dieses Trauma zutage gefördert. Oder war es normal, dass ein kleines Mädchen von fast sechs Jahren, das krank war, trotz der Liebe ihrer Mutter unter der Abwesenheit des Vaters litt und sich wünschte, das Geheimnis ihrer Herkunft aufzudecken? Johanna fühlte sich schuldig, ihrer Tochter den Vater verschwiegen zu haben. Dieses Geheimnis, das Unausgesprochene, war vielleicht grundsätzlich die Störung, die ihrem Krankheitsbild zugrunde lag. Aber wie könnte sie Romane die Wahrheit erzählen?

In ihrem Schlafzimmer kniete sie sich vor eine alte Metalltruhe und griff zitternd nach einem kleinen, schwarzen Album. Sie schlug es auf, und als Erstes fiel ihr Blick auf die Pyramide des Mont Saint-Michel. Sie schloss die Augen. Die graue Granitmauer legte sich über die Trümmer von Pompeji und verschlang sie. Ihr fiel ein Satz aus dem Lukasevangelium ein: »Wenn sie schweigen, werden die Steine schreien!« Der Satz ging ihr nicht mehr aus dem Kopf, er hing zwischen den Bildern von Krypten und unterirdischen Kapellen des Mont Saint-Michel und aus Vézelay und den Bildern von pompejischen Kellern. Es war, als ob die Steine ihr etwas über den eigentlichen Hintergrund sagen wollten. Aber was?

Sie schlug die Augen wieder auf und blätterte durch die Seiten. Simon Le Meur, ihre verstorbene Liebe und der Vater von Romane, lächelte sie an. Das Farbfoto war kaum sieben Jahre alt, hatte sich aber schon gelbbraun verfärbt und schien aus einem anderen Jahrhundert zu stammen. In seinem Laden mit maritimen Antiquitäten in Saint-Malo posierte Simon neben alten Karten, Logbüchern, Ledertruhen und obsoleten Navigationsgeräten wie ein romantischer Dichter des 19. Jahrhunderts, in dreiteiligem Anzug und Tweedmantel, eine elegante Pfeife in der Hand. Sein halblanges, lockiges, schwarzes Haar, seine smaragdgrünen Augen, seine olivfarbene Haut – sein Vater war Bretone, und seine Mutter Spanierin –, alles wie bei Romane. Nur die Lippen und der Gesichtsausdruck waren anders. Johanna hatte den Vater des Kindes als unbekannt angegeben, aber wer den Antiquitätenhändler kannte, konnte die Ähnlichkeit mit der Tochter nicht übersehen. Johanna fuhr mit dem Finger über das Bild und vergegenwärtigte sich die magischen Momente, die sie mit diesem Mann geteilt hatte. Beim Umblättern sah sie die Fassade von Simons Haus am Mont Saint-Michel, am Rand der Umfassungsmauer, mit dem steinernen Wasserspeier, der rostigen Laterne, der Glyzinie, dem verwilderten Gärtchen und dem Blick auf die kleine Insel Tombelaine. Der Duft von Linden und honigsüßem Tabak stieg ihr in die Nase. Warum hatte sie Romane das Wohnzimmer mit dem imposanten Kamin und dem Himmelsglobus aus dem 18. Jahrhundert nie gezeigt, die Küche mit dem Steingutofen und den Kupfertöpfen, die mittelalterlichen Truhen und die Schlafzimmer mit den handgeschnitzten normannischen Schränken nie beschrieben? Sie hätte ihrer Tochter vom romantischen, leidenschaftlichen Temperament ihres Vaters erzählen können, von seiner Schönheit, seiner Vorliebe für Legenden und Märchen, die auch Romane eigen waren. Ihre Liebesgeschichte hatte nur ein paar Monate gedauert, aber nie wieder hatte Johanna ähnlich für einen anderen Mann empfunden. Damals war sie besessen von den Ausgrabungen und ihrer Suche nach einem Phantom, doch das war ihr leider nicht bewusst gewesen, und sie hatte alles vermasselt. Denn sie war diejenige gewesen, die Simon an einem Aprilabend verlassen hatte. Sie war ohne Erklärung nach einem heftigen Streit weggelaufen, bei dem er ihr vorgeworfen hatte, die Toten den Lebenden vorzuziehen und ihr Herz zu verbergen. Zum ersten Mal rief sich Johanna die Szene ins Gedächtnis, die sie all die Jahre über glaubte, vergessen zu haben. Die letzten Worte ihres Liebhabers hallten in ihrem Kopf wider. Sie war weggelaufen, ging ihrer Liebe zu diesem Mann aus dem Weg, ignorierte Simons schlechtes Gewissen und seine Versöhnungsversuche, nichts ahnend von dem Geschenk, das in ihrem Bauch heranwuchs. Wenn sie auf ihren Körper gehört und gewusst hätte, dass sie schwanger war, wäre es vermutlich nie zu dieser verhängnisvollen Juninacht gekommen. Wie im Brunnen von Pompeji erlebte Johanna erneut die Stunden vor ihrem Unfall.

Sie stand auf und ging in Romanes Zimmer, dabei drückte sie das Album an sich und machte sich klar, welche Last sie an ihre Tochter weitergegeben hatte, weil sie geschwiegen hatte. Sie hätte schon lange über ihre Verantwortung bei Simons Selbstmord nachdenken müssen, über sein freiwilliges Verschwinden auf dem Meer, das seine Leiche nie wieder hergegeben hatte. Stattdessen war sie weggelaufen, hatte die Wahrheit ins hinterste Eck ihrer Seele verbannt und sich aufgeopfert für das Kind, dem sie das Wesentliche vorenthielt. Sie hätte die richtigen Worte finden müssen, um den Geist von Simon zu beschwören und ihrer Tochter von dem Geheimnis zu erzählen, ohne sie zu verletzen, bevor Romane von einem Geheimnis erschüttert wurde, das sie wie ein Parasit innerlich auffraß. Sanderman hatte recht. Die verlorene Botschaft Christi war vielleicht lediglich ein Sinnbild, das sich Romanes Unterbewusstsein für die verheimlichten Worte Johannas ausgedacht hatte, eine Art sublimierte Allegorie. Der Schlüssel von Romanes Genesung lag wohl bei ihrer Mutter, aber der Keller, der das befreiende Wort enthielt, befand sich nicht in Pompeji sondern in Vézelay, in diesem Album, in Johannas Herzen, wo unter mehreren Metern Asche ein eingemauerter Geist vergraben war.

Sie öffnete die Tür einen Spalt weit und trat ein. Romane wartete, im Bett sitzend, und hatte den Blick auf die Skulptur der Maria Magdalena gerichtet.

»Wer hat den Kopf gemacht, Mama?«, fragte sie. »Ein Freund von ihr, der sie gern hatte?«

»Niemand weiß es, Romane. Sieh mal, ich habe dir die Fotos vom Mont Saint-Michel und von deinem Vater mitgebracht. Ich werde … ich werde versuchen, dir die ganze Geschichte zu erzählen. Es ist höchste Zeit …«

Das Telefon klingelte. Johanna seufzte und las den Namen auf dem Display: Tom. Sie legte das Album auf das Pult neben die mittelalterliche Statue. Es war zehn nach acht Uhr.

»Hallo? Ja, Tom. Es geht besser, das Fieber ist gefallen. Ich denke, wir sind auf dem richtigen Weg, und hoffe, dass das Fieber bis morgen ganz weg ist.«

»Das ist wunderbar! Dann kann dein Hypnotiseur ja wieder zelebrieren …«

»Ja, er hat versprochen, am Samstag oder Sonntag zu kommen, also in zwei Tagen.«

»Hör zu, es gibt Neuigkeiten seit vorhin. Halt dich fest.«

»Ich befürchte das Schlimmste …«, murmelte sie und ging hinaus.

»Dieses Mal ist es eine gute Nachricht. Beim Durchsuchen der gelöschten Dateien auf Robertos Computer ist der Informatiker der Polizei auf ein merkwürdiges Dokument gestoßen, das er wiederherstellen konnte. Da niemand bei den Carabinieri die Sprache kannte, in der der Text verfasst war, haben sie mich einbestellt, um ihnen zu helfen.«

»Und?«

»Also, es ist eine semitische Sprache, die dem Hebräischen oder Arabischen ähnelt, aber eben nur ähnelt. Es ist Aramäisch, Jo, ohne Zweifel.«

Völlig verblüfft blieb sie mit offenem Mund auf dem Treppenabsatz stehen.

»Ich kann aramäische Zeichen erkennen, wenn ich sie vor mir habe«, ergänzte Tom, »aber ich kann sie leider nicht entziffern. Dennoch konnte ich eine Fotokopie vom Inhalt der Datei bekommen, da ich behauptet habe, ich könnte sie übersetzen. Sie haben mir achtundvierzig Stunden Zeit gegeben. Ich habe sofort gedacht, es könnte …

»… sich um die Kopie des Briefs von Livia aus dem Keller handeln«, vollendete Johanna.

»Ganz genau.«

»Was für eine Überraschung, Tom!«, rief sie. »Ich hatte schon geglaubt, meine Tochter hätte diese Botschaft erfunden!«

»Tja, Romane hat es richtig gesehen: Genau wissen wir es erst, wenn sie entschlüsselt ist, aber es besteht die Aussicht, dass deine Theorie stimmt und dass …«

»Ich muss dieses Dokument haben! Ich muss es Romane zeigen, selbst auf Aramäisch! Schicke es mir sofort per Fax oder scanne es und schicke es mir per Mail!«

»Johanna, ich kann so ein Risiko nicht eingehen. Wenn wir richtig liegen, was die Herkunft dieses Satzes angeht, weißt du, was diese Entdeckung dann bedeutet? Das ist eine Bombe! Daneben sind meine griechischen Papyri Kindermärchen! Ich habe der Polizei nichts gesagt, keine Sorge. Ich schulde dir das, nach allem, was du für mich getan hast. Aber ich kann dieses Dokument nicht einfach durch die Gegend schicken und riskieren, dass Robertos Komplizen …«

»Ich kann jetzt unmöglich zu dir kommen, Tom«, unterbrach Johanna ihn. »Ich will Romane nicht mehr allein lassen und …«

»Ich könnte für morgen einen Flug buchen.«

»Das würdest du tun?«

»Natürlich. Für dich und vor allem für deine Tochter. Das Einfachste wäre, dass wir uns in Roissy treffen, im Terminal der Verbindung Neapel – Paris. Im Flughafen ist so viel los, dass wir nicht weiter auffallen. Und für die Dauer eines Hin-und Rückflugs merken die Carabinieri nicht, dass ich weg bin.«

»Ich habe niemanden, der auf Romane aufpassen könnte. Und ich habe ihr versprochen, sie nicht mehr allein zu lassen.«

Tom schwieg eine Weile.

»In Ordnung«, flüsterte er, »ich tue es für sie. Ich miete wie letztes Mal ein Auto am Flughafen und komme zu dir. Meinst du, du kannst den Brief entziffern?«

»Auf gar keinen Fall. Ich beherrsche Altgriechisch und Latein wie du, aber Aramäisch ist für mich ein Buch mit sieben Siegeln, auch wenn es die Sprache des Propheten ist.

»Das ist schade …«

»Was soll's, allein schon der Anblick dieser Zeichen kann meine Tochter retten! Ich verstehe deine Neugier, aber du wirst einen Fachmann für Altertumssprachen finden müssen. Das Dringendste ist, Romane zu heilen und ihr das Antidot zu zeigen, das Livia aus ihren Albträumen und ihrem Körper verscheuchen kann.«

»Okay! Aber wir müssen vorsichtig sein. Vergiss nicht, dass die Mörder von Roberto, Beata und James immer noch frei herumlaufen.«

»Sie waren wahrscheinlich diejenigen, die die Datei von Robertos Computer gelöscht haben.«

»Vermutlich. Aber ich frage mich, wie der Satz in seine Hände kam, da vor uns niemand in der unterirdischen Gruft war …«

»Die Botschaft kann auf anderem Weg übermittelt worden

sein«, antwortete sie. »Wie auch immer, du hast recht, wir müssen aufpassen. Sie könnten wissen, dass du im Besitz der Datei bist. Gib acht, dass man dich nicht verfolgt und …«

»Ich tue mein Bestes, aber ich bin kein Profi. Ich könnte die Mörder in dein Haus locken.«

»Stimmt. Dann treffen wir uns an einem neutralen Ort …«

»Deine Grabungsstätte!«, schlug er vor.

»Sie ist im Freien, man könnte beobachten, wie du mir ein Stück Papier gibst. Und der Container ist nicht sicher genug. Man kann ihn leicht aufbrechen. Wir brauchen einen diskreteren Ort und vor allem einen sicheren. Warte mal, ich überlege … ich hab's! Die Basilika!«

»Meinst du? Du vergisst die Mönche und Nonnen …«

»Sie wohnen nicht in der Basilika, und wir sind nicht mehr im Mittelalter, Tom. Die von der Bruderschaft zu Jerusalem haben ihren letzten Gottesdienst, die Vesper, um halb sechs am Abend, und sie stehen nachts für die Vigil nicht auf. Die Kirche wird um acht Uhr abgeschlossen, und danach geht niemand mehr hinein, ausgenommen Geister und Engel. Aber ich habe die Schlüssel.«

»Das ist eine gute Idee.«

»Ich hoffe, dass Romane schläft und nicht merkt, dass ich weg bin. Morgen Abend, zweiundzwanzig Uhr, in der Vorkirche der Basilika. Geh durch das linke Tor hinein. Ich werde es vorher aufsperren.«

»Ich werde da sein.«

»Bis morgen, Tom.«

Als Johanna in das Zimmer ihrer Tochter zurückkam, stellte sie fest, dass diese wieder eingeschlafen war. Sie prüfte die Temperatur: 38,2 Grad, etwas weniger. Auf dem Pult saß Hildebert auf dem Fotoalbum und spielte mit der Statue Maria Magdalenas. Johanna jagte ihn weg, untersuchte das heilige Objekt auf Kratzer und holte einen Schemel. Sie brachte Maria Magdalena auf dem umlaufenden Stucksims in Sicherheit, das die Neonröhre verbarg, die Johanna nie einschaltete. Sie hatte damals als Beleuchtung für die Juwelierarbeiten von Louise Bornels Ehemann gedient, dessen Werkstatt hier untergebracht war. Es kam ihr so vor, als ob die Heilige über dem Kopf ihrer Tochter deren Schlaf beschützen würde. Sie setzte sich hinter das Pult und hing ihren Gedanken nach. Das ist ja unglaublich, dachte sie, der geheimnisvolle Satz existierte tatsächlich, und er war im Besitz von Tom. Morgen würde dieser Albtraum vorbei sein ... morgen Abend würde sie sicher sein, dass Livia in Frieden ruhte und ihre Tochter gerettet wäre, und alles wäre nur noch eine böse Erinnerung. Morgen wären beide von den Gespenstern befreit, und Weihnachten wäre schon ein paar Tage früher ...

Ein kleiner, rauer Schrei ertönte, und sie wandte sich um. Stöhnend warf Romane den Kopf hin und her. Johanna ahnte, dass ihre Tochter wieder in Pompeji war. Das Mädchen begann, zu schwitzen und zu husten. Man konnte den Schrecken an ihrem Gesicht ablesen. Das Fieber stieg erneut. Johanna griff nach den kleinen, zitternden Händen. Sie hatte die Straßen voller Rauch, Lapilli und giftigen Gasen vor sich, Livia, die kämpfte, um das Haus des Philosophen zu erreichen. Im Geiste sah sie wieder die Via dell'Abbondanza, die Via di Nola, den Vicolo del Centenario, das Anwesen, die Freske der Stoiker, die im Asche- und Schwefelgewitter Risse bekam. Sobald sie auf der Türschwelle stand, schloss J. Saturnus Verus sie in die Arme. Das Atrium, das Tablinum, die Säulenhalle, der Garten, der Brunnen, die Keller. Überall lagen in Statuen verwandelte Körper. Die Stange, die Marmorplatte, die Stufen aus Lavagestein, der Raum fünf Meter unter der Erdoberfläche, fünf Meter von der Apokalypse entfernt. Während die Säuredämpfe sich durch die Tücher, die in der Röhre steckten, fraßen, hatte Johanna plötzlich den Eindruck, ihre Tochter zu sehen: Vor einer Truhe kniend, die griechische Handschriften enthielt, malte sie eigenartige aramäische Zeichen auf einen Papyrus.

39

Vielen Dank, Madame Bornel. Ich bin gleich wieder da …«
»Gehen Sie schon, mein Kind, und machen Sie sich keine Gedanken, ich habe genügend Vorräte für uns zwei!«, antwortete die alte Dame, während sie auf den Krug Limonade und eine Flasche Marc de Bourgogne zeigte.

Johanna lächelte, zog ihre Daunenjacke an und eilte aus dem Haus; dabei achtete sie darauf, die Tür leise zuzuziehen. Nach dem Höhepunkt der vorangegangenen Nacht hatte sich Romanes Temperatur bei 38 Grad stabilisiert. Der Arzt hatte versprochen, am nächsten Tag – dem Samstag – vorbeizukommen, das Mädchen zu untersuchen und, wenn ihr Zustand es zuließe, mit ihr unter Hypnose zu arbeiten. Romane war schwach und schläfrig, aber sie phantasierte nicht mehr. Sie hatten den Tag damit verbracht, sich das Fotoalbum anzusehen und den Brief für den Weihnachtsmann zu verfassen, unter den Augen Maria Magdalenas, die sie vom Sims herab beobachtete. Hildebert lag auf den Füßen des Mädchens. Mitunter blickte er auf und streckte seine große, schwarze Pfote nach der Skulptur der Heiligen aus, mit einem leisen Maunzen, das wie eine Aufforderung klang.

»Mama, meinst du, er betet auch zu Maria Magdalena?«, hatte das Kind gefragt.

»Ich glaube vor allem, dass er die Statue mit einem neuen Spielzeug verwechselt und davon träumt, sich die Krallen an ihrem Gesicht zu wetzen«, hatte die Archäologin geantwortet. »Tut mir leid, mein Alter, aber du musst dich mit Trockenfutter und Baumrinden zufriedengeben!«

Trotz der Vorwürfe seines Frauchens und entgegen seiner Gewohnheiten, ging der Kater nicht aus dem Haus. Er schien mit der Skulptur zu reden, während er auf das Mädchen aufpasste, und Johanna erinnerte sich an Isabelles Worte über die vermeintliche Macht der Katzen als Seelenbegleiter und Totenbeschwörer. Dann vertrieb sie diesen Gedanken wieder.

Der Bericht über die Liebesgeschichte mit Romanes Vater und die Erlebnisse am Mont Saint-Michel war sehr lang und schmerzhaft gewesen. Gierig hatte die Kleine die Worte ihrer Mutter aufgesogen und schien sich mit dem zu begnügen, was Johanna ihr erzählen wollte oder konnte, und was jedenfalls viel mehr war als das, was sie bislang gehört hatte.

Ohne sie zu unterbrechen, nahm das Kind die Erklärung in sich auf, aber auch das Schweigen, die Tränen und die Verwirrung der Mutter. Johanna redete über Simons Aussehen und Charakter, seine Herkunft, seine Leidenschaft für Sagen, sein Haus am Mont Saint-Michel, seinen Laden in Saint-Malo und ihre gegenseitige Verbundenheit. Sie erwähnte die fast schon übernatürliche Harmonie zwischen ihm und sich selbst und den Aprilabend, an dem Romane auf dem Mont Saint-Michel gezeugt worden war, und stellte dabei fest, dass es das erste Mal war, dass sie daran zurückdachte. Diese Nacht war der allerletzte Augenblick des Glücks vor dem Gewittersturm gewesen, der sie vernichtet hatte. Sie erwähnte in wenigen Worten die Trennung, dann schloss sie mit dem tragischen Tod Simons, von dem das Mädchen nichts wusste. Bis jetzt hatte sich Johanna damit begnügt, zu sagen: »Dein Vater ist verstorben« oder »Papa ist tot«. Sie begriff, dass in diesen knappen Worten eine Wahrheit zum Ausdruck kam, der das Mädchen in ihrer geheimen Phantasiewelt vergeblich eine Gestalt zu geben versucht hatte. Romane vermutete, dass ihr Vater an einer Krankheit oder bei einem Unfall gestorben und auf einem Friedhof begraben war. Johanna zeigte ihr ein Bild von dem Segelboot, mit dem er zur See gefahren war. Sie erzählte ausführlich vom Ärmelkanal und den Stürmen, die sogar den erfahrensten Seeleuten zum Verhängnis werden konnten. Sie verschwieg den Selbstmord von Simon und hoffte, dass das Kind seinen Tod, zumindest vorläufig, auf den ungleichen Kampf mit den Mächten der Natur zurückführen würde, was zwar nicht ganz die Wahrheit, aber auch keine Lüge war. Nun verstand Romane, weshalb ihre Mutter, deren Beruf es war, in der Erde nach vergessenen Toten zu suchen, ihr nie das Grab des Vaters gezeigt hatte. Das Kind stellte sich seinen Vater vor, wie er in seinem dreiteiligen Anzug mit der Pfeife in der Hand unterging und auf dem Bett aus Sand bei den Fischen schlief, neben dem gesunkenen Schiff. Endlich hatte Romane Worte und Bilder für den Tod ihres Vaters.

In dem Brief an den Weihnachtsmann, den sie ihrer Mutter diktiert hatte, bat sie um ein Buch über bretonische Sagen und eine Reise zum Mont Saint-Michel. Johanna war es eng ums Herz, als sie diese Bitte aufschrieb.

Am späten Nachmittag hatte sich der Himmel mit dicken Wolken zugezogen. Der Nordwind fegte über den Berg und verhieß Gewitter oder Sturm. Johanna hielt es für unvernünftig, ihre Tochter allein zu Hause zu lassen, während sie sich mit Tom traf. Sie hatte Louise Bornel angerufen und ein Problem bei der Grabung vorgeschoben. Die alte Dame hatte sich nicht lange bitten lassen und war gleich gekommen, um auf Romane aufzupassen, die in ihrem Schlafzimmer lag und schlief.

Es war kurz vor halb zehn Uhr. Johanna ließ die schwarze Nacht auf sich wirken. Die Vögel schwiegen. Windböen fuhren durch die nackten Bäume, die Lichtgirlanden wackelten. Die Kälte war erbarmungslos. Johanna zog den Reißverschluss ihrer Jacke hoch, vergewisserte sich, dass sie eine kleine Taschenlampe bei sich hatte, und bog in die kleine Gasse Chevalier-Guérin, von wo aus sie zum Vorplatz der Basilika kam, der dem wütenden Sturm ausgeliefert war. Die Straßen waren menschenleer, und wenn sie keine Lichter in den Fenstern gesehen hätte, hätte sie meinen können, das Dorf sei verlassen. Während sie nach ihrem Freund Ausschau hielt, entdeckte sie bei Bruder Pazifikus noch Licht und rannte durch den eisigen Nordwind zum Presbyterium. Der alte Franziskaner kniete zum Gebet, das er jedoch unterbrach, als er sie an ihren Schritten erkannte. Während sie ihre Uhr im

Auge behielt, erzählte sie ihm überschwänglich von ihrer Reise nach Pompeji, der Entdeckung des geheimen Kellers, Livias Papyrus, Robertos Sekte, Toms letztem Anruf und von ihrem Treffen in der Basilika.

»Sobald ich Romane die verborgenen Worte Jesu zeige, wird sie wieder gesund!« Sie sprühte vor Begeisterung.

»Hm«, murmelte der Franziskaner, »die Botschaft des Herrn ist in der Tat ein allumfassendes Heilmittel, das die Seele der Kranken kuriert. Was nun diese spezielle Botschaft angeht, bin ich einigermaßen verwirrt. Wenn sie nicht verloren ist, wenn es sie wirklich noch gibt ... bei den Heiligen des Himmels!«

Die blitzenden Augen des sonst so gelassenen alten Mönches zeigten, wie aufgeregt er war. Mit festem Blick, der abwechselnd das Kreuz an der Wand und die Bibel auf dem Nachttisch ins Visier nahm, drehte er sich um die eigene Achse und verfing sich, während er sich mit den knotigen Fingern über die Handflächen fuhr, in Fragen, die ihn bis ins Innerste verwirrten. Johanna unterbrach ihn in seiner ungewöhnlichen Unruhe. Sie wollte nicht riskieren, zu spät zu kommen.

»Gehen Sie, mein Kind«, sagte er, während er ihre Hände ergriff. »Aber vergessen Sie nicht, dass man für diese Botschaft schon getötet hat. Seien Sie vorsichtig. Mein Gebet begleitet Sie.«

Draußen warf Johanna einen Blick auf die vom Sturm heimgesuchte Grabungsstätte, dann schaute sie zu dem steinernen Erzengel empor, der im südwestlichen Winkel des Sankt-Michael-Turms den höchsten Punkt bildete; in der Dunkelheit erahnte sie die Flügel, die Lanze und den Schild mit dem Kreuz. Im südöstlichen Winkel sah sie noch das Standbild des Heiligen Petrus mit dem Schlüssel in der Hand. Sie kam zum Vorplatz und ging, vorbei am Tympanon mit dem Jüngsten Gericht, auf den linken Eingang zu. Dann holte sie ihren Schlüsselbund hervor, stieg die Stufen hinauf und sperrte die schwere, ochsenblutfarbene Holztür auf. Sie rief leise nach Tom, aber nur der Wind antwortete. Sie betrat die Basilika und schloss die Tür, ohne abzusperren. Die ins Dunkel getauchte Vorkirche verströmte den Geruch von Weihrauch und altem Kalkgestein. Die Atmosphäre beruhigte sie, aber sie hatte das Gefühl, beobachtet zu werden. Sie holte die Taschenlampe hervor und stellte fest, dass die drei Türflügel, durch die man ins Längsschiff gelangte, geschlossen waren. Johanna stand allein in dem grandiosen Vorraum aus dem 12. Jahrhundert, unter Heiligen, Märtyrern und Dämonen.

Gleich einer Kirche in der Kirche, bildete der Vorraum den Auftakt für den Prozess der Entrückung im Längsschiff, die reinigende Etappe auf dem Weg zum Chor. Damals stand die Vorkirche allen offen, zu jeder Tages- und Nachtzeit. Tagsüber war der golden schimmernde Narthex in eine friedliche Atmosphäre der Andacht getaucht. Nachts wurden die Büßer durch die grotesken und bedrohlichen Köpfe der Monster an den Kapitellen erschreckt. An diesem Abend wirkte das Gebäude durch das aufziehende Gewitter und die mit der geheimen Botschaft Jesu verbundene Gefahr beinahe furchterregend. Johanna beachtete das phantastische Bestiarium und die Figuren Sodoms nicht, die sich um sie herum bekämpften, und richtete den Schein der Lampe auf das große, mittelalterliche Tympanon. Durch die langen Strahlen aus seinen Fingern brachte Jesus Licht über die Köpfe der Apostel. Sein längliches Gesicht im Zentrum der Mandorla machte einen friedlichen, aber entschlossenen Eindruck. Sie dachte über den Inhalt des verborgenen Wortes nach. Warum sollte die Botschaft nicht aufgedeckt werden? Der Lichtstrahl fiel auf das fein drapierte Gewand der Christusfigur, das vom göttlichen Hauch aufgebläht war. Zu beiden Seiten des Heilands hielten die Apostel ein Buch in den Händen. Unter harmlosen Wolken zeigten die zu seiner Rechten ein aufgeschlagenes Evangelium, während diejenigen, die unter wilden Gewitterwolken zu seiner Linken standen, ein mit Nieten geschlossenes Buch hielten. Johanna blickte auf die versiegelten Buchdeckel. Erneut dachte sie an die aramäische Botschaft. Hatte Jesus befohlen, sie geheim zu halten, oder waren seine Erben, die Apostel, diejenigen gewesen, die entschieden hatten, sie nicht zu veröffentlichen? Was mochte an der Schrift so überraschend sein, dass es den Mord an drei Menschen – James, Beata und Roberto – rechtfertigte? Sie überlegte, dass im Laufe der Zeit vermutlich noch mehr Menschen geopfert worden waren, um der Welt die geheimnisvollen Worte vorzuenthalten. Zu der Neugier und der Enttäuschung, sie nicht übersetzen zu können, kam die Angst, dass Tom die Mörder hierherlocken könnte. Sie bereute, kein Messer eingesteckt zu haben. Da sie es aber sowieso nicht gewagt hätte, es zu benutzen, verließ sie sich doch lieber, wie im Haus des Philosophen, auf die Kraft des Freundes. Dennoch erschauderte sie beim Gedanken an das unerklärte Verschwinden des Fotos und vor allem an die Gestalt, von der sie in den letzten Monaten verfolgt worden war. Sie sah sich noch einmal genau um.

Außer den steinernen Ungetümen entdeckte sie keinen Schatten, aber durch die Kirchenfenster hörte sie das bedrohliche Grollen des Donners, gleich dem Gebell von Zerberus, das davon künden sollte, dass der Hades sich bald auftun werde. Sie zitterte vor Angst und Kälte. Ihre Phantasie ging mit ihr durch. Sie dachte an den Blitz, der hier schon so oft eingeschlagen und Feuer und Zerstörung mit sich gebracht hatte. Sie trat hinaus und blickte in den Himmel: Blitze zuckten über die schwarze Kuppel. Die unheilvolle Begegnung der Winde und die damit verbundene Explosion der Elemente stand unmittelbar bevor, aber die Luft war noch trocken.

Es war zehn Minuten vor zehn Uhr. Vergeblich suchte sie nach Tom. Noch war es zu früh, um sich Sorgen zu machen. Sie kehrte in den Narthex zurück, erklomm eine Treppe und drehte den Schlüssel im Schloss einer hölzernen Tür um, die sie wieder hinter sich verschloss. Sie stieg eine weitere Treppe hinauf und gelangte zuletzt in die ehemalige Kapelle Saint-Michel und zu den Emporen über dem Langhaus. Sie legte dem Erzengel die Hand auf den Kopf, zwang sich, tief durchzuatmen und schaltete ihre Lampe aus, um das Kirchenschiff bewundern zu können, das sich unterhalb von ihr erstreckte. Strahler in den Pfeilern, die

Kerzen im Chorraum und in den Kranzkapellen verbreiteten ein sanftes, ruhiges Licht. Das romanische Langhaus strahlte eine solche Schönheit und Harmonie aus, dass es Johanna warm ums Herz wurde. Ein Satz von Jules Roy kam ihr wieder in den Sinn: »Sabbat der Liebe und Morgen der Auferstehung zugleich, das ist Vézelay.«

Ihr fiel ein, dass am nächsten Tag Wintersonnenwende war und damit wieder das von den früheren Architekten geplante Wunder stattfinden würde: Die Sonne traf auf die Kapitelle des Langhauses, ein Sinnbild für das Wunder des Glaubens, und kurz vor Weihnachten würde sich bei Tagesanbruch die Vorkirche blutrot färben.

Morgen ist das Unwetter besiegt, sagte sie sich und versuchte, sich zu entspannen. Hab Mut, Jo, in ein paar Minuten wird Tom da sein, mit einer Kopie des Briefes aus Pompeji. Der Erzengel passt auf mich auf, wie er es vor sechs Jahren auch getan hat. Die Mörder sind weit weg. In einer Stunde werde ich Romane die Worte Christi zeigen, und alles wird vorbei sein. In ein paar Monaten werde ich ihr alles erzählen. Nie wieder werde ich mich in Schweigen hüllen. Ich werde mit ihr reden, und sie wird mich verstehen …

Ein dumpfes Geräusch unterbrach die beruhigenden Gedanken, es folgten Schritte. Johanna horchte auf. Tom, dachte sie. Sie verließ die Empore, lief nach unten und stürzte in den Narthex. Es war niemand da. Sie rief nach ihrem Freund, aber es war der Sturm, der ihr antwortete: ein unglaublicher Knall zerriss die Atmosphäre. Es war, als würde der Himmel auf die Erde fallen. Sie blickte hinauf in das imposante Kreuzrippengewölbe: Ein Blitz funkelte durch das Rundbogenfenster, der Regen peitschte gegen die Scheiben, der Donner geißelte den Berg. Selten hatte Johanna ein so heftiges Gewitter erlebt.

Plötzlich ging die Außentür auf. Johanna richtete die Lampe darauf und sah die imposante, unter dem Zorn der Natur gebeugte Gestalt ihres Freundes. Sie stieß einen Seufzer der Erleichterung aus und rannte auf den Antikenforscher zu.

»Tom, endlich! Ich habe mir schon Sorgen gemacht …«

»Da bin ich, Jo. Völlig durchnässt, aber ich bin da.«

Sie küsste ihn auf beide nassen Wangen.

»Man versteht nichts bei dem Lärm«, stellte Tom fest. »Wo können wir reden, ohne uns anschreien zu müssen?«

»Ich dachte, es wäre in Ordnung hier, aber … du hast recht«, gab sie zu, als sie merkte, dass ihre Worte im Donnern und im prasselnden Regen untergingen. »Komm mit.«

Sie zog ihn zu der Treppe, die zu den Emporen führte. Oben gingen sie weiter und durchquerten das Gebäude bis zur südlichen Flanke, bevor sie vor einer Tür stehen blieb. Johanna holte ihren Schlüsselbund hervor und sperrte auf.

»Wohin bringst du mich?«, fragte Tom.

»Zum Michaelsturm. Dort sind wir ungestört, nicht mal der Zorn der Naturgewalten dringt dort durch. Hier sind wir in Sicherheit«, sagte sie beim Eintreten. »Von oben ist der Blick atemberaubend, aber das zeige ich dir bei ruhigeren Wetterverhältnissen …«

Tom folgte ihr in den rechteckigen, dunklen Turm. Der kleine, gelbe Kreis der Taschenlampe beleuchtete wurmstichige Holzstufen und einen massiven Dachstuhl, der ins Unendliche reichte und die Glocken in sich barg. Die Ruhe überwältigte Johanna. Sie setzte sich auf die oberste Stufe, und Tom ihr gegenüber auf den Boden. Während Johanna die Lampe zwischen sie stellte, nahm der Pompeji-Spezialist einen kleinen Rucksack aus Segeltuch ab. Da bemerkte Johanna, dass er sehr blass war und dass seine Hände zitterten.

»Tom, geht es dir nicht gut?«

»Ich habe das Gefühl, dass ich verfolgt wurde. Weder am Flughafen von Neapel noch in Roissy habe ich etwas gemerkt, aber vorhin auf der Straße hätte ich wetten können, dass mir ein Auto auf den Fersen war.«

»Bist du dir sicher?«, fragte Johanna und dachte an die Schritte, die sie vor dem Eintreffen des Neuseeländers gehört hatte.

»Nein, ich habe nur die Scheinwerfer gesehen aber … Hast du jemandem von unserem Treffen erzählt?«

»Nein, natürlich nicht! Nicht mal meiner Nachbarin, die gerade auf Romane aufpasst.«

»Und Isabelle?«

»Ich habe kaum mit ihr reden können. Seit sie zurück in Paris ist, ist sie voll im Stress. Ich schwöre dir, niemand weiß Bescheid.«

Sie verschwieg das kurze Gespräch mit Bruder Pazifikus, der als Einziger wusste, wo sie sich befand, und vor allem auch, warum. Sie konnte sich nicht vorstellen, dass der alte Mann in seiner Aufregung seine Zelle verlassen und im Sturm zu seinen Brüdern oder seinen Nachbarn von der Bruderschaft zu Jerusalem laufen würde, um ihnen alles zu erzählen.

»Ich habe Vertrauen zu dir, Jo, das weißt du, aber ich vergesse auch nicht, was in Pompeji geschehen ist. Die Mörder sind mir womöglich von Kampanien aus gefolgt oder könnten Komplizen hier haben …«

»Ja, ich verstehe«, sagte sie und dachte an den Schatten, der sie in Vézelay verfolgte.

»Hast du eine Waffe?«, fragte er.

»Natürlich nicht, meine Waffe bist du …«

»In der Tat«, antwortete Tom und holte vor Johannas Augen eine Pistole aus dem Rucksack. »Keine Sorge, ich habe sie von einem Kumpel in Neapel ausgeliehen. Die Sache mit den Hunden, als wir in dem Keller waren, hat mir gereicht. Ich sorge lieber vor.«

Er nahm die Lampe und leuchtete in den Raum.

»Tom, wir sind hier allein«, betonte Johanna.

»Das hoffe ich«, murmelte er.

»Bitte, lass mich nicht länger zappeln. Gib mir, was du mir mitgebracht hast!«

»Wie geht es deiner Tochter?«

»Besser. Aber sie hat immer noch Fieber. Sanderman will morgen vorbeischauen. Ich bin aber davon überzeugt, dass sie durch Hypnose nicht geheilt werden kann. Nur wenn sie das von

Livia aufgeschriebene, verlorene Wort Christi sieht, wird sie von dieser armen Frau befreit sein. Wo ist die Botschaft?«

»An einem sicheren Ort.«

»Du hast sie nicht bei dir?«

Statt zu antworten, stand er auf und inspizierte die Umgebung, die Lampe in der einen und die Schusswaffe in der anderen Hand. Johanna hatte ihn noch nie so aufgeregt und ängstlich erlebt.

»Tom!«, rief sie wütend. »Sag mir nicht, dass du Robertos Datei in Pompeji gelassen hast!«

»Beruhige dich«, erwiderte er, »ich habe vorhin im Flughafen Roissy eine Kopie in einem Gepäckschließfach zurückgelassen, falls ... Aber für dich habe ich etwas viel Besseres.«

»Was denn?«

»Gestern Abend«, sagte er und kehrte auf seinen Platz zurück, »bin ich nach Rom gefahren, zu einem Kollegen von der Uni, einem Spezialisten für alte Sprachen und insbesondere für Aramäisch.«

Johanna hörte angespannt zu.

»Ich habe ihm natürlich nicht die Wahrheit gesagt, was die Herkunft und den Autor des Textes angeht, aber ... er hat den geheimen Satz übersetzt.«

»Tom, das ist ja phantastisch!«, rief Johanna und sprang auf. Das ist unglaublich, lass mich den Satz lesen, schnell ...«

»Setz dich bitte wieder hin.«

Sie gehorchte. Aschfahl legte Tom die Lampe auf den Boden, zog langsam den Reißverschluss seiner Tasche auf und nahm ein einfaches Stück Papier heraus, das er ihr überreichte. Als sich ihre Blicke kreuzten, sah sie, dass er Tränen in den Augen hatte. Sie nahm das vierfach gefaltete Blatt Papier, hielt es vor den Lichtstrahl der Lampe und faltete die Seite auseinander, auf der eines der größten Geheimnisse der Menschheit stehen sollte.

»Ich bin traurig. Aber du musst sterben. Wie die anderen auch.«

»Tom, was bedeutet das?«, fragte Johanna völlig verblüfft.

Sie hob den Kopf in dem Augenblick, als die Pistole auf sie gerichtet wurde.

»Tom!«, rief sie. »Was soll das, was machst du da? Bist du verrückt geworden?«

»Johanna, ich bin furchtbar traurig«, sagte er mit gebrochener Stimme. »Viel mehr als bei James, Beata oder Roberto, denn du bist eine richtige Freundin. Wir beide haben das Geheimnis des Hauses vom Philosophen aufgedeckt, das ich ohne dich nie gelöst hätte. Aber ich habe keine Wahl. Ich kann leider nicht anders …«

Fassungslos sah Johanna den Archäologen an, der sie mit seiner Waffe bedrohte. Sie sah die Szene, hörte, was er sagte, und doch konnte sie nicht begreifen, was Toms Worte und sein Verhalten zu bedeuten hatten.

»Ich … ich verstehe nicht«, stammelte sie. »Was ist mit dir los, Tom?«

Verstört blickte sie erneut auf das Stück Papier zwischen ihren Fingern, auf den schwarzen Lauf der Pistole und auf das Gesicht ihres Freundes, das allmählich einen Ausdruck annahm, den sie nicht kannte: Seine Gesichtszüge wurden härter, seine Augen kalt und starr, genauso erschreckend wie die Waffe.

»Nein, nein, das stimmt nicht, ich träume, das ist ein Albtraum, nicht du, Tom, nicht du, ich werde jetzt einfach wach!«

Er fing an zu lachen. Es war das Lachen eines Irren, abgehackt, schrill, unkontrolliert. Seine absurde Heiterkeit rief eine ganze Reihe von Erinnerungen in ihr hervor. Das kann nicht sein, dachte sie, die Geschichte fängt wieder von vorn an! Tränen stiegen ihr in die Augen.

»Tom, du musst mir das erklären … Warum richtest du diese Pistole auf mich? Was soll dieses Versteckspiel?« Sie zeigte auf das Blatt Papier. »Du … du gehörst dieser Sekte an, diesen Wärtern der Christusbotschaft, ist das richtig? Bist du ihr Anführer? Hast du deine Archäologen umgebracht?«

Er beruhigte sich, schüttelte den Kopf und stieß ein paar Pfiffe aus.

»Jo, in Pompeji hat deine Intelligenz bestens funktioniert, aber hier lässt sie nach. Ich war gezwungen, James, Beata und Roberto auszuschalten, das stimmt, aber nicht aus diesem Grund.«

Johanna presste eine Hand auf ihren Mund. Tom war ein Mörder! Tom war der Mörder, und sie hatte nichts gesehen, nichts gemerkt! Ihr wurde schlecht.

»Überleg doch mal«, fuhr er lächelnd fort, »siehst du mich als Anführer einer Splittergruppe von Gotteskriegern? Ich glaube nicht mal an Gott. Diese sogenannte Sekte gibt es nicht, Jo, es hat sie nie gegeben, außer in deinem Kopf, in dem nur noch die Albträume deiner Tochter herumspuken!«

»Aber … aber der Satz … Livia … sie hat ihn aufgeschrieben …«

»Vermutlich irgendein Abschiedsbrief, wie ich dir immer gesagt habe! Jo … arme Jo … diese angeblich verbotene Botschaft gibt es auch nicht, du hast an Hirngespinste geglaubt!«

»Die Datei im Computer von Roberto, der aramäische Brief …«

»Du wirst mir diese Lügen, die ich mir für dich ausgedacht hatte, verzeihen«, spöttelte er, »aber ich war dazu gezwungen …«

»Die Traktate, die bei Roberto gefunden wurden, mit den Sachen von James und Beata …«

»Das habe ich für die Polizei arrangiert, damit Sogliano einen Mörder und ein Motiv hatte und mir nicht mehr ins Gehege kam.«

»Aber warum, Tom, warum?«, stieß Johanna aus.

Er hörte auf zu lächeln, und während er die Pistole immer noch auf sie gerichtet hatte, setzte er sich ruhig ihr gegenüber, als würde er ein Picknick vorbereiten.

»Klar«, sagte er leicht verbittert, »du mit deinem zehnjährigen Studium, deiner Doktorarbeit und deinem CNRS, du kannst das nicht verstehen …«

»Was verstehen, Tom?«

»Dass ich für Pompeji der beste Archäologe weltweit bin, auch wenn ich eurer kleinen Clique nicht angehöre, eurer geschlossenen Kaste von selbstgefälligen, eingebildeten Akademikern, die sich ihre Diplome ans Revers heften!«

»Ich verstehe wirklich nicht, Tom.«

Er sah sie verächtlich an.

»Glaubst du vielleicht, dass es in den Ebenen von Canterbury, mitten zwischen den Schafen, eine Uni für Archäologie mit dem Sonderbereich römische Antike gibt?«, fragte er aufgebracht.

»Ich ... ich weiß es nicht.«

»Klar, weil du nichts über mein Leben weißt, niemand weiß etwas darüber!«

Nachdem sie sich ein wenig beruhigt hatte, beschloss Johanna, zu schweigen.

»Mit sechzehn Jahren habe ich die Schule verlassen, um den Hof meiner Eltern zu übernehmen«, erzählte er. »Ich habe nicht mal Abitur gemacht. Meine Eltern waren wohlhabende Züchter, besaßen zigtausend Stück Vieh und hätten die Mittel gehabt, um mich nach Christchurch, Wellington oder Auckland zu schicken, wo es ausgezeichnete Universitäten gibt, vielleicht auch nach Australien oder Amerika oder gar Europa! Aber obwohl ich unter Tränen darum gebettelt und sie angefleht habe, haben sie es nicht zugelassen, dass ich einen anderen Beruf ergreife, ihr Erbe ausschlage und sie zwinge, den Betrieb zu verkaufen. Ich musste um jeden Preis ihre Nachfolge antreten. Ich bin ein Einzelkind, meine Mutter war angeblich unfruchtbar und meine Geburt ein Wunder, das sie Christus zuschrieben. In ihrem liebevollen Egoismus und als fromme, strenggläubige Protestanten wollten meine Eltern nicht, dass ich eine andere Richtung einschlug, auch wenn mein Glück daran hing. Wenn Major Harrison länger gelebt hätte, hätte er sie vielleicht überzeugen können, dass ich mir mein Leben besser selbst aussuchen sollte. Aber er war tot.«

»Du hättest doch weglaufen und dir dein Studium mit Jobs selbst finanzieren können.«

»Nein, völlig unmöglich! Meine Eltern wären vor Kummer gestorben, wenn ich sie und den Hof verlassen hätte.«

Er schwieg eine Weile und blickte dabei ins Leere.

»Ich liebte sie trotz allem, ich hatte sonst niemanden auf der Welt. Also habe ich es akzeptiert. Ich war für die Herden verantwortlich, verbrachte meine Zeit auf dem Pferd, von Sonnenaufgang bis Sonnenuntergang, ein richtiger Cowboy. Ich schlief mit den Tieren unter freiem Himmel, schor die Schafe mit den Hofburschen, suchte die Tiere aus, die zum Schlachthof mussten; manchmal habe ich ihnen selbst die Gurgel durchgeschnitten. Mein Vater machte die Buchhaltung und schien zufrieden. Der Betrieb expandierte. Manch einer wäre mit diesem Cowboyleben zufrieden gewesen …«

»Aber du nicht …«

»Nein, ich nicht. Ich ekelte mich vor dem Geruch der Schafe, den ich nicht loswurde. Ich war von Pompeji fasziniert und dachte Tag und Nacht an nichts anderes als an diese Stadt, ihre schönen antiken Fresken, den raffinierten Lebensstil derer, die dort gelebt hatten, den Reichtum der lateinischen Mythologie und Sprache, an das Wunder der Natur und der Geschichte, an die Ausgrabungen, diese sagenhafte Schatzsuche dort. Pompeji … das ich nie sehen oder berühren würde.«

Er redet von der Geisterstadt wie von einer Frau, dachte Johanna. Während er schwieg, überlegte sie, wie sie fliehen könnte. Er stand mit dem Rücken zur Tür. Bis sie aufgestanden und zum Ausgang gelaufen wäre, hätte er längst geschossen. Sie dachte nach, wie sie an die Pistole herankommen könnte.

»Meine Leidenschaft blieb durch die Bücher lebendig, die mir der Major vererbt hatte«, fuhr Tom fort. »In jedem freien Augenblick verschlang ich sie geradezu und lernte sie auswendig. Meine Eltern ließen mich gewähren, solange ich meine Arbeit erledigte. Nachts träumte ich von Pompeji. Tagsüber stellte ich mir vor, wie ich auf meinem Pferd durch die Via del'Abbondanza ritt …«

»Hast du dir denn nie überlegt, zu heiraten, Kinder zu kriegen, um … an etwas anderes zu denken?«

Erneut brach er in Gelächter aus, aber es war eher ein ehrliches, freundliches Lachen, wenn auch nicht ohne Spott.

»Jo, du machst dich lustig über mich, du, die brillante Mediävistin. Du warst doch, bevor du – nebenbei bemerkt, rein zufällig – deine Tochter bekamst, nur mit benediktinischen Mönchen und romanischen Steinen beschäftigt, für die du alle Männer, die dir nähergekommen sind, geopfert hast!«

»Der Beweis, dass wir uns doch ähnlich sind.«

»Das ist falsch!«, rief er. »Völlig falsch! Wir haben nichts gemeinsam, gar nichts! Du gehörst zu den Gutsituierten, die das Leben führen, das sie sich ausgesucht haben, ganz einfach, ohne kämpfen zu müssen. Du hast keine Ahnung, was es heißt, in einem Gefängnis ohne Gitterstäbe zu sitzen, mit den eigenen Eltern als Wärter, und auf ihren Tod zu warten, ihren Tod herbeizusehnen, um endlich frei zu sein! Wie solltest du dir auch vorstellen können, du, das verwöhnte Kind, dem alles gelingt, dass deine Intelligenz jeden Tag erstickt wird, dass du einen Hunger hast, der dich auffrisst, innerlich aushöhlt und den du nie stillen kannst. Hast du eine Ahnung von der intellektuellen Bedürftigkeit, in der du ganz allein dahinvegetierst, nach Mist stinkst und niemanden hast, dem du dich anvertrauen kannst in deinem Schmerz, in dem ständigen Kampf mit dir selbst, damit du nicht der eigenen Mutter, dem eigenen Vater das Messer in den Rücken rammst. Oder kennst du die Schuldgefühle, weil du dir wünschst, dass deine Eltern krepieren, auf der Stelle, obwohl du alles für sie bist und du sie genauso liebst und dich jeden Moment für sie aufopferst?«

Toms Gefühle waren Johanna tatsächlich fremd. Seine Unfähigkeit, die Nabelschnur zu durchtrennen, sein Gehorsam, sein Hass, seine Selbstaufgabe erschienen ihr absurd. Sie fragte sich, ob er beim Tod seiner Eltern nachgeholfen hatte.

»Wann sind deine Eltern gestorben?«

»An meinem fünfundzwanzigsten Geburtstag ist mein Vater vom Pferd gestürzt. Er starb zwei Wochen später, unter unsäglichen Schmerzen. Das hat mir sehr zu schaffen gemacht. Ich war danach allein mit meiner Mutter. Sie hat mich fünf Jahre später verlassen.«

»Mit dreißig Jahren warst du also endlich frei …«

»Es war schrecklich. Ich war vollkommen verloren. Das, was ich am sehnlichsten erhofft hatte, war eingetreten, und ich empfand keinerlei Freude, keine Erleichterung. Ich habe mehrere Monate gebraucht, um alles abzuwickeln und den Hof zu verkaufen. Dann bin ich weggegangen, habe Neuseeland verlassen und beschlossen, nie wieder dorthin zurückzukehren. Ich habe zum ersten Mal Pompeji besichtigt, wo alles genauso war wie in den Büchern des Majors. Es war … es war …«

Er schien tief erschüttert zu sein.

»Ich habe mir geschworen, meinen Traum zu verwirklichen und der größte Pompeji-Spezialist zu werden. Ich bin in die Vereinigten Staaten gegangen, nach San Francisco. Durch den Verkauf der Farm hatte ich viel Geld. Ich habe mich für Geschichte eingeschrieben, als Gasthörer, in einer sehr guten, sehr teuren Universität.«

San Francisco, wo James herstammte, dachte Johanna.

»Es wurde ein totales Fiasko«, fuhr er fort und verzog wütend das Gesicht. »Überhaupt nicht das, was ich mir vorgestellt hatte! Die Vorlesungen brachten mir nichts, ich wusste mehr über die römische Welt als die Professoren, und die anderen Fächer interessierten mich nicht. Und die Studenten … Ich war etwa zwölf Jahre älter als sie und wurde von ihnen nicht akzeptiert. Ich war ihr schwarzes Schaf, ich, der ehemalige Viehtreiber«, spottete er. »Ich musste alles über mich ergehen lassen: Ächtung, Hohn, üble Streiche, Demütigung. Wenn ich körperlich nicht so gut gebaut wäre, wären sie sicher auch noch weiter gegangen …«

Johanna begriff nun, woher Toms Feindseligkeit und Minderwertigkeitsgefühl gegenüber Akademikern kam.

»Nach diesem furchtbaren Jahr bin ich wegen meiner Prüfungsangst bei allen Prüfungen durchgefallen und habe beschlossen, nie wieder einen Fuß in die Universität zu setzen. Ich brauchte das auch nicht, da ich mir alle Bücher kaufen und mir die Italienreisen leisten konnte. Vor allem das Internet hat alles verändert. Ich habe Informatikkurse besucht und hatte ein

Talent dafür. Ich habe angefangen, meine Datenbank über Pompeji anzulegen, und dann …«

Er lächelte triumphierend.

»Und dann habe ich mir meine Diplome selbst gebastelt. Ich habe die Webseiten der Universitäten gehackt und meine Titel vordatiert. Eure hochheiligen Diplome, ohne die man weder die Erde noch die Steine anfassen darf, ja, nicht mal existieren darf, auch wenn man mehr darüber weiß als ihr alle zusammen! Jetzt hatte ich auch welche. Innerhalb von drei Jahren hatte ich alles aufgeholt, das Unrecht beseitigt und war genauso viel wert wie ihr!«

Er spie der Archäologin seine Genugtuung förmlich ins Gesicht.

»Danach brauchte ich mich nur noch in Europa niederzulassen und mir einen Namen zu machen. Ich verkehrte in eurer kleinen, elitären Kaste, habe publiziert und mich bewährt. Ich war dreiunddreißig Jahre alt, und mein richtiges Leben fing endlich an. Ich ließ mich in Rom nieder, dann in Lyon, schließlich in Paris. Dort bin ich Matthieu begegnet, und später Florence und dir.«

Johanna konnte sich jetzt Toms Wissenslücken erklären, die sie falsch gedeutet hatte. Nun wurde alles klar …

»Ich habe wirklich hart gearbeitet, alles war mühsam. Ich saß schon immer lieber vor dem Computer, als im Schlamm zu graben. Die Erde bedeutete für mich schlechte Erinnerungen … Aber es war das Ziel meines Lebens, Pompeji auszugraben, und nichts und niemand hätte mich davon abhalten können. Also bin ich am Ball geblieben. Nach Hunderten von Artikeln, Laborarbeiten und zig Ausgrabungen als Subalterner in Herculaneum, Pompeji und in ganz Europa erlebte ich im Februar, vor elf Monaten, endlich nach zwölf Lehrjahren die Krönung: Mit fünfundvierzig Jahren wurde ich zum Leiter für den Wiederaufbau vom Haus des Philosophen ernannt.«

Seine Augen leuchteten im Halbdunkel des Turms. Stolz hob er den Kopf, eine Bewegung, die Johanna schon von ihm kannte.

»Die Arbeiten begannen im März, und in den ersten fünf Monaten lief alles perfekt. Philippe hat mich bei allem unterstützt und nicht gemerkt, dass ich ihn ausgenutzt habe und durch ihn meine kleinen Defizite in der Feldpraxis ausgleichen konnte. Niemand hat meine Kompetenz infrage gestellt, und ich habe jede Sekunde meine Stellung als Leiter ausgekostet. Heimlich habe ich meine Theorie über den versteckten Schatz der Villa und die griechischen Papyri entwickelt, Nacht für Nacht. Tagsüber leitete ich den Wiederaufbau an. Es war die glücklichste Zeit meines Lebens.«

»Und dann kam James«, warf Johanna ein.

»Im Juli, mitten in den kampanischen Hundstagen. James stieß zum Team und hätte um ein Haar alles verdorben.«

»Er hat dich erkannt, richtig?«

»Der Sommer verlief reibungslos. Ich hatte ihn mit der Freilegung und dem Wiederaufbau vom Tablinum beauftragt. Im September habe ich gemerkt, dass er sich mir gegenüber anders benahm. Er sah mich seltsam an, als wollte er etwas andeuten, und redete nur noch widerwillig mit mir. Ich hatte ihn nicht erkannt, wie sollte ich mich auch an einen Studenten im ersten Studienjahr an der Uni in San Francisco erinnern, zu dem ich damals keinen Kontakt hatte und den ich seit fünfzehn Jahren nicht gesehen hatte?«

»Ihr wart also nicht befreundet vor fünfzehn Jahren?«

»Außer Major Harrison – und in gewisser Weise auch dir – habe ich nie Freunde gehabt. James gehörte dieser Clique versnobter, gehässiger stinkreicher Söhne an, die ihre Zeit mit Golfspielen verbrachten und damit, teure Autos an die Wand zu fahren und Blondinen abzuschleppen, nachdem sie sich Koks reingezogen hatten.«

»Aber James hat seinen Abschluss trotzdem geschafft, anders als du.«

Sie biss sich auf die Lippen. Tom ballte seine Hände zu Fäusten.

»Mir gegenüber hat er es nie zugeben wollen, aber ich bin mir sicher, dass sein Vater seinen Titel gekauft hat, mit einer großen Spende an die Universität! In San Francisco hatte seine Familie das Sagen! Seine Stelle in Pompeji bei mir verdankte er auch dem Geld und den Beziehungen seines Vaters, da bin ich mir sicher!«

Seine Muskeln waren angespannt, sein Gesicht war gerötet. Johanna erschrak.

»Wann hast du erkannt, wer er war?«, fragte sie.

»Zu spät«, antwortete Tom, nachdem er sich beruhigt hatte. »Ich hätte auf der Hut sein, mich erkundigen und ihn unter irgendeinem Vorwand ablehnen sollen. Aber ich schwebte auf meiner Wolke und war besessen von der Vorstellung eines Geheimkellers im Haus des Philosophen. Eines Abends, am 28. September, rief er mich an. Ich war bei mir in Neapel, es war Sonntag, und die Grabungsstätte war geschlossen. Er hatte angeblich einen sensationellen Fund gemacht, heimlich, in der unbearbeiteten Zone von Region IX. Er wollte mir seine Entdeckung unter dem Siegel der Verschwiegenheit unverzüglich zeigen. Ich habe ihm angeboten, mich in Neapel zu treffen, das lehnte er aber ab. Der Mistkerl hat sich um Mitternacht mit mir im Freudenhaus verabredet.«

»Fandst du das nicht ein wenig seltsam?«

»Du kennst mich, Jo. Mit der archäologischen Entdeckung hatte er die sensible Saite bei mir angeschlagen. Als ich ankam, wartete er auf einer der Steinliegen auf mich und strahlte über das ganze Gesicht. Als ich mich erstaunt zeigte, keinen antiken Gegenstand zu sehen, fing er an zu lachen. Da habe ich ihn wiedererkannt. Ich hatte dieses hämische Lachen seit fünfzehn Jahren nicht gehört.«

»Wusste er Bescheid über deine Abschlüsse?«

»Er hat es geahnt, ohne eindeutige Beweise zu haben. Er bot mir den Deal an: Entweder würde er anstelle von Philippe Assistent, oder er würde auspacken und dem Superintendenten reinen Wein einschenken. Ich war wie vor den Kopf geschlagen. Meine Welt brach zusammen. Ich ging weg, weil ich fast zusammengebrochen wäre. Er wartete auf mich, lachte und spottete wie damals … Ich lief in der dunklen Gasse auf und ab und zermarterte mir das Hirn. Wenn ich klein beigäbe, was würde er dann noch verlangen? Meine eigene Stellung? Plötzlich sah ich auf dem Gehweg einen schlecht befestigten Pflasterstein. Ich hob ihn auf, versteckte ihn hinter meinem Rücken und ging zurück in das Freudenhaus.«

»Den Rest kenne ich, Tom. Warum der Verweis auf das Johannesevangelium?«

»Ich weiß nicht. Während ich auf ihn einschlug, hatte ich die ganze Zeit den Satz von Jesus im Kopf, den meine Mutter ständig wiederholt hat: ›Wer unter euch ohne Sünde ist, der werfe den ersten Stein.‹ Ich habe nicht darüber nachgedacht, als ich das an die Wand schrieb …«

»Vermutlich hast du versucht, deine Tat vor deinen Eltern und der Welt zu rechtfertigen und dich selbst davon zu überzeugen, dass der eigentliche Sünder und Betrüger er wäre, und du dagegen unschuldig bist.«

»Vielleicht. Jedenfalls konnte ich nicht zulassen, dass dieser Erpresser mir mein Lebenswerk nahm und das zerstörte, was ich in über fünfzehn Jahren aufgebaut hatte!«

»Warum Beata?«, unterbrach Johanna ihn.

»Eines Abends waren bereits alle weg, und ich war dabei, den Garten der Philosophenvilla zu untersuchen, da kam sie, um mit mir zu reden. Der Mord an James habe sie aufgewühlt, und sie wolle ihn unbedingt aufklären. Sie habe schließlich dreißig Jahre Erfahrung als Archäologin, und deshalb habe sie in James' Vergangenheit gestöbert und sei auf der Webseite der Universität, wo er studiert habe, auf etwas gestoßen, was sie mir zeigen wolle. Sie holte ein Blatt aus ihrer Tasche hervor, ein altes Jahrgangsfoto, zu Semesterbeginn aufgenommen, genauer gesagt, zu Beginn des ersten Semesters.«

»Darauf waren James und du«, erriet Johanna.

»Es war ein schlechter Ausdruck, James stand auf der einen Seite, ich auf der anderen, das Foto war fünfzehn Jahre alt, aber man erkannte mich trotzdem. Beata jedenfalls hatte mich erkannt und hat mir Fragen gestellt. Dann weiß ich nicht, was mit mir geschah. Ich habe völlig die Beherrschung verloren, eine Stahlverstrebung abgerissen und mit aller Kraft auf sie eingeschlagen. Ich wollte die Leiche dann aus meiner Grabungsstätte wegbringen, so weit weg wie möglich von meinem Haus, habe sie eingewickelt und in die Mysterienvilla gebracht. Nach unserem Gespräch in Vézelay im Oktober hat sich der rätselhafte Saal des dionysischen Mysterienkultes von allein angeboten, und der Hinweis auf das Matthäusevangelium auch. Wenn du an eine esoterische Sekte dachtest, würden die Carabinieri das auch glauben. Und du hattest recht.«

Johanna war entsetzt, was sie kaum verbergen konnte.

»Wenn ich das richtig sehe, hast du Roberto umgebracht, kurz bevor du mich vom Flughafen abgeholt hast?«

»Ja. Die Ausgrabungsstätte war von der Schließung bedroht, ich musste sie um jeden Preis retten. Mir kam der Gedanke, den Mord als Suizid zu tarnen, um Zeit zu gewinnen, wohlwissend, dass die Carabinieri dies früher oder später entdecken würden. Ich nahm die Traktate, die ich zuvor auf dem Computer gefälscht hatte, das goldene Feuerzeug, das ich dem toten James als Erinnerung an meinen Sieg über die Vergangenheit abgenommen hatte, und das blutige Tuch von Beata, das sie um den Hals trug und das heruntergefallen war, als ich sie in die Villa brachte, und hinterließ alles bei Roberto.«

»Aber warum hast du Roberto umgebracht?«

»Ich hatte keine Wahl. Er hat mich gesehen … an dem Abend, als … als Beata mir das Foto gezeigt hat, ist Roberto zur Baustelle zurückgekommen, weil er sein Handy dort liegen lassen hatte. Er hat mich von Weitem gesehen, wie ich mit meiner Last auf den Schultern das Haus verließ. In der Dunkelheit hat er nicht gleich begriffen, was los war, aber als am nächsten Morgen Beatas Leiche in der Mysterienvilla entdeckt wurde, hat er zwei und zwei zusammengezählt. Er hat auch versucht, mich zu erpressen, und wollte Geld sehen, sehr viel Geld.«

»Und du hast ihn ermordet!«

»Ich war dazu gezwungen, Johanna, wie ich jetzt gezwungen bin, dich zum Schweigen zu bringen.«

»Du hast geglaubt, ich hätte dich auch durchschaut?« Sie wurde bleich.

»Nein. Bei dir ist es völlig anders. Es ist wegen deiner Tochter.«

Johanna sah ihn an, ohne zu verstehen.

»Meiner Tochter? Was hat sie damit zu tun?«

»Sie sieht im Traum in die Vergangenheit, Jo, und sie irrt sich nicht! Wenn sie die Gabe hat, Erlebnisse aus dem 1. Jahrhundert erneut zu durchleben, wird sie ohne Mühe auch Handlungen rekonstruieren können, die nur ein wenige Wochen zurückliegen! Wenn dein Hypnotiseur sie zur Identität der Mörder von Pompeji befragt, wie du es seit mehreren Tagen verlangst, wird sie mich zwangsläufig verraten!«

»Das ist es also ...«

»Ja, und ich kann dieses Risiko nicht eingehen. Ich habe viel darüber nachgedacht, aber mir ist keine andere Lösung eingefallen. Entweder ich schalte Romane aus, oder ich bringe dich um. Du wirst deine Tochter verschonen wollen, die arme Kleine hat schon genug gelitten. Sie wird nach Fontainebleau zurückkehren, und deine Eltern werden sie großziehen.«

Johanna hatte ihm bis jetzt zugehört, aber dies ging über ihre Kräfte. Toms berechnender Zynismus und sein Wahnsinn trieben sie in wütende Verzweiflung.

»Du bist völlig irre!«, schrie sie und sprang auf. »Wie kannst du daran denken, dich zu schützen, indem du meine Tochter oder mich umbringst! Es wird nie ein Ende haben! Du wirst noch etwas finden, um Philippe zu töten, dann wirst du Francesca verdächtigen, dass sie dich verdächtigt, danach ist Ingrid an der Reihe, dann Pablo, und wenn dich niemand stoppt, wirst du noch dein ganzes Team abschlachten! Du steckst in einem Teufelskreis fest und wirst immer weiter Blut vergießen, bis man dich fasst! Hör auf, solange es noch geht, ich verspreche dir, dass ich dein Geheimnis nicht verraten werde, ich werde nichts sagen ...«

»Jo, du nennst mich irre, aber du verbreitest hier den Irrsinn und hältst mich für ein kleines Kind! Du hättest in Pompeji auf mich hören sollen, als ich sagte, dass es keine gute Idee ist, deine Tochter nach dem Mörder zu befragen. Ich hätte dich in Ruhe gelassen. Aber du hast mal wieder nur das getan, was du willst! Du konntest es nicht wissen, aber dass es ihr besser ging, was dich natürlich gefreut hat, hat mich in die Verzweiflung getrieben. Weil das bedeutete, dass du sterben musst.«

Johanna begriff, dass sie ihn nicht stoppen konnte. Die Gefahr vertrieb ihre Angst und ließ sie stattdessen ums Überleben kämpfen.

»Tom, warum hast du mich angerufen am Tag nach James' Ermordung und warum bist du nach Vézelay gekommen und hast mir davon berichtet?«

Er zögerte.

»Es war so eine Last. Ich wollte dir erst alles erzählen. Ich hatte das Gefühl, ich würde platzen. Ich habe irgendwie gespürt, dass du die Richtige wärst. Mir schien, wir wären wie Geschwister. Deine Tochter hat mich überzeugt, dass ich recht hatte, sie hat sich für mich interessiert, die richtigen Fragen gestellt, sodass ich anfing zu reden. Aber dann musste sie ins Bett, und allein mit dir, von Angesicht zu Angesicht, habe ich mich nicht mehr getraut. Diese Jahrzehnte des Schweigens und der Lügen haben mich daran gehindert. Ich hatte Angst, ich kannte dich nicht gut genug und befürchtete, dass du mich nicht verstehst und mich verrätst.«

»Tom, hör mir zu«, sagte Johanna sanft. »Es ist nicht zu spät. Du kommst da wieder raus. Ich war dumm, als du mich das erste Mal besucht hast, aber ich bringe jetzt alles in Ordnung. Es ist gut, dass du dich mir heute Abend anvertraust. Ich werde dir helfen. Ich verstehe, was dich dazu getrieben hat, dich … zu verteidigen. Das ist es doch, du hast dich verteidigt! James war ein abscheulicher Erpresser. Es ist ein Kinderspiel, zu beweisen, dass es sich um Notwehr handelte, dann wird das Verfahren eingestellt. Bei Beata zählt, dass du in Panik gehandelt hast und vorübergehend nicht zurechnungsfähig warst, und für Roberto kann man Vorsatz ausschalten, wenn man sich auf einen Unfall beruft! Er hat dich bedroht, ihr seid aufeinander losgegangen, und du hast ihn ohne Absicht getötet! Glaub mir, mit einem guten Anwalt, der deine Kindheit ins Spiel bringt und von deinem legitimen Kampf erzählt, von deiner Leidenschaft für Pompeji, bleibt dir lebenslänglich erspart. Mit Straferlass und Bewährung kannst du schon nach ein paar Jahren wieder draußen sein und ...«

Tom sah sie auf eine Art an, dass sie verstummte.

»Ich gehe nicht ins Gefängnis!«, fauchte er. »Niemand wird über mich richten, hörst du? Niemand kann das, außer meinen Eltern! Sie werden aus ihrem Grab auferstehen, wenn ich mit allem fertig bin, und ihr Urteil fällen!«

Er schrie, und seine Worte verloren sich in den Höhen des Turms.

»Jetzt ist es genug!« Er stand auf.

»Tom, wenn du auf mich schießt, bist du verloren. Es wird eine Untersuchung geben, man wird erfahren, dass ich gerade aus Pompeji zurückgekommen bin, und früher oder später wird die Polizei entdecken, dass du mich heute Abend getroffen hast.« Sie dachte an Bruder Pazifikus.

»Ich habe Vorsichtsmaßnahmen getroffen, Jo. Ich habe den Flug und das Auto auf Roberto gebucht. Niemand hat mich hier gesehen, die Polizei wird mich nicht aufspüren.«

»Warte«, flehte Johanna ihn an, »ich bitte dich, warte! Ich ... es gibt noch etwas, was ich dir sagen möchte, ein Letztes noch ...«

Sie hatte das schmerzerfüllte Gesicht von Romane vor Augen. Ihr eigener Tod erschien ihr nicht wie ein Ende, sie nahm ihn nur in Bezug auf ihre Tochter wahr, die keinen Vater hatte und jetzt auch ihre Mutter verlieren würde. Sie hatte nicht das Recht, ihre Tochter aufzugeben ...

»Ich will dir nicht länger zuhören, Jo. Du kannst dir ausdenken, was du willst, es wird nichts mehr ändern.«

Er war wahnsinnig, es war zwecklos, ihm einen Ausweg zu eröffnen; im Gegenteil, man musste denken wie er.

»Dann werde ich eben sterben«, sagte Johanna entschlossen.

Tom zeigte sich verwundert.

»Es ist ein Naturgesetz, und es wäre sinnlos, dagegen anzukämpfen. Aber ich lehne es ab, von deiner Hand zu sterben.«

»Was soll diese …«

»Du hast über mein Ende verfügt wie ein römischer Kaiser. Und ich füge mich wie Seneca, Thrasea Paetus, Gaius Petronius und viele andere. Aber ich verlange einen stoischen Tod. Ich setze der willkürlichen Hinrichtung die ›libertas‹ entgegen. Wie die Verfechter der Stoa verlange ich von dir, dass du mir die Freiheit lässt, die Art meines eigenen Todes zu wählen, und diese mir als letzten Akt der Freiheit gewährst.«

»Was ist das für ein Täuschungsmanöver, Johanna? Machst du dich lustig über mich?«

»Nicht im Geringsten, Tom. Das ist nicht der Moment dafür. Denke an Livia, an den Philosophen J. Saturnus Verus, die den Mut hatten, zu sterben, Herr ihrer selbst wie die griechischen Autoren der Schriftrollen aus dem Keller. Ich verlange einen würdigen Tod. Ich will nicht, dass meine Tochter hört, ihre Mutter sei ermordet worden. Da ich immer selbstbestimmt gelebt habe, will ich auch über meinen Tod bestimmen. Wie der Vater von Romane bringe ich mich lieber um.«

Perplex sah Tom ihr in die Augen, um herauszufinden, ob sie es ernst meinte.

»Tom, ich flehe dich an, mir diese letzte Gunst zu gewähren. Tu es in Erinnerung an unsere Suche im Haus des Philosophen, den gemeinsam ausgegrabenen Schatz, unsere gute Freundschaft.«

»Jo, das werde ich nie vergessen, du musst jetzt nicht …«

»Also gewähre mir das, worum ich dich bitte.«

Jetzt war es an ihr, ihn anzusehen, ohne mit der Wimper zu zucken. Ihre Rede schien ihre Wirkung nicht zu verfehlen. Er zögerte.

»Ich bin nicht so dumm, dir diese Pistole zu übergeben …«

»Deine barbarische Waffe will ich auch nicht.«

»Was schlägst du dann vor?«

Sie blickte hoch zu der dunklen Turmspitze.

»Achtunddreißig Meter Höhe, Tom. Der Gipfel der Basilika und des Hügels hier. Mich vom höchsten Punkt des Michaelsturms auf den Vorplatz der Kirche zu stürzen, das wäre ein schöner Abschluss für ein Leben, das den romanischen Steinen und der mittelalterlichen Symbolik gewidmet war.«

»Du willst mich hinhalten«, stammelte er.

»Ich kann dir nicht entkommen, Tom. Du gehst bis oben hinter mir her, mit deiner Pistole, und wenn ich mich nicht hinabstürze …«

Kurz zögerte Tom, dann gab er ihr ein Zeichen, dass er einverstanden war.

Johanna stand langsam auf. Sie hatte Zeit gewonnen, einen letzten Aufschub, aber sie hatte keine Ahnung, wie sie entkommen könnte. Als sie den Fuß auf die unterste Stufe stellte, drückte er ihr seine Waffe in die Rippen.

»Geh hinauf«, befahl er ihr. »Beim geringsten faulen Trick schieße ich.«

Sie hielt den Atem an und erklomm, während sie das Bein leicht nachzog, Stufe für Stufe der fragilen Treppe. In einer Hand hielt er die Lampe, in der anderen die Pistole. Dennoch war sie im Vorteil, denn sie war schon ein paarmal im Turm gewesen. Sie versuchte, sich zu erinnern, suchte nach einem Ausweg, betete zu Sankt Michael um Hilfe. Je weiter sie hinaufstiegen, desto gefährlicher wurde es. Manche Stufen fehlten, bald käme statt der Treppe eine einfache Leiter. An den riesigen Glockenbalken hingen gelbe Hinweisschilder, die auf die Gefahr aufmerksam machten.

Sie klammerte sich an die Holme und hievte sich hoch. Sie wagte es, sich zu ihm umzudrehen. Er tat sich schwer damit, die Sprossen nicht zu verfehlen. Er hatte die Lampe zwischen die Zähne gesteckt, behielt die Pistole aber in der Hand. Sie dachte, dass sie ihn mit einem energischen, gut platzierten Tritt leicht entwaffnen oder ins Wanken bringen könnte. Aber womöglich würde er nur stürzen und die morsche Leiter – und damit auch sie – mit sich reißen. Trotz Kälte und Feuchtigkeit fing sie an zu schwitzen. Vor Angst konnte sie keinen klaren Gedanken mehr fassen. Ihr Körper wurde schwer und steif, ihre Hoffnung schwand. Ein Satz von Jules Roy pochte in ihren Schläfen: »Vézelay ist eine heilige Stätte, aber auch ein Friedhof … Es ist ein Ort zum Sterben und nicht zum Leben«, flüsterte ihr der große Verehrer des Hügels zu.

Je mehr sie sich der Turmspitze näherte, desto besser hörte sie den apokalyptischen Tumult des Gewitters. Das laute Donnergrollen und der prasselnde Regen rissen sie aus ihrer Lethargie. Lass den Kopf jetzt nicht hängen, Jo. Du musst alles versuchen, bis zum Schluss. Für Romane. Vielleicht ist die Waffe gar nicht geladen. Oder er hat vergessen, sie zu entsichern. Oben am Geländer werfe ich mich mit aller Kraft auf ihn.

Ein paar Minuten später war der anstrengende Aufstieg beendet. Vorsichtig griff Johanna nach den verrosteten Ketten und klappte den Deckel einer großen, wurmstichigen Luke herunter. Sie legte schützend die Hände vor ihr Gesicht, während Tom sie nach draußen stieß.

Kaum hatten sie die moosbedeckten Steinplatten vor dem Geländer betreten, waren sie auch schon völlig durchnässt. Der Wind drückte sie nach hinten. Johanna dachte an den Blitz, der den Turm mehrfach getroffen hatte, und hoffte, dass ein Feuerstich auf das Kreuz niedergehen würde, das den Turm krönte. Aber der Himmel erhörte sie nicht. Sie hielt sich an der Kalksteinbrüstung fest und suchte in der dunklen Landschaft ihr Haus und das Zimmer von Romane. Sie sah nur ein paar schwache gelbe Punkte, die in der stürmischen Nacht flimmerten. Sie unterdrückte die aufsteigenden Tränen. Sie hätte alles gegeben, um ihre Tochter ein letztes Mal zu küssen und zu umarmen. Sie sah ein kleines Licht am Fenster von Bruder Pazifikus, direkt gegenüber, aber der alte Mönch hätte nichts für sie tun können, auch wenn sie nach ihm gerufen hätte. Sie spürte eine starke Hand, die sich auf ihre Schulter legte. Sie drehte sich um.

»Jo!«, schrie Tom in den wütenden Sturm. »Es ist Zeit, frei zu werden! Los, spring!«

Sie nickte. Ihr blasses Gesicht tropfte vor Regen und Angst. Mit dem Rücken zur Luke, hielt er die Lampe und die Pistole.

Sie sah auf den Lauf der Waffe. Er war einen Meter von ihr entfernt. Ganz langsam drehte sie sich der Tiefe zu, klammerte sich mit beiden Händen an die kleine Mauer und tat so, als wollte sie das rechte Bein heben.

Dann ging plötzlich alles sehr schnell. In dem Augenblick, als sie sich wieder zu ihm umdrehte, tauchte in der Luke ein Schatten auf und griff Tom von hinten an. Wie erstarrt blieb er den Bruchteil einer Sekunde stehen, bevor er wild um sich schlug und es schaffte, die Gestalt durch die Luke zu ziehen. Im blassen Schein der Taschenlampe, die Tom nicht hatte fallen lassen, sah Johanna einen breiten, dunklen Filzhut, der das Gesicht dieser Person verbarg, und einen schwarzen Umhang, aus dem zwei Arme, zwei behandschuhte Hände und schwarz gekleidete Beine herausragten. Sie wich zurück, während die zwei Männer sich am Rand des Abgrunds einen erbitterten Kampf lieferten. Ihre Schreie wurden vom Gewitter übertönt. Mit einem Arm versuchte der Fremde, Tom zu würgen, während er mit der anderen Hand nach dem Revolver griff. Der Neuseeländer war größer und kräftiger als sein Gegner, aber der andere Mann ging mit übermenschlichem Willen zu Werk, sodass der Ausgang des Kampfes ungewiss war.

Johanna beobachtete die Szene, ohne eingreifen zu können. Ein Schuss wurde abgefeuert, dann ein zweiter.

Lampe und Waffe fielen gleichzeitig zu Boden, als Tom es schaffte, sich den Mann auf die Schulter zu heben. Johanna stürzte los und griff nach dem Revolver, während der Fremde seinen Gegner umklammerte. Sie konnte nicht schießen, ohne Gefahr zu laufen, ihren Beschützer zu verletzen. Im Handgemenge rollte die Lampe auf die Luke zu und fiel in die Tiefe, in dem Augenblick, als der Fremde seinen Hut verlor. In der von kurzen Blitzen unterbrochenen Dunkelheit, in dem Sturm und Regen waren die Männer nicht voneinander zu unterscheiden.

Ein schriller Schrei kündete vom Ende der Umklammerung. Johanna sah, wie eine mächtige Gestalt in die Tiefe fiel. Trotz der Dunkelheit erkannte sie Tom. Sie sprang zum Geländer und beugte sich über den schwarzen Abgrund. Nichts. Der Sturm und die Dunkelheit hatten Tom verschlungen.

Als Johanna sich, den Revolver in der Hand, umdrehte, war der Mann mit dem Umhang geflohen, in dem kurzen Augenblick, als sie sich über das Geländer gebeugt hatte.

Mitten im Gewitter blickte Johanna über das Tal von Vézelay, stand auf dem Gipfel des »Skorpionshügels«, zitternd, durchnässt und mit den Nerven völlig am Ende. Sie legte die Waffe auf der kleinen Mauer ab und hob den Hut des Fremden auf, der ihr das Leben gerettet hatte.

Zu ihrem größten Erstaunen erkannte sie die Kopfbedeckung ihres Nachbarn, des Bildhauers.

40

Um drei Uhr morgens waren die Gendarmen aus Avallon bei Johanna fertig. Am Vormittag kämen die aus Auxerre, und sie würde noch mal erzählen müssen, was im Michaelsturm geschehen war, alles über Toms Geständnis und die Morde in Pompeji. Dann wären Kommissar Sogliano und die Carabinieri in Neapel an der Reihe, die sie verhören würden, um den Fall in Neapel abschließen zu können. Es mochte auch sein, dass die Familie von James noch einen Detective aus San Francisco schickte, vor dem sie aussagen müsste. Ob sich die deutschen und die neuseeländischen Behörden auch noch für die Geschichte interessieren würden, wusste sie nicht. Von Romanes Krankheit hatte sie den Ermittlern nichts gesagt, nichts von den Albträumen, der Hypnose und darüber, warum Tom sie umbringen wollte. Sie hatte gesagt, er sei gekommen, um sie zu töten, weil er, wie bei den anderen auch, geglaubt habe, die versierte Archäologin habe das Geheimnis seines Betrugs aufgedeckt. Obwohl sie die Verbrechen verabscheute und die Ereignisse sie traumatisiert hatten, empfand sie doch Mitleid für einen Kollegen, der seinem Traum, seiner unbedingten Leidenschaft für die Archäologie, alles geopfert hatte. Er hatte gelogen, aber die Maske, hinter der er sich verborgen hatte, hatte zum Vorschein gebracht, wer er wirklich war: Der größte Pompeji-Spezialist seiner Zeit, was seine Familie, die Gesellschaft und seine Berufskollegen ihm absprechen wollten. Sein Betrug hatte ihn paranoid gemacht und dazu gebracht, zu töten. Das war unverzeihlich, aber sie würde niemanden mehr verurteilen.

Im strömenden Regen hatte Johanna die Polizisten zu Toms Leiche geführt, neben der Südseite der Basilika, wenige Meter vom Grabungscamp und dem unbeleuchteten Presbyterium entfernt. Sie hatte die Augen geschlossen, um ihn als Lebenden in Erinnerung zu behalten, und hatte an die Hinweise aus dem Evangelium gedacht, die er neben seine Opfer geschrieben hatte: »Wer unter euch ohne Sünde ist, der werfe den ersten Stein.« Und: »Richtet nicht.«

Sie hatte daran gedacht, welches Urteil für ihn zählte, nämlich nur das seiner verstorbenen Eltern. Dann hatte sie beschlossen, ihn nicht der Presse auszuliefern und seine Geschichte auch nicht an die Öffentlichkeit zu zerren.

»Sind die Herren Gesetzeshüter endlich wieder weg?«

Unten an der Treppe tauchte das sorgenvolle Gesicht von Louise Bornel auf. Johanna nickte. Völlig ermattet lag sie auf dem Sofa und zitterte, trotz der trockenen Kleider und des großzügig eingeschenkten Cognacs, den die alte Dame ihr gebracht hatte.

»Meine Ärmste, in was für einem Zustand Sie sind!«, rief die Nachbarin.

»Ich bin am Leben, Louise.«

»Sie können Maria Magdalena dafür danken, dass sie nicht zugelassen hat, dass unter unserem Dach unschuldiges Blut vergossen wird!«

»Hat Romane immer noch Fieber?«

»Achtunddreißig Komma sechs Grad, vor zehn Minuten, trotz Paracetamol. Sie schläft unruhig und hustet, aber sie schläft. Die Polizei hat sie nicht geweckt. Wenn ich Sie wäre, würde ich den Arzt holen …«

»Ihr Arzt müsste morgen kommen, das heißt, heute. Ich kenne mich gar nicht mehr aus.« Johanna seufzte.

»Legen Sie sich schlafen«, ordnete Madame Bornel freundlich an. »Sie sind am Ende Ihrer Kräfte, und das ist auch normal. Ich bleibe bei der Kleinen, während Sie sich ausruhen.«

»Das ist sehr nett, aber es geht mir gut, bestimmt. Es ist Viertel nach drei und höchste Zeit, dass Sie nach Hause kommen. Sie müssen ja auch völlig erschöpft sein.«

»Wie Sie wollen. Ich komme später wieder vorbei, wenn das Polizeiauto aus Auxerre eingetroffen ist.«

»Danke, Louise. Mir ist es sehr recht, wenn Romane das alles nicht mitbekommt.«

Johanna blickte auf das Nussholzbüfett, in dem sie den Hut ihres Retters versteckt hatte. Instinktiv hatte sie den Beamten diesen Hinweis vorenthalten und ihnen nicht gestanden, dass ihr Wohltäter ein Mann war, der im mittleren der drei Reihenhäuser lebte und von dem sie nicht wusste, wie er hieß, wie er aussah und vor allem, was ihn zu seinem Handeln bewogen hatte. Dabei war sie sich mit dem Inspektor darin einig, dass dies wohl das größte Rätsel der vergangenen Stunden war: Wer war der Mann, dem sie ihr Leben verdankte? Warum verbarg er sein Gesicht und war geflohen, obwohl er, da er in Notwehr gehandelt hatte, nicht für Toms Tod zur Rechenschaft gezogen werden konnte?

Als Johanna endlich wieder so viel Kraft gehabt hatte, dass sie, den Revolver in der Tasche und den Hut in der Hand, den Ort des Dramas verlassen konnte, hatte sie ihre Lampe auf einer Leitersprosse gefunden, als habe ihr jemand den Abstieg erleichtern wollen.

»Louise«, sagte sie und stand auf, um die alte Dame zur Tür zu begleiten, »sagen Sie mal, der Bildhauer nebenan …«

»Martin?«

»Martin … ist das sein Vor- oder Nachname?«

»Keine Ahnung! Es hat sich nur mit Martin vorgestellt. Ich vermiete an die Stiftung, die bezahlt mich, sucht die Künstler aus und macht die Verträge. Ich kümmere mich um nichts.«

»Wann ist er nach Vézelay gekommen?«

»Warten Sie mal, wann war das …« Sie kratzte sich an ihrem Haarknoten. »Also, Sie sind im August eingezogen. Und er kam einen Monat später. Ja, letzten September. Das genaue Datum weiß ich nicht mehr.«

»Kennen Sie ihn gut? Was ist er für ein Typ?«

»Na ja, gesellig ist er jedenfalls nicht! Gerade mal Guten-Tag-auf-Wiedersehen, sonst nichts! Lärm macht er keinen, er ist ein wortkarger Mensch. Aber meine Liebe, warum interessieren Sie sich denn auf einmal so sehr für Martin?«

Johanna wollte Madame Bornel nicht anlügen.

»Ich bin mir nicht sicher, Louise, aber … in dem Turm vorhin. Ich meine, ich hätte ihn erkannt.«

»Sie meinen, er war derjenige, der … Ja, ist das möglich?«

»Louise, bitte, Sie dürfen nichts sagen, solange ich es nicht sicher weiß. Es war sehr dunkel da oben! Ich würde gern mit ihm sprechen und werde ihm einen kleinen Besuch abstatten«, fügte Johanna hinzu und zog sich eine Strickjacke an.

»Mitten in der Nacht?«

»Ich kann nicht warten, ich muss wissen, ob ich ihm mein Leben verdanke.«

»Ich komme mit!«, rief die Witwe, die ihre Neugier und Aufregung kaum bändigen konnte.

Das Gewitter war vorbei. Es war noch dunkel, aber der ruhige Himmel und die saubere Luft nach dem Schauer taten Johanna gut. Der Sturm schien sie von etwas reingewaschen zu haben. Sie atmete tief durch. Louise zog sie in das mittlere Haus, das nicht verschlossen war. Vorsichtig stiegen die beiden Frauen die knarzende Treppe hinauf.

»Das Zimmer von Martin ist da links«, murmelte die alte Dame, als sie den Treppenabsatz im ersten Stock erreichten.

Die Tür stand weit offen.

»Sieh mal an!«, sagte die Eigentümerin. »Der Vogel ist auf und davon!«

Johanna betrat ein kleines, sauberes Mansardenzimmer. An einer Wand thronte ein Bett mit Messingpfosten, das unbenutzt war. Auf einem Tisch vor dem Fenster lagen Bildhauerwerkzeuge und ein paar geschnitzte Holzstücke. Ein Schrank mit angelehnter Tür erlaubte den Blick auf leere Fächer. Keine Kleidung, keine Reisetasche, kein Buch, auch kein Skizzenbuch. Das Bad neben dem Atelierzimmer enthielt keinen einzigen persönlichen Gegenstand. Der Mann hatte sich aus dem Staub gemacht, ohne irgendetwas zu hinterlassen. Johanna ging auf die Werkbank zu und nahm ein Stück Holz in die Hand, das fast nicht bearbeitet war. Ihre Nasenflügel bebten. In dem Raum lag ein besonderer Geruch von kaltem Tabak, zigarrenartig, der sie an irgendetwas erinnerte.

»Was ist denn das für ein Held, der sich wie ein Dieb davonstiehlt?«, fragte Louise. »Da stimmt doch was nicht.«

»Romanes Zimmer liegt direkt hinter dieser Wand«, entgegnete Johanna. »Ich …«

»Was ist denn los?«, unterbrach eine Stimme. »Was machen Sie hier? Ah, Sie sind's, Madame Bornel! Johanna?«

Im Türrahmen stand ein junger Mann in Unterhose, der von den beiden Nachbarinnen geweckt worden war und sie verdutzt ansah.

»Entschuldige, dass wir dich aus dem Bett geholt haben, Jérémie«, sagte Johanna zu dem Aquarellmaler. »Es würde zu lange dauern, dir zu erklären, warum wir hier sind. Bitte sag uns alles, was du über Martin weißt.«

»Jetzt?« Er gähnte.

Der Maler berichtete in etwa das, was Louise bereits über den scheuen, misanthropischen und schweigsamen Charakter des Bildhauers gesagt hatte. In den drei Monaten, die sie unter einem Dach verbracht hatten, hatte er mit ihm und Lucien, dem dritten Bewohner, einem Dichter, kaum zehn belanglose Sätze gewechselt. In seinem Zimmer drehte er den Schlüssel zweimal im Schloss um, aß nie mit ihnen, kam und ging zu jeder Tages- und Nachtzeit und zeigte seine Arbeiten nicht her.

»Ein einsamer Mensch, der seinesgleichen meidet«, schloss der Maler, »aber viele Künstler sind so. Das ist kein Manko, sondern bloß Schüchternheit. Martin ist nämlich durchaus großzügig: Als er kam, hat er darauf bestanden, dass wir die Zimmer tauschen!«

»Wieso das?«, fragte Johanna.

»Ursprünglich habe ich diese kleine Mansarde bewohnt, und Martin sollte das große Nordzimmer gegenüber von einem Zeichner übernehmen, wo das Licht zum Malen viel schöner ist.

Er hat mir sein Zimmer überlassen und dieses Atelier bezogen. Nett, nicht wahr? Aha, der Schrank ist ja leer. Ist er abgereist? Ich habe gar nichts gehört!«

Johanna lief auf die Wand zu, die an ihren Teil des Hauses grenzte, und entdeckte einen Flaschenkorken in der Wand, verborgen hinter einem kleinen Gemälde. Sie zog ihn heraus und blickte durch das Loch. Sie sah einen Teil des Zimmers ihrer Tochter, das Schreibpult und den Korbsessel, in dem sie selbst während der Hausaufgaben saß, und den Schrank gegenüber.

Wenige Minuten später war Johanna wieder in ihrer Wohnung. Zum ersten Mal, seit sie in Vézelay war, drückte sie die Tür fest ins Schloss und sperrte ab. Sie ging hinauf zu Romane, die, mit Hildebert zu ihren Füßen, unruhig schlief. Sie nahm den alten, blinden Spiegel ab, der über dem Bettschränkchen hing: Da war die Öffnung, die der Nachbar in die Wand getrieben hatte. Aber wie konnte er durch den Spiegel schauen? Sie nahm das alte Stück mit seinen Wurmlöchern und Rostflecken, das sie auf dem Flohmarkt gekauft hatte, genau unter die Lupe. Romane liebte diesen Spiegel, in dem man nichts sah und von dem zwei Seidenquasten herunterhingen. Sie drehte ihn um und schrie auf: Der Mann hatte die Rückseite, die aus Holz bestand, durchbohrt und auf einer Fläche von ein paar Zentimetern das Zinn weggekratzt, so nah am Rand, dass man sehr genau hinsehen musste, um es zu entdecken.

Entsetzt sank Johanna in den Korbsessel.

Sie stellte sich den Unbekannten vor, wie er die Wand mit seinem Werkzeug durchstoßen hatte, wie er heimlich bei ihr eingedrungen war; sie sah ein schwarzes Auge auf der anderen Seite der Mauer, dicht an der Wand, das ihre Tochter am Schreibtisch beobachtete und sie selbst auch, ihre Unterhaltungen, ihre Zärtlichkeiten mitbekam, Romanes Albträume, überhaupt alles, was hier seit drei Monaten geschehen war! Sie schauderte vor Entsetzen bei der Vorstellung, dass ihre Intimsphäre auf diese Weise verletzt worden war. Ihr wurde klar, dass der Nachbar wahrscheinlich auch das Foto vom Büfett genommen hatte und derjenige war, der sie ihn Vézelay verfolgt hatte. Sie dachte an den Mann mit Hut im Restaurant in der Rue Saint-Étienne. War er pervers? Nein, er hatte ihr das Leben gerettet. Ein Privatdetektiv? Absurd. Aber wer war er, und warum war er geflohen?

Ein Stöhnen riss sie aus ihren Gedanken. Sie legte den Spiegel auf den Stuhl und trat ans Bett ihrer Tochter. Als sie bei Romane Fieber maß, stellte sie fest, dass es noch einmal gestiegen war. Johannas Nerven lagen blank, als sie feststellen musste, dass die Besserung vom Vortag nicht anhielt. Romanes Zustand verschlechterte sich erneut.

Tom hatte sich nicht an ihr vergriffen, dachte sie, aber ihre Albträume bringen sie irgendwann um. Sie will krank sein. Sie will nicht zurück, sie will dort bleiben, unter dem Vulkan, in der Höhle mit Livia und dem Philosophen. Die Botschaft Christi gibt es nicht. Der verborgene aramäische Satz, der sie hätte retten können. Es war meine Erfindung, ich wollte daran glauben. Aber das stimmte nicht. Romane hat sich das ausgedacht! Und selbst wenn meine Tochter die Wahrheit gesagt und Livia die Worte aufgeschrieben hätte, sie sind verloren, weil ich sie zerstört habe. Nichts konnte ihre Tochter retten …

Durch ihre Tränen hindurch sah sie hinauf zu der Skulptur von Maria Magdalena, die im fahlen Licht des Nachtlichts noch immer auf dem Sims thronte.

»Erste Zeugin der Wiederauferstehung, Apostolin der Apostel«, flüsterte sie leise. »Freundin von Jesus. Vielleicht hat Louise ja recht. Ich bin zwar eine Heidin und hartnäckige Agnostikerin, aber dein Geist und dein Herz haben mir vorhin in der Kirche wahrscheinlich geholfen. Ich danke dir dafür. Aber ich flehe dich an, meiner Tochter zu helfen. Erzengel Michael, Fürst der himmlischen Heerscharen, der du vor sechs Jahren über mich gewacht hast und heute Nacht in deinem Turm mit kriegerischem Eifer die Hand meines Retters geführt hast, danke. Du wirst mich nie verlassen. Jetzt bete ich zu dir, leihe deine Kraft meiner Tochter. Heiliger Michael, mach, dass Romane und ich nicht jetzt in dein Königreich, das Reich der Toten, kommen. Gib ihr Mut und

Kraft, den Drachen, der in ihr ist und ihre Seele verzehrt, zu besiegen. Bruder Roman, Name meiner Kinderträume, hilf dem Kind, das nach dir benannt ist. Bruder Roman, Erbauer des himmlischen Jerusalem, Passion meiner Kämpfe, Blutsbruder, lebendiges Phantom, befreite Seele, komme über sie. Du, in dessen Seele Moira begraben war, befreie Livia, die in Romanes Seele begraben ist. Befreie meine Tochter. Befreie mich. Libera me.«

»Miau.«

Johanna drehte sich zu Hildebert um. Der große Kater hockte auf seinem Platz und beobachtete mit phosphoreszierendem Blick die Statue, während sein Schwanz hin und her zuckte.

Johanna streichelte das Gesicht ihrer Tochter und flüsterte ihr liebevoll etwas zu, was diese nicht hören konnte.

Aus dem Erdgeschoss drang ein dumpfes Geräusch herauf, das wie der Türklopfer am Eingang klang. Beunruhigt sah Johanna nach. Unten war niemand, dabei hätte sie schwören können, dass jemand geklopft hatte. Aber auf der Fußmatte lag ein Umschlag. Sie hob ihn auf und fühlte einen Gegenstand. Der Umschlag war nicht beschriftet. Sie trat vor die Tür. Wer brachte um halb fünf Uhr morgens Post? Sie schloss die Tür wieder, schaltete das Licht ein und setzte sich, ein flaues Gefühl im Bauch, in einen Sessel.

Vorsichtig öffnete sie den Umschlag und holte eine Kette hervor, an der ein Goldkreuz hing, das aber kein Christuskreuz war. Bleich und mit weit aufgerissenen Augen hielt sie ein vertrautes Symbol in Händen, wie sie seit sechs Jahren keines in der Art gesehen hatte: Die vier Arme waren gleich lang, und auf ihnen waren Zeichen für die Elemente Wasser, Feuer, Luft und Erde eingraviert, die an vier Kreise anschlossen, die für den Tod und die Wiederauferstehung der Seele standen. Johanna hielt ein griechisches Kreuz in Händen.

Mit angehaltenem Atem durchsuchte sie den Umschlag. Sie zog ein Blatt mit einer Schrift hervor, die sie auf Anhieb erkannte und deren Anblick ihr fast die Sinne raubte.

»Johanna,
dieses Mal vertraue ich Dir das Kreuz als Pfand für das Leben, die Wiedergeburt und vor allem die Liebe an. Ich weiß, dass Du mir nie verzeihen wirst, aber ich habe mich, so gut ich konnte, um Wiedergutmachung bemüht. Hab keine Angst, ich lasse Dich in Frieden. Ich bitte Dich nur um eines: Bitte sag meiner Tochter jeden Tag, dass ich sie liebe, so wie ich Dich liebe.
Simon«

Johanna lief zur Tür, riss sie auf und rief in die Dunkelheit hinein nach Simon. Laut rufend stand sie mitten auf der Straße, bekam aber keine Antwort außer Louises erschrecktem Ruf und Jérémies Murren, die beide ans Fenster getreten waren. Johanna beruhigte sie und ging wieder ins Haus zurück.

Mehrere Minuten lang glaubte sie, sich übergeben zu müssen. Mit großen Schlucken aus einer Flasche Marc de Bourgogne versuchte sie, das krampfartige Zucken ihres Körpers unter Kontrolle zu bekommen. Ihr Verstand wollte das Unmögliche nicht zulassen: Simon war nicht auf dem Meer umgekommen. Er hatte im Ärmelkanal überlebt. Simon Le Meur war am Leben! Romanes Vater, ihre verlorene Liebe, lebendig!

Jetzt erkannte sie den Geruch im Atelier auch wieder; es war der Pfeifentabak in der Kleidung ihres ehemaligen Liebhabers.

Die matte Haut des Bildhauers, der sich unter dem großen Hut verbarg, bekam jetzt ein Gesicht, dunkle, lockige Haare, grüne Augen, und der flüchtige Schatten, der ihr nachgelaufen war, einen Körper. Sie nannte den Mann, der heute Nacht mit Tom gekämpft und ihr das Leben gerettet hatte, bei seinem Namen. Er hatte sie beschützt, ein unsichtbares, ihr wohlgesinntes Gespenst. Sie begriff, warum ihr mysteriöser Nachbar sich für den Raum entschieden hatte, der an Romanes Schlafzimmer grenzte, warum er die Wand durchbohrt und sie die ganze Zeit heimlich beobachtet hatte, sie und ihre Tochter. Er war mehrfach in ihrem Haus und in der Abtei gewesen, hatte die Porträtaufnahme von Johanna und ihrem Kind mitgenommen, um ihr Bild bei sich zu haben. Warum hatte er sich nie gezeigt? Was befürchtete er? Johanna hatte die Wahrheit damals nicht aufgedeckt, sie hatte Simons Geheimnis vor allen verborgen gehalten und würde ihre wiederauferstandene Liebe, Romanes Vater, auch heute nicht verraten! Wie ging es ihm? Wovon lebte er? War er ihr auch nach Pompeji gefolgt? Die vergangenen Monate war er in ihrer Nähe gewesen, so nah.

Sie begriff, dass Simon über ihr Treffen mit Tom in der Kirche informiert war. Das Geräusch, das sie gehört hatte, war Simon gewesen, als er die Basilika betrat. Wahrscheinlich hatte er das Gespräch von der Tribüne aus, hinter der Tür vom Michaelsturm, mitbekommen. Und war dann hereingekommen. Er musste sein Zimmer in aller Hektik geräumt und mit dem Wagen geflohen sein, während sie oben in der Turmspitze versucht hatte, wieder zu sich zu kommen. Was hatte ihn jetzt bewogen, seine Maske abzulegen? Wo war er? Sie wusste, dass es keinen Sinn hatte, ihn zu suchen. Wenn er nicht gefunden werden wollte, würde sie ihn niemals entdecken. Sechs Jahre. Sechs Jahre lang hatte sie ihn für tot gehalten und geglaubt, ihre Tochter habe keinen Vater mehr. Sie verfluchte sich dafür, ihn nicht erkannt oder gezwungen zu haben, sich eher zu erkennen zu geben. Sie betrachtete das Kreuz, das er ihr gerade geschenkt hatte. Dann las sie erneut den kurzen Brief, und unbändige Wut packte sie.

»Simon, du hast dich nicht verändert«, zischte sie. »Genauso feige wie früher. Du verkleidest dich lieber, als dich mit der Wirklichkeit und den Folgen deines Verhaltens auseinanderzusetzen. Du lebst immer noch in deiner Mittelalter-Mythologie und sehnst dich nach der Vergangenheit. Was soll ich deiner Tochter sagen? Dass ihr Vater doch nicht tot ist, sondern, statt sie im Arm zu halten, beschlossen hat, sie durch ein Loch in der Wand zu beobachten? Dass er sich zum zweiten Mal wie ein Gauner aus dem Staub gemacht und uns verlassen hat? Und mein Leben, hast du darüber mal nachgedacht? Wie soll ich

Luca jetzt in die Augen sehen? Wie soll ich einen Mann lieben, wenn ich weiß, dass es dich gibt, dass du irgendwo bist, versteckt, aber lebendig? Simon Le Meur, Geliebter, ich hasse dich. Wenn du wüsstest, wie sehr ich dich hasse!«

Eine Stunde später hatte Johanna die Flasche Tresterschnaps geleert. Schwankend überzeugte sie sich davon, dass Romane schlief. Sie lag zusammengerollt da, schwitzend, mit geschlossenen Augen, die Lippen halb geöffnet, die Wangen glühend vor Fieber. Johanna strich ihr das schwere Haar aus dem Gesicht, schlug die Decke zurück und verjagte erbarmungslos den Kater, der zu Füßen des Kindes schlummerte. Mit einem feuchten Waschlappen kühlte sie ihrer Tochter das Gesicht und bedeckte sie mit Küssen und Tränen. Benommen wegen des Alkohols und der Erschöpfung wankte sie zur Tür, die sie weit offen stehen ließ, und ging in ihr Schlafzimmer. Zwei Minuten später schnarchte sie. Es war zwanzig Minuten vor sechs Uhr.

Lautlos lief der Kater über das alte Parkett und schlich sich in Johannas Zimmer. Hildebert sprang neben seine Herrin und schnupperte an ihren Lippen. Ein geheimnisvolles Brummen entwich Mund und Nase. Der Kater sprang wieder auf den Boden und suchte das Zimmer des Mädchens auf. Dort setzte er sich auf den Bettvorleger, richtete seine gelben Augen auf das Kind, das in seinem unruhigen Schlaf schrille Laute ausstieß. Mit einem Satz landete der Kater auf dem vollgestellten Nachttisch, warf Lampe und Brille herunter, ohne dass sie zerbrachen. Er zögerte, als wollte er die Entfernung berechnen, sprang auf das Holzpult, von dort mit Mühe auf den kleinen, weißen Holzschrank neben der Tür und dann auf den Sims unterhalb der Neonröhre.

Vorsichtig drehte Hildebert zehn Zentimeter unterhalb der Decke eine Runde und blieb dann – direkt über Romanes Kopf – neben der Skulptur von Maria Magdalena stehen. Behutsam und anmutig stieg er über die Statue, ohne sie zu berühren. Dann machte er wie ein Seiltänzer kehrt und drückte den Kopf der

Heiligenfigur gegen den schmalen Stuck, verharrte, schlug mit dem Schwanz, miaute leise und schmiegte seinen schwarzen Körper hinter der Heiligen eng an die Wand. Dann schob er sich nach vorn. Mit einem Geräusch, das wie Holzhacken klang, schlug die Büste auf dem harten Eichenboden auf.

Romane hörte den Lärm, wurde wach und rieb sich die Augen. Sie schaltete die große Lampe am Bettende ein und suchte vergeblich nach ihrer Brille und der Hand ihrer Mutter.

»Miau!«

Der Kater landete trotz der Höhe von drei Metern sicher auf seinen vier Pfoten im Bett, näherte sich der hustenden Romane und rieb seinen Kopf schnurrend an ihrem Gesicht.

»Du bist es, mein Kater! Was war das für ein Lärm? Wo ist Mama? Mir ist heiß!«, wimmerte Romane.

Plötzlich hörte sie das Schnarchen ihrer Mutter aus dem Zimmer nebenan.

»Sie schläft, Hildebert, wir dürfen sie nicht wecken. Was machst du? Wo gehst du hin?«

Der Kater sprang auf den Bettvorleger, packte mit den Zähnen etwas Rotes aus Plastik und landete wieder im Bett.

»Ah, meine Brille, danke. Mir geht es gar nicht gut … ich habe Kopfweh. Es ist so schlimm.«

Dennoch setzte sie die Brille auf und sah links die zerbrochene Statue am Boden liegen.

»Oh, Maria Magdalena ist runtergefallen! Sie ist kaputt! Mama wird sauer sein.«

Hildebert hatte das Bett wieder verlassen; Romane erhob sich mühsam und hielt sich, weil ihr schwindlig wurde, am Nachttisch fest. Dann lief sie zu dem Gegenstand und kniete sich hin. Der Kater strich mit der Pfote über das kaputte Gesicht.

»Hör auf, Hildebert, du verkratzt sie, das will Mama nicht. Oh, sie ist ganz kaputt. Warum ist sie bloß zu Boden gefallen?«

Vorsichtig nahm sie die alte Holzbüste in ihre kleinen Hände. Es war das erste Mal, dass sie sie aus der Nähe sah. Mit dem Finger strich sie über die mandelförmigen Augen, die kaputte Nase und die Haare, deren Wellen an mehreren Stellen aufgeplatzt waren. Zärtlich fuhr sie über die Schultern, von denen die Linke gespalten war, bis zu den eigenartigen Motiven des ehemaligen Kapitells, dem Kleid der verletzten Frau. Mehrere kleine Tiere, halb Vogel, halb traute Monster, waren von dem Sockel abgebrochen und lagen auf dem Parkett. Als Romane das mittelalterliche Blattwerk betastete, löste sich ein Ast mit Kastanienlaub aus der alten Kapitelldeckplatte, den sie nun in der Hand hielt.

»Mist!«, rief das Kind. »Hildebert, das Blatt ist abgebrochen, ich hab es kaputt gemacht! Das muss man wieder ankleben, ich muss auch den Vogel und seinen Schnabel wieder reparieren, bevor Mama wach wird! Der Kleber ... er ist auf meinem Schreibpult.«

Schwitzend vor Fieber, versuchte Romane aufzustehen, um den Kleber zu holen, aber ihr wurde wieder schwindlig. Sie seufzte, holte tief Luft und wartete einen Hustenanfall ab, wobei sie sich auf die Statue stützte. Sie merkte, dass durch ihr Ungeschick an der Stelle, wo vorher das Blatt gewesen war, ein Loch entstanden war. Sie steckte den Finger hinein, während der Kater um sie herumlief und dabei ihre Beine und die Skulptur berührte.

»Komisch, es fühlt sich so an, als wäre da was drin.«

Sie sah genau hin und bemerkte etwas Helles, das im Innern versteckt war.

Die Katze miaute und kratzte energisch am Kapitell.

»Was meinst du, was das ist?«, fragte das Mädchen.

Sie gab ihrer Neugier nach und versuchte, das helle Stück herauszuholen.

»Ich komm nicht dran. Mama wird mir böse sein, aber ich will wissen, was es ist!«

Sie vergrößerte das Loch, indem sie mehrere Holzblätter abbrach, die wegen des morschen, kalzinierten Holzes leicht nachgaben.

»Ich hab's!«, rief sie und zog den Gegenstand aus dem massiven Sockel.

Wortlos untersuchte sie die kleine Pergamentrolle. Als sie sie entrollte, fiel etwas zu Boden. Es war ein Knochen, wie manchmal einer auf dem Teller lag, wenn ihre Mutter das Fleisch von ihren Lammkoteletts abgelöst hatte. Nur dass dieser Knochen größer war, schwarz wie ein Stück Kohle, und dass auf beiden Seiten eigenartige Zeichen eingraviert waren.

»Was das wohl ist?«, fragte sie Hildebert, der ganz ruhig dasaß, ohne das Kind aus den Augen zu lassen.

Aufmerksam betrachtete sie die kleinen, eckigen Zeichen und hielt sich den Knochen unter die Nase, um zu prüfen, ob er nach gegrilltem Fleisch roch. Sie zitterte am ganzen Leib, ließ aber den Knochen nicht los, auch als sie von heftigen Krämpfen durchgeschüttelt wurde. Romane lag flach auf dem Rücken, wurde steif und wand sich wie bei einem epileptischen Anfall. Plötzlich erstarrte sie, stützte sich auf die Ellenbogen, setzte sich auf und betrachtete den Gegenstand erneut. Tränen liefen ihr über Wangen und Hals.

Das Boot war inmitten des Sturms verloren. Der Nordwind hatte die Segel weggerissen, der Mast war zerbrochen, das Steuer aus der Verankerung gerissen, und die Elemente wüteten weiter gegen das kleine Segelschiff. Es fiel in die Wellentäler, tauchte mühsam wieder auf und kämpfte einen vergeblichen Kampf gegen das zürnende Meer, das über die Brücke schwappte. Mit einer letzten Abschiedsgeste, bei der er seinen Hut schwang, hatte Simon das Schiff verlassen und schwamm los, nachdem er über seinen Umhang die einzige Rettungsweste angelegt hatte. Johanna blieb allein an Bord zurück, während das Wasser stieg. Sie war seekrank. Bleich, durchnässt und schlotternd vor Kälte klammerte sie sich an die Reling. Sie war verzweifelt, vollkommen erschöpft und den Kampf leid. Sie wollte nicht mehr. Spring, sagte sie in den tosenden Böen zu sich, los, Jo, es muss Schluss sein. Du musst dich endlich befreien! Steig über das Seil und spring!

Sie klammerte sich an die Taue und versuchte, wieder aufzustehen und darüberzusteigen, um über Bord zu springen. Da wurde sie von hinten von zwei Armen gepackt und festgehalten. Sie drehte sich um und sah einen Mann in schwarzem Umhang mit einer Kapuze.

Der benediktinische Mönch trug einen hellgrauen Haarkranz um die Tonsur, hatte eine hohe Stirn, eine Adlernase, blutleere Lippen und eine fahle Haut. Seine Augenfarbe erinnerte an Granit, und seine Hände waren mit Tinte und dem eigenen Blut befleckt. Er drückte die Frau an sich und balancierte über die Brücke, ohne das Gleichgewicht zu verlieren, gleichgültig gegenüber dem Seegang und der Berg- und Talfahrt. Stumm und mit einem liebevollen Lächeln betrachtete er sie. Johanna erkannte ihn und lächelte zurück. Da ertönte aus der Tiefe des Wassers ein unglaublich schöner lateinischer Gesang. Wie Engel oder unsichtbare Sirenen ließen mannigfaltige Stimmen von Männern und Frauen, hell und dunkel, jung und alt, einen Sprechgesang erklingen:

»Procul recedant somnia, et noctium phantasmata.« Weichen mögen von uns die bösen Träume und nächtlichen Wahnbilder.

In einem fort wiederholten Stimmen aus dem Jenseits singend:

»Procul recedant somnia, et noctium phantasmata.«

Das Segelboot setzte seine unruhige Fahrt fort, und bald entdeckte Johanna mitten im Meer eine Insel. Auf dem Gipfel des Berges erhob sich pyramidenartig ein Schloss, ein düsterer, im Nebel versinkender Herrschaftssitz. Von dort ertönte ein mit voller Wucht angeschlagener Glockenton, der die Klage der Totenarmee im Wasser begleitete. An den Mönch geklammert, suchte Johanna den Horizont ab und wusste nicht mehr, ob es sich bei der Festung um die Abtei vom Mont Saint-Michel oder um die in Vézelay handelte.

Das Segelschiff lief an dem Inselstrand auf Sand, wo ein bärtiger Mann in dunkler Tunika hockte und mit dem Finger etwas in den Sand schrieb. Neben ihm stand eine Frau, die Johanna nur von hinten sah und die lange, rote Haare hatte, die im Wind über ihren nackten Körper strichen. Der Benediktiner lockerte seinen

Griff, Johanna befreite sich, sprang ans Ufer und näherte sich dem Unbekannten: Er war verschwunden. Sie suchte die rothaarige Frau, aber auch sie war nicht mehr da. Voller Angst blickte sie um sich und bemerkte ein kleines, schwarzhaariges Mädchen mit golden schimmernder Haut und eigenartigen, violetten Augen. Johanna lief auf sie zu, aber sie verschwand ebenfalls. Johanna war allein am Ufer. Die Stimmen aus dem Jenseits waren verstummt. Die Glocken läuteten nicht mehr. Der Mönch auf dem Boot fuhr mit lautem Motorenlärm immer weiter weg und aufs offene Meer hinaus.

»Ich flehe dich an, lass mich hier nicht allein!«, rief Johanna ihm hinterher.

Aber Bruder Roman war fort. Johanna senkte den Kopf: Im Sand umspülten die Wellen die Botschaft des Mannes.

»Nein! Nicht schon wieder! Ich muss sie lesen!«

Die Worte verschwanden, die Brandung hatte sie mit sich fortgenommen.

»Nein!«, schrie Johanna.

Johanna erwachte abrupt, aufrecht im Bett sitzend, die Augen weit aufgerissen. Hildebert neben ihr schnurrte so laut, dass sie den Bootsmotor wiedererkannte. Sie rieb sich die Stirn und kehrte langsam in die Wirklichkeit zurück. Eine Metallstange schien sich durch ihre Schläfe in ihr Gehirn zu bohren.

»Aua«, stöhnte sie. »Warum habe ich diesen Schnaps getrunken? Wie spät ist es?«

Schlagartig erinnerte sie sich an die Ereignisse der Nacht.

»Simon!«, rief sie laut. »Romane!«

Mit einem Satz war sie aus dem Bett gesprungen und eilte ins Schlafzimmer ihrer Tochter. Es war sieben Uhr morgens. Die Nachttischlampe lag auf dem Bettvorleger, das Nachtlicht brannte auf dem Nachtkästchen und warf sein Licht auf das kleine Loch in der Wand. Das Bett war leer.

Stumm vor Angst ging Johanna weiter und holte erst wieder Luft, als sie das Mädchen in einer Ecke des Zimmers entdeckte.

Bei ihrem Anblick wich sie jedoch zurück und konnte gerade noch einen Schrei unterdrücken.

Romane kniete so dicht vor der Wand, dass man meinen konnte, sie wolle darin aufgehen. Regungslos hockte sie da, mit erhobenem Kopf und geschlossenen Augen. Neben ihr auf dem Boden lagen Livias Holz- und Hornklammern. Für den Bruchteil einer Sekunde hatte Johanna den Eindruck, wieder in Pompeji in der Geheimkammer zu sein, vor der erstarrten Leiche der jungen Livia. Der Körper zeigte exakt die gleiche Haltung, die Nadeln lagen genauso da.

Auf dem Parkettboden nahm sie kurz die Büste von Maria Magdalena und eine Pergamentrolle wahr. Sie rannte zu ihrer Tochter und hörte sie sanft und regelmäßig atmen. Romane war nicht tot, sie schlief! Es war wunderbar: das Kind schlief! Ihre Stirn war warm, allem Anschein nach fieberte sie nicht mehr. Als Johanna ihren Puls fühlen wollte, bemerkte sie ein kleines, schwarzes Ding in Romanes linker Hand, die diese, wie Livia, an ihr Herz gedrückt hielt. Das gibt es doch nicht, dachte Johanna, das kann nicht der Papyrus sein. Was hat sie da?

Wieder sah sie sich in Pompeji, bog Livia die Finger auseinander und nahm das Blatt an sich, das zu Staub zerfiel. Behutsam und zärtlich schloss sie ihre Tochter in die Arme, hob sie hoch und trug sie zum Bett. Sie bettete sie auf dem Rücken, nahm ihr die Brille ab und zog das Nachthemd zurecht. Als sie nach Romanes linkem Handgelenk greifen wollte, drehte sich das Kind auf die Seite und rollte sich, die Hand unter einem Bein, wie ein Embryo ein.

Johanna stieß enttäuscht einen Seufzer aus, zog die Decke hoch und kontrollierte Romanes Temperatur. Kein Fieber mehr. In dem Moment kam Hildebert in das Schlafzimmer, miaute und legte sich neben die Holzskulptur. Beruhigt über den Zustand ihrer Tochter, aber besorgt wegen des Gegenstands in ihrer Hand, sah Johanna den Kater misstrauisch an.

»Was hat das alles zu bedeuten?«, flüsterte sie ihm zu. »Hast du die Statue heruntergeworfen?«

Der alte Kater legte eine Pfote auf den Kopf aus Eiche.

»Lass mal sehen, du Teufelskreatur!«, sagte Johanna und hob die demolierte Figur auf.

Jetzt erst sah sie das ganze Ausmaß der Beschädigungen, vor allem das Loch in der Platte. Mit geübter Geste untersuchte sie das Versteck und den Sockel und begann einen Zusammenhang zu erahnen. Auf dem Parkettboden kniend, schaute sie hinüber zu ihrer Tochter, die friedlich schlummernd und mit einem Lächeln auf den Lippen dalag. Sie blickte auf den Kater und die zerbrochene Statue; es musste das Tier gewesen sein. Dann griff sie vorsichtig nach dem Pergament und trat langsam zum Schreibpult. Sie rückte die Lampe zu sich heran und betrachtete die Rolle. Ohne genauere Analysen konnte sie das Pergament nicht datieren, aber auf den ersten Blick schien es sehr alt zu sein, viel älter als die Schriften aus der Romanik, mit denen sie normalerweise zu tun hatte. Es war von grober Machart, die dicke Haut stammte vermutlich von einer Ziege und war nicht mit dem Expertenwissen von Mönchen aufbereitet worden. Die Neugier der Archäologin war sogleich entfacht.

Aus ihrem Schlafzimmer holte sie eine Lupe und ein Paar Handschuhe. Langsam zog sie das Manuskript auseinander. Das Pergament krachte, ohne jedoch Risse zu bekommen. Es war in enger Schrift beschrieben, auf Lateinisch.

»Provence, im fünften Jahr der Herrschaft Kaiser Vespasians

Ich bin alt und krank, ich werde diese Erde bald verlassen. Heute morgen ist Maximin aus seiner Stadt Aix eingetroffen. Er ist zur Grotte hinaufgestiegen, in der ich seit drei Jahrzehnten lebe, und ich habe durch ihn Leib und Blut Christi empfangen. In wenigen Stunden werde ich ihm Lebewohl sagen, und dann mache ich mich allein auf in die Berge, um an einem Ort zu sterben, der noch einsamer ist als meine Höhle und den außer Tieren niemand kennt. So wird man meine sterblichen Reste nicht finden. Ich bin eine Sünderin und keine Heilige …«

Johanna blickte auf. Wer hatte diesen Brief geschrieben? Sie sah auf das Ende des Textes und zuckte vor Überraschung hoch. Das Manuskript stammte von Maria von Bethanien, Maria Magdalena!

»Mama?«

Es war neun Uhr. Regungslos hinter dem Schreibpult ihrer Kindheit sitzend, wandte Johanna ihrer Tochter den Rücken zu und blickte intensiv in das aufkommende Licht des neuen Tages. Die Fensterläden standen offen. Der Spiegel hing wieder an der Wand. An diesem 22. Dezember umhüllte ein milchiger Himmel das Gemäuer. Vielleicht läge an Weihnachten Schnee. Das wäre wunderbar. Johanna warf einen Blick auf das zusammengerollte Pergament auf dem Schreibtisch, streichelte Hildebert, der auf dem Korbsessel döste, und stand auf. Ihre Augen waren gerötet und verquollen, ihre Haare zerzaust, ihre Wangen wirkten eingefallen, doch sie strahlte vor Freude.

»Mama, ist alles in Ordnung? Du siehst irgendwie komisch aus!«

»Sabbat der Liebe und Morgen der Auferstehung zugleich«, zitierte die Mutter.

»Was hast du gesagt?«

Johanna ging lachend zum Bett und nahm ihre Tochter fest in die Arme.

»Ich sage, dass der Schlüssel zu Pompeji hier in Vézelay lag, vor unseren Augen, ich saß jeden Abend davor, ohne ihn zu entdecken. Aber du hast ihn entdeckt, mein Schatz! Deine Albträume sind vorbei, Livia ist weg. Du bist geheilt, Romane, endgültig geheilt, du kannst aufstehen, spielen und herumtollen!«

Ohne ihre Mutter zu verstehen, setzte sich das Mädchen auf.

»Aua!«, schrie sie und rieb sich das Bein.

Erstaunt hob sie den linken Arm, öffnete die Hand und entdeckte einen schwarzen, mit seltsamen Zeichen gravierten Knochen.

»Was ist das? Woher kommt das?«

»Kannst du dich nicht erinnern? Das ist ein Geheimnis, Romane. Ein sehr wichtiges Geheimnis.«

Das Mädchen setzte sich die Brille auf und betrachtete den Schafsknochen mit großen Augen.

»Was steht da drauf?«, fragte sie und verzog das Gesicht. »Was soll das heißen?«

»Das weiß ich nicht. Es ist ein sehr alter Gegenstand und eine sehr alte Sprache.«

»Kannst du lesen, was da steht?«

»Nein. Das ist weder Griechisch noch Latein, sondern Aramäisch. Das beherrsche ich nicht.«

»Verflixt, dann nützt es ja nichts, das Geheimnis! Und wenn der Knochen so alt ist, können wir ihn auch nicht dem kleinen Hund von Madame Bornel geben?«

»Nein, Romane, das können wir nicht.«

»Aber was machen wir dann damit?«

»Wir fragen jemanden, der sehr klug ist.«

»Der klügste Mensch, den ich kenne, ist meine Freundin Agathe. Aber ich weiß auch nicht, was sie mit einem Knochen anfangen könnte.«

»Und ich kenne jemanden, der noch klüger ist als Agathe«, antwortete Johanna lächelnd. »Und zu dem gehe ich gleich. Und was hältst du in der Zwischenzeit von einem Frühstück?«

»O ja, ich habe einen Riesenhunger! Wie Dornröschen, als sie wach wird!«

»Dann mache ich dir einen großen Kakao und Marmeladenbrote?«

Romane lächelte und schüttelte den Kopf.

»Nein, Mama, ich wünsche mir Minotaurenwurst und einen gebratenen Wasserspeier mit Alraune!«

Sie prustete los.

EPILOG

Bei geschlossener Tür kniete Bruder Pazifikus in seiner Zelle und hörte nicht die eigenartige Stille, die den Schnee ankündigte. Wegen seines krummen Rückens sah er auch den milchig weißen Himmel nicht und war taub für die plötzliche Ruhe, die sich über die Dächer, die Weinberge und die Straßen legte. Entsetzt, und trotz der eisigen Kälte schwitzend, nahm er die Flocken nicht wahr, die sich auf die Erde von Vézelay legten und sie mit einem weißen Leichentuch bedeckten.

Der Mönch, den die Welt nichts mehr anging, blickte abwechselnd auf zwei Gegenstände, die vor ihm auf dem Holztisch lagen, und auf das Kreuz, das an der Wand hing. Seine mit Altersflecken bedeckten Hände waren gefaltet, aber sein herumirrender, halluzinierender und verlorener Blick fand nicht zu der Ruhe des Gebets.

Vor einer Stunde hatte Johanna den Raum verlassen, noch unter dem Schock der Ereignisse der vorangegangenen Nacht, aber auch in ausgelassener Freude über die plötzliche Heilung ihrer Tochter und über den Schatz, der in der Skulptur der Maria Magdalena aufgetaucht war. Sie hatte ihre Enttäuschung nicht verbergen können, als der Franziskaner ihr eröffnete, dass auch er des Aramäischen, der Sprache Christi, leider nicht mächtig sei. Mithilfe einiger alter Bücher, die auf seinen Regalen verstaubten, würde er jedoch vielleicht ein paar Zeichen entschlüsseln können.

»Wenn wir auch nur eine ungefähre Vorstellung vom Inhalt dieses Spruchs hätten!«, hatte die Archäologin gesagt und auf den schwarzen Knochen gezeigt, den sie neben das Pergament von Maria von Bethanien auf den Tisch gelegt hatte. »Es ist gegen die Grundsätze und die Ethik meines Berufsstands, aber ich bin mir nicht sicher, ob dieser Fund der Welt offenbart werden soll. Wenn ich es aber täte, würde man die Botschaft auf der Stelle entschlüsseln, und Vézelay wäre so berühmt, wie es noch nie gewesen war!«

»Und Sie bei der Gelegenheit auch«, hatte der Bettelmönch gesagt.

»Sicher. Aber Ruhm ist nicht das, was mich interessiert.«

»Ich weiß. Ihre innere Suche hat sich schon vor Langem von diesem gefährlichen Weg wegbewegt.«

»Mit welchem Recht aber würde man der Menschheit diese unschätzbare Entdeckung vorenthalten?«, hatte sie hinzugefügt und dem alten Mann dabei in die Augen gesehen. »Ich weiß nicht, was die richtige Entscheidung ist. Klären Sie mich auf.«

»Diese Entdeckung überfordert Sie, mein Kind, aber sie überfordert auch einen armen Mönch wie mich.«

»Schlagen Sie in Ihren Büchern nach, Vater. Wenn wir nur ein paar Worte verstehen, sind wir schon weiter! Ich lasse die Reliquie und das Manuskript bei Ihnen, weil sie hier sicherer sind als in meinem Haus, wo ständig die Polizei ein und aus geht.«

»Ich versuche es, Johanna. Aber ich kann Ihnen nichts versprechen. Ich werde die ganze Nacht daran arbeiten, wenn es sein muss. Kommen Sie morgen früh wieder.«

Nachdem die Archäologin gegangen war, hatte Bruder Pazifikus den Schlüssel im Schloss zweimal umgedreht, zum ersten Mal in seinem langen Leben. Dann hatte er tief geseufzt, oder vielmehr vor Schmerz und Schuldgefühl gestöhnt, angesichts der Sünde, die er soeben begangen hatte. Er hatte die Brille aufgesetzt, die Lampe am Ofen eingeschaltet und die gravierte Schafsrippe unter die Lichtquelle gehalten. Er hatte Johanna angelogen. Aus Stolz, Eitelkeit, Furcht oder Weisheit? Er konnte es nicht sagen. Er begutachtete die kleinen Zeichen der eckigen Schrift auf beiden Seiten des Knochens. Die verborgenen Worte Jesu. Er konnte auf Anhieb die aramäischen Symbole entziffern, die er seinerzeit neben Latein, Griechisch und Hebräisch erlernt hatte.

Zunächst hatte ihn die Lektüre des verlorenen Wortes Christi vollkommen ratlos gemacht. Dann hatten die Worte, wie es schon bei Maria von Bethanien zwanzig Jahrhunderte zuvor der Fall gewesen war, von seiner Seele Besitz ergriffen, sie erleuchtet und sie dann wie ein Brandmal durchbohrt, gequält und wie ein Papyrusblatt verzehrt.

Auf den Knien, aufgewühlt und verstört, achtete er nicht auf die Dunkelheit, die sich über die weiche Schneeschicht legte. Die Finsternis nahm von der Welt Besitz, ohne dass er sich zur Ruhe begab, und er rührte auch das Abendessen nicht an, das der Koch der Bruderschaft zu Jerusalem ihm, wie allabendlich, auf die Schwelle gestellt hatte.

»Herr Jesus«, murmelte er, »hier ist also das fünfte Evangelium, das dritte Testament, dein letztes Wort, das Einzige, das du selbst geschrieben hast. Es ist so mächtig, dass du es verbergen wolltest, bis die Menschheit und deine eigenen Jünger, wir Christen, bereit dafür wären. Wer hat die Statue geschnitzt und deinen Satz zusammen mit dem Brief von Maria von Bethanien darin versteckt? Wann war das? Warum ist diese Offenbarung ausgerechnet mir vorbehalten, einem alten Mann kurz vor dem Tod, einem Bettelmönch, dem bescheidensten, ärmlichsten deiner Diener? Was soll ich mit dieser Botschaft anfangen? Sie in meinem Herzen einschließen oder sie verbreiten? Die Verantwortung ist so groß! Ich fürchte, dass diese Botschaft, wenn ich sie dem Vatikan bekannt gebe, für immer verloren sein wird, so revolutionär ist sie für unsere heilige Einrichtung ...«

Bruder Pazifikus kniete im Mondlicht auf dem Boden seiner Zelle und bat um Erleuchtung durch Christus, um die Hilfe der Gottesmutter Maria, um die von Maria-Salomé, Maria-Jacobé, Abigail, Martha, Maria von Bethanien und aller Frauen, die Jesus geliebt hatte und die den lebendigen Herrn geliebt hatten. Er flehte auch den mysteriösen mittelalterlichen Bildhauer um Hilfe an, der die Statue der Maria Magdalena angefertigt und darin, wie seinerzeit die Heilige, das Pergament und den Knochen versteckt hatte.

Langsam brach hinter Bruder Pazifikus der Tag an. Erst fahl, dann blau und rosafarben. Dann aber zeigten sich gelbe Strahlen zwischen den Pastelltönen, der Himmel wurde transparent, und die Sonne verbreitete ihr Morgenrot.

Der alte Mönch stand auf und zog über seine braune Kukulle eine dunkle Wollstrickjacke, die von Motten zerfressen war, und legte sich einen grauen Schal um die Schultern. Aus der Schublade holte er eine Metalldose mit Zucker hervor, leerte sie, legte das Pergament und den schwarzen Schafsknochen hinein, die er zuvor in sein grobes Baumwolltaschentuch gewickelt hatte. Dann ließ er die Dose in einer Tasche seines Umhangs verschwinden, bevor er die Zelle verließ.

Vor dem Presbyterium stolperte er über eine Schneewehe, rappelte sich wieder auf, blickte empor und merkte endlich, dass es schneite.

»Dein Wille geschehe«, flüsterte er mit einem Blick zum Himmel. »Es ist noch zu früh, zu früh. Die Zeit ist noch nicht reif. Ich werde sie verstecken. Die Menschen werden so lange warten, wie du es für richtig hältst. Sie sind nicht bereit für dein Testament. Das Testament Gottes!«

Er betrat die Werkstatt des Presbyteriums, kam mit einer Hacke wieder heraus und stützte sich darauf wie auf einen Gehstock. Langsam lief er durch den Schleier aus Flocken, die seinen schwarzen Mantel mit dem weißen Tagesanbruch verschmelzen ließen.

Frédéric Lenoir, Violette Cabesos

Der Fluch des Mont-Saint-Michel

Historischer Thriller. Aus dem Französischen von Elsbeth Ranke. 592 Seiten. Piper Taschenbuch

Ein Sakrileg, begangen aus Hochmütigkeit, löst auf dem Mont-Saint-Michel im 11. Jahrhundert eine Serie von blutigen Morden aus. Wer ist der Täter, der den heiligen Ort am französischen Atlantik zum Erzittern bringt? Und welches schreckliche Geheimnis verbirgt sich hinter den Gott geweihten Mauern? Tausend Jahre später führen seltsame Träume die junge Archäologin Jeanne zum Mont-Saint-Michel. Sie versucht, das Rätsel des Felsens zu lösen, und bringt damit sich und ihre Kollegen in tödliche Gefahr.

»Der geniale Mix aus Thriller und Ordensgeschichte war in Frankreich ein Topseller – zu Recht!«
Woman

05/2365/01/L

Melanie Metzenthin

Die Sündenheilerin

Historischer Roman. 464 Seiten. Piper Taschenbuch

Nach einem schweren Schicksalsschlag lebt Lena zurückgezogen im Kloster. Als Dietmar von Birkenfeld die junge Frau auf seine Burg ruft, damit sie seiner kranken Gemahlin hilft, muss Lena ihre Zufluchtsstätte jedoch verlassen. Denn sie hat eine seltene Gabe: Sie erspürt die tiefen seelischen Leiden der Menschen und vermag sie auf wundersame Weise zu heilen. Während ihres Aufenthalts auf Burg Birkenfeld begegnet Lena noch anderen Gästen: Philip Aegypticus ist zusammen mit seinem arabischen Freund Said in den Harz gereist, um die Heimat seines Vaters kennenzulernen. Der ebenso attraktive wie kluge Philip bemerkt schon bald, dass auf der Burg manch düsteres Geheimnis gehütet wird. Und er entdeckt, dass die feinfühlige Lena sich in Gefahr befindet.

05/2673/01/R

Martina Kempff

Die Kathedrale der Ketzerin

Historischer Roman. 400 Seiten. Piper Taschenbuch

»Tötet sie alle, Gott wird die Seinen erkennen!« Doch Clara überlebt, als das Kreuzfahrerheer auf dem Feldzug gegen die ketzerischen Katharer alle Bewohner von Marmande niedermetzelt. Mit ihrem Retter Graf Theobald von Champagne fühlt sie sich in tiefer Liebe verbunden. Der berühmte Troubadour hat aber nur Augen für ihre Ziehmutter Blanka von Kastilien. Clara findet Trost im Glauben der Katharer – und begibt sich damit in große Gefahr, denn Blankas Gemahl, der französische König, hat geschworen, die Ketzer mit allen Mitteln zu bekämpfen …

05/2693/01/L

Daniëlle Hermans

Das Tulpenvirus

Thriller. Aus dem Niederländischen von Heike Baryga und Stefanie Schäfer. 320 Seiten. Piper Taschenbuch

Wieso hält Frank Schoeller in der Stunde seines Todes ein kostbares Buch mit Tulpenillustrationen in der Hand? Als Alec eigene Nachforschungen über den Tod seines Onkels anstellt, führen die Spuren zurück bis ins Jahr 1636. Damals kam mitten im holländischen Tulpenfieber ein Händler gewaltsam ums Leben. Doch was hat dieser Tod mit dem von Alecs Onkel zu tun? Und wieso kommt es bald darauf zu einem weiteren Mord, bei dem eine Tulpe aus Blut die Wand des Opfers ziert? Ein packender Thriller um Gier und Geld – und die teuerste Tulpe der Welt.

05/2541/01/R

Robert Löhr

Das Erlkönig-Manöver

Historischer Roman. 368 Seiten. Piper Taschenbuch

Im Februar 1805 setzt eine bunte Truppe im Schutz der Dunkelheit über den Rhein: Johann Wolfgang von Goethe und Friedrich Schiller, Achim von Arnim und Bettine Brentano sowie Heinrich von Kleist und Alexander von Humboldt. Ihr Auftrag: den wahren König von Frankreich aus dem französisch besetzten Mainz zu befreien. Ihr Gegner: Napoleon Bonaparte, der mächtigste Mann der Welt. Mit intelligentem Witz und fundierter Sachkenntnis beschert uns Robert Löhr einen hinreißenden historischen Roman um die Ikonen der deutschen Literatur.

»Eine Mixtur aus Fiktion und wahrer Historie, aus hochgeistigen Anspielungen und handfester Action. Unbedingt lesenswert.«
Südwestdeutscher Rundfunk

05/2437/01/L

Eva Maaser

Die Rache der Königinnen

Historischer Roman. 480 Seiten. Piper Taschenbuch

Ende des 6. Jahrhunderts: Die westfränkische Königin Brunichild sinnt auf Rache, nachdem ihr Gemahl einem Anschlag seines Bruders Chilperich zum Opfer gefallen ist. Und auch ihr kleiner Sohn ist in Gefahr, denn nun steht er Chilperichs Machtstreben im Weg. Ihre gefährlichste Feindin ist jedoch ihre Schwägerin Fredegund, die unzählige Ränke schmiedet. Brunichild treu zur Seite steht ihr langjähriger Vertrauter Wittiges, der im Frankenreich zu Macht, Ehre und Reichtum gekommen ist. Dann aber entdeckt er, dass sie sich heimlich auf eine unheilige Allianz mit einem für ihr Reich höchst gefährlichen Mann eingelassen hat. Wird der enttäuschte Wittiges für seine einstige Liebe alles aufs Spiel setzen, was er bisher erreicht hat?

05/2532/01/R